Harry Potter

ハリー・ポッターと死の秘宝

下

J.K.ローリング

松岡佑子＝訳

Harry Potter and the Deathly Hallows

静山社

ハリー・ポッターと死の秘宝　下

J・K・ローリング
松岡佑子＝訳

Harry Potter And
The Deathly Hallows

静山社

ハリー・ポッターと死の秘宝 下 ✴ 目次

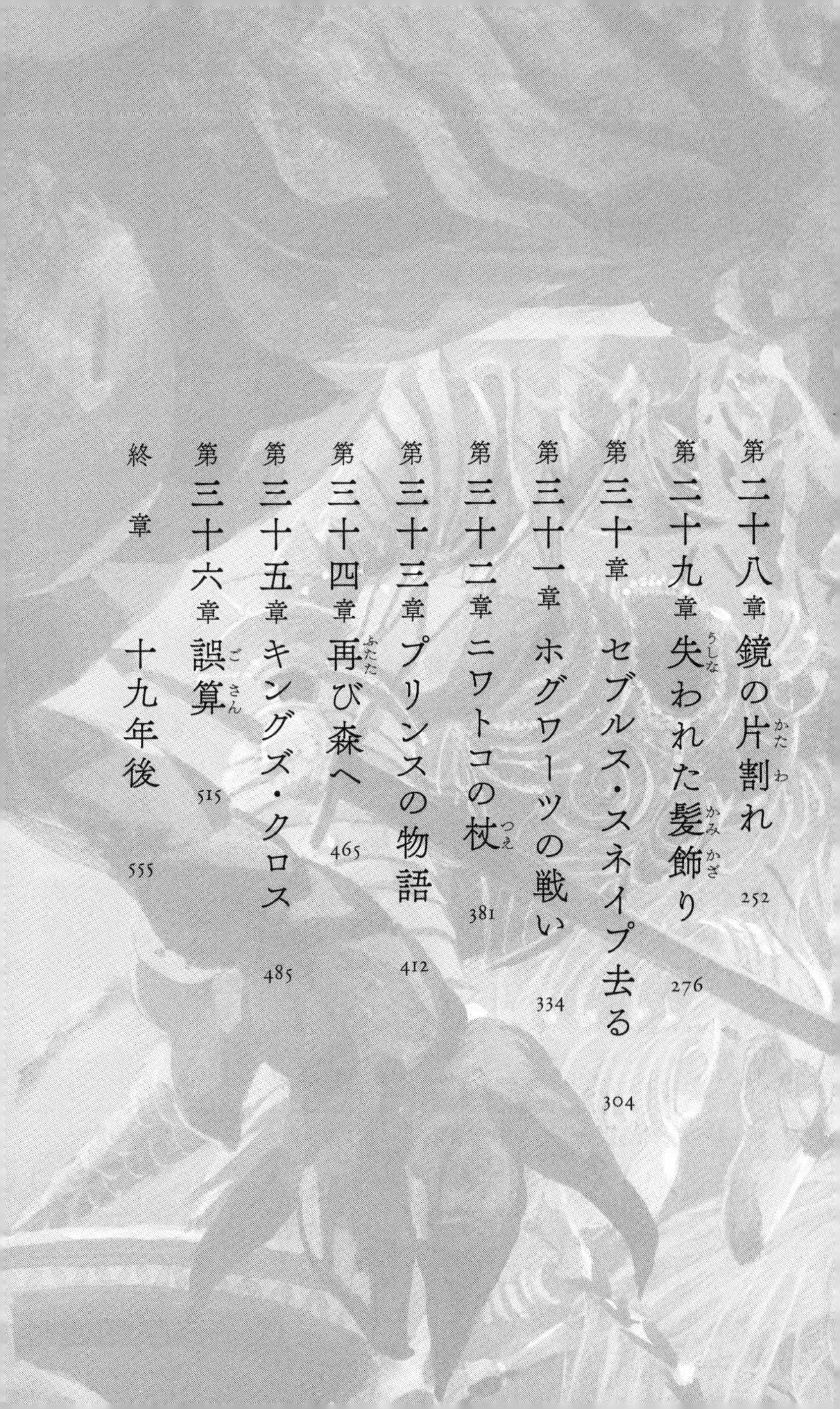

主な登場人物

✶ハリー・ポッター
主人公。十七歳《さい》。緑の目に黒い髪《かみ》、額《ひたい》には稲妻形《いなずまがた》の傷。
幼《おさな》くして両親を亡《な》くし、マグル（人間）界で育った魔法使い

✶ロン・ウィーズリー
ハリーの親友。背《せ》の高い赤毛の少年。大家族の末息子《すえむすこ》

✶ハーマイオニー・グレンジャー
ハリーの親友。マグル生まれの優等生《ゆうとうせい》

✶ドラコ・マルフォイ
ハリーのライバル。父親は死喰《しく》い人《びと》のルシウス。母親はシリウス・ブラックのいとこでベラトリックス・レストレンジの妹でもあるナルシッサ

✶アルバス・ダンブルドア
ホグワーツ魔法魔術学校《まほうまじゅつがっこう》の前校長。偉大《いだい》な魔法使《まほうつか》い。不死鳥《ふしちょう》の騎士団《きしだん》を率《ひき》い、闇《やみ》の魔法使《まほうつか》いと戦った

✶ミネルバ・マクゴナガル
ホグワーツの副校長で不死鳥《ふしちょう》の騎士団《きしだん》のメンバー

✶ゼノフィリウス・ラブグッド
ルーナの父親で、雑誌《ざっし》『ザ・クィブラー』の編集長《へんしゅうちょう》

✴ロウェナ・レイブンクロー

ゴドリック・グリフィンドール、ヘルガ・ハッフルパフ、サラザール・スリザリンとともにホグワーツを創設《そうせつ》した魔女《まじょ》

✴グリップフック

魔法界《まほうかい》の銀行グリンゴッツに勤《つと》める小鬼《ゴブリン》

✴オリバンダー

ダイアゴン横丁に店をかまえる、優秀《ゆうしゅう》な杖作《つえつく》り

✴ドビー

ハリーが解放《かいほう》する前はマルフォイ家に仕えた屋敷《やしき》しもべ妖精《ようせい》

✴リリーとペチュニア

ハリーの母親のリリーと、その姉で、後にハリーの育ての親となったペチュニア

✴ゲラート・グリンデルバルド

ヴォルデモートより前の時代に恐《おそ》れられた闇《やみ》の魔法使《まほうつか》い。一九四五年にダンブルドアとの決闘《けっとう》に敗《やぶ》れ、囚《とら》われた

✴セブルス・スネイプ

ホグワーツ魔法魔術学校《まほうまじゅつがっこう》の現校長《げんこうちょう》。騎士団《きしだん》のメンバーでありながら、ヴォルデモートに情報《じょうほう》を流す

✴ヴォルデモート（例のあの人）

最強の闇《やみ》の魔法使《まほうつか》い。多くの魔法使《まほうつか》いや魔女《まじょ》を殺した

The
dedication
of this book
is split
seven ways:
to Neil,
to Jessica,
to David,
to Kenzie,
to Di,
to Anne,
and to you,
if you have
stuck
with Harry
until the
very
end.

この
物語を
七つに
分けて
捧《ささ》げます。
ニールに
ジェシカに
デイビッドに
ケンジーに
ダイに
アンに
そしてあなたに。
もしあなたが
最後まで
ハリーに
ついてきて
くださったの
ならば。

おお、この家を苦しめる業《ごう》の深さ、
　　そして、調子はずれに、破滅がふりおろす
　　　血ぬれた刃、
　おお、呻きをあげても、堪えきれない心の煩《わずら》い、
おお、とどめようもなく続く責苦《せめく》。

この家の、この傷を切り開き、膿《うみ》をだす
　　治療の手だては、家のそとにはみつからず、
　　　ただ、一族のものたち自身が、血を血で洗う
　狂乱の争いの果てに見出すよりほかはない。
この歌は、地の底の神々のみが、嘉《よみ》したまう。

いざ、地下にましますす祝福された霊たちよ、
　ただいまの祈願を聞こし召されて、助けの力を遣わしたまえ、
お子たちの勝利のために。お志を嘉したまいて。

アイスキュロス「供養するものたち」より
（久保正彰訳『ギリシア悲劇全集Ⅰ』岩波書店）

死とはこの世を渡り逝くことに過ぎない。友が海を渡り行くように。
友はなお、お互いの中に生きている。
なぜなら友は常に、偏在する者の中に生き、愛しているからだ。
この聖なる鏡の中に、友はお互いの顔を見る。
そして、自由かつ純粋に言葉を交わす。
これこそが友であることの安らぎだ。たとえ友は死んだと言われようとも、
友情と交わりは不滅であるがゆえに、最高の意味で常に存在している。

ウィリアム・ペン「孤独の果実」より
（松岡佑子訳）

Original Title: HARRY POTTER AND THE DEATHLY HALLOWS

First published in Great Britain in 2007
by Bloomsbury Publishing Plc, 50 Bedford Square, London WC1B 3DP

Japanese edition first published in 2008

This book is published in Japan by arrangement with the author through The Blair Partnership

第二十章　ゼノフィリウス・ラブグッド

　ハーマイオニーの怒《いか》りが一夜にして収《おさ》まるとは、ハリーは期待していなかった。だから、翌日《よくじつ》の朝、ハーマイオニーが怖《こわ》い目つきをしたり、当てつけがましくだまり込《こ》んだりすることで意思表示《いしひょうじ》をしても、別に驚《おどろ》きはしなかった。それに応《こた》えてロンも、ハーマイオニーのいる所では後悔《こうかい》し続けていることを形に表すために、ロンらしくもない生真面目《きまじめ》な態度《たいど》を守っていた。事実、三人でいると、ハリーは、会葬者《かいそうしゃ》の少ない葬式《そうしき》で、ただ一人、哀悼《あいとう》の意を表していない人間のような気がした。しかしロンは、ハリーと二人だけになる数少ない機会が来ると（水をくみに行くとか、下生えの間にキノコを探《さが》すとか）、破廉恥《はれんち》なほどに陽気になった。

「誰《だれ》かが僕《ぼく》たちを助けてくれたんだ」ロンは何度もそう言った。「その人が、あの牝鹿《めじか》をよこしたんだよ。誰《だれ》か味方がいるんだ。分霊箱《ぶんれいばこ》《ホークラックス》、一丁上がりだぜ、おい！」

　ロケットを破壊《はかい》したことで意を強くした三人は、ほかの分霊箱《ぶんれいばこ》のありかを話し合いはじめた。こ

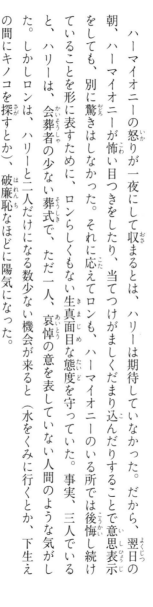

れまで何度も話し合ったことではあったが、楽観的になったハリーは、最初の突破口《とっぱこう》に続いて次々と進展《しんてん》があるにちがいないと感じていた。ハーマイオニーがすねていても、ハリーの高揚《こうよう》した気持ちをそこなうことはできなかった。突然《とつぜん》運が向いてきたこと、不思議な牝鹿《めじか》が現《あらわ》れたこと、グリフィンドールの剣《つるぎ》を手に入れたこと、そして何よりロンが帰ってきた大きな幸福感で、ハリーは、笑顔《えがお》を見せずにいるのがかなり難《むずか》しかった。

午後遅《おそ》く、ハリーはロンと一緒《いっしょ》に、不機嫌《ふきげん》なハーマイオニーの御前《おんまえ》からまた退出《たいしゅつ》させていただき、生け垣《いがき》の中に、ありもしないキイチゴの実を探《さが》すふりをしながら、引き続き互《たが》いのニュースを交換《こうかん》し合った。ハリーはやっと、ゴドリックの谷で起こった詳細《しょうさい》をふくめて、ハーマイオニーと二人の放浪《ほうろう》の旅についてのすべてを話し終え、今度はロンが、二人と離《はな》れていた何週間かに知った魔《ま》法界全体《ほうかいぜんたい》のことをハリーに話していた。

「……それで、君たちは、どうやって『禁句《きんく》』のことがわかったんだ？」

マグル生まれたちが魔法省《まほうしょう》から逃《のが》れるために、必死に手を尽《つ》くしているという話をしたあとで、ロンがハリーに聞いた。

「なんのこと？」

「君もハーマイオニーも、『例のあの人』の名前を言うのをやめたじゃないか！」

「ああ、それか。まあね、悪いくせがついてしまっただけさ」ハリーが言った。「でも、僕《ぼく》は、名前を呼《よ》ぶのに問題はないよ。ヴォ――」

「**ダメだ！**」

ロンの大声で、ハリーは思わず生け垣《がき》に飛《と》び込《こ》んだ。

テントの入口で、本に没頭《ぼっとう》していたハーマイオニーは、怖《こわ》い顔で二人をにらんだ。

「ごめん」ロンは、ハリーをキイチゴの茂《しげ》みから引《ひ》っ張《ぱ》り出《だ》しながら謝《あやま》った。

「でもさ、ハリー、その名前には呪《のろ》いがかかっているんだ。それで追跡《ついせき》するんだよ。その名前を呼《よ》ぶと、保護呪文《ほごじゅもん》が破《やぶ》れる。ある種の魔法《まほう》の乱《みだ》れを引き起こすんだ――連中はその手で、僕《ぼく》たちをトテナム・コート通りで見つけたんだ！」

「僕《ぼく》たちが、その**名前を**使ったから？」

「そのとおり！　なかなかやるよな。論理的《ろんりてき》だ。『あの人』に対して真剣《しんけん》に抵抗《ていこう》しようという者だけが、たとえばダンブルドアだけど、名前で呼《よ》ぶ勇気があるんだ。だけど連中がそれを『禁句《きんく》』にしたから、その名を言えば追跡可能《ついせきかのう》なんだ――騎士団《きしだん》のメンバーを見つけるには早くて簡単《かんたん》な方法さ！　キングズリーも危《あや》うく捕《つか》まるとこだった――」

「うそだろ？」

「ほんとさ。死喰い人《デス・イーター》の一団《いちだん》がキングズリーを追いつめたって、ビルが言ってた。でも、キングズリーは戦って逃げたんだ。いまでは僕《ぼく》たちと同じように、逃亡中《とうぼうちゅう》だよ」

ロンは杖《つえ》の先で、考え深げにあごをかいた。

「キングズリーが、あの牝鹿《めじか》を送ったとは思わないか?」

「彼《かれ》の守護霊《しゅごれい》はオオヤマネコだ。結婚式《けっこんしき》で見たこと、覚えてるだろ?」

「ああ、そうか……」

二人はなおも生《い》け垣《がき》に沿《そ》って、テントから、そしてハーマイオニーから離《はな》れるように移動《いどう》した。

「ハリー……ダンブルドアの可能性《かのうせい》があるとは思わないか?」

「ダンブルドアがどうしたって?」

ロンは少しきまりが悪そうだったが、小声で言った。

「ダンブルドアが……牝鹿《めじか》とか? だってさ」ロンは、ハリーを横目でじっと見ていた。「本物の剣《つるぎ》を最後に持っていたのはダンブルドアだ。そうだろ?」

ハリーはロンを笑えなかった。質問《しつもん》の裏《うら》にあるロンの願いが、痛《いた》いほどわかったからだ。ダンブルドアが実はどうにかして三人の所に戻《もど》ってきて、三人を見守っている。そう考えると、なんとも表現《ひょうげん》しがたい安心感が湧《わ》く。しかし、ハリーは首を横に振《ふ》った。

「ダンブルドアは死んだ」ハリーが言った。「僕《ぼく》はその場面を目撃《もくげき》したし、なきがらも見た。まちがいなく逝《い》ってしまったんだ。いずれにせよダンブルドアの守護霊《しゅごれい》は、不死鳥《ふしちょう》だ。牝鹿《めじか》じゃない」

「だけど、守護霊《しゅごれい》は変わる、ちがうか?」ロンが言った。「トンクスのは変わった、だろ?」

「ああ。だけど、もしダンブルドアが生きてるなら、どうして姿《すがた》を現《あらわ》さないんだ？　どうして僕《ぼく》たちに剣《つるぎ》を手渡《てわた》さないんだ？」

「わかるわけないよ」ロンが言った。「生きているうちに君に剣《つるぎ》を渡《わた》さなかったのと、同じ理由じゃないかな？　君に古いスニッチを遺《のこ》して、ハーマイオニーには子供《こども》の本を遺《のこ》したのと同じ理由じゃないか？」

「その理由ってなんだ？」ハリーは答え欲《ほ》しさに、ロンを真正面から見た。

「さあね」ロンが言った。「僕《ぼく》さ、ときどきいらいらしてたまんないときなんかに、ダンブルドアが陰《かげ》で笑ってるんじゃないかって思うことがあったんだ。それとも――もしかしたら、わざわざ事を難《むず》しくしたがってるだけなんじゃないかって。でもいまは、そうは思わない。『灯消《ひけ》しライター』を僕《ぼく》にくれたとき、ダンブルドアにはすべてお見透《みとお》しだったんだ。そうだろ？　ダンブルドアは――えーと」

ロンの耳が真っ赤になり、急に足元の草に気を取られたように、つま先でほじりだした。

「ダンブルドアは、僕《ぼく》が君を見捨《みす》てて逃《に》げ出《だ》すことを知ってたにちがいないよ」

「ちがうね」ハリーが訂正《ていせい》した。「ダンブルドアは、君がはじめからずっと戻《もど》りたいと思い続けるだろうって、わかっていたにちがいないよ」

ロンは救われたような顔をしたが、それでもまだきまりが悪そうだった。話題を変える意味もあって、ハリーが言った。

「ダンブルドアと言えば、スキーターがダンブルドアについて書いたこと、何か耳にしたか？」

「ああ、聞いた」ロンが即座《そくざ》に答えた。「みんな、ずいぶんその話をしてるよ。もち、状況《じょうきょう》がちがえば、すっごいニュースだったろうな。ダンブルドアがグリンデルバルドと友達だったなんてさ。だけどいまは、ダンブルドアを嫌《きら》ってた連中が物笑いの種にしてるだけだよ。それと、ダンブルドアをすごくいいやつだと思ってた人にとっちゃ、ちょっと横面《よこつら》を張《は》られたみたいな。だけど、そんなにたいした問題じゃないと思うな。だって、二人は、ダンブルドアがほんとに若《わか》いときに――」

「僕《ぼく》たちの年齢《ねんれい》だ」

ハリーは、ハーマイオニーに言い返したと同じように言った。そして、ハリーの表情《ひょうじょう》には、ロンに、この話題を続けないほうがいいと思わせる何かがあった。

キイチゴの茂《しげ》みに凍《こお》ったクモの巣があり、その真ん中に大きなクモがいた。ハリーは、前の晩《ばん》にロンからもらった杖《つえ》でクモにねらいを定めた。畏《おそ》れ多くもハーマイオニーが、あれから調べてくれた結果、リンボクの木でできていると判断《はんだん》してくれた杖《つえ》だ。

「エンゴージオ、肥大《ひだい》せよ」

クモはちょっと震《ふる》え、巣の上で少し跳《は》ねた。ハリーは、もう一度やってみた。今度はクモが少し大きくなった。

「やめてくれ」ロンが鋭《するど》い声を出した。「ダンブルドアが若《わか》かったって言って、悪かったよ。もういいだろう？」

ハリーは、ロンがクモ嫌《ぎら》いなのを忘《わす》れていた。

「ごめん――レデュシオ、縮《ちぢ》め」

クモは縮《ちぢ》まない。ハリーは、あらためてリンボクの杖《つえ》を見た。その日に試《ため》してみた簡単《かんたん》な呪文《じゅもん》のどれもが、不死鳥《ふしちょう》の杖《つえ》に比《くら》べて効《き》きが弱いような気がした。新しい杖《つえ》は、出しゃばりで違和感《いわかん》があった。自分の腕《うで》に、誰《だれ》かほかの人の手を縫《ぬ》いつけたようだった。

「練習が必要なだけよ」

ハーマイオニーが、音もなく二人の背後《はいご》から近づいて、ハリーがクモを大きくしたり縮《ちぢ》めようとしたりするのを心配そうに見つめていた。

「ハリー、要するに自信の問題なのよ」

ハリーは、ハーマイオニーがなぜ杖《つえ》に問題がないことを願うのか、その理由がわかっていた。ハリーの杖《つえ》を折ったことを、まだ苦にしているのだ。口まで出かかった反論《はんろん》の言葉を、ハリーはのみ込《こ》んだ。何もちがわないと思うなら、ハーマイオニーがリンボクの杖《つえ》を持てばいい、かわりにハリーが彼女《かのじょ》の杖《つえ》を持つから、と言いたかった。しかし、三人の仲が早く元どおりになることを願う気持ちが強かったので、ハリーは逆《さか》らわなかった。ところが、ロンが遠慮《えんりょ》がちにハーマイオニーに笑いかけると、ハーマイオニーはつんけんしながら行ってしまい、再《ふたた》び本の陰《かげ》に顔を隠《かく》してしまった。

暗くなってきたので、三人はテントに戻《もど》り、ハリーが最初に見張《みは》りに立った。入口に座《すわ》り、ハリーはリンボクの杖《つえ》で足元の小石を浮上《ふじょう》させようとした。しかしハリーの魔法《まほう》は、相変わらず以前よりぎこちなく、効《き》き目《め》が弱いように思えた。ハーマイオニーはベッドに横たわって本を読んでいた。ロンはおどおどしながら、何度もちらちらとハーマイオニーのベッドを見上げていたが、やがてリュックサックから小さな木製《もくせい》のラジオを取り出し、周波数を合わせはじめた。

「一局だけあるんだ」ロンは声を落としてハリーに言った。

「ほんとのニュースを伝えてるところが。ほかの局は全部『例のあの人』側で、魔法省《まほうしょう》の受け売りさ。でもこの局だけは……聞いたらわかるよ。すごいんだから。ただ、毎晩《まいばん》は放送できないし、手入れがあるかもしれないから、しょっちゅう場所を変えないといけないんだ。それに、選局するにはパスワードが必要で……問題は、僕《ぼく》、最後の放送を聞《き》き逃《のが》したから……」

ロンは小声で行き当たりばったりの言葉をブツブツ言いながら、ラジオのてっぺんを杖《つえ》で軽くトントンたたいた。何度もハーマイオニーを盗《ぬす》み見《み》るのは、明らかに、ハーマイオニーが突然《とつぜん》怒《おこ》りだすことを恐《おそ》れてのことだ。しかしハーマイオニーは、まるでロンなどそこにいないかのように、完全無視《かんぜんむし》だった。十分ほど、ロンはトントンブツブツ、ハーマイオニーは本のページをめくり、ハリーはリンボクの杖《つえ》の練習を続けていた。

やがてハーマイオニーが、ベッドから下りてきた。ロンは、すぐさまトントンをやめた。

「君が気になるなら、僕《ぼく》、すぐやめる！」ロンが、ピリピリしながら言った。

ハーマイオニーは、ロンにはお応《こた》え召《め》されず、ハリーに近づいた。

「お話があるの」ハーマイオニーが言った。ハリーは、ハーマイオニーがまだ手にしたままの本を見た。『アルバス・ダンブルドアの真っ白な人生と真っ赤な嘘《うそ》』だった。

「何？」ハリーは心配そうに聞いた。

その本にハリーに関する章があるらしいことが、ちらりと脳裏《のうり》をよぎった。リータ版《ばん》の自分とダンブルドアとの関係を、聞く気になれるかどうかハリーには自信がなかった。しかし、ハーマイオニーの答えは、まったく予想外のものだった。

「ゼノフィリウス・ラブグッドに、会いにいきたいの」

ハリーは目を丸くして、ハーマイオニーを見つめた。

「なんて言った？」

「ゼノフィリウス・ラブグッド。ルーナのお父さんよ。会って話がしたいの！」

「あー――どうして？」

ハーマイオニーは意を決したように、深呼吸《しんこきゅう》してから答えた。

「あの印なの。『吟遊詩人《ぎんゆうしじん》ビードル』にある印。これを見て！」

ハーマイオニーは、見たくもないと思っているハリーの目の前に、『アルバス・ダンブルドアの真っ白な人生と真っ赤な嘘《うそ》』を突《つ》き出《だ》した。そこには、ダンブルドアがグリンデルバルドに宛《あ》てた手紙の写真がのっていた。あの見慣《みな》れた細長い斜《なな》めの文字だった。まちがいなくダンブルドアが書いたものであり、リータのでっち上げではないという証拠《しょうこ》を見せつけられるのは、いやだった。

「署名《しょめい》よ」ハーマイオニーが言った。「ハリー、署名《しょめい》を見て！」

ハリーは言われるとおりにした。一瞬《いっしゅん》、ハーマイオニーが何を言っているのか、さっぱりわからなかったが、杖灯《つえあか》りをかざしてよく見ると、ダンブルドアは、アルバスの頭文字の「A」のかわりに、『吟遊詩人《ぎんゆうしじん》ビードルの物語《ものがたり》』に描《か》かれているのと同じ、三角印のミニチュア版《ばん》を書いていた。

「えー――君たちなんの話を――？」ロンが恐《おそ》る恐《おそ》る聞きかけたが、ハーマイオニーはひとにらみでそれを押《お》さえ込《こ》み、またハリーに話しかけた。

「あちこちに、これが出てくると思わない？」ハーマイオニーが言った。「これはグリンデルバルドの印だと、ビクトールが言ったのはわかっているけど、でも、ゴドリックの谷の古い墓《はか》にもまちがいなくこの印があったし、あの墓石《ぼせき》は、グリンデルバルドの時代よりずっと前のものだわ！　それに、今度はこれ！　でもね、これがどういう意味なのか、ダンブルドアにもグリンデルバルドにも聞けないし――グリンデルバルドがまだ生きているかどうかさえ、私《わたし》は知らないわ――でも、ラブグッドさんなら聞ける。結婚式《けっこんしき》で、このシンボルを身につけていたんですもの。これは絶対《ぜったい》に大事なことなのよ、ハリー！」

ハリーはすぐには答えなかった。やる気充分《じゅうぶん》の、決然としたハーマイオニーの顔を見つめ、それから外の暗闇《くらやみ》を見ながら考えた。しばらくして、ハリーが言った。

「ハーマイオニー、もうゴドリックの谷の二《に》の舞《まい》はごめんだ。自分たちを説得《せっとく》してあそこに行ったけど、その結果――」

「でもハリー、この印は何度も出てくるわ！　ダンブルドアが私《わたし》に『吟遊詩人《ぎんゆうしじん》ビードルの物語《ものがたり》』を遺《のこ》したのは、私《わたし》たちに、この印のことを調べるようにっていう意味なのよ。ちがう？」

「またか！」ハリーは少し腹《はら》が立った。「僕《ぼく》たち、何かと言うと、ダンブルドアが秘密《ひみつ》の印とかヒントを遺《のこ》してくれたにちがいないって、思《おも》い込《こ》もうとしている――」

「『灯消《ひけ》しライター』は、とっても役に立ったぜ」ロンが急に口をはさんだ。「僕《ぼく》は、ハーマイオニーが正しいと思うな。僕《ぼく》たち、ラブグッドに会いにいくべきだと思うよ」

ハリーは、ロンをにらんだ。ロンがハーマイオニーの味方をするのは、三角のルーン文字の意味を知りたいという気持ちとは無関係だと、はっきりわかるからだ。

「ゴドリックの谷みたいにはならないよ」ロンがまた言った。「ラブグッドは、ハリー、君の味方だ。『ザ・クィブラー』は、ずっと君に味方していて、君を助けるべきだって書き続けてる！」

「これは、絶対《ぜったい》に大事なことなのよ！」ハーマイオニーが熱を込《こ》めた。

「でも、もしそうなら、ダンブルドアが、死ぬ前に僕《ぼく》に教えてくれていたと思わないか？」

「もしかしたら……もしかしたら、それは、自分で見つけなければいけないことなんじゃないかしら」

ハーマイオニーの言葉の端《はし》に、藁《わら》にもすがる思いがにじんでいた。

「なるほど」ロンがへつらうように言った。「それでつじつまが合う」

「合わないわ」ハーマイオニーがピシャリと言った。「でも、やっぱりラブグッドさんと話すべきだと思うの。ダンブルドアとグリンデルバルドとゴドリックの谷を結ぶ、シンボルでしょう？　ハリー、まちがいないわ。私《わたし》たち、これについて知るべきなのよ！」

「多数決で決めるべきだな」ロンが言った。「ラブグッドに会うことに賛成《さんせい》の人——」

ロンの手のほうが、ハーマイオニーより早く挙がった。ハーマイオニーは手を挙げながら、疑《うたが》わしげに唇《くちびる》をヒクヒクさせた。

「ハリー、多数決だ。悪いな」ロンはハリーの背中《せなか》をパンとたたいた。

「わかったよ」ハリーはおかしさ半分、いらいら半分だった。「ただし、ラブグッドに会ったら、そのあとは、ほかの分霊箱《ぶんれいばこ》を見つける努力をしよう。いいね？　ところでラブグッドたちは、どこに住んでるんだ？　君たち、知ってるのか？」

「ああ、僕《ぼく》のうちから、そう遠くない所だ」ロンが言った。「正確《せいかく》にはどこだか知らないけど、パパやママが、あの二人のことを話すときは、いつも丘《おか》のほうを指差していた。そんなに苦労しなくても見つかるだろ」

ハーマイオニーがベッドに戻《もど》ってから、ハリーは声を低くして言った。

「ハーマイオニーの機嫌《きげん》を取りたいから、賛成《さんせい》しただけなんだろう？」

「恋愛《れんあい》と戦争では、すべてが許《ゆる》される」ロンがほがらかに言った。「それに、この場合は両方少しずつだ。元気出せ。クリスマス休暇《きゅうか》だから、ルーナは家にいるぜ！」

翌朝《よくあさ》、風の強い丘陵地《きゅうりょうち》に「姿《すがた》あらわし」した三人は、オッタリー・セント・キャッチポール村が一望できる場所にいた。見晴らしのよい地点から眺《なが》めると、雲間から地上に斜《なな》めにかかった大きな光のかけ橋の下で、村は、おもちゃの家が集まっているように見えた。三人は手をかざして「隠《かく》れ穴《あな》」のほうを見ながら、一分か二分、じっとたたずんだが、見えるのは高い生《い》け垣《がき》と果樹園《かじゅえん》の木だけだった。そういうもののおかげで、曲がりくねった小さな家は、マグルの目から安全に隠《かく》されていた。

「こんなに近くまで来て、家に帰らないのは変な感じだな」ロンが言った。

「あら、ついこの間、みんなに会ったばかりとは思えない言い方ね。クリスマスに家にいたくせに」ハーマイオニーが冷たく言った。

「『隠《かく》れ穴《あな》』なんかに、いやしないよ！」ロンはまさか、という笑い方をした。「家に戻《もど》って、僕《ぼく》は君たちを見捨《みす》てて帰ってきました、なんて言えるか？　それこそ、フレッドやジョージは大喜びしただろうさ。それにジニーなんか、心底理解《りかい》してくれたろうな」

「だって、それじゃ、どこにいたの？」ハーマイオニーが驚《おどろ》いて聞いた。

「ビルとフラーの新居《しんきょ》。『貝殻《かいがら》の家《いえ》』だ。ビルは、いままでどんなときも僕《ぼく》をきちんと扱《あつか》ってくれた。ビルは──ビルは僕《ぼく》のしたことを聞いて、感心はしなかったけど、くだくだ言わなかった。僕《ぼく》がほんとうに後悔《こうかい》してるってこと、ビルにはわかっていたんだ。ほかの家族は、僕《ぼく》がビルの所にいるなんて、誰《だれ》も知らなかった。ビルがママに、クリスマスにはフラーと二人っきりで過《す》ごしたいから、家には帰らないって言ったんだ。ほら、結婚《けっこん》してから初めての休暇《きゅうか》だし。フラーも別に、それでかまわなかったと思うよ。だって、セレスティナ・ワーベック、嫌《きら》いだしね」

ロンは「隠《かく》れ穴《あな》」に背《せ》を向けた。

「ここを行ってみよう」ロンは丘《おか》の頂上《ちょうじょう》を越《こ》える道を、先に立って歩いた。

三人は二、三時間歩いた。ハリーはハーマイオニーの強い意見で、透明《とうめい》マントに隠《かく》れていた。低い丘《おか》が続く丘陵地《きゅうりょうち》には、一軒《けん》の小さなコテージ以外人家はなく、そのコテージにも人影《ひとかげ》がなかった。

「これが二人の家かしら。クリスマス休暇《きゅうか》で出かけたんだと思う？」

窓《まど》からのぞき込《こ》みながらハーマイオニーが言った。中はこざっぱりとしたキッチンで、窓辺《まどべ》にはゼラニウムが置いてある。ロンはフンと鼻を鳴らした。

「いいか、僕《ぼく》の直感では、ラブグッドの家なら、窓《まど》からのぞけば、ひと目でそれだとわかるはずだ。別の丘陵地《きゅうりょうち》を探《さが》そうぜ」

そこで三人は、そこから数キロ北へ「姿《すがた》くらまし」した。

「ハハーン！」ロンが叫《さけ》んだ。

風が三人の髪《かみ》も服もはためかせていた。ロンは、三人が現《あらわ》れた丘《おか》の一番上を指差していた。そこに、世にも不思議な縦《たて》に長い家が、くっきりと空にそびえていた。巨大《きょだい》な黒い塔《とう》のような家の背後《はいご》には、午後の薄明《うすあ》かりの空に、ぼんやりとした幽霊《ゆうれい》のような月がかかっていた。

「あれがルーナの家にちがいない。ほかにあんな家に住むやつがいるか？　巨大《きょだい》な城《しろ》だぜ！」

「何言ってるの？　お城《しろ》には見えないけど」ハーマイオニーが塔《とう》を見て顔をしかめた。

「城《しろ》は城《しろ》でもチェスの城《ルーク》さ」ロンが言った。「どっちかって言うと塔《とう》だけどね」

一番足の長いロンが、最初に丘《おか》のてっぺんに着いた。ハリーとハーマイオニーが息を切らし、みずおちを押《お》さえて追いついたときには、ロンは得意《とくい》げに笑っていた。

「ずばりあいつらの家だ」ロンが言った。「見てみろよ」

手描《てが》きの看板《かんばん》が三枚、壊《こわ》れた門にとめつけてあった。最初の一枚《まい》は「**ザ・クィブラー編集長《へんしゅうちょう》X・ラブグッド**」。二枚目《まいめ》は「**宿木《やどりぎ》は勝手につんでください**」。三枚目《まいめ》は「**飛行船スモモに近寄《ちかよ》らないでください**」と書いてある。

門を開けると、キーキーきしんだ。玄関《げんかん》までのジグザグの道には、さまざまな変わった植物が伸《の》び放題《ほうだい》だ。ルーナがときどきイヤリングにしていた、オレンジ色のカブのような実がたわわに実る灌木《かんぼく》もあった。ハリーはスナーガラフらしきものを見つけ、そのしなびた切《き》り株《かぶ》から充分《じゅうぶん》に距離《きょり》を取った。玄関《げんかん》の両脇《りょうわき》に見張《みは》りに立つのは、風に吹《ふ》きさらされて傾《かたむ》いた豆リンゴの古木が二本。葉は全部落ちているが、小さな赤い実がびっしりと実り、白いビーズ玉をつけたもじゃもじゃの宿木《やどりぎ》をいくつも冠《かんむり》のように戴《いただ》いて重そうだ。鷹《たか》のように頭のてっぺんが少しひしゃげた小さなふくろうが一羽、枝《えだ》に止まって三人をじっと見下ろしていた。

「ハリー、透明《とうめい》マントを取ったほうがいいわ」ハーマイオニーが言った。「ラブグッドさんが助けたいのは、私《わたし》たちじゃなくて、あなたなんだから」

ハリーは言われたとおりにして、ハーマイオニーにマントを渡《わた》し、ビーズバッグにしまってもらった。それからハーマイオニーは、厚《あつ》い黒い扉《とびら》を三度ノックした。扉《とびら》には鉄釘《てつくぎ》が打ちつけてあり、ドア・ノッカーは鷲《わし》の形をしている。

ものの十秒もたたないうちに、扉《とびら》がパッと開き、そこにゼノフィリウス・ラブグッドが立っていた。はだしで、汚《よご》れたシャツ型《がた》の寝《ね》巻《ま》きのようなものを着ている。綿《わた》がしのような長くて白い髪《かみ》は、汚《よご》れてくしゃくしゃだ。ビルとフラーの結婚式《けっこんしき》のゼノフィリウスは、これに比《くら》べれば確実《かくじつ》にめかし込《こ》んでいた。

「なんだ？　何事だ？　君たちは誰《だれ》だ？　何しに来た？」

ゼノフィリウスはかん高いいらだった声で叫《さけ》び、最初にハーマイオニーを、次にロンを見て、最後にハリーを見た。とたんに口がぱっくり開き、完璧《かんぺき》で滑稽《こっけい》な「O《オー》」の形になった。

「こんにちは、ラブグッドさん」ハリーは手を差し出した。「僕《ぼく》、ハリーです。ハリー・ポッターです」

ゼノフィリウスは、握手《あくしゅ》をしなかった。しかし、斜視《しゃし》でないほうの目が、ハリーの額《ひたい》の傷痕《きずあと》へと走った。

「中に入ってもよろしいでしょうか？」ハリーが尋《たず》ねた。「お聞きしたいことがあるのですが」

「そ……それはどうかな」ゼノフィリウスは、ささやくような声で言った。そしてゴクリとつばを飲み、サッと庭を見回した。「衝撃《しょうげき》と言おうか……なんということだ……私《わたし》は……私《わたし》は、残念ながらそうするべきではないと――」

「お時間は取らせません」ハリーは、この温かいとは言えない対応《たいおう》に、少し失望した。

「私《わたし》は――まあ、いいでしょう。入りなさい。急いで。**急いで！**」

敷居《しきい》をまたぎきらないうちに、ゼノフィリウスは扉《とびら》をバタンと閉《し》めた。そこは、ハリーがこれまで見たこともない、へんてこなキッチンだった。完全な円形の部屋で、まるで巨大《きょだい》なこしょう入れの中にいるような気がする。何もかもが、壁《かべ》にぴったりはまるような曲線になっている。ガスレンジも流し台も、食器棚《しょっきだな》も、全部がだ。それに、すべてに鮮《あざ》やかな原色で花や虫や鳥の絵が描《か》いてある。ハリーはルーナらしい絵だと思ったが、こういう狭《せま》い空間では、やや極端《きょくたん》すぎる効果《こうか》が出ていた。

床《ゆか》の真ん中から上階に向かって、錬鉄《れんてつ》の螺旋階段《らせんかいだん》が伸《の》びている。上からはガチャガチャ、バンバンとにぎやかな音が聞こえていた。ハリーは、いったいルーナは何をしているのだろうと思った。

「上に行ったほうがいい」ゼノフィリウスは、相変わらずひどく落ち着かない様子で、先に立って案内した。

二階は居間《いま》と作業場を兼《か》ねたような所で、そのためキッチン以上にごちゃごちゃしていて、かつて見た「必要の部屋」の様子を彷彿《ほうふつ》とさせた。部屋が、何世紀にもわたって隠《かく》された品々で埋《う》まった巨大《きょだい》な迷路《めいろ》に変わったときの、あの忘《わす》れられない光景だ。もっとも、ここはあの部屋よりは小さく、完全な円筒形《えんとうけい》ではあったが、本や書類がありとあらゆる平面に積み上げられているし、天井《てんじょう》からは、ハリーにはなんだかわからない生き物の精巧《せいこう》な模型《もけい》が、羽ばたいたりあごをバクバク動かしたりしながらぶら下がっていた。

ルーナはそこにいなかった。さっきのやかましい音を出していたものは、歯車や回転盤《かいてんばん》が魔法《まほう》で回っている木製《もくせい》の物体だった。作業台と古い棚《たな》をひと組くっつけた奇想天外《きそうてんがい》な作品に見えたが、しばらくしてハリーは、それが旧式《きゅうしき》の印刷機だと判断《はんだん》した。『ザ・クィブラー』がどんどん刷り出されていたからだ。

「失礼」ゼノフィリウスはその機械につかつかと近づき、膨大《ぼうだい》な数の本や書類ののったテーブルから汚《きたな》らしいテーブルクロスを抜《ぬ》き取《と》って——本も書類も全部床《ゆか》に転がり落ちたが——印刷機にかぶせた。ガチャガチャ、バンバンの騒音《そうおん》はそれで少し抑《おさ》えられた。ゼノフィリウスは、あらためてハリーを見た。

「どうしてここに来たのかね?」

ところが、ハリーが口を開くより前に、ハーマイオニーが驚《おどろ》いて小さな叫《さけ》び声《ごえ》を上げた。

「ラブグッドさん——あれはなんですか?」

指差していたのは、壁《かべ》に取りつけられた螺旋状《らせんじょう》の巨大《きょだい》な灰色《はいいろ》の角で、ユニコーンのものと言えなくもなかったが、壁《かべ》から一メートルほども突《つ》き出《だ》している。

「しわしわ角《づの》スノーカックの角だが」ゼノフィリウスが言った。

「いいえ、ちがいます!」ハーマイオニーが言った。

「ハーマイオニー」ハリーは、ばつが悪そうに小声で言った。「いまはそんなことを——」

「でも、ハリー、あれはエルンペントの角よ! 取引《とりひき》可能《かのう》品目《ひんもく》Bクラス、危険物《きけんぶつ》扱《あつか》いで、家の中に置くには危険《きけん》すぎる品だわ!」

「どうしてエルンペントの角だって、わかるんだ?」

ロンは、身動きもままならないほど雑然《ざつぜん》とした部屋の中を、急げるだけ急いで角から離《はな》れた。

「『幻《まぼろし》の動物とその生息地』に説明があるわ！　ラブグッドさん、すぐにそれを捨《す》てないと。ちょっとでも触《ふ》れたら爆発《ばくはつ》するかもしれないって、ご存《ぞん》じではないんですか？」

「しわしわ角スノーカックは」ゼノフィリウスは、てこでも動かない顔ではっきり言った。「恥《は》ずかしがり屋で、高度な魔法生物《まほうせいぶつ》だ。その角は――」

「ラブグッドさん、角のつけ根に溝《みぞ》が見えます。あれはエルンペントの角で、信じられないくらい危険《きけん》なものです――どこで手に入れられたかは知りませんが――」

「買いましたよ」ゼノフィリウスは、誰《だれ》がなんと言おうと、という調子だった。

「二週間前、私《わたし》がスノーカックというすばらしい生物に興味《きょうみ》があることを知った、気持ちのよい若《わか》い魔法使《まほうつか》いからだ。クリスマスにルーナをびっくりさせてやりたくてね。さて」ゼノフィリウスはハリーに向きなおった。「ミスター・ポッター、いったい、どういう用件《ようけん》で来られたのかな？」

「助けていただきたいんです」ハーマイオニーがまた何か言いだす前に、ハリーは答えた。

「ああ、助けね。ふむ」ゼノフィリウスが言った。斜視《しゃし》でないほうの目が、またハリーの傷痕《きずあと》へと動いた。おびえながら、同時に魅入《みい》られているようにも見えた。

「そう。問題は……ハリー・ポッターを助けること……かなり危険《きけん》だ……」

「ハリーを助けることが第一の義務《ぎむ》だって、みんなに言っていたのはあなたじゃないですか？」

ロンが言った。「あなたのあの雑誌《ざっし》で?」

ゼノフィリウスは、テーブルクロスに覆《おお》われてもまだやかましく動いている印刷機を、ちらりと振《ふ》り返《かえ》った。

「あー――そうだ。そういう意見を表明してきた。しかし――」

「――ほかの人がすることで、あなた自身ではないってことですか?」ロンが言った。

ゼノフィリウスは何も答えなかった。つばを何度も飲《の》み込《こ》み、目が三人の間をすばやく往《い》ったり来たりした。ハリーは、ゼノフィリウスが心の中で何かもがいているような感じを受けた。

「ルーナはどこかしら?」ハーマイオニーが聞いた。「ルーナがどう思うか聞きましょう」

ゼノフィリウスは、ゴクリと大きくつばを飲んだ。覚悟《かくご》を固めているように見えた。しばらくしてやっと、印刷機の音にかき消されて聞き取りにくいほどの震《ふる》え声《ごえ》で、答えが返ってきた。

「ルーナは川に行っている。川プリンピーを釣《つ》りに。ルーナは……君たちに会いたいだろう。呼《よ》びに行ってこよう。それから――そう、よろしい。君を助けることにしよう」

ゼノフィリウスは螺旋階段《らせんかいだん》を下りて、姿《すがた》が見えなくなった。玄関《げんかん》の扉《とびら》が開いて、閉《し》まる音が聞こえた。三人は顔を見合わせた。

「臆病者《おくびょうもの》のクソチビめ」ロンが言った。「ルーナのほうが十倍も肝《きも》が太いぜ」

「僕《ぼく》がここに来たことが死喰《しく》い人《びと》に知れたら、自分たちはどうなるかって、たぶんそれを心配してるんだろう」ハリーが言った。

「そうねぇ、私《わたし》はロンと同じ意見よ」ハーマイオニーが言った。「偽善者《ぎぜんしゃ》もいいとこだわ。ほかの人にはあなたを助けるように言っておきながら、自分自身はコソコソ逃《に》げ出《だ》そうとするなんて。それに、お願いだから、その角から離《はな》れてちょうだい」

ハリーは、部屋の反対側にある窓《まど》に近寄《ちかよ》った。ずっと下のほうに川が見える。丘《おか》のふもとを、光るリボンのように細く流れている。この家は、ずっと高い所にある。ハリーは「隠《かく》れ穴《あな》」の方角をじっと見つめた。すると、窓《まど》の外を鳥が羽ばたいて通《とお》り過《す》ぎた。「隠《かく》れ穴《あな》」は、別の丘《おか》の稜線《りょうせん》のむこうで、ここからは見えない。ジニーは、どこかあのあたりにいる。こんなにジニーの近くにいるのは、ビルとフラーの結婚式《けっこんしき》以来《いらい》なのに、自分がいまジニーのことを考えながら、その方向を眺《なが》めていることをジニーは知る由《よし》もない。そのほうがいいと思うべきなのだ。自分が接触《せっしょく》した人は、みんな危険《きけん》にさらされるのだから。ゼノフィリウスの態度《たいど》がいい証拠《しょうこ》だ。

窓《まど》から目を離《はな》すと、ハリーの目に、別の奇妙《きみょう》なものが飛《と》び込《こ》んできた。壁《かべ》に沿《そ》って曲線を描《えが》く、ごたごたした戸棚《とだな》の上に置かれている石像《せきぞう》だ。美しいが厳《きび》しい顔つきの魔女《まじょ》の像《ぞう》が、世にも不思議な髪飾《かみかざ》りをつけている。髪飾《かみかざ》りの両脇《りょうわき》から、金のラッパ型補聴器《がたほちょうき》のようなものが飛び出ている。小さなキラキラ光る青い翼《つばさ》が一対《つい》、頭のてっぺんを通る革《かわ》ひもに差《さ》し込《こ》まれ、オレンジ色のカブが一つ、額《ひたい》に巻《ま》かれたもう一本のひもに差《さ》し込《こ》まれていた。

「これを見てよ」ハリーが言った。

「ぐっと来るぜ」ロンが言った。「結婚式《けっこんしき》になんでこれを着けてこなかったのか、謎《なぞ》だ」

玄関《げんかん》の扉《とびら》が閉《し》まる音がして、まもなくゼノフィリウスが、螺旋階段《らせんかいだん》を上って部屋に戻《もど》ってきた。細い両足をゴム長に包み、バラバラなティーカップをいくつかと、湯気を上げたティーポットののった盆《ぼん》を持っている。

「ああ、私《わたし》のお気に入りの発明を見つけたようだね」

盆《ぼん》をハーマイオニーの腕《うで》に押《お》しつけたゼノフィリウスは、石像《せきぞう》のそばに立っているハリーの所に行った。

「まさに打ってつけの、麗《うるわ》しのロウェナ・レイブンクローの頭をモデルに制作《せいさく》した。『**計り知れぬ英知こそ、われらが最大の宝《たから》なり！**』」

ゼノフィリウスは、ラッパ型補聴器《がたほちょうき》のようなものを指差した。

「これはラックスパート吸《す》い上《あ》げ管《かん》だ——思考する者の身近にあるすべての雑念《ざつねん》の源《みなもと》を取《と》り除《のぞ》く。これは」今度は小さな翼《つばさ》を指差した。「ビリーウィグのプロペラで、考え方や気分を高揚《こうよう》させる。極《きわ》めつきは」オレンジのカブを指していた。「スモモ飛行船だ。異常《いじょう》なことを受け入れる能力《のうりょく》を高めてくれる」

ゼノフィリウスは、大股《おおまた》で盆《ぼん》のほうに戻《もど》った。ハーマイオニーは盆《ぼん》をごちゃごちゃしたサイドテーブルの一つにのせて、なんとかバランスを保《たも》っていた。

「ガーディルートのハーブティーはいかがかな？」ゼノフィリウスが勧《すす》めた。「自家製《じかせい》でね」

赤カブのような赤紫色《あかむらさきいろ》の飲み物を注ぎながら、ゼノフィリウスが言葉を続けた。

「ルーナは『端《はし》の橋《はし》』のむこうにいる。君たちがいると聞いて興奮《こうふん》しているよ。おっつけ来るだろう。我々《われわれ》全員分のスープを作るぐらいのプリンピーを釣《つ》っていたからね。さあ、かけて、砂糖《さとう》は自分で入れてくれ」

「さてと」ゼノフィリウスは、ひじかけ椅子《いす》の上でぐらぐらしていた書類の山を下ろして腰《こし》かけ、ゴム長ばきの足を組んだ。「ミスター・ポッター、何をすればよいのかな？」

「えーと」ハリーはちらりとハーマイオニーを見た。ハーマイオニーは、がんばれと言うようにうなずいた。「ラブグッドさん、ビルとフラーの結婚式《けっこんしき》に、あなたが首から下げていた印のことですけど。あれに、どういう意味があるのかと思って」

ゼノフィリウスは、両方の眉《まゆ》を吊《つ》り上《あ》げた。

「『死《し》の秘宝《ひほう》』の印のことかね？」

第二十一章　三人兄弟の物語

ハリーは、ロンとハーマイオニーを見たが、どちらも、ゼノフィリウスの言ったことが理解《りかい》できなかったようだった。

「死《し》の秘宝《ひほう》？」

「そのとおり」ゼノフィリウスが言った。

「聞いたことがないのかね？　まあそうだろうね。信じている魔法使《まほうつか》いはほとんどいない。君の兄さんの結婚式《けっこんしき》にいた、あのたわけた若者《わかもの》がいい証拠《しょうこ》だ」ゼノフィリウスは、ロンに向かってうなずいた。「悪名高い闇《やみ》の魔法使《まほうつか》いの印を見せびらかしていると言って、私《わたし》を攻撃《こうげき》した！　無知もはなはだしい。秘宝《ひほう》には闇《やみ》の『や』の字もない――少なくとも、一般的《いっぱんてき》に使われている単純《たんじゅん》な闇《やみ》の意味合いはない。あのシンボルは、ほかの信奉者《しんぽうしゃ》が『探求《たんきゅう》』を助けてくれることを望んで、自分が仲間であることを示《しめ》すために使われるだけのことだ」

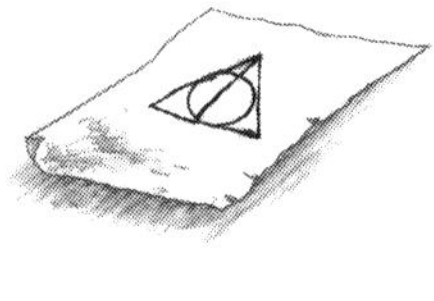

ゼノフィリウスは、ガーディルートのハーブティーに角砂糖《かくざとう》を数個《すうこ》入れてかき回し、ひと口飲んだ。

「すみませんが」ハリーが言った。「僕《ぼく》には、まだよくわかりません」

ハリーも失礼にならないようにとひと口飲んだが、ほとんど吐《は》き出《だ》すところだった。鼻くそ味の「百味《ひゃくみ》ビーンズ」を液体《えきたい》にしたような、むかむかするひどい味だ。

「そう、いいかね、信奉者《しんぼうしゃ》たちは、『死《し》の秘宝《ひほう》』を求めているのだ」

ゼノフィリウスは、ガーディルート・ティーがいかにもうまいとばかりに、舌《した》つづみを打った。

「でも、『死《し》の秘宝《ひほう》』って、**いったい**なんですか？」ハーマイオニーが聞いた。

ゼノフィリウスは、からになったカップを横に置いた。

「君たちは、『三人兄弟の物語』をよく知っているのだろうね？」

ハリーは「いいえ」と言ったが、ロンとハーマイオニーは同時に「はい」と言った。

ゼノフィリウスは重々しくうなずいた。

「さてさて、ミスター・ポッター、すべては『三人兄弟の物語』から始まる……どこかにその本があるはずだが……」

ゼノフィリウスは漠然《ばくぜん》と部屋を見回し、羊皮紙や本の山に目をやったが、ハーマイオニーが「ラブグッドさん、私《わたし》がここに持っています」と言った。

そしてハーマイオニーは、小さなビーズバッグから『吟遊詩人《ぎんゆうしじん》ビードルの物語《ものがたり》』を引《ひ》っ張《ぱ》り出《だ》した。

「原書かね？」ゼノフィリウスが鋭《するど》く聞いた。ハーマイオニーがうなずくと、「さあ、それじゃ、声に出して読んでみてくれないか？　みんなが理解《りかい》するためには、それが一番よい」とゼノフィリウスが言った。

「あっ……わかりました」

ハーマイオニーは、緊張《きんちょう》したように応《こた》えて本を開いた。ハーマイオニーが小さく咳払《せきばら》いして読みはじめたとき、ハリーはそのページの一番上に、自分たちが調べている印がついているのに気づいた。

「昔むかし、三人の兄弟がさびしい曲がりくねった道を、夕暮《ゆうぐ》れ時《どき》に旅していました――」

「真夜中だよ。ママが僕《ぼく》たちに話して聞かせるときは、いつもそうだった」両腕《りょううで》を頭の後ろに回し、体を伸《の》ばして聞いていたロンが言った。ハーマイオニーは、邪魔《じゃま》しないで、という目つきでちらりとロンを見た。

「ごめん、真夜中のほうが、もうちょっと不気味だろうと思っただけさ！」

「うん、そりゃあ、僕《ぼく》たちの人生には、もうちょっと恐怖《きょうふ》が必要だしな」ハリーは思わず口走った。ゼノフィリウスはあまり注意して聞いていない様子で、窓《まど》の外の空を見つめていた。

「ハーマイオニー、続けてよ」

「やがて兄弟は、歩いては渡《わた》れないほど深く、泳いで渡《わた》るには危険《きけん》すぎる川に着きました。でも三人は魔法《まほう》を学んでいたので、杖《つえ》をひと振《ふ》りしただけでその危《あぶ》なげな川に橋をかけました。半分ほど渡《わた》ったところで三人は、フードをかぶった何者かが行く手をふさいでいるのに気がつきました」

「そして、『死』が三人に語りかけました――」

「ちょっと待って」

ハリーが口をはさんだ。

「『死』が語りかけたって？」

「おとぎ話なのよ、ハリー！」

「そうか、ごめん。続けてよ」

「そして、『死』が三人に語りかけました。三人の新しい獲物《えもの》にまんまとしてやられてしまったので、『死』は怒《おこ》っていました。というのも、旅人はたいてい、その川でおぼれ死んでいたからです。でも『死』は狡猾《こうかつ》でした。三人の兄弟が魔法《まほう》を使ったことをほめるふりをしました。そして、『死』をまぬかれるほど賢《かしこ》い三人に、それぞれほうびをあげると言いました」

「一番上の兄は戦闘《せんとう》好《ず》きでしたから、存在《そんざい》するどの杖《つえ》よりも強い杖《つえ》をくださいと言いました。決闘《けっとう》すれば必ず持ち主が勝つという、『死』を克服《こくふく》した魔法使《まほうつか》いにふさわしい杖《つえ》を要求したのです！　そこで『死』は、川岸のニワトコの木まで歩いていき、下がっていた枝《えだ》から一本の杖《つえ》を作り、それを一番上の兄に与《あた》えました」

「二番目の兄は、傲慢《ごうまん》な男でしたから、『死』をもっと恥《は》ずかしめてやりたいと思いました。そこで、人々を『死』から呼《よ》び戻《もど》す力を要求しました。すると『死』は、川岸から一個《こ》の石を拾って二番目の兄に与《あた》え、こう言いました。『この石は死者を呼《よ》び戻《もど》す力を持つであろう』」

「さて次に、『死』は一番下の弟に何が欲《ほ》しいかとたずねました。三番目の弟は、兄弟の中で一番謙虚《けんきょ》で、しかも一番賢《かしこ》い人でした。そして、『死』を信用していませんでした。そこでその弟は、『死』にあとをつけられずに、その場から先に進むことができるようなものが欲《ほ》しいと言いました。そこで『死』はしぶしぶ、自分の持ち物の『透明《とうめい》マント』を与《あた》えました」

「『死』が『透明《とうめい》マント』を持っていたの？」ハリーはまた口をはさんだ。

「こっそり人間に忍《しの》び寄《よ》るためさ」ロンが言った。「両腕《りょううで》をひらひら振《ふ》って、叫《さけ》びながら走って襲《おそ》いかかるのに飽《あ》きちゃうことがあってさ……ごめん、ハーマイオニー」

「それから『死』は、道を空けて三人の兄弟が旅を続けられるようにしました。三人はいましがたの冒険《ぼうけん》の不思議さを話し合い、『死』の贈《おく》り物《もの》に感嘆《かんたん》しながら旅を続けました」

「やがて三人は別れて、それぞれの目的地に向かいました」

「一番上の兄は、一週間ほど旅をして、遠い村に着き、争っていた魔法使《まほうつか》いを探《さが》し出《だ》しました。『ニワトコの杖《つえ》』が武器《ぶき》ですから、当然、その後に起こった決闘《けっとう》に勝たないわけはありません。死んで床《ゆか》に倒《たお》れている敵《てき》を置き去りにして、一番上の兄は旅籠《はたご》に行き、そこで『死』そのものから奪《うば》った強力な杖《つえ》について大声で話し、自分は無敵《むてき》になったと自慢《じまん》しました」

「その晩《ばん》のことです。ひとりの魔法使《まほうつか》いが、ワインに酔《よ》いつぶれて眠《ねむ》っている一番上の兄に忍《しの》び寄《よ》りました。その盗人《ぬすっと》は杖《つえ》を奪《うば》い、ついでに一番上の兄ののどをかき切りました」

「そうして『死』は、一番上の兄を自分のものにしました」

「一方、二番目の兄は、ひとり暮《ぐ》らしをしていた自分の家に戻《もど》りました。そこですぐに死人を呼《よ》び戻《もど》す力のある石を取り出し、手の中で三度回しました。驚《おどろ》いたことに、そしてうれしいことに、若《わか》くして死んだ、その昔結婚《けっこん》を夢見《ゆめみ》た女性《じょせい》の姿《すがた》が現《あらわ》れました」

「しかし、彼女《かのじょ》は無口で冷たく、二番目の兄とはベールで仕切られているかのようでした。この世にもどってきたものの、その女性《じょせい》は完全にはこの世にはなじめずに苦しみました。二番目の兄は、望みのない思慕《しぼ》で気も狂《くる》わんばかりになり、彼女《かのじょ》とほんとうに一緒《いっしょ》になるために、とうとう自らの命を絶《た》ちました」

「そうして『死』は、二番目の兄を自分のものにしました」

「しかし三番目の弟は、『死』が何年探《さが》しても、けっして見つけることができませんでした。三番目の弟は、とても高齢《こうれい》になったときに、ついに『透明《とうめい》マント』を脱《ぬ》ぎ、息子《むすこ》にそれを与《あた》えました。そして三番目の弟は、『死』を古い友人として迎《むか》え、喜んで『死』とともに行き、同じ仲間として、一緒《いっしょ》にこの世を去ったのでした」

ハーマイオニーは本を閉《と》じた。ゼノフィリウスは、ハーマイオニーが読み終えたことにすぐには気づかず、一瞬《いっしゅん》、間を置いてから、窓《まど》を見つめていた視線《しせん》をはずして言った。

「まあ、そういうことだ」

「え？」ハーマイオニーは混乱《こんらん》したような声を出した。

「それらが、『死《し》の秘宝《ひほう》』だよ」ゼノフィリウスが言った。

ゼノフィリウスは、ひじの所にある散らかったテーブルから羽根ペンを取り、積み重ねられた本の山の中から破《やぶ》れた羊皮紙を引《ひ》っ張《ぱ》り出《だ》した。

「ニワトコの杖《つえ》」ゼノフィリウスは、羊皮紙に縦線《たてせん》をまっすぐ一本引いた。「蘇《よみがえ》りの石《いし》」と言いながら縦線《たてせん》の上に円を描《か》き足《た》し、「透明《とうめい》マント」と言いながら、縦線《たてせん》と円とを三角で囲んで、ハーマイオニーの関心を引いていたシンボルを描《か》き終えた。

「三つを一緒《いっしょ》にして」ゼノフィリウスが言った。「死《し》の秘宝《ひほう》」

「でも、『死《し》の秘宝《ひほう》』という言葉は、物語のどこにも出てきません」ハーマイオニーが言った。

「それは、もちろんそうだ」

ゼノフィリウスは、腹立《はらだ》たしいほど取《と》り澄《す》ました顔だった。

「それは子供《こども》のおとぎ話だから、知識《ちしき》を与《あた》えるというより楽しませるように語られている。しかし、こういうことを理解《りかい》している我々《われわれ》の仲間には、この昔話が、三つの品、つまり『秘宝《ひほう》』に言及《げんきゅう》していることがわかるのだ。もし三つを集められれば、持ち主は『死』を制《せい》する者となるだろう」

一瞬《いっしゅん》の沈黙《ちんもく》が訪《おとず》れ、その間にゼノフィリウスは窓《まど》の外をちらりと見た。太陽はもう西に傾《かたむ》いていた。

「ルーナはまもなく、充分《じゅうぶん》な数のプリンピーを捕《つか》まえるはずだ」ゼノフィリウスが低い声で言った。

「『死を制《せい》する者』っていうのは――」ロンが口を開いた。

「制《せい》する者」ゼノフィリウスは、どうでもよいというふうに手を振《ふ》った。「征服者《せいふくしゃ》。勝者。言葉はなんでもよい」

「でも、それじゃ……つまり……」

ハーマイオニーがゆっくりと言った。ハリーには、疑《うたが》っていることが少しでも声に表れないように努力しているのだとわかった。

「あなたは、それらの品――『秘宝《ひほう》』――が実在《じつざい》すると信じているのですか？」

ゼノフィリウスは、また眉《まゆ》を吊《つ》り上《あ》げた。

「そりゃあ、もちろんだ」

「でも、ラブグッドさん、どうして信じ**られる**のかしら――？」その声で、ハリーは、ハーマイオニーの抑制《よくせい》が効《き》かなくなりはじめているのを感じた。

「お嬢《じょう》さん、ルーナが君のことをいろいろ話してくれたよ」ゼノフィリウスが言った。「君は知性《ちせい》がないわけではないとお見受けするが、気の毒なほど想像力《そうぞうりょく》がかぎられている。偏狭《へんきょう》で頑迷《がんめい》だ」

「ハーマイオニー、あの帽子《ぼうし》を試《ため》してみるべきじゃないかな」

ロンがばかばかしい髪飾《かみかざ》りをあごでしゃくった。笑いださないようにこらえるつらさで、声が震《ふる》えている。

「ラブグッドさん」ハーマイオニーがもう一度聞いた。「『透明《とうめい》マント』の類《たぐい》が存在《そんざい》することは、私《わたし》たち三人とも知っています。めずらしい品ですが、存在《そんざい》します。でも――」

「ああ、しかし、ミス・グレンジャー、三番目の秘宝《ひほう》は**本物の**『透明《とうめい》マント』なのだ！　つまり、旅行用のマントに『目くらまし術《じゅつ》』をしっかり染《し》み込《こ》ませたり、『眩惑《げんわく》の呪《のろ》い』をかけたりした品じゃないし、『デミガイズ（葉隠《はがく》れ獣《じゅう》）』の毛で織《お》ったものでもない。この織物《おりもの》は、はじめのうちこそ隠《かく》してくれるが、何年かたつと色あせて半透明《はんとうめい》になってしまう。本物のマントは、着るとまちがいなく完全に透明《とうめい》にしてくれるし、永久《えいきゅう》に長持ちする。どんな呪文《じゅもん》をかけても見透《みとお》せないし、いつもまちがいなく隠《かく》してくれる。ミス・グレンジャー、**そういう**マントをこれまで何枚《なんまい》見たかね？」

ハーマイオニーは答えようとして口を開いたが、ますます混乱《こんらん》したような顔でそのまま閉《と》じた。

ハリーたち三人は顔を見合わせた。ハリーは、みなが同じことを考えていると思った。この瞬間《しゅんかん》、ゼノフィリウスがたったいま説明してくれたマントと寸分《すんぶん》たがわぬ品が、この部屋に、しかも自分たちの手にある。

「そのとおり」ゼノフィリウスは、論理的《ろんりてき》に三人を言い負かしたというような調子だった。「君たちはそんなものを見たことがない。持ち主はそれだけで、計り知れないほどの富を持つと言えるだろう。ちがうかね？」

ゼノフィリウスは、また窓《まど》の外をちらりと見た。空はうっすらとピンクに色づいていた。

「それじゃ」ハーマイオニーは落ち着きを失っていた。「その『マント』は実在《じつざい》するとしましょう……ラブグッドさん、石のことはどうなるのですか？　あなたが『蘇《よみがえ》りの石《いし》』と呼《よ》ばれた、その石は？」

「どうなるとは、どういうことかね？」

「あの、どうしてそれが現実《げんじつ》のものだと言えますか？」

「そうじゃないと証明《しょうめい》してごらん」ゼノフィリウスが言った。

ハーマイオニーは憤慨《ふんがい》した顔をした。

「そんな――失礼ですが、そんなこと愚《ぐ》の骨頂《こっちょう》だわ！　実在《じつざい》しないことをいったいどうやって証明《しょうめい》**できる**んですか？　たとえば、私《わたし》が石を――世界中の石を集めてテストすればいいとでも？　つまり、実在《じつざい》を信ずる唯一《ゆいいつ》の根拠《こんきょ》が、その実在《じつざい》を**否定**《ひてい》**できない**ということなら、**なんだって**実在《じつざい》すると言えるじゃないですか！」

「そう言えるだろうね」ゼノフィリウスが言った。「君の心が少し開いてきたようで、喜ばしい」

「それじゃ、『ニワトコの杖《つえ》』は」ハーマイオニーが反論《はんろん》する前に、ハリーが急いで聞いた。「それも実在《じつざい》すると思われますか？」

「ああ、まあ、この場合は、数えきれないほどの証拠《しょうこ》がある」ゼノフィリウスが言った。「秘宝《ひほう》の中でも『ニワトコの杖《つえ》』は最も容易《ようい》に跡《あと》を追える。杖《つえ》が手から手へと渡《わた》る方法のせいだがね」

「その方法って？」ハリーが聞いた。

「その方法とは、真に杖《つえ》の所持者となるためには、その前の持ち主から杖《つえ》を奪《うば》わなければならないということだ。『極悪人《ごくあくにん》エグバート』が『悪人エメリック』を虐殺《ぎゃくさつ》して杖《つえ》を手に入れた話は、もちろん聞いたことがあるだろうね？　ゴデロットが、息子《むすこ》のヘレワードに杖《つえ》を奪《うば》われて、自宅《じたく》の地下室で死んだ話も？　あの恐《おそ》ろしいロクシアスが、バーナバス・デベリルを殺して、杖《つえ》を手に入れたことも？　『ニワトコの杖《つえ》』の血の軌跡《きせき》は、魔法史《まほうし》のページに点々と残っている」

ハリーはハーマイオニーをちらりと見た。顔をしかめてゼノフィリウスを見てはいたが、ハーマイオニーは反対を唱えなかった。

「それじゃ、『ニワトコの杖《つえ》』は、いまどこにあるのかなぁ？」ロンが聞いた。

「嗚呼《ああ》、誰《たれ》ぞ知るや？」ゼノフィリウスは窓《まど》の外を眺《なが》めながら言った。「『ニワトコの杖《つえ》』がどこに隠《かく》されているか、誰《だれ》が知ろう？　アーカスとリビウスのところで、あとがとだえているのだ。ロクシアスを打ち負かして杖《つえ》を手に入れたのがどちらなのか、誰《だれ》が知ろう？　そのどちらかを、また別の誰《だれ》が負かしたかもしれぬと、誰《だれ》が知ろう？　歴史は、嗚呼《ああ》、語ってくれぬ」

一瞬《いっしゅん》の沈黙《ちんもく》の後、ハーマイオニーが切り口上に質問《しつもん》した。

「ラブグッドさん、ペベレル家と『死《し》の秘宝《ひほう》』は、何か関係がありますか？」

ゼノフィリウスは度肝《どぎも》を抜《ぬ》かれた顔をし、ハリーは記憶《きおく》の片隅《かたすみ》が揺《ゆ》すぶられた。ペベレル……どこかで聞いた名前だ……。しかし、ハリーにはそれがなんなのか、はっきりとは思い出せなかった。

「なんと、お嬢《じょう》さん、私《わたし》はいままで勘《かん》ちがいをしていたようだ！」

ゼノフィリウスは椅子《いす》にしゃんと座《すわ》りなおし、驚《おどろ》いたように目玉をぎょろぎょろさせてハーマイオニーを見ていた。

「君を『秘宝《ひほう》の探求《たんきゅう》』の初心者とばかり思っていた！　探求者《たんきゅうしゃ》たちの多くは、ペベレルこそ『秘《ひ》宝《ほう》』のすべてを――**すべてを！**　――握《にぎ》っていると考えている！」

「ペベレルって誰《だれ》？」ロンが聞いた。

「ゴドリックの谷に、その印がついた墓石《ぼせき》があったの。その墓《はか》の名前よ」ゼノフィリウスをじっと見たまま、ハーマイオニーが答えた。「イグノタス・ペベレル」

「いかにもそのとおり！」ゼノフィリウスは、ひとくさり論《ろん》じたそうに人差し指を立てた。「イグノタスの墓《はか》の『死《し》の秘宝《ひほう》』の印こそ、決定的な証拠《しょうこ》だ！」

「なんの？」ロンが聞いた。

「これはしたり！　物語の三兄弟とは、実在《じつざい》するペベレル家の兄弟、アンチオク、カドマス、イグノタスであるという証拠《しょうこ》だ！　三人が秘宝《ひほう》の最初の持ち主たちだという証拠《しょうこ》なのだ！」

またしても窓《まど》の外に目を走らせると、ゼノフィリウスは立ち上がって盆《ぼん》を取り上げ、螺旋階段《らせんかいだん》に向かった。

「夕食を食べていってくれるだろうね？」再《ふた》び階下に姿《すがた》を消したゼノフィリウスの声が聞こえた。

「誰《だれ》でも必ず、川プリンピー・スープのレシピを聞くんだよ」

「たぶん、聖《せい》マンゴの中毒治療科《ちゅうどくちりょうか》に見せるつもりだぜ」ロンがこっそり言った。

ハリーは、下のキッチンでゼノフィリウスが動き回る音が聞こえてくるのを待って、口を開いた。

「どう思う？」ハリーはハーマイオニーに聞いた。

「ああ、ハリー」ハーマイオニーはうんざりしたように言った。

「ばかばかしいの一言よ。あの印のほんとうの意味が、こんな話のはずはないわ。ラブグッド独特《どくとく》のへんてこな解釈《かいしゃく》にすぎないのよ。時間のむだだったわ」

「『しわしわ角スノーカック』を世に出したやつの、**いかにも**言いそうなことだぜ」ロンが言った。

「君も信用していないんだね？」ハリーが聞いた。

「ああ、あれは、子供《こども》たちの教訓になるようなおとぎ話の一つだろ？『君子危《あや》うきに近寄《ちかよ》らず、けんかはするな、寝《ね》た子を起こすな！　目立つな、よけいなおせっかいをやくな、それで万事《ばんじ》オッケー』。そう言えば」ロンが言葉を続けた。「ニワトコの杖《つえ》が不幸を招《まね》くって、あの話から来てるのかもな」

「なんの話だ？」

「迷信《めいしん》の一つだよ。『真夏生まれの魔女《まじょ》は、マグルと結婚《けっこん》する』、『朝《あした》に呪《のろ》えば、暮《く》れには解《と》ける』、『ニワトコの杖《つえ》、永久《とこしえ》に不幸』。聞いたことがあるはずだ。僕《ぼく》のママなんか、迷信《めいしん》どっさりさ」

「ハリーも私《わたし》も、マグルに育てられたのよ」ハーマイオニーがロンの勘《かん》ちがいを正した。「私《わたし》たちの教えられた迷信《めいしん》はちがうわ」

その時、キッチンからかなりの刺激臭《しげきしゅう》が漂《ただよ》ってきて、ハーマイオニーは深いため息をついた。ゼノフィリウスにいらいらさせられたおかげで、ハーマイオニーがロンへのいらだちを忘《わす》れてしまったのは、幸いだった。

「あなたの言うとおりだと思うわ」ハーマイオニーがロンに話しかけた。「単なる道徳話なのよ。どの贈《おく》り物《もの》が一番よいかは明白だわ。どれを選ぶべきかと言えば――」

三人が同時に声を出した。ハーマイオニーは「マント」、ロンは「杖《つえ》」、そしてハリーは「石」と言った。

三人は、驚《おどろ》きとおかしさが半々で顔を見合わせた。

「『マント』と答えるのが**正解《せいかい》だろう**とは思うけど」ロンがハーマイオニーに言った。「でも、杖《つえ》があれば、透明《とうめい》になる必要はないんだ。**『無敵《むてき》の杖《つえ》』**だよ、ハーマイオニー、しっかりしろ！」

「僕《ぼく》たちにはもう、『透明《とうめい》マント』があるんだ」ハリーが言った。

「それに、私《わたし》たち、それにずいぶん助けられたわ。お忘《わす》れじゃないでしょうね！」ハーマイオニーが言った。「ところが杖《つえ》は、まちがいなく面倒《めんどう》を引き起こす運命――」

「――大声で宣伝《せんでん》すれば、だよ」ロンが反論《はんろん》した。「まぬけならってことさ。杖《つえ》を高々と掲《かか》げて振《ふ》り回《まわ》しながら踊《おど》り回《まわ》って、歌うんだ。『無敵《むてき》の杖《つえ》を持ってるぞ、勝てると思うならかかってこい』なんてさ。口にチャックしておけば――」

「ええ、でも口にチャックしておくなんて、**できる**かしら？」ハーマイオニーは疑《うたが》わしげに言った。「あのね、ゼノフィリウスの話の中で、真実はたった一つ、何百年にもわたって、強力な杖《つえ》に関するいろいろの話があったということよ」

「あったの？」ハリーが聞いた。

ハーマイオニーはひどくいらいらした顔をしたが、それがいかにもハーマイオニーらしくて憎《にく》めない顔だったので、ハリーとロンは顔を見合わせてニヤリとした。

「『死《し》の杖《つえ》』、『宿命《しゅくめい》の杖《つえ》』、そういうふうに名前のちがう杖《つえ》が、何世紀にもわたってときどき現《あらわ》れるわ。たいがい闇《やみ》の魔法使《まほうつか》いの持つ杖《つえ》で、持ち主が杖《つえ》の自慢《じまん》をしているの。ビンズ先生が何度かお話しされたわ――でも――ええ、すべてナンセンス。杖《つえ》の力は、それを使う魔法使《まほうつか》いの力しだいですもの。魔法使《まほうつか》いの中には、自分の杖《つえ》がほかのより大きくて強いなんて、自慢《じまん》したがる人がいるというだけよ」

「でも、こうは考えられないか?」ハリーが言った。「そういう杖《つえ》は――『死《し》の杖《つえ》』とか『宿命《しゅくめい》の杖《つえ》』だけど――同じ杖《つえ》が、何世紀にもわたって、名前を変えて登場するって」

「おい、そいつらは全部、『死』が作った本物の『ニワトコの杖《つえ》』だってことか?」ロンが言った。

ハリーは笑った。ふと思いついた考えだったが、結局、ありえないと思ったからだ。ヴォルデモートに空中追跡《くうちゅうついせき》されたあの晩《ばん》、ハリーの杖《つえ》が何をしたにしても、あの杖《つえ》は柊《ひいらぎ》でニワトコではなかったし、オリバンダーが作った杖《つえ》だ。ハリーはそう自分に言い聞かせた。それに、もしハリーの杖《つえ》が無敵《むてき》だったのなら、折れてしまうわけがない。

「それじゃ、君はどうして石を選ぶんだ?」ロンがハリーに聞いた。

「うーん、もしそれで呼《よ》び戻《もど》せるなら、シリウスも……マッド-アイも……ダンブルドアも……僕《ぼく》の両親も……」

ロンもハーマイオニーも笑わなかった。

「でも、『吟遊詩人《ぎんゆうしじん》ビードルの物語《ものがたり》』では、死者は戻《もど》りたがらないということだったよね?」

いま聞いたばかりの話を思い出しながら、ハリーが言った。

「ほかにも、石が死者をよみがえらせる話がたくさんあるってわけじゃないだろう？」

ハリーはハーマイオニーに聞いた。

「ないわ」ハーマイオニーが悲しそうに答えた。「ラブグッドさん以外に、そんなことが可能《かのう》だと思《おも》い込《こ》める人はいないでしょうよ。ビードルはたぶん、『賢者《けんじゃ》の石《いし》』から思いついたんだと思うわ。つまり、不老不死の石のかわりに、死を逆戻《ぎゃくもど》しする石にして」

キッチンからの悪臭《あくしゅう》は、ますます強くなってきた。下着を焼くようなにおいだ。せっかくの気持ちを傷《きず》つけないようにしたくとも、どれだけゼノフィリウスの料理が食べられるか、ハリーには自信がなかった。

「でもさ、『マント』はどうだ？」ロンはゆっくりと言った。「あいつの言うことが正しいと思わないか？　僕《ぼく》なんか、ハリーの『マント』に慣《な》れっこになっちゃって、どんなにすばらしいかなんて、考えたこともないけど、ハリーの持っているようなマントの話は、ほかに聞いたことないぜ。絶対確実《ぜったいかくじつ》だものな。僕《ぼく》たち、あれを着てて見つかったことないし――」

「あたりまえでしょ――あれを着ていれば見えないのよ、ロン！」

「だけど、あいつが言ってたほかのマントのこと――それに、そういうやつだって、二束三クヌートってわけじゃないぜ――全部ほんとうだ！　いままで考えてもみなかったけど、古くなって呪文《じゅもん》の効果《こうか》が切れたマントの話を聞いたことがあるし、呪文《じゅもん》で破《やぶ》られて、穴《あな》が開いた話も聞いた。ハリーのマントはお父さんが持っていたやつだから、厳密《げんみつ》には新品じゃないのにさ、それでもなんて言うか……完璧《かんぺき》！」

「ええ、そうね、でもロン、『石』は……」

二人が小声で議論《ぎろん》している間、ハリーはそれを聞くともなく聞きながら、部屋を歩き回っていた。螺旋階段《らせんかいだん》に近づき、なにげなく上を見たとたん、ハリーはどきりとした。自分の顔が上の部屋の天井《てんじょう》から見下ろしている。一瞬《いっしゅん》うろたえたが、ハリーはそれが鏡でなく、絵であることに気づいた。好奇心《こうきしん》にかられて、ハリーは階段《かいだん》を上りはじめた。

「ハリー、何してるの？　ラブグッドさんがいないのに、勝手にあちこち見ちゃいけないと思うわ！」

しかしハリーはもう、上の階にいた。

ルーナは部屋の天井《てんじょう》を、すばらしい絵で飾《かざ》っていた。ハリー、ロン、ハーマイオニー、ジニー、ネビルの五人の顔の絵だ。ホグワーツの絵のように動いたりはしなかったが、それにもかかわらず、絵には魔法《まほう》のような魅力《みりょく》があった。ハリーには、五人が息をしているように思えた。絵の周りに細かい金の鎖《くさり》が織《お》り込《こ》んであり、五人をつないでいる。しばらく絵を眺《なが》めていたハリーは、鎖《くさり》が実は、金色のインクで同じ言葉を何度もくり返し描《か》いたものだと気づいた。

ともだち……ともだち……ともだち……。

ハリーはルーナに対して、熱いものが一気にあふれ出すのを感じた。ハリーは部屋を見回した。ベッドの脇《わき》に大きな写真があり、小さいころのルーナと、ルーナそっくりの顔をした女性《じょせい》が抱《だ》き合《あ》っている。この写真のルーナは、ハリーがこれまで見てきたどのルーナよりも、きちんとした身なりをしていた。写真はほこりをかぶっていた。なんだか変だ。ハリーは周りをよく見た。

何かがおかしい。淡《あわ》い水色のじゅうたんにはほこりが厚《あつ》く積もっている。洋服だんすには一着も服がないし、ドアが半開きのままだ。ベッドは冷えてよそよそしく、何週間も人の寝《ね》た気配がない。一番手近の窓《まど》には、真っ赤に染《そ》まった空を背景《はいけい》に、クモの巣が一つ張《は》っている。

「どうかしたの?」

ハリーが下りていくと、ハーマイオニーが聞いた。しかし、ハリーが答える前に、ゼノフィリウスがキッチンから上がってきた。今度はスープ皿をのせた盆《ぼん》を運んできた。

「ラブグッドさん。ルーナはどこですか?」ハリーが聞いた。

「何かね?」

「ルーナはどこですか?」

ゼノフィリウスは、階段《かいだん》の一番上で、はたと止まった。

「さ――さっきから言ってるとおりだ。端《はし》の橋《はし》でプリンピー釣《づ》りをしている」

「それじゃ、なぜお盆《ぼん》に四人分しかないんですか?」

ゼノフィリウスは口を開いたが、声が出てこなかった。相変わらず聞こえてくる印刷機のバタバタという騒音《そうおん》と、ゼノフィリウスの手の震《ふる》えでカタカタ鳴る盆《ぼん》の音だけが聞こえた。

「ルーナは、もう何週間もここにはいない」ハリーが言った。「洋服はないし、ベッドには寝《ね》た跡《あと》がない。ルーナはどこですか？　それに、どうしてしょっちゅう窓《まど》の外を見るんですか？」

ゼノフィリウスは盆《ぼん》を取り落とし、スープ皿が跳《は》ねて砕《くだ》けた。ハリー、ロン、ハーマイオニーは杖《つえ》を抜《ぬ》いた。ゼノフィリウスは、手をポケットに突《つ》っ込《こ》もうとして、その場に凍《こお》りついた。そのとたん、印刷機が大きくバーンと音を立て、『ザ・クィブラー』誌《し》がテーブルクロスの下から床《ゆか》に流れ出てきた。印刷機はやっと静かになった。

ハーマイオニーが、杖《つえ》をラブグッド氏に向けたまま、かがんで一冊《さつ》拾い上げた。

「ハリー、これを見て」

ハリーはごたごたの山の中をできるだけ急いで、ハーマイオニーのそばに行った。『ザ・クィブラー』には、ハリーの写真とともに「**問題分子ナンバーワン**」の文字が鮮《あざ》やかに書かれ、見出しには賞金額《しょうきんがく》が書いてあった。

「『ザ・クィブラー』は、それじゃ、論調《ろんちょう》が変わったということですか？」

ハリーはめまぐるしく頭を働かせながら、冷たい声で聞いた。

「ラブグッドさん、庭に出ていったとき、あなたはそういうことをしていたわけですか？　魔法省《まほうしょう》にふくろうを送ったのですね？」

ゼノフィリウスは唇《くちびる》をなめた。

「私《わたし》のルーナが連れ去られた」ゼノフィリウスがささやくように言った。「私《わたし》が書いていた記事のせいで。あいつらは私《わたし》のルーナを連れていった。どこにいるのか、連中がルーナに何をしたのか、私《わたし》にはわからない。しかし、私《わたし》のルーナを返してもらうのには、もしかしたら——もしかしたら——」

「ハリーを引《ひ》き渡《わた》せば？」ハーマイオニーが言葉を引き取った。

「そうはいかない」ロンがきっぱり言った。「邪魔《じゃま》するな。僕《ぼく》たちは出ていくんだから」

ゼノフィリウスは死人のように青ざめ、老《ふ》けて百歳《さい》にも見えた。唇《くちびる》が引きつり、すさまじい形相を浮《う》かべている。

「連中はいまにもやってくる。私《わたし》はルーナを救わなければならない。ルーナを失うわけにはいかない。君たちは、ここを出てはならないのだ」

ゼノフィリウスは、階段《かいだん》で両手を広げた。ハリーの目に、突然《とつぜん》、自分のベビーベッドの前で同じことをした母親の姿《すがた》が浮《う》かんだ。

「僕《ぼく》たちに、手荒《てあら》なことをさせないでください」ハリーが言った。「どいてください、ラブグッドさん」

「ハリー！」ハーマイオニーが悲鳴を上げた。

箒《ほうき》に乗った人影《ひとかげ》が窓《まど》のむこうを飛《と》び過《す》ぎた。三人が目を離《はな》したすきに、ゼノフィリウスが杖《つえ》を抜《ぬ》いた。ハリーは危《あや》ういところで油断《ゆだん》に気づき、横っ飛びに跳《と》んで、ロンとハーマイオニーを呪文《じゅもん》の通り道から押《お》しのけた。ゼノフィリウスの「失神呪文《しっしんじゅもん》」は、部屋を横切ってエルンペントの角に当たった。

ものすごい爆発《ばくはつ》だった。部屋が吹《ふ》っ飛《と》んだかと思うような音だった。木や紙の破片《はへん》、瓦礫《がれき》が四方八方に飛び散り、前が見えないほどのもうもうたるほこりで、あたりが真っ白になった。ハリーは宙《ちゅう》に飛ばされ、そのあと床《ゆか》に激突《げきとつ》し、両腕《りょううで》でかばった頭の上に降《ふ》り注《そそ》ぐ破片《はへん》で何も見えなくなった。ハーマイオニーの悲鳴、ロンの叫《さけ》び声《ごえ》、そして吐《は》き気《け》をもよおすようなドサッという金属音《きんぞくおん》がくり返し聞こえた。吹《ふ》き飛《と》ばされたゼノフィリウスが、仰向《あおむ》けに螺旋階段《らせんかいだん》を落ちていく音だと、ハリーには察しがついた。

瓦礫《がれき》に半分埋《う》もれながら、ハリーは立ち上がろうとした。舞《ま》い上《あ》がるほこりで、ほとんど息もできず、目も見えない。天井《てんじょう》は半分吹《ふ》き飛《と》び、ルーナのベッドの端《はし》が天井《てんじょう》の穴《あな》からぶら下がっていた。顔が半分なくなったロウェナ・レイブンクローの胸像《きょうぞう》がハリーの脇《わき》に倒《たお》れ、切れ切れになった羊皮紙は宙《ちゅう》を舞《ま》い、印刷機の大部分は横倒《よこだお》しになって、キッチンへ下りる階段《かいだん》の一番上をふさいでいた。その時、白い人影《ひとかげ》がハリーのそばで動き、ほこりに覆《おお》われてまるで二個目《こめ》の石像《せきぞう》になったようなハーマイオニーが、唇《くちびる》に人差し指を当てていた。

一階の扉《とびら》がすさまじい音を立てて開いた。

「トラバース、だから急ぐ必要はないと言ったろう？」荒々《あらあら》しい声が言った。「このイカレポンチが、またたわ言を言っているだけだと言ったろう？」

バーンという音と、ゼノフィリウスが痛《いた》みで悲鳴を上げるのが聞こえた。

「ちがう……ちがう……二階に……ポッターが！」

「先週言ったはずだぞ、ラブグッド、もっと確実《かくじつ》な情報《じょうほう》でなければ我々《われわれ》は来ないとな！　先週のことを覚えているだろうな？　あのばかばかしい髪飾《かみかざ》りと娘《むすめ》を交換《こうかん》したいと言ったな？　その一週間前は――」またバーンという音と叫び声《ごえ》。「――おまえは何を考えていた？　なんとかいう変な動物が実在《じつざい》する証拠《しょうこ》を提供《ていきょう》すれば、我々《われわれ》が娘《むすめ》を返すと思ったと？　しわしわ――」**バーン**。「――アタマの――」**バーン**。「――スノーカックだと？」

「ちがうちがうお願いだ！」ゼノフィリウスはすすり泣いた。「本物のポッターだ！　ほんとうだ！」

「それなのに今度は、我々《われわれ》をここに呼《よ》んでおいて、吹っ飛《ふと》ばそうとしたとは！」

死喰《しく》い人《びと》が吠《ほ》えわめき、バーンという音の連発の合間に、ゼノフィリウスの苦しむ悲鳴が聞こえた。

「セルウィン、この家はいまにも崩《くず》れ落《お》ちそうだぞ」もう一人の冷静な声が、めちゃめちゃになった階段《かいだん》を伝って響《ひび》いてきた。「階段《かいだん》は完全に遮断《しゃだん》されている。取りはずしてみたらどうかな？　ここ全体が崩《くず》れるかもしれんな」

「この小汚《こぎたな》いうそつきめ」セルウィンと呼《よ》ばれた魔法使《まほうつか》いが叫《さけ》んだ。「ポッターなど、いままで見たこともないのだろう？　我々《われわれ》をここにおびき寄《よ》せて、殺そうと思ったのだろうが？　こんなことで娘《むすめ》が戻《もど》るとでも思うのか？」

「うそじゃない……うそじゃない……ポッターが二階にいる！」

「ホメナム　レベリオ、人、現《あらわ》れよ」階段下《かいだんした》で声がした。

ハリーはハーマイオニーが息をのむのを聞いた。それから、何かが自分の上にスーッと低く飛んできて、その影《かげ》の中にハリーの体を取《と》り込《こ》むような奇妙《きみょう》な感じがした。

「上に確《たし》かに誰《だれ》かいるぞ、セルウィン」二番目の声が鋭《するど》く言った。

「ポッターだ。ほんとうに、ポッターなんだ！」ゼノフィリウスがすすり泣いた。「お願いだ……お願いだ……私《わたし》のルーナを返してくれ。ルーナを私《わたし》の所に返して……」

「おまえの小娘《こむすめ》を返してやろう、ラブグッド」セルウィンが言った。「この階段《かいだん》を上がって、ハリー・ポッターをここに連れてきたならばな。しかしこれが策略《さくりゃく》だったら、罠《わな》を仕掛《しか》けて上にいる仲間に我々《われわれ》を待《ま》ち伏《ぶ》せさせているんだったら、おまえの娘《むすめ》は、埋葬《まいそう》のために一部だけを返してやるかどうか考えよう」

ゼノフィリウスは、恐怖《きょうふ》と絶望《ぜつぼう》でむせび泣いた。あたふたと、あちこち引っかき回すような音がした。ゼノフィリウスが、階段《かいだん》を覆《おお》う瓦礫《がれき》をかき分けて、上がってこようとしている。

「さあ」ハリーがささやいた。「ここから出なくては」

ゼノフィリウスが階段《かいだん》を上がろうとするやかましい音に紛《まぎ》れて、ハリーは瓦礫《がれき》の中から自分の体を掘《ほ》り出《だ》しはじめた。ロンが一番深く埋《う》まっていた。ハリーとハーマイオニーは、ロンが埋《う》まっている所まで、なるべく音を立てないように瓦礫《がれき》の山を歩いていった。ロンは、両足に乗った重いたんすを、なんとかして取《と》り除《のぞ》こうとしていた。ゼノフィリウスがたたいたり掘《ほ》ったりする音が、しだいに近づいてくる。ハーマイオニーは「浮遊術《ふゆうじゅつ》」でやっとロンを動けるようにした。

「これでいいわ」

ハーマイオニーが小声で言った。階段《かいだん》の一番上をふさいでいる印刷機が、ガタガタ揺《ゆ》れはじめた。ゼノフィリウスはすぐそこまで来ているようだ。

「ハリー、私《わたし》を信じてくれる？」ほこりで真っ白な姿《すがた》のハーマイオニーが聞いた。

ハリーはうなずいた。

「オッケー、それじゃ」ハーマイオニーが小声で言った。「透明《とうめい》マントを使うわ。ロン、あなたが着るのよ」

「僕《ぼく》？　でもハリーが――」

「**お願い、ロン！**　ハリー、私《わたし》の手をしっかり握《にぎ》って。ロン、私《わたし》の肩《かた》をつかんで」

ハリーは左手を出してハーマイオニーの手を握《にぎ》った。ロンはマントの下に消えた。階段《かいだん》をふさいでいる壊《こわ》れた印刷機は、まだ揺《ゆ》れていた。ゼノフィリウスは、「浮遊術《ふゆうじゅつ》」で印刷機を動かそうとしている。ハリーには、ハーマイオニーが何を待っているのかわからなかった。

「しっかりつかまって」ハーマイオニーがささやいた。

「しっかりつかまって……まもなくよ……」

ゼノフィリウスの真っ青な顔が、倒《たお》れたサイドボードの上から現《あらわ》れた。

「オブリビエイト！　忘《わす》れよ！」ハーマイオニーはまずゼノフィリウスの顔に杖《つえ》を向けて叫《さけ》び、それから床《ゆか》に向けて叫《さけ》んだ。「デプリモ！　沈《しず》め！」

ハーマイオニーは居間《いま》の床《ゆか》に穴《あな》を開けていた。三人は石が落ちるように落ちていった。ハリーは、ハーマイオニーの手をしっかり握《にぎ》ったままだ。下で悲鳴が上がり、破《やぶ》れた天井《てんじょう》から降《ふ》ってくる大量の瓦礫《がれき》や壊《こわ》れた家具の雨をよけて逃《に》げる、二人の男の姿《すがた》がちらりとハリーの目に入った。

ハーマイオニーが空中で身をよじり、ハリーは、家が崩《くず》れる轟音《ごうおん》を耳にしながら、ハーマイオニーに引きずられて再《ふたた》び暗闇《くらやみ》の中に入っていった。

第二十二章　死《し》の秘《ひ》宝《ほう》

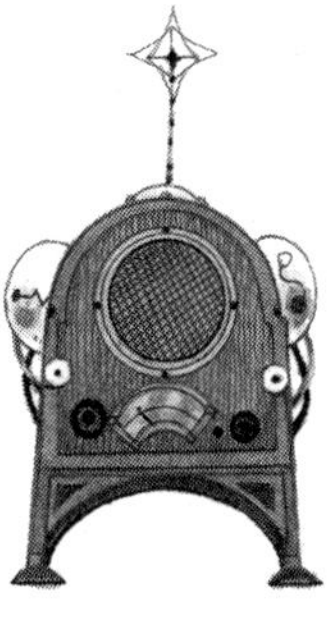

ハリーはあえぎながら草の上に落ち、ようやく立ち上がった。三人は、夕暮《ゆうぐ》れのどこか野原の一角に着地したようだった。ハーマイオニーはもう杖《つえ》を振《ふ》り、周りに円を描《えが》いて走っていた。

「プロテゴ　トタラム《ばんぜんのまもり》……サルビオ　ヘクシア《のろいをさけよ》……」

「あの裏切《うらぎ》り者《もの》！　老いぼれの悪党《あくとう》！」ロンはゼイゼイ言いながら透明《とうめい》マントを脱《ぬ》いで現《あらわ》れ、マントをハリーに放り投げた。「ハーマイオニー、君って天才だ。大天才だ。あそこから逃《に》げおおせたなんて、信じられないよ！」

「カーベ　イニミカム《てきをけいかいせよ》……だから、エルンペントの角だって**言った**でしょう？　あの人にちゃんと教えてあげたのに。結局、あの人の家は吹《ふ》き飛《と》んでしまったじゃない！」

「罰《ばち》が当たったんだ」

ロンは、破《やぶ》れたジーンズと両足の切《き》り傷《きず》を調べながら言った。

「連中は、あいつをどうすると思う？」

「あぁ、殺したりしなければいいんだけど！」ハーマイオニーがうめいた。「だから、あそこを離《はな》れる前に、死喰《しく》い人《びと》たちにハリーの姿《すがた》をちらっとでも見せたかったの。そしたら、ゼノフィリウスがうそをついていたんじゃないってわかるから！」

「だけど、どうして僕《ぼく》を隠《かく》したんだ？」ロンが聞いた。

「ロン、あなたは黒斑病《こくはんびょう》で寝《ね》ていることになってるの！　死喰《しく》い人《びと》は、父親がハリーを支持《しじ》しているからってルーナをさらったのよ！　あなたがハリーと一緒《いっしょ》にいるのを見たら、あの人たちが、あなたの家族に何をするかわからないでしょう？」

「だけど、**君の**パパやママは？」

「オーストラリアだもの」ハーマイオニーが言った。「大丈夫《だいじょうぶ》なはずよ。二人は何も知らないわ」

「君って天才だ」ロンは感服しきった顔でくり返した。

「うん、ハーマイオニー、天才だよ」ハリーも心から同意した。「君がいなかったら、僕《ぼく》たちどうなっていたかわからない」

ハーマイオニーはニッコリしたが、すぐに真顔になった。

「ルーナはどうなるのかしら？」

「うーん、あいつらの言ってることがほんとうで、ルーナがまだ生きてるとすれば――」ロンが言いかけた。

「やめて、そんなこと言わないで！」ハーマイオニーが金切り声を上げた。「ルーナは生きてるはずよ。生きていなくちゃ！」

「それならアズカバンにいる、と思うな」ロンが言った。「だけど、あそこで生《い》き延《の》びられるかどうか……大勢《おおぜい》がだめになって……」

「ルーナは生《い》き延《の》びる」

ハリーが言った。そうではない場合を考えることさえ耐《た》えられなかった。

「ルーナはタフだ。僕《ぼく》たちが考えるよりずっと強い。たぶん、監獄《かんごく》にとらわれている人たちに、ラックスパートとかナーグルのことを教えているよ」

「そうだといいけど」ハーマイオニーは手で目をぬぐった。「ゼノフィリウスがかわいそうだわ。もし――」

「――もし、あいつが、僕《ぼく》たちを死喰《しく》い人《びと》に売ろうとしていなかったらな。うん」ロンが言った。

三人はテントを張《は》って中に入り、ロンが紅茶《こうちゃ》をいれた。九死に一生を得《え》たあとは、こんな寒々としたかび臭《くさ》い古い場所でも、安全でくつろげる居心地《いごこち》のよい家庭のようだった。

「あぁ、私《わたし》たち、どうしてあんな所へ行ったのかしら？」

しばらく沈黙《ちんもく》が続いたあと、ハーマイオニーがうめくように言った。

「ハリー、あなたが正しかったわ。ゴドリックの谷の二《に》の舞《まい》だった。まったく時間のむだ！　『死《し》の秘宝《ひほう》』なんて……くだらない……でも、ほんとは」ハーマイオニーは何か急にひらめいたらしい。「全部あの人の作り話なんじゃないかしら？　ゼノフィリウスは、たぶん『死《し》の秘宝《ひほう》』なんてまったく信じていないんだわ。死喰《しく》い人《びと》たちが来るまで、私《わたし》たちに話をさせておきたかっただけよ！」

「それはちがうと思うな」ロンが言った。「緊張《きんちょう》しているときにでっち上げ話をするなんて、意外と難《むずか》しいんだ。『人さらい』に捕《つか》まったとき、僕《ぼく》にはそれがわかったよ。スタンのふりをするほうが、まったく知らない誰《だれ》かをでっち上げるよりずっと簡単《かんたん》だった。だって、少しはスタンのことを知っているからね。ラブグッドじいさんも、僕《ぼく》たちを足止めしようとして、ものすごくプレッシャーがかかってたはずだ。僕《ぼく》たちをしゃべらせておくために、あいつはほんとうのことを言ったと思うな。でなきゃ、ほんとうだと思っていることをね」

「まあね、それはどっちでもいいわ」ハーマイオニーはため息をついた。「ゼノフィリウスが正直な話をしていたにしても、あんなでたらめだらけの話は聞いたことがないわ」

「でも、待てよ」ロンが言った。「『秘密《ひみつ》の部屋《へや》』だって、伝説上のものだと思われてたんじゃないか？」

「でも、ロン、『死《し》の秘宝《ひほう》』なんて、**ありえない**わ！」

「君はそればっかり言ってるけど、そのうちの一つはありうるぜ」ロンが言った。「ハリーの透明《とうめい》マント――」

「『三人兄弟の物語』はおとぎ話よ」ハーマイオニーがきっぱりと言った。「人間がいかに死を恐《おそ》れるかのお話だわ。生き残ることが『透明《とうめい》マント』に隠《かく》れると同じぐらい簡単《かんたん》なことだったら、いまごろ私《わたし》たち、必要なものは全部手にしているはずよ！」

「それはどうかな。無敵《むてき》の杖《つえ》が手に入ればいいんだけど」ハリーは、大嫌《だいきら》いなリンボクの杖《つえ》を、指でひっくり返しながら言った。

「ハリー、そんなものはないのよ！」

「たくさんあったって、君が言ったじゃないか――『死《し》の杖《つえ》』とかなんとか、名前はいろいろだけど――」

「いいわよ、それじゃ、仮《かり》に『ニワトコの杖《つえ》』は実在《じつざい》するって思《おも》い込《こ》んだとしましょう。でも、『蘇《よみがえ》りの石《いし》』のほうはどうなるの？」

ハーマイオニーは、「蘇《よみがえ》りの石」と言うときに、指で「かぎかっこ」を書き、皮肉たっぷりな言い方をした。

「どんな魔法《まほう》でも、死者をよみがえらせることはできないわよ。これは決定的だわ！」

「僕《ぼく》の杖《つえ》が『例のあの人』の杖《つえ》とつながったとき、僕《ぼく》の父さんも母さんも現《あらわ》れた……それにセドリックも……」

「でも、ほんとうに死からよみがえったわけじゃないでしょう？」ハーマイオニーが言った。「ある種の――ぼんやりした影《かげ》みたいな姿《すがた》は、誰《だれ》かをほんとうにこの世によみがえらせるのとはちがうわ」

「でも、あの話に出てくる女性《じょせい》は、ほんとうに戻《もど》ってきたんじゃなかったよ。そうだろう？　あの話では、人はいったん死ぬと、死者の仲間入りをする。でも、二番目の兄は、その女性《じょせい》を見たし、話もしただろう？　しかも、しばらくは一緒《いっしょ》に住んだ……」

ハリーはハーマイオニーが心配そうな、なんとも形容《けいよう》しがたい表情《ひょうじょう》を浮《う》かべるのを見た。そのあとでハーマイオニーがロンをちらりと見たときに、ハリーはそれが恐怖《きょうふ》の表情《ひょうじょう》だと気がついた。死んだ人たちと一緒《いっしょ》に住むという話が、ハーマイオニーを怖《こわ》がらせてしまったのだ。

「それで、ゴドリックの谷に墓《はか》のある、あのペベレル家の人のことだけど」

ハリーは、自分が正気だと思わせるように、きっぱりした声で、急いで話題を変えた。

「その人のこと、何もわからないの？」

「ええ」

ハーマイオニーは、話題が変わってホッとしたような顔をした。

「墓石《ぼせき》にあの印があるのを見たあとで、私《わたし》、その人のことを調べたの。有名な人か、何か重要なことをした人なら、持ってきた本のどれかに絶対《ぜったい》にのっているはずだと思って。やっと見つけたけど、『ペベレル』っていう名前は、たった一か所しかなかったわ。『生粋《きっすい》の貴族《きぞく》――魔法界家系《まほうかいかけい》図《ず》』。クリーチャーから借りた本よ」

ロンが眉《まゆ》を吊《つ》り上《あ》げたのを見て、ハーマイオニーが説明した。

「男子の血筋《ちすじ》が現在《げんざい》では絶《た》えてしまっている、純血《じゅんけつ》の家系《かけい》のリストなの。ペベレル家は、早くに絶《た》えてしまった血筋《ちすじ》の一つらしいわ」

「『男子の血筋《ちすじ》が絶《た》える』？」ロンがくり返した。

「つまり、氏《うじ》が絶《た》えてしまった、という意味よ」ハーマイオニーが言った。「ペベレル家の場合は、何世紀も前にね。子孫はまだいるかもしれないけど、ちがう姓《せい》を名乗っているわ」

とたんにハリーの頭に、パッとひらめくものがあった。ペベレルの姓《せい》を聞いたときに揺《ゆ》すぶられた記憶《きおく》だ。魔法省《まほうしょう》の役人の鼻先で、醜《みにく》い指輪を見せびらかしていた汚《きたな》らしい老人――。

「マールヴォロ・ゴーント！」ハリーは叫《さけ》んだ。

「えっ？」ロンとハーマイオニーが同時に聞き返した。

「**マールヴォロ・ゴーントだ！**『例のあの人』の祖父《そふ》だ！『憂《うれ》いの篩《ふるい》』の中で！　ダンブルドアと一緒《いっしょ》に！　マールヴォロ・ゴーントが、自分はペベレルの子孫だと言ってた！」

ロンもハーマイオニーも、当惑《とうわく》した顔だった。

「あの指輪。分霊箱《ぶんれいばこ》になったあの指輪だ。マールヴォロ・ゴーントが、ペベレルの紋章《もんしょう》がついていると言ってた！　魔法省《まほうしょう》の役人の前で、ゴーントがそれを振《ふ》って見せていた。ほとんど鼻の穴《あな》に突《つ》っ込《こ》みそうだった！」

「ペベレルの紋章《もんしょう》ですって？」ハーマイオニーが鋭《するど》く聞いた。「どんなものだったか見えたの？」

「いや、はっきりとは」

ハリーは思い出そうとした。

「僕《ぼく》の見たかぎりでは、なんにも派手《はで》なものはなかった。引っかいたような線が二、三本だったかもしれない。ほんとによく見たのは、指輪が割《わ》れたあとだったから」

ハーマイオニーが突然《とつぜん》目を見開いたのを見て、ハリーは、ハーマイオニーが何を理解《りかい》したかを悟《さと》った。ロンはびっくりして二人を交互《こうご》に見た。

「おっどろきー……それがまたしても例の印だって言うのか？　秘宝《ひほう》の印だって？」

「そうさ！」ハリーは興奮《こうふん》した。「マールヴォロ・ゴーントは、豚《ぶた》みたいな暮《く》らしをしていた無知な老人で、唯一《ゆいいつ》、自分の家系《かけい》だけが大切だった。あの指輪が、何世紀にもわたって受《う》け継《つ》がれてきたものだとしたら、ゴーントは、それがほんとうはなんなのかを知らなかったかもしれない。あの家には本なんかなかったし。それに、いいかい、あいつはまちがっても、子供《こども》におとぎ話を聞かせるようなタイプじゃなかった。石の引っかき傷《きず》を紋章《もんしょう》だと思いたかったんだろう。だって、ゴーントにしてみれば、純血《じゅんけつ》だということは貴族《きぞく》であるのも同然だったんだ」

「ええ……それはそれでとてもおもしろい話だわ」ハーマイオニーは慎重《しんちょう》に言った。「でも、ハリー、あなたの考えていることが、私《わたし》の想像《そうぞう》どおりなら――」

「そう、そうだよ！ **そうなんだ！**」ハリーは慎重《しんちょう》さを投《な》げ捨《す》てて言った。「あれが石だったんだ。そうだろう？」ハリーは応援《おうえん》を求めるようにロンを見た。「もしもあれが『蘇《よみがえ》りの石《いし》』だったら？」

ロンは口をあんぐり開けた。

「おっどろきー……だけど、ダンブルドアが壊《こわ》したのなら、まだ効《き》き目《め》があるかなぁ――」

「効《き》き目《め》？ **効《き》き目《め》ですって？** ロン、一度も効《き》いたことなんかないのよ！ **『蘇《よみがえ》りの石《いし》』なんていうものはないの！**」

ハーマイオニーは、いらだちと怒《いか》りを顔に出して、勢《いきお》いよく立ち上がった。

「ハリー、あなたは何もかも『秘宝《ひほう》』の話に当てはめようとしているわ――」

「**何もかも当てはめる？**」ハリーがくり返した。「ハーマイオニー、自然に当てはまるんだ！ あの石に『死《し》の秘宝《ひほう》』の印があったに決まってる！ ゴーントはペベレルの子孫だって言ったんだ！」

「ついさっき、石の紋章《もんしょう》をちゃんと見なかったって、言ったじゃない！」

「その指輪、いまどこにあると思う？」ロンがハリーに聞いた。「ダンブルドアは、指輪を割《わ》ったあと、どうしたのかなぁ？」

しかしハリーの頭の中は、ロンやハーマイオニーよりずっと先を走っていた……。

三つの品、つまり「秘宝《ひほう》」は、もし三つを集められれば、持ち主は死を制《せい》する者となるだろう……制《せい》する者……征服者《せいふくしゃ》……勝者……最後《いやはて》の敵《てき》なる死もまた亡《ほろ》ぼされん……。

そしてハリーは、「秘宝《ひほう》」を所有する者として、ヴォルデモートに対決する自分の姿《すがた》を思《おも》い浮《う》かべた。分霊箱《ぶんれいばこ》は秘宝《ひほう》にはかなわない……**一方が生きるかぎり、他方は生きられぬ**……これがその答えだろうか？　秘宝《ひほう》対分霊箱《ぶんれいばこ》？　ハリーが最後に勝利者になる確実《かくじつ》な方法があった、ということなのだろうか？　「死《し》の秘宝《ひほう》」の持ち主になれば、ハリーは安全なのだろうか？

「ハリー？」

しかしハリーは、ハーマイオニーの声をほとんど聞いていなかった。「透明《とうめい》マント」を引《ひ》っ張《ば》り出《だ》し、指の間をすべらせた。水のように柔軟《じゅうなん》で、空気のように軽い布《ぬの》だ。魔法界《まほうかい》に入ってほぼ七年の間、これと同じものは見たことがない。このマントはゼノフィリウスが説明したとおりの品だ。――**本物のマントは、着るとまちがいなく完全に透明《とうめい》にしてくれるし、永久《えいきゅう》に長持ちする。どんな呪文《じゅもん》をかけても見透《みとお》せないし、いつでもまちがいなく隠《かく》してくれる**……。

その時、ハリーは思わず息をのんだ。思い出したことがある――。

「ダンブルドアが僕《ぼく》の『マント』を持っていた、僕《ぼく》の両親が死んだ夜に！」

ハリーは声が震《ふる》え、顔に血が上るのを感じたが、かまうものかと思った。

「母さんが、シリウスにそう教えてた。ダンブルドアが『マント』を借りてるって！　なぜ借りたのかがわかった！　ダンブルドアは調べたかったんだ。三番目の秘宝《ひほう》じゃないか、と思ったからなんだ！　イグノタス・ペベレルは、ゴドリックの谷に埋葬《まいそう》されている……」

ハリーはテントの中を無意識《むいしき》に歩き回っていた。真実の広大な展望《てんぼう》が、新しく目の前に開けてきたような感じがした。

「イグノタスは僕《ぼく》の先祖《せんぞ》だ！　僕《ぼく》は三番目の弟の子孫なんだ！　それで全部つじつまが合う！」

ハリーは、「秘宝《ひほう》」を信じることで、確実《かくじつ》に武装《ぶそう》されたように感じた。「秘宝《ひほう》」を所有すると考えただけで、護《まも》られるかのように感じた。ハリーはうれしくなって、二人を振《ふ》り返《かえ》った。

「ハリー」

ハーマイオニーがまた呼《よ》びかけたが、ハリーは、激《はげ》しく震《ふる》える指で、首の巾着《きんちゃく》を開けることに没《ぼっ》頭《とう》していた。

「読んで」

ハリーは、母親の手紙をハーマイオニーの手に押《お》しつけて言った。

「それを読んで！　ハーマイオニー、ダンブルドアがマントを持っていたんだ！　どうしてそれが欲《ほ》しかったのか、ほかには理由がないだろ？　ダンブルドアにはマントなんか必要なかった。強力な『目くらまし術《じゅつ》』を使って、マントなんかなくとも完全に透明《とうめい》になれたんだから！」

何かが床《ゆか》に落ちて、光りながら椅子《いす》の下を転がった。手紙を引《ひ》っ張《ば》り出《だ》したときにスニッチを落としてしまったのだ。ハリーはかがんで拾い上げた。すると、たったいま見つけたばかりのすばらしい発見の泉《いずみ》が、ハリーにまた別の贈《おく》り物《もの》をくれた。衝撃《しょうげき》と驚《おどろ》きが体の中から噴《ふ》き出《だ》し、ハリーは叫《さけ》んでいた。

「ここにあるんだ！ ダンブルドアは僕《ぼく》に指輪を遺《のこ》した——このスニッチの中にある！」

「そ——その中だって？」

ロンがなぜ不意をつかれたような顔をするのか、ハリーには理解《りかい》できなかった。わかりきったことじゃないか、はっきりしてるじゃないか、何もかも当てはまる、何もかもだ……ハリーの「マント」は三番目の秘宝《ひほう》であり、スニッチの開け方がわかったときには二番目の秘宝《ひほう》も手に入る。あとは第一の秘宝《ひほう》である「ニワトコの杖《つえ》」を見つければよいだけだ。そうすれば——。

しかし、きらびやかな舞台《ぶたい》の幕《まく》が、そこで突然《とつぜん》下りたかのようだった。ハリーの興奮《こうふん》も、希望も幸福感も、一挙に消えた。輝《かがや》かしい呪文《じゅもん》は破《やぶ》れ、ハリーは一人暗闇《くらやみ》にたたずんでいた。

「やつがねらっているのは、それだ」

ハリーの声の調子が変わったことで、ロンもハーマイオニーもますますおびえた顔になった。

「『例のあの人』が、『ニワトコの杖《つえ》』を追っている」

張《は》りつめた、疑《うたが》わしげな顔の二人に、ハリーは背《せ》を向けた。これが真実だ。ハリーには確信《かくしん》があった。すべてのつじつまが合う。ヴォルデモートは新しい杖《つえ》を求めていたのではなく、古い杖《つえ》を、しかもとても古い杖《つえ》を探《さが》していたのだ。ハリーはテントの入口まで歩き、夜の闇《やみ》に目を向けて、ロンやハーマイオニーがいることも忘《わす》れて考えた……。

ヴォルデモートは、マグルの孤児院《こじいん》で育てられた。ハリー同様、子供《こども》のときに誰《だれ》からも『吟遊詩《ぎんゆうし》人《じん》ビードルの物語《ものがたり》』を聞かされてはいないはずだ。「死《し》の秘宝《ひほう》」を信ずる魔法使《まほうつか》いはほとんどいない。すると、ヴォルデモートが秘宝《ひほう》のことを知っているという可能性《かのうせい》はあるだろうか？

ハリーはじっと闇《やみ》を見つめた……もしヴォルデモートが「死《し》の秘宝《ひほう》」のことを知っていたなら、まちがいなくそれを求め、手に入れるためにはなんでもしたのではないだろうか？　所有者を、死を制《せい》する者にする三つの品なのだ。「死《し》の秘宝《ひほう》」のことを知っていたなら、ヴォルデモートははじめから「分霊箱《ぶんれいばこ》」など必要としなかっただろう。秘宝《ひほう》の一つを手に入れながら、それを分霊箱《ぶんれいばこ》にしてしまったという単純《たんじゅん》な事実を見ても、魔法界《まほうかい》のこの究極の秘密《ひみつ》を、ヴォルデモートが知らなかったことが明らかなのではないだろうか？

そうだとすれば、ヴォルデモートは「ニワトコの杖《つえ》」の持つ力を、完全には知らずに探《さが》していることになる。三つの品の一つだということを知らずに……杖《つえ》は隠《かく》すことができない秘宝《ひほう》だから、その存在《そんざい》は最もよく知られている……**「ニワトコの杖《つえ》」の血の軌跡《きせき》は、魔法史《まほうし》のページに点々と残っている……。**

ハリーは曇《くも》った夜空を見上げた。くすんだ灰色《はいいろ》と銀色の雲の曲線が、白い月の面《おもて》をなでていた。

ハリーは自分の発見したことに驚《おどろ》き、頭がぼうっとなっていた。

ハリーはテントの中に戻《もど》った。ロンとハーマイオニーが、さっきとまったく同じ場所に立っているのを見て、ハリーはひどく驚《おどろ》いた。ハーマイオニーはまだリリーの手紙を持ち、ロンはその横で、少し心配そうな顔をしていた。この数分間に、自分たちがどれほど遠くまでやってきたかに、二人は気づいていないのだろうか？

「こういうことなんだ」ハリーは、自分でも驚《おどろ》くほどの確信《かくしん》の光の中に、二人を引き入れようとした。「これですべて説明がつく。『死《し》の秘宝《ひほう》』は実在《じつざい》する。そして僕《ぼく》はその一つを持っている――二つかもしれない――」

ハリーはスニッチを掲《かか》げた。

「――そして『例のあの人』は三番目を追っている。ただし、あいつはそれを知らない……強力な杖《つえ》だと思っているだけだ――」

「ハリー」ハーマイオニーはハリーに近づき、リリーの手紙を返しながら言った。「気の毒だけど、あなたは勘《かん》ちがいしているわ。何もかも勘《かん》ちがい」

「でも、どうして？　これで全部つじつまが――」

「いいえ、合わないわ」ハーマイオニーが言った。「**合わないのよ**、ハリー。あなたはただ夢中《むちゅう》になっているだけ。お願いだから」

ハーマイオニーは、口を開きかけたハリーを止めた。

「お願いだから、答えて。もしも『死《し》の秘宝《ひほう》』が実在《じつざい》するのなら、そしてダンブルドアがそれを知っていたのなら、三つの品を所持するものが死を制《せい》すると知っていたのなら――ハリー、どうしてそれをあなたに話さなかったの？　どうして？」

ハリーは、答える準備《じゅんび》ができていた。

「だって、ハーマイオニー、君が言ったじゃないか。自分で見つけなければいけないことだって！　これは『探求《たんきゅう》』なんだ！」

「でも私《わたし》は、ラブグッドの所に行くようにあなたを説得《せっとく》したくて、そう言ったにすぎないのよ！」ハーマイオニーは、極度にいらいらして叫《さけ》んだ。「そう信じていたわけじゃないわ！」

ハリーはあとに引かなかった。

「ダンブルドアはいつも、僕自身《ぼくじしん》に何かを見つけ出させた。自分の力を試《ため》し、危険《きけん》をおかすようにし向けた。今度のことも、ダンブルドアらしいやり方だという感じがするんだ」

「ハリー、これはゲームじゃないのよ。練習じゃないわ！　本番なのよ。ダンブルドアはあなたにはっきりした指示《しじ》を遺《のこ》したわ。分霊箱《ぶんれいばこ》を見つけ出して壊《こわ》せと！　あの印はなんの意味もないわ。『死《し》の秘宝《ひほう》』のことは忘《わす》れてちょうだい。寄《よ》り道《みち》しているひまはないの――」

ハリーはほとんど聞いていなかった。スニッチが開いて、「蘇《よみがえ》りの石《いし》」が現《あらわ》れ、ハーマイオニーに自分が正しいことを、そして「死《し》の秘宝《ひほう》」が実在《じつざい》することを証明《しょうめい》してくれないかと、半ば期待しながら、ハリーはスニッチを手の中で何度もひっくり返していた。

ハーマイオニーはロンに訴《うった》えた。

「あなたは信じないでしょう？」

ハリーは顔を上げた。ロンはためらっていた。

「わかんないよ……だって……ある程度《ていど》、合ってる所もあるし」ロンは答えにくそうだった。「だけど全体として見ると……」ロンは深く息を吸《す》った。「ハリー、僕《ぼく》たちは分霊箱《ぶんれいばこ》をやっつけることになっていると思う。ダンブルドアが僕《ぼく》たちに言ったのは、それだ。たぶん……たぶん、この秘宝《ひほう》のことは忘《わす》れるべきだろう」

「ありがとう、ロン」ハーマイオニーが言った。「私《わたし》が最初に見張《みは》りに立つわ」

そしてハーマイオニーは、ハリーの前を意気揚々《いきようよう》と通《とお》り過《す》ぎ、テントの入口に座《すわ》り込《こ》んで、この件《けん》にピシャリと終止符《しゅうしふ》を打った。

しかしハリーは、その晩《ばん》、ほとんど眠《ねむ》れなかった。「死《し》の秘宝《ひほう》」にすっかり取《と》り憑《つ》かれ、その考えが心を揺《ゆ》り動《うご》かし、頭の中で渦巻《うずま》いているうちは、気が休まらなかった。杖《つえ》、石、そしてマント。そのすべてを所有できさえすれば……。

私《わたし》は終わるときに開く……でも終わるときって、なんだ？　どうしていますぐ石が手に入らないんだ？　石さえあれば、ダンブルドアに直接《ちょくせつ》、こういう質問《しつもん》ができるのに……そしてハリーは、暗い中でスニッチに向かってブツブツと呪文《じゅもん》を唱えてみた。できることは全部やってみた。蛇語《へびご》も試《ため》したが、金色の球は開こうとしない……。

それに、杖《つえ》だ。「ニワトコの杖《つえ》」は、どこに隠《かく》されているのだろう？　ヴォルデモートはいま、どこを探《さが》しているのだろう？　ハリーは、額《ひたい》の傷《きず》がうずいて、ヴォルデモートの考えを見せてくれればよいのにと思った。ハリーとヴォルデモートが、初めてまったく同じものを望む、ということで結ばれたからだ……。ハーマイオニーは、もちろん、こういう考えを嫌《きら》うだろう……。しかし、ハーマイオニーははじめから信じていない……ゼノフィリウスは、ある意味で正しいことを言った……**想像力《そうぞうりょく》がかぎられている。偏狭《へんきょう》で頑迷《がんめい》だ**。ほんとうのところは、ハーマイオニーは「死の秘《ひ》宝《ほう》」という考えが怖《こわ》いのだ。特に「蘇《よみがえ》りの石《いし》」が……。ハリーは再《ふたた》びスニッチに口を押《お》しつけ、キスして、ほとんど飲《の》み込《こ》んでみたが、冷たい金属《きんぞく》は頑《がん》として屈服《くっぷく》しなかった……。

明け方近くになって、ハリーはルーナのことを思い出した。アズカバンの独房《どくぼう》で、たった一人、吸魂鬼《きゅうこんき》に囲まれている姿《すがた》だ。ハリーは急に自分が恥《は》ずかしくなった。秘宝《ひほう》のことを考えるのに夢中《むちゅう》で、ルーナのほうはすっかり忘《わす》れていた。なんとか助け出したい。しかしあれだけの数の吸魂鬼《きゅうこんき》では、事実上攻撃《こうげき》することなどできない。考えてみると、ハリーは、まだこのリンボクの杖《つえ》で守護霊《しゅごれい》の呪文《じゅもん》を試《ため》したことがない……朝になったら試《ため》してみなければ……。

もっとよい杖《つえ》を得《え》る手段《しゅだん》があればいいのに……。

すると、「ニワトコの杖《つえ》」、不敗で無敵《むてき》の「死《し》の杖《つえ》」への渇望《かつぼう》が、またしてもハリーをのみ込《こ》んでしまった……。

翌朝《よくあさ》、三人はテントをたたみ、憂鬱《ゆううつ》な雨の中を移動《いどう》した。土砂降《どしゃぶ》りの雨は、その晩《ばん》テントを張《は》った海岸地方まで追ってきて、ハリーにとっては気のめいるような荒涼《こうりょう》たる風景を水浸《みずびた》しにしながら、その週いっぱい降《ふ》り続いた。ハリーは、「死《し》の秘宝《ひほう》」のことしか考えられなかった。まるで胸《むね》に炎《ほのお》がともされたようで、ハーマイオニーのにべもない否定《ひてい》も、ロンの頑固《がんこ》な疑《うたが》いも、その火を消すことはできなかった。しかし、秘宝《ひほう》への思いが燃《も》えれば燃《も》えるほど、ハリーの喜びは薄《うす》れるばかりだった。ハリーは、ロンとハーマイオニーを恨《うら》んだ。二人の断固《だんこ》たる無関心ぶりが、容赦《ようしゃ》ない雨と同じくらいにハリーの意気をくじいた。しかしそのどちらも、ハリーの確信《かくしん》を弱めることはできず、ハリーの信念は絶対的《ぜったいてき》なものだった。「秘宝《ひほう》」に対する信念と憧《あこが》れがハリーの心を奪《うば》い、そのため、分霊箱《ぶんれいばこ》への執念《しゅうねん》を持つ二人から孤立《こりつ》しているように感じた。

「執念《しゅうねん》ですって？」

ある晩《ばん》、ハリーが不用意にその言葉を口にすると、ハーマイオニーが低く、激《はげ》しい声で言った。

ほかの分霊箱《ぶんれいばこ》を探《さが》すことに関心がないと、ハーマイオニーがハリーを叱《しか》りつけたあとのことだった。

「執念《しゅうねん》に取《と》り憑《つ》かれているのは私《わたし》たち二人のほうじゃないわ、ハリー！　私《わたし》たちは、ダンブルドアが私《わたし》たち三人にやらせたかったことを、やりとげようとしているだけよ！」

しかし遠回しな批判《ひはん》など、ハリーは受けつけなかった。ダンブルドアは、「秘宝《ひほう》」の印をハーマイオニーに遺《のこ》して解読《かいどく》させるようにし、また、ハリーには「蘇《よみがえ》りの石《いし》」を金のスニッチに隠《かく》して遺《のこ》したのだ、という確信《かくしん》は、揺《ゆ》るぎないものだった。**一方が生きるかぎり、他方は生きられぬ……死を制《せい》する者……**。ロンもハーマイオニーも、どうしてそれがわからないのだろう？

「**『最後《いやはて》の敵《てき》なる死もまた亡《ほろ》ぼされん』**」ハリーは静かに引用した。

「私《わたし》たちの戦うはずの敵《てき》は『例のあの人』だと思ったけど？」ハーマイオニーが切り返した。

ハリーはハーマイオニーを説得《せっとく》するのをあきらめた。

ロンとハーマイオニーが議論《ぎろん》したがった銀色の牝鹿《めじか》の不思議でさえ、いまのハリーにはあまり重要とは思えず、そこそこおもしろいつけ足しの余興《よきょう》にすぎないような気がした。ハリーにとってもう一つだけ重要なのは、額《ひたい》の傷痕《きずあと》がまたチクチク痛《いた》みだしたことだった。ただし、二人には気づかれないよう、ハリーは全力を尽《つ》くした。痛《いた》みだすたびにハリーは一人になろうとしたが、そこで見たイメージには失望した。ハリーとヴォルデモートが共有する映像《えいぞう》は、質《しつ》が変わってしまった。焦点《しょうてん》が合ったり合わなかったりするように、ぼやけて揺《ゆ》れ動《うご》いた。どくろのようなものや、実体のない影《かげ》のような山などが、おぼろげに見分けられるだけだった。現実《げんじつ》のような鮮明《せんめい》なイメージに慣《な》れていたハリーは、この変化に不安を感じた。自分とヴォルデモートとの間の絆《きずな》が壊《こわ》れてしまったのではないかと心配だった。絆《きずな》はハリーにとって恐《おそ》ろしいものであると同時に、ハーマイオニーに対してなんと言ったかは別として、大切なものだった。こんなぼんやりした不満足なイメージしか得《え》られないことを、ハリーはなぜか自分の杖《つえ》が折れたことに関係づけ、ヴォルデモートの心を以前のようにはっきり見ることができないのは、リンボクの杖《つえ》のせいだと思った。

何週間かがじわじわと過《す》ぎ、ハリーが自分の考えに夢中《むちゅう》になっているうちに、どうやらロンが指《し》揮《き》をとっていることに気づかされるはめになった。二人を置き去りにしたことへの埋《う》め合《あ》わせをしようという決意からか、ハリーの熱意のなさが、眠《ねむ》っていたロンの指揮能力《しきのうりょく》に活を入れたからか、いまやロンが、ほかの二人を励《はげ》ましたり説《と》き伏《ふ》せたりして行動させていた。

「分霊箱《ぶんれいばこ》はあと三個《こ》だ」ロンは何度もそう言った。「行動計画が必要だ。さあ、さあ！　まだ探《さが》してない所はどこだ？　もう一度復習《ふくしゅう》しようぜ。孤児院《こじいん》……」

ダイアゴン横丁、ホグワーツ、リドルの館、ボージン・アンド・バークスの店、アルバニアなど、トム・リドルのかつての住《す》み処《か》、職場《しょくば》、訪《おとず》れた所、殺人の場所だとわかっている所を、ロンとハーマイオニーは拾い上げなおした。ハリーは、ハーマイオニーにしつこく言われるので、しかたなく参加した。ハリーは一人だまって、ヴォルデモートの考えを読んだり、「ニワトコの杖《つえ》」についてさらに調べたりしていれば満足だったのに、ロンは、ますます可能性《かのうせい》のなさそうな場所に旅を続けようと言い張《は》った。ハリーには、ロンが単に三人を動かし続けるためにそうしているのだとわかっていた。

「なんだってありだぜ」がロンの口ぐせになっていた。「アッパー・フラグリーは魔法使《まほうつか》いの村だ。あいつがそこに住みたいと思ったかもしれない。ちょっとほじくりに行こうよ」

こうして魔法使《まほうつか》いの領域《りょういき》をひんぱんにつつき回っているうちに、三人はときどき「人さらい」を見かけることがあった。

「死喰《しく》い人《びと》と同じぐらいワルもいるんだぜ」ロンが言った。「僕《ぼく》を捕《つか》まえた一味は、ちょっとお粗《そ》末《まつ》なやつらだったけど、ビルは、すごく危険《きけん》な連中もいるって言ってる。『ポッターウオッチ』で言ってたけど――」

「なんて言った?」ハリーが聞き返した。

「『ポッターウオッチ』。言わなかったかな、そう呼《よ》ばれてるって? 僕《ぼく》がずっと探《さが》しているラジオ番組だよ。何が起こっているかについて、ほんとうのことを教えてくれる唯一《ゆいいつ》の番組だ！『例のあの人』路線に従《したが》っている番組がほとんどだけど、『ポッターウオッチ』だけはちがう。君たちに、ぜひ聞かせてやりたいんだけど、周波数を合わせるのが難《むずか》しくて……」

ロンは毎晩《まいばん》のように、さまざまなリズムでラジオのてっぺんをたたいて、ダイヤルを回していた。ときどき、龍痘《りゅうとう》の治療《ちりょう》のヒントなどがちらりと聞こえたし、一度は「大鍋《おおなべ》は灼熱《しゃくねつ》の恋《こい》にあふれ」が数小節流れてきた。トントンと軽くたたきながら、ロンはブツブツとでまかせの言葉を羅列《られつ》し、正しいパスワードを当てようと努力し続けていた。

「普通《ふつう》は、騎士団《きしだん》に関係する言葉なんだ」ロンが言った。「ビルなんか、ほんとに当てるのがうまかったな。僕《ぼく》も、数撃《かずう》ちゃそのうち当たるだろ……」

しかし、ようやくロンに幸運がめぐってきたときには、もう三月になっていた。ハリーは見張《みは》りの当番で、テントの入口に座《すわ》り、凍《い》てついた地面を破《やぶ》って顔を出したムスカリの花の群生《ぐんせい》を、見るともなく見ていた。その時、テントの中から、興奮《こうふん》したロンの叫《さけ》び声《ごえ》が聞こえてきた。

「やった、やったぞ！　パスワードは『アルバス』だった！　ハリー、入ってこい！」

「死《し》の秘宝《ひほう》」の思索《しさく》から何日かぶりに目覚め、ハリーが急いでテントの中に戻《もど》ってみると、ロンとハーマイオニーが、小さなラジオのそばにひざまずいていた。手持ちぶさたにグリフィンドールの剣《つるぎ》を磨《みが》いていたハーマイオニーは、口をポカンと開けて、小さなスピーカーを見つめていた。そこからはっきりと、聞き覚えのある声が流れていた。

「……しばらく放送を中断《ちゅうだん》していたことをおわびします。おせっかいな死喰《しく》い人《びと》たちが、我々《われわれ》のいる地域《ちいき》で何軒《なんげん》も戸別訪問《こべつほうもん》してくれたせいなのです」

「ねえ、これ、リー・ジョーダンだわ！」

「そうなんだよ！」ロンがニッコリした。「かっこいいだろ？　ねっ？」

「……現在《げんざい》、安全な別の場所が見つかりました」リーが話していた。「そして、今晩《こんばん》は、うれしいことに、レギュラーのレポーターのお二人を番組にお迎《むか》えしています。レポーターのみなさん、こんばんは！」

「やあ」

「こんばんは、リバー」

「『リバー』、それ、リーのことだよ」ロンが説明した。「みんな暗号名を持ってるんだけど、たいがいは誰《だれ》だかわかる――」

「シーッ！」ハーマイオニーがだまらせた。

「ロイヤルとロムルスのお二人の話を聞く前に」リーが話し続けた。「ここで悲しいお知らせがあります。『ＷＷＮ・魔法《まほう》ラジオネットワークニュース』や『日刊予言者《にっかんよげんしゃ》』が、報道《ほうどう》する価値《かち》もないとしたお知らせです。ラジオをお聞きのみなさんに、つつしんでお知らせいたします。残念ながら、テッド・トンクスとダーク・クレスウェルが殺害されました」

ハリーは胃《い》がザワッとした。三人はぞっとして顔を見合わせた。

「ゴルヌックという名の小鬼《ゴブリン》も殺されました。トンクス、クレスウェル、ゴルヌックと一緒《いっしょ》に旅をしていたと思われる、マグル生まれのディーン・トーマスともう一人の小鬼《ゴブリン》は、難《なん》を逃《のが》れた模様《もよう》です。ディーンがこの放送を聞いているなら、またはディーンの所在《しょざい》に関して何かご存《ぞん》じの方、ご両親と姉妹の方々が必死で消息を求めています」

「一方、ガッドリーでは、マグルの五人家族が、自宅《じたく》で死亡《しぼう》しているのが発見されました。マグルの政府《せいふ》は、ガスもれによる事故《じこ》死と見ていますが、騎士団《きしだん》からの情報《じょうほう》によりますと、『死の呪文《じゅもん》』によるものだとのことです――マグル殺しが新政権《しんせいけん》のレクリエーション並《な》みになっているという実態《じったい》についていては、いまさら証拠《しょうこ》は無用ですが、さらなる証拠《しょうこ》が上がったということでしょう」

「最後に、大変残念なお知らせです。バチルダ・バグショットのなきがらがゴドリックの谷で見つかりました。数か月前にすでに死亡《しぼう》していたと見られます。騎士団《きしだん》の情報《じょうほう》によりますと、遺体《いたい》には、『闇《やみ》の魔術《まじゅつ》』によって傷害《しょうがい》を受けた、紛《まぎ》れもない跡《あと》があるとのことです」

「ラジオをお聞きのみなさん、テッド・トンクス、ダーク・クレスウェル、バチルダ・バグショット、ゴルヌック、そして死喰《しく》い人《びと》に殺された名前のわからないマグルのご一家に対しても、同じく哀悼《あいとう》の意を表して、お亡《な》くなりになったみなさまのために、一分間の黙禱《もくとう》を捧《ささ》げたいと思います。黙禱《もくとう》……」

沈黙《ちんもく》の時間だった。ハリー、ロン、ハーマイオニーは言葉もなかった。ハリーは、もっと聞きたい気持ちと、これ以上聞くのが恐《おそ》ろしいという気持ちが半々だった。外部の世界と完全につながっていると感じたのは、久《ひさ》しぶりのことだった。

「ありがとうございました」リーの声が言った。「さて今度は、レギュラーのお一人に、新しい魔《ま》法界《ほうかい》の秩序《ちつじょ》がマグルの世界に与《あた》えている影響《えいきょう》について、最新の情報《じょうほう》をうかがいましょう。ロイヤル、どうぞ」

「ありがとう、リバー」

すぐそれとわかる、深い低音の、抑制《よくせい》のあるゆったりした安心感を与《あた》える声だ。

「キングズリー！」ロンが思わず口走った。

「わかってるわ！」ハーマイオニーがロンをだまらせた。

「マグルたちは、死傷者《ししょうしゃ》が増《ふ》え続ける中で、被害《ひがい》の原因《げんいん》をまったく知らないままです」キングズリーが言った。「しかし、魔法使《まほうつか》いも魔女《まじょ》も、身の危険《きけん》をおかしてまで、マグルの友人や隣人《りんじん》を護《まも》ろうとしているという、まことに心動かされる話が次々と耳に入ってきます。往々《おうおう》にしてマグルはそれに気づかないことが多いのですが。ラジオをお聞きのみなさんには、たとえば近所に住むマグルの住居《じゅうきょ》に保護呪文《ほごじゅもん》をかけるなどして、こうした模範的《もはんてき》な行為《こうい》にならうことを強く呼《よ》びかけたいと思います。そのような簡単《かんたん》な措置《そち》で、多くの命が救われることでしょう」

「しかし、ロイヤル、このように危険《きけん》な時期には『魔法使《まほうつか》い優先《ゆうせん》』と答えるラジオ聴取者《ちょうしゅしゃ》のみなさんに対しては、どのようにおっしゃるつもりですか？」リーが聞いた。

「『魔法使《まほうつか》い優先《ゆうせん》』は、たちまち『純血優先《じゅんけつゆうせん》』に結びつき、さらに『死喰《しく》い人《びと》』につながるものだと申し上げましょう」キングズリーが答えた。「我々《われわれ》はすべてヒトです。そうではありませんか？

すべての人の命は同じ重さを持ちます。そして、救う価値《かち》があるのです」

「すばらしいお答えです、ロイヤル。現在《げんざい》のごたごたから抜《ぬ》け出《だ》したあかつきには、私《わたし》はあなたが魔《ま》法大臣《ほうだいじん》になるよう一票を投じますよ」リーが言った。「さて、次はロムルスにお願いしましょう。人気特別番組の『ポッター通信』です」

「ありがとう、リバー」

これもよく知っている声だった。ロンは口を開きかけたが、ハーマイオニーがささやき声で封《ふう》じた。

「**ルーピンだってすぐわかるわよ！**」

「ロムルス、あなたは、この番組に出ていただくたびにそうおっしゃいますが、ハリー・ポッターはまだ生きているというご意見ですね？」

「そのとおりです」ルーピンがきっぱりと言った。「もしハリーが死んでいれば、死喰《しく》い人《びと》たちが大々的にその死を宣言《せんげん》するであろうと、確信《かくしん》しています。なぜならば、それが新体制《しんたいせい》に抵抗《ていこう》する人々の士気《しき》に、致命的《ちめいてき》な打撃《だげき》を与《あた》えるからです。『生き残った男の子』は、いまでも、我々《われわれ》がそのために戦っているあらゆるもの、つまり、善《ぜん》の勝利、無垢《むく》の力、抵抗《ていこう》し続ける必要性《ひつようせい》などの象徴《しょうちょう》なのです」

ハリーの胸《むね》に、感謝《かんしゃ》と恥《は》ずかしさが湧《わ》き上《あ》がってきた。最後にルーピンに会ったとき、ハリーはひどいことを言った。ルーピンは、それを許《ゆる》してくれたのだろうか？

「では、ロムルス、もしハリーがこの放送を聞いていたら、なんと言いたいですか?」

「我々《われわれ》は全員、心はハリーとともにある、そう言いたいですね」

ルーピンはそのあとに、少し躊躇《ちゅうちょ》しながらつけ加えた。

「それから、こうも言いたい。自分の直感に従《したが》え。それはよいことだし、ほとんど常《つね》に正しい」

ハリーはハーマイオニーを見た。ハーマイオニーの目に涙《なみだ》がたまっていた。

「ほとんど常《つね》に正しい」ハーマイオニーがくり返した。

「あっ、僕《ぼく》言わなかったっけ?」ロンがすっとんきょうな声を上げた。「ビルに聞いたけど、ルーピンは、またトンクスと一緒《いっしょ》に暮《く》らしているって! それにトンクスは、かなりお腹《なか》が大きくなってきたらしいよ」

「……ではいつものように、ハリー・ポッターに忠実《ちゅうじつ》であるがために被害《ひがい》を受けている、友人たちの近況《きんきょう》はどうですか?」リーが話を続けていた。

「そうですね、この番組をいつもお聞きの方にはもうおわかりのことでしょうが、ハリー・ポッターを最も大胆《だいたん》に支持《しじ》してきた人々が数人、投獄《とうごく》されました。たとえばゼノフィリウス・ラブグッド、かつての『ザ・クィブラー』編集長《へんしゅうちょう》などですが――」ルーピンが言った。

「少なくとも生きてる!」ロンがつぶやいた。

「さらに、つい数時間前に聞いたことですが、ルビウス・ハグリッド――」

三人はそろってハッと息をのみ、そのためにそのあとの言葉を聞《き》き逃《のが》すところだった。

「――ホグワーツ校の名物森番ですが、構内《こうない》で逮捕《たいほ》されかけました。自分の小屋で『ハリー・ポッター応援《おうえん》』パーティを開いたとのうわさです。しかし、ハグリッドは拘束《こうそく》されませんでした。逃亡《とうぼう》中《ちゅう》だと思われます」

「死喰《しく》い人《びと》から逃《のが》れるときに、五メートルもある巨人《きょじん》の弟と一緒《いっしょ》なら、役に立つでしょうね？」

「確《たし》かに有利になると言えるでしょうね」ルーピンがまじめに同意した。「さらにつけ加えますが、『**ポッターウオッチ**』としてはハグリッドの心意気に喝采《かっさい》しますが、どんなに熱心なハリーの支持者《しじしゃ》であっても、ハグリッドのまねはしないようにと強く忠告《ちゅうこく》します。いまのご時世では、『ハリー・ポッター応援《おうえん》』パーティは賢明《けんめい》とは言えない」

「まったくそのとおりですね、ロムルス」リーが言った。「そこで我々《われわれ》は、稲妻形《いなずまがた》の傷痕《きずあと》を持つ青年への変わらぬ献身《けんしん》を示《しめ》すために、『**ポッターウオッチ**』を聞き続けてはいかがでしょう！　さて、それではハリー・ポッターと同じくらい見つかりにくいとされている、あの魔法使《まほうつか》いについてのニュースに移《うつ》りましょう。ここでは『親玉死喰《おやだましく》い人《びと》』と呼称《こしょう》したいと思います。彼《かれ》を取《と》り巻《ま》く異常《じょう》なうわさのいくつかについて、ご意見をうかがうのは、新しい特派員《とくはいん》のローデントです。ご紹介《しょうかい》しましょう」

「『**ローデント**』？」

また聞き覚えのある声だ。ハリー、ロン、ハーマイオニーはいっせいに叫《さけ》んだ。

「フレッド!」

「いや――ジョージかな?」

「フレッド、だと思う」ロンが耳をそばだてて言った。双子《ふたご》のどちらかが話した。

「俺《おれ》は『ローデント』じゃないぜ、冗談《じょうだん》じゃない。『レイピア、諸刃《もろは》の剣《つるぎ》』にしたいって言ったじゃないか!」

「ああ、わかりました。ではレイピア、『親玉死喰い人《おやだまし くいびと》』についていろいろ耳に入ってくる話に関する、あなたのご見解《けんかい》をいただけますか?」

「承知《しょうち》しました、リバー」フレッドが言った。「ラジオをお聞きのみなさんはもうご存《ぞん》じでしょうが、もっとも、庭の池の底とかその類《たぐい》の場所に避難《ひなん》していれば別ですが、表に姿《すがた》を出さないという、『例のあの人』の影《かげ》の人物戦術《じんぶつせんじゅつ》は、相変わらずちょっとした恐慌状態《きょうこうじょうたい》を作り出しています。いいですか、『あの人』を見たという情報《じょうほう》がすべてほんとうなら、ゆうに十九人もの『例のあの人』がそのへんを走り回っていることになりますね」

「それが彼《かれ》の思うつぼなのだ」キングズリーが言った。「謎《なぞ》に包まれているほうが、実際《じっさい》に姿《すがた》を現《あらわ》すよりも大きな恐怖《きょうふ》を引き起こす」

「そうです」フレッドが言った。「ですから、みなさん、少し落ち着こうではないですか。状況《じょうきょう》はすでに充分《じゅうぶん》悪いんですから、これ以上妄想《もうそう》をふくらませなくてもいい。たとえば、『例のあの人』はひとにらみで人を殺すという新しいご意見ですが、みなさん、それは**バジリスク**のことですよ。簡単《かんたん》なテストが一つ。こっちをにらんでいるものに足があるかどうか見てみましょう。もしあれば、その目を見ても安全です。もっとも、相手が本物の『例のあの人』だったら、どっちにしろ、それがこの世の見納《みおさ》めになるでしょう」

ハリーは声を上げて笑った。ここ何週間もなかったことだ。ハリーは、重苦しい緊張《きんちょう》が解《と》けていくのを感じた。

「ところで、『あの人』を海外で見かけたといううわさはどうでしょう?」リーが聞いた。

「そうですね。『あの人』ほどハードな仕事ぶりなら、そのあとで、ちょっとした休暇《きゅうか》が欲《ほ》しくなるんじゃないでしょうか?」フレッドが答えた。「要はですね、『あの人』が国内にいないからといって、まちがった安心感にまどわされないこと。海外かもしれないし、そうじゃないかもしれない。どっちにしろ、『あの人』がその気になれば、その動きのすばやさときたら、シャンプーを目の前に突《つ》きつけられたセブルス・スネイプでさえかなわないでしょうね。だから、危険《きけん》をおかして何かしようと計画している方は、『あの人』が遠くにいることを当てにしないように。まさかこんな言葉が自分の口から出るのを聞くことになるとは思わなかったけど、『安全第一』!」

「レイピア、賢明《けんめい》なお言葉をありがとうございました」リーが言った。

「ラジオをお聞きのみなさん、今日の『ポッターウオッチ』は、これでお別れの時間となりました。次はいつ放送できるかわかりませんが、必ず戻《もど》ります。ダイヤルを回し続けてください。次のパスワードは『マッドーアイ』です。お互《たが》いに安全でいましょう。信頼《しんらい》を持ち続けましょう。では、おやすみなさい」

ラジオのダイヤルがくるくる回り、周波数を合わせるパネルの明かりが消えた。ハリー、ロン、ハーマイオニーは、まだニッコリ笑っていた。聞き覚えのある親しい声を聞くのは、この上ないカンフル剤《ざい》効果《こうか》があった。孤立《こりつ》に慣《な》れきってしまい、ハリーは、自分たちのほかにもヴォルデモートに抵抗《ていこう》している人々がいることを、ほとんど忘《わす》れていた。長い眠《ねむ》りから覚めたような気分だった。

「いいだろう、ねっ?」ロンがうれしそうに言った。

「すばらしいよ」ハリーが言った。

「なんて勇敢《ゆうかん》なんでしょう」ハーマイオニーが敬服《けいふく》しながらため息をついた。「見つかりでもしたら……」

「でも、常《つね》に移動《いどう》してるんだろ?」ロンが言った。「僕《ぼく》たちみたいに」

「それにしても、フレッドの言ったことを聞いたか?」ハリーが興奮《こうふん》した声で言った。放送が終わってみれば、ハリーの思いは、また同じ所に戻《もど》っていた。何もかも焼《や》き尽《つ》くすような執着《しゅうちゃく》だ。

「あいつは海外だ! まだ杖《つえ》を探《さが》しているんだよ。僕《ぼく》にはわかる!」

「ハリーったら――」

「いいかげんにしろよ、ハーマイオニー。どうしてそう頑固《がんこ》に否定《ひてい》するんだ？　ヴォル――」

「**ハリー、やめろ！**」

「――デモートはニワトコの杖《つえ》を追っているんだ！」

「その名前は『禁句《きんく》』だ！」

ロンが大声を上げて立ち上がった。テントの外で**バチッ**という音がした。

「忠告《ちゅうこく》したのに。ハリー、そう言ったのに。もうその言葉は使っちゃだめなんだ――保護《ほご》をかけなおさないと――早く――やつらはこれで見つけるんだから――」

しかし、ロンは口を閉《と》じた。ハリーにはその理由がわかった。テーブルの上の「かくれん防止器《ぼうしき》《スニーコスコープ》」が明るくなり、回りだしていた。外の声がだんだん近づいてくる。荒《あら》っぽい、興奮《こうふん》した声だ。ロンは「灯消《ひけ》しライター」をポケットから取り出してカチッと鳴らした。ランプの灯《ひ》が消えた。

「両手を挙げて出てこい！」

暗闇《くらやみ》のむこうからしわがれた声がした。

「中にいることはわかっているんだ！　六本の杖《つえ》がお前たちをねらっているぞ。呪《のろ》いが誰《だれ》に当たろうが、俺《おれ》たちの知ったことじゃない！」

第二十三章　マルフォイの館

ハリーは二人を振《ふ》り返《かえ》った。しかし、暗闇《くらやみ》の中では輪郭《りんかく》しか見えない。ハーマイオニーが杖《つえ》を上げ、外ではなくハリーの顔に向けているのが見えた。バーンという音とともに白い光が炸裂《さくれつ》したかと思うと、ハリーは激痛《げきつう》でがっくりひざを折った。何も見えない。両手で覆《おお》った顔があっという間にふくれ上がっていくのがわかった。同時に、重い足音がハリーを取り囲んでいた。

「立て、虫けらめ」

誰《だれ》のものともわからない手がハリーを荒々《あらあら》しく引《ひ》っ張《ぱ》り上《あ》げた。抵抗《ていこう》する間もなく、誰《だれ》かがハリーのポケットを探《さぐ》り、リンボクの杖《つえ》を取り上げた。ハリーはあまりの痛《いた》さに顔を強く押《お》さえていたが、その指の下の顔は目鼻も見分けがつかないほどふくれ上がり、ひどいアレルギーでも起こしたようにパンパンに腫《は》れている。目は押《お》しつぶされて細い筋《すじ》のようになり、ほとんど見えない。手《て》荒《あら》にテントから押《お》し出《だ》された拍子《ひょうし》にめがねが落ちてしまい、四、五人のぼやけた姿《すがた》がロンとハーマイオニーを無理やり外に連れ出すのが、やっと見えただけだった。

「放せ――その女《ひと》を――放せ！」

ロンが叫《さけ》んだ。紛《まぎ》れもなく握《にぎ》り拳《こぶし》でなぐりつける音が聞こえ、ロンは痛《いた》みにうめき、ハーマイオニーが悲鳴を上げた。

「やめて！　その人を放して。放して！」

「おまえのボーイフレンドが俺《おれ》のリストにのっていたら、もっとひどい目にあうぞ」

聞き覚えのある、身の毛のよだつかすれ声だ。

「うまそうな女だ……なんというごちそうだ……俺《おれ》はやわらかい肌《はだ》が楽しみでねぇ……」

声の主が誰《だれ》だかわかり、ハリーの胃袋《いぶくろ》が宙返《ちゅうがえ》った。フェンリール・グレイバック、残忍《ざんにん》さを買われて、死喰《しく》い人《びと》のローブを着ることを許《ゆる》された狼人間《おおかみにんげん》だ。

「テントを探《さが》せ！」別の声が言った。

ハリーは放り投げられ、地べたにうつ伏《ぶ》せに倒《たお》れた。ドスンと音がして、ロンが自分の横に投げ出されたことがわかった。足音や物がぶつかり合う音、椅子《いす》を押《お》しのけてテントの中を探《さが》す音がした。

「さて、獲物《えもの》を見ようか」頭上でグレイバックの満足げな声がしたかと思うと、ハリーは仰向《あおむ》けに転がされた。杖灯《つえあか》りがハリーの顔を照らし、グレイバックが笑った。

「こいつを飲《の》み込《こ》むにはバタービールが必要だな。どうしたんだ、醜男《ぶおとこ》？」

ハリーはすぐには答えなかった。

「**聞いてるのか**」

ハリーはみずおちをなぐられ、痛《いた》さに体をくの字に曲げた。

「どうしたんだ？」グレイバックがくり返した。

「刺《さ》された」ハリーがつぶやいた。「刺《さ》されたんだ」

「ああ、そう見えらぁな」二番目の声が言った。

「名前は？」グレイバックが唸《うな》るように言った。

「ダドリー」ハリーが言った。

「苗字《みょうじ》じゃなくて名前は？」

「僕《ぼく》――バーノン。バーノン・ダドリー」

「リストをチェックしろ、スカビオール」

グレイバックが言った。そのあと、グレイバックが横に移動《いどう》して、今度はロンを見下ろす気配がした。

「赤毛、おまえはどうだ？」

「スタン・シャンパイク」ロンが言った。

「でまかせ言いやがって」スカビオールと呼《よ》ばれた男が言った。「スタン・シャンパイクならよう、俺《おれ》たち、知ってるんだぜ。こっちの仕事を、ちぃとばっかしやらせてんだ」

またドスッという音がした。

「ブ、バーネーだ」ロンの口の中が血だらけなのがハリーにはわかった。「バーネー・ウィードリー」

「ウィーズリー一族か」

グレイバックがざらざらした声で言った。

「それなら、『穢《けが》れた血《ち》』でなくとも、おまえは『血を裏切《うらぎ》る者』の親せきだ。さーて、最後、おまえのかわいいお友達……」

舌《した》なめずりするような声に、ハリーは鳥肌《とりはだ》が立った。

「急《せ》くなよ、グレイバック」周りのあざけり笑いを縫《ぬ》って、スカビオールの声がした。

「ああ、まだいただきはしない。バーニーよりは少し早く名前を思い出すかどうか、聞いてみるか。お嬢《じょう》さん、お名前は？」

「ペネロピー・クリアウォーター」

ハーマイオニーはおびえていたが、説得力《せっとくりょく》のある声で答えた。

「おまえの血統《けっとう》は？」

「半純血《はんじゅんけつ》」ハーマイオニーが答えた。

「チェックするのは簡単《かんたん》だ」スカビオールが言った。「だが、こいつらみんな、まだオグワーツ年《ねん》齢《れい》みてえに見えらぁ――」

「やべたんだ」ロンが言った。

「赤毛、やめたってぇのか？」スカビオールが言った。「そいで、キャンプでもしてみようって決めたのか？　そいで、おもしれえから、闇《やみ》の帝王《ていおう》のなめえでも呼《よ》んでみようと思ったてぇのか？」

「おぼしろいからじゃのい」ロンが言った。「じごご」

「事故《じこ》？」あざけり笑いの声がいっそう大きくなった。

「ウィーズリー、闇《やみ》の帝王《ていおう》を名前で呼《よ》ぶのが好きだったやつらを知っているか？」

グレイバックが唸《うな》った。

「不死鳥《ふしちょう》の騎士団《きしだん》だ。何か思い当たるか？」

「べづに」

「いいか、やつらは闇《やみ》の帝王《ていおう》にきちんと敬意《けいい》を払《はら》わない。そこで名前を『禁句《きんく》』にしたんだ。騎士《きし》団員《だんいん》の何人かは、そうやって追跡《ついせき》した。まあ、いい。さっきの二人の捕虜《ほりょ》と一緒《いっしょ》に縛《しば》り上《あ》げろ！」

誰《だれ》かがハリーの髪《かみ》の毛をぐいとつかんで立たせ、すぐ近くまで歩かせて地べたに座《すわ》らせ、ほかの囚《とら》われ人《びと》と背中合《せなかあ》わせに縛《しば》りはじめた。ハリーはめがねもない上に、腫《は》れ上《あ》がったまぶたのすきまからはほとんど何も見えなかった。縛《しば》り上《あ》げた男が行ってしまってから、ハリーはほかの捕虜《ほりょ》に小声で話しかけた。

「誰《だれ》かまだ杖《つえ》を持っている？」

「ううん」ロンとハーマイオニーがハリーの両脇《りょうわき》で答えた。

「僕《ぼく》のせいだ。僕《ぼく》が名前を言ったばっかりに。ごめん――」

「ハリーか？」

別な声、しかも聞き覚えのある声が、ハリーの真後ろの、ハーマイオニーの左側に縛《しば》られている誰《だれ》かから聞こえた。

「**ディーン？**」

「**やっぱり**君か！　君を捕《と》らえたことにあいつらが気づいたら――！　連中は『人さらい』なんだ。賞金《しょうきん》かせぎに、学校に登校していない学生を探《さが》しているだけのやつらだ――」

「ひと晩《ばん》にしては悪くない上がりだ」

グレイバックが、靴底《くつぞこ》にびょうを打ったブーツでハリーの近くをカツカツと歩きながら言った。テントの中から、家探《やさが》しする音がますます激《はげ》しく聞こえてきた。

「『穢《けが》れた血《ち》』が一人、逃亡中《とうぼうちゅう》の小鬼《ゴブリン》が一人、学校をなまけているやつが三人。スカビオール、まだ、こいつらの名前をリストと照合していないのか？」グレイバックが吠《ほ》えた。

「ああ、バーノン・ダドリーなんてぇのは、見当たらねえぜ、グレイバック」

「おもしろい」グレイバックが言った。「そりゃあ、おもしろい」

グレイバックはハリーのそばにかがみ込《こ》んだ。ハリーは、腫《は》れ上《あ》がったまぶたの間のわずかなすきまから、グレイバックの顔を見た。もつれた灰色《はいいろ》の髪《かみ》とほおひげに覆《おお》われた顔、茶色く汚《よご》れてとがった歯、両端《りょうはし》の裂《さ》けた口が見えた。ダンブルドアが死んだ、あの塔《とう》の屋上でかいだのと同じにおいがした。泥《どろ》と汗《あせ》と血のにおいだ。

「それじゃ、バーノン、おまえはお尋《たず》ね者《もの》じゃないと言うわけか？　それともちがう名前でリストにのっているのかな？　ホグワーツではどの寮《りょう》だった？」

「スリザリン」ハリーは反射的《はんしゃてき》に答えた。

「おかしいじゃねえか。捕《つか》まったやつぁみんな、そう言やぁいいと思ってる」スカビオールのあざけり笑いが、薄暗《うすぐら》い所から聞こえた。「なのに、談話室がどこにあるか知ってるやつぁ、一人もいねえ」

「地下室にある」ハリーがはっきり言った。「壁《かべ》を通って入るんだ。どくろとかそんなものがたくさんあって、湖の下にあるから明かりは全部緑色だ」

一瞬《いっしゅん》、間が空いた。

「ほう、ほう、どうやら本物のスリザリンのガキを捕《つか》めえたみてぇだ」スカビオールが言った。「よかったじゃねえか、バーノン。スリザリンには『穢《けが》れた血《ち》』はあんまりいねえからな。親父《おやじ》は誰《だれ》だ？」

「魔法省《まほうしょう》に勤《つと》めている」

ハリーはでまかせを言った。ちょっと調べれば、うそは全部ばれることがわかっていたが、どうせ時間かせぎだ。顔が元どおりになれば、いずれにせよ万事休《ばんじきゅう》すだ。

「魔法事故惨事部《まほうじこさんじぶ》だ」

「そう言えばよぅ、グレイバック」スカビオールが言った。「あそこにダドリーってやつが**いる**と思うぜ」

ハリーは息が止まりそうだった。運がよければ、運しかないが、ここから無事逃《のが》れられるかもしれない？

「なんと、なんと」

ハリーは、グレイバックの冷酷《れいこく》な声に、かすかな動揺《どうよう》を感じ取った。グレイバックは、ほんとうに魔法省《まほうしょう》の役人の息子《むすこ》を襲《おそ》って縛《しば》り上《あ》げてしまったのかもしれないと、疑問《ぎもん》を感じているのだ。ハリーの心臓《しんぞう》が、肋骨《ろっこつ》を縛《しば》っているロープを激《はげ》しく打っていた。ハリーは、グレイバックにその動きが見えても不思議はないと思った。

「もしほんとうのことを言っているなら、醜男《ぶおとこ》さんよ、魔法省《まほうしょう》に連れていかれても何も恐《おそ》れることはない。おまえの親父《おやじ》が、息子《むすこ》を連れ帰った俺《おれ》たちに、ほうびをくれるだろうよ」

「でも」ハリーは口がからからだった。「もし、僕《ぼく》たちを放して――」

「ヘイ！」テントの中で叫《さけ》ぶ声がした。「これを見ろよ、グレイバック！」

黒い影《かげ》が急いでこっちへやってきた。杖灯《つえあか》りで、銀色に輝《かがや》くものが見えた。連中はグリフィンドールの剣《つるぎ》を見つけたのだ。

「すーっげえもんだ」

グレイバックは仲間からそれを受け取って、感心したように言った。

「いやあ、立派《りっぱ》なもんだ。小鬼製《ゴブリンせい》らしいな、これは。こんなものをどこで手に入れた？」

「僕《ぼく》のパパのだ」ハリーはうそをついた。だめもとだったが、暗いので、グレイバックには柄《つか》のすぐ下に彫《ほ》ってある文字が見えないことを願った。「薪《まき》を切るのに借りてきた――」

「グレイバック、ちょっと待った！　これを見てみねぇ、『予言者』をよ」

スカビオールがそう言ったそのとき、ハリーのふくれ上がった額《ひたい》の引《ひ》き伸《の》ばされた傷痕《きずあと》に激痛《げきつう》が走った。現実《げんじつ》に周囲にあるものよりもっとはっきりと、ハリーはそびえ立つ建物を見た。人を寄《よ》せつけない、真っ黒で不気味な要塞《ようさい》だ。ヴォルデモートの想念が、急にまた鮮明《せんめい》になった。巨大《きょだい》な建物に向かってすべるように進んでいくヴォルデモートは、陶酔感《とうすいかん》を感じながら冷静に目的をはたそうとしている……。

近いぞ……近いぞ……。

意志《いし》の力を振《ふ》りしぼり、ハリーはヴォルデモートの想念に対して心を閉《と》じ、いまいる現実《げんじつ》の場所に自分を引《ひ》き戻《もど》した。ハリーは、暗闇《くらやみ》の中でロン、ハーマイオニー、ディーン、グリップフックたちと一緒《いっしょ》に縛《しば》りつけられ、グレイバックとスカビオールの声を聞いていた。

「『アーマイオニー・グレンジャー』」とスカビオールが読み上げていた。「『アリー・ポッターと一緒《いっしょ》に旅をしていることがわかっている、**「穢《けが》れた血《ち》」**』」

沈黙《ちんもく》の中で、ハリーの傷痕《きずあと》が焼けるように痛《いた》んだが、ハリーは現実《げんじつ》のその場にとどまるように、ヴォルデモートの心の中にすべり込《こ》まないようにと、極限《きょくげん》まで力を振《ふ》りしぼって踏《ふ》ん張《ば》った。グレイバックがブーツをきしませて、ハーマイオニーの前にかがみ込《こ》む音が聞こえた。

「嬢《じょう》ちゃんよ、驚《おどろ》くじゃないか。この写真は、なんともはや、あんたにそっくりだぜ」

「ちがうわ！　私《わたし》じゃない！」

ハーマイオニーのおびえた金切り声は、告白《こくはく》しているも同じだった。

「『……ハリー・ポッターと一緒《いっしょ》に旅をしていることがわかっている』」

グレイバックが低い声でくり返した。

その場が静まり返った。傷痕《きずあと》が激《はげ》しく痛《いた》んだが、ハリーはヴォルデモートの想念に引《ひ》き込《こ》まれないよう、全力で抵抗《ていこう》した。自分の心を保《たも》つのが、いまほど大切だったことはない。

「すると、話はすべてちがってくるな」グレイバックがささやいた。

誰《だれ》も口をきかなかった。ハリーは、「人さらい」の一味が、身動きもせずに自分を見つめているのを感じ取った。そして、ハーマイオニーの腕《うで》の震《ふる》えが自分の腕《うで》に伝わってくるのを感じた。グレイバックが立ち上がって、一、二歩歩き、ハリーの前にまたかがみ込《こ》んで、ふくれ上がったハリーの顔をじっと見つめた。

「額《ひたい》にあるこれはなんだ、バーノン？」

引き伸《の》ばされた傷痕《きずあと》に汚《きたな》らしい指を押《お》しつけ、グレイバックが低い声で聞いた。腐臭《ふしゅう》のする息がハリーの鼻を突《つ》いた。

「さわるな！」

ハリーはがまんできずに思わず叫《さけ》んだ。痛《いた》みで吐《は》きそうだった。

「ポッター、めがねをかけていたはずだが？」グレイバックがささやくように言った。

「めがねがあったぞ！」

後ろのほうをこそこそ歩き回っていた、一味の一人が言った。

「テントの中にめがねがあった。グレイバック、ちょっと待ってくれ――」

数秒後、ハリーの顔にめがねが押《お》しつけられた。「人さらい」の一味は、いまやハリーを取り囲み、のぞき込《こ》んでいた。

「まちがいない！」グレイバックがガサガサ声で言った。「俺《おれ》たちはポッターを捕《つか》まえたぞ！」

一味は、自分たちのしたことにぼうぜんとして、全員が数歩退《しりぞ》いた。二つに引《ひ》き裂《さ》かれる頭の中で、現実《げんじつ》の世界にとどまろうと奮闘《ふんとう》し続けていたハリーは、何も言うべき言葉を思いつかなかった。バラバラな映像《えいぞう》が、心の表面に入《はい》り込《こ》んできた――。

……黒い要塞《ようさい》の高い壁《かべ》の周りを、自分はすべるように動き回っていた――。ちがう。自分はハリーだ。縛《しば》り上《あ》げられ、杖《つえ》もなく、深刻《しんこく》な危機《きき》に瀕《ひん》している――。

……目を上げて見ている。一番上の窓《まど》まで行くのだ。一番高い塔《とう》だ――。自分はハリーだ。一味は低い声で自分の運命を話し合っている――。

……飛ぶ時が来た――。


「……魔法省《まほうしょう》へ行くか？」

「魔法省《まほうしょう》なんぞくそくらえだ」グレイバックが唸《うな》った。「あいつらは自分の手柄《てがら》にしちまうぞ。俺《おれ》たちはなんの分け前にもあずかれない。俺《おれ》たちが『例のあの人』に直接渡《ちょくせつわた》すんだ」

「『あのいと』を呼《よ》び出《だ》すのか？　**ここに？**」スカビオールの声は恐《おそ》れおののいていた。

「ちがう」グレイバックが歯がみした。「俺《おれ》にはまだ――『あの人』は、マルフォイの所を基地《きち》にしていると聞いた。こいつをそこに連れていくんだ」

ハリーは、グレイバックがなぜヴォルデモートを呼《よ》び出《だ》せないか、わかった。狼人間《おおかみにんげん》は、死喰《しく》い人《びと》が利用したいときだけそのローブを着ることを許《ゆる》されはするが、闇《やみ》の印《しるし》を刻印《こくいん》されるのはヴォルデモートの内輪の者だけで、グレイバックはその最高の名誉《めいよ》までは受けていないのだ。

ハリーの傷痕《きずあと》がまたしてもうずいた――。

……そして自分は、夜の空を、塔《とう》の一番上の窓《まど》まで、まっすぐに飛んでいった――。

「……こいつが本人だってぇのはほんとうに確《たし》かか？　もしまちげえでもしたら、グレイバック、俺《おれ》たちゃ死ぬ」

「指揮《しき》をとってるのは誰《だれ》だ？」

グレイバックは、一瞬《いっしゅん》の弱腰《よわごし》を挽回《ばんかい》すべく、吠《ほ》え声《ごえ》を上げた。

「こいつはポッターだと、俺《おれ》がそう言ってるんだ。ポッターとその杖《つえ》、それで即座《そくざ》に二十万ガリオンだ！　しかしおまえら、どいつもこいつも一緒《いっしょ》に来る根性《こんじょう》がなけりゃあ、賞金《しょうきん》は全部俺《おれ》のもんだ。うまくいけば、小娘《こむすめ》のおまけもいただく！」

……窓《まど》は黒い石に切れ目が入っているだけで、人一人通れる大きさではない……骸骨《がいこつ》のような姿《すがた》が、すきまからかろうじて見える。毛布《もうふ》をかぶって丸まっている……死んでいるのか、それとも眠《ねむ》っているのか……？

「よし！」スカビオールが言った。「よーし、乗った！　どっこい、ほかのやつらは、グレイバック、ほかのやつらをどうする？」

「いっそまとめて連れていこう。『穢《けが》れた血《ち》』が二人、それで十ガリオン追加だ。その剣《つるぎ》も俺《おれ》によこせ。そいつらがルビーなら、それでまたひともうけだ」

捕虜《ほりょ》たちは、引《ひ》っ張《ば》られて立ち上がった。ハリーの耳に、ハーマイオニーのおびえた荒《あら》い息づかいが聞こえた。

「つかめ。しっかりつかんでろよ。俺《おれ》がポッターをやる！」

グレイバックはハリーの髪《かみ》の毛を片手《かたて》でむんずとつかんだ。ハリーは、長い黄色い爪《つめ》が頭皮を引っかくのを感じた。

「三つ数えたらだ！　一――二――三――」

一味は、捕虜《ほりょ》を引き連れて「姿《すがた》くらまし」した。ハリーはグレイバックの手を振《ふ》り離《はな》そうともがいたが、どうにもならなかった。ロンとハーマイオニーが両脇《りょうわき》にきつく押《お》しつけられていて、自分一人だけ離《はな》れることはできなかった。息ができないほど肺《はい》がしぼられ、傷痕《きずあと》はいっそうひどく痛《いた》んだ――。

……自分は窓《まど》の切れ目から蛇《へび》のごとく入《はい》り込《こ》み、霞《かすみ》のように軽々と独房《どくぼう》らしい部屋の中に降《お》り立《た》った――。

捕虜《ほりょ》たちは、どこか郊外《こうがい》の小道に着地し、よろめいてぶつかり合った。ハリーの両目はまだ腫《は》れていて、周囲に目が慣《な》れるまで少し時間がかかったが、やがて長い馬車道のような道と、その入口に両開きの鉄の門が見えた。ハリーは少しホッとした。まだ最悪の事態《じたい》は起こっていない。ヴォルデモートは、ここにはいない。頭に浮《う》かぶ映像《えいぞう》と戦っていたハリーには、それがわかっていた。ヴォルデモートは、どこか見知らぬ要塞《ようさい》のような場所の、塔《とう》のてっぺんにいる。しかし、ハリーがここにいると知って、ヴォルデモートがやってくるまでに、はたしてどのくらいの時間がかかるのか、それはまた別な問題だ……。

「人さらい」の一人が、大股《おおまた》で門に近づき揺《ゆ》さぶった。

「どうやって入るんだ？　鍵《かぎ》がかかってる。グレイバック、俺《おれ》は入れ――うぉっと！」

その男は、仰天《ぎょうてん》してパッと手を引《ひ》っ込《こ》めた。鉄がゆがんで抽象的《ちゅうしょうてき》な曲線や渦模様《うずもよう》が恐《おそ》ろしい顔に変わり、ガンガン響《ひび》く声でしゃべりだしたのだ。

「目的を述《の》べよ！」

「俺《おれ》たちは、ポッターを連れてきた！」グレイバックが勝《か》ち誇《ほこ》ったように吠《ほ》えた。「ハリー・ポッターを捕《つか》まえた！」

門がパッと開いた。

「来い！」グレイバックが一味に言った。捕虜《ほりょ》たちは門から中へ、そして馬車道へと歩かされ、両側の高い生《い》け垣《がき》がその足音をくぐもらせた。ハリーは、頭上に幽霊《ゆうれい》のような白い姿《すがた》を見たが、それはアルビノの白孔雀《しろくじゃく》だった。ハリーはつまずいて、グレイバックに引きずり起こされた。ほかの四人の捕虜《ほりょ》と背中合《せなかあ》わせに縛《しば》られたまま、ハリーはよろめきながら横歩きしていた。腫《は》れぼったい目を閉《と》じ、ハリーは、しばらく傷痕《きずあと》の痛《いた》みに屈服《くっぷく》することにした。ヴォルデモートが何をしているのか、ハリーが捕《つか》まったことをもう知っているのかどうかを知りたかった――。

……やつれはてた姿《すがた》が薄《うす》い毛布《もうふ》の下で身動きし、こちらに寝返《ねがえ》りを打った。そして骸骨《がいこつ》のような顔の両目が見開かれた……弱りきった男は、落ちくぼんだ大きな目でこちらを、ヴォルデモートを見すえ、上半身を起こした。そして笑った。歯がほとんどなくなっている……。

「やってきたか。来るだろうと思っていた……そのうちにな。しかし、おまえの旅は無意味だった。私《わたし》がそれを持っていたことはない」

「うそをつくな！」

ヴォルデモートの怒《いか》りが、ハリーの中でドクドクと脈打《みゃくう》った。ハリーの傷痕《きずあと》は、痛《いた》みで張《は》り裂《さ》けそうだった。ハリーは、心をもぎ取るようにして自分の体に戻《もど》し、捕虜《ほりょ》の一人として砂利道《じゃりみち》を歩かされているという現実《げんじつ》から心が離《はな》れないように戦った。

明かりがこぼれ、捕虜全員《ほりょぜんいん》を照らし出した。

「何事ですか？」冷たい女の声だ。

「我々《われわれ》は、『名前を言ってはいけないあの人』にお目にかかりに参りました」グレイバックのガサガサした声が言った。

「おまえは誰《だれ》？」

「あなたは私《わたし》をご存《ぞん》じでしょう！」

狼人間《おおかみにんげん》の声には憤《いきどお》りがこもっていた。

「フェンリール・グレイバックだ！　我々《われわれ》はハリー・ポッターを捕《と》らえた！」

グレイバックはハリーをぐいとつかんで半回りさせ、正面の明かりに顔を向けさせた。ほかの捕《ほ》虜《りょ》も一緒《いっしょ》にずるずると半回りさせられるはめになった。

「この顔がむくんでいるのはわかっていやすがね、マダム、しかし、こいつはアリーだ！」スカビオールが口をはさんだ。「ちょいとよく見てくださりゃあ、こいつの傷痕《きずあと》が見えまさぁ。それに、ほれ、娘《むすめ》っこが見えますかい？『穢《けが》れた血《ち》』で、アリーと一緒《いっしょ》に旅しているやつでさぁ、マダム。こいつがアリーなのはまちげえねえ。それに、こいつの杖《つえ》も取り上げたんで。ほれ、マダム――」

ハリーは、ナルシッサ・マルフォイが自分の腫《は》れ上《あ》がった顔を確《たし》かめるように眺《なが》めているのを見た。スカビオールが、リンボクの杖《つえ》をナルシッサに押《お》しつけた。ナルシッサは眉《まゆ》を吊《つ》り上《あ》げた。

「その者たちを中に入れなさい」ナルシッサが言った。

ハリーたちは広い石の階段《かいだん》を追い立てられ、蹴《け》り上《あ》げられながら、肖像画《しょうぞうが》の並《なら》ぶ玄関《げんかん》ホールに入った。

「ついてきなさい」

ナルシッサは、先に立ってホールを横切った。

「息子《むすこ》のドラコが、イースターの休暇《きゅうか》で家にいます。これがハリー・ポッターなら、息子《むすこ》にはわかるでしょう」

外の暗闇《くらやみ》のあとでは、客間の明かりがまぶしかった。ほとんど目の開いていないハリーでさえ、その部屋の広さが理解《りかい》できた。クリスタルのシャンデリアが一基《き》、天井《てんじょう》から下がり、この部屋にも、深紫色《ふかむらさきいろ》の壁《かべ》に何枚《なんまい》もの肖像画《しょうぞうが》がかかっていた。「人さらい」たちが捕虜《ほりょ》を部屋に押《お》し込《こ》むと、見事な装飾《そうしょく》の大理石の暖炉《だんろ》の前に置かれた椅子《いす》から、二つの姿《すがた》が立ち上がった。

「何事だ？」

いやというほど聞き覚えのあるルシウス・マルフォイの気取った声が、ハリーの耳に入ってきた。ハリーはいまになって急に恐《おそ》ろしくなった。逃《に》げ道《みち》がない。しかし恐《おそ》れがつのることでヴォルデモートの想念を遮断《しゃだん》しやすくなった。傷痕《きずあと》の焼けるようなうずきだけはまだ続いている。

「この者たちは、ポッターを捕《つか》まえたと言っています」ナルシッサの冷たい声が言った。「ドラコ、ここへ来なさい」

ハリーはドラコを真正面から見る気になれず、顔をそむけて横目で見た。ひじかけ椅子《いす》から立ち上がったドラコは、ハリーより少し背《せ》が高く、プラチナブロンドの髪《かみ》の下に、あごのとがった青白い顔がぼやけて見えた。

グレイバックは、捕虜《ほりょ》たちを再《ふたた》び回して、ハリーがシャンデリアの真下に来るようにした。

「さあ、坊《ぼっ》ちゃん？」狼人間《おおかみにんげん》がかすれ声で言った。

ハリーは、暖炉《だんろ》の上にある、繊細《せんさい》な渦巻《うずま》き模様《もよう》の見事な金縁《きんぶち》の鏡に顔を向けていた。細い線のような目で、ハリーは、グリモールド・プレイスを離《はな》れて以来、初めて鏡に映《うつ》る自分の姿《すがた》を見た。

ハーマイオニーの呪《のろ》いで、顔はふくれ上がり、ピンク色にテカテカ光って、顔の特徴《とくちょう》がすべてゆがめられていた。黒い髪《かみ》は肩《かた》まで伸《の》び、あごの周りにはうっすらとひげが生えている。そこに立っているのが自分だと知らなければ、自分のめがねをかけているのは誰《だれ》かといぶかったことだろう。ハリーは絶対《ぜったい》にしゃべるまいと決心した。声を出せば、きっと正体がばれてしまう。それでもハリーは、近づいてくるドラコと目を合わせるのをさけた。

「さあ、ドラコ？」

ルシウス・マルフォイが聞いた。声が上ずっていた。

「そうなのか？　ハリー・ポッターか？」

「わからない——自信がない」ドラコが言った。

ドラコはグレイバックから距離《きょり》を取り、ハリーがドラコを見るのを恐《おそ》れると同じくらい、ハリーを見るのが恐《おそ》ろしい様子だった。

「しかし、よく見るんだ、さあ！　もっと近くに寄《よ》って！」

ハリーは、こんなに興奮《こうふん》したルシウス・マルフォイの声を、初めて聞いた。

「ドラコ、もし我々《われわれ》が闇《やみ》の帝王《ていおう》にポッターを差し出したとなれば、何もかも許《ゆる》され——」

「いいや、マルフォイ様、こいつを実際《じっさい》に捕《つか》まえたのが誰《だれ》かを、お忘《わす》れではないでしょうな？」

グレイバックが脅《おど》すように言った。

「もちろんだ。もちろんだとも！」

ルシウスはもどかしげに言い、自分自身でハリーに近づいた。あまりに近寄《ちかよ》ってきたので、ハリーの腫《は》れ上《あ》がった目でさえ、いつもの物憂《ものう》げな青白い顔が、はっきりと細かい所まで見えた。ハリーのふくれ上がった顔は仮面《かめん》のようで、まるで檻《おり》の格子《こうし》の間から外をのぞいているような感じがした。

「いったいこいつに何をしたのだ？」ルシウスがグレイバックに聞いた。「どうしてこんな顔になったのだ？」

「我々《われわれ》がやったのではない」

「むしろ『蜂刺《はちさ》しの呪《のろ》い』のように見えるが」ルシウスが言った。

灰色《はいいろ》の目が、ハリーの額《ひたい》をなめるように見た。

「ここに何かある」ルシウスが小声で言った。「傷痕《きずあと》かもしれない。ずいぶん引《ひ》き伸《の》ばされている……ドラコ、ここに来てよく見るのだ！　どう思うか？」

ハリーは、今度は父親の顔のすぐ横に、ドラコの顔を近々と見た。瓜二《うりふた》つだ。しかし、興奮《こうふん》で我《われ》を忘《わす》れている父親に比《くら》べて、ドラコの表情《ひょうじょう》はまるで気の進まない様子で、おびえているようにさえ見えた。

「わからないよ」ドラコはそう言うと、母親が立って見ている暖炉《だんろ》のほうに歩き去った。

「確実《かくじつ》なほうがいいわ、ルシウス」

ナルシッサが、いつもの冷たい、はっきりした声でルシウスに話しかけた。

「闇《やみ》の帝王《ていおう》を呼《よ》び出《だ》す前に、これがポッターであることを完全に確《たし》かめたほうがいいわ……この者たちは、この杖《つえ》がこの子のものだと言うけれど」

ナルシッサはリンボクの杖《つえ》を念入りに眺《なが》めていた。

「でも、これはオリバンダーの話とはちがいます……もしも私《わたし》たちがまちがいを犯《おか》せば、もしも闇《やみ》の帝王《ていおう》を呼《よ》び戻《もど》してもむだ足だったら……ロウルとドロホフがどうなったか、覚えていらっしゃるでしょう？」

「それじゃ、この『穢《けが》れた血《ち》』はどうだ？」

グレイバックが唸《うな》るように言った。「人さらい」たちが再《ふたた》び捕虜《ほりょ》たちをぐいと回し、ハーマイオニーに明かりが当たるようにした。その拍子《ひょうし》に、ハリーは足をすくわれて倒《たお》れそうになった。

「お待ち」ナルシッサが鋭《するど》く言った。「そう――そうだわ。この娘《むすめ》は、ポッターと一緒《いっしょ》にマダム・マルキンの店にいたわ！　この子の写真を『予言者』で見ましたわ！　ごらん、ドラコ、この娘《むすめ》はグレンジャーでしょう？」

「僕《ぼく》……そうかもしれない……ええ」

「それなら、こいつはウィーズリーの息子《むすこ》だ！」

ルシウスは、縛《しば》り上《あ》げられた捕虜《ほりょ》たちの周りを大股《おおまた》で歩き、ロンの前に来て叫《さけ》んだ。

「やつらだ。ポッターの仲間たちだ——ドラコ、こいつを見るんだ。アーサー・ウィーズリーの息《むす》子《こ》で、名前はなんだったかな——？」

「ああ」ドラコは、捕虜《ほりょ》たちに背《せ》を向けたまま言った。「そうかもしれない」

ハリーの背後《はいご》で客間のドアが開き、女性《じょせい》の声がした。その声がハリーの恐怖《きょうふ》をさらに強めた。

「どういうことだ？　シシー、何が起こったのだ？」

ベラトリックス・レストレンジが、捕虜《ほりょ》の周りをゆっくりと回った。そしてハリーの右側で立ち止まり、厚《あつ》ぼったいまぶたの下からハーマイオニーをじっと見た。

「なんと」ベラトリックスが静かに言った。「これがあの『穢《けが》れた血《ち》』の？　これがグレンジャーか？」

「そう、そうだ。それがグレンジャーだ！」ルシウスが叫《さけ》んだ。「そしてその横が、たぶんポッターだ！　ポッターと仲間が、ついに捕《つか》まった！」

「ポッター？」

ベラトリックスがかん高く叫《さけ》んであとずさりし、ハリーをよく見ようとした。

「確《たし》かなのか？　さあ、それでは、闇《やみ》の帝王《ていおう》に、すぐさまお知らせしなくては！」

ベラトリックスは左のそでをまくり上げた。ハリーはその腕《うで》に、闇《やみ》の印《しるし》が焼きつけられているのを見た。ベラトリックスが、愛するご主人様を呼《よ》び戻《もど》すため、いまにもそれに触《ふ》れようとしている――。

「私《わたし》が呼《よ》ぼうと思っていたのだ！」

そう言うなり、ルシウスの手がベラトリックスの手首を握《にぎ》って、印に触《ふ》れさせなかった。

「ベラ、**私《わたし》が**お呼《よ》びする。ポッターは私《わたし》の館に連れてこられたのだから、私《わたし》の権限《けんげん》で――」

「おまえの権限《けんげん》！」

ベラトリックスは、握《にぎ》られた手を振《ふ》り離《はな》そうとしながら、冷笑《れいしょう》した。

「杖《つえ》を失ったとき、おまえは権限《けんげん》も失ったんだ、ルシウス！　よくもそんな口がきけたものだな！　その手を離《はな》せ！」

「これはおまえには関係がない。おまえがこいつを捕《つか》まえたわけではない――」

「失礼ながら、マルフォイの**旦那《だんな》**」グレイバックが割《わ》り込《こ》んできた。「ポッターを捕《つか》まえたのは我々《われわれ》ですぞ。そして、我々《われわれ》こそ金貨を要求すべきで――」

「金貨！」

義弟《ぎてい》の手を振《ふ》り払《はら》おうとしながら、もう一方の手でポケットの杖《つえ》を探《さぐ》り、ベラトリックスが笑った。

「おまえは金貨を受け取るがいい、汚《きたな》らしいハイエナめ。金貨など私《わたし》が欲《ほ》しがると思うか？　私《わたし》が求めるのは名誉《めいよ》のみ。あの方の――あの方の――」

ベラトリックスは抗《あらが》うのをやめ、暗い目でハリーには見えない何かをじっと見た。ベラトリックスを降伏《こうふく》させたと思ったルシウスは、有頂天《うちょうてん》でベラトリックスの手を放り出し、自分のローブのそでをまくり上げた——。

「**待て!**」

ベラトリックスがかん高い声を上げた。

「触《ふ》れるな。いま闇《やみ》の帝王《ていおう》がいらっしゃれば、我々《われわれ》は全員死ぬ!」

ルシウスは、腕《うで》の印の上に人差し指を浮《う》かせたまま硬直《こうちょく》した。ベラトリックスがつかつかと、ハリーの視線《しせん》の届《とど》く範囲《はんい》から出ていった。

「これは、なんだ?」ベラトリックスの声が聞こえた。

「剣《つるぎ》だ」見えない所にいる男の一人が、ブツブツ言った。

「私《わたし》によこすのだ」

「あんたのじゃねえよ、奥《おく》さん、俺《おれ》んだ。俺《おれ》が見つけたんだぜ」

バーンという音がして、赤い閃光《せんこう》が走った。ハリーには、その男が「失神呪文《しっしんじゅもん》」で気絶《きぜつ》させられたのだとわかった。仲間が怒《おこ》ってわめき、スカビオールが杖《つえ》を抜《ぬ》いた。

「この女《あま》、なんのまねだ?」

「ステューピファイ、まひせよ」ベラトリックスが叫《さけ》んだ。「まひせよ!」

一対四でも、「人さらい」ごときのかなう相手ではなかった。ハリーの知るベラトリックスは、並《なみ》はずれた技《わざ》を持ち、良心を持たない魔女《まじょ》だ。「人さらい」たちは、全員その場に倒《たお》れた。グレイバックだけは、両腕《りょううで》を差し出した格好《かっこう》で、無理やりひざまずかせられた。手にグリフィンドールの剣《つるぎ》をしっかり握《にぎ》った蒼白《そうはく》な顔のベラトリックスが、すばやく狼人間《おおかみにんげん》に迫《せま》るのを、ハリーは目の端《はし》でとらえた。

「この剣《つるぎ》をどこで手に入れた？」

グレイバックの杖《つえ》をやすやすともぎ取りながら、ベラトリックスが押《お》し殺《ころ》した声で聞いた。

「よくもこんなことを！」

グレイバックが唸《うな》りを上げた。無理やりベラトリックスを見上げる姿勢《しせい》を取らされ、口しか動かせない状態《じょうたい》だった。グレイバックは鋭《するど》い牙《きば》をむき出した。

「術《じゅつ》を解《と》け、女《あま》！」

「どこでこの剣《つるぎ》を見つけた？」

ベラトリックスは、剣《つるぎ》をグレイバックの目の前で振《ふ》り立《た》てながら、くり返して聞いた。

「これは、スネイプがグリンゴッツの私《わたし》の金庫に送ったものだ！」

「あいつらのテントにあった」グレイバックがかすれ声で言った。「解《と》けと言ったら解《と》け！」

ベラトリックスが杖《つえ》を振《ふ》り、グレイバックは跳《は》ねるように立ち上がった。しかし、用心してベラトリックスには近づかず、油断《ゆだん》なくひじかけ椅子《いす》の後ろに回って、汚《きたな》らしいねじれた爪《つめ》で椅子《いす》の背《せ》をつかんだ。

「ドラコ、このクズどもを外に出すんだ」

ベラトリックスは、気絶《きぜつ》している男たちを指して言った。

「そいつらを殺《や》ってしまう度胸《どきょう》がないなら、私《わたし》が片《かた》づけるから中庭に打っちゃっておきな」

「ドラコに対して、そんな口のききかたを——」

ナルシッサが激怒《げきど》したが、ベラトリックスのかん高い声に押《お》さえ込《こ》まれた。

「おだまり！　シシー、おまえなんかが想像《そうぞう》する以上に、事は重大だ！　深刻《しんこく》な問題が起きてしまったのだ！」

ベラトリックスは、立ったまま少しあえぎながら、剣《つるぎ》を見下ろしてその柄《つか》を調べた。それからだまりこくっている捕虜《ほりょ》たちに目を向けた。

「もしもほんとうにポッターなら、傷《きず》つけてはいけない」

ベラトリックスは、誰《だれ》に言うともなくつぶやいた。

「闇《やみ》の帝王《ていおう》は、ご自身でポッターを始末することをお望みなのだ……しかし、このことをあのお方がお知りになったら……私《わたし》はどうしても……どうしても確《たし》かめなければ……」

ベラトリックスは、再《ふたた》び妹を振《ふ》り向《む》いた。

「私《わたし》がどうするか考える間、捕虜《ほりょ》たちを地下牢《ちかろう》にぶち込《こ》んでおくんだ！」

「ベラ、ここは私《わたし》の家です。そんなふうに命令することは――」

「言われたとおりにするんだ！　どんなに危険《きけん》な状態《じょうたい》なのか、おまえにはわかっていない！」

ベラトリックスは金切り声を上げた。恐《おそ》ろしい狂気《きょうき》の形相だった。杖《つえ》からひと筋《すじ》の炎《ほのお》が噴《ふ》き出《だ》し、じゅうたんに焦《こ》げ穴《あな》を開けた。

ナルシッサは一瞬《いっしゅん》とまどったが、やがて狼人間《おおかみにんげん》に向かって言った。

「捕虜《ほりょ》を地下牢《ちかろう》に連れていきなさい、グレイバック」

「待て」ベラトリックスが鋭《するど》く言った。「一人だけ……『穢《けが》れた血《ち》』を残していけ」

グレイバックは、満足げに鼻を鳴らした。

「やめろ！」ロンが叫《さけ》んだ。「かわりに僕《ぼく》を残せ。僕《ぼく》を！」

ベラトリックスがロンの顔をなぐった。その音が部屋中に響《ひび》いた。

「この子が尋問中《じんもんちゅう》に死んだら、次はおまえにしてやろう」ベラトリックスが言った。「『血を裏切《うらぎ》る者』は、『穢《けが》れた血《ち》』の次に気に入らないね。グレイバック、捕虜《ほりょ》を地下へ連れていって、逃《に》げられないようにするんだ。ただし、それ以上は何もするな――いまのところは」

ベラトリックスはグレイバックの杖《つえ》を投げ返し、ローブの下から銀の小刀を取り出した。ベラトリックスがハーマイオニーをほかの捕虜《ほりょ》から切《き》り離《はな》し、髪《かみ》の毛をつかんで部屋の真ん中に引きずり出す間、グレイバックは、前に突《つ》き出《だ》した杖《つえ》から抵抗《ていこう》しがたい見えない力を発して、捕虜《ほりょ》たちを別のドアまで無理やり歩かせ、暗い通路に押《お》し込《こ》んだ。

「用済《ようず》みになったら、あの女は、俺《おれ》に娘《むすめ》を味見させてくれると思うか？」

捕虜《ほりょ》に通路を歩かせながら、グレイバックが歌うように言った。

「ひと口かふた口というところかな、どうだ、赤毛？」

ハリーはロンの震《ふる》えを感じた。捕虜《ほりょ》たちは、急な階段《かいだん》を無理やり歩かされ、背中合《せなかあ》わせに縛《しば》られたままなので、いまにも足を踏《ふ》みはずして転落し、首を折ってしまいそうだった。階段下《かいだんした》に、頑丈《がんじょう》な扉《とびら》があった。グレイバックは杖《つえ》でたたいて開錠《かいじょう》し、じめじめしたかび臭《くさ》い部屋に全員を押《お》し込《こ》んで、真《ま》っ暗闇《くらやみ》の中に取り残した。地下牢《ちかろう》の扉《とびら》がバタンと閉《し》まり、その響《ひび》きがまだ消えないうちに、真上から恐《おそ》ろしい悲鳴が長々と聞こえてきた。

「**ハーマイオニー！**」

ロンが大声を上げ、縛《しば》られているロープを振《ふ》りほどこうと身もだえしはじめた。同じロープに縛《しば》られているハリーはよろめいた。

「**ハーマイオニー！**」

「静かにして！」ハリーが言った。「ロン、だまって。方法を考えなくては――」

「**ハーマイオニー！　ハーマイオニー！**」

「計画が必要なんだ。叫《さけ》ぶのはやめてくれ――このロープをほどかなくちゃ――」

「ハリー？」暗闇《くらやみ》からささやく声がした。「ロン？　あんたたちなの？」

ロンは叫《さけ》ぶのをやめた。近くで何かが動く音がして、ハリーは、近づいてくる影《かげ》を見た。

「ハリー？　ロン？」

「ルーナ？」

「そうよ、あたし！　ああ、あんただけは捕《つか》まってほしくなかったのに！」

「ルーナ、ロープをほどくのを手伝ってくれる？」ハリーが言った。

「あ、うん、できると思う……何か壊《こわ》すときのために古い釘《くぎ》を一本持ってるもン……ちょっと待って……」

頭上からまたハーマイオニーの叫《さけ》び声《ごえ》が聞こえた。ベラトリックスの叫《さけ》ぶ声も聞こえたが、何を言っているのかは聞き取れなかった。ロンがまた叫《さけ》んだからだ。

「ハーマイオニー！　ハーマイオニー！」

「オリバンダーさん？」

ハリーは、ルーナがそう呼《よ》ぶ声を聞いた。

「オリバンダーさん、釘《くぎ》を持ってる？　ちょっと移動《いどう》してくだされば……確《たし》か水差しの横にあったと……」

ルーナはすぐに戻《もど》ってきた。

「じっとしてないとだめよ」ルーナが言った。

ハリーは、ルーナが結び目をほどこうとして、ロープの頑丈《がんじょう》な繊維《せんい》に穴《あな》をうがっているのを感じた。上の階から、ベラトリックスの声が聞こえてきた。

「もう一度聞くよ！　剣《つるぎ》をどこで手に入れた？　**どこだ？**」

「見つけたの――見つけたのよ――**やめて！**」

ハーマイオニーがまた悲鳴を上げた。ロンはますます激《はげ》しく身をよじり、さびた釘《くぎ》がすべって、ハリーの手首に当たった。

「ロン、お願いだからじっとしてて！」ルーナが小声で言った。

「あたし、手元が見えないんだもン――」

「僕《ぼく》のポケット！」ロンが言った。「僕《ぼく》のポケットの中。『灯消《ひけ》しライター』がある。灯《あか》りがいっぱい詰《つ》まってるよ！」

数秒後、カチッと音がして、テントのランプから吸《す》い取《と》った光の玉がいくつも地下牢《ちかろう》に飛び出した。もともとの出所に戻《もど》ることができない光は、小さな太陽のようにあちこちに浮《う》かび、地下牢《ちかろう》には光があふれた。ハリーはルーナを見た。白い顔に目ばかりが大きかった。杖作《つえつく》りのオリバンダーが、部屋の隅《すみ》で身動きもせずに身を丸めているのが見えた。首を回して後ろを見ると、一緒《いっしょ》に縛《しば》られている仲間が見えた。ディーンとグリップフックだ。小鬼《ゴブリン》は、ヒトと一緒《いっしょ》に縛《しば》られているロープに支《ささ》えられてやっと立ってはいたが、ほとんど意識《いしき》がないように見えた。

「ああ、ずっとよくなったわ。ありがとう、ロン。あら、こんにちは、ディーン！」

ルーナは、そう言うと、また縄目《なわめ》をたたき切りにかかった。

上から、ベラトリックスの声が聞こえてきた。

「おまえはうそをついている、『穢《けが》れた血《ち》』め、私《わたし》にはわかるんだ！　おまえたちはグリンゴッツの私《わたし》の金庫に入ったんだろう！　ほんとうのことを言え、**ほんとうのことを！**」

またしても恐《おそ》ろしい叫《さけ》び声《ごえ》――。

「**ハーマイオニー！**」

「ほかには何を盗《ぬす》んだ？　ほかに何を手に入れたんだ？　ほんとうのことを言え。さもないと、いいか、この小刀で切《き》り刻《きざ》んでやるよ！」

「ほーら！」

ハリーはロープが落ちるのを感じて、手首をさすりながら振《ふ》り向《む》いた。ロンが低い天井《てんじょう》を見上げて、跳《は》ね戸《ど》はないかと探《さが》しながら、地下牢《ちかろう》を走り回っているのが目に入った。ディーンは傷《きず》を負い、血だらけの顔でルーナに「ありがとう」と言い、震《ふる》えながらその場に立っていた。しかしグリップフックは、ふらふらと右も左もわからないありさまで床《ゆか》に座《すわ》り込《こ》んだ。色黒の顔に、いく筋《すじ》もミミズ腫《ば》れが見えた。

ロンは、今度は杖《つえ》なしのまま「姿《すがた》くらまし」しようとしていた。

「出ることはできないんだもン、ロン」

ロンのむだなあがきを見ていたルーナが言った。

「地下牢《ちかろう》は完全に逃亡不可能《とうぼうふかのう》になってるもン。あたしも最初はやってみたし、オリバンダーさんは長くいるから、もう、何もかも試《ため》してみたもン」

ハーマイオニーがまた悲鳴を上げ、その声は、肉体的な痛《いた》みとなってハリーの体を突《つ》き抜《ぬ》けた。自分の傷痕《きずあと》の激《はげ》しい痛《いた》みはほとんど意識《いしき》せずに、ハリーも地下牢《ちかろう》を駆《か》け回《まわ》りはじめた。何を探《さが》しているのか自分でもわからないまま、ハリーは壁《かべ》という壁《かべ》を手探《てさぐ》りしたが、心の奥《おく》では、むだなことだとわかっていた。

「ほかには何を盗《ぬす》んだ？　**答えろ！　クルーシオ！　苦しめ！**」

ハーマイオニーの悲鳴が、上の階から壁《かべ》を伝って響《ひび》き渡《わた》った。ロンは壁《かべ》を拳《こぶし》でたたきながら半分泣いていた。居《い》ても立ってもいられず、ハリーは、首にかけたハグリッドの巾着《きんちゃく》をつかみ、中をかき回した。ダンブルドアのスニッチを引《ひ》っ張《ぱ》り出《だ》し、何を期待しているのかもわからずに振《ふ》ってみた――何事も起こらない。二つに折れた不死鳥《ふしちょう》の尾羽根《おばね》の杖《つえ》を振《ふ》ってみたが、まったく反応《はんのう》がない――鏡の破片《はへん》がキラキラと床《ゆか》に落ちた。そして、ハリーは明るいブルーの輝《かがや》きを見た――。

ダンブルドアの目が、鏡の中からハリーを見つめていた。

「助けて！」ハリーは、鏡に向かって必死に叫《さけ》んだ。「僕《ぼく》たちはマルフォイの館の地下牢《ちかろう》にいます。助けて！」

その目がしばたたいて、消えた。

ハリーには、ほんとうにそこに目があったかどうかの確信《かくしん》もなかった。破片《はへん》をあちこちに傾《かたむ》けてみたが、映《うつ》るものと言えば牢獄《ろうごく》の壁《かべ》や天井《てんじょう》ばかりだった。上から聞こえるハーマイオニーの叫び声《さけごえ》が、ますますひどくなってきた。そしてハリーの横では、ロンが大声で叫《さけ》んでいた。

「**ハーマイオニー！　ハーマイオニー！**」

「どうやって私《わたし》の金庫に入った？」ベラトリックスの叫《さけ》ぶ声が聞こえた。「地下牢《ちかろう》に入っている薄《うす》汚《ぎたな》い小鬼《ゴブリン》が手助けしたのか？」

「小鬼《ゴブリン》には、今夜会ったばかりだわ！」ハーマイオニーがすすり泣いた。「あなたの金庫になんか、入ったことはないわ……それは本物の剣《つるぎ》じゃない！　ただの模造品《もぞうひん》よ、模造品《もぞうひん》なの！」

「偽物《にせもの》？」ベラトリックスがかん高い声を上げた。「ああ、うまい言《い》い訳《わけ》だ！」

「いや、簡単《かんたん》にわかるぞ！」ルシウスの声がした。「ドラコ、小鬼《ゴブリン》を連れてこい。剣《つるぎ》が本物かどうか、あいつならわかる！」

ハリーは、グリップフックがうずくまっている所に飛んでいった。

「グリップフック」

ハリーは小鬼《ゴブリン》のとがった耳にささやいた。

「あの剣《つるぎ》が偽物《にせもの》だって言ってくれ。やつらに、あれが本物だと知られてはならないんだ。グリップフック、お願いだ――」

誰《だれ》かが地下牢《ちかろう》への階段《かいだん》を急いで下りてくる音が聞こえ、次の瞬間《しゅんかん》、扉《とびら》のむこうで、ドラコの震《ふる》える声がした。

「みんな下がれ。後ろの壁《かべ》に並《なら》んで立つんだ。おかしなまねをするな。さもないと殺すぞ！」

みんな、命令に従《したが》った。鍵《かぎ》が回ったとたん、ロンが灯《ひ》消《け》しライターをカチッと鳴らした。光はロンのポケットに吸《す》い取《と》られて、地下牢《ちかろう》は暗闇《くらやみ》に戻《もど》った。扉《とびら》がパッと開き、杖《つえ》をかまえたドラコ・マルフォイが、青白い決然とした顔でつかつかと入ってきた。ドラコは小さいグリップフックの腕《うで》をつかみ、小鬼《ゴブリン》を引きずりながらあとずさりした。扉《とびら》が閉《し》まると同時に、**バチン**という大きな音が、地下牢内《ちかろうない》に響《ひび》いた。

ロンが灯《ひ》消《け》しライターをもう一度カチッと鳴らした。光の玉が三つ、ポケットから空中に飛び出し、たったいまそこに「姿《すがた》あらわし」した、屋敷《やしき》しもべ妖精《ようせい》のドビーを照らし出した。

「**ド**――！」

ハリーはロンの腕《うで》をたたいて、ロンの叫《さけ》びを止めた。ロンは、うっかり叫《さけ》びそうになったことでぞっとしているようだった。頭上の床《ゆか》を歩く足音がした。ドラコがグリップフックを、ベラトリックスの所まで歩かせていた。

ドビーは、テニスボールのような巨大《きょだい》な眼《め》を見開いて、足の先から耳の先まで震《ふる》えていた。昔のご主人様の館に戻《もど》ったドビーは、明らかに恐怖《きょうふ》ですくみ上がっている。

「ハリー・ポッター」蚊《か》の鳴くようなキーキー声が震《ふる》えていた。「ドビーはお助けに参りました」

「でもどうやって――?」

恐《おそ》ろしい叫《さけ》び声《ごえ》が、ハリーの言葉をかき消した。ハーマイオニーがまた拷問《ごうもん》を受けている。ハリーは大事な話だけにしぼることにした。

「君は、この地下牢《ちかろう》から『姿《すがた》くらまし』できるんだね?」

ハリーが聞くと、ドビーは耳をパタパタさせてうなずいた。

「そして、ヒトを一緒《いっしょ》に連れていくこともできるんだね?」

ドビーはまたうなずいた。

「よーし、ドビー、ルーナとディーンとオリバンダーさんをつかんで、それで三人を――三人を――」

「ビルとフラーの所へ」ロンが言った。「ティンワース郊外《こうがい》の『貝殻《かいがら》の家《いえ》』へ!」

しもべ妖精《ようせい》は、三度うなずいた。

「それから、ここに戻《もど》ってきてくれ」ハリーが言った。「ドビー、できるかい?」

「もちろんです、ハリー・ポッター」小さなしもべ妖精《ようせい》は小声で答えた。

ドビーは、ほとんど意識《いしき》がないように見えるオリバンダーの所に、急いで近づいた。そして、杖《つえ》作《つく》りの片方《かたほう》の手を握《にぎ》り、もう一方の手をルーナとディーンのほうに差し出した。二人とも動かなかった。

「ハリー、あたしたちもあんたを助けたいわ！」ルーナがささやいた。

「君をここに置いていくことはできないよ！」ディーンが言った。

「二人とも、行ってくれ！　ビルとフラーの所で会おう」

ハリーがそう言ったとたん、傷痕《きずあと》がこれまでにないほど激《はげ》しく痛《いた》んだ。その瞬間《しゅんかん》ハリーは、誰《だれ》かの姿《すがた》を見下ろしていた。杖作《つえつく》りのオリバンダーではなく、同じくらい年老いてやせこけた男だ。しかも、あざけるように笑っている。

「殺《ころ》すがよい、ヴォルデモート。私《わたし》は死を歓迎《かんげい》する！　しかし私《わたし》の死が、おまえの求めるものをもたらすわけではない……おまえの理解《りかい》していないことが、なんと多いことか……」

ハリーはヴォルデモートの怒《いか》りを感じた。しかし、また響《ひび》いてきたハーマイオニーの叫《さけ》び声《ごえ》が、ハリーを呼《よ》び戻《もど》した。ハリーは怒《いか》りをしめ出して、地下牢《ちかろう》に、そして自分自身の現実《げんじつ》の恐怖《きょうふ》に戻《もど》ってきた。

「行ってくれ！」ハリーはルーナとディーンに懇願《こんがん》した。「行くんだ！　僕《ぼく》たちはあとで行く。とにかく行ってくれ！」

二人は、しもべ妖精《ようせい》が伸《の》ばしている指をつかんだ。再《ふたた》び**バチン**と大きな音がして、ドビー、ルーナ、ディーン、オリバンダーは消えた。

「あの音はなんだ？」

ルシウス・マルフォイの叫《さけ》ぶ声が、頭上から聞こえてきた。

「聞こえたか？　地下牢《ちかろう》のあの物音はなんだ？」

ハリーとロンは顔を見合わせた。

「ドラコ――いや、ワームテールを呼《よ》べ！　やつに、行って調べさせるのだ！」

頭上で、部屋を横切る足音がした。そして静かになった。ハリーは、地下牢《ちかろう》からまだ物音が聞こえるかどうかと、客間のみんなが耳を澄《す》ましているのだと思った。

「二人で、やつを組《く》み伏《ふ》せるしかないな」

ハリーがロンにささやいた。ほかに手はない。誰《だれ》かがこの部屋に入って、三人の囚人《しゅうじん》がいないのを見つけたが最後、こっちの負けだ。

「明かりをつけたままにしておけ」ハリーがつけ加えた。

扉《とびら》のむこう側で、誰《だれ》かが下りてくる足音がした。二人は扉《とびら》の左右の壁《かべ》に張《は》りついた。

「下がれ」ワームテールの声がした。「扉《とびら》から離《はな》れろ。いま入っていく」

扉《とびら》がパッと開いた。ワームテールは、ほんの一瞬《いっしゅん》、地下牢《ちかろう》の中を見つめた。三個《こ》のミニ太陽が宙《ちゅう》に浮《う》かび、その明かりに照らし出された地下牢《ちかろう》は、一見してからっぽだ。だが次の瞬間《しゅんかん》、ハリーとロンが、ワームテールに飛びかかった。ロンはワームテールの杖腕《つえうで》を押《お》さえてねじり上げ、ハリーはワームテールの口をふさいで、声を封《ふう》じた。三人は無言で取っ組み合った。ワームテールの杖《つえ》から火花が飛び、銀の手がハリーののどをしめた。

「ワームテール、どうかしたか？」

上からルシウス・マルフォイが呼《よ》びかけた。

「なんでもありません！」ロンが、ワームテールのゼイゼイ声をなんとかまねて答えた。「異常《いじょう》ありません！」

ハリーは、ほとんど息ができなかった。

「僕《ぼく》を殺すつもりか？」

ハリーは息を詰《つ》まらせながら、金属《きんぞく》の指を引きはがそうとした。

「僕《ぼく》はおまえの命を救ったのに？　ワームテール、君は僕《ぼく》に借りがある！」

銀の指がゆるんだ。予想外だった。ハリーは驚《おどろ》きながら、ワームテールの口を手でふさいだまま、銀の手をのど元から振《ふ》りほどいた。ネズミ顔の、色の薄《うす》い小さな目が、恐怖《きょうふ》と驚《おどろ》きで見開かれていた。わずかに衝動的《しょうどうてき》な憐《あわ》れみを感じたことを、自分の手が告白してしまったことに、ワームテールもハリーと同じくらい衝撃《しょうげき》を受けているようだった。ワームテールは弱みを見せた一瞬《いっしゅん》を埋《う》め合《あ》わせるかのように、ますます力を奮《ふる》って争った。

「さあ、それはいただこう」

ロンが小声でそう言いながら、ワームテールの左手から杖《つえ》を奪《うば》った。杖《つえ》も持たずたった一人で、ペティグリューの瞳孔《どうこう》は恐怖《きょうふ》で広がっていた。その視線《しせん》が、ハリーの顔から何か別なものへと移《うつ》った。ペティグリューの銀の指が、情《なさ》け容赦《ようしゃ》なく持ち主ののど元へと動いていた。

「そんな——」

ハリーは何も考えずに、とっさに銀の手を引《ひ》き戻《もど》そうとした。しかし止められない。ヴォルデモートが一番臆病《おくびょう》な召使《めしつか》いに与《あた》えた銀の道具は、武装解除《ぶそうかいじょ》されて役立たずになった持ち主に矛先《ほこさき》を向けたのだ。ペティグリューは、一瞬《いっしゅん》の躊躇《ちゅうちょ》、一瞬《いっしゅん》の憐憫《れんびん》の報《むく》いを受けた。二人の目の前で、ペティグリューはしめ殺されていった。

「やめろ！」

ロンもワームテールを放し、ハリーと二人で、ワームテールののどをぐいぐいしめつけている金《きん》属《ぞく》の指を引《ひ》っ張《ぱ》ろうとした。しかしむだだった。ペティグリューの顔から血の気が引いていった。

「レラシオ！　放せ！」

ロンが銀の手に杖《つえ》を向けて唱えたが、何事も起こらなかった。ワームテールはがっくりとひざをついた。その時、ハーマイオニーの恐《おそ》ろしい悲鳴が頭上から聞こえてきた。ワームテールは、顔がどす黒くなり、目がひっくり返って、最後に一度けいれんしたきり動かなくなった。

ハリーとロンは、顔を見合わせた。そして、床《ゆか》に転がったワームテールの死体を残して階段《かいだん》を駆《か》け上《あ》がり、客間に続く薄暗《うすぐら》い通路に戻《もど》った。二人は半開きになっている客間のドアに慎重《しんちょう》に忍《しの》び寄《よ》った。ベラトリックスが、グリップフックを見下ろしているのがよく見えた。グリップフックは、グリフィンドールの剣《つるぎ》を指の長い両手で持ち上げている。ハーマイオニーは、ベラトリックスの足元に身動きもせずに倒《たお》れていた。

「どうだ？」ベラトリックスがグリップフックに聞いた。「本物の剣《つるぎ》か？」

ハリーは息を殺し、傷痕《きずあと》の痛《いた》みと戦いながら待った。

「いいえ」グリップフックが言った。「贋作《がんさく》です」

「確《たし》かか？」ベラトリックスがあえいだ。「ほんとうに、確《たし》かか？」

「確《たし》かです」小鬼《ゴブリン》が答えた。

ベラトリックスの顔に安堵《あんど》の色が浮《う》かび、緊張《きんちょう》が解《と》けていった。

「よし」

ベラトリックスは軽く杖《つえ》を振《ふ》って、小鬼《ゴブリン》の顔にもう一つ深い切《き》り傷《きず》を負わせた。悲鳴を上げて足元に倒《たお》れた小鬼《ゴブリン》を、ベラトリックスは脇《わき》に蹴《け》り飛《と》ばした。

「それでは」ベラトリックスが、勝《か》ち誇《ほこ》った声で言った。「闇《やみ》の帝王《ていおう》を呼《よ》ぶのだ！」

ベラトリックスはそでをまくり上げて、闇《やみ》の印《しるし》に人差し指で触《ふ》れた。

とたんにハリーの傷痕《きずあと》に、またしてもぱっくり口を開いたかと思われるほどの激痛《げきつう》が走った。現《げん》実《じつ》が消え去り、ハリーはヴォルデモートになっていた。


目の前の骸骨《がいこつ》のような魔法使《まほうつか》いが、歯のない口をこちらに向けて笑っている。呼《よ》び出《だ》しを感じてヴォルデモートは激怒《げきど》した――警告《けいこく》しておいたはずだ。ポッター以外のことでは俺様《おれさま》を呼《よ》び出《だ》すなと、あいつらに言ったはずだ。もしあいつらがまちがっていたなら……。

「さあ、殺せ！」老人が迫《せま》った。「おまえは勝たない。おまえは勝てない！　あの杖《つえ》は金《こん》輪際《りんざい》、おまえのものにはならない――」

そして、ヴォルデモートの怒《いか》りが爆発《ばくはつ》した。牢獄《ろうごく》を緑の閃光《せんこう》が満たし、弱りきった老体は硬《かた》いベッドから浮《う》き上《あ》がって、魂《たましい》の抜《ぬ》け殻《がら》が床《ゆか》に落ちた。ヴォルデモートは窓《まど》辺《べ》に戻《もど》った。激《はげ》しい怒《いか》りは抑《おさ》えようもない……自分を呼《よ》び戻《もど》す理由がなかったら、あいつらに俺様《おれさま》の報《むく》いを受けさせてやる……。

「それでは」ベラトリックスの声が言った。「この『穢《けが》れた血《ち》』を処分《しょぶん》してもいいだろう。グレイバック、欲《ほ》しいなら娘《むすめ》を連れていけ」

「やめろおおおおおおおおおお!」

ロンが客間に飛《と》び込《こ》んだ。驚《おどろ》いたベラトリックスは、振《ふ》り向《む》いて杖《つえ》をロンに向けなおした——。

「エクスペリアームス! 武器《ぶき》よ去れ!」

ロンがワームテールの杖《つえ》をベラトリックスに向けて叫《さけ》んだ。ベラトリックスの杖《つえ》が宙《ちゅう》を飛び、ロンに続いて部屋に駆《か》け込《こ》んだハリーがそれをとらえた。ルシウス、ナルシッサ、ドラコ、グレイバックが振《ふ》り向《む》いた。

「ステューピファイ! まひせよ!」ハリーが叫《さけ》んだ。

ルシウス・マルフォイが、暖炉《だんろ》の前に倒《たお》れた。ドラコ、ナルシッサ、グレイバックの杖《つえ》から閃光《せんこう》が飛んだが、ハリーはパッと床《ゆか》に伏《ふ》せ、ソファの後ろに転がって閃光《せんこう》をよけた。

「やめろ。さもないとこの娘《むすめ》の命はないぞ!」

ハリーはあえぎながらソファの端《はし》からのぞき見た。ベラトリックスが、意識《いしき》を失っているハーマイオニーを抱《かか》え、銀の小刀をそののど元に突《つ》きつけていた。

「杖《つえ》を捨《す》てろ」ベラトリックスが押《お》し殺《ころ》した声で言った。「捨《す》てるんだ。さもないと、『穢《けが》れた血《ち》』が、どんなものかを見ることになるぞ！」

ロンは、ワームテールの杖《つえ》を握《にぎ》りしめたまま固まっていた。ハリーは、ベラトリックスの杖《つえ》を持ったまま立ち上がった。

「捨《す》てろと言ったはずだ！」

ベラトリックスはハーマイオニーののど元に小刀を押《お》しつけて、かん高く叫《さけ》んだ。ハリーはそこに血がにじむのを見た。

「わかった！」

ハリーはそう叫《さけ》んで、ベラトリックスの杖《つえ》を足元の床《ゆか》に落とした。ロンも同じく、ワームテールの杖《つえ》を、床《ゆか》に落とした。二人は両手を肩《かた》の高さに挙げた。

「いい子だ！」

ベラトリックスがニヤリと笑った。

「ドラコ、杖《つえ》を拾うんだ！　闇《やみ》の帝王《ていおう》がおいでになる。ハリー・ポッター、おまえの死が迫《せま》っているぞ！」

ハリーにもそれがわかっていた。傷痕《きずあと》は痛《いた》みで破裂《はれつ》しそうだ。ヴォルデモートが暗い荒《あ》れた海の上を、遠くから飛んでくるのを感じた。まもなく、ここに「姿《すがた》あらわし」できる距離《きょり》まで近づくだろう。ハリーは逃《のが》れる道はないと思った。

「さぁて」

ドラコが杖《つえ》を集めて急いで戻《もど》る間、ベラトリックスが静かに言った。

「シシー、この英雄気取《えいゆうきど》りさんたちを、我々《われわれ》の手でもう一度縛《しば》らないといけないようだ。グレイバックが、ミス『穢《けが》れた血《ち》』の面倒《めんどう》を見ているうちにね。グレイバックよ、闇《やみ》の帝王《ていおう》は、今夜のおまえの働きに対して、その娘《むすめ》をお与《あた》えになるのをしぶりはなさらないだろう」

その言葉が終わらないうちに、奇妙《きみょう》なガリガリという音が上から聞こえてきた。全員が見上げると、クリスタルのシャンデリアが小刻《こきざ》みに震《ふる》えていた。そして、きしむ音やチリンチリンという不吉《ふきつ》な音とともに、シャンデリアが落ちはじめた。その真下にいたベラトリックスは、ハーマイオニーを放り出し、悲鳴を上げて飛びのいた。シャンデリアは床《ゆか》に激突《げきとつ》し、大破《たいは》したクリスタルや鎖《くさり》がハーマイオニーと小鬼《ゴブリン》の上に落ちた。小鬼《ゴブリン》はそれでも、しっかりとグリフィンドールの剣《つるぎ》を握《にぎ》ったままだった。キラキラ光るクリスタルのかけらが、あたり一面に飛び散った。ドラコは血だらけの顔を両手で覆《おお》い、体をくの字に曲げた。

ロンがハーマイオニーに駆《か》け寄《よ》り、瓦礫《がれき》の下から引《ひ》っ張《ば》り出《だ》そうとした。ハリーは、チャンスを逃《のが》さなかった。ひじかけ椅子《いす》を飛《と》び越《こ》え、ドラコが握《にぎ》っていた三本の杖《つえ》をもぎ取り、三本ともグレイバックに向けて叫《さけ》んだ。

「ステューピファイ！　まひせよ！」

三倍もの呪文《じゅもん》を浴びた狼人間《おおかみにんげん》は、跳《は》ね飛《と》ばされて天井《てんじょう》まで吹《ふ》っ飛《と》び、床《ゆか》にたたきつけられた。ナルシッサが、ドラコを傷《きず》つかないようにかばって引《ひ》き寄《よ》せる一方、勢《いきお》いよく立ち上がったベラトリックスは、髪《かみ》を振《ふ》り乱《みだ》し、銀の小刀を振《ふ》り回《まわ》した。しかしナルシッサは、杖《つえ》をドアに向けていた。

「ドビー！」

ナルシッサの叫《さけ》び声《ごえ》に、ベラトリックスでさえ凍《こお》りついた。

「おまえ！　**おまえが**シャンデリアを落としたのか――？」

小さなしもべ妖精《ようせい》は、震《ふる》える指で昔の女主人を指差しながら、小走りで部屋の中に入ってきた。

「あなたは、ハリー・ポッターを傷《きず》つけてはならない」ドビーはキーキー声を上げた。

「殺してしまえ、シシー！」

ベラトリックスが金切り声を上げたが、またしても**バチン**と大きな音がして、ナルシッサの杖《つえ》もまた宙《ちゅう》を飛び、部屋の反対側に落ちた。

「この汚《けが》らわしいチビ猿《ざる》！」ベラトリックスがわめいた。「魔女《まじょ》の杖《つえ》を取り上げるとは！　よくもご主人様に歯向かったな！」

「ドビーにご主人様はいない！」しもべ妖精《ようせい》がキーキー声で言った。

「ドビーは自由な妖精《ようせい》だ。そしてドビーは、ハリー・ポッターとその友達を助けにきた！」

ハリーは、傷痕《きずあと》の激痛《げきつう》で目がくらみそうだった。薄《うす》れる意識《いしき》の中で、ハリーは、ヴォルデモートが来るまで、あと数秒しかないことを感じ取った。

「ロン、受け取れ――そして**逃《に》げろ！**」

ハリーは杖《つえ》を一本放り投げて叫《さけ》んだ。それから身をかがめて、グリップフックをシャンデリアの下から引《ひ》っ張《ぱ》り出《だ》した。剣《つるぎ》をしっかり抱《かか》えたまままうめいているグリップフックを肩《かた》に背負《せお》い、ドビーの手をとらえて、ハリーはその場で回転し、「姿《すがた》くらまし」した。

暗闇《くらやみ》の中に入《はい》り込《こ》む直前、もう一度客間の様子が見えた。ナルシッサとドラコの姿《すがた》がその場に凍《こお》りつき、ロンの髪《かみ》の赤い色が流れ、部屋のむこうからベラトリックスの投げた小刀が、ハリーの姿《すがた》が消えつつあるあたりでぼやけた銀色の光になり――。

ビルとフラーの所……貝殻《かいがら》の家《いえ》……ビルとフラーの所……。

ハリーは、知らない所に「姿《すがた》くらまし」した。目的地の名前をくり返し、それだけで行けることを願うしかなかった。額《ひたい》の傷《きず》は突《つ》き刺《さ》すように痛《いた》み、小鬼《ゴブリン》の重みが肩《かた》にのしかかっていた。ハリーは、背中《せなか》にグリフィンドールの剣《つるぎ》がぶつかるのを感じた。その時、ドビーが、ハリーに握《にぎ》られている手をぐいっと引いた。もしかしたら、妖精《ようせい》が、正しい方向へ導《みちび》こうとしているのではないかと思い、ハリーは、それでよいと伝えようとして、ドビーの指をギュッと握《にぎ》った……。

その時、ハリーたちは固い地面を感じ、潮《しお》の香《か》をかいだ。ハリーはひざをつき、ドビーの手を放《はな》して、グリップフックをそっと地面に下ろそうとした。

「大丈夫《だいじょうぶ》かい？」

小鬼《ゴブリン》が身動きしたのでハリーは声をかけたが、グリップフックは、ただヒンヒン鼻を鳴らすばかりだった。

ハリーは、暗闇《くらやみ》を透《す》かしてあたりを見回した。一面に星空が広がり、少し離《はな》れた所に小さな家が建っている。その外で何か動くものが見えたような気がした。

「ドビー、これが『貝殻《かいがら》の家《いえ》』なの？」

ハリーは、必要があれば戦えるようにと、マルフォイの館から持ってきた二本の杖《つえ》をしっかり握《にぎ》りながら、小声で聞いた。

「僕《ぼく》たち、正しい場所に着いたの？　ドビー？」

ハリーはあたりを見回した。小さな妖精《ようせい》はすぐそばに立っていた。

「**ドビー！**」

妖精《ようせい》がぐらりと傾《かたむ》いた。大きなキラキラした眼《め》に、星が映《うつ》っている。ドビーとハリーは同時に、妖精《ようせい》の激《はげ》しく波打つ胸《むね》から突《つ》き出《で》ている、銀の小刀の柄《つか》を見下ろした。

「ドビー——ああっ——**誰《だれ》か！**」

ハリーは小屋に向かって、そこで動いている人影《ひとかげ》に向かって大声を上げた。

「**助けて！**」

人影《ひとかげ》が魔法使《まほうつか》いかマグルか、敵《てき》か味方か、ハリーにはわからなかったし、そんなことはどうでもよかった。ドビーの胸《むね》に広がっていくどす黒いしみのことしか考えられず、ハリーに向かってすがりつくように伸《の》ばされた細い両腕《りょううで》しか見えなかった。ハリーはドビーを抱《だ》き止《と》めて、ひんやりした草に横たえた。

「ドビー、だめだ。死んじゃだめだ。死なないで――」

妖精《ようせい》の目がハリーをとらえ、何か物言いたげに唇《くちびる》を震《ふる》わせた。

「ハリー……ポッター……」

そして、小さく身を震《ふる》わせ、妖精《ようせい》はそれきり動かなくなった。大きなガラス玉のような両眼《りょうがん》が、もはや見ることのできない星の光をちりばめて、キラキラと光っていた。

第二十四章　杖作《つえつく》り

同じ悪夢《あくむ》に、二度引《ひ》き込《こ》まれる思いだった。一瞬《いっしゅん》ハリーは、ホグワーツで一番高いあの塔《とう》の下で、ダンブルドアのなきがらのかたわらにひざまずいているような気がした。しかし現実《げんじつ》には、ベラトリックスの銀の小刀に貫《つらぬ》かれて、草むらに丸くなっている小さな体を見つめていた。しもべ妖《よう》精《せい》は、もはやハリーの呼《よ》び戻《もど》せない所に行ってしまったとわかっていても、ハリーは「ドビー……**ドビー……**」と呼《よ》び続けていた。

やがてハリーは、結局は正しい場所に着いていたことを知った。ひざまずいて妖精《ようせい》をのぞき込《こ》んでいるハリーの周りに、ビル、フラー、ディーン、ルーナが集まってきたからだ。

「ハーマイオニーは？」ハリーが、突然《とつぜん》思い出したように聞いた。「ハーマイオニーはどこ？」

「ロンが家の中に連れていったよ」ビルが言った。「ハーマイオニーは大丈夫《だいじょうぶ》だ」

ハリーは、再《ふたた》びドビーを見つめ、手を伸《の》ばして妖精《ようせい》の体から鋭《するど》い小刀を抜《ぬ》き取《と》った。それから自分の上着をゆっくりと脱《ぬ》いで、毛布《もうふ》をかけるようにドビーを覆《おお》った。

　どこか近くで、波が岩に打ちつけている。ビルたちが話し合っている間、ハリーは話し声だけを聞いていた。何を話し合い、何を決めているかにも、まったく興味《きょうみ》が湧《わ》かなかった。けがをしたグリップフックを家の中に運《はこ》び込《こ》むディーンに、フラーが急いでついていった。ビルは、妖精《ようせい》の埋葬《まいそう》についての提案《ていあん》をしていた。ハリーは、自分が何を言っているかもわからずに同意した。同意しながら、小さななきがらをじっと見下ろしたそのとき、傷痕《きずあと》がうずき、焼けるように痛《いた》みだした。どこかハリーの心の一部で、長い望遠鏡を逆《ぎゃく》にのぞいたようにヴォルデモートの姿《すがた》が遠くに見えた。ハリーたちが去ったあと、マルフォイの館に残った人々を罰《ばっ》している姿《すがた》だ。ヴォルデモートの怒《いか》りは恐《おそ》ろしいものだったが、ドビーへの哀悼《あいとう》の念がその怒《いか》りを弱め、ハリーにとっては、広大で静かな海のどこか遠い彼方《かなた》で起こっている嵐《あらし》のように感じた。

「僕《ぼく》、きちんとやりたい」

　ハリーが意識《いしき》して口に出した、最初の言葉だった。

「魔法《まほう》でなく。スコップはある？」

　それからしばらくして、ハリーは作業を始めた。たった一人で、ビルに示《しめ》された庭の隅《すみ》の、茂《しげ》みと茂《しげ》みの間に墓穴《はかあな》を掘《ほ》りはじめた。ハリーは、憤《いきどお》りのようなものをぶつけながら掘《ほ》った。魔法《まほう》ではなく、汗《あせ》を流して自分の力で掘《ほ》り進《すす》めることに意味があった。汗《あせ》の一滴《てき》一滴《てき》、手のマメの一つ一つが、自分たちの命を救ってくれた妖精《ようせい》への供養《くよう》に思えた。

傷痕《きずあと》が痛《いた》んだが、ハリーは痛《いた》みを制《せい》した。痛《いた》みを感じはしても、それは自分とはかけ離《はな》れたものだった。ついにハリーは、心を制御《せいぎょ》し、ヴォルデモートに対して心を閉《と》じる方法を身につけた。ダンブルドアが、スネイプからハリーに学び取らせたいと願った、まさにその技《わざ》だ。シリウスの死の悲しみに胸《むね》ふさがれ、ほかのことが考えられなかったハリーの心をヴォルデモートが乗っ取ることができなかったと同様、こうしてドビーを悼《いた》んでいる心にも、ヴォルデモートの想念は侵入《しんにゅう》することができなかった。深い悲しみが、ヴォルデモートをしめ出したようだ……もっとも、ダンブルドアならもちろん、それを愛だと言ったことだろう……。

汗《あせ》に悲しみを包《つつ》み込《こ》み、傷痕《きずあと》の痛《いた》みをはねのけて、ハリーは固く冷たい土を掘《ほ》り続けた。暗闇《くらやみ》の中で、自分の息と砕《くだ》ける波の音だけを感じながら、ハリーはマルフォイの館で起こったことを考え、耳にしたことを思い出していた。すると、闇《やみ》に花が開くように、徐々《じょじょ》にいろいろなことがわかってきた……。

穴《あな》を掘《ほ》る腕《うで》の、規則的《きそくてき》なリズムが頭の中にも刻《きざ》まれた。秘宝《ひほう》……分霊箱《ぶんれいばこ》……秘宝《ひほう》……分霊《ぶんれい》箱《ばこ》……。しかし、もうあのおかしな執念《しゅうねん》に身を焦《こ》がすことはなかった。喪失感《そうしつかん》と恐《おそ》れが、妄執《もうしゅう》を吹《ふ》き消《け》していた。横面《よこつら》を張《は》られて目が覚めたような気がした。

ハリーは深く、さらに深く墓穴《はかあな》を掘《ほ》った。ハリーにはもうわかっていた。ヴォルデモートが今夜どこに行っていたのか、ヌルメンガードの一番高い独房《どくぼう》で、誰《だれ》を、なぜ殺したのかも……。

そしてハリーは、ワームテールのことを思った。たった一度の、些細《ささい》な、無意識《むいしき》で衝動的《しょうどうてき》な慈悲《じひ》の心のせいで死んだのだ……。ダンブルドアはそれを予測《よそく》していた……ダンブルドアという人は、そのほか、どれほど多くのことを知っていたのだろう？

ハリーは時を忘《わす》れていた。ロンとディーンが戻《もど》ってきたときにも、闇《やみ》がほんの少し白んでいることに気づいただけだった。

「ハーマイオニーはどう？」

「だいぶよくなった」ロンが言った。「フラーが世話してくれてる」

二人がもし、杖《つえ》を使って完璧《かんぺき》な墓《はか》を掘《ほ》らないのはなぜかと聞いたら、ハリーはその答えを用意していた。しかし答える必要はなかった。二人はスコップを手に、ハリーの掘《ほ》った穴《あな》に飛《と》び降《お》りて、充分《じゅうぶん》な深さになるまでだまって一緒《いっしょ》に掘《ほ》った。

ハリーは、妖精《ようせい》が心地《ここち》よくなるように、上着で、すっぽりと包みなおした。ロンは墓穴《はかあな》の縁《ふち》に腰《こし》かけて靴《くつ》を脱《ぬ》ぎ、ソックスを妖精《ようせい》の素足《すあし》にはかせた。ディーンは毛糸の帽子《ぼうし》を取り出し、ハリーがそれをドビーの頭にていねいにかぶせて、こうもりのような耳を覆《おお》った。

「目を閉《と》じさせたほうが、いいもン」

ほかの人たちが闇《やみ》の中を近づいてくる音に、ハリーはその時まで気づかなかった。ビルは旅行用のマントを着て、フラーは大きな白いエプロンをかけていた。そのポケットから、ハリーには「骨《ほね》生《は》え薬《ぐすり》《スケレ・グロ》」だと見分けがつく瓶《びん》がのぞいていた。借り物の部屋着を着たハーマイオニーは、青ざめた顔をして足元がまだふらついていた。そばに来たハーマイオニーに、ロンは片腕《かたうで》を回した。フラーのコートにくるまったルーナが、かがんでそっと妖精《ようせい》のまぶたに指を触《ふ》れ、見開いたままのガラス玉のような眼《め》をつむらせた。

「ほーら」ルーナがやさしく言った。「ドビーは眠《ねむ》っているみたい」

ハリーは妖精《ようせい》を墓穴《はかあな》に横たえ、小さな手足を眠《ねむ》っているかのように整えた。そして穴《あな》から出て、最後にもう一度小さななきがらを見つめた。ダンブルドアの葬儀《そうぎ》を思い出し、ハリーは泣くまいとこらえた。何列も続く金色の椅子《いす》、前列には魔法大臣《まほうだいじん》、ダンブルドアの功績《こうせき》をたたえる弔辞《ちょうじ》、堂々とした白い大理石の墓《はか》。ハリーは、ドビーもそれと同じ壮大《そうだい》な葬儀《そうぎ》に値《あたい》すると思った。しかし妖精《ようせい》は、粗《あら》っぽく掘《ほ》った穴《あな》で、茂《しげ》みの間に横たわっている。

「あたし、何か言うべきだと思う」突然《とつぜん》、ルーナが言った。「あたしから始めてもいい？」

そして、みんなが見守る中、ルーナは墓穴《はかあな》の底の妖精《ようせい》のなきがらに語りかけた。

「あたしを地下牢《ちかろう》から救い出してくれて、ドビー、ほんとうにありがとう。そんなにいい人で勇敢《ゆうかん》なあなたが死んでしまうなんて、とっても不公平だわ。あなたがあたしたちにしてくれたことを、あたし、けっして忘《わす》れないもン。あなたがいま、幸せだといいな」

ルーナは、うながすようにロンを振《ふ》り返《かえ》った。ロンは咳払《せきばら》いをして、くぐもった声で言った。

「うん……ドビー、ありがとう」

「ありがとう」ディーンがつぶやいた。

ハリーはゴクリとつばを飲んだ。

「さようなら、ドビー」ハリーが言った。やっと、それだけしか言えなかった。しかし、ルーナがハリーの言いたいことを全部言ってくれていた。ビルが杖《つえ》を上げると、墓穴《はかあな》の横の土が宙《ちゅう》に浮《う》き上《あ》がり、きれいに穴《あな》に落ちてきて、小さな赤みがかった塚《つか》ができた。

「僕《ぼく》もう少しここにいるけど、いいかな？」ハリーがみんなに聞いた。

口々に返事をするつぶやき声が聞こえたが、言葉は聞き取れなかった。誰《だれ》かが背中《せなか》をやさしくたたくのを感じた。そしてハリーを一人、妖精《ようせい》のそばに残して、みんなは家に向かってぞろぞろと戻《もど》っていった。

ハリーはあたりを見回した。海が丸くした大きな白い石が、いくつも花壇《かだん》を縁取《ふちど》っていた。ハリーは一番大きそうな石を一つ取り、ドビーの眠《ねむ》っている塚《つか》の頭のあたりに、枕《まくら》のように置いた。それから、杖《つえ》を取り出そうとポケットを探《さぐ》った。

杖《つえ》は二本あった。何がどうだったのか記憶《きおく》がとぎれ、いまとなっては、誰《だれ》の杖《つえ》だったか思い出すことができなかった。ただ、誰《だれ》かの手からか、杖《つえ》をもぎ取ったことは覚えていた。ハリーは短いほうの杖《つえ》を選んだ。それのほうが手になじむような気がしたからだ。そして杖《つえ》を石に向けた。ハリーのつぶやく呪文《じゅもん》に従《したが》って、ゆっくりと、石の表面に何かが深く刻《きざ》まれた。ハーマイオニーならもっときれいに、しかも、おそらくもっと早くできただろう。しかし、墓《はか》を自分で掘《ほ》りたかったように、その場所を自分で記しておきたかった。ハリーが再《ふたた》び立ち上がったとき、石にはこう刻《きざ》まれていた。

自由なしもべ妖精《ようせい》　ドビー　ここに眠《ねむ》る

ハリーは、しばらく自分の手作りの墓《はか》を見下ろしたあと、その場を離《はな》れた。傷痕《きずあと》はまだ少しうずいていたが、頭の中は、墓穴《はかあな》の中で浮《う》かんだ考えでいっぱいだった。闇《やみ》の中ではっきりしてきた考えは、心を奪《うば》うものでもあり、恐《おそ》ろしくもあった。

ハリーが小さな玄関《げんかん》ホールに入ったとき、みんなは居間《いま》にいた。話をしているビルに、みんなが注目していた。やわらかい色調のかわいい居間《いま》で、暖炉《だんろ》には、流木を薪《まき》にした小さな炎《ほのお》が明るく燃《も》えている。ハリーは、じゅうたんに泥《どろ》を落としたくなかったので、入口に立って話を聞いた。

「……ジニーが休暇中《きゅうかちゅう》で幸いだった。ホグワーツにいたら、我々《われわれ》が連絡《れんらく》する前にジニーは捕《つか》まっていたかもしれない。ジニーもいまは安全だ」

ビルが振《ふ》り返《かえ》って、そこに立っているハリーに気づいた。

「僕《ぼく》は、みんなを『隠《かく》れ穴《あな》』から連れ出しているんだ」ビルが説明した。「ミュリエルの所に移《うつ》した。死《し》喰《く》い人《びと》はもう、ロンが君と一緒《いっしょ》だということを知っているから、必ずその家族をねらう——謝《あやま》らないでくれよ」

ハリーの表情《ひょうじょう》を読んだビルが、一言つけ加えた。

「どのみち、時間の問題だったんだ。父さんが、何か月も前からそう言っていた。僕《ぼく》たち家族は、最大の『血を裏切《うらぎ》る者』なんだから」

「どうやってみんなを護《まも》っているの?」ハリーが聞いた。

「『忠誠《ちゅうせい》の呪文《じゅもん》』だ。父さんが『秘密《ひみつ》の守人《もりびと》』。この家にも同じことをした。僕《ぼく》が『秘密《ひみつ》の守人《もりびと》』なんだ。誰《だれ》も仕事に行くことはできないけれど、いまは、そんなことは枝葉末節《しようまっせつ》だ。オリバンダーとグリップフックがある程度回復《ていどかいふく》したら、二人ともミュリエルの所に移《うつ》そう。ここじゃあまり場所がないけれど、ミュリエルの所は充分《じゅうぶん》だ。グリップフックの脚《あし》は治りつつある。フラーが『骨生《ほねは》え薬《ぐすり》』を飲ませたから。たぶん、二人を移動《いどう》させられるのは、一時間後ぐらいで——」

「だめだ」

ハリーの言葉に、ビルは驚《おどろ》いたような顔をした。

「二人ともここにいてほしい。話をする必要があるんだ。大切なことで」

ハリーは自分の声に力があり、確信《かくしん》に満ちた目的意識《もくてきいしき》がこもっているのを感じた。ドビーの墓《はか》を掘《ほ》っているときに意識《いしき》した目的だ。みんながいっせいに、どうしたのだろう、という顔をハリーに向けた。

「手を洗《あら》ってくるよ」

まだ泥《どろ》とドビーの血がついている両手を見ながら、ハリーがビルに言った。

「そのあとすぐに、僕《ぼく》は二人に会う必要がある」

ハリーは小さなキッチンまで歩いていき、海を見下ろす窓《まど》の下にある流しに向かった。暗い庭で浮《う》かんだ考えの糸を、再《ふたた》びたどりながら手を洗《あら》っていると、水平線から明《あ》け初《そ》める空が、桜貝色《さくらがいいろ》と淡《あわ》い金色に染《そ》まった……。

ドビーはもう、誰《だれ》に言われて地下牢《ちかろう》に来たのかを話してくれることはない。しかしハリーは、自分の見たものが何か、わかっていた。鏡の破片《はへん》から、心を見透《みとお》すような青い目がのぞいていた。そして救いがやってきた。

――**ホグワーツでは、助けを求める者には、必ずそれが与《あた》えられる。**

ハリーは手をふいた。窓《まど》から見える美しい景色にも、居間《いま》から聞こえる低い話し声にも、ハリーは心を動かされることがなかった。海の彼方《かなた》を眺《なが》めながら、夜明けのこの瞬間《しゅんかん》、ハリーはいままでになく強く、自分がすべての核心《かくしん》に迫《せま》っていると感じた。

しかし、額《ひたい》の傷痕《きずあと》はまだうずいていた。ハリーには、ヴォルデモートもその核心《かくしん》に近づいていることがわかっていた。しかし、頭ではわかっていたが、納得《なっとく》していたわけではなかった。本能《ほんのう》と頭《ず》脳《のう》が、別々のことをハリーにうながしていた。頭の中のダンブルドアが、祈《いの》りのときのように組み合わせた指の上からハリーを観察しながら、ほほえんでいる。

あなたはロンに「灯消《ひけ》しライター」を与《あた》えた。あなたはロンを理解《りかい》していた……あなたがロンに、戻《もど》るための手段《しゅだん》を与《あた》えたのだ……。

そしてあなたはワームテールをも理解《りかい》していた……わずかに、どこかに後悔《こうかい》の念があることを……。

もしあなたが彼《かれ》らを理解《りかい》していたとすれば……ダンブルドア、僕《ぼく》のことは、何を理解《りかい》していたのですか？

僕《ぼく》は知るべきだった。でも、求めるべきではなかったのですね？　僕《ぼく》にとって、それがどんなにつらいことか、あなたにはわかっていたのですね？

だからあなたは、何もかも、これほどまでに難《むずか》しくしたのですね？　自分で悟《さと》る時間をかけさせるために、そうなさったのですね？

ハリーは、水平線に昇《のぼ》りはじめたまぶしい太陽の金色に輝《かがや》く縁《ふち》を、ぼんやりと見つめながらじっとたたずんでいた。それからきれいになった両手を見下ろし、その手にタオルが握《にぎ》られているのにふと気づいて、驚《おどろ》いた。タオルをそこに置き、ハリーは居間《いま》に戻《もど》った。その時、傷痕《きずあと》が怒《いか》りにうずくのを感じた。そして、ほんの一瞬《いっしゅん》、水面に映《うつ》るトンボの影《かげ》のようにハリーがよく知っているあの建物の輪郭《りんかく》が心をよぎった。

ビルとフラーが、階段《かいだん》の下に立っていた。

「グリップフックとオリバンダーに話がしたいんだけど」ハリーが言った。

「いけませーん」フラーが言った。「アリー、もう少し待たないとだめでーす。ふーたりとも病気で、つかれーていてーー」

「すみません」ハリーは冷静だった。「でも、待てない。いますぐ話す必要があるんです。秘密《ひみつ》にーー二人別々に。急を要することです」

「ハリー、いったい何が起こったんだ？」ビルが聞いた。「君は、死んだしもべ妖精《ようせい》と半分気絶《きぜつ》した小鬼《ゴブリン》を連れて現《あらわ》れたし、ハーマイオニーは拷問《ごうもん》を受けたみたいに見える。それに、ロンも、何も話せないと言《い》い張《は》るばかりだーー」

「僕《ぼく》たちが何をしているかは、話せません」ハリーはきっぱりと言った。「ビル、あなたは騎士団《きしだん》のメンバーだから、ダンブルドアが僕《ぼく》たちに、ある任務《にんむ》を残したことは知っているはずですね。でも、僕《ぼく》たち、その任務《にんむ》のことは、誰《だれ》にも話さないことになっているんです」

フラーがいらだったような声をもらしたが、ビルはフラーのほうを見ずに、ハリーをじっと見ていた。深い傷痕《きずあと》に覆《おお》われたビルの顔から、その表情《ひょうじょう》を読むことは難《むずか》しかった。しばらくして、ビルがようやく言った。

「わかった。どちらと先に話したい？」

ハリーは迷《まよ》った。自分の決定に何がかかっているかを、ハリーは知っていた。残された時間はほとんどない。いまこそ決心すべきときだ。分霊箱《ぶんれいばこ》か、秘宝《ひほう》か？

「グリップフック」ハリーが言った。「グリップフックと先に話をします」

全速力で走ってきて、いましがた大きな障害物《しょうがいぶつ》を越《こ》えたかのように、ハリーの心臓《しんぞう》は早鐘《はやがね》を打っていた。

「それじゃ、こっちだ」ビルが案内した。

階段《かいだん》を二、三段《だん》上がったところで、ハリーは立ち止まって振《ふ》り返《かえ》った。

「君たち二人にも来てほしいんだ！」

居間《いま》の入口で、半分隠《かく》れてこそこそしていたロンとハーマイオニーに、ハリーが呼《よ》びかけた。

二人は奇妙《きみょう》にホッとしたような顔で、明るみに出てきた。

「具合はどう？」ハリーがハーマイオニーに問いかけた。「君ってすごいよ――あの女がさんざん君を痛《いた》めつけていたときに、あんな話を思いつくなんて――」

ハーマイオニーは弱々しくほほえみ、ロンは片腕《かたうで》でハーマイオニーをギュッと抱《だ》き寄《よ》せた。

「ハリー、今度は何をするんだ？」ロンが聞いた。

「いまにわかるよ。さあ」

ハリー、ロン、ハーマイオニーは、ビルについて急な階段《かいだん》を上がり、小さな踊《おど》り場《ば》に出た。そこは三つの扉《とびら》へと続いていた。

「ここで」ビルは自分たちの寝室《しんしつ》のドアを開いた。

そこからも海が見えた。昇《のぼ》る朝日が、海を点々と金色に染《そ》めている。ハリーは窓《まど》に近寄《ちかよ》り、壮大《そうだい》な風景に背《せ》を向けて、傷痕《きずあと》のうずきを意識《いしき》しながら腕組《うでぐ》みをして待った。ハーマイオニーは化粧《けしょう》テーブル脇《わき》の椅子《いす》に腰《こし》かけ、ロンはその椅子《いす》のひじかけに腰《こし》を下ろした。

ビルが、小さな小鬼《ゴブリン》を抱《かか》えて再《ふた》び現《あらわ》れ、そっとベッドに下ろした。グリップフックはうめき声で礼を言い、ビルはドアを閉《し》めて立ち去った。

「ベッドから動かして、すまなかったね」ハリーが言った。「脚《あし》の具合はどう？」

「痛《いた》い」小鬼《ゴブリン》が答えた。「でも治りつつある」

グリップフックは、まだグリフィンドールの剣《つるぎ》を抱《かか》えたままだった。そして、半ば反抗的で、半ば好奇心《こうきしん》にかられた不可思議《ふかしぎ》な表情《ひょうじょう》をしていた。ハリーは小鬼《ゴブリン》の土気色《つちけいろ》の肌《はだ》や、長くて細い指、黒い瞳《ひとみ》に目をとめた。フラーが靴《くつ》を脱《ぬ》がせていたので、小鬼《ゴブリン》の大きな足が汚《よご》れているのが見えた。屋《や》敷《しき》しもべ妖精《ようせい》より体は大きかったが、それほどの差はない。半球状《はんきゅうじょう》の頭は、人間の頭より大きい。

「君はたぶん覚えていないだろうけど――」ハリーが切り出した。

「――あなたがグリンゴッツを初めて訪《おとず》れたときに、金庫にご案内した小鬼《ゴブリン》が私《わたし》だということをですか？」グリップフックが言った。「覚えていますよ、ハリー・ポッター。小鬼《ゴブリン》の間でも、あなたは有名です」

ハリーと小鬼《ゴブリン》は、見つめ合って互《たが》いの腹《はら》の中を探《さぐ》った。ハリーの傷痕《きずあと》は、まだうずいていた。ハリーは、グリップフックとの話し合いを早く終えてしまいたかったが、同時に、誤《あやま》った動きをしてしまうことを恐《おそ》れた。自分の要求をどう伝えるのが最善《さいぜん》かを決めかねていると、小鬼《ゴブリン》が先に口を開いた。

「あなたは妖精《ようせい》を埋葬《まいそう》した」小鬼《ゴブリン》は、意外にも恨《うら》みがましい口調だった。「隣《となり》の寝室《しんしつ》の窓《まど》から、あなたを見ていました」

「そうだよ」ハリーが言った。

グリップフックは吊《つ》り上《あ》がった暗い目で、ハリーを盗《ぬす》み見《み》た。

「あなたは変わった魔法使《まほうつか》いです、ハリー・ポッター」

「どこが？」

ハリーは、無意識《むいしき》に額《ひたい》の傷《きず》をさすりながら聞いた。

「墓《はか》を掘《ほ》りました」

「それで？」

グリップフックは答えなかった。ハリーは、マグルのような行動を取ったことを、軽蔑《けいべつ》されているような気がしたが、グリップフックがドビーの墓《はか》を受け入れようが受け入れまいが、ハリーにとってはあまり重要なことではなかった。攻撃《こうげき》に出るために、ハリーは意識《いしき》を集中させた。

「グリップフック、僕《ぼく》、聞きたいことが——」

「あなたは、小鬼《ゴブリン》も救った」

「えっ？」

「あなたは、私《わたし》をここに連れてきた。私《わたし》を救った」

「でも、別に困《こま》らないだろう？」ハリーは少しいらいらしながら言った。

「ええ、別に、ハリー・ポッター」

そう言ったあと、グリップフックは指一本をからませて、細く黒いあごひげをひねった。

「でも、とても変な魔法使《まほうつか》いです」

「そうかな」ハリーが言った。「ところでグリップフック、助けが必要なんだ。君にはそれができる」

小鬼《ゴブリン》は先をうながすような様子は見せず、しかめっ面《つら》のまま、こんなものを見るのは初めてだという目つきで、ハリーを見ていた。

「僕《ぼく》は、グリンゴッツの金庫破《きんこやぶ》りをする必要があるんだ」

こんな荒《あら》っぽい言い方をするつもりではなかったのに、稲妻形《いなずまがた》の傷痕《きずあと》に痛《いた》みが走って、またしてもホグワーツの輪郭《りんかく》が見えたとたん、言葉が口をついて出てきてしまったのだ。ハリーはしっかりと心を閉《と》じた。グリップフックのほうを、先に終えてしまわなければならない。ロンとハーマイオニーは、ハリーがおかしくなったのではないかという表情《ひょうじょう》で見つめた。

「ハリー――」

ハーマイオニーの言葉は、グリップフックによってさえぎられた。

「グリンゴッツの金庫《きんこ》破《やぶ》り？」

小鬼《ゴブリン》はベッドで体の位置を変えながら、ビクッとしてくり返した。

「不可能《ふかのう》です」

「そんなことはないよ」ロンが否定《ひてい》した。「前例がある」

「うん」ハリーが言った。「君に初めて会った日だよ、グリップフック。七年前の僕《ぼく》の誕生日《たんじょうび》」

「問題の金庫は、その時、からでした。最低限《さいていげん》の防衛《ぼうえい》しかありませんでした」

小鬼《ゴブリン》はピシャリと言った。グリンゴッツを去ったとは言え、銀行の防御《ぼうぎょ》が破《やぶ》られるという考えは腹《はら》にすえかねるのだと、ハリーには理解《りかい》できた。

「うん、僕《ぼく》たちが入りたい金庫はからじゃない。相当強力に守られていると思うよ」

ハリーが言った。

「レストレンジ家の金庫なんだ」

ハーマイオニーとロンが、度肝《どぎも》を抜《ぬ》かれて顔を見合わせるのが目に入った。しかし、グリップフックが答えてくれれば、そのあとで、二人に説明する時間は充分《じゅうぶん》あるだろう。

「可能性《かのうせい》はありません」

グリップフックはにべもなく答えた。

「まったくありません。『**おのれのものに　あらざる宝《たから》、わが床下《ゆかした》に　求める者よ――**』『**盗人《ぬすびと》よ　気をつけよ――**』うん、わかっている。覚えているよ」ハリーが言った。「でも、僕《ぼく》は、宝《たから》を自分のものにしようとしているんじゃない。自分の利益《りえき》のために、何かを盗《と》ろうとしているわけじゃないんだ。信じてくれるかな？」

小鬼《ゴブリン》は、横目でハリーを見た。その時、額《ひたい》の稲妻形《いなずまがた》の傷痕《きずあと》がうずいたが、ハリーは痛《いた》みを無視《むし》し、引《ひ》き込《こ》もうとする誘《さそ》いも拒絶《きょぜつ》した。

「個人的《こじんてき》な利益《りえき》を求めない人だと、私《わたし》が認《みと》める魔法使《まほうつか》いがいるとすれば――」

グリップフックがようやく答えた。

「それは、ハリー・ポッター、あなたです。小鬼《ゴブリン》やしもべ妖精《ようせい》は、今夜あなたが示《しめ》してくれたような保護《ほご》や敬意《けいい》には慣《な》れていません。杖《つえ》を持つ者がそんなことをするなんて」

「杖《つえ》を持つ者」

ハリーがくり返した。傷痕《きずあと》が刺《さ》すように痛《いた》み、ヴォルデモートが意識《いしき》を北に向けているこの時に、そしてハリーが隣《となり》の部屋のオリバンダーに質問《しつもん》したくてたまらないというこの時に、その言葉はハリーの耳に奇妙《きみょう》に響《ひび》いた。

「杖《つえ》を持つ権利《けんり》は」小鬼《ゴブリン》は静かに言った。「魔法使《まほうつか》いと小鬼《ゴブリン》の間で、長い間論争《ろんそう》されてきました」

「でも、小鬼《ゴブリン》は杖《つえ》なしで魔法《まほう》が使える」ロンが言った。

「それは関係のないことです！　魔法使《まほうつか》いは、杖《つえ》の術《じゅつ》の秘密《ひみつ》をほかの魔法生物《まほうせいぶつ》と共有することを拒《こば》みました。我々《われわれ》の力が拡大《かくだい》する可能性《かのうせい》を否定《ひてい》したのです！」

「だって、小鬼《ゴブリン》も、自分たちの魔法《まほう》を共有しないじゃないか」ロンが言った。「剣《つるぎ》や甲冑《かっちゅう》を、君たちがどんなふうにして作るかを、僕《ぼく》たちに教えてくれないぜ。金属加工《きんぞくかこう》については、小鬼《ゴブリン》は魔法使《まほうつか》いが知らないやり方を――」

「そんなことはどうでもいいんだ」

グリップフックの顔に血が上ってきたのに気づいて、ハリーが言った。

「魔法使《まほうつか》いと小鬼《ゴブリン》の対立じゃないし、そのほかの魔法生物《まほうせいぶつ》との対立でもないんだ――」

グリップフックは、意地悪な笑い声を上げた。

「ところがそうなのですよ。まったくその対立なのです！　闇《やみ》の帝王《ていおう》がいよいよ力を得《え》るにつれて、あなたたち魔法使《まほうつか》いは、ますますしっかりと我々《われわれ》の上位に立っている！　グリンゴッツは魔法使《まほうつか》いの支配下《しはいか》に置かれ、屋敷《やしき》しもべ妖精《ようせい》は惨殺《ざんさつ》されている。それなのに、杖《つえ》を持つ者の中で、誰《だれ》が抗議《こうぎ》をしていますか？」

ハーマイオニーは背筋《せすじ》を正し、目をキラキラさせていた。

「私《わたし》たちがしているわ！」

「私《わたし》たちが抗議《こうぎ》しているわ！　それに、グリップフック、私《わたし》は小鬼《ゴブリン》やしもべ妖精《ようせい》と同じぐらい厳《きび》しく狩《か》り立《た》てられているのよ！　私《わたし》は『穢《けが》れた血《ち》』なの！」

「自分のことをそんなふうに――」ロンがボソボソつぶやいた。

「どうしていけないの？」ハーマイオニーが言った。「『穢《けが》れた血《ち》』、それが誇《ほこ》りよ！　新しい秩序《ちつじょ》のもとでの私《わたし》の地位は、グリップフック、あなたとちがいはないわ！　マルフォイの館で、あの人たちが拷問《ごうもん》にかけるために選んだのは、私《わたし》だったのよ！」

話しながら、ハーマイオニーは部屋着の襟《えり》を横に引いて、ベラトリックスにつけられた切《き》り傷《きず》を見せた。のどに赤々と、細い傷《きず》があった。

「ドビーを解放《かいほう》したのがハリーだということを、あなたは知っていた？」ハーマイオニーが聞いた。「私《わたし》たちが、何年も前から屋敷《やしき》しもべ妖精《ようせい》を解放《かいほう》したいと望んでいたことを知っていた？」（ロンは、ハーマイオニーの椅子《いす》のひじで、気まずそうにそわそわした）「グリップフック、『例のあの人』を打ち負かしたいという気持ちが、私《わたし》たち以上に強い人なんかいないわ！」

グリップフックは、ハリーを見たときと同じような好奇《こうき》の目で、ハーマイオニーを見つめた。

「レストレンジ家の金庫で、何を求めたいのですか？」

グリップフックが唐突《とうとつ》に聞いた。

「中にある剣《つるぎ》は贋作《がんさく》です。こちらが本物です」

グリップフックは三人の顔を順ぐりに見た。

「あなたたちは、もうそのことを知っているのですね。あそこにいた時、私《わたし》にうそをつくように頼《たの》みました」

「でも、その金庫にあるのは、偽《にせ》の剣《つるぎ》だけじゃないだろう？」ハリーが聞いた。「君はたぶん、ほかのものも見ているね？」

ハリーの心臓《しんぞう》は、これまでにないほど激《はげ》しく打っていた。ハリーは、傷痕《きずあと》のうずきを無視《むし》しようと、さらにがんばった。

小鬼《ゴブリン》は、また指にあごひげをからませた。

「グリンゴッツの秘密《ひみつ》を話すことは、我々《われわれ》の綱領《こうりょう》に反します。小鬼《ゴブリン》はすばらしい宝物《たからもの》の番人なのです。我々《われわれ》に託《たく》された品々は、往々《おうおう》にして小鬼《ゴブリン》の手によって鍛錬《たんれん》されたものなのですが、それらの品に対しての責任《せきにん》があります」

小鬼《ゴブリン》は剣《つるぎ》をなで、黒い目がハリー、ハーマイオニー、ロンを順に眺《なが》め、また逆《ぎゃく》の順で視線《しせん》を戻《もど》した。

「こんなに若《わか》いのに」しばらくしてグリップフックが言った。「あれだけ多くの敵《てき》と戦うなんて」

「僕《ぼく》たちを助けてくれる?」ハリーが言った。「小鬼《ゴブリン》の助けなしに押《お》し入《い》るなんて、とても望みがない。君だけが頼《たよ》りなんだ」

「私《わたし》は……考えてみましょう」グリップフックは、腹立《はらだ》たしい答え方をした。

「だけど――」ロンが怒《おこ》ったように口を開いたが、ハーマイオニーはロンの肋骨《ろっこつ》をこづいた。

「ありがとう」ハリーが言った。

小鬼《ゴブリン》は大きなドーム型《がた》の頭を下げて礼に応《こた》え、それから短い脚《あし》を曲げた。

「どうやら」ビルとフラーのベッドに、これ見よがしに横になり、グリップフックが言った。「『骨《ほね》生《は》え薬《ぐすり》』の効果《こうか》が出たようです。やっと眠《ねむ》れるかもしれません。失礼して……」

「ああ、もちろんだよ」ハリーが言った。部屋を出るとき、ハリーはかがんで小鬼《ゴブリン》の横からグリフィンドールの剣《つるぎ》を取った。グリップフックは逆《さか》らわなかったが、ドアを閉《し》めるときに、小鬼《ゴブリン》の目に恨《うら》みがましい色が浮《う》かぶのを、ハリーは見たような気がした。

「いやなチビ」ロンがささやいた。「僕《ぼく》たちがやきもきするのを、楽しんでやがる」

「ハリー」ハーマイオニーが二人をドアから離《はな》し、まだ暗い踊《おど》り場《ば》の真ん中まで引《ひ》っ張《ぱ》っていった。「あなたの言っていることは、つまりこういうことかしら? レストレンジ家の金庫に、分霊《ぶんれい》箱《ばこ》が一つある。そういうことなの?」

「そうだ」ハリーが言った。「ベラトリックスは、僕《ぼく》たちがそこに入ったと思って、逆上《ぎゃくじょう》するほどおびえていた。どうしてだ？　僕《ぼく》たちが何を見たと思ったんだろう？　僕《ぼく》たちが、ほかに何を取ったと思ったんだろう？　『例のあの人』に知れるのではないかと思って、ベラトリックスが正気を失うほど恐《おそ》れたものなんだよ」

「でも、僕《ぼく》たち、『例のあの人』がいままで行ったことのある場所を探《さが》してるんじゃなかったか？　あの人が、何か重要なことをした場所じゃないのか？」ロンは困惑《こんわく》した顔だった。「あいつがレストレンジ家の金庫に、入ったことがあるって言うのか？」

「グリンゴッツに入ったことがあるかどうかは、わからない」ハリーが言った。「あいつは、若《わか》いとき、あそこに金貨なんか預《あず》けていなかったはずだ。誰《だれ》も何も遺《のこ》してくれなかったんだから。でも、銀行を外から見たことはあっただろう。ダイアゴン横丁に最初に行ったときに」

傷痕《きずあと》がずきずき痛《いた》んだが、ハリーは無視《むし》した。オリバンダーと話をする前に、ロンとハーマイオニーに、グリンゴッツのことを理解《りかい》しておいてほしかった。

「あいつは、グリンゴッツの金庫の鍵《かぎ》を持つ者を、うらやましく思ったんじゃないかな。あの銀行が、魔法界《まほうかい》に属《ぞく》していることの真の象徴《しょうちょう》に見えたんだと思う。それに、忘《わす》れてならないのは、あいつが、ベラトリックスとその夫を信用していたということだ。二人とも、あいつが力を失うまで、最も献身的《けんしんてき》な信奉者《しんぽうしゃ》だったし、あいつが消えてからも探《さが》し求《もと》め続けた。あいつがよみがえった夜に、そう言うのを、僕《ぼく》は聞いた」

ハリーは傷痕《きずあと》をこすった。

「だけど、ベラトリックスに、分霊箱《ぶんれいばこ》を預《あず》けるとは言わなかったと思う。ルシウス・マルフォイにも、日記に関するほんとうのことは一度も話していなかった。ベラトリックスには、たぶん、大切な所持品だから、金庫に入れておくようにと頼《たの》んだんだろう。ハグリッドが僕《ぼく》に教えてくれたよ。何かを安全に隠《かく》しておくには、グリンゴッツが一番だって……ホグワーツ以外にはね」

ハリーが話し終えると、ロンがうなずきながら言った。

「君って、ほんとに『あの人』のことがわかってるんだな」

「あいつの一部だ」ハリーが言った。「一部だけなんだ……僕《ぼく》、ダンブルドアのことも、それくらい理解《りかい》できていたらよかったのに。でも、そのうちに――。さあ――今度はオリバンダーだ」

ロンとハーマイオニーは当惑顔《とうわくがお》だったが、感心したようにハリーのあとについて、小さな踊《おど》り場《ば》を横切った。ハリーがビルとフラーの寝室《しんしつ》のむかい側のドアをノックすると、「どうぞ！」という弱々しい声が答えた。

杖作《つえつく》りのオリバンダーは、窓《まど》から一番離《はな》れたツインベッドに横たわっていた。一年以上地下牢《ちかろう》に閉《と》じ込《こ》められ、ハリーの知るがぎり、少なくとも一度は拷問《ごうもん》を受けたはずだ。やせおとろえ、黄ばんだ肌《はだ》から顔の骨格《こっかく》がくっきりと突《つ》き出《で》ている。大きな銀色の目は、眼窩《がんか》が落ちくぼんで巨大《きょだい》に見えた。毛布《もうふ》の上に置かれた両手は、骸骨《がいこつ》の手と言ってもよかった。ハリーは、空いているベッドに、ロンとハーマイオニーと並《なら》んで腰《こし》かけた。ここからは、昇《のぼ》る朝日は見えなかった。部屋は、崖《がけ》の上に作られた庭と、掘《ほ》られたばかりの墓《はか》とに面していた。

「オリバンダーさん、お邪魔《じゃま》してすみません」ハリーが言った。

「いやいや」オリバンダーはか細い声で言った。「あなたは、わしらを救い出してくれた。あそこで死ぬものと思っていたのに。感謝《かんしゃ》しておるよ……**いくら**感謝《かんしゃ》しても……しきれないぐらいに」

「お助けできてよかった」

ハリーの傷痕《きずあと》がうずいた。ヴォルデモートよりも先に目的地に行くにしても、ヴォルデモートの試みをくじくにしても、もはやほとんど時間がないことをハリーは知っていた。いや、確信《かくしん》していた。ハリーは突然恐怖《とつぜんきょうふ》を感じた……しかし、グリップフックに先に話をするという選択《せんたく》をしたときに、ハリーの心は決まっていたのだ。無理に平静を装《よそお》い、ハリーは首からかけた巾着《きんちゃく》の中を探《さぐ》って、二つに折れた杖《つえ》を取り出した。

「オリバンダーさん、助けてほしいんです」

「なんなりと、なんなりと」杖作《つえつく》りは弱々しく答えた。

「これを直せますか？　可能《かのう》ですか？」

オリバンダーは震《ふる》える手を差し出し、ハリーはその手のひらに、かろうじて一つにつながっている杖《つえ》を置いた。

「柊《ひいらぎ》と不死鳥《ふしちょう》の尾羽根《おばね》」オリバンダーは、緊張気味《きんちょうぎみ》に震《ふる》える声で言った。「二十八センチ、良質《りょうしつ》でしなやか」

「そうです」ハリーが言った。「できますか――?」

「いや」オリバンダーがささやくように言った。「すまない。ほんとうにすまない。しかし、ここまで破壊《はかい》された杖《つえ》は、わしの知っておるどんな方法をもってしても、直すことはできない」

ハリーは、そうだろうと心の準備《じゅんび》をしていたものの、やはり痛手《いたで》だった。二つに折れた杖《つえ》を引き取り、ハリーは首にかけた巾着《きんちゃく》の中に戻《もど》した。オリバンダーは、破壊《はかい》された杖《つえ》が消えたあたりをじっと見つめ続け、ハリーがマルフォイの館から持ち帰った二本の杖《つえ》をポケットから取り出すまで、目をそらさなかった。

「どういう杖《つえ》か、見ていただけますか?」ハリーが頼《たの》んだ。

杖作《つえつく》りは、その中の一本を取って、弱った目の近くにかざし、関節の浮《う》き出《で》た指の間で転がしてからちょっと曲げた。

「鬼胡桃《おにぐるみ》とドラゴンの琴線《きんせん》」オリバンダーが言った。「三十二センチ。頑固《がんこ》。この杖《つえ》はベラトリックス・レストレンジのものだ」

「それじゃ、こっちは?」

オリバンダーは同じようにして調べた。

「サンザシと一角獣《ユニコーン》のたてがみ。きっちり二十五センチ。ある程度弾力性《ていどだんりょくせい》がある。これはドラコ・マルフォイの杖《つえ》だった」

「だった?」ハリーがくり返した。「いまでも、まだドラコのものでしょう?」

「たぶんちがう。あなたが奪《うば》ったのであれば——」

「——ええ、そうです——」

「——それなら、この杖《つえ》はあなたのものであるかもしれない。もちろん、どんなふうに手に入れたかが関係してくる。杖《つえ》そのものに負うところもまた大きい。しかし、一般的《いっぱんてき》に言うなら、杖《つえ》を勝ち取ったのであれば、杖《つえ》の忠誠心《ちゅうせいしん》は変わるじゃろう」

部屋は静かだった。遠い波の音だけが聞こえていた。

「まるで、杖《つえ》が感情《かんじょう》を持っているような話し方をなさるんですね」ハリーが言った。「まるで、杖《つえ》が自分で考えることができるみたいに」

「杖《つえ》が魔法使《まほうつか》いを選ぶのじゃ」オリバンダーが言った。「そこまでは、杖《つえ》の術《じゅつ》を学んだ者にとって、常《つね》に明白なことじゃった」

「でも、杖《つえ》に選ばれていなくとも、その杖《つえ》を使うことはできるのですか?」ハリーが言った。

「ああ、できますとも。いやしくも魔法使《まほうつか》いなら、ほとんどどんな道具を通してでも、魔法《まほう》の力を伝えることができる。しかし、最高の結果は必ず、魔法使《まほうつか》いと杖《つえ》との相性《あいしょう》が一番強いときに得《え》られるはずじゃ。こうしたつながりは、複雑《ふくざつ》なものがある。最初にひかれ合い、それからお互《たが》いに経験《けいけん》を通して探求《たんきゅう》する。杖《つえ》は魔法使《まほうつか》いから、魔法使《まほうつか》いは杖《つえ》から学ぶのじゃ」

寄《よ》せては返す波の音は、哀調《あいちょう》を帯びていた。

「僕《ぼく》はこの杖《つえ》を、ドラコ・マルフォイから力ずくで奪《うば》いました」ハリーが言った。「僕《ぼく》が使っても安全でしょうか？」

「そう思いますよ。杖《つえ》の所有権《しょゆうけん》を司《つかさど》る法則《ほうそく》には微妙《びみょう》なものがあるが、征服《せいふく》された杖《つえ》は、通常《つうじょう》、新しい持ち主に屈服《くっぷく》するものじゃ」

「それじゃ、僕《ぼく》はこの杖《つえ》を使うべきかなぁ？」

ロンが、ワームテールの杖《つえ》をポケットから出して、オリバンダーに渡《わた》した。

「栗《くり》とドラゴンの琴線《きんせん》。二十三・五センチ。もろい。誘拐《ゆうかい》されてからまもなく、わしはピーター・ペティグリューのために無理やりこの杖《つえ》を作らされた。そうじゃとも、君が勝ち取った杖《つえ》じゃから、ほかの杖《つえ》よりもよく君の命令を聞き、よい仕事をするじゃろう」

「そして、そのことは、すべての杖《つえ》に通用するのですね？」ハリーが聞いた。

「そうじゃろうと思う」

くぼんだ眼窩《がんか》から飛び出した目でハリーの顔をじっと見ながら、オリバンダーが答えた。

「ポッターさん、あなたは深遠なる質問《しつもん》をする。杖《つえ》の術《じゅつ》は、魔法《まほう》の中でも複雑《ふくざつ》で神秘的《しんぴてき》な分野なのじゃ」

「それでは、杖《つえ》の真の所有者になるためには、前の持ち主を殺す必要はないのですね？」

ハリーが聞いた。

オリバンダーはゴクリとつばを飲んだ。

「必要？　いいや、殺す必要がある、とは言いますまい」

「でも、伝説があります」

ハリーの動悸《どうき》はさらに高まり、傷痕《きずあと》の痛《いた》みはますます激《はげ》しくなっていた。ヴォルデモートが考えを実行に移《うつ》す決心をしたのだと、ハリーは確信《かくしん》した。

「一本の杖《つえ》の伝説です――数本の杖《つえ》かもしれません――殺人によって手から手へと渡《わた》されてきた杖《つえ》です」

オリバンダーは青ざめた。雪のように白い枕《まくら》の上で、オリバンダーの顔色は薄《うす》い灰色《はいいろ》に変わり、巨大《きょだい》な目は、恐怖《きょうふ》からか血走って飛び出していた。

「それは、ただ一本の杖《つえ》じゃと思う」オリバンダーがささやくように言った。

「そして、『例のあの人』は、その杖《つえ》に興味《きょうみ》があるのですね？」ハリーが聞いた。

「わしは――どうして？」

オリバンダーの声がかすれ、ロンとハーマイオニーに助けを求めるように目を向けた。

「どうしてあなたはそのことを？」

「『あの人』はあなたに、どうすれば僕《ぼく》と『あの人』の杖《つえ》の結びつきを克服《こくふく》できるのかを、言わせようとした」ハリーが言った。

オリバンダーは、おびえた目をした。

「わしは拷問《ごうもん》されたのじゃ。わかってくれ！『磔《はりつけ》の呪文《じゅもん》』で、わしは——わしは知っていることを、そうだと推定《すいてい》することを、あの人に話すしかなかった！」

「わかります」ハリーが言った。「『あの人』に、双子《ふたご》の杖芯《つえしん》のことを話しましたね？　誰《だれ》かほかの人の杖《つえ》を借りればよいと言いましたね？」

オリバンダーは、ハリーがあまりにもよく知っていることにぞっとして、金縛《かなしば》りにあったように見えた。ゆっくりと、オリバンダーがうなずいた。

「でも、それがうまくいかなかった」ハリーは話し続けた。「それでも僕《ぼく》の杖《つえ》は、借りた杖《つえ》を打ち負かした。なぜなのか、おわかりになりますか？」

オリバンダーは、うなずいたときと同じくらいゆっくりと、首を横に振《ふ》った。

「わしは……そんな話を聞いたことがなかった。あなたの杖《つえ》は、あの晩《ばん》、何か独特《どくとく》なことをしたのじゃ。双子《ふたご》の芯《しん》が結びつくのも信じられないくらい稀《まれ》なことじゃが、あなたの杖《つえ》がなぜ借り物の杖《つえ》を折ったのか、わしにはわからぬ……」

「さっき、別の杖《つえ》のことを話しましたね。殺人によって持ち主が変わる杖《つえ》のことです。『例のあの人』が、僕《ぼく》の杖《つえ》が何か不可解《ふかかい》なことをしたと気づいたとき、あなたの所に戻《もど》って、その別の杖《つえ》のことを聞きましたね？」

「どうして、それを知っているのかね？」

ハリーは答えなかった。

「確《たし》かに、それを聞かれた」オリバンダーはささやくように言った。「『死の杖《つえ》』、『宿命の杖《つえ》』、『ニワトコの杖《つえ》』など、いろいろな名前で知られるその杖《つえ》について、わしが知っておることを、『あの人』はすべて知りたがった」

ハリーは、ハーマイオニーをちらりと横目で見た。びっくり仰天《ぎょうてん》した顔をしていた。

「闇《やみ》の帝王《ていおう》は」オリバンダーは押《お》し殺《ころ》した声で、おびえたように話した。「わしが作った杖《つえ》にずっと満足していた――イチイと不死鳥《ふしちょう》の尾羽根《おばね》。三十四センチ――双子《ふたご》の芯《しん》の結びつきを知るまではじゃが。いまは別の、もっと強力な杖《つえ》を探《さが》しておる。あなたの杖《つえ》を征服《せいふく》するただ一つの手段《しゅだん》として」

「けれど、いまはまだ知らなくとも、あの人にはもうすぐわかることです。僕《ぼく》の杖《つえ》が折れて、直しようがないということを」ハリーは静かに言った。

「やめて！」ハーマイオニーはおびえきったように言った。「わかるはずがないわ、ハリー、あの人に、どうしてわかるって――？」

「直前呪文《ちょくぜんじゅもん》だ」ハリーが言った。「ハーマイオニー、君の杖《つえ》とリンボクの杖《つえ》を、マルフォイの館に残してきた。連中がきちんと調べて、最近どんな呪文《じゅもん》を使ったかを再現《さいげん》すれば、君の杖《つえ》が僕《ぼく》のを折ったことがわかるだろうし、君が、僕《ぼく》の杖《つえ》を直そうとして直せなかったことも知るだろう。そして、僕《ぼく》がそれからずっとリンボクの杖《つえ》を使っていたことも」

この家に到着《とうちゃく》して、少しは赤みがさしていたハーマイオニーの顔から、サッと血の気が引いた。ロンはハリーを非難《ひなん》するような目で見て、「いまは、そんなこと心配するのはよそう――」と言った。

しかしオリバンダーが口をはさんだ。

「闇《やみ》の帝王《ていおう》は、ポッターさん、もはやあなたを滅《ほろ》ぼすためにのみ『ニワトコの杖《つえ》』を求めておるのではないのじゃ。絶対《ぜったい》に所有すると決めておる。そうすれば、自分が真に無敵《むてき》になると信じておるからじゃ」

「そうなのですか?」

「『ニワトコの杖《つえ》』の持ち主は、常《つね》に攻撃《こうげき》されることを恐《おそ》れねばならぬ」オリバンダーが言った。「しかしながら、『死の杖《つえ》』を所有した『闇《やみ》の帝王《ていおう》』は、やはり……恐《おそ》るべき強大さじゃ」

ハリーは、最初にオリバンダーに会ったとき、あまり好きになれない気がしたことを突然《とつぜん》思い出した。ヴォルデモートに拷問《ごうもん》され牢《ろう》に入れられたいまになっても、あの闇《やみ》の魔法使《まほうつか》いが「死《し》の杖《つえ》」を所有すると考えることは、このオリバンダーにとって、嫌悪感《けんおかん》をもよおす以上にゾクゾクするほど強く心を奪《うば》われるものであるらしい。

「あなたは――それじゃ、オリバンダーさん、その杖《つえ》が存在《そんざい》すると、ほんとうにそう思っていらっしゃるのですか？」ハーマイオニーが聞いた。

「ああ、そうじゃ」オリバンダーが言った。「その杖《つえ》がたどった跡《あと》を、歴史上追うことは完全に可能《のう》じゃ。もちろん歴史の空白はある。しかも長い空白によって、一時的に失われたとか隠《かく》されたとかで、杖《つえ》が姿《すがた》を消したことはあった。しかし、必ずまた現《あらわ》れる。この杖《つえ》は、杖《つえ》の術《じゅつ》に熟達《じゅくたつ》した者なら、必ず見分けることができる特徴《とくちょう》を備《そな》えておる。不明瞭《ふめいりょう》な記述《きじゅつ》もふくめてじゃが、文献《ぶんけん》も残っており、わしら杖作《つえつく》り仲間は、それを研究することを本分としておる。そうした文献《ぶんけん》には、確実《かくじつ》な信《しん》憑性《ぴょうせい》がある」

「それじゃ、あなたは――おとぎ話や神話だとは思わないのですね？」

ハーマイオニーは未練がましく聞いた。

「そうは思わない」オリバンダーが言った。「殺人によって受《う》け渡《わた》される**必要がある**かどうかは、わしは知らない。その杖《つえ》の歴史は血塗《ちぬ》られておるが、それは単に、それほどに求められる品であり、それほどに魔法使《まほうつか》いの血を駆《か》り立《た》てるものだからかもしれぬ。計り知れぬ力を持ち、まちがった者の手に渡《わた》れば危険《きけん》ともなり、我々《われわれ》、杖《つえ》の力を学ぶ者すべてにとっては、信じがたいほどの魅力《みりょく》を持った品じゃ」

「オリバンダーさん」ハリーが言った。「あなたは『例のあの人』に、グレゴロビッチが『ニワトコの杖《つえ》』を持っていると教えましたね？」

これ以上青ざめようのないオリバンダーの顔が、いっそう青ざめた。ゴクリと生つばを飲んだ顔はゴーストのようだった。

「どうして――どうしてあなたがそんなことを――？」

「僕《ぼく》がどうして知ったかは、気にしないでください」

傷痕《きずあと》が焼けるように痛《いた》み、ハリーは一瞬《いっしゅん》目を閉《と》じた。ほんの数秒間、ホグズミードの大通りが見えた。ずっと北に位置する村なので、まだ暗い。

「『例のあの人』に、グレゴロビッチが杖《つえ》を持っていると教えたのですか？」

「うわさじゃった」オリバンダーがささやいた。「何年も前のうわさじゃ。あなたが生まれるよりずっと前の！　わしはグレゴロビッチ自身がうわさの出所じゃと思っておる。『ニワトコの杖《つえ》』を調べ、その性質《せいしつ》を複製《ふくせい》するということが、杖《つえ》の商売にはどんなに有利かわかるじゃろう！」

「ええ、わかります」ハリーはそう言って立ち上がった。

「オリバンダーさん、最後にもう一つだけ。そのあとは、どうぞ少し休んでください。『死《し》の秘宝《ひほう》』について何かご存《ぞん》じですか？」

「え？――なんと言ったのかね？」杖作《つえつく》りはキョトンとした顔をした。

「なんのことを言っているのか、すまないがわしにはわからん。それも、杖《つえ》に関係のあることなのかね？」

ハリーはオリバンダーの落ちくぼんだ顔を見つめ、知らぬふりをしているわけではないと思った。「秘宝《ひほう》」については知らないのだ。

「ありがとう」ハリーが言った。「ほんとうにありがとうございました。僕《ぼく》たちは出ていきますから、どうぞ少し休んでください」

オリバンダーは、打ちのめされたような顔をした。

「『あの人』はわしを拷問《ごうもん》した！」オリバンダーはあえいだ。「『磔《はりつけ》の呪《のろ》い』……どんなにひどいかわからんじゃろう……」

「わかります」ハリーが言った。「ほんとにわかるんです。どうぞ少し休んでください。いろいろ教えていただいて、ありがとうございました」

ハリーは、ロンとハーマイオニーの先に立って階段《かいだん》を下りた。ビル、フラー、ルーナ、ディーンが紅茶《こうちゃ》のカップを前に、キッチンのテーブルに着いているのがちらりと見えた。入口にハリーの姿《すがた》が見えると、みんないっせいにハリーを見た。しかし、ハリーはみんなに向かってうなずいただけで、そのまま庭に出ていった。ロンとハーマイオニーがあとからついていった。少し先にあるドビーを葬《ほうむ》った赤味がかった土の塚《つか》まで、ハリーは歩いた。頭痛《ずつう》がますますひどくなっていた。無理やり入ってこようとする映像《えいぞう》をしめ出すのは、いまや生やさしい努力ではなかった。しかし、もう少しだけ耐《た》えればいいことを、ハリーは知っていた。まもなくハリーは屈服《くっぷく》するだろう。なぜなら、自分の理論《りろん》が正しいことを知る必要があるからだ。ロンとハーマイオニーに説明できるように、あと少しだけ、もうひとがんばりしなければならない。

「グレゴロビッチは、ずいぶん昔、『ニワトコの杖《つえ》』を持っていた」ハリーが言った。「『例のあの人』がグレゴロビッチを探《さが》そうとしているところを、僕《ぼく》は見たんだ。見つけ出したときには、グレゴロビッチがもう杖《つえ》を持っていないことを、『あの人』は知った。グリンデルバルドに盗《ぬす》まれたということを知ったんだ。グリンデルバルドがどうやって、グレゴロビッチが杖《つえ》を持っていることを知ったかはわからない――でも、グレゴロビッチが自分からうわさを流すようなばかなまねをしたというなら、知るのはそれほど難《むずか》しくはなかっただろう」

ヴォルデモートはホグワーツの校門にいた。ハリーは、そこに立つヴォルデモートを見た。同時に、夜明け前の校庭から、ランプが揺《ゆ》れながら校門に近づいてくるのも見えた。

「それで、グリンデルバルドは『ニワトコの杖《つえ》』を使って、強大になった。その力が最高潮《さいこうちょう》に達したとき、ダンブルドアは、それを止めることができるのは自分一人だと知り、グリンデルバルドと決闘《けっとう》して打ち負かした。そして『ニワトコの杖《つえ》』を手に入れたんだ」

ダンブルドアが『ニワトコの杖《つえ》』を?」ロンが言った。「でも、それなら――杖《つえ》はいまどこにあるんだ?」

「ホグワーツだ」ハリーが答えた。

二人と一緒《いっしょ》にいるこの崖上《がけうえ》の庭に踏《ふ》みとどまろうと、ハリーは、自分自身と必死に戦っていた。

「それなら、行こうよ!」ロンが焦《あせ》った。「ハリー、行って杖《つえ》を取ろう。あいつがそうする前に!」

「もう遅《おそ》すぎる」

ハリーが言った。意識《いしき》を引《ひ》き込《こ》まれまいと抵抗《ていこう》する自分自身の頭を助けようとして、ハリーは思わずしっかり頭をつかんでいた。

「あいつは杖《つえ》のある場所を知っている。いま、あいつはそこにいる」

「ハリー!」ロンがかんかんに怒《おこ》った。「どのくらい前からそれを知ってたんだ?――僕《ぼく》たち、どうして時間をむだにしたんだ? なんでグリップフックに先に話をしたんだ? もっと早く行けたのに――いまからでもまだ――」

「いや」

ハリーは草にひざをついてしゃがみ込《こ》んだ。

「ハーマイオニーが正しかった。ダンブルドアは僕《ぼく》にその杖《つえ》を持たせたくなかった。その杖《つえ》を取らせたくなかったんだ。僕《ぼく》に分霊箱《ぶんれいばこ》を見つけ出させたかったんだ」

「無敵《むてき》の杖《つえ》だぜ、ハリー！」ロンがうめいた。

「僕《ぼく》はそうしちゃいけないはずなんだ……僕《ぼく》は分霊箱《ぶんれいばこ》を探《さが》すはずなんだ……」

そして突然《とつぜん》、何もかもがすずしく、暗くなった。太陽は地平線からまだほとんど顔を出しておらず、ハリーは、スネイプと並《なら》んで、湖へと校庭をすべるように歩いていた。

「まもなく、城《しろ》でおまえに会うことにする」彼《かれ》は高い冷たい声で言った。「さあ、俺様《おれさま》を一人にするのだ」

スネイプは頭を下げ、黒いマントを後ろになびかせて、いま来た道を戻《もど》っていった。ハリーはスネイプの姿《すがた》が消えるのを待ちながら、ゆっくりと歩いた。これから自分が行く所を、スネイプは見てはならない、いや、実は何人《なんぴと》も見てはならないのだ。幸い、城《しろ》の窓《まど》には明かりもなく、しかも彼《かれ》は自分を隠《かく》すことができる……一瞬《いっしゅん》にして彼《かれ》は自分に「目くらまし術《じゅつ》」をかけ、自分の目からさえ姿《すがた》を隠《かく》した。

そして彼《かれ》は、湖の縁《ふち》を歩き続けた。愛《いと》おしい城《しろ》、自分の最初の王国、自分が受《う》け継《つ》ぐ権利《けんり》のある城《しろ》の輪郭《りんかく》をじっくり味わいながら……。

そして、ここだ。湖のほとりに建ち、その影《かげ》を暗い水に映《うつ》している白い大理石の墓《はか》。見知った光景には不必要な汚点《おてん》だ。彼《かれ》は再《ふたた》び、抑制《よくせい》された高揚感《こうようかん》が押《お》し寄《よ》せてくるのを感じた。破壊《はかい》の際《さい》に感じる、あの陶然《とうぜん》とした目的意識《もくてきいしき》だ。彼《かれ》は古いイチイの杖《つえ》を上げた。この杖《つえ》の最後の術《じゅつ》としては、なんとふさわしい。

墓《はか》は、上から下まで真っ二つに割《わ》れて開いた。帷子《かたびら》に包まれた姿《すがた》は、生前と同じように細く長い。彼《かれ》はもう一度杖《つえ》を上げた。

覆《おお》いが落ちた。死に顔は青く透《す》きとおり、落ちくぼんではいたが、ほとんど元のまま保《たも》たれていた。曲がった鼻に、めがねがのせられたままだ。彼《かれ》は、ばかばかしさをあざ笑いたかった。ダンブルドアの両手は胸《むね》の上に組まれ、それはそこに、両手の下にしっかり抱《だ》かれて、ダンブルドアとともに葬《ほうむ》られていた。

この老いぼれは、大理石か死が、杖《つえ》を護《まも》るとでも思ったのか？　闇《やみ》の帝王《ていおう》が墓《はか》を冒涜《ぼうとく》することを恐《おそ》れるとでも思ったのか？

クモのような指が襲《おそ》いかかり、ダンブルドアが固く抱《だ》いた杖《つえ》を引《ひ》っ張《ぱ》った。彼《かれ》がそれを奪《うば》ったとき、杖《つえ》の先から火花が噴《ふ》き出《だ》し、最後の持ち主のなきがらに降《ふ》りかかった。杖《つえ》はついに、新しい主人に仕える準備《じゅんび》ができたのだ。

第二十五章 貝殻《かいがら》の家《いえ》

　ビルとフラーの家は、海を見下ろす崖《がけ》の上に建つ、白壁《しらかべ》に貝殻《かいがら》を埋《う》め込《こ》んだ一軒家《いっけんや》だった。さびしくも、美しい場所だ。潮《しお》の満《み》ち干《ひ》の音が、小さな家の中にいても庭でも、大きな生き物がまどろむ息のように、ハリーには絶《た》え間《ま》なく聞こえていた。家に着いてから二、三日の間、混《こ》み合《あ》った家から逃《のが》れる口実を見つけては、ハリーは外に出た。崖《がけ》の上に広がる空と広大で何もない海の景色を眺《なが》め、冷たい潮風《しおかぜ》を顔に感じたかったのだ。

　ヴォルデモートと競って杖《つえ》を追うのはやめようと決めた、その決定の重大さが、いまだにハリーをおびえさせた。ハリーには、これまで一度も、何かをしないという選択《せんたく》をした記憶《きおく》がない。ハリーは迷《まよ》いだらけだった。ロンと顔を合わせるたびに、ロンのほうががまんできずにその迷《まよ》いを口に出した。

「もしかしてダンブルドアは、僕《ぼく》たちがあの印の意味を解読《かいどく》して、杖《つえ》を手に入れるのに間に合ってほしいと思ったんじゃないのか？」「あの印を解読《かいどく》したら、君が『秘宝《ひほう》』を手に入れるに『ふさわしい者』になったという意味じゃないのか？」「ハリー、それがほんとに『ニワトコの杖《つえ》』だったら、僕《ぼく》たちいったいどうやって『例のあの人』をやっつけられるって言うんだ？」

ハリーには答えられなかった。ヴォルデモートが墓《はか》を暴《あば》くのをはばもうともしなかったのは、まったく頭がどうかしていたのではないかと、ハリー自身がそう思うときもあった。どうしてそうしないと決めたのか、満足のいく説明さえできなかった。その結論《けつろん》を出すまでの理論《りろん》づけを再現《さいげん》しようとしても、そのたびに根拠《こんきょ》が希薄《きはく》になっていくような気がした。

おかしなことにハーマイオニーが支持《しじ》してくれることが、ロンの疑念《ぎねん》と同じくらい、ハリーを混《こん》乱《らん》させた。「ニワトコの杖《つえ》」が実在《じつざい》すると認《みと》めざるをえなくなったハーマイオニーは、その杖《つえ》が邪《じゃ》悪《あく》な品だと主張《しゅちょう》した。そして、ヴォルデモートは考えるだに汚《けが》らわしい手段《しゅだん》で杖《つえ》を手に入れたのだと言った。

「あなたには、あんなこと絶対《ぜったい》できなかったわ、ハリー」ハーマイオニーは何度もくり返しそう言った。「ダンブルドアの墓《はか》を暴《あば》くなんて、あなたにはできなかったわ」

しかし、ハリーにとっては、ダンブルドアのなきがら自体が恐《おそ》ろしいというよりも、生前のダンブルドアの意図を誤解《ごかい》したのではないかという可能性《かのうせい》のほうが恐《おそ》ろしかった。ハリーはいまだに暗《くら》闇《やみ》を手探《てさぐ》りしているような気がしていた。行くべき道は選んだ。しかし、何度も振《ふ》り返《かえ》り、標識《ひょうしき》を読みちがえたのではないか、ほかの道を行くべきではなかったのかと迷《まよ》った。時には、ダンブルドアに対する怒《いか》りが、家の建つ崖下《がいか》に砕《くだ》ける波のような強さで押《お》し寄《よ》せ、ハリーはまたしても押《お》しつぶされそうになった。ダンブルドアが死ぬ前に説明してくれなかったことへの憤《いきどお》りだった。

「だけど、**ほんとに**死んだのかな？」

貝殻《かいがら》の家《いえ》に着いてから三日目に、ロンが言った。ハリーはその時、庭と崖《がけ》を仕切る壁《かべ》の上から遠くを眺《なが》めていたが、ロンとハーマイオニーがやってきて話しはじめたのだ。ハリーは、一人にしておいてほしかった。二人の議論《ぎろん》に加わる気にはなれなかった。

「そうよ、死んだのよ、ロン。**お願いだから、**蒸《む》し返《かえ》さないで！」

「事実を見ろよ、ハーマイオニー」ロンが、ハリーのむこう側にいるハーマイオニーに言った。ハリーは地平線を見つめたままだった。

「銀色の牝鹿《めじか》。剣《つるぎ》。ハリーが鏡の中に見た目――」

「ハリーは、目を見たと錯覚《さっかく》したのかもしれないって認《みと》めているわ！　ハリー、そうでしょう？」

「そうかもしれない」ハリーはハーマイオニーを見ずに言った。

「だけど錯覚《さっかく》だとは思ってない。だろ？」ロンが聞いた。

「ああ、思ってない」ハリーが言った。

「それ見ろ！」ロンは、ハーマイオニーが割《わ》り込《こ》む前に急いで言葉を続けた。「もしあれがダンブルドアじゃなかったのなら、ドビーはどうやって、僕《ぼく》たちが地下牢《ちかろう》にいるってわかったのか、ハーマイオニー、説明できるか？」

「できないわ――でも、ダンブルドアがホグワーツの墓《はか》に眠《ねむ》っているなら、どうやってドビーを差し向けたのか、説明できるの？」

「さあな。ダンブルドアのゴーストだったんじゃないか？」

「ダンブルドアは、ゴーストになって戻《もど》ってきたりはしない」ハリーが言った。ダンブルドアについて、ハリーが、いま、確実《かくじつ》に言えることなどほとんどなかったが、それだけはわかっていた。

「ダンブルドアは逝《い》ってしまっただろう」

「『逝《い》ってしまった』って、どういう意味だ？」ロンが聞いたが、ハリーが言葉を続ける前に、背《はい》後《ご》で声がした。

「アリー？」フラーが長い銀色の髪《かみ》を潮風《しおかぜ》になびかせて、家から出てきていた。

「アリー、グリップフックが、あなたにあなしたいって。一番小さい寝室《しんしつ》にいまーすね。誰《だれ》にも盗《ぬす》み聞《ぎ》きされたくない、と言っていまーす」

小鬼《ゴブリン》の伝言に使われたことを快《こころよ》く思っていないのは明らかで、フラーはプリプリしながら家に戻《もど》っていった。

グリップフックは、フラーが言ったように、三つある寝室《しんしつ》の一番小さい部屋で、三人を待っていた。そこは、ハーマイオニーとルーナが寝《ね》ている部屋だった。グリップフックが赤いコットンのカーテンを閉《し》めきっていたので、雲の浮《う》かぶ明るい空の光が透《す》けて、部屋が燃《も》えるように赤く輝《かがや》き、優雅《ゆうが》で軽やかな感じのこの家には似合《にあ》わなかった。

「結論《けつろん》が出ました。ハリー・ポッター」

小鬼《ゴブリン》は脚《あし》を組んで低い椅子《いす》に腰《こし》かけ、細い指で椅子《いす》のひじかけをトントンとたたいていた。

「グリンゴッツの小鬼《ゴブリン》たちは、これを卑《いや》しい裏切《うらぎ》りと考えるでしょうが、私《わたし》はあなたを助けることにしました――」

「よかった！」ハリーは、体中に安堵感《あんどかん》が走るのを感じた。「グリップフック、ありがとう。僕《ぼく》たちほんとうに――」

「――見返りに」小鬼《ゴブリン》ははっきりと言った。「代償《だいしょう》をいただきます」

ハリーは少し驚《おどろ》いて、まごついた。

「どのくらいかな？　僕《ぼく》はお金を持っているけど」

「お金ではありません」グリップフックが言った。「お金は持っています」

小鬼《ゴブリン》の黒い目がキラキラ輝《かがや》いた。小鬼《ゴブリン》の目には白目がなかった。

「剣《つるぎ》が欲《ほ》しいのです。ゴドリック・グリフィンドールの剣《つるぎ》です」

たかぶっていたハリーの気持ちが、がくんと落《お》ち込《こ》んだ。

「それはできない」ハリーが言った。「すまないけど」

「それは」小鬼《ゴブリン》が静かに言った。「問題ですね」

「ほかのものをあげるよ」ロンが熱心に言った。「レストレンジたちはきっと、ごっそりいろんなものを持ってる。僕《ぼく》たちが金庫に入ったら、君は好きなものを取ればいい」

これは失言だった。グリップフックは怒《いか》りで真っ赤になった。

「私《わたし》は泥棒《どろぼう》ではないぞ！　自分に権利《けんり》のない宝《たから》を手に入れようとしているわけではない！」

「剣《つるぎ》は僕《ぼく》たちの――」

「ちがう」小鬼《ゴブリン》が言った。

「僕《ぼく》たちはグリフィンドール生だし、それはゴドリック・グリフィンドールの――」

「そして、グリフィンドールの前は、誰《だれ》のものでしたか？」小鬼《ゴブリン》は姿勢《しせい》を正して問いつめた。

「誰《だれ》のものでもないさ」ロンが言った。「剣《つるぎ》はグリフィンドールのために作られたものだろ？」

「ちがう！」小鬼《ゴブリン》はいらだって、長い指をロンに向けながら叫《さけ》んだ。「またしても魔法使《まほうつか》いの傲慢《ごうまん》さよ！　あの剣《つるぎ》はラグヌック一世のものだったのを、ゴドリック・グリフィンドールが奪《うば》ったのだ。これこそ失われた宝《たから》、小鬼《ゴブリン》の技《わざ》の傑作《けっさく》だ！　小鬼族《ゴブリンぞく》に帰属《きぞく》する品なのだ！　この剣《つるぎ》は私《わたし》をやとうことの対価《たいか》だ。いやならこの話はなかったことにする！」

グリップフックは三人をにらみつけた。ハリーはほかの二人をちらりと見て、こう言った。

「グリップフック、僕《ぼく》たち三人で相談する必要があるんだけど、いいかな。少し時間をくれないか？」

小鬼《ゴブリン》は、むっつりとうなずいた。

一階の誰《だれ》もいない居間《いま》で、ハリーは眉根《まゆね》を寄《よ》せ、どうしたものかと考えながら、暖炉《だんろ》まで歩いた。その後ろでロンが言った。

「あいつ、腹《はら》の中で笑ってるんだぜ。あの剣《つるぎ》をあいつにやることなんて、できないさ」

「ほんとなの？」ハリーはハーマイオニーに聞いた。「あの剣《つるぎ》は、グリフィンドールが盗《ぬす》んだものなの？」

「わからないわ」ハーマイオニーがどうしようもないという調子で言った。「魔法史《まほうし》は、魔法使《まほうつか》いたちがほかの魔法生物《まほうせいぶつ》に何かしたことについては、よく省いてしまうの。でも、私《わたし》が知るかぎり、グリフィンドールが剣《つるぎ》を盗《ぬす》んだとは、どこにも書いてないわ」

「また、小鬼《ゴブリン》お得意《とくい》の話なんだよ」ロンが言った。「魔法使《まほうつか》いはいつでも小鬼《ゴブリン》をうまくだまそうとしているってね。あいつが、僕《ぼく》たちの杖《つえ》のどれかを欲《ほ》しいと言わなかっただけ、まだ運がよかったと考えるべきだろうな」

「ロン、小鬼《ゴブリン》が魔法使《まほうつか》いを嫌《きら》うのには、ちゃんとした理由があるのよ」ハーマイオニーが言った。

「過去《かこ》において、残忍《ざんにん》な扱《あつか》いを受けてきたの」

「だけど、小鬼《ゴブリン》だって、ふわふわのちっちゃなうさちゃん、というわけじゃないだろ？」ロンが言った。「あいつら、魔法使《まほうつか》いをずいぶん殺したんだぜ。あいつらだって汚《きたな》い戦い方をしてきたんだ」

「でも、どっちの仲間のほうがより卑怯《ひきょう》で暴力的《ぼうりょくてき》だったかなんて議論《ぎろん》したところで、グリップフックが私《わたし》たちに協力する気になってくれるわけでもないでしょう?」

どうしたら問題が解決《かいけつ》できるかを考えようと、三人ともしばらくだまり込《こ》んだ。ハリーは、窓《まど》からドビーの墓《はか》を見た。ルーナが、墓石《はかいし》の脇《わき》にジャムの瓶《びん》を置いてイソマツを活《い》けているところだった。

「オッケー」ロンが言った。ハリーは振《ふ》り返《かえ》って、ロンの顔を見た。「こういうのはどうだ? グリップフックに、剣《つるぎ》は金庫に入るまで僕《ぼく》たちが必要だと言う。そのあとであいつにやる、と言う。金庫の中に、贋作《がんさく》があるんだろう? それと入《い》れ替《か》えて、あいつに贋作《がんさく》をやる」

「ロン、グリップフックは、私《わたし》たちよりも見分ける力を持っているのよ!」ハーマイオニーが言った。「どこかで交換《こうかん》されていると気づいたのは、グリップフックだけだったのよ!」

「うーん、だけど、やつが気づく前に、僕《ぼく》たちがずらかれば――」

ハーマイオニーにひとにらみされて、ロンはひるんだ。

「そんなこと」ハーマイオニーが静かに言った。「卑劣《ひれつ》だわ。助けを頼《たの》んでおいて、裏切《うらぎ》るの? ロン、小鬼《ゴブリン》は魔法使《まほうつか》いがなぜ嫌《きら》いなのかって、それでもあなたは不思議に思うわけ?」

ロンは耳を真っ赤にした。

「わかった、わかった! 僕《ぼく》はそれしか思いつかなかったんだ! それじゃ、君の解決策《かいけつさく》はなんだ?」

「小鬼《ゴブリン》に、何かかわりのものをあげる必要があるわ。何か同じくらい価値《かち》のあるものを」

「すばらしい。手持ちの小鬼製《ゴブリンせい》の古い剣《つるぎ》の中から、僕《ぼく》が一本持ってくるから、君がプレゼント用に包んでくれ」

三人はまただまり込《こ》んだ。ハリーは、何か同じくらい価値《かち》のあるものを提案《ていあん》してみたところで、グリップフックは、剣《つるぎ》以外《いがい》のものは絶対《ぜったい》に受け入れないだろうと思った。とはいえ、剣《つるぎ》は、自分たちにとって一つしかない、分霊箱《ぶんれいばこ》に対するかけがえのない武器《ぶき》だ。

ハリーは目を閉《と》じて、わずかの間、海の音を聞いた。グリフィンドールが剣《つるぎ》を盗《ぬす》んだかもしれないと思うと、いやな気分だった。ハリーはグリフィンドール生であることを、いつも誇《ほこ》りにしてきた。グリフィンドールは、マグル生まれのために戦った英雄《えいゆう》であり、純血《じゅんけつ》好《ず》きのスリザリンと衝突《しょうとつ》した魔法使《まほうつか》いだった……。

「グリップフックが、うそをついているのかもしれない」ハリーは再《ふた》び目を開けた。「グリフィンドールは、剣《つるぎ》を盗《ぬす》んでいないかもしれない。小鬼側《ゴブリンがわ》の歴史が正しいかどうかも、誰《だれ》にもわからないだろう?」

「それで何か変わるとでも言うの?」ハーマイオニーが聞いた。

「僕《ぼく》の感じ方が変わるよ」ハリーが言った。

ハリーは深呼吸《しんこきゅう》した。

「グリップフックが金庫に入る手助けをしてくれたら、そのあとで剣《つるぎ》をやると言おう――でも、**いつ**渡《わた》すかは、正確《せいかく》には言わないように注意するんだ」

ロンの顔にゆっくりと笑いが広がった。しかし、ハーマイオニーは、とんでもないという顔だった。

「ハリー、そんなことできない――」

「グリップフックにあげるんだ」ハリーは言葉を続けた。「全部の分霊箱《ぶんれいばこ》に剣《つるぎ》を使い終わってからだ。その時に必ず彼《かれ》の手に渡《わた》す。約束は守るよ」

「でも、何年もかかるかもしれないわ！」ハーマイオニーが言った。

「わかっているよ。でも**グリップフック**はそれを知る必要はない。僕《ぼく》はうそを言うわけじゃない……と思う」

ハリーは、抗議《こうぎ》と恥《はじ》とが入りまじった気持ちでハーマイオニーの目を見た。ヌルメンガードの入口に彫《ほ》られた言葉を、ハリーは思い出した。「**より大きな善《ぜん》のために**」ハリーはその考えを払《はら》いのけた。ほかにどんな選択《せんたく》があると言うのか？

「気に入らないわ」ハーマイオニーが言った。

「僕《ぼく》だって、あんまり」ハリーも認《みと》めた。

「いや、僕《ぼく》は天才的だと思う」ロンは再《ふたた》び立ち上がりながら言った。「さあ、行って、やつにそう言おう」

一番小さい寝室《しんしつ》に戻《もど》り、ハリーは、剣《つるぎ》を渡《わた》す具体的な時を言わないように慎重《しんちょう》に言葉を選んで提《てい》案《あん》した。ハリーが話している間、ハーマイオニーは、床《ゆか》をにらみつけていた。ハーマイオニーのせいで計画を読まれてしまうのではないかと恐《おそ》れ、いらいらした。しかしグリップフックは、ハリー以外の誰《だれ》も見ていなかった。

「約束するのですね、ハリー・ポッター？　私《わたし》があなたを助けたら、グリフィンドールの剣《つるぎ》を私《わたし》にくれるのですね？」

「そうだ」ハリーが言った。

「では成立です」小鬼《ゴブリン》は、手を差し出した。

ハリーはその手を取って握手《あくしゅ》した。黒い目が、ハリーの目に危惧《きぐ》の念を読み取りはしないかと心配だった。グリップフックは手を離《はな》し、ポンと両手を打ち合わせて「それでは、始めましょう！」と言った。

まるで、魔法省《まほうしょう》に潜入《せんにゅう》する計画を立てたときのくり返しだった。一番狭《せま》い寝室《しんしつ》で、四人は作業を始めた。グリップフックの好みで、部屋は薄暗《うすぐら》いままに保《たも》たれた。

「私《わたし》がレストレンジ家の金庫に行ったのは、一度だけです」グリップフックが三人に話した。「贋作《がんさく》の剣《つるぎ》を、中に入れるように言われたときでした。そこは一番古い部屋の一つです。魔法使《まほうつか》いの旧家《きゅうか》の宝《たから》は、一番深い所に隠《かく》され、金庫は一番大きく、守りも一番堅《かた》い……」

四人は、納戸《なんど》のような部屋に、何度も何時間もこもった。のろのろと数日が過《す》ぎ、それが何週間にもおよんだ。次から次と難題《なんだい》が出てきた。一つの大きな問題は、手持ちの「ポリジュース薬」が相当少なくなっていたことだ。

「ほんとに一人分しか残っていないわ」ハーマイオニーが、泥《どろ》のような濃《こ》い液体《えきたい》を傾《かたむ》けて、ランプの明かりにかざしながら言った。

「それで充分《じゅうぶん》だよ」グリップフックが手描《てが》きした一番深い場所の通路の地図を確《たし》かめながら、ハリーが言った。

ハリーとロンとハーマイオニーの三人が、食事のときにしか姿《すがた》を現《あらわ》さなくなったので、「貝殻《かいがら》の家《いえ》」のほかの住人も、何事かが起こっていることに気づかないわけはなかったが、誰《だれ》も何も聞かなかった。しかしハリーは、食事のテーブルで、考え深げな目で心配そうに三人を見ているビルの視《し》線《せん》を、しょっちゅう感じていた。

グリップフックをふくめた四人で、長い時間を過《す》ごせば過《す》ごすほど、ハリーは小鬼《ゴブリン》が好きになれない自分に気づいた。グリップフックは思ってもみなかったほど血に飢《う》え、下等な生き物でも痛《いた》みを感じるという考え方を笑い、レストレンジ家の金庫にたどり着くまでに、ほかの魔法使《まほうつか》いを傷《きず》つけるかもしれないという可能性《かのうせい》を大いに喜んだ。ロンとハーマイオニーもやはり嫌悪感《けんおかん》を持っていることがハリーにはわかったが、三人ともその話はしなかった。グリップフックが必要だったからだ。

小鬼《ゴブリン》は、みんなと一緒《いっしょ》に食事をするのを、いやいや承知《しょうち》した。脚《あし》が治ってからもまだ、体が弱っているオリバンダーと同じように自分の部屋に食事を運ぶ待遇《たいぐう》を要求し続けていたが、ある時ビルが（フラーの怒《いか》りがついに爆発《ばくはつ》したあと）二階に行って、特別扱《とくべつあつか》いは続けられないとグリップフックに言《い》い渡《わた》したのだ。それからは、グリップフックは混《こ》み合《あ》ったテーブルに着いたが、同じ食べ物は拒《こば》み、かわりに生肉の塊《かたまり》、根菜類、キノコ類を要求した。

ハリーは責任《せきにん》を感じた。質問《しつもん》するために、小鬼《ゴブリン》を「貝殻《かいがら》の家《いえ》」に残せと言《い》い張《は》ったのは、結局、ハリーだった。ウィーズリー一家が全員隠《かく》れなければならなくなったのも、ビル、フレッド、ジョージ、ウィーズリー氏が全員仕事に行けなくなったのも、ハリーのせいだ。

「ごめんね」

ある風の強い四月の夕暮《ゆうぐ》れ、夕食の支度《したく》を手伝いながら、ハリーがフラーに謝《あやま》った。

「僕《ぼく》、君に、こんな大変な思いをさせるつもりはなかったんだけど」

フラーは、グリップフックとビルのステーキを切るために、包丁に準備《じゅんび》させているところだった。グレイバックに襲《おそ》われて以来、ビルは生肉を好むようになっていた。包丁がかたわらで肉をそぎ切りしている間、少しいらいらしていたフラーの表情《ひょうじょう》がやわらいだ。

「アリー、あなたはわたしの妹の命を救いましーた。忘《わす》れませーん」

厳密《げんみつ》に言えば、それは事実ではなかった。しかし、ハリーは、ガブリエルの命がほんとうに危《あぶ》なかったわけではないということを、フラーには言わないでおこうと思った。

「いーずれにしても」

フラーはかまどの上のソース鍋《なべ》に杖《つえ》を向けた。鍋《なべ》はたちまちぐつぐつ煮《に》えだした。

「オリバンダーさんは今夜、ミュリエールの所へ行きまーす。そうしたら、少し楽になりまーすね。あの小鬼《ゴブリン》は」フラーはそう口にするだけで、ちょっと顔をしかめた。「一階に移動《いどう》できまーす。そして、あなたと、ロンとディーンが小鬼《ゴブリン》の寝室《しんしつ》に移《うつ》ることができまーす」

「僕《ぼく》たちは居間《いま》で寝《ね》てもかまわないんだ」ハリーが言った。

小鬼《ゴブリン》はソファで寝《ね》るのがお気《き》に召《め》さないだろうと、ハリーにはわかっていたし、グリップフックを上機嫌《じょうきげん》にしておくことが、計画にとっては大事だった。

「僕《ぼく》たちのことは気にしないで」

フラーがなおも言い返そうとしたので、ハリーが言葉を続けた。

「僕《ぼく》たちも、もうすぐ、君に面倒《めんどう》をかけなくてすむようになるよ。僕《ぼく》もロンも、ハーマイオニーも。もうあまり長くここにいる必要がないんだ」

「それは、どういう意味でーすか？」

宙《ちゅう》に浮《う》かべたキャセロール皿に杖《つえ》を向けたまま、フラーは眉根《まゆね》を寄《よ》せてハリーを見た。

「あなたはもーちろん、ここから出てはいけませーん。あなたはここなら安全でーす！」

そう言うフラーの様子は、ウィーズリーおばさんにとても似《に》ていた。その時、勝手口が開いたので、ハリーはホッとした。雨に髪《かみ》をぬらしたルーナとディーンが、両腕《りょううで》いっぱいに流木を抱《かか》えて入ってきた。

「……それから耳がちっちゃいの」ルーナがしゃべっていた。「カバの耳みたいだって、パパが言ったけど、ただ、紫色《むらさきいろ》で毛がもじゃもじゃだって。それで、呼《よ》ぶときには、ハミングしなきゃなんないんだもン。ワルツが好きなんだ。あんまり速い曲はだめ……」

なんだか居心地《いごこち》が悪そうに、ディーンはハリーのそばを通るときに肩《かた》をすくめ、ルーナのあとから食堂兼居間《しょくどうけんいま》に入っていった。そこではロンとハーマイオニーが、夕食のテーブルの準備《じゅんび》をしていた。フラーの質問《しつもん》から逃《に》げるチャンスをとらえたハリーは、かぼちゃジュースの入った水差しを二つつかんで、ルーナたちのあとに続いた。

「……それから、あたしの家に来たら、角を見せてあげられるよ。パパがそのことで手紙をくれたんだもン。あたしはまだ見てないんだ。だって、あたし、ホグワーツ特急から死喰《しく》い人《びと》にさらわれて、それで、クリスマスには家に帰れなかったんだもン」

ディーンと二人で暖炉《だんろ》の火をおこしなおしながら、ルーナが話していた。

「ルーナ、教えてあげたじゃない」ハーマイオニーがむこうのほうから声をかけた。「あの角は爆《ばく》発《はっ》したのよ。エルンペントの角だったの。しわしわ角スノーカックのじゃなくて――」

「ううん、絶対《ぜったい》にスノーカックの角だったわ」ルーナがのどかに言った。「パパがあたしにそう言ったもン。たぶんいまごろは元どおりになってるわ。ひとりでに治るものなんだもン」

ハーマイオニーはやれやれと首を振《ふ》り、フォークを並《なら》べ続けた。その時、ビルがオリバンダー氏を連れて階段《かいだん》を下りてきた。杖作《つえつく》りは、まだとても弱っている様子で、ビルの腕《うで》にすがっていた。ビルは老人を支《ささ》え、大きなスーツケースをさげていた。

「オリバンダーさん、お別れするのはさびしいわ」ルーナが老人に近づいてそう言った。

「わしもじゃよ、お嬢《じょう》さん」オリバンダーが、ルーナの肩《かた》を軽くたたきながら言った。「あの恐《おそ》ろしい場所で、君は、言葉には言い表せないほど私《わたし》のなぐさめになってくれた」

「それじゃ、**オールヴォア**《さようなら》、オリバンダーさん」フラーはオリバンダーの両ほおにキスした。「それから、もしできれば、ビルの大おばさんのミュリエールに、包みを届《とど》けてくださればうれしいのでーすが？　あのいとに、ティアラを返すことができなかったのでーす」

「喜んでお引き受けします」オリバンダーが軽くおじぎしながら言った。「こんなにお世話になったお礼として、そんなことはお安いご用です」

フラーはすり切れたビロードのケースを取り出し、それを開けて中のものを杖作《つえつく》りに見せた。低く吊《つ》られたランプの明かりで、ティアラが燦然《さんぜん》と輝《かがや》いていた。

「ムーンストーンとダイヤモンド」ハリーの知らない間に部屋にすべり込《こ》んでいたグリップフック

が言った。「小鬼製《ゴブリンせい》と見ましたが？」

「そして魔法使《まほうつか》いが買い取ったものだ」

ビルが静かに言った。小鬼《ゴブリン》は陰険《いんけん》で、同時に挑戦的《ちょうせんてき》な目つきでビルを見た。

ビルとオリバンダーが闇《やみ》に消え去ったその夜は、「貝殻《かいがら》の家《いえ》」に強い風が吹《ふ》きつけていた。残った全員がテーブルの周りにぎゅう詰《づ》めになり、ひじとひじがぶつかって動くすきまもなく食事を始めた。かたわらでは、暖炉《だんろ》の火がパチパチと火格子《ひごうし》にはぜていた。フラーが、ただ料理をつつき回してばかりなのに、ハリーは気づいた。フラーは、数分ごとに窓《まど》の外をちらちらと見ていた。幸いビルは、長い髪《かみ》を風にもつれさせて、夕食の最初の料理が終わる前に戻《もど》ってきた。

「みんな無事だよ」ビルがフラーに言った。「オリバンダーは落ち着いた。母さんと父さんからよろしくって。ジニーが、みんなに会いたがっていた。フレッドとジョージはミュリエルをかんかんに怒《おこ》らせてるよ。おばさんの家の奥《おく》の部屋から『ふくろう通信販売《つうしんはんばい》』をまだ続けていてね。ティアラを返したらおばさんは少し元気になったけどね。僕《ぼく》たちが盗《ぬす》んだと思ったって言ってたよ」

「ああ、あのいと、あなたのおばさーん、**シャーマント**《すてき》」

フラーは不機嫌《ふきげん》にそう言いながら、杖《つえ》を振《ふ》って汚《よご》れた食器を舞《ま》い上《あ》がらせ、空中で重ねた。それを手で受け、フラーはカツカツと部屋を出ていった。

「パパもティアラを作ったもん」ルーナが急に言った。「うーん、どっちかって言うと冠《かんむり》だけどね」

ロンがハリーと目を合わせ、ニヤリと笑った。ハリーは、ロンが、ゼノフィリウスを訪《たず》ねたときに見た、あのばかばかしい髪飾《かみかざ》りを思い出しているのだとわかった。

「そうよ、レイブンクローの『失《うしな》われた髪飾《かみかざ》り』を再現《さいげん》しようとしたんだもン。パパは、主な特徴《とくちょう》はもうほとんどわかったって思ってるんだもン。ビリーウィグの羽根をつけたら、とってもよくなって——」

正面玄関《しょうめんげんかん》でバーンと音がした。全員がいっせいに音のほうを振《ふ》り向《む》いた。フラーがおびえた顔でキッチンから駆《か》け込《こ》んできた。ビルは勢《いきお》いよく立ち上がり、杖《つえ》をドアに向けた。ハリー、ロン、ハーマイオニーも同じことをした。グリップフックは、テーブルの下にすべり込《こ》んで姿《すがた》を隠《かく》した。

「誰《だれ》だ？」ビルが叫《さけ》んだ。

「私《わたし》だ、リーマス・ジョン・ルーピンだ！」

風の唸《うな》りに消されないように叫《さけ》ぶ声が聞こえた。ハリーは背筋《せすじ》に冷たいものが走った。何があったのだろう？

「私《わたし》は狼人間《おおかみにんげん》で、ニンファドーラ・トンクスと結婚《けっこん》した。君は『貝殻《かいがら》の家《いえ》』の『秘密《ひみつ》の守人《もりびと》』で、私《わたし》にここの住所を教え、緊急《きんきゅう》のときには来るようにと告《つ》げた！」

「ルーピン」ビルは、そうつぶやくなりドアに駆《か》け寄《よ》り、急いで開けた。

ルーピンは入口に倒《たお》れ込《こ》んだ。真っ青な顔で旅行マントに身を包み、風にあおられた白髪《しらが》まじりの髪は乱れている。ルーピンは立ち上がって部屋を見回し、誰がいるかを確かめたあと、大声で叫んだ。

「男の子だ！　ドーラの父親の名前を取って、テッドという名にした！」

ハーマイオニーが金切り声を上げた。

「えっ――？　トンクスが――トンクスが赤ちゃんを？」

「そうだ。そうなんだ。赤《あか》ん坊《ぼう》が生まれたんだ！」ルーピンが叫《さけ》んだ。

テーブル中が喜びに沸《わ》き、安堵《あんど》の吐息《といき》をもらした。ハーマイオニーとフラーは「おめでとう！」とかん高い声を上げた。ロンは、そんなものはいままで聞いたことがないという調子で「ヒエーッ、赤《あか》ん坊《ぼう》かよ！」と言った。

「そうだ――そうなんだ――男の子だ」

ルーピンは、幸せでぼうっとしているように見えた。ルーピンはテーブルをぐるっと回って、ハリーをしっかり抱《だ》きしめた。グリモールド・プレイスの厨房《ちゅうぼう》での出来事が、うそのようだった。

「君が名付け親になってくれるか？」ハリーを放《はな》して、ルーピンが聞いた。

「ぼ――僕《ぼく》が？」ハリーは舌《した》がもつれた。

「そう、君だ、もちろんだ――ドーラも大賛成《だいさんせい》なんだ。君ほどぴったりの人はいない――」

「僕《ぼく》――ええ――うわぁ――」ハリーは感激《かんげき》し、驚《おどろ》き、うれしかった。

ビルはワインを取りに走り、フラーはルーピンに、一緒《いっしょ》に飲みましょうと勧《すす》めていた。

「あまり長くはいられない。戻《もど》らなければならないんだ」

ルーピンは、全員にニッコリ笑いかけた。ハリーがこれまでに見たルーピンより、何歳《なんさい》も若《わか》く見えた。

「ありがとう、ありがとう、ビル」

ビルはまもなく、全員のゴブレットを満たした。みんなが立ち上がり、杯《さかずき》を高く掲《かか》げた。

「テディ・リーマス・ルーピンに」ルーピンが音頭《おんど》を取った。「未来の偉大《いだい》な魔法使《まほうつか》いに！」

「赤ちゃんは、どちらーに似《に》ていまーすか？」フラーが聞いた。

「私《わたし》はドーラに似《に》ていると思うんだが、ドーラは私《わたし》に似《に》ていると言うんだ。髪《かみ》の毛が少ない。生まれたときは黒かったのに、一時間くらいでまちがいなく赤くなった。私《わたし》が戻《もど》るころには、ブロンドになっているかもしれない。アンドロメダは、トンクスの髪《かみ》も、生まれた日に色が変わりはじめたと言うんだ」

ルーピンはゴブレットを飲《の》み干《ほ》し、ビルがもう一杯《ぱい》注ごうとすると、ニコニコしながら「ああ、それじゃ、いただくよ。もう一杯《ぱい》だけ」と受けた。

風が小さな家を揺《ゆ》らし、暖炉《だんろ》の火がはぜた。そしてビルは、すぐにもう一本ワインを開けた。ルーピンの知らせはみんなを夢中《むちゅう》にさせ、しばしの間、包囲されていることも忘《わす》れさせた。新しい生命の吉報《きっぽう》が、心を躍《おど》らせた。小鬼《ゴブリン》だけは突然《とつぜん》のお祭り気分に無関心な様子で、しばらくするとこっそりと、いまや一人で占領《せんりょう》している寝室《しんしつ》へと戻《もど》っていった。ハリーは、自分だけがそれに気づいていると思ったが、やがて、ビルの目が階段《かいだん》を上がる小鬼《ゴブリン》を追っていることに気づいた。

「いや……いや……ほんとうにもう帰らなければ」

もう一杯《ぱい》とすすめられるワインを断《ことわ》って、ルーピンはとうとう立ち上がり、再《ふた》び旅行用マントを着た。

「さようなら、さようなら――二、三日のうちに、写真を持ってくるようにしよう――家の者たちも、私《わたし》がみんなに会ったと知って喜ぶだろう――」

ルーピンはマントのひもをしめ、別れの挨拶《あいさつ》に女性《じょせい》を抱《だ》きしめ、男性《だんせい》とは握手《あくしゅ》して、ニコニコ顔のまま、荒《あ》れた夜へと戻《もど》っていった。

「名付け親、ハリー！」テーブルを片《かた》づけるのを手伝って、ハリーと一緒《いっしょ》にキッチンに入りながら、ビルが言った。「ほんとうに名誉《めいよ》なことだ！　おめでとう！」

ハリーは手に持ったからのゴブレットを下に置いた。ビルは背後《はいご》のドアを引いて閉《し》め、ルーピンがいなくなっても祝い続けているみんなの話し声をしめ出した。

「君と二人だけで話したかったんだよ、ハリー。こんなに満員の家ではなかなかチャンスがなくてね」

ビルは言いよどんだ。

「ハリー、君はグリップフックと何か計画しているね」

質問《しつもん》ではなく、確信《かくしん》のある言い方だった。ハリーはあえて否定《ひてい》はせず、ただビルの顔を見つめて、次の言葉を待った。

「僕《ぼく》は小鬼《ゴブリン》のことを知っている」ビルが言った。「ホグワーツを卒業してから、ずっとグリンゴッツで働いてきたんだ。魔法使《まほうつか》いと小鬼《ゴブリン》の間に友情《ゆうじょう》が成り立つかぎりにおいてだが、僕《ぼく》には小鬼《ゴブリン》の友人がいると言える――少なくとも僕《ぼく》がよく知っていて、しかも好意を持っている小鬼《ゴブリン》がいる」

ビルはまた口ごもった。

「ハリー、グリップフックに何を要求した？　見返りに何を約束した？」

「話せません」ハリーが言った。「ビル、ごめんなさい」

背後《はいご》のキッチンのドアが開いて、フラーがからになったゴブレットをいくつか持って入ってこようとした。

「待ってくれ」ビルがフラーに言った。「もう少しだけ」

フラーは引き下がり、ビルがドアを閉《し》めなおした。

「それなら、これだけは言っておかなければ」ビルが言葉を続けた。「グリップフックと何か取引をしたなら、特に宝《たから》に関する取引なら、特別に用心する必要がある。所有や代償《だいしょう》、それに報酬《ほうしゅう》に関する小鬼《ゴブリン》の考え方は、ヒトと同じではない」

ハリーは小さな蛇《へび》が体の中で動いたような、気持ちの悪いかすかなくねりを感じた。

「どういう意味ですか？」ハリーが聞いた。

「相手は種類がちがう生き物だ」ビルが言った。「魔法使《まほうつか》いと小鬼《ゴブリン》の間の取引には、何世紀にもわたってごたごたがつきものだった――それは、すべて『魔法史《まほうし》』で学んだだろう。両方に非《ひ》があったし、魔法使《まほうつか》いが無実だったとはけっして言えない。しかし、一部の小鬼《ゴブリン》の間には、そして特にグリンゴッツの小鬼《ゴブリン》にはその傾向《けいこう》が最も強いのだが、金貨や宝《たから》に関しては、魔法使《まほうつか》いは信用できないという不信感がある。魔法使《まほうつか》いは小鬼《ゴブリン》の所有権《しょゆうけん》を尊重《そんちょう》しない、という考え方だ」

「僕《ぼく》は尊重《そんちょう》――」ハリーが口を開いたが、ビルは首を振《ふ》った。

「君にはわかっていないよ、ハリー。小鬼《ゴブリン》と暮《く》らしたことのある者でなければ、誰《だれ》も理解《りかい》できないことだ。小鬼《ゴブリン》にとっては、どんな品でも、正当な真の持ち主は、それを作った者であり、買った者ではない。すべて小鬼《ゴブリン》の作ったものは、小鬼《ゴブリン》の目から見れば、正当に自分たちのものなのだ」

「でも、それを買えば――」

「――その場合は、金を払《はら》った者に貸《か》したと考えるだろう。しかし、小鬼《ゴブリン》にとって、小鬼《ゴブリン》の作った品が魔法使《まほうつか》いの間で代々《だいだい》受け継《つ》がれるという考えは、承服《しょうふく》しがたいものなのだ。グリップフックが、目の前でティアラが手渡《てわた》されるのを見たとき、どんな顔をしたか、君も見ただろう。承認《しょうにん》できないという顔だ。小鬼《ゴブリン》の中でも強硬派《きょうこうは》の一人として、グリップフックは、最初に買った者が死んだら、その品は小鬼《ゴブリン》に返すべきだと考えているのだと思うね。小鬼製《ゴブリンせい》の品をいつまでも持っていて、対価《たいか》も支払《しはら》わず魔法使《まほうつか》いの手から手へと引《ひ》き渡《わた》す我々《われわれ》の習慣《しゅうかん》は、盗《ぬす》みも同然だと考えている」

ハリーは、いまや不吉《ふきつ》な予感に襲《おそ》われていた。ビルは、知らないふりをしながら、実はもっと多くのことを推測《すいそく》しているのではないか、とハリーは思った。

「僕《ぼく》が言いたいのは」ビルが居間《いま》へのドアに手をかけながら言った。「小鬼《ゴブリン》と約束するなら、充分《じゅうぶん》注意しろということだよ、ハリー。小鬼《ゴブリン》との約束を破《やぶ》るより、グリンゴッツ破《やぶ》りをするほうがまだ危険性《きけんせい》が少ないだろう」

「わかりました」居間《いま》へのドアを開けたビルに向かって、ハリーが言った。「ビル、ありがとう。僕《ぼく》、肝《きも》に銘《めい》じておく」

ビルのあとからみんなのいる所に戻《もど》りながら、ワインを飲んだせいにちがいないが、ハリーの頭に皮肉な考えが浮《う》かんだ。テディ・ルーピンの名付け親になった自分は、ハリー自身の名付け親のシリウス・ブラックと同様、向こう見ずな道を歩みだしたようだ。

第二十六章　グリンゴッツ

計画が立てられ、準備《じゅんび》は完了《かんりょう》した。一番小さい寝室《しんしつ》の、マントルピースの上に置かれた小瓶《こびん》には、長くて硬《かた》い黒髪《くろかみ》が一本（マルフォイの館で、ハーマイオニーの着ていたセーターからつまんだ毛だ）丸まって入っていた。

「それに、本人の杖《つえ》を使うんだもの」ハリーは、鬼胡桃《おにぐるみ》の杖《つえ》をあごでしゃくりながら言った。「かなり説得力《せっとくりょく》があると思うよ」

ハーマイオニーは、杖《つえ》を取り上げながら、杖《つえ》が刺《さ》したりかみついたりするのではないかと、おびえた顔をした。

「私《わたし》、これ、いやだわ」ハーマイオニーが低い声で言った。「ほんとうにいやよ。何もかもしっくりこないの。私《わたし》の思いどおりにならないわ……**あの女の**一部みたい」

ハリーは、自分がリンボクの杖《つえ》を嫌《きら》ったとき、ハーマイオニーが一蹴《いっしゅう》したことを思い出さずには

いられなかった。自分の杖《つえ》と同じように機能《きのう》しないのは気のせいにすぎないと主張《しゅちょう》し、練習あるのみだとハリーに説教したではないか。しかし、その言葉をそっくりそのままハーマイオニーに返すのは思いとどまった。グリンゴッツに押《お》し入《い》ろうとしているその前日に、ハーマイオニーの反感を買うのはまずいと感じたのだ。

「でも、あいつになりきるのには、役に立つかもしれないぜ」ロンが言った。「その杖《つえ》が何をしたかを考えるんだ！」

「だって、それこそが問題なのよ！」ハーマイオニーが言った。「この杖《つえ》が、ネビルのパパやママを拷問《ごうもん》したんだし、ほかに何人を苦しめたかわからないでしょう？　この杖《つえ》が、シリウスを殺したのよ！」

ハリーは、そのことを考えていなかった。杖《つえ》を見下ろすと、急に、へし折ってやりたいという残《ざん》忍《にん》な思いが突《つ》き上《あ》げてきた。脇《わき》の壁《かべ》に立てかけてあるグリフィンドールの剣《つるぎ》で、真っ二つにしてやりたかった。

「**自分の**杖《つえ》がなつかしいわ」ハーマイオニーがみじめな声で言った。「オリバンダーさんが、私《わたし》にも新しいのを一本作ってくれてたらよかったのに」

オリバンダーはその日の朝、ルーナに新しい杖《つえ》を送ってきていた。ルーナはいま、裏《うら》の芝生《しばふ》に出て、遅《おそ》い午後の太陽の光の中で、杖《つえ》の能力《のうりょく》を試《ため》していた。「人さらい」に杖《つえ》を取り上げられたディーンが、かなり憂鬱《ゆううつ》そうにルーナの練習を見つめていた。

ハリーは、ドラコ・マルフォイのものだったサンザシの杖《つえ》を見下ろした。ハリーにとってはその杖《つえ》が、少なくともハーマイオニーの杖《つえ》と同じ程度《ていど》には役に立つことがわかり、驚《おどろ》くとともにうれしかった。オリバンダーが三人に教えてくれた杖《つえ》の技《わざ》の秘密《ひみつ》を思い出し、ハリーはハーマイオニーの問題がなんなのかがわかるような気がした。ハーマイオニーは自分でベラトリックスから杖《つえ》を奪《うば》ったわけではないので、鬼胡桃《おにぐるみ》の杖《つえ》の忠誠心《ちゅうせいしん》を勝《か》ち得《え》ていなかったのだ。

寝室《しんしつ》のドアが開いて、グリップフックが入ってきた。ハリーは反射的《はんしゃてき》に剣《つるぎ》の柄《つか》をつかんで引《ひ》き寄《よ》せたが、すぐに後悔《こうかい》した。その動きを小鬼《ゴブリン》に気づかれたことがわかったのだ。気まずい瞬間《しゅんかん》を取りつくろおうとして、ハリーが言った。

「グリップフック、僕《ぼく》たち、最終チェックをしていたところだよ。ビルとフラーには、僕《ぼく》たちが明日発《た》つことを知らせたし、わざわざ早起きして見送ったりしないように言っておいた」

ハリーたちは、この点はゆずらなかった。出発前に、ハーマイオニーがベラトリックスに変身するからだ。それに、これから三人のやろうとしていることを、ビルとフラーは知らないほうがよいし、怪《あや》しまないほうがよいのだ。もうここには戻《もど》らないということも説明した。「人さらい」に捕《つか》まった夜、パーキンズの古いテントを失ってしまったので、ビルが貸《か》してくれた別のテントが、ハーマイオニーのビーズバッグに収《おさ》まっていた。ハリーはあとで知って感心したのだが、ハーマイオニーはバッグを、片方《かたほう》のソックスに突《つ》っ込《こ》むというとっさの機転で賊《ぞく》から護《まも》ったのだ。

ビルやフラー、ルーナやディーンたちと別れるのはさびしかったし、この数週間満喫《まんきつ》していた家庭のぬくもりを失うのも、もちろんつらかった。しかし、ハリーは「貝殻《かいがら》の家《いえ》」に閉《と》じ込《こ》められた状態《じょうたい》から抜《ぬ》け出《だ》すのも待ち遠しかった。盗《ぬす》み聞《ぎ》きされないように気を使うことにも、小さな暗い部屋に閉《と》じこもるのにも、うんざりしていた。特に、グリップフックをやっかい払《ばら》いしたくてたまらなかった。しかし、いつ、どのようにして、しかもグリフィンドールの剣を渡《わた》さずに小鬼《ゴブリン》と別れるかは、未解決《みかいけつ》の問題で、ハリーは答えを持ち合わせていなかった。小鬼《ゴブリン》が、ハリー、ロン、ハーマイオニーの三人だけを残して五分以上いなくなることはめったになかったので、その問題をどう解《かい》決《けつ》するかを決めるのは不可能《ふかのう》だった。

「あいつ、ママより一枚上手《いちまいうわて》だぜ」

小鬼《ゴブリン》の長い指が、あまりにもひんぱんにドアの端《はし》から現《あらわ》れるので、ロンが唸《うな》るように言った。ハリーは、ビルの教訓を思い出し、グリップフックが、ペテンにかけられることを警戒《けいかい》しているのではないかと疑《うたが》わざるをえなかった。ハーマイオニーが、裏切《うらぎ》り行為《こうい》の計画には徹底的《てっていてき》に反対だったので、ハリーは、うまく切《き》り抜《ぬ》ける方法についてハーマイオニーの頭脳《ずのう》を借りることを、とっくにあきらめていた。ごく稀《まれ》に、ロンと二人だけで、グリップフックなしの数分間をかすめとることができても、ロンの考えはせいぜい「出たとこ勝負さ、おい」だった。

その晩《ばん》、ハリーはよく眠《ねむ》れなかった。朝早く目が覚めて、横になったまま、ハリーは魔法省《まほうしょう》に侵入《しんにゅう》する前夜に感じた、興奮《こうふん》にも似《に》た決意を思い出した。今回は、不安とぬぐいきれない疑《うたが》いとで、ハリーの心はぐらついていた。何もかもうまくいかないのではないかという不安を、振《ふ》り払《はら》うことができなかった。ハリーは、計画は万全《ばんぜん》だと、くり返し自分を納得《なっとく》させた。グリップフックは、立ち向かう相手を知っているし、遭遇《そうぐう》しそうな困難《こんなん》な問題には、すべて充分《じゅうぶん》に備《そな》えた。それでも、ハリーは落ち着かなかった。一度か二度、ロンが寝返《ねがえ》りを打つ音が聞こえ、ハリーは、ロンもまた眠《ねむ》れずにいるにちがいないと思った。しかし、同じ部屋にディーンがいるので、ハリーは何も言わなかった。

六時になって、ハリーは救われる思いがした。ロンと二人で寝袋《ねぶくろ》から抜《ぬ》け出《だ》し、まだ薄暗《うすぐら》い中で着替《きが》えをすませた。それから手はずどおりに、ハーマイオニーやグリップフックと落ち合う庭に出た。夜明けは肌寒《はだざむ》かったが、もう五月ともなれば風はほとんどない。ハリーは、暗い空にまだ青白く瞬《またた》いている星を見上げ、岩に寄《よ》せては返す波の音を聞いた。この音が聞けなくなるのはさびしかった。

ドビーの眠《ねむ》る赤土の塚《つか》からは、もう緑の若芽《わかめ》が萌《も》え出《で》ていた。一年もたてば、塚《つか》は花で覆《おお》われるだろう。ドビーの名を刻《きざ》んだ白い石は、すでに風雨にさらされたような趣《おもむき》が出ていた。ドビーを埋葬《まいそう》するのに、これほど美しい場所はほかになかっただろうと、ハリーはあらためてそう思った。

それでも、ドビーをここに置いていくと思うと、悲しさで胸《むね》が痛《いた》んだ。ハリーは墓《はか》を見下ろし、ドビーはどうやって助けに来る場所を知ったのかと、またしても疑問《ぎもん》に思った。ハリーの指が、無意《むい》識《しき》に首から下げた巾着《きんちゃく》に伸《の》び、あの鏡のかけらのギザギザな手触《てざわ》りを感じた。あの時は、確《たし》かにダンブルドアの目を鏡の中に見たと思ったのだが……。その時、ドアの開く音で、ハリーは振《ふ》り返《かえ》った。

ベラトリックス・レストレンジが、グリップフックを従《したが》えて、こちらに向かって堂々と芝生《しばふ》を横切ってくるところだった。グリモールド・プレイスから持ってきた古着の一つを着て、歩きながら、小さなビーズバッグをローブの内ポケットにしまい込《こ》んでいる。正体はハーマイオニーだとはっきりわかってはいても、ハリーは、おぞましさで思わず身震《みぶる》いした。ベラトリックスは、ハリーより背《せ》が高く、長い黒髪《くろかみ》を背中《せなか》に波打たせ、厚《あつ》ぼったいまぶたの下からハリーをさげすむような目で見た。しかし話しはじめると、ベラトリックスの低い声を通して、ハリーはハーマイオニーらしさを感じ取った。

「**反吐《へど》が出そうな味**だったわ。ガーディルートよりひどい！　じゃあ、ロン、ここへ来て。あなたに術《じゅつ》を……」

「うん。でも、忘《わす》れないでくれよ。あんまり長いひげはいやだぜ――」

「まあ、何を言ってるの。ハンサムに見えるかどうかの問題じゃないのよ――」

「そうじゃないよ。邪魔《じゃま》っけだからだ！　でも鼻はもう少し低いほうがいいな。この前やったみたいにしてよ」

ハーマイオニーはため息をついて仕事に取りかかり、声をひそめて呪文《じゅもん》を唱えながら、ロンの容《よう》貌《ぼう》のあちこちを変えていった。ロンはまったく実在《じつざい》しない人物になる予定で、ベラトリックスの悪のオーラがロンを護《まも》ってくれるだろうと、みんなが信じていた。一方、ハリーとグリップフックは、透明《とうめい》マントで隠《かく》れる手はずになっていた。

「さあ」ハーマイオニーが言った。「これでどうかしら、ハリー？」

変装《へんそう》していても、かろうじてロンだと見分けがついたが、たぶんそれは、本人をあまりにもよく知っているせいだろう、とハリーは思った。ロンは、髪《かみ》の毛を長く波打たせ、濃《こ》い褐色《かっしょく》のあごひげと口ひげを生やしていた。そばかすは消え、鼻は低く横に広がり、眉《まゆ》は太かった。

「そうだな、僕《ぼく》の好みのタイプじゃないけど、これで通用するよ」ハリーが言った。「それじゃ、行こうか？」

三人は、薄《うす》れゆく星明かりの下に、静かに影《かげ》のように横たわる「貝殻《かいがら》の家《いえ》」をひと目だけ振《ふ》り返《かえ》った。それから家に背《せ》を向け、境界線《きょうかいせん》の壁《かべ》を越《こ》える地点を目指して歩いた。「忠誠《ちゅうせい》の呪文《じゅもん》」はその地点で切れ、「姿《すがた》くらまし」できるようになるのだ。門を出るとすぐ、グリップフックが口を開いた。

「確《たし》かここで、私《わたし》は負ぶさるのですね、ハリー・ポッター？」

ハリーがかがみ、小鬼《ゴブリン》はその背中《せなか》によじ登って、ハリーの首の前で両手を組んだ。重くはなかったが、ハリーは、小鬼《ゴブリン》の感触《かんしょく》や、しがみついてくる驚《おどろ》くほどの力がいやだった。ハーマイオニーが、ビーズバッグから透明《とうめい》マントを出して二人の上からかぶせた。

「完璧《かんぺき》よ」ハーマイオニーは、かがんでハリーの足元を確《たし》かめながら言った。「なんにも見えないわ。行きましょう」

ハリーはグリップフックを肩《かた》に乗せたまま、ダイアゴン横丁の入口、旅籠《はたご》の「漏《も》れ鍋《なべ》」に全神経《ぜんしんけい》を集中して、その場で回転した。しめつけられるような暗闇《くらやみ》に入ると、小鬼《ゴブリン》はさらに強くしがみついてきた。数秒後、ハリーの足が歩道を打ち、目を開けると、そこはチャリング・クロス通りだった。マグルたちが、早朝のしょぼしょぼ顔で、小さな旅籠《はたご》にはまったく気づかずに、あわただしく通《とお》り過《す》ぎていく。

「漏《も》れ鍋《なべ》」のバーには、ほとんど誰《だれ》もいなかった。腰《こし》の曲がった歯《は》抜《ぬ》けの亭主《ていしゅ》トムが、カウンターの中でグラスを磨《みが》いていた。隅《すみ》でヒソヒソ話をしていた二人の魔法戦士《まほうせんし》が、ハーマイオニーの姿《すがた》をひと目見るなり、暗がりに身を引いた。

「マダム・レストレンジ」トムがつぶやき、ハーマイオニーが通《とお》り過《す》ぎるときに、へつらうように頭を下げた。

「おはよう」ハーマイオニーが言った。ハリーがグリップフックを肩《かた》に乗せたまま、マントをかぶってこっそり通《とお》り過《す》ぎる際《さい》、トムの驚《おどろ》いた顔が見えた。

「ていねいすぎるよ」宿から小さな裏庭《うらにわ》に抜《ぬ》けながら、ハリーがハーマイオニーにささやいた。

「ほかのやつらは、虫けら扱《あつか》いにしなくちゃ！」

「はい、はい！」

ハーマイオニーはベラトリックスの杖《つえ》を取り出し、目の前の平凡《へいぼん》なれんがの壁《かべ》をたたいた。たちまちれんがが渦《うず》を巻《ま》き、回転して、真ん中に現《あらわ》れた穴《あな》がだんだん広がっていった。そしてとうとう、狭《せま》い石畳《いしだたみ》のダイアゴン横丁へと続く、アーチ形の入口になった。

横丁は静まり返っていた。開店の時間にはまだ早く、買い物客の姿《すがた》はほとんどなかった。もう何年も前になるが、ハリーがホグワーツの最初の学期の準備《じゅんび》で来たときには、この曲がりくねった石《いし》畳《だたみ》の通りはにぎやかな場所だった。しかし、いまは様変わりしていた。これまでになく多くの店が閉《と》じられ、窓《まど》に板が打ちつけられている一方、前回来たときにはなかった店が数軒《すうけん》、闇《やみ》の魔術専門《まじゅつせんもん》店《てん》として開店していた。あちこちのウィンドウに貼《は》られたポスターから「**問題分子ナンバーワン**」の説明書きがついたハリー自身の顔が、ハリーをにらんでいる。

ボロを着た人たちが何人も、あちこちの店の入口にうずくまっていた。まばらな通行人に、うめくように呼《よ》びかけては、金銭《きんせん》をせびり、自分たちはほんとうに魔法使《まほうつか》いなのだと言《い》い張《は》っている声が、ハリーの耳に届《とど》いた。一人の男は、片方《かたほう》の目を覆《おお》った包帯が血だらけだった。

横丁を歩きはじめると、物乞《ものご》いたちはハーマイオニーの姿《すがた》を盗《ぬす》み見《み》て、たちまち、その目の前から、溶《と》けてなくなるように姿《すがた》を消した。フードで顔を隠《かく》し、クモの子を散らすように逃《に》げていく後《うし》ろ姿《すがた》を、ハーマイオニーは不思議なものを見るように眺《なが》めていた。するとそこへ、血だらけの包帯の男が現《あらわ》れ、よろよろとハーマイオニーの行く手をふさいだ。

「私《わたし》の子供《こども》たち！」男は、ハーマイオニーを指差して大声で言った。正気を失ったような、かすれてかん高い声だった。「私《わたし》の子供《こども》たちはどこだ？　あいつは子供《こども》たちに何をしたんだ？　おまえは知っている。**知っている！**」

「私《わたし》――私《わたし》はほんとに――」ハーマイオニーは口ごもった。

男はハーマイオニーに飛びかかり、のどに手を伸《の》ばした。その時、バーンという音とともに赤い閃光《せんこう》が走り、男は気を失って仰向《あおむ》けに地面に投げ出された。ロンが杖《つえ》をかまえたまま、ひげ面《づら》の奥《おく》から衝撃《しょうげき》を受けたような顔をのぞかせて突《つ》っ立《た》っていた。両側の窓々《まどまど》から、何人かが顔を出す一方、裕福《ゆうふく》そうな通行人が小さな塊《かたまり》になって、一刻《いっこく》も早く離《はな》れようと、ローブをからげて小走りにその場から立ち去った。

ハリーたちのダイアゴン横丁入場は、これ以上目立つのは難《むずか》しいだろう、というほど人目についた。一瞬《いっしゅん》ハリーは、いますぐ立ち去って、別な計画を練るほうがよいのではないかと迷《まよ》った。しかし、移動《いどう》する間も相談する余裕《よゆう》もないうちに、背後《はいご》で叫《さけ》ぶ声が聞こえた。

「なんと、マダム・レストレンジ！」

ハリーはくるりと振《ふ》り向《む》き、グリップフックはハリーの首にさらにしがみついた。背《せ》の高い痩身《そうしん》の魔法使《まほうつか》いが、大股《おおまた》で近づいてきた。王冠《おうかん》のように見えるもじゃもじゃした白髪《はくはつ》で、鼻は高く鋭《するど》い。

「トラバースだ」小鬼《ゴブリン》がハリーの耳にささやいたが、その瞬間《しゅんかん》、ハリーはトラバースが誰《だれ》だったか思い出せなかった。ハーマイオニーは思いっきり背筋《せすじ》を伸《の》ばし、可能《かのう》なかぎり見下した態度《たいど》で言った。

「私《わたし》に何か用か？」

トラバースは、明らかにむっとして、その場に立ち止まった。

「**死喰《しく》い人《びと》の一人だ！**」グリップフックが声を殺して言った。

ハリーはハーマイオニーに耳打ちして知らせようと、横歩きでにじり寄《よ》った。

「単にあなたに、挨拶《あいさつ》をしようとしただけだ」トラバースが冷たく言った。「しかし、私《わたし》が目ざわりだということなら……」

ハリーは、ようやくその声を思い出した。トラバースは、ゼノフィリウスの家に呼《よ》び寄《よ》せられた死喰《しく》い人《びと》の一人だった。

「いや、いや、トラバース、そんなことはない」ハーマイオニーは失敗を取りつくろうために、急いで言った。「しばらくだった」

「いやあ、正直言って、ベラトリックス、こんな所でお見かけするとは驚《おどろ》いた」

「そうか？　なぜだ？」ハーマイオニーが聞いた。

「それは」トラバースは咳払《せきばら》いした。「**聞いた話**だが、マルフォイの館の住人は軟禁状態《なんきんじょうたい》だとか。つまり……その……**逃《に》げられたあとで**」

ハリーは、ハーマイオニーが冷静でいてくれるように願った。もし、それがほんとうなら、もし、ベラトリックスが公《おおやけ》の場に現《あらわ》れるはずがないなら――。

「闇《やみ》の帝王《ていおう》は、これまで最も忠実《ちゅうじつ》にあの方にお仕えした者たちを、お許《ゆる》しになる」

ハーマイオニーは見事に、ベラトリックスの侮蔑的《ぶべってき》な調子をまねた。

「トラバース、あなたは私《わたし》ほどに、あの方の信用を得《え》ていないのではないか？」

死喰《しく》い人《びと》のトラバースは感情《かんじょう》を害したようだったが、同時に怪《あや》しむ気持ちは薄《うす》れたようだった。

トラバースは、ロンがいましがた「失神《しっしん》の呪文《じゅもん》」で倒《たお》した男をちらりと見た。

「こいつは、何故《なぜ》お怒《いか》りに触《ふ》れたのですかな？」

「それはどうでもよい。二度と同じことはできまい」ハーマイオニーは冷たく言った。

「『杖《つえ》なし』たちの中には、やっかいなのもいるようですな」トラバースが言った。「物乞《ものご》いだけしているうちは、私《わたし》は別にかまわんが、先週、ある女が、魔法省《まほうしょう》で私《わたし》に弁護《べんご》をしてくれと求めてきた。『**私《わたし》は魔女《まじょ》です**。**魔女《まじょ》なんです**。**あなたにその証拠《しょうこ》を見せます！**』」

トラバースはキーキー声をまねした。

「まるでその女に、私《わたし》が自分の杖《つえ》を与《あた》えるとでも思ったみたいに——しかし、いまあなたは」トラバースは興味《きょうみ》深《ぶか》げに聞いた。「誰《だれ》の杖《つえ》をお使いかな、ベラトリックス？　うわさでは、あなたの杖《つえ》は——」

「私《わたし》の杖《つえ》はここにある」ハーマイオニーはベラトリックスの杖《つえ》を上げて、冷たく言った。

「トラバース、いったいどんなうわさを聞いているのかは知らないが、気の毒にもまちがった情報《じょうほう》をお持ちのようだ」

トラバースはやや驚《おどろ》いた様子で、今度はロンに目を向けた。

「こちらのお連れは、どなたかな？　私《わたし》には見覚えがないが」

「ドラゴミール・デスパルドだ」

ロンが他人になりすますのには、架空《かくう》の外国人が一番安全だろうと、三人は決めていた。

「英語はほとんどしゃべれない。しかし、闇《やみ》の帝王《ていおう》の目的に共鳴している。トランシルバニアから、我々《われわれ》の新体制《しんたいせい》を見学に来たのだ」

「ほう？　はじめまして、ドラゴミール」

「はじめって」ロンが手を差し出した。

トラバースは指を二本だけ出して、汚《よご》れるのが怖《こわ》いとでもいうようにロンと握手《あくしゅ》した。

「ところで、あなたも、こちらの——えーと——共鳴しておられるお連れの方も、こんなに早朝、ダイアゴン横丁に何用ですかな？」トラバースが聞いた。

「グリンゴッツに用がある」ハーマイオニーが言った。

「なんと、私《わたし》もだ」トラバースが言った。「金《かね》、汚《きたな》い金《かね》！　それなくして我々《われわれ》は生きられん。しかし、実を言うと、指の長い友達とつき合わねばならんのは、嘆《なげ》かわしいかぎりだ」

ハリーは、グリップフックの指が、一瞬《いっしゅん》首をしめつけるのを感じた。

「参りましょうか？」トラバースがハーマイオニーを、先へとうながした。

ハーマイオニーは、しかたなく並《なら》んで歩き、曲がりくねった石畳《いしだたみ》の道を、小さな店舗《てんぽ》の上にひときわ高くそびえる、雪のように白いグリンゴッツの建物へと向かった。ロンはひっそりと二人の脇《わき》を歩き、ハリーとグリップフックはその後ろについた。

警戒心《けいかいしん》の強い死喰《しく》い人《びと》の出現《しゅつげん》は、最も望ましくない展開《てんかい》だった。トラバースが、すっかりベラトリックスだと思《おも》い込《こ》んでハーマイオニーの横を歩いているので、ハリーがハーマイオニーともロンとも話ができないのは、最悪だった。そうこうするうちに、大理石の階段《かいだん》の下に着いてしまった。階段《かいだん》の上には大きなブロンズの扉《とびら》があった。グリップフックに警告《けいこく》されていたとおり、扉《とびら》の両側には、制服《せいふく》を着た小鬼《ゴブリン》のかわりに、細長い金の棒《ぼう》を持った魔法使《まほうつか》いが立っている。

「ああ、『潔白検査棒《けっぱくけんさぼう》』だ」トラバースが大げさな身ぶりでため息をついた。「原始的だ――しかし効果《こうか》あり！」

トラバースは階段《かいだん》を上がって、左右の魔法使《まほうつか》いにうなずいた。魔法使《まほうつか》いたちは金の棒《ぼう》を上げて、トラバースの体を上下になぞった。「検査棒《けんさぼう》」が、身を隠《かく》す呪文《じゅもん》や隠《かく》し持《も》った魔法《まほう》の品を探知《たんち》する棒《ぼう》だということを、ハリーは知っていた。わずか数秒しかないと判断《はんだん》し、ハリーはドラコの杖《つえ》を二人の門番に順に向けて、呪文《じゅもん》を二回つぶやいた。

「コンファンド、錯乱《さくらん》せよ」

ブロンズの扉《とびら》から中を見ていたトラバースは気づかなかったが、門番の二人は呪文《じゅもん》に撃《う》たれたとたん、ビクッとした。

ハーマイオニーが長い黒髪《くろかみ》を背中《せなか》に波打たせて、階段《かいだん》を上った。

「マダム、お待ちください」検査棒《けんさぼう》を上げながら、門番が言った。

「たったいま、すませたではないか！」

ハーマイオニーが、ベラトリックスの傲慢《ごうまん》な命令口調で言った。トラバースが眉《まゆ》を吊《つ》り上《あ》げて振《ふ》り向《む》いた。門番は混乱《こんらん》して、細い金の検査棒《けんさぼう》をじっと見下ろし、それからもう一人の門番を見た。

「ああ、マリウス、おまえはたったいま、この方たちを検査《けんさ》したばかりだよ」相方は、少しぼうっとした声で言った。

ハーマイオニーがロンと並《なら》んで、威圧《いあつ》するようにすばやく進み、ハリーとグリップフックは、透《とう》明《めい》のままそのあとから小走りに進んだ。敷居《しきい》をまたいでからハリーがちらりと振《ふ》り返《かえ》ると、二人の魔法使《まほうつか》いが頭をかいていた。

内扉《うちとびら》の前には小鬼《ゴブリン》が二人立っていた。銀の扉《とびら》には、盗人《ぬすびと》は恐《おそ》ろしい報《むく》いを受けると警告《けいこく》した詩が書いてある。それを見上げたとたん、ハリーの心に思い出がくっきりとよみがえった。十一歳《さい》になった日、人生で一番すばらしい誕生日《たんじょうび》に、ハリーはこの同じ場所に立っていた。ハグリッドが脇《わき》に立ち、こう言った。

――言ったろうが。ここから盗《ぬす》もうなんて、狂気《きょうき》の沙汰《さた》だわい。

あの日のグリンゴッツは、不思議の国に見えた。魔法《まほう》のかかった宝《たから》の山の蔵《くら》、ハリーのものだとはまったく知らなかった黄金。そのグリンゴッツに、盗《ぬす》みに戻《もど》ってこようとは、あの時は夢《ゆめ》にも思わなかった……。次の瞬間《しゅんかん》、ハリーたちは、広々とした大理石のホールに立っていた。

細長いカウンターのむこう側で、脚高《あしだか》の丸椅子《まるいす》に座《すわ》った小鬼《ゴブリン》たちが、その日の最初の客に応対《おうたい》していた。ハーマイオニー、ロン、トラバースの三人は、片《かた》めがねをかけて一枚《まい》の分厚《ぶあつ》い金貨を吟味《ぎんみ》している、年老いた小鬼《ゴブリン》のほうに向かった。ハーマイオニーは、ロンにホールの特徴《とくちょう》を説明するという口実で、トラバースに先をゆずった。

小鬼《ゴブリン》は手にしていた金貨を脇《わき》に放り投げ、誰《だれ》に言うともなく言った。

「レプラコーンの偽金貨《にせきんか》だ」

それからトラバースに挨拶《あいさつ》し、渡《わた》された小さな金の鍵《かぎ》を調べてから持ち主に返した。

ハーマイオニーが進み出た。

「マダム・レストレンジ！」

小鬼《ゴブリン》は、明らかに度肝《どぎも》を抜《ぬ》かれたようだった。

「なんと！　な――なんのご用命でございましょう？」

「私《わたし》の金庫に入りたい」ハーマイオニーが言った。

年老いた小鬼《ゴブリン》は、少しあとずさりしたように見えた。ハリーはサッとあたりを見回した。トラバースがまだその場に残って見つめていたし、そればかりでなく、ほかの小鬼《ゴブリン》も数人、仕事の手を止めて顔を上げ、ハーマイオニーをじっと見ていた。

「あなた様の……身分証明書《みぶんしょうめいしょ》はお持ちで？」小鬼《ゴブリン》が聞いた。

「身分証明書《みぶんしょうめいしょ》？　こ――これまで、そんなものを要求されたことはない！」ハーマイオニーが言った。

「**連中は知っている！**」グリップフックがハリーの耳にささやいた。「**名をかたる偽者《にせもの》が現《あらわ》れるかもしれないと、警告《けいこく》を受けているにちがいない！**」

「マダム、あなた様の杖《つえ》でけっこうでございます」小鬼《ゴブリン》が言った。

小鬼《ゴブリン》がかすかに震《ふる》える手を差し出した。ハリーはそのとたんに気がついて、ぞっとした。グリンゴッツの小鬼《ゴブリン》たちは、ベラトリックスの杖《つえ》が盗《ぬす》まれたことを知っているのだ。

「**いまだ。いまやるんだ**」グリップフックがハリーの耳元でささやいた。「**服従《ふくじゅう》の呪文《じゅもん》だ！**」

ハリーはマントの下でサンザシの杖《つえ》を上げ、年老いた小鬼《ゴブリン》に向けて、生まれて初めての呪文《じゅもん》をささやいた。

「インペリオ！　服従《ふくじゅう》せよ！」

奇妙《きみょう》な感覚がハリーの腕《うで》を流れた。温かいものがジンジン流れるような感覚で、どうやらそれは、自分の心から流れ出て筋肉《きんにく》や血管を通り、杖《つえ》と自分を結びつけて、いまかけた呪《のろ》いへと流れ出していくようだった。小鬼《ゴブリン》はベラトリックスの杖《つえ》を受け取り、念入りに調べていたが、やがてこう言った。

「ああ、新しい杖《つえ》をお作りになったのですね、マダム・レストレンジ！」

「何？」ハーマイオニーが言った。「いや、いや、それは私《わたし》の――」

「新しい杖《つえ》？」

トラバースが再《ふた》びカウンターに近づいてきた。周りの小鬼《ゴブリン》たちがまだ見つめている。

「しかし、そんなことがどうしてできる？　どの杖作《つえつく》りを使ったのだ？」

ハリーは考えるより先に行動していた。トラバースに杖《つえ》を向け、ハリーはもう一度小声で唱えた。

「インペリオ！　服従《ふくじゅう》せよ！」

「ああ、なるほど、そうだったか」

トラバースがベラトリックスの杖《つえ》を見下ろして言った。

「なるほど、見事なものだ。それで、うまく機能《きのう》しますかな？　杖《つえ》はやはり、少し使《つか》い込《こ》まないとなじまないというのが、私《わたし》の持論《じろん》だが、どうですかな？」

ハーマイオニーは、まったくわけがわからないという顔だったが、結局、この不可解《ふかかい》な成り行きを、何も言わずに受け入れたので、ハリーはホッとした。

年老いた小鬼《ゴブリン》がカウンターのむこうで両手を打つと、若手《わかて》の小鬼《ゴブリン》がやってきた。

「『鳴子《なるこ》』の準備《じゅんび》を」

年老いた小鬼《ゴブリン》がそう言いつけると、若い《わか》小鬼《ゴブリン》はすっ飛んでいき、ガチャガチャと金属音《きんぞくおん》のする革《かわ》袋《ぶくろ》を手に、すぐに戻《もど》ってきて、袋《ふくろ》を上司に渡《わた》した。

「よし、よし！　では、マダム・レストレンジ、こちらへ」

年老いた小鬼《ゴブリン》は、丸椅子《まるいす》からポンと飛び下りて姿《すがた》が見えなくなった。

「私《わたし》が金庫まで、ご案内いたしましょう」

年老いた小鬼《ゴブリン》がカウンターの端《はし》から現《あらわ》れ、革袋《かわぶくろ》の中身をガチャつかせながら、いそいそと小走りでやってきた。トラバースは、口をだらりと開け、棒《ぼう》のように突《つ》っ立《た》っていた。ロンがポカンとしてトラバースを眺《なが》めているせいで、周囲の目がこの奇妙《きみょう》な現象《げんしょう》に引きつけられていた。

「待て——ボグロッド！」

別の小鬼《ゴブリン》が、カウンターのむこうからあたふたと走ってきた。

「私《わたくし》どもは、指令を受けております」

小鬼《ゴブリン》はハーマイオニーに一礼しながら言った。

「マダム・レストレンジ、申《もう》し訳《わけ》ありませんが、レストレンジ家の金庫に関しては、特別な命令が出ています」

その小鬼《ゴブリン》が、ボグロッドの耳に急いで何事かをささやいたが、「服従《ふくじゅう》」させられているボグロッドは、その小鬼《ゴブリン》を振《ふ》り払《はら》った。

「指令のことは知っています。マダム・レストレンジはご自分の金庫にいらっしゃりたいのです……旧家《きゅうか》です……昔からのお客様です……さあ、こちらへ、どうぞ……」

そして、相変わらずガチャガチャと音を立てながら、ボグロッドは、ホールから奥《おく》に続く無数の扉《とびら》の一つへと急いだ。ハリーが振《ふ》り返《かえ》って見ると、トラバースは、異常《いじょう》にうつろな顔で、同じ場所に根が生えたように立っていた。ハリーは意を決して、杖《つえ》をひと振《ふ》りし、トラバースについてこさせた。トラバースは、おとなしく後ろからついてきた。一行は扉《とびら》を通り、そのむこうのゴツゴツした石のトンネルへと出た。松明《たいまつ》がトンネルを照らしている。

「困《こま》ったことになった。小鬼《ゴブリン》たちが疑《うたが》っている」

背後《はいご》で扉《とびら》がバタンと閉《し》まるのを待って、透明《とうめい》マントを脱《ぬ》いだハリーが言った。グリップフックが肩《かた》から飛《と》び降《お》りた。ボグロッドもトラバースも、ハリー・ポッターが突然《とつぜん》その場に現《あらわ》れたことに、驚《おどろ》く気配をまったく見せなかった。

「この二人は『服従《ふくじゅう》』させられているんだ」

無表情《むひょうじょう》にその場に立つトラバースとボグロッドを見て、困惑《こんわく》した顔で尋《たず》ねるハーマイオニーとロンに、ハリーが答えた。

「僕《ぼく》は、充分《じゅうぶん》強い呪文《じゅもん》をかけられなかったかもしれない。わからないけど……」

その時、また別の思い出がハリーの脳裏《のうり》をかすめた。ハリーが初めて「許《ゆる》されざる呪文《じゅもん》」を使おうとしたときに、本物のベラトリックス・レストレンジがかん高く叫《さけ》んだ声だ。——**本気になる必要があるんだ、ポッター！**

「どうしよう？」ロンが聞いた。「まだ間に合ううちに、すぐここを出ようか？」

「出られるものならね」

ハーマイオニーが、ホールに戻《もど》る扉《とびら》を振《ふ》り返《かえ》りながら言った。そのむこう側で何が起こっているか、わかったものではない。

「ここまで来た以上、先に進もう」ハリーが言った。

「けっこう！」グリップフックが言った。

「それでは、トロッコを運転するのに、ボグロッドが必要です。私《わたし》にはもうその権限《けんげん》がありません。しかし、あの魔法使《まほうつか》いの席はありませんね」

ハリーはトラバースに杖《つえ》を向けた。

「インペリオ！　服従《ふくじゅう》せよ！」

トラバースは回れ右して、暗いトンネルをきびきびと歩きはじめた。

「何をさせているんですか？」

「隠《かく》れさせている」

ボグロッドに杖《つえ》を向けながら、ハリーが言った。ボグロッドが口笛を吹《ふ》くと、小さなトロッコが暗闇《くらやみ》からこちらに向かってゴロゴロと線路を走ってきた。全員がトロッコによじ登り、先頭にボグロッド、後ろの席にグリップフック、ハリー、ロン、ハーマイオニーがぎゅう詰《づ》めになって乗《の》り込《こ》んだとき、ハリーは、背後《はいご》のホールで叫《さけ》び合う声を確《たし》かに聞いた。

トロッコはガタンと発車し、どんどん速度を上げた。壁《かべ》の割《わ》れ目《め》に体を押《お》し込《こ》もうとして身をよじっているトラバースの横をあっという間に通《とお》り過《す》ぎ、くねくね曲がる坂道の迷路《めいろ》を、トロッコは下へ下へと走った。ガタゴトと線路を走るトロッコの音にかき消されて、ハリーは何も聞こえなくなった。天井《てんじょう》から下がる鍾乳石《しょうにゅうせき》の間を飛ぶように縫《ぬ》って、どんどん地中深くもぐっていくトロッコから、ハリーは髪《かみ》をなびかせながら何度もちらちらと後ろを振《ふ》り返《かえ》った。ハリーたちは、膨大《ぼうだい》な手がかりを残してきたも同然だった。考えれば考えるほど、ハーマイオニーをベラトリックスに変身させたのは愚《おろ》かだったと、ハリーは後悔《こうかい》しはじめた。ベラトリックスの杖《つえ》を誰《だれ》が盗《ぬす》んだのか、死喰《しく》い人《びと》にはわかっているのに、その杖《つえ》を持ってくるなんて――。

トロッコは、ハリーが入ったことのない、グリンゴッツの奥深《おくふか》くへと入《はい》り込《こ》んでいった。ヘアピンカーブを高速で曲がったとたん、線路にたたきつけるように落ちる滝《たき》が目に飛《と》び込《こ》んできた。滝《たき》まであと数秒もない。グリップフックの叫《さけ》び声《ごえ》がハリーの耳に入った。

「ダメだ！」

しかし、ブレーキを効《き》かせる間もない。トロッコはズーンと滝《たき》に突《つ》っ込《こ》んだ。ハリーは目も口も水でふさがれ、何も見えず、息もできなかった。トロッコがぐらりと恐《おそ》ろしく傾《かたむ》いたかと思うと、ひっくり返って、全員が投げ出された。トロッコがトンネルの壁《かべ》にぶつかって粉々になる音や、ハーマイオニーが何か叫《さけ》ぶ声が聞こえた瞬間《しゅんかん》、ハリーは無重力状態《むじゅうりょくじょうたい》でスーッと地面に戻《もど》るのを感じた。ハリーはなんの苦もなく、岩だらけのトンネルに着地した。

「ク……クッション呪文《じゅもん》」

ロンに助け起こされたハーマイオニーが、ゲホゲホ咳《せ》き込《こ》みながら言った。そのハーマイオニーを見て、ハリーは大変だと思った。そこにはベラトリックスの姿《すがた》はなく、ぶかぶかのローブを着てずぶぬれになり、完全に元に戻《もど》ったハーマイオニーが立っていた。ロンも赤毛でひげなしになっていた。二人とも互《たが》いの顔を見、自分の顔をさわってみて、それに気づいていた。

「盗人落《ぬすびとお》としの滝《たき》！」

よろよろと立ち上がったグリップフックが、水浸《みずびた》しの線路を振《ふ》り返《かえ》りながら言った。いまになってハリーは、それが単なる水ではなかったことに気づいた。

「呪文《じゅもん》も魔法《まほう》による隠蔽《いんぺい》も、すべて洗《あら》い流《なが》します！　グリンゴッツに偽者《にせもの》が入《はい》り込《こ》んだことがわかって、我々《われわれ》に対する防衛手段《ぼうえいしゅだん》が発動されたのです！」

ハーマイオニーが、ビーズバッグがまだあるかどうかを調べているのを見て、ハリーも急いで上着に手を突《つ》っ込《こ》み、透明《とうめい》マントがなくなっていないことを確《たし》かめた。振《ふ》り返《かえ》ると、ボグロッドが当《とう》惑顔《わくがお》で頭を振《ふ》っているのが見えた。「盗人落《ぬすびとお》としの滝《たき》」は、「服従《ふくじゅう》の呪文《じゅもん》」をも解《と》いてしまったようだ。

「彼《かれ》は必要です」グリップフックが言った。「グリンゴッツの小鬼《ゴブリン》なしでは、金庫に入れません。それに鳴子《なるこ》も必要です！」

「インペリオ！　服従《ふくじゅう》せよ！」

ハリーがまた唱えた。その声は石のトンネルに反響《はんきょう》し、同時に、頭から杖《つえ》に流れる陶然《とうぜん》とした強い制御《せいぎょ》の感覚が戻《もど》ってきた。ボグロッドは再《ふたた》びハリーの意思に従《したが》い、まごついた表情《ひょうじょう》が礼儀《れいぎ》正《ただ》しい無表情《むひょうじょう》に変わった。ロンは、金属《きんぞく》の道具が入った革袋《かわぶくろ》を急いで拾った。

「ハリー、誰《だれ》か来る音が聞こえるわ！」

ハーマイオニーは、ベラトリックスの杖《つえ》を滝《たき》に向けて叫《さけ》んだ。

「プロテゴ！　護《まも》れ！」

「盾《たて》の呪文《じゅもん》」がトンネルを飛んでいき、魔法《まほう》の滝《たき》の流れを止めるのが見えた。

「いい思いつきだ」ハリーが言った。「グリップフック、道案内してくれ！」

「どうやってここから出るんだ？」

グリップフックのあとを、暗闇《くらやみ》に向かって急いで歩きながら、ロンが聞いた。ボグロッドは年老いた犬のように、ハァハァ言いながらそのあとについてきた。

「いざとなったら考えよう」ハリーが言った。

ハリーは耳を澄《す》ましていた。近くで何かがガランガランと音を立てて動き回っている気配を感じたのだ。

「グリップフック、あとどのくらい？」

「もうすぐです。ハリー・ポッター、もうすぐ……」

角を曲がったとたん、ハリーの警戒《けいかい》していたものが目に入った。予想していたとは言え、やはり全員が棒立《ぼうだ》ちになった。

巨大《きょだい》なドラゴンが、行く手の地面につながれ、最も奥深《おくふか》くにある四つか五つの金庫に誰《だれ》も近づけないように立ちはだかっていた。長い間地下に閉《と》じ込《こ》められていたせいで、色の薄《うす》れたうろこははげ落ちやすくなり、両眼《りょうがん》は白濁《はくだく》したピンク色だ。両の後脚《あとあし》には足枷《あしかせ》がはめられ、岩盤《がんばん》深く打《う》ち込《こ》まれた巨大《きょだい》な杭《くい》に、鎖《くさり》でつながれていた。とげのある大きな翼《つばさ》は、閉《と》じられて胴体《どうたい》に折りたたまれていたが、広げればその洞《ほら》をふさいでしまうだろう。ドラゴンは醜《みにく》い頭をハリーたちに向けて吼《ほ》え、その声は岩を震《ふる》わせた。口を開くと炎《ほのお》が噴《ふ》き出《だ》し、ハリーたちは走って退却《たいきゃく》した。

「ほとんど目が見えません」グリップフックが言った。

「しかし、そのためにますます獰猛《どうもう》になっています。ただ、我々《われわれ》にはこれを押《お》さえる方法があります。鳴子《なるこ》を鳴らすと次にどうなるかを、ドラゴンは教《おし》え込《こ》まれています。それをこちらにください」

ロンが渡《わた》した革袋《かわぶくろ》から、グリップフックは小さな金属《きんぞく》の道具をいくつも引《ひ》っ張《ぱ》り出《だ》した。道具を振《ふ》ると、鉄床《かなとこ》に小型《こがた》ハンマーを打ち下ろすような、大きな音が響《ひび》き渡《わた》った。グリップフックは道具を一人一人に渡《わた》し、ボグロッドは自分の分を素直《すなお》に受け取った。

「やるべきことは、わかっていますね」

グリップフックがハリー、ロン、ハーマイオニーに言った。

「この音を聞くと、ドラゴンは痛《いた》い目《め》にあうと思ってあとずさりします。そのすきにボグロッドが、手のひらを金庫の扉《とびら》に押《お》し当《あ》てるようにしなければなりません」

ハリーたちは、もう一度角を曲がりなおして、前進した。鳴子《なるこ》を振《ふ》ると、岩壁《がんぺき》に反響《はんきょう》した音が何倍にも増幅《ぞうふく》されてガンガンと響《ひび》き、ハリーは頭《ず》がい骨《こつ》が震動《しんどう》するのを感じた。ドラゴンは再《ふた》び咆哮《ほうこう》を上げながら、あとずさりした。ハリーはドラゴンが震《ふる》えているのに気づいた。近づいて見ると、その顔に何か所も荒々《あらあら》しく切りつけられた傷痕《きずあと》があり、ハリーは、鳴子《なるこ》の音を聞くたびに焼けた剣《つるぎ》を怖《こわ》がるよう、しつけられたのだろうと思った。

「手のひらを扉《とびら》に押《お》しつけさせてください！」

グリップフックがハリーをうながした。ハリーは再《ふたた》びボグロッドに杖《つえ》を向けた。年老いた小鬼《ゴブリン》は命令に従《したが》い、木の扉《とびら》に手のひらを押《お》しつけた。金庫の扉《とびら》が溶《と》けるように消え、洞窟《どうくつ》のような空間が現《あらわ》れた。天井《てんじょう》から床《ゆか》までぎっしり詰《つ》まった金貨、ゴブレット、銀の鎧《よろい》、不気味な生き物の皮――長いとげがついているものもあるし、羽根が垂《た》れ下《さ》がっているのもある――宝石《ほうせき》で飾《かざ》られたフラスコ入りの魔法薬《まほうやく》、冠《かんむり》をかぶったままの頭《ず》がい骨《こつ》。

「探《さが》すんだ、早く！」急いで中に入りながら、ハリーが言った。

ハリーは、ハッフルパフのカップがどんなものか、ロンとハーマイオニーに話しておいたが、この金庫に隠《かく》されている分霊箱《ぶんれいばこ》が、それ以外の未知のものなら、何を探《さが》してよいのかわからなかった。しかし、全体を見渡《みわた》す間もなく、背後《はいご》で鈍《にぶ》い音がして、金庫の扉《とびら》が再《ふたた》び現《あらわ》れ、ハリーたちは閉《と》じ込《こ》められてしまった。あたりはたちまち真《ま》っ暗闇《くらやみ》になり、ロンが驚《おどろ》いて叫《さけ》び声《ごえ》を上げた。

「心配いりません。ボグロッドが出してくれます！」グリップフックが言った。「杖灯《つえあか》りをつけていただけますか？　それに、急いでください。ほとんど時間がありません！」

「ルーモス！　光よ！」

ハリーが、杖灯《つえあか》りで金庫の中をぐるりと照らした。灯《あか》りを受けてキラキラ輝《かがや》く宝石《ほうせき》の中に、ハリーは、いろいろな鎖《くさり》にまじって高い棚《たな》に置かれている偽《にせ》のグリフィンドールの剣《つるぎ》を見つけた。ロンとハーマイオニーも杖灯《つえあか》りをつけて、周りの宝《たから》の山を調べはじめていた。

「ハリー、これはどう――？　あぁぅ！」

ハーマイオニーが痛《いた》そうに叫《さけ》んだ。ハリーが杖《つえ》を向けて見ると、宝石《ほうせき》をはめ込《こ》んだゴブレットがハーマイオニーの手から転がり落ちるところだった。ところが、落ちたとたんにそのゴブレットが分裂《ぶんれつ》して同じようなゴブレットが噴《ふ》き出《だ》し、あっという間に床《ゆか》を埋《う》め、カチャカチャとやかましい音を立てながらあちこちに転がりはじめた。もともとのゴブレットがどれだったか、見分けがつかない。

「火傷《やけど》したわ！」ハーマイオニーが、火ぶくれになった指をしゃぶりながらうめいた。

「『双子《ふたご》の呪文《じゅもん》』と『燃焼《ねんしょう》の呪《のろ》い』が追加されていたのです！」グリップフックが言った。「触《ふ》れるものはすべて、熱くなり、増《ふ》えます。しかしコピーには価値《かち》がない――宝物《たからもの》に触《ふ》れ続《つづ》けると、最後には増《ふ》えた金の重みに押《お》しつぶされて死にます！」

「わかった。なんにも手を触《ふ》れるな！」

ハリーは必死だった。しかしそう言うそばから、ロンが、落ちたゴブレットの一つをうっかり足でつついてしまい、熱さに跳《と》びはねているうちに、ゴブレットがまた二十個《こ》ぐらい増《ふ》えた。ロンの片方《かたほう》の靴《くつ》の一部が、熱い金属《きんぞく》に触《ふ》れて焼《や》け焦《こ》げていた。

「じっとして、動いちゃダメ！」ハーマイオニーは急いでロンを押《お》さえようとした。

「目で探《さが》すだけにして！」ハリーが言った。

「いいか、小さい金のカップだ。穴熊《あなぐま》が彫《ほ》ってあって、取っ手が二つついている――そのほかに、レイブンクローの印がどこかについていないか見てくれ。鷲《わし》だ――」

三人はその場で慎重《しんちょう》に向きを変えながら、隅々《すみずみ》の割《わ》れ目《め》まで杖《つえ》で照らした。しかし、なんにも触《ふ》れないというのは不可能《ふかのう》だった。ハリーはガリオン金貨の滝《たき》を作ってしまい、偽《にせ》の金貨がゴブレットと一緒《いっしょ》になって、もはや足の踏《ふ》み場《ば》もない。しかも輝《かがや》く金貨が熱を発し、金庫はかまどの中のようだった。ハリーの杖灯《つえあか》りが、天井《てんじょう》まで続く棚《たな》に置かれた盾《たて》の類《たぐい》や、小鬼製《ゴブリンせい》の兜《かぶと》を照らし出した。杖灯《つえあか》りを徐々《じょじょ》に上へと移動《いどう》させていくと、突然《とつぜん》、あるものが見えた。ハリーの心臓《しんぞう》は躍《おど》り、手が震《ふる》えた。

「**あそこだ。あそこ！**」

ロンとハーマイオニーも、杖《つえ》をそこに向けた。小さな金のカップが、三方からの杖灯《つえあか》りに照らされて浮《う》かび上《あ》がった。ヘルガ・ハッフルパフのものだったカップ。ヘプジバ・スミスに引《ひ》き継《つ》がれ、トム・リドルに盗《ぬす》まれたカップだ。

「だけど、いったいどうやって、なんにも触《ふ》れないであそこまで登るつもりだ？」ロンが聞いた。

「アクシオ！　カップよ、来い！」

ハーマイオニーが叫《さけ》んだ。必死になるあまり、計画の段階《だんかい》でグリップフックの言ったことを忘《わす》れてしまったらしい。

「むだです。むだ！」小鬼《ゴブリン》が歯がみした。

「それじゃ、どうしたらいいんだ？」ハリーは小鬼《ゴブリン》をにらんだ。「剣《つるぎ》が欲《ほ》しいなら、グリップフック、もっと助けてくれなきゃ――待てよ！　剣《つるぎ》なら触《ふ》れられるんじゃないか？　ハーマイオニー、剣《つるぎ》をよこして！」

ハーマイオニーはローブをあちこち探《さぐ》って、やっとビーズバッグを取り出し、しばらくガサゴソかき回していたが、やがて輝《かがや》く剣《つるぎ》を取り出した。ハリーはルビーのはまった柄《つか》を握《にぎ》り、剣先《けんさき》で、近くにあった銀の細口瓶《ほそくちびん》に触《ふ》れてみた。増《ふ》えない。

「剣《つるぎ》をカップの取っ手に引っかけられたら――でも、あそこまでどうやって登ればいいんだろう？」

カップが置かれている棚《たな》は、誰《だれ》も手が届《とど》かない。三人の中で一番背《せ》の高いロンでさえ届《とど》かなかった。呪文《じゅもん》のかかった宝《たから》から出る熱が、熱波となって立ち上り、カップに届《とど》く方法を考えあぐねているハリーの顔からも背中《せなか》からも、汗《あせ》が滴《したた》っていた。その時、金庫の扉《とびら》のむこう側で、ドラゴンの吼《ほ》え声《ごえ》と、ガチャガチャいう音がだんだん大きくなってくるのが聞こえた。

いまや、完全に包囲《ほうい》されてしまった。出口は扉《とびら》しかない。しかし扉《とびら》のむこうには大勢《おおぜい》の小鬼《ゴブリン》が近づきつつあるようだ。ハリーがロンとハーマイオニーを振《ふ》り返《かえ》ると、二人とも恐怖《きょうふ》で顔が引きつっていた。

「ハーマイオニー」ガチャガチャという音がだんだん大きくなる中で、ハリーが呼《よ》びかけた。「僕《ぼく》、あそこまで登らないといけない。僕《ぼく》たちは、あれを破壊《はかい》しないといけないんだ――」

ハーマイオニーは杖《つえ》を上げ、ハリーに向けて小声で唱えた。

「レビコーパス、身体浮上《しんたいふじょう》せよ」

ハリーの体全体がくるぶしから持ち上がって、逆《さか》さまに宙《ちゅう》に浮《う》かんだ。とたんに鎧《よろい》にぶつかり、白熱した鎧《よろい》のコピーが中から飛び出して、すでにいっぱいになっている空間をさらに埋《う》めた。ロン、ハーマイオニー、そして二人の小鬼《ゴブリン》が、押《お》し倒《たお》されて痛《いた》みに叫《さけ》びを上げながら、ほかの宝《たから》にぶつかった。その宝《たから》のコピーがまた増《ふ》えた。満《み》ち潮《しお》のように迫《せ》り上《あ》がってくる灼熱《しゃくねつ》した宝《たから》に半分埋《う》まり、みんなが悲鳴を上げてもがく中、ハリーは剣《つるぎ》をハッフルパフのカップの取っ手に通し、剣先《けんさき》にカップを引っかけた。

「インパービアス！　防水《ぼうすい》・防火《ぼうか》せよ！」

ハーマイオニーが、自分とロンと二人の小鬼《ゴブリン》を焼けた金属《きんぞく》から護《まも》ろうとして、金切り声で呪文《じゅもん》を唱えた。

その時、一段《いちだん》と大きな悲鳴が聞こえ、ハリーは下を見た。ロンとハーマイオニーが腰《こし》まで宝《たから》に埋《う》まりながら、宝《たから》の満《み》ち潮《しお》に飲まれようとするボグロッドを救おうと、もがいていた。しかし、グリップフックはすでに沈《しず》んで姿《すがた》が見えず、長い指の先だけが見えていた。

ハリーは、グリップフックの指先を捕《つか》まえて引《ひ》っ張《ぱ》り上《あ》げた。火ぶくれの小鬼《ゴブリン》が、泣きわめきながら少しずつ上がってきた。

「リベラコーパス！　身体自由《しんたいじゆう》！」

ハリーが呪文《じゅもん》を叫《さけ》び、グリップフックもろとも、ふくれ上がる宝《たから》の表面に音を立てて落下した。

剣《つるぎ》がハリーの手を離《はな》れて飛んだ。

「剣《つるぎ》を！」熱い金属《きんぞく》が肌《はだ》を焼く痛《いた》みと戦いながら、ハリーが叫《さけ》んだ。

グリップフックは灼熱《しゃくねつ》した宝《たから》の山を何がなんでもさけようと、またハリーの肩《かた》によじ登った。

「剣《つるぎ》はどこだ？　カップが一緒《いっしょ》なんだ！」

扉《とびら》のむこうでは、ガチャガチャ音が耳をつんざくほどに大きくなっていた――もう遅《おそ》すぎる。

「そこだ！」

見つけたのも飛びついたのも、グリップフックだった。そのとたん、ハリーは、小鬼《ゴブリン》が、自分たちとの約束をまったく信用していなかったことを思い知った。グリップフックは、焼けた宝《たから》の海のうねりに飲《の》み込《こ》まれまいと、片手《かたて》でハリーの髪《かみ》の毛をむんずとつかみ、もう一方の手に剣《つるぎ》の柄《つか》をつかんで、ハリーに届《とど》かないよう高々と振《ふ》り上《あ》げた。

剣先《けんさき》に取っ手が引っかかっていた小さな金のカップが、宙《ちゅう》に舞《ま》った。小鬼《ゴブリン》を肩車《かたぐるま》したまま、ハリーは飛びついてカップをつかんだ。カップがじりじりと肌《はだ》を焼くのを感じながらも、ハリーはカップを離《はな》さなかった。数えきれないハッフルパフのカップが、握《にぎ》った手の中から飛び出して、雨のように降《ふ》りかかってきても離《はな》さなかった。その時、金庫の入口が開き、ハリーは、ふくれ続けた、火のように熱い金銀のなだれになす術《すべ》もなく流されて、ロン、ハーマイオニーと一緒《いっしょ》に金庫の外に押《お》し出《だ》された。

体中を覆《おお》う火傷《やけど》の痛《いた》みもほとんど意識《いしき》せず、増《ふ》え続ける宝《たから》のうねりに流されながら、ハリーはカップをポケットに押《お》し込《こ》んで、剣《つるぎ》を取《と》り戻《もど》そうと手を伸《の》ばした。しかし、グリップフックはもういなかった。頃合《ころあ》いを見計らって、すばやくハリーの肩《かた》からすべり下りたグリップフックは、周囲を取り囲む小鬼《ゴブリン》の中に紛《まぎ》れ込《こ》み、剣《つるぎ》を振《ふ》り回《まわ》して叫《さけ》んだ。

「泥棒《どろぼう》！　泥棒《どろぼう》！　助けて！　泥棒《どろぼう》だ！」

グリップフックは、攻《せ》め寄《よ》せる小鬼《ゴブリン》の群《む》れの中に消えた。手に手に短刀を振《ふ》りかざした小鬼《ゴブリン》たちは、なんの疑問《ぎもん》もなくグリップフックを受け入れたのだ。

熱い金属《きんぞく》に足を取られながら、ハリーはなんとか立ち上がろうともがき、脱出《だっしゅつ》するには囲みを破《やぶ》るほかはないと覚悟《かくご》した。

「ステューピファイ！　まひせよ！」

ハリーの叫《さけ》びに、ロンとハーマイオニーも続いた。赤い閃光《せんこう》が小鬼《ゴブリン》の群《む》れに向かって飛び、何人かがひっくり返ったが、ほかの小鬼《ゴブリン》が攻《せ》め寄《よ》せてきた。その上、魔法使《まほうつか》いの門番が数人、曲がり角を走ってくるのが見えた。

つながれたドラゴンが吼《ほ》えたけり、吐《は》き出《だ》す炎《ほのお》が小鬼《ゴブリン》の頭上を飛《と》び過《す》ぎた。魔法使《まほうつか》いたちは身をかがめて逃《に》げ出《だ》し、いま来た道を後退《こうたい》した。その時、啓示《けいじ》か狂気《きょうき》か、ハリーの頭に突然《とつぜん》ひらめくものがあった。ドラゴンを岩盤《がんばん》に鎖《くさり》でつないでいるがっしりした足枷《あしかせ》に杖《つえ》を向け、ハリーは叫《さけ》んだ。

「レラシオ！　放せ！」

足枷《あしかせ》が爆音《ばくおん》を上げて割《わ》れた。

「こっちだ！」ハリーが叫《さけ》んだ。そして、攻《せ》め寄《よ》せる小鬼《ゴブリン》たちに「失神呪文《しっしんじゅもん》」を浴びせかけながら、ハリーは目の見えないドラゴンに向かって全速力で走った。

「ハリー――ハリー――何をするつもりなの？」ハーマイオニーが叫《さけ》んだ。

「乗るんだ、よじ登って、さあ――」

ドラゴンは、まだ自由になったことに気づいていなかった。ハリーはドラゴンの後脚《あとあし》の曲がった部分を足がかりにして、背中《せなか》によじ登った。うろこが鋼鉄《こうてつ》のように硬《かた》く、ハリーが乗ったことも感じていないようだった。ハリーが伸《の》ばした片腕《かたうで》にすがって、ハーマイオニーも登った。そのあとをロンが登ってきた直後、ドラゴンはもうつながれていないことに気づいた。

ドラゴンは、ひと声吼《ほ》えて後脚《あとあし》で立ち上がった。ハリーはゴツゴツしたうろこを力のかぎりしっかりつかみ、両ひざをドラゴンの背《せ》に食《く》い込《こ》ませた。ドラゴンは両の翼《つばさ》を開き、悲鳴を上げる小鬼《ゴブリン》たちをボウリングのピンのようになぎ倒《たお》して、舞《ま》い上《あ》がった。ハリー、ロン、ハーマイオニーの三人は、トンネルの開口部方向に突《つ》っ込《こ》んでいくドラゴンの背中《せなか》にぴったり張《は》りついていた。天井《てんじょう》で体がこすれた。その上、追っ手の小鬼《ゴブリン》たちが投げる短剣《たんけん》が、ドラゴンの脇腹《わきばら》をかすめた。

「外には絶対《ぜったい》出られないわ。ドラゴンが大きすぎるもの！」

ハーマイオニーが悲鳴を上げた。しかしドラゴンは、開けた口から再《ふた》び炎《ほのお》を吐《は》いて、トンネルを吹《ふ》き飛《と》ばした。床《ゆか》も天井《てんじょう》も割《わ》れて砕《くだ》けた。ドラゴンは、力任《ちからまか》せに鉤爪《かぎづめ》で引っかき、道を作るのに奮《ふん》闘《とう》していた。熱とほこりの中で、ハリーは両目を固く閉《と》じていた。岩が砕《くだ》ける音とドラゴンの咆哮《ほうこう》は耳を聾《ろう》するばかりで、ハリーは背中《せなか》につかまっているのがやっとだった。いまにも振《ふ》り落《お》とされるのではないかと思った。その時、ハーマイオニーの叫《さけ》ぶ声が聞こえた。

「デイフォディオ！　掘《ほ》れ！」

ハーマイオニーは、ドラゴンがトンネルを広げるのを手伝っていた。新鮮《しんせん》な空気を求め、小鬼《ゴブリン》のかん高い声と、鳴子《なるこ》の音から遠ざかろうと格闘《かくとう》しているドラゴンのために、天井《てんじょう》をうがっているのだ。ハリーとロンもハーマイオニーにならい、穴掘《あなほ》り呪文《じゅもん》を連発して、天井《てんじょう》を吹《ふ》き飛《と》ばした。

鼻息も荒《あら》く這《は》い進《すす》む巨大《きょだい》な生き物は、地下の湖を通《とお》り過《す》ぎたあたりで、行く手に自由と広い空間を感じ取った様子だった。背後《はいご》のトンネルは、ドラゴンがたたきつけるとげのある尻尾《しっぽ》と、たたき壊《こわ》された瓦礫《がれき》で埋《う》まり、大きな岩の塊《かたまり》や、巨大《きょだい》な鍾乳石《しょうにゅうせき》の残骸《ざんがい》が累々《るいるい》と転がっていた。後方の小鬼《ゴブリン》の鳴らすガチャガチャという音は、だんだんくぐもり、前方にはドラゴンの吐《は》く炎《ほのお》で、着々と道が開けていった——。

呪文《じゅもん》の力とドラゴンの怪力《かいりき》が重なり、三人はついに地下トンネルを吹《ふ》き飛《と》ばして抜《ぬ》け出《だ》し、大理石のホールに突入《とつにゅう》した。小鬼《ゴブリン》も魔法使《まほうつか》いも悲鳴を上げ、身を隠《かく》す場所を求めて逃《に》げ惑《まど》った。とうとう翼《つばさ》を広げられる空間を得《え》たドラゴンは、入口のむこうにさわやかな空気をかぎ分け、角の生えた頭をその方向に向けて飛び立った。

ハリー、ロン、ハーマイオニーを背中《せなか》にしがみつかせたまま、ドラゴンは金属《きんぞく》の扉《とびら》を力ずくで突《つ》き破《やぶ》った。ねじれて蝶番《ちょうつがい》からだらりとぶら下がった扉《とびら》を尻目《しりめ》に、よろめきながらダイアゴン横丁に進み出たドラゴンは、そこから高々と大空に舞《ま》い上《あ》がった。

第二十七章　最後の隠《かく》し場《ば》所《しょ》

舵《かじ》を取る手段《しゅだん》はなかった。ドラゴン自身、どこに向かっているのか見えていない。もし急に曲がったり空中で回転したりすれば、三人とももう、その広い背中《せなか》にしがみついていることはできないと、ハリーにはわかっていた。にもかかわらず、どんどん高く舞《ま》い上《あ》がり、ロンドンが灰色《はいいろ》と緑の地図のように眼下《がんか》に広がってくるにつれ、ハリーは、不可能《ふかのう》と思われた脱出《だっしゅつ》ができたことへの感《かん》謝《しゃ》の気持ちを圧倒的《あっとうてき》に強く感じていた。ドラゴンの首に低く身を伏《ふ》せ、金属的《きんぞくてき》なうろこにしっかりしがみついていると、ドラゴンの翼《つばさ》が風車の羽根のように送る冷たい風が、火傷《やけど》で火ぶくれになった肌《はだ》に心地《ここち》よかった。後ろでは、うれしいからか恐《おそ》ろしいからか、ロンが声を張《は》り上《あ》げて悪態《あくたい》をつき、ハーマイオニーはすすり泣いている。

五分もたつと、ドラゴンが三人を振《ふ》り落《お》とすのではないかという緊迫《きんぱく》した恐《おそ》れを、ハリーは少し忘《わす》れることができた。ドラゴンは、地下の牢獄《ろうごく》からなるべく遠くに離《はな》れることだけを思いつめてい

るようだった。しかし、いつ、どうやって下りるかという問題を考えると、やはりかなり恐《おそ》ろしかった。ハリーは、ドラゴンという生き物が休まずにどのくらい飛び続けられるのかを知らなかったし、このほとんど目の見えないドラゴンが、どうやって着陸地点を見つけるのか、見当もつかなかった。ハリーはひっきりなしにあたりに目を配った。額《ひたい》の傷痕《きずあと》がうずくような気がしたからだ……。

ハリーたちがレストレンジの金庫を破《やぶ》ったことが、ヴォルデモートの知るところとなるまでにどのくらいかかるだろう？　グリンゴッツの小鬼《ゴブリン》たちは、どのくらい急いでベラトリックスに知らせるだろう？　どのくらいたってから、盗《ぬす》まれた品物がなんなのかに気がつくだろう？　そして、金のカップがなくなっていると知れば、ヴォルデモートはついに気づくだろう。ハリーたちが分霊箱《ぶんれいばこ》を探《さが》し求《もと》めていることに……。

ドラゴンは、より冷たく新鮮《しんせん》な空気にうえているようだった。どこまでも高く上がり、とうとういまは、冷たい薄雲《うすぐも》が漂《ただよ》う中を飛んでいた。それまで、色のついた小さな点のように見えていたロンドンに出入りする車も、もう見えなくなった。ドラゴンは飛び続けた。緑と茶色の区画に分けられた田園の上を、景色を縫《ぬ》って蛇行《だこう》するつや消しのリボンのような道や光る川の上を、どこまでも飛んだ。

「こいつは何を探《さが》してるんだ？」北へ北へと飛びながら、ロンが後ろから叫《さけ》んだ。

「わからないよ」ハリーが叫《さけ》び返《かえ》した。

冷たくて手の感覚がなくなっていたが、かといって握《にぎ》りなおすことなど怖《こわ》くてとてもできない。ハリーは、眼下《がんか》に海岸線が通《とお》り過《す》ぎるのが見えたらどうしようとずっと考えていた。もしドラゴンが広い海に向かっていたらどうなるのだろう。ハリーは寒さにかじかんでいた。そればかりか、死ぬほど空腹《くうふく》でのどもかわいていた。このドラゴンが最後に餌《えさ》を食べたのはいつだろう？　きっとそのうちに、食料補給《しょくりょうほきゅう》が必要になるのではないだろうか？　そして、もしその時、ちょうど食べごろの人間が三人背中《せなか》に乗っていることに気づいたら？

太陽が傾《かたむ》き、空は藍色《あいいろ》に変わったが、ドラゴンはまだ飛び続けていた。大小の街が矢のように通《とお》り過《す》ぎ、ドラゴンの巨大《きょだい》な影《かげ》が、大きな黒雲のように地上をすべっていった。ドラゴンの背《せ》に必死にしがみついているだけで、ハリーは体中のあちらこちらが痛《いた》んだ。

「僕《ぼく》の錯覚《さっかく》かなぁ？」長い無言の時間が過《す》ぎ、やがてロンが叫《さけ》んだ。「それとも、高度が下がっているのかなぁ？」

ハリーが下を見ると、日没《にちぼつ》の光で赤銅色《しゃくどういろ》に染《そ》まった深い緑の山々と湖がいくつか見えた。ドラゴンの脇腹《わきばら》から目を細めて確《たし》かめているうちにも、見る見る景色は大きくなり、細部が見えてきた。ドラゴンは、陽《ひ》の光の反射《はんしゃ》で淡水《たんすい》の存在《そんざい》を感じ取ったらしい。

ドラゴンはしだいに低く飛び、大きく輪を描《えが》きながら、小さめの湖の一つに的を絞《しぼ》り込《こ》んでいるようだった。

「充分《じゅうぶん》低くなったら、いいか、飛《と》び込《こ》め！」ハリーが後ろに呼《よ》びかけた。「ドラゴンが僕《ぼく》たちの存《そん》在《ざい》に気づく前に、まっすぐ湖に！」

二人は了解《りょうかい》したが、ハーマイオニーの返事は少し弱々しかった。その時ハリーには、ドラゴンの広く黄色い腹《はら》が湖の面《おもて》に映《うつ》って、小さく波打っているのが見えた。

「**いまだ！**」

ハリーはドラゴンの脇腹《わきばら》をずるずるすべり下りて、湖の表面目がけて足から飛《と》び込《こ》んだ。落差は思ったより大きく、ハリーはしたたか水を打って、葦《あし》に覆《おお》われた凍《こお》りつくような緑色の水の世界に石が落下するように突《つ》っ込《こ》んだ。水面に向かって水を蹴《け》り、あえぎながら顔を出して見回すと、ロンとハーマイオニーが落ちたあたりに、大きな波紋《はもん》が広がっているのが見えた。ドラゴンは何も気づかなかったようだ。すでに十四、五メートルほど先をスーッと低空飛行し、傷《きず》ついた鼻面《はなづら》で水をすくっていた。ロンとハーマイオニーの顔がようやく水面に現《あらわ》れ、ゼイゼイあえぎながら水を吐《は》き出《だ》しているうちに、ドラゴンは翼《つばさ》を強く羽ばたかせてさらに飛び、ついには遠くの湖岸に着陸した。

ハリー、ロン、ハーマイオニーの三人は、ドラゴンとは反対側の岸を目指して泳いだ。湖はそう深くはないように見えたが、そのうち、泳ぐというより、むしろ葦《あし》と泥《どろ》をかき分けて進むことになった。やっと岸に着いたときには、三人とも水を滴《したた》らせ、息を切らしながら疲労困憊《ひろうこんぱい》して、つるつるすべる草の上にばったり倒《たお》れた。

ハーマイオニーは咳《せ》き込《こ》み、震《ふる》えながら横になったままだった。ハリーもそのまま横になって眠《ねむ》れたらどんなに幸せかと思ったが、よろよろと立ち上がって杖《つえ》を抜《ぬ》き、いつもの保護呪文《ほごじゅもん》を周囲に張《は》りめぐらせはじめた。

それが終わって二人のそばに戻《もど》ったハリーは、金庫から脱出《だっしゅつ》して初めて、二人をまともに見た。二人とも、顔と腕中《うでじゅう》を火傷《やけど》で赤く腫《は》れ上《あ》がらせ、着ているものもところどころ焼《や》け焦《こ》げて、痛《いた》さに顔をしかめて身をよじりながら、火傷《やけど》にハナハッカのエキスを塗《ぬ》っていた。ハーマイオニーはハリーに薬瓶《くすりびん》を渡《わた》し、「貝殻《かいがら》の家《いえ》」から持ってきたかぼちゃジュース三本と、乾《かわ》いた清潔《せいけつ》なローブを三人分取り出した。着替《きが》えをすませた三人は、一気にジュースを飲んだ。

「まあ、いいほうに考えれば」

座《すわ》り込《こ》んで両手の皮が再生《さいせい》するのを見ながら、ロンがようやく口を開いた。

「分霊箱《ぶんれいばこ》を手に入れた。悪いほうに考えれば――」

「――剣《つるぎ》がない」

ジーンズの焼《や》け焦《こ》げ穴《あな》からハナハッカを垂《た》らして、その下のひどい火ぶくれに薬をつけていたハリーが、歯を食いしばりながら言った。

「剣《つるぎ》がない」ロンがくり返した。「あのチビの裏切《うらぎ》り者《もの》の下衆野郎《げすやろう》……」

ハリーはいま脱《ぬ》いだばかりのぬれた上着のポケットから分霊箱《ぶんれいばこ》を引《ひ》っ張《ぱ》り出《だ》し、目の前の草の上に置いた。カップは燦然《さんぜん》と陽《ひ》に輝《かがや》き、ジュースをぐい飲みする三人の目を引いた。

「少なくともこれは、身につけられないな。首にかけたら少し変だろう」ロンが手のこうで口をぬぐいながら言った。

ハーマイオニーは、ドラゴンがまだ水を飲んでいる遠くの岸を眺《なが》めていた。

「あのドラゴン、どうなるのかしら？」ハーマイオニーが聞いた。「大丈夫《だいじょうぶ》かしら？」

「君、まるでハグリッドみたいだな」ロンが言った。「あいつはドラゴンだよ、ハーマイオニー。ちゃんと自分の面倒《めんどう》を見るさ。心配しなけりゃならないのは、むしろこっちだぜ」

「どういうこと？」

「えーと、この悲報《ひほう》を、どう君に伝えればいいのかなぁ」ロンが言った。「あのさ、あいつらは、**もしかしたら**、僕《ぼく》たちがグリンゴッツ破《やぶ》りをしたことに気づいた**かもしれないぜ**」

三人とも笑いだした。いったん笑いはじめると、止まらなかった。ハリーは笑いすぎて肋骨《ろっこつ》が痛《いた》くなり、空腹《くうふく》で頭がふらふらしたが、草に寝転《ねころ》び夕焼けの空を見上げて、のどがかれるまで笑い続けた。

「でも、どうするつもり？」

ハーマイオニーはヒクヒク言いながら、やっと笑いやんで真顔になった。

「わかってしまうでしょうね？『例のあの人』に、私《わたし》たちが分霊箱《ぶんれいばこ》のことを知っていることが！」「もしもしたら、やつらは怖《こわ》くてあの人に言えないんじゃないか？」ロンが望みをかけた。「もしかしたら、隠《かく》そうとするかも――」

その時、空も湖の水のにおいも、ロンの声もかき消え、ハリーは頭を刀で割《さ》かれたような痛《いた》みを感じた。

ハリーは薄明《うすあ》かりの部屋に立っていた。目の前に魔法使《まほうつか》いが半円状《はんえんじょう》に並《なら》び、足元の床《ゆか》には小さな姿《すがた》が震《ふる》えながらひざまずいている。

「俺様《おれさま》になんと言った？」

かん高く冷たい声が言った。頭の中は怒《いか》りと恐《おそ》れで燃《も》え上《あ》がっていた。このことだけを恐《おそ》れていた――しかし、まさかそんなことが。どうしてそんなことが……。

小鬼《ゴブリン》は、ずっと高みから見下ろしている赤い目を見ることができず、震《ふる》え上《あ》がっていた。

「もう一度言え！」ヴォルデモートがつぶやくように言った。「もう一度言ってみろ！」

「わ――わが君」小鬼《ゴブリン》は恐怖《きょうふ》で黒い目を見開き、つかえながら言った。「わ――わが君……我々《われわれ》は、ど――努力いたしました。あ――あいつらを、と――止めるために……に――偽者《にせもの》が、わが君……破《やぶ》りました――金庫をや――破《やぶ》って――レストレンジ家のき――金庫に……」

「偽者《にせもの》？　どんな偽者《にせもの》だ？　グリンゴッツは常《つね》に、偽者《にせもの》を見破《みやぶ》る方法を持っていると思ったが？

偽者《にせもの》は誰《だれ》だ？」

「それは……それは……あのポ――ポッターのや――やつと、あとふ――二人の仲間で……」

「それで、やつらが盗《ぬす》んだものは？」

ヴォルデモートは声を荒《あら》らげた。恐怖《きょうふ》がヴォルデモートをしめつけた。

「言え！　やつらは何を盗《ぬす》んだ？」

「ち……小さな――金のカ――カップです。わ――わが君……」

怒《いか》りの叫《さけ》び、否定《ひてい》の叫《さけ》びが、ヴォルデモートの口から他人の声のようにもれた。ヴォルデモートは逆上《ぎゃくじょう》し、荒《あ》れ狂《くる》った。そんなはずはない。不可能《ふかのう》だ。知る者は誰《だれ》もいなかった。どうしてあの小《こ》僧《ぞう》が、俺様《おれさま》の秘密《ひみつ》を知ることができたのだ？

ニワトコの杖《つえ》が空《くう》を切り、緑の閃光《せんこう》が部屋中に走った。ひざまずいていた小鬼《ゴブリン》が、転がって絶命《ぜつめい》した。周りで見ていた魔法使《まほうつか》いたちは、おびえきって飛びのき、ベラトリックスとルシウス・マルフォイは、ほかの者を押《お》しのけて、真っ先に扉《とびら》へと走った。ヴォルデモートの杖《つえ》が、何度も何度も振《ふ》り下《お》ろされ、逃《に》げ遅《おく》れた者は、一人残らず殺された。こんな報《しら》せを俺様《おれさま》にもたらし、金のカップのことを聞いてしまったからには――。

屍《しかばね》の間を、ヴォルデモートは荒々《あらあら》しく往《い》ったり来たりした。頭の中に、次々に浮《う》かんでくるイメージ。自分の宝《たから》、自分の護《まも》り、不死の碇《いかり》――日記帳は破壊《はかい》され、カップは盗《ぬす》まれた。もしも、もしもあの小僧《こぞう》が、ほかのものも知っているとしたなら？　知っているのだろうか？　すでに行動に移《うつ》したのか？　ほかのものも探《さが》し出《だ》したのか？　ダンブルドアがやつの陰《かげ》にいるのか？　俺様《おれさま》をずっと疑《うたが》っていたダンブルドア、俺様《おれさま》の命令で死んだダンブルドア、いまやその杖《つえ》は俺様《おれさま》のものとなったというのに、ダンブルドアは恥《は》ずべき死のむこうから手を伸《の》ばし、あの小僧《こぞう》を通して、あの小僧《こぞう》め――。

しかし、もしあの小僧《こぞう》が分霊箱《ぶんれいばこ》のどれかを破壊《はかい》してしまったのなら、まちがいなく、このヴォルデモート卿《きょう》にはわかったはずだ。感じたはずではないか？　最も偉大《いだい》なる魔法使《まほうつか》いの俺様《おれさま》が、最も強大な俺様《おれさま》が、ダンブルドアを亡《な》き者《もの》にし、ほかの名もない虫けらどもを数えきれないほど始末してくれたこの俺様《おれさま》が――そのヴォルデモート卿《きょう》が、一番大切で尊《とうと》い俺様自身《おれさまじしん》が襲《おそ》われ傷《きず》つけられるのに、気づかぬはずがないではないか？

確《たし》かに、日記帳が破壊《はかい》されたときには感じなかった。しかしあれは、感じるべき肉体を持たず、ゴースト以下の存在《そんざい》だったからだ……いや、まちがいない。ほかのものは安全だ……ほかの分霊箱《ぶんれいばこ》は手つかずだ……。

しかし、知っておかねばならぬ、確《たし》かめねば……。ヴォルデモートは部屋を往《ゆ》き来《き》しながら、小鬼《ゴブリン》の死体を蹴飛《けと》ばした。煮《に》えくり返《かえ》った頭に、ぼんやりとしたイメージが燃《も》え上《あ》がった。湖、小屋、そしてホグワーツ……。

わずかの冷静さが、いま、ヴォルデモートの怒《いか》りをしずめていた。あの小僧《こぞう》が、ゴーントの小屋に指輪が隠《かく》してあると知るはずがあろうか？　自分がゴーントの血筋《ちすじ》であると知る者は、誰《だれ》もいない。そのつながりは隠《かく》しとおしてきた。あの当時の殺人についても、この俺様《おれさま》が突《つ》き止《と》められることはなかった。あの指輪は、まちがいなく安全だ。

それに、あの小僧《こぞう》だろうが誰《だれ》だろうが、洞窟《どうくつ》のことを知ることも、護《まも》りを破《やぶ》ることもできはすまい？　ロケットが盗《ぬす》まれると考えるのは、愚《ぐ》の骨頂《こっちょう》だ……。

学校はどうだ。分霊箱《ぶんれいばこ》をホグワーツのどこに隠《かく》したかを知る者は、俺様《おれさま》ただ一人だ。自分だけがあの場所の、最も深い秘密《ひみつ》を見抜《みぬ》いたのだから……。

それに、まだナギニがいる。これからは、身近に置かねばなるまい。もう俺様《おれさま》の命令を実行させるのはやめ、俺様《おれさま》の庇護《ひご》のもとに置くのだ……。

しかし、確認《かくにん》のために、万全《ばんぜん》を期すために、それぞれの隠《かく》し場所《ばしょ》に戻《もど》らねばならぬ。分霊箱《ぶんれいばこ》の護《まも》りをさらに強化せねばなるまい……ニワトコの杖《つえ》を求めたときと同様、この仕事は俺様《おれさま》一人でやらねばならぬ……。

どこを最初に訪《たず》ねるべきか？　最も危険《きけん》なのはどれだ？　昔の不安感が脳裏《のうり》をかすめた。ダンブルドアは、俺様《おれさま》の二番目の姓《せい》を知っている……ゴーントとの関係に気づいたかもしれぬ……隠《かく》し場《ば》所《しょ》として、あの廃屋《はいおく》は、たぶん一番危《あぶ》ない。最初に行くべきは、あそこだ……。湖、絶対《ぜったい》に不可能《ふかのう》だ……もっとも、ダンブルドアが、孤児院《こじいん》を通じて、俺様《おれさま》の過去《かこ》のいたずらをいくつか知った可能性《かのうせい》が、わずかにはあるが。

それに、ホグワーツ……しかし、あそこの分霊箱《ぶんれいばこ》は安全だとわかりきっている。ポッターが網《あみ》にかからずしてホグズミードに入ることは不可能《ふかのう》だし、ましてや学校はなおさらだ。万が一のために、スネイプに、小僧《こぞう》が城《しろ》に潜入《せんにゅう》しようとするやもしれぬ、と警告《けいこく》しておくのが賢明《けんめい》かもしれぬ……小僧《こぞう》が戻《もど》ってくる理由をスネイプに話すのは、むろん愚《おろ》かしいことだ。ベラトリックスやマルフォイのやつらを信用したのは、重大な過《あやま》ちだった。あいつらのバカさかげんと軽率《けいそつ》さを見れば、そもそも信用などということ自体がいかに愚《おろ》かしいことかを証明《しょうめい》しているではないか？

まずは、ゴーントの小屋を訪《たず》ねるのだ。ナギニも連れていく。もはやこの蛇《へび》とは離《はな》れるべきではない……。

そしてヴォルデモートは荒々《あらあら》しく部屋を出て玄関《げんかん》ホールを通《とお》り抜《ぬ》け、噴水《ふんすい》が水音を立てて落ちる暗い庭に出た。ヴォルデモートが蛇語《へびご》で呼《よ》ぶ声に応《こた》えて、ナギニが長い影《かげ》のようにするするとかたわらに寄《よ》ってきた……。

ハリーは、自分を現実《げんじつ》に引《ひ》き戻《もど》し、パッと目を開けた。陽《ひ》が沈《しず》みかけ、ハリーは湖のほとりに横たわっていた。ロンとハーマイオニーが、ハリーを見下ろしている。二人の心配そうな表情《ひょうじょう》や、傷《きず》痕《あと》がずきずき痛《いた》み続けていることから考えると、突然《とつぜん》ヴォルデモートの心の中に旅をしていたことが、二人に気づかれてしまったらしい。ハリーは、肌《はだ》がまだぬれているのに漠然《ばくぜん》と驚《おどろ》き、震《ふる》えながらなんとか体を起こした。目の前の草の上には、何も知らぬげに金のカップが転がり、深い青色の湖は、沈《しず》む太陽の金色に彩《いろど》られていた。

「『あの人』は知っている」

ヴォルデモートのかん高い叫《さけ》びのあとでは、自分の声の低さが不思議だった。

「あいつは知っているんだ。そして、ほかの分霊箱《ぶんれいばこ》を確《たし》かめにいく。それで、最後の一個《こ》は」

ハリーはもう立ち上がっていた。

「ホグワーツにある。そうだと思っていた。**そうだと思っていたんだ**」

「えっ？」

ロンはポカンとしてハリーを見つめ、ハーマイオニーはひざ立ちで心配そうな顔をしていた。

「何を見たの？　なぜ、それがわかったの？」

「あいつが、カップのことを聞かされる様子を見た。僕《ぼく》は――僕《ぼく》はあいつの頭の中にいて、あいつは――」ハリーは殺戮《さつりく》の場面を思い出した。「あいつは本気で怒《おこ》っていた。それに、恐《おそ》れていた。どうして僕《ぼく》たちが知ったのかを、あいつは理解《りかい》できない。それで、これからほかの分霊箱《ぶんれいばこ》が安全かどうか、調べにいくんだ。最初は指輪。あいつは、ホグワーツにある品が一番安全だと思っている。スネイプがあそこにいるし、見つからずに入《はい》り込《こ》むことがとても難《むずか》しいだろうから。あいつはその分霊箱《ぶんれいばこ》を最後に調べると思う。それでも、数時間のうちにはそこに行くだろう――」

「ホグワーツのどこにあるか、見たか？」ロンもいまや急いで立ち上がりながら、聞いた。

「いや。スネイプに警告《けいこく》するほうに意識《いしき》を集中していて、正確《せいかく》にどこにあるかは思《おも》い浮《う》かべていなかった――」

「待って、**待ってよ！**」

ロンが分霊箱《ぶんれいばこ》を取り上げ、ハリーがまた透明《とうめい》マントを引《ひ》っ張《ぱ》り出《だ》すと、ハーマイオニーが叫《さけ》んだ。

「ただ**行く**だけじゃだめよ。なんの計画もないじゃないの。私《わたし》たちに必要なのは――」

「僕《ぼく》たちに必要なのは、進むことだ」ハリーがきっぱりと言った。ハリーは眠《ねむ》りたかった。新しいテントに入るのを楽しみにしていた。しかしもうそれはできない。

「指輪とロケットがなくなっていることに気づいたら、あいつが何をするか想像《そうぞう》できるか？　ホグワーツの分霊箱《ぶんれいばこ》はもう安全ではないと考えて、どこかに動かしてしまったらどうなる？」

「だけど、どうやって入《はい》り込《こ》むつもり？」

「ホグズミードに行こう」ハリーが言った。「そして、学校の周囲の防衛《ぼうえい》がどんなものかを見てから、なんとか策《さく》を考える。ハーマイオニー、透明《とうめい》マントに入って。今度はみんな一緒《いっしょ》に行きたいんだ」

「でも、入りきらないし――」

「暗くなるよ。誰《だれ》も、足なんかに気づきやしない」

暗い水面に翼《つばさ》の音が大きく響《ひび》いた。心行くまで水を飲んだドラゴンが、空に舞《ま》い上《あ》がったのだ。三人は支度《したく》の手を止め、ドラゴンがだんだん高く舞《ま》い上《あ》がっていくのを眺《なが》めた。急速に暗くなる空を背景《はいけい》に飛ぶ黒い影《かげ》のようなドラゴンが、近くの山のむこうに消えるまで、三人はその姿《すがた》を見送っていた。それからハーマイオニーが進み出て、二人の真ん中に立った。ハリーはできるかぎり下までマントを引《ひ》っ張《ぱ》り、それから三人一緒《いっしょ》にその場で回転して、押《お》しつぶされるような暗闇《くらやみ》へと入っていった。

第二十八章 鏡の片割《かたわ》れ

ハリーの足が道路に触《ふ》れた。胸《むね》が痛《いた》くなるほどなつかしいホグズミードの大通りが目に入った。暗い店先、村のむこうには山々の黒い稜線《りょうせん》、道の先に見えるホグワーツへの曲がり角、「三本の箒《ほうき》」の窓《まど》からもれる明かり。そして、ほぼ一年前、絶望的《ぜつぼうてき》に弱っていたダンブルドアを支《ささ》えてここに降《お》り立《た》ったときのことが細部まで鮮明《せんめい》に思い出されて、ハリーは心が揺《ゆ》すぶられた。降《お》り立《た》った瞬《しゅん》間《かん》、そうしたすべての思いが一度に押《お》し寄《よ》せた――しかしその時――ロンとハーマイオニーの腕《うで》をつかんでいた手をゆるめた、まさにその時に、事は起こった。

ギャーッという叫《さけ》び声《ごえ》が空気を切《き》り裂《さ》いた。カップを盗《ぬす》まれたと知ったときの、ヴォルデモートの叫《さけ》びのような声だった。ハリーは、神経《しんけい》という神経《しんけい》を逆《さか》なでされるように感じた。三人が現《あらわ》れたことが引き金になったことはすぐにわかる。マントに隠《かく》れたほかの二人を振《ふ》り返《かえ》る間に、「三本の箒《ほうき》」の入口が勢《いきお》いよく開き、フードをかぶったマント姿《すがた》の死喰《しく》い人《びと》が十数人、杖《つえ》をかまえて道路に

躍《おど》り出《で》た。

杖《つえ》を上げるロンの手首を、ハリーが押《お》さえた。失神させるには相手が多すぎる。呪文《じゅもん》を発するだけで、敵《てき》に居所《いどころ》を教えてしまうだろう。死喰《しく》い人《びと》の一人が杖《つえ》を振《ふ》ると、叫《さけ》び声《ごえ》はやんだが、まだ遠くの山々にこだまし続けていた。

「アクシオ！　透明《とうめい》マントよ、来い！」死喰《しく》い人《びと》が大声で唱えた。

ハリーはマントのひだをしっかりつかんだが、マントは動く気配さえない。「呼《よ》び寄《よ》せ呪文《じゅもん》」は透明《とうめい》マントには効《き》かなかった。

「かぶり物はなしということか、え、ポッター？」

呪文《じゅもん》をかけた死喰《しく》い人《びと》が叫《さけ》んだ。それから仲間に指令を出した。

「散れ、やつはここにいる」

死喰《しく》い人《びと》が六人、ハリーたちに向かって走ってきた。ハリー、ロン、ハーマイオニーは、急いであとずさりし、近くの脇道《わきみち》に入ったが、死喰《しく》い人《びと》たちは、そこからあと十数センチという所を通《とお》り過《す》ぎていった。三人が暗闇《くらやみ》に身をひそめてじっとしていると、死喰《しく》い人《びと》の走り回る足音が聞こえ、捜索《そうさく》の杖灯《つえあか》りが通りを飛《と》び交《か》うのが見えた。

「このまま逃《に》げましょう！」ハーマイオニーがささやいた。「すぐに『姿《すがた》くらまし』しましょう！」

「そうしよう」ロンが言った。

しかしハリーが答える前に、一人の死喰《しく》い人《びと》が叫《さけ》んだ。

「ここにいるのはわかっているぞ、ポッター。逃《に》げることはできない。おまえを見つけ出してやる！」

「待《ま》ち伏《ぶ》せされていた」ハリーがささやいた。「僕《ぼく》たちが来ればわかるように、あの呪文《じゅもん》が仕掛《しか》けてあったんだ。僕《ぼく》たちを足止めするためにも、何か手が打ってあると思う。袋《ふくろ》のネズミに――」

「『吸魂鬼《きゅうこんき》』はどうだ？」別の死喰《しく》い人《びと》が叫《さけ》んだ。「やつらの好きにさせろ。やつらなら、ポッターをたちまち見つける！」

「闇《やみ》の帝王《ていおう》は、ほかの誰《だれ》でもなく、ご自身の手でポッターを始末なさりたいのだ――」

「――吸魂鬼《きゅうこんき》はやつを殺しはしない！　闇《やみ》の帝王《ていおう》がお望みなのはポッターの命だ。魂《たましい》ではない。まず吸魂鬼《きゅうこんき》に接吻《キス》させておけば、ますます殺しやすいだろう！」

口々に賛成《さんせい》する声が聞こえた。ハリーは恐怖《きょうふ》にかられた。吸魂鬼《きゅうこんき》を追《お》い払《はら》うためには守護霊《しゅごれい》を創《つく》り出《だ》さなければならず、そうすればたちまち三人の居場所《いばしょ》がわかってしまう。

「とにかく『姿《すがた》くらまし』してみましょう、ハリー！」ハーマイオニーがささやいた。

その言葉が終わらないうちに、ハリーは不自然な冷気が通りに忍《しの》び込《こ》むのを感じた。周りの明かりは吸《す》い取《と》られ、星までもが消えた。真《ま》っ暗闇《くらやみ》の中で、ハーマイオニーが自分の手を取るのを感じた。三人はその場で回転した。

通《とお》り抜《ぬ》けるべき空間の空気が、固まってしまったかのようだ。「姿《すがた》くらまし」はできなかった。

死喰《しく》い人《びと》のかけた呪文《じゅもん》は、見事に効《き》いている。冷たさがハリーの肉に、しだいに深く食《く》い込《こ》んできた。ハリーたち三人は、手探《てさぐ》りで壁《かべ》を伝いながら、音を立てないように脇道《わきみち》を奥《おく》へ奥《おく》へと入《はい》り込《こ》んだ。すると脇道《わきみち》の入口から、音もなくすべりながらやってくる吸魂鬼《きゅうこんき》が見えた。十体、いやもっとたくさんいる。周りの暗闇《くらやみ》よりも、さらに濃《こ》い黒でそれとわかる吸魂鬼《きゅうこんき》は、黒いマントをかぶり、かさぶたに覆《おお》われたくさった手を見せていた。周辺に恐怖感《きょうふかん》があると、それを感じ取るのだろうか？　ハリーはきっとそうだと思った。さっきより速度を上げて近づいてくる。ハリーの大嫌《だいきら》いな、あのガラガラという息を長々と吸《す》い込《こ》み、あたりを覆《おお》う絶望感《ぜつぼうかん》を味わいながら、吸魂鬼《きゅうこんき》が迫《せま》ってくる――。

ハリーは杖《つえ》を上げた。あとはどうなろうとも、吸魂鬼《きゅうこんき》の接吻《キス》だけは受けられない、受けるものか。ハリーが小声で呪文《じゅもん》を唱えたときに思《おも》い浮《う》かべていたのは、ロンとハーマイオニーのことだった。

「エクスペクト　パトローナム！　守護霊《しゅごれい》よ来たれ！」

銀色の牡鹿《おじか》が、ハリーの杖《つえ》から飛び出して突撃《とつげき》した。吸魂鬼《きゅうこんき》は蹴散《けち》らされたが、どこか見えない所から勝《か》ち誇《ほこ》った叫《さけ》び声《ごえ》が聞こえてきた。

「やつだ。あそこだ、あそこだ。あいつの守護霊《しゅごれい》を見たぞ。牡鹿《おじか》だ！」

吸魂鬼《きゅうこんき》は後退《こうたい》し、星が再《ふたた》び瞬《また》きはじめた。死喰《しく》い人《びと》たちの足音がだんだん大きくなってきた。恐《きょう》怖《ふ》と衝撃《しょうげき》で、ハリーがどうすべきか決めかねていると、近くでかんぬきをはずす音がして狭《せま》い脇道《わきみち》の左手の扉《とびら》が開き、ガサガサした声が言った。

「ポッター、こっちへ、早く！」

ハリーは迷《まよ》わず従《したが》った。三人は開いた扉《とびら》から中に飛《と》び込《こ》んだ。

「二階に行け。『マント』はかぶったまま。静かにしていろ！」

背《せ》の高い誰《だれ》かが、そうつぶやきながら三人の脇《わき》を通《とお》り抜《ぬ》けて外に出ていき、背後《はいご》で扉《とびら》をバタンと閉《し》めた。

ハリーにはどこなのかまったくわからなかったが、明滅《めいめつ》する一本のろうそくの明かりであらためて見ると、そこは、おがくずのまき散らされた汚《きたな》らしい「ホッグズ・ヘッド」のバーだった。三人はカウンターの後ろに駆《か》け込《こ》み、もう一つ別の扉《とびら》を通って、ぐらぐらした木の階段《かいだん》を急いで上がった。階段《かいだん》の先は、すり切れたカーペットの敷《し》かれた居間《いま》で、小さな暖炉《だんろ》があり、その上にブロンドの少女の大きな油絵が一枚《まい》かかっていた。少女はどこかうつろなやさしい表情《ひょうじょう》で、部屋を見つめている。

下の通りでわめく声が聞こえてきた。透明《とうめい》マントをかぶったまま、三人は、ほこりでべっとり汚《よご》れた窓《まど》に忍《しの》び寄《よ》り、下を見た。救い主は――ハリーはその時、それが「ホッグズ・ヘッド」のバーテンだと気づいたが――ただ一人だけフードをかぶっていない。

「それがどうした？」

バーテンは、フード姿《すがた》の一人に向かって大声を上げていた。

「それがどうしたって言うんだ？　おまえたちが俺《おれ》の店の通りに吸魂鬼《きゅうこんき》を送《おく》り込《こ》んだから、俺《おれ》は守《しゅ》護霊《ごれい》をけしかけたんだ！　あいつらにこの周りをうろつかれるのはごめんだ、そう言ったはずだぞ。あいつらはお断《ことわ》りだ！」

「あれは貴様《きさま》の守護霊《しゅごれい》じゃなかった！」死喰《しく》い人《びと》の一人が言った。「牡鹿《おじか》だった。あれはポッターのだ！」

「牡鹿《おじか》！」バーテンはどなり返して杖《つえ》を取り出した。「牡鹿《おじか》！　このバカ――エクスペクト　パトローナム！　守護霊《しゅごれい》よ来たれ！」

杖《つえ》から何か大きくて角のあるものが飛び出し、頭を低くしてハイストリート通りに突《つ》っ込《こ》み、姿《すがた》が見えなくなった。

「俺《おれ》が見たのはあれじゃない――」

そう言いながらも、死喰《しく》い人《びと》は少し自信をなくした口調だった。

「夜間外出禁止令《やかんがいしゅつきんしれい》が破《やぶ》られた。あの音を聞いたろう」仲間の死喰《しく》い人《びと》がバーテンに言った。「誰《だれ》かが規則《きそく》を破《やぶ》って通りに出たんだ――」

「猫《ねこ》を外に出したいときには、俺《おれ》は出す。外出禁止《がいしゅつきんし》なんてくそくらえだ！」

「『夜鳴《よな》き呪文《じゅもん》』を鳴らしたのは、**貴様《きさま》か？**」

「鳴らしたがどうした？　無理やりアズカバンに引《ひ》っ張《ぱ》っていくか？　自分の店の前に顔を突《つ》き出《だ》した咎《とが》で、俺《おれ》を殺すのか？　やりたきゃやれ！　だがな、おまえたちのために言うが、けちな闇《やみ》の印《しるし》を押《お》して、『あの人』を呼《よ》んだりしてないだろうな。呼《よ》ばれて来てみれば、俺《おれ》と年寄《としよ》り猫《ねこ》一匹《ぴき》じゃ、お気《き》に召《め》さんだろうよ。さあ、どうだ？」

「よけいなお世話だ」死喰《しく》い人《びと》の一人が言った。「貴様自身《きさまじしん》のことを心配しろ。夜間外出禁止令《やかんがいしゅつきんしれい》を破《やぶ》りやがって！」

「それじゃあ、俺《おれ》のパブが閉鎖《へいさ》になりゃ、おまえたちの薬や毒薬《どくやく》の取引はどこでする気だ？　おまえたちのこづかいかせぎはどうなるかねぇ？」

「脅《おど》す気か――？」

「俺《おれ》は口が固い。だから、おまえたちはここに来るんだろうが？」

「俺《おれ》はまちがいなく牡鹿《おじか》の守護霊《しゅごれい》を見た！」最初の死喰《しく》い人《びと》が叫《さけ》んだ。

「牡鹿《おじか》だと？」バーテンが吠《ほ》え返《かえ》した。「**山羊《やぎ》だ**、バカめ！」

「まあ、いいだろう。俺《おれ》たちのまちがいだ」二人目の死喰《しく》い人《びと》が言った。「今度外出禁止令《がいしゅつきんしれい》を破《やぶ》ってみろ、この次はそう甘《あま》くはないぞ！」

死喰《しく》い人《びと》たちは鼻息も荒《あら》く、大通りへ戻《もど》っていった。ハーマイオニーは、ホッとしてうめき声を上げ、ふらふらとマントから出て、脚《あし》のがたついた椅子《いす》にドサリと腰《こし》かけた。ハリーはカーテンをきっちり閉《し》めてから、ロンと二人でかぶっていたマントを脱《ぬ》いだ。階下でバーテンが入口のかんぬきを閉めなおし《し》、階段《かいだん》を上がってくる音が聞こえた。

ハリーは、マントルピースの上にある何かに気を取られた。少女の絵の真下に、小さな長方形の鏡が立てかけてある。

バーテンが部屋に入ってきた。

「とんでもないバカ者どもだ」三人を交互《こうご》に見ながら、バーテンがぶっきらぼうに言った。「のこのこやってくるとは、どういう了見《りょうけん》だ？」

「ありがとうございました」ハリーが言った。「お礼の申し上げようもありません。命を助けてくださって」

バーテンは、フンと鼻を鳴らした。ハリーはバーテンに近づき、針金色《はりがねいろ》のパサついた長髪《ちょうはつ》とひげに隠《かく》れた顔を見分けるように、じっとのぞき込《こ》んだ。バーテンはめがねをかけていた。汚《よご》れたレンズの奥《おく》に、人を見透《みとお》すような明るいブルーの目があった。

「僕《ぼく》がいままで鏡の中に見ていたのは、あなたの目だった」

部屋の中がしんとなった。ハリーとバーテンは見つめ合った。

「あなたがドビーをつかわしてくれたんだ」

バーテンはうなずき、妖精《ようせい》を探《さが》すようにあたりを見た。

「あいつが一緒《いっしょ》だろうと思ったんだが。どこに置いてきた？」

「ドビーは死にました」ハリーが言った。「ベラトリックス・レストレンジに殺されました」

バーテンは無表情《むひょうじょう》だった。しばらくしてバーテンが言った。

「それは残念だ。あの妖精《ようせい》が気に入っていたのに」

バーテンは三人に背《せ》を向け、誰《だれ》の顔も見ずに、杖《つえ》でこづいてランプに灯《ひ》をともした。

「あなたはアバーフォースですね」ハリーがその背中《せなか》に向かって言った。

バーテンは肯定《こうてい》も否定《ひてい》もせずに、かがんで暖炉《だんろ》に火をつけた。

「これを、どうやって手に入れたのですか？」ハリーは、シリウスの「両面鏡」に近づきながら聞いた。ほぼ二年前にハリーが壊《こわ》した鏡と、対《つい》をなす鏡だった。

「ダングから買った。一年ほど前だ」アバーフォースが言った。「アルバスから、これがどういうものかを聞いていたんだ。ときどき君の様子を見るようにしてきた」

ロンが息をのんだ。

「銀色の牝鹿《めじか》！」ロンが興奮《こうふん》して叫《さけ》んだ。「あれもあなただったのですか？」

「いったいなんのことだ？」アバーフォースが言った。

「誰《だれ》かが、牝鹿《めじか》の守護霊《しゅごれい》を僕《ぼく》たちに送ってくれた！」

「それだけの脳《のう》みそがあれば、フン、死喰《しく》い人《びと》になれるかもしれんな。たったいま、俺《おれ》の守護霊《しゅごれい》は山羊《やぎ》だと証明《しょうめい》してみせただろうが？」

「あっ」ロンが言った。「そうか……あのさ、僕《ぼく》、腹《はら》ぺこだ！」

ロンは、胃袋《いぶくろ》がグーッと大きな音を立てたのを弁解《べんかい》するように、つけ加えた。

「食い物はある」アバーフォースはすっと部屋を抜《ぬ》け出《だ》し、大きなパンの塊《かたまり》とチーズ、蜂蜜酒《はちみつしゅ》の入った錫製《すずせい》の水差しを手に、ほどなく戻《もど》ってきて、暖炉前《だんろまえ》の小さなテーブルに置いた。三人は貪《むさぼ》るように飲み、かつ食べた。しばらくは、暖炉《だんろ》の火がはぜる音とゴブレットの触《ふ》れ合《あ》う音や物をかむ音以外は、なんの音もしなかった。

「さて、それじゃあ」三人がたらふく食い、ハリーとロンが、眠《ねむ》たそうに椅子《いす》に座《すわ》り込《こ》むと、アバーフォースが言った。「君たちをここから出す手立てを考えないといかんな。夜はだめだ。暗くなってから外に出たらどうなるか、聞いていただろう。『夜鳴《よな》き呪文《じゅもん》』が発動して、連中は、ドクシーの卵《たまご》に飛びかかるボウトラックルのように襲《おそ》ってくるだろう。牡鹿《おじか》を山羊《やぎ》と言いくるめるのも、二度目はうまくいくとは思えん。明け方まで待て。夜間外出禁止令《やかんがいしゅつきんしれい》が解《と》けるから、その時にまた『マント』をかぶって、歩いて出発しろ。まっすぐホグズミードを出て、山に行け。そこからなら『姿《すがた》くらまし』できるだろう。ハグリッドに会うかもしれん。あいつらに捕《つか》まりそうになって以来、グロウプと一緒《いっしょ》にあそこの洞穴《ほらあな》に隠《かく》れている」

「僕《ぼく》たちは逃《に》げません」ハリーが言った。「ホグワーツに行かなければならないんです」

「ばかを言うんじゃない」アバーフォースが言った。

「そうしなければならないんです」

「君がしなければならんのは」アバーフォースは身を乗り出して言った。「ここから、できるだけ遠ざかることだ」

「あなたにはわからないことです。あまり時間がない。僕《ぼく》たちは、城《しろ》に入らないといけないんだ。ダンブルドアが——あの、あなたのお兄さんが——僕《ぼく》たちにそうしてほしいと——」

暖炉《だんろ》の火が、アバーフォースのめがねの汚《よご》れたレンズを、一瞬曇《いっしゅんくも》らせ、明るい白一色にした。ハリーは巨大蜘蛛《きょだいぐも》のアラゴグの盲《めし》いた目を思い出した。

「兄のアルバスは、いろんなことを望んだ」アバーフォースが言った。「そして、兄が偉大《いだい》な計画を実行しているときには、決まってほかの人間が傷《きず》ついたものだ。ポッター、学校から離《はな》れるんだ。できれば国外に行け。俺《おれ》の兄の、賢《かしこ》い計画なんぞ忘《わす》れっちまえ。兄はどうせ、こっちのことでは傷《きず》つかない所に行ってしまったし、君は兄に対してなんの借りもない」

「あなたには、わからないことです」ハリーはもう一度言った。

「わからない？」アバーフォースは静かに言った。「俺《おれ》が、自分の兄のことを理解《りかい》していないと思うのかね？　俺《おれ》よりも君のほうが、アルバスのことをよく知っているとでも？」

「そういう意味ではありません」ハリーが言った。疲労《ひろう》と、食べすぎ飲みすぎで、頭が働かなくなっていた。「つまり……ダンブルドアは僕《ぼく》に仕事を遺《のこ》しました」

「へえ、そうかね？」アバーフォースが言った。「いい仕事だといいが？　楽しい仕事か？　簡単《かんたん》か？　半人前の魔法使《まほうつか》いの小僧《こぞう》が、あまり無理せずにできるような仕事だろうな？」

ロンはかなり不ゆかいそうに笑い、ハーマイオニーは緊張《きんちょう》した面持《おもも》ちだった。

「僕《ぼく》は――いいえ、簡単《かんたん》な仕事ではありません」ハリーが言った。「でも、僕《ぼく》には義務《ぎむ》が――」

「『義務《ぎむ》』？　どうして『**義務**《ぎむ》』なんだ？　兄は死んでいる。そうだろうが？」アバーフォースが荒々《あらあら》しく言った。「忘《わす》れるんだ。いいか、兄と同じ所に行っちまう前に！　自分を救うんだ！」

「できません」

「なぜだ？」

「僕《ぼく》――」ハリーは胸《むね》がいっぱいになった。説明できない。かわりにハリーは反撃《はんげき》した。「でも、あなたも戦っている。あなたも『不死鳥《ふしちょう》の騎士団《きしだん》』のメンバーだ――」

「だった」アバーフォースが言った。「『不死鳥《ふしちょう》の騎士団《きしだん》』はもうおしまいだ。『例のあの人』の勝ちだ。もう終わった。そうじゃないとぬかすやつは、自分をだましている。ポッター、ここは君にとってけっして安全ではない。ヴォルデモートは、執拗《しつよう》に君を求めている。国外に逃《に》げろ。隠《かく》れろ。自分を大切にするんだ。この二人も一緒《いっしょ》に連れていくほうがいい」

アバーフォースは親指をぐいと突《つ》き出《だ》して、ロンとハーマイオニーを指した。

「この二人が君と一緒《いっしょ》に行動していることは、もう誰《だれ》もが知っている。だから、生きているかぎり二人とも危険《きけん》だ」

「僕《ぼく》は行けない」ハリーが言った。「僕《ぼく》には仕事がある――」

「誰《だれ》かほかの人間に任《まか》せろ！」

「できません。僕《ぼく》でなければならない。ダンブルドアがすべて説明してくれた――」

「ほう、そうかね？　それで、何もかも話してくれたかね？　君に対して正直だったかね？」

ハリーは心底「そうだ」と言いたかった。しかし、なぜかその簡単《かんたん》な言葉が口をついて出てこなかった。アバーフォースは、ハリーが何を考えているかを知っているようだった。

「ポッター、俺《おれ》は兄を知っている。秘密主義《ひみつしゅぎ》を母親のひざで覚えたのだ。秘密《ひみつ》とうそをな。俺《おれ》たちはそうやって育った。そしてアルバスには……天性《てんせい》のものがあった」

老人の視線《しせん》が、マントルピースの上にかかっている少女の絵に移《うつ》った。ハリーがあらためてよく見回してみると、部屋にはその絵しかない。アルバス・ダンブルドアの写真もなければ、ほかの誰《だれ》の写真もない。

「ダンブルドアさん？」ハーマイオニーが遠慮《えんりょ》がちに聞いた。「あれは妹さんですか？　アリアナ？」

「そうだ」アバーフォースはそっけなく答えた。「娘《むすめ》さん、リータ・スキーターを読んでるのか？」

暖炉《だんろ》のバラ色の明かりの中でもはっきり見分けられるほど、ハーマイオニーは真っ赤になった。

「エルファイアス・ドージが、妹さんのことを話してくれました」

ハリーはハーマイオニーに助《たす》け舟《ぶね》を出した。

「あのしようもないばかが……」

アバーフォースはブツブツ言いながら、蜂蜜酒《はちみつしゅ》をまたぐいとあおった。

「俺《おれ》の兄の、毛穴《けあな》という毛穴《けあな》から太陽が輝《かがや》くと思っていたやつだ。まったく。まあ、そう思っていた連中はたくさんいる。どうやら、君たちもその類《たぐい》のようだが」

ハリーはだまっていた。ここ何か月もの間、自分を迷《まよ》わせてきたダンブルドアに対する疑《うたが》いや確《かく》信《しん》のなさを、口にしたくはなかった。ドビーの墓穴《はかあな》を掘《ほ》りながら、ハリーは選び取ったのだ。アルバス・ダンブルドアがハリーに示《しめ》した、曲がりくねった危険《きけん》な道をたどり続けると決心し、自分の知りたかったことのすべてを話してもらってはいないということも受け入れ、ただひたすら信じることに決めたのだ。再《ふたた》び疑《うたが》いたくはなかった。目的から自分をそらそうとするものには、いっさい耳を傾《かたむ》けたくなかった。ハリーは、アバーフォースの目を見つめ返した。驚《おどろ》くほどその兄のまなざしに似《に》ていた。明るいブルーの目は、やはり、相手をX線で透視《とうし》しているような印象《いんしょう》を与《あた》えた。ハリーは、アバーフォースが自分の考えを見透《みとお》し、そういう考え方をするハリーを軽蔑《けいべつ》していると思った。

「ダンブルドア先生は、ハリーのことをとても気にかけていました」

ハーマイオニーがそっと言った。

「へえ、そうかね？」アバーフォースが言った。「おかしなことに、兄がとても気にかけた相手の多くは、結局、むしろ放っておかれたほうがよかった、と思われる状態《じょうたい》になった」

「どういうことでしょう？」ハーマイオニーが小さな声で聞いた。

「気にするな」アバーフォースが言った。

「でも、いまおっしゃったことは、とても深刻《しんこく》なことだわ！」ハーマイオニーが言った。「それ――それは、妹さんのことですか？」

アバーフォースは、ハーマイオニーをにらみつけた。出かかった言葉をかみ殺しているかのように唇《くちびる》が動いた。そして、せきを切ったように話しだした。

「妹は六つのときに、三人のマグルの少年に襲《おそ》われ、暴力《ぼうりょく》をふるわれた。妹が魔法《まほう》を使っているところを、やつらは裏庭《うらにわ》の生《い》け垣《がき》からこっそりのぞいていたんだ。妹はまだ子供《こども》で、魔法力《まほうりょく》を制御《せいぎょ》できなかった。その年では、どんな魔法使《まほうつか》いだってできはせん。たぶん、見ていた連中は怖《こわ》くなったのだろう。生《い》け垣《がき》を押《お》し分《わ》けて入ってきた。もう一度やれと言われても、妹は魔法《まほう》を見せることができなかった。それでやつらは、風変わりなチビに変なまねをやめさせようと図に乗った」

暖炉《だんろ》の明かりの中で、ハーマイオニーの目は大きく見開かれていた。ロンは少し気分が悪そうな顔だった。アバーフォースが立ち上がった。兄のアルバス同様背《せ》の高いアバーフォースは、怒《いか》りと激《はげ》しい心の痛《いた》みで、突然《とつぜん》、恐《おそ》ろしい形相になった。

「妹はめちゃめちゃになった。やつらのせいで。二度と元には戻《もど》らなかった。魔法《まほう》を使おうとはしなかったが、魔法力《まほうりょく》を消し去ることはできなかった。魔法力《まほうりょく》が内にこもり、妹を狂《くる》わせた。自分で抑《おさ》えられなくなると、その力が内側から爆発《ばくはつ》した。妹はときどきおかしくなり、危険《きけん》になった。しかし、いつもはやさしく、おびえていて、誰《だれ》にも危害《きがい》を加えることはなかった」

「そして父は、そんなことをしたろくでなしを追い」アバーフォースが話を続けた。「そいつらを攻撃《こうげき》した。父はそのためにアズカバンに閉《と》じ込《こ》められてしまった。攻撃《こうげき》した理由を、父はけっして口にしなかった。魔法省《まほうしょう》がアリアナの状態《じょうたい》を知ったら、妹は、聖《せい》マンゴに一生閉《と》じ込《こ》められることになっただろう。アリアナのように精神不安定《せいしんふあんてい》で、抑《おさ》えきれなくなるたびに魔法《まほう》を爆発《ばくはつ》させるような状態《じょうたい》は、魔法省《まほうしょう》から、『国際機密保持法《こくさいきみつほじほう》』をいちじるしくおびやかす存在《そんざい》とみなされただろう」

「家族は、妹をそっと安全に護《まも》ってやらなければならなかった。俺《おれ》たちは引《ひ》っ越《こ》し、アリアナは病気だと言いふらした。母は妹の面倒《めんどう》を見て、安静に幸せに過《す》ごさせようとした」

「妹のお気に入りは、**俺**《おれ》だった」そう言ったとき、アバーフォースのもつれたひげに隠《かく》れたしわだらけの顔から、泥《どろ》んこの悪童が顔をのぞかせた。

「アルバスじゃない。あいつは家に帰ると、自分の部屋にこもりきりで、本を読んだりもらった賞《しょう》を数えたり、『当世の最も著名《ちょめい》な魔法使《まほうつか》いたち』と手紙のやり取りをするばかりだった」アバーフォースはせせら笑った。「**あいつは**、妹のことなんか関わり合いになりたくなかったんだ。妹は俺《おれ》のことが一番好きだった。母が食べさせようとしてもいやがる妹に、俺《おれ》なら食べさせることができた。アリアナが発作《ほっさ》を起こして激怒《げきど》しているときに、俺《おれ》ならなだめることができた。状態《じょうたい》が落ち着いているときは、俺《おれ》が山羊《やぎ》に餌《えさ》をやるのを手伝ってくれた」

「妹が十四歳《さい》のとき……いや、俺《おれ》はその場にいなかった」アバーフォースが言った。「俺《おれ》がいたならば、なだめることができたのに。妹がいつもの怒《いか》りの発作《ほっさ》を起こしたが、母はもう昔のように若《わか》くはなかった。それで……事故《じこ》だったんだ。アリアナには抑《おさ》えることができなかった。そして、母は死んだ」

ハリーは哀《あわ》れみと嫌悪感《けんおかん》の入りまじった、やりきれない気持ちになった。それ以上聞きたくなかった。しかしアバーフォースは話し続けた。アバーフォースが最後にこの話をしたのはいつのことだろう、いや、一度でも話したことがあるのだろうか、とハリーはいぶかった。

「そこで、アルバスの、あのドジなドージとの世界一周旅行は立ち消えになった。母の葬儀《そうぎ》のために、二人は家にやってきた。そのあと、ドージだけが出発し、アルバスは家長として落ち着いたってわけだ。フン！」

アバーフォースは、暖炉《だんろ》の火につばを吐《は》いた。

「俺《おれ》なら、妹の面倒《めんどう》を見てやれたんだ。俺《おれ》は、あいつにそう言った。学校なんてどうでもいい。家にいて、面倒《めんどう》を見るってな。兄は、俺《おれ》が最後まで教育を受けるべきだ、**自分が**母親から引《ひ》き継《つ》ぐ、とのたもうた。『秀才殿《しゅうさいどの》』も落ちぶれたものよ。心を病《や》んだ妹の面倒《めんどう》を見たところで、一日おきに妹が家を吹《ふ》っ飛《と》ばすのを阻止《そし》したところで、なんの賞《しょう》ももらえるものか。しかし兄は、数週間はなんとかかんとかやっていた……やつが来るまでは」

アバーフォースの顔に、今度こそまちがいなく危険《きけん》な表情《ひょうじょう》が浮《う》かんだ。

「グリンデルバルドだ。そして兄はやっと、自分と同等な話し相手に出会った。**自分同様**優秀《ゆうしゅう》で、才能豊《さいのうゆた》かな相手だ。すると、アリアナの面倒《めんどう》を見ることなんぞ二の次になった。二人は新しい魔法《まほう》界《かい》の秩序《ちつじょ》の計画を練ったり、『**秘宝**《ひほう》』を探《さが》したり、ほかにも興味《きょうみ》のおもむくままのことをした。すべての魔法族《まほうぞく》の利益《りえき》のための壮大《そうだい》な計画だ。一人の少女がないがしろにされようが、アルバスが『**より大きな善**《ぜん》**のため**』に働いているなら、なんの問題があろう？」

「しかし、それが数週間続いたとき、俺《おれ》はもうたくさんだと思った。ああ、そうだとも。俺《おれ》のホグワーツに戻《もど》る日が間近に迫《せま》っていた。だから、俺《おれ》は二人に言った。二人に面と向かって言ってやった。ちょうどいま、俺《おれ》が君に話しているように」

そしてアバーフォースはハリーを見下ろした。兄と対決する屈強《くっきょう》な怒《いか》れる十代のアバーフォースを、容易《ようい》に想像《そうぞう》できる姿《すがた》だった。

「俺《おれ》は兄に言った。すぐにやめろ。妹を動かすことはできない。動かせる状態《じょうたい》じゃない。どこに行こうと計画しているかは知らないが、おまえに従《したが》う仲間を集めるための小賢《こざか》しい演説《えんぜつ》に、妹を連れていくことはできないと、そう言ってやった。兄は気を悪くした」

めがねがまた暖炉《だんろ》の火を反射《はんしゃ》して白く光り、アバーフォースの目が一瞬《いっしゅん》さえぎられた。

「グリンデルバルドは、気を悪くするどころではなかった。やつは怒《おこ》った。――ばかな小童《こわっぱ》だ、自分と優秀《ゆうしゅう》な兄との行く手を邪魔《じゃま》しようとしている――。やつはそう言った……自分たちが世界を変えてしまえば、そして隠《かく》れている魔法使《まほうつか》いを表舞台《おもてぶたい》に出し、マグルに身の程《ほど》を知らせてやれば、俺《おれ》の哀《あわ》れな妹を隠《かく》しておく**必要も**なくなる。**それがわからないのか？**　とそう言った」

「口論《こうろん》になった……そして俺《おれ》は杖《つえ》を抜《ぬ》き、やつも抜《ぬ》いた。兄の親友ともあろう者が、俺《おれ》に『磔《はりつけ》の呪文《じゅもん》』をかけたのだ――アルバスはあいつを止めようとした。それからは三つ巴《みどもえ》の争いになり、閃《せん》光《こう》が飛びバンバン音がして、妹は発作《ほっさ》を起こした。アリアナには耐《た》えられなかったのだ――」

アバーフォースの顔から、まるで瀕死《ひんし》の重傷《じゅうしょう》を負ったように血の気が失《う》せていった。

「――だから、アリアナは助けようとしたのだと思う。しかし自分が何をしているのか、アリアナにはよくわかっていなかったのだ。そして、誰《だれ》がやったのかはわからないが――三人ともその可能《かのう》性《せい》はあった――妹は死んだ」

最後の言葉は泣き声になり、アバーフォースはかたわらの椅子《いす》にがっくりと座《すわ》り込《こ》んだ。ハーマイオニーの顔は涙《なみだ》にぬれ、ロンは、アバーフォースと同じくらい真っ青になっていた。ハリーは、激《はげ》しい嫌《けん》悪《お》感《かん》以《い》外《がい》、何も感じられなかった。聞かなければよかったと思った。聞いたことを、きれいさっぱり洗《あら》い流《なが》してしまいたいと思った。

「ほんとうに……ほんとうにお気の毒」ハーマイオニーがささやいた。

「逝《い》ってしまった」アバーフォースがかすれ声で言った。「永久《えいきゅう》に、逝《い》ってしまった」

アバーフォースはそで口で鼻をぬぐい、咳払《せきばら》いした。

「もちろん、グリンデルバルドのやつは、急いでずらかった。自国で前科のあるやつだから、アリアナのことまで自分の咎《とが》にされたくなかったんだ。そしてアルバスは自由になった。そうだろうが？　妹という重荷から解放《かいほう》され、自由に、最も偉大《いだい》な魔法使《まほうつか》いになる道を――」

「先生はけっして自由ではなかった」ハリーが言った。

「なんだって？」アバーフォースが言った。

「けっして」ハリーが言った。「あなたのお兄さんは、亡《な》くなったあの晩《ばん》、魔法《まほう》の毒薬《どくやく》を飲み、幻《げん》覚《かく》を見ました。叫《さけ》びだし、その場にいない誰《だれ》かに向かって懇願《こんがん》しました。『**あの者たちを傷《きず》つけないでくれ、頼《たの》む……かわりにわしを傷《きず》つけてくれ**』」

ロンとハーマイオニーは、目を見張《みは》ってハリーを見た。湖に浮《う》かぶ島で何が起こったのかを、ハリーは一度もくわしく話していなかった。ハリーとダンブルドアがホグワーツに戻《もど》ってからの一連の出来事の大きさが、その直前の出来事を完全に覆《おお》い隠《かく》してしまっていた。

「ダンブルドアは、あなたとグリンデルバルドのいる、昔の場面に戻《もど》っていたんだ。きっとそうだ」ハリーはダンブルドアのうめきと、すがるような言葉を思い出しながら言った。「先生は、グリンデルバルドが、あなたとアリアナとを傷《きず》つけている幻覚《げんかく》を見ていたんだ……それが先生にとっては拷問《ごうもん》だった。あの時のダンブルドアをあなたが見ていたら、自由になったなんて言わないはずだ」

アバーフォースは、節くれだって血管の浮《う》き出《で》た両手を見つめて、想《おも》いにふけっているようだった。しばらくして、アバーフォースが言った。

「ポッター、確信《かくしん》があるのか？　俺《おれ》の兄が、君自身のことより、より大きな善《ぜん》のほうに関心があったとは思わんのか？　俺《おれ》の小さな妹と同じように、君が使《つか》い捨《す》てにされているとは思わんのか？」

冷たい氷が、ハリーの心臓《しんぞう》を貫《つらぬ》いたような気がした。

「そんなこと信じないわ。ダンブルドアはハリーを愛していたわ」ハーマイオニーが言った。

「それなら、どうして身を隠《かく》せと言わんのだ？」アバーフォースが切り返した。「ポッターに、自分を大事にしろ、こうすれば生き残れる、となぜ言わんのだ？」

「なぜなら」ハーマイオニーより先に、ハリーが答えていた。「時には、自分自身の安全よりも、それ以上のことを考える**必要がある！**　時には、より大きな善《ぜん》のことを考え**なければならない！**

これは戦いなんだ！」

「君はまだ十七歳《さい》なんだぞ！」

「僕《ぼく》は成人だ。あなたがあきらめたって、僕《ぼく》は戦い続ける！」

「誰《だれ》があきらめたと言った？」

「『不死鳥《ふしちょう》の騎士団《きしだん》』はもうおしまいだ』」ハリーがくり返した。「『例のあの人』の勝ちだ。もう終わった。そうじゃないと言うやつは、自分をだましている』」

「それでいいと言ったわけじゃない。しかし、それがほんとうのことだ！」

「ちがう」ハリーが言った。「あなたのお兄さんは、どうすれば『例のあの人』の息の根を止められるかを知っていた。そして、その知識《ちしき》を僕《ぼく》に引《ひ》き渡《わた》してくれた。僕《ぼく》は続ける。やりとげるまで――でなければ、僕《ぼく》が倒《たお》れるまでだ。どんな結末になるかを、僕《ぼく》が知らないなんて思わないでください。僕《ぼく》にはもう、何年も前からわかっていたことなんです」

ハリーはアバーフォースがあざけるか、それとも反論《はんろん》するだろうと待ちかまえたが、どちらでもなかった。アバーフォースはただ、顔をしかめただけだった。

「僕《ぼく》たちは、ホグワーツに入らなければならないんです」ハリーがまた言った。「もし、あなたに助けていただけないのなら、僕《ぼく》たちは夜明けまで待って、あなたにはご迷惑《めいわく》をかけずに自分たちで方法を見つけます。**もし助けていただけるなら**――そうですね、いますぐ、そう言っていただけるといいのですが」

アバーフォースは椅子《いす》に座《すわ》ったまま動かず、驚《おどろ》くほど兄と瓜二《うりふた》つの目で、ハリーをじっと見つめていた。やがて咳払《せきばら》いをして、アバーフォースはついと立ち上がり、小さなテーブルを離《はな》れてアリアナの肖像画《しょうぞうが》のほうに歩いていった。

「おまえは、どうすればよいかわかっているね」アバーフォースが言った。

アリアナはほほえんで、後ろを向いて歩きはじめた。肖像画《しょうぞうが》に描《えが》かれた人たちが普通《ふつう》するように、額縁《がくぶち》の縁《ふち》から出ていくのではなく、背後《はいご》に描《えが》かれた長いトンネルに入っていくような感じだった。か細い姿《すがた》がだんだん遠くなり、ついに暗闇《くらやみ》に飲《の》み込《こ》まれてしまうまで、ハリーたちはアリアナを見つめていた。

「あのぅ――これは――？」ロンが何か言いかけた。

「入口はいまやただ一つ」アバーフォースが言った。「やつらは、昔からの秘密《ひみつ》の通路を全部押《お》さえていて、その両端《りょうたん》をふさいだ。学校と外とを仕切る壁《かべ》の周りは吸魂鬼《きゅうこんき》が取《と》り巻《ま》き、俺《おれ》の情報網《じょうほうもう》によれば、校内は定期的に見張《みは》りが巡回《じゅんかい》している。あの学校が、これほど厳重《げんじゅう》に警備《けいび》されたことは、いまだかつてない。中に入れたとしても、スネイプが指揮《しき》をとり、カロー兄妹《きょうだい》が副指揮官《ふくしきかん》だ。そんな所で、君たちに何ができるのやら……まあ、それは、そっちが心配することだな？　君は死ぬ覚悟《かくご》があると言った」

「でも、どういうこと……？」

アリアナの絵を見て顔をしかめながら、ハーマイオニーが言った。

絵に描《か》かれたトンネルのむこう側に、再《ふたた》び白い点が現《あらわ》れ、アリアナが今度はこちらに向かって歩いてきた。近づくにつれて、だんだん姿《すがた》が大きくなってくる。さっきとちがって、アリアナよりも背《せ》の高い誰《だれ》かが一緒《いっしょ》だ。足を引きずりながら、興奮《こうふん》した足取りでやってくる。その男の髪《かみ》はハリーの記憶《きおく》よりもずっと長く伸《の》び、顔には数箇所《すうかしょ》切り傷《きず》が見える。服は引《ひ》き裂《さ》かれて破《やぶ》れていた。二人の姿《すがた》はだんだん大きくなり、ついに顔と肩《かた》で画面が埋《う》まるほどになった。そして、その画面全部が、壁《かべ》の小さな扉《とびら》のようにパッと前に開き、本物のトンネルの入口が現《あらわ》れた。その中から、伸《の》び放《ほう》題《だい》の髪《かみ》に傷《きず》を負った顔、引《ひ》き裂《さ》かれた服の、本物のネビル・ロングボトムが這《は》い出《だ》してきた。ネビルは大きな歓声《かんせい》を上げながら、マントルピースから飛び下りて叫《さけ》んだ。

「君が来ると信じていた！　**僕《ぼく》は信じていた！　ハリー！**」

第二十九章　失《うしな》われた髪《かみ》飾《かざ》り

「ネビル――いったい――どうして――？」

ロンとハーマイオニーを見つけたネビルは、歓声《かんせい》を上げて二人を抱《だ》きしめていた。ハリーは、見れば見るほど、ネビルがひどい姿《すがた》なのに気がついた。片方《かたほう》の目は腫《は》れ上《あ》がり、黄色や紫《むらさき》のあざになっているし、顔には深くえぐられたような痕《あと》がある。全体にぼろぼろで、長い間、厳《きび》しい生活をしていた様子が見て取れた。それでも、ハーマイオニーから離《はな》れたときのネビルは、傷《きず》だらけの顔を幸せそうに輝《かがや》かせて言った。

「君たちが来ることを信じてた！　時間の問題だって、シェーマスにそう言い続けてきたんだ！」

「ネビル、いったいどうしたんだ？」

「え？　これ？」

ネビルは首を振《ふ》って、傷《きず》のことなど一蹴《いっしゅう》した。

「こんなのなんでもないよ。シェーマスのほうがひどい。いまにわかるけど。それじゃ、行こうか？　あ、そうだ」

ネビルはアバーフォースを見た。

「アブ、あと二人来るかもしれないよ」

「あと二人？」

アバーフォースは険悪《けんあく》な声でくり返した。

「何を言ってるんだ、ロングボトム、あと二人だって？　夜間外出禁止令《やかんがいしゅっきんしれい》が出ていて、村中に『夜《よ》鳴《な》き呪文《じゅもん》』がかけられてるんだ！」

「わかってるよ。だからその二人は、このパブに直接《ちょくせつ》『姿《すがた》あらわし』するんだ」ネビルが言った。

「ここに来たら、この通路からむこう側によこしてくれる？　ありがとう」

ネビルは手を差し出して、ハーマイオニーがマントルピースによじ登り、トンネルに入るのを助けた。ロンがそのあとに続き、それからネビルが入った。ハリーはアバーフォースに挨拶《あいさつ》した。

「なんとお礼を言ったらいいのか。あなたは僕《ぼく》たちの命を二度も助けてくださいました」

「じゃ、その命を大切にするんだな」

アバーフォースがぶっきらぼうに言った。

「三度は助けられないかもしれんからな」

ハリーはマントルピースによじ登り、アリアナの肖像画《しょうぞうが》の後ろの穴《あな》に入った。絵の裏側《うらがわ》には、なめらかな石の階段《かいだん》があり、もう何年も前からトンネルがそこにあるように見えた。真鍮《しんちゅう》のランプが壁《かべ》にかかり、地面は踏《ふ》み固《かた》められて平らだ。歩く四人の影《かげ》が、壁《かべ》に扇《おうぎ》のように折れて映《うつ》っていた。

「この通路、どのくらい前からあるんだ？」

歩きだすとすぐに、ロンが聞いた。

「『忍《しの》びの地図《ちず》』にはないぞ。な、ハリー、そうだろ？　学校に出入りする通路は、七本しかないはずだよな？」

「あいつら、今学期の最初に、その通路を全部封鎖《ふうさ》したよ」ネビルが言った。「もう、どの道も絶《ぜっ》対《たい》通れない。入口には呪《のろ》いがかけられて、出口には死喰《しく》い人《びと》と吸魂鬼《きゅうこんき》が待《ま》ち伏《ぶ》せしてるもの」

ネビルはニコニコ顔で後ろ向きに歩きながら、三人の姿《すがた》をじっくり見ようとしていた。

「そんなことはどうでもいいよ……ね、ほんと？　グリンゴッツ破《やぶ》りをしたって？　ドラゴンに乗って脱出《だっしゅつ》したって？　知《し》れ渡《わた》ってるよ。みんな、その話で持ちきりだよ。テリー・ブートなんか、夕食のときに大広間でそのことを大声で言ったもんだから、カローにぶちのめされた！」

「うん、ほんとだよ」ハリーが言った。

ネビルは大喜びで笑った。

「ドラゴンは、どうなったの？」

「自然に帰した」ロンが言った。「ハーマイオニーなんか、ペットとして飼《か》いたがったけどさ――」

「大げさに言わないでよ、ロン――」

「でも、これまで何していたの？　みんなは、君が逃《に》げ回《まわ》ってるだけだって言ってたけど、ハリー、僕《ぼく》はそうは思わない。何か目的があってのことだと思う」

「そのとおりだよ」ハリーが言った。「だけど、ホグワーツのことを話してくれよ、ネビル、僕《ぼく》たちなんにも聞いてないんだ」

「学校は……そうだな、もう以前のホグワーツじゃない」ネビルが言った。

話しながら笑顔《えがお》が消えていった。

「カロー兄妹《きょうだい》のことは知ってる？」

「ここで教えている、死喰《しく》い人《びと》の兄妹《きょうだい》のこと？」

「教えるだけじゃない」ネビルが言った。「規律係《きりつがかり》なんだ。体罰《たいばつ》が好きなんだよ、あのカロー兄妹《きょうだい》は」

「アンブリッジみたいに？」

「ううん、二人にかかっちゃ、アンブリッジなんてかわいいもんさ。ほかの先生も、生徒が何か悪さをすると、全部カロー兄妹《きょうだい》に引《ひ》き渡《わた》すことになってるんだ。だけど、渡《わた》さない。できるだけさけようとしてるんだよ。先生たちも僕《ぼく》らと同じくらい、カロー兄妹《きょうだい》を嫌《きら》ってるのがわかるよ」

「アミカス、あの男、かつての『闇《やみ》の魔術《まじゅつ》に対《たい》する防衛術《ぼうえいじゅつ》』を教えてるんだけど、いまじゃ『闇《やみ》の魔術《まじゅつ》』そのものだよ。僕《ぼく》たち、罰則《ばっそく》を食らった生徒たちに『磔《はりつけ》の呪文《じゅもん》』をかけて練習することになってる——」

「えぇっ？」

ハリー、ロン、ハーマイオニーの声が一緒《いっしょ》になって、トンネルの端《はし》から端《はし》まで響《ひび》いた。

「うん」ネビルが言った。「それで僕《ぼく》はこうなったのさ」

ネビルは、ほおの特に深い切《き》り傷《きず》を指差した。

「僕《ぼく》がそんなことはやらないって言ったから。でも、はまってるやつもいる。クラッブとゴイルなんか、喜んでやってるよ。たぶん、あいつらが一番になったのは、これが初めてじゃないかな」

「妹のアレクトのほうは『マグル学』を教えていて、これは必須科目《ひっすかもく》。僕《ぼく》たち全員があいつの講義《こうぎ》を聞かないといけないんだ。マグルは獣《けもの》だ、まぬけで汚《きたな》い、魔法使《まほうつか》いにひどい仕打ちをして追い立て、隠《かく》れさせたとか、自然の秩序《ちつじょ》がいま、再構築《さいこうちく》されつつある、なんてさ。この傷《きず》は」ネビルは、顔のもう一つの切《き》り傷《きず》を指した。「アレクトに質問《しつもん》したら、やられた。おまえにもアミカスにも、どのくらいマグルの血が流れてるかって、聞いてやったんだ」

「おっどろいたなぁ、ネビル」ロンが言った。「気の利《き》いたセリフは、時と場所を選んで言うもんだ」

「君は、あいつの言うことを聞いてないから」ネビルが言った。「君だってきっとがまんできなかったよ。それより、あいつらに抵抗《ていこう》して誰《だれ》かが立ち上がるのは、いいことなんだ。それがみんなに希望を与《あた》える。僕《ぼく》はね、ハリー、君がそうするのを見て、それに気づいていたんだ」

「だけど、あいつらに包丁研《ほうちょうと》ぎがわりに使われっちまったな」

ちょうどランプのそばを通り、ネビルの傷痕《きずあと》がくっきりと浮《う》き彫《ぼ》りにされて、ロンは少し、たじろぎながら言った。

ネビルは肩《かた》をすくめた。

「かまわないさ。あいつらは純血《じゅんけつ》の血をあまり流したくないから、口が過《す》ぎればちょっと痛《いた》い目を見させるけど、僕《ぼく》たちを殺しはしない」

ネビルの話している内容《ないよう》のひどさと、それがごくあたりまえだというネビルの話の調子と、どちらがより嘆《なげ》かわしいのか、ハリーにはわからなかった。

「ほんとうに危《あぶ》ないのは、学校の外で友達とか家族が問題を起こしている生徒たちなんだ。そういう子たちは、人質《ひとじち》に取られている。あのゼノ・ラブグッドは『ザ・クィブラー』でちょっとズバズバ言いすぎたから、クリスマス休暇《きゅうか》で帰る途中《とちゅう》の汽車で、ルーナが引《ひ》っ張《ぱ》っていかれた」

「ネビル、ルーナは大丈夫《だいじょうぶ》だ。僕《ぼく》たちルーナに会った――」

「うん、知ってる。ルーナがうまくメッセージを送ってくれたから」

ネビルは、ポケットから金貨を取り出した。ハリーは、それがダンブルドア軍団《ぐんだん》の連絡《れんらく》に使った偽《にせ》のガリオン金貨だと、すぐわかった。

「これ、すごかったよ」

ネビルはハーマイオニーに、ニッコリと笑顔《えがお》を向けた。

「カロー兄妹《きょうだい》は、僕《ぼく》たちがどうやって連絡《れんらく》し合うのか全然見破《みやぶ》れなくて、頭に来てたよ。僕《ぼく》たち、夜にこっそり抜《ぬ》け出《だ》して、**『ダンブルドア軍団《ぐんだん》、まだ募集中《ぼしゅうちゅう》』**とか、いろいろ壁《かべ》に落書きしていたんだ。スネイプは、それが気に入らなくてさ」

「して**いた？**」ハリーは、過去形《かこけい》なのに気づいた。

「うーん、だんだん難《むずか》しくなってきてね」ネビルが言った。

「クリスマスにはルーナがいなくなったし、ジニーはイースターのあと、戻《もど》ってこなかった。僕《ぼく》たち三人が、リーダーみたいなものだったんだ。カロー兄妹《きょうだい》は、事件《じけん》の陰《かげ》に僕《ぼく》がいるって知ってたみたいで、だから僕《ぼく》を厳《きび》しく抑《おさ》えにかかった。それから、マイケル・コーナーが、やつらに鎖《くさり》でつながれた一年生を一人解《と》き放《はな》してやっているところを捕《つか》まって、ずいぶんひどく痛《いた》めつけられた。それで、みんな震《ふる》え上《あ》がったんだ」

「マジかよ」上り坂になってきたトンネルを歩きながら、ロンがつぶやいた。

「ああ、でもね、みんなにマイケルみたいな目にあってくれ、なんて頼《たの》めないから、そういう目立つことはやめた。でも、僕《ぼく》たち戦い続けたんだ。地下運動に変えて、二週間前まではね。ところが、あいつらとうとう、僕《ぼく》にやめさせる道は一つしかないと思ったんだろうな。それで、ばあちゃんを捕《つか》まえようとした」

「**なんだって？**」ハリー、ロン、ハーマイオニーが同時に声を上げた。

「うん」坂が急勾配《きゅうこうばい》になって少し息を切らしながら、ネビルが言った。

「まあね、やつらの考え方はわかるよ。親たちをおとなしくさせるために子供《こども》を誘拐《ゆうかい》するっていうのは、うまくいった。それなら、その逆《ぎゃく》を始めるのは時間の問題だったと思うよ。ところが――」

ネビルが三人を振《ふ》り返《かえ》った。その顔がニヤッと笑っているのを見て、ハリーは驚《おどろ》いた。

「あいつら、ばあちゃんをあなどった。ひとり暮《ぐ》らしの老魔女《ろうまじょ》だ、特に強力なのを送《おく》り込《こ》む必要はないって、たぶんそう思ったんだろう。とにかく――」

ネビルは声を上げて笑った。

「ドーリッシュはまだ聖《せい》マンゴに入院中で、ばあちゃんは逃亡中《とうぼうちゅう》だ。ばあちゃんから手紙が来たよ」

ネビルはローブの胸《むね》ポケットをポンとたたいた。

「僕《ぼく》のことを誇《ほこ》りに思うって。それでこそ親に恥《は》じない息子《むすこ》だ、がんばれって」

「かっこいい」ロンが言った。

「うん」ネビルがうれしそうに言った。

「ただね、僕《ぼく》を抑《おさ》える手段《しゅだん》がないと気づいたあとは、あいつら、ホグワーツには結局、僕《ぼく》なんかいらないと決めたみたいだ。僕《ぼく》を殺そうとしているのか、アズカバン送りにするつもりなのかは知らないけど、どっちにしろ、僕《ぼく》は姿《すがた》を消す時が来たって気づいたんだ」

「だけど――」

ロンがさっぱりわからないという顔で言った。

「僕《ぼく》たち――僕《ぼく》たち、まっすぐホグワーツに向かっているんじゃないのか？」

「もちろんさ」ネビルが言った。「すぐわかるよ。ほら着いた」

角を曲がると、トンネルはそのすぐむこうで終わっていた。短い階段《かいだん》があって、その先に、アリアナの肖像《しょうぞう》画《が》の背後《はいご》に隠《かく》されていたと同じような扉《とびら》があった。ネビルは扉《とびら》を押《お》し開《あ》けてよじ登り、くぐり抜《ぬ》けた。ハリーもあとに続いた。ネビルが、見えない人々に向かって呼《よ》びかける声が聞こえた。

「この人だーれだ！　僕《ぼく》の言ったとおりだろ？」

ハリーが通路のむこう側の部屋に姿《すがた》を現《あらわ》すと、数人が悲鳴や歓声《かんせい》を上げた。

「ハリー！」

「ポッターだ。**ポッターだよ！**」

「ロン！」

「ハーマイオニー！」

色鮮《いろあざ》やかな壁飾《かべかざ》りやランプや大勢《おおぜい》の顔が見え、ハリーは頭が混乱《こんらん》した。次の瞬間《しゅんかん》、ハリー、ロン、ハーマイオニーの三人は、二十人以上の仲間に取り囲まれ、抱《だ》きしめられて背中《せなか》をたたかれ、髪《かみ》の毛をくしゃくしゃにされ、握手攻《あくしゅぜ》めにあった。たったいま、クィディッチの決勝戦で優勝《ゆうしょう》したかのようだった。

「**オッケー**、オッケー、落ち着いてくれ！」

ネビルが呼《よ》びかけ、みんなが一歩退《しりぞ》いたので、ハリーはようやく周りの様子を眺《なが》めることができた。

まったく見覚えのない部屋だった。とびきり贅沢《ぜいたく》な樹上《じゅじょう》の家の中か、巨大《きょだい》な船室のような感じの大きな部屋だった。色とりどりのハンモックが、天井《てんじょう》から、そして窓《まど》のない黒っぽい板壁《いたかべ》に沿《そ》って張《は》り出《だ》したバルコニーからぶら下がっている。板壁《いたかべ》は、鮮《あざ》やかなタペストリーで覆《おお》われていた。タペストリーは、深紅《しんく》の地にグリフィンドールの金色のライオンの縫《ぬ》い取《と》り、黄色地にハッフルパフの黒い穴熊《あなぐま》、そして青地にレイブンクローのブロンズ色の鷲《わし》だ。銀と緑のスリザリンだけがない。本でふくれ上がった本棚《ほんだな》、壁《かべ》に立てかけた箒《ほうき》が数本、そして隅《すみ》には大きな木のケースに入ったラジオがある。

「ここはどこ？」

「『必要の部屋』に決まってるよ！」ネビルが言った。

「いままでで最高だろう？　カロー兄妹《きょうだい》が僕《ぼく》を追いかけていた。それで、隠《かく》れ場《ば》所《しょ》はここしかないと思ったんだ。なんとか入《はい》り込《こ》んだら、中はこんなになってたんだ！　最初に僕《ぼく》が入ったときは、全然こんなじゃなくて、ずっと小さかった。ハンモックが一つとグリフィンドールのタペストリーだけだったんだ。でも、ダンブルドア軍団《ぐんだん》のメンバーがどんどん増《ふ》えるに連れて、部屋が広がったんだよ」

「それで、カロー兄妹《きょうだい》は入れないのか？」

ハリーは扉《とびら》を探《さが》して、ぐるりと見回しながら聞いた。

「ああ」

シェーマス・フィネガンが答えた。

ハリーは、その声を聞くまでシェーマスだとわからなかった。それほど傷《きず》だらけで、腫《は》れ上《あ》がった顔だった。

「ここはきちんとした隠《かく》れ家《が》だ。僕《ぼく》たちの誰《だれ》かが中にいるかぎり、やつらは手を出せない。扉《とびら》が開かないんだ。全部ネビルのおかげさ。ネビルはほんとうにこの部屋を**理解《りかい》してる**。この部屋に、必要なことを**正確《せいかく》に**頼《たの》まないといけないんだ――たとえば、『カローの味方は、誰《だれ》もここに入れないようにしたい』――そしたら、この部屋はそのようにしてくれる！　ただ、絶対《ぜったい》に抜《ぬ》け穴《あな》がないようにしておかなきゃならないのさ！　ネビルはすごいやつだ！」

「たいしたことじゃないんだ。ほんと」

ネビルは謙遜《けんそん》した。

「ここに一日半ぐらい隠《かく》れていたら、すごくお腹《なか》がすいて、それで、何か食べるものが欲《ほ》しいって願った。『ホッグズ・ヘッド』への通路が開いたのは、その時だよ。そのトンネルを通っていったら、アバーフォースに会った。アバーフォースが僕《ぼく》たちに、食料を提供《ていきょう》してくれているんだ。なぜかこの『必要の部屋』は、それだけはしてくれない」

「うん、まあ、食料は『ガンプの元素変容《げんそへんよう》の法則《ほうそく》』の五つの例外の一つだからな」

ロンの言葉に、みんなあっけに取られた。

「それで、僕《ぼく》たち、もう二週間近く、ここに隠《かく》れているんだ」シェーマスが言った。「ハンモックが必要になるたびに、この部屋は追加してくれるし、女子が入ってくるようになったら、急にとてもいい風呂場《ふろば》が――」

「――女子がちゃんと体を洗《あら》いたいと思ったから、現《あらわ》れたの。ええそうよ」

ラベンダー・ブラウンが説明を加えた。ハリーはその時まで、ラベンダーがいることに気づかなかった。あらためてきちんと部屋を見回すと、ハリーの見知った顔がたくさんいるのに気がついた。双子《ふたご》のパチル姉妹もいるし、そのほかにも、テリー・ブート、アーニー・マクミラン、アンソニー・ゴールドスタイン、マイケル・コーナー。

「ところで、君たちが何をしていたのか、教えてくれよ」アーニーが言った。

「うわさがあんまり多すぎてね、僕《ぼく》たち『ポッターウオッチ』で、なんとか君の動きに追いつくようにしてきたんだ」

アーニーは、ラジオを指差した。

「君たちまさか、グリンゴッツ破《やぶ》りなんか、していないだろう?」

「したよ!」ネビルが言った。「それに、ドラゴンのこともほんとさ!」

バラバラと拍手《はくしゅ》が起こり、何人かが「ウワッ」と声を上げた。ロンは舞台俳優《ぶたいはいゆう》のようにおじぎした。

「何が目的だったの?」シェーマスが熱くなって聞いた。

三人は自分たちから質問《しつもん》することで、みんなの質問《しつもん》をかわそうとした。しかしその前に、稲妻形《いなずまがた》の傷痕《きずあと》に焼けるような激痛《げきつう》が走った。ハリーは、嬉々《きき》とした顔で知りたがっているみんなに急いで背《せ》を向けた。

「必要の部屋」は消え去り、ハリーは荒《あ》れはてた石造《いしづく》りの小屋の中に立っていた。足元のくさった床板《ゆかいた》がはぎ取られ、穴《あな》が開いたその脇《わき》に、掘《ほ》り出《だ》された黄金の箱がからっぽになって転がっていた。ヴォルデモートの怒《いか》りの叫《さけ》びが、ハリーの頭の中でガンガン響《ひび》いた。

ハリーは、全力を振《ふ》りしぼってヴォルデモートの心から抜《ぬ》け出《だ》し、ふらふらしながら自分のいる「必要の部屋」に戻《もど》ってきた。顔からは汗《あせ》が噴《ふ》き出《だ》し、ロンに支《ささ》えられて立っていた。

「ハリー、大丈夫《だいじょうぶ》?」ネビルが声をかけていた。

「腰《こし》かけたら？　たぶんつかれているせいじゃや——？」

「ちがうんだ」

ハリーはロンとハーマイオニーを見て、ヴォルデモートが分霊箱《ぶんれいばこ》の一つがなくなっているのに気づいたと、無言で伝えようとした。時間がどんどんなくなっていく。ヴォルデモートが次にホグワーツに来るという選択《せんたく》をしたなら、三人は機会を失ってしまう。

「僕《ぼく》たちは、先に進まなくちゃならない」

ハリーが言った。二人の表情《ひょうじょう》から、ハリーは理解《りかい》してくれたと思った。

「それじゃ、ハリー、僕《ぼく》たちは何をすればいい？」シェーマスが聞いた。「計画は？」

「計画？」ハリーがくり返した。

ヴォルデモートの激《はげ》しい怒《いか》りに再《ふたた》び引《ひ》っ張《ぱ》り込《こ》まれないようにと、ハリーはありったけの意思の力を使っていたし、傷痕《きずあと》は焼けるように痛《いた》み続けていた。

「そうだな、僕《ぼく》たちは——ロンとハーマイオニーと僕《ぼく》だけど——やらなくちゃいけないことがあるんだ。そのあとは、ここから出ていく」

今度は、笑う者も「ウワッ」と言う者もいなかった。ネビルが困惑《こんわく》した顔で言った。

「どういうこと？『ここから出ていく』って？」

「ここにとどまるために、戻《もど》ってきたわけじゃない」

ハリーは痛《いた》みをやわらげようと傷痕《きずあと》をさすりながら言った。

「僕《ぼく》たちは大切なことをやらなければならないんだ——」

「なんなの?」

「僕《ぼく》——僕《ぼく》、話せない」

ブツブツというつぶやきがさざなみのように広がった。ネビルは眉根《まゆね》を寄《よ》せた。

「どうして僕《ぼく》たちに話せないの? 『例のあの人』との戦いに関係したことだろう?」

「それは、うん——」

「なら、僕《ぼく》たちが手伝う」

ダンブルドア軍団《ぐんだん》のほかのメンバーも、ある者は熱心に、ある者は厳粛《げんしゅく》にうなずいた。中の二人が椅子《いす》から立ち上がり、すぐにでも行動する意思を示《しめ》した。

「君たちにはわからないことなんだ」

ハリーは、ここ数時間の間に、この言葉を何度も言ったような気がした。

「僕《ぼく》たち——君たちには話せない。どうしても、やらなければならないんだ——僕《ぼく》たちだけで」

「どうして?」ネビルが尋《たず》ねた。

「どうしてって……」

最後の分霊箱《ぶんれいばこ》を探《さが》さなければと焦《あせ》り、少なくとも、どこから探《さが》しはじめたらいいかを、ロンとハーマイオニーの二人だけと話したいと焦《あせ》るあまり、ハリーはなかなか考えがまとまらなかった。額《ひたい》の傷痕《きずあと》は、まだジリジリと焼けるように痛《いた》んでいた。

「ダンブルドアは、僕《ぼく》たち三人に仕事を遺《のこ》した」ハリーは慎重《しんちょう》に答えた。「そして、そのことを話すわけには――つまり、ダンブルドアは、僕《ぼく》たちに、三人だけにその仕事をしてほしいと考えていたんだ」

「僕《ぼく》たちはその軍団《ぐんだん》だ」ネビルが言った。「ダンブルドア軍団《ぐんだん》なんだ。僕《ぼく》たちはそこで全員結ばれている。君たちが三人だけで行動していた間、僕《ぼく》たちは軍団《ぐんだん》の活動を続けてきた――」

「おい、僕《ぼく》たちはピクニックに行ってたわけじゃないぜ」ロンが言った。

「そんなこと、一度も言ってないよ。でも、どうして僕《ぼく》たちを信用できないのか、わからない。この『部屋』にいる全員が戦ってきた。だからカロー兄妹《きょうだい》に狩《か》り立《た》てられて、ここに追《お》い込《こ》まれてきたんだ。ここにいる者は全員、ダンブルドアに忠実《ちゅうじつ》なことを証明《しょうめい》してきた――君に忠実《ちゅうじつ》なことを」

「聞いてくれ――」

ハリーは、そのあと何を言うのか考えていなかったが、言う必要もなくなった。ちょうどその時、背後《はいご》のトンネルの扉《とびら》が開いたからだ。

「伝言を受け取ったわ、ネビル！　こんばんは。あたし、三人ともきっとここにいると思ったもン！」ルーナとディーンだった。シェーマスは吠《ほ》えるような歓声《かんせい》を上げてディーンに駆《か》け寄《よ》り、無二の親友を抱《だ》きしめた。

「みんな、こんばんは！」ルーナがうれしそうに言った。「ああ、戻《もど》ってこられてよかった！」

「ルーナ」

ハリーは気をそらされてしまった。

「君、どうしたの？　どうしてここに——？」

「僕《ぼく》が呼《よ》んだんだ」

ネビルが、偽《にせ》ガリオン金貨を見せながら言った。

「僕《ぼく》、ルーナとジニーに、君が現《あらわ》れたら知らせるって、約束したんだ。君が戻《もど》ってきたら、その時は革命《かくめい》だって、僕《ぼく》たち全員そう思ってた。スネイプとカロー兄妹《きょうだい》を打倒《だとう》するんだって」

「もちろん、そういうことだもン」

ルーナが明るく言った。

「そうでしょ、ハリー？　戦ってあいつらをホグワーツから追い出すのよね？」

「待ってくれ」

ハリーはせっぱ詰《つ》まって、焦《あせ》りをつのらせた。

「すまない、みんな。でも、僕《ぼく》たちは、そのために戻《もど》ってきたんじゃないんだ。しなければならないことがある。そのあとは——」

「僕《ぼく》たちを、こんなひどい状態《じょうたい》のまま残していくのか?」マイケル・コーナーが詰《つ》め寄《よ》った。

「ちがう!」ロンが言った。「僕《ぼく》たちがやろうとしていることは、結局はみんなのためになるんだ。すべては、『例のあの人』をやっつけるためなんだ——」

「それなら手伝わせてくれ!」ネビルが怒《おこ》ったように言った。「僕《ぼく》たちも、それに加わりたいんだ!」

またしても背後《はいご》で物音がして、ハリーは振《ふ》り返《かえ》った。とたんに心臓《しんぞう》が止まったような気がした。壁《かべ》の穴《あな》をよじ登ってきたのはジニーだった。すぐ後ろにフレッド、ジョージ、リー・ジョーダンが続いていた。ジニーは、ハリーに輝《かがや》くような笑顔《えがお》を向けた。ハリーは、ジニーがこんなに美しいことを忘《わす》れていた。いや、これまで充分《じゅうぶん》に気がついていなかった。しかし、ジニーを見て、これほどうれしくなかったこともない。

「アバーフォースのやつ、ちょっといらついてたな」

フレッドは、何人かの歓迎《かんげい》の声に応《こた》えるように手を挙げながら言った。

「ひと眠《ねむ》りしたいのに、あの酒場が駅になっちまってさ」

ハリーは口をあんぐり開けた。リー・ジョーダンの後ろから、ハリーの昔のガールフレンドのチョウ・チャンが現《あらわ》れ、ハリーにほほえみかけていた。

「伝言を受け取ったわ」

チョウは、偽《にせ》ガリオン金貨を持った手を挙げ、マイケル・コーナーのほうに歩いていって、横に座《すわ》った。

「さあ、どういう計画だ、ハリー？」ジョージが言った。

「そんなものはない」

ハリーは、急にこれだけの人間が現《あらわ》れたことにとまどい、しかも傷痕《きずあと》の激《はげ》しい痛《いた》みのせいで、状《じょう》況《きょう》が充分《じゅうぶん》に消化しきれていなかった。

「実行しながら、計画をでっち上げるわけだな？　俺《おれ》の好みだ」フレッドが言った。

「こんなこと、やめてくれ！」ハリーがネビルに言った。

「なんのために、みんなを呼《よ》び戻《もど》したんだ？　正気の沙汰《さた》じゃない――」

「僕《ぼく》たち、戦うんだろう？」

ディーンが、自分の偽《にせ》ガリオン金貨を取り出しながら言った。

「伝言は、こうだ。『ハリーが戻《もど》った。僕《ぼく》たちは戦う！』だけど、僕《ぼく》は杖《つえ》がいるな――」

「持ってないのか、**杖《つえ》を**――？」シェーマスが何か言いかけた。

ロンが、突然《とつぜん》ハリーに向かって言った。

「みんなに手伝ってもらったら？」

「えっ？」

「手伝ってもらえるよ」

ロンは、ハリーとロンの間に立っているハーマイオニーにしか聞こえないように、声を落として言った。

「あれがどこにあるか、僕《ぼく》たちにはわかってない。早いとこ見つけないといけないだろ。みんなにはそれが分霊箱《ぶんれいばこ》だなんて言う必要はないからさ」

ハリーはロンとハーマイオニーを交互《こうご》に見た。ハーマイオニーがヒソヒソ声で言った。

「ロンの言うとおりだわ。私《わたし》たち、何を探《さが》すのかさえわからないのよ。みんなの助けがいるわ」

ハリーがまだ納得《なっとく》しない顔でいると、ハーマイオニーがもうひと押《お》しした。

「ハリー、何もかも一人でやる必要はないわ」

傷痕《きずあと》がうずき続け、また頭が割《わ》れてしまいそうな予感がしながら、ハリーは急いで考えをめぐらせた。ダンブルドアは、分霊箱《ぶんれいばこ》のことはロンとハーマイオニー以外の誰《だれ》にも言うなと警告《けいこく》した。――**秘密《ひみつ》とうそをな。俺《おれ》たちはそうやって育った。そしてアルバスには……天性《てんせい》のものがあった**……ハリーは、ダンブルドアになろうとしているのだろうか。秘密《ひみつ》を胸《むね》に抱《かか》え、信用することを恐《おそ》れているのか？　しかしダンブルドアはスネイプを信じた。その結果どうなったか？　一番高い塔《とう》の屋上での殺人……。

「わかった」ハリーは二人に向かって小声で言った。

「よーし、みんな」ハリーが「必要の部屋」全体に呼《よ》びかけると、話し声がやんだ。近くにいる仲間に冗談《じょうだん》を飛ばしていたフレッドとジョージもぴたりと静かになり、全員が緊張《きんちょう》し、興奮《こうふん》しているように見えた。

「僕《ぼく》たちはあるものを探《さが》している」ハリーが言った。「それは――『例のあの人』を打倒《だとう》する助けになるものだ。このホグワーツにある。しかし、どこにあるのかはわからない。レイブンクローに属《ぞく》する何かかもしれない。誰《だれ》か、そういうものの話を聞いたことはないか？　誰《だれ》か、たとえば鷲《わし》の印がある何かを、どこかで見かけたことはないか？」

ハリーはもしやと期待しながら、レイブンクローの寮生《りょうせい》たちを見た。パドマ、マイケル、テリー、チョウ。しかし答えたのは、ジニーの椅子《いす》のひじにちょこんと腰《こし》かけていたルーナだった。

「あのね、『失《うしな》われた髪飾《かみかざ》り』があるわ。その話をあんたにしたこと、ハリー、覚えてる？　レイブンクローの失《うしな》われた髪飾《かみかざ》りのことだけど？　パパがそのコピーを作ろうとしたんだもン」

「ああ、だけど失《うしな》われた髪飾《かみかざ》りって言うからには――」

マイケル・コーナーが、あきれたように目をぐるぐるさせながら言った。

「**失われた**んだ、ルーナ。そこが肝心《かんじん》なところなんだよ」

「いつごろ失われたの？」ハリーが聞いた。

「何百年も前だという話よ」

チョウの言葉で、ハリーはがっかりした。

「フリットウィック先生がおっしゃるには、髪飾《かみかざ》りは創始者《そうししゃ》のレイブンクローと一緒《いっしょ》に消えたんですって。みんな探《さが》したけど、でも」

チョウは、レイブンクロー生に向かって訴《うった》えかけるように言った。

「誰《だれ》もその手がかりを見つけられなかった。そうよね？」

レイブンクロー生がいっせいにうなずいた。

「あのさ、髪飾《かみかざ》りって、**どんなもの**だ？」ロンが聞いた。

「冠《かんむり》みたいなものだよ」テリー・ブートが言った。

「レイブンクローの髪飾《かみかざ》りは、魔法《まほう》の力があって、それをつけると知恵《ちえ》が増《ま》すと考えられていたんだ」

「うん、パパのラックスパート吸《す》い上《あ》げ管《かん》は——」

しかし、ハリーがルーナをさえぎった。

「それで、誰《だれ》もそれらしいものを見たことがないのか？」

みんなはまたうなずいた。ハリーはロンとハーマイオニーの顔を見たが、自分の失望が鏡のように映《うつ》っているのを見ただけだった。長い間失われた品、そして手がかりさえない品が、城《しろ》に隠《かく》された分霊箱《ぶんれいばこ》である可能性《かのうせい》はないように思われた……しかし、ハリーが別な質問《しつもん》を考えているとき、チョウがまた口を開いた。

「その髪飾《かみかざ》りが、どんな形をしているか見たかったら、ハリー、私《わたし》たちの談話室に連れていって、見せてあげるけど？　レイブンクローの像《ぞう》が、それをつけているわ」

ハリーの傷痕《きずあと》がまた焼けるように痛《いた》んだ。一瞬《いっしゅん》「必要の部屋」がぐらついてぼやけ、暗い大地がぐんぐん下になり、大蛇《だいじゃ》が肩《かた》に巻《ま》きついているのを感じた。ヴォルデモートはまた飛び立ったのだ。地下の湖へか、このホグワーツ城《じょう》へか、ハリーにはわからなかった。どちらにしても、もう残された時間はほとんどない。

「あいつが動きだした」

ハリーはロンとハーマイオニーにこっそり言った。ハリーはチョウをちらりと見て、それからまた二人を見た。

「こうしよう。あんまりいい糸口にはならないと思うけど、でも、その像《ぞう》を見てくる。少なくとも、その髪飾《かみかざ》りがどんなものかがわかる。ここで待っていてくれ、そして、ほら――もう一つのあれを――安全に保管《ほかん》していてくれ」

チョウが立ち上がったが、ジニーがかなり強い調子で言った。

「ダメ。ルーナがハリーを案内するわ。そうよね、ルーナ？」

「えぇエー、いいわよ。喜んで」

ルーナがうれしそうに言い、チョウは失望したような顔で、また座《すわ》った。

「どうやって出るんだ？」ハリーがネビルに聞いた。

「こっちからだよ」

ネビルはハリーとルーナを、部屋の隅《すみ》に案内した。そこにある小さな戸棚《とだな》を開くと、急な階段《かいだん》に続いていた。

「行く先が毎日変わるんだ。だからあいつらは、絶対《ぜったい》に見つけられない」ネビルが言った。「ただ問題は、出ていくのはいいんだけど、行く先がどこになるのか、はっきりわからないことだ。ハリー、気をつけて。あいつら、夜は必ず廊下《ろうか》を見回っているから」

「大丈夫《だいじょうぶ》」ハリーが答えた。「すぐ戻《もど》るよ」

ハリーとルーナは階段《かいだん》を急いだ。松明《たいまつ》に照らされた長い階段《かいだん》で、あちこち思いがけない所に曲がり角があった。最後に二人は、どうやら固い壁《かべ》らしいものの前に出た。

「ここに入って」

そう言いながら、ハリーは透明《とうめい》マントを取り出して、ルーナと自分にかぶせた。ハリーは壁《かべ》を軽く押《お》した。

壁《かべ》はハリーがさわると溶《と》けるように消え、二人は外に出た。振《ふ》り返《かえ》ると、壁《かべ》がたちまちひとりでにふさがるのが見えた。そこは暗い廊下《ろうか》だった。ハリーはルーナを引《ひ》っ張《ぱ》って物陰《ものかげ》に移動《いどう》し、首からかけた巾着《きんちゃく》を探《さぐ》って「忍《しの》びの地図《ちず》」を取り出した。顔を地図にくっつけるようにして自分とルーナの点を探《さが》し、やっとそれを見つけた。

「ここは六階だ」

ハリーは、行く手の廊下《ろうか》から、フィルチの点が遠ざかっていくのを見つめながらささやいた。

「さあ、こっちだ」

二人はこっそりと進んだ。

ハリーは、何度も夜に城《しろ》の中をうろついたことがあったが、心臓《しんぞう》がこんなに早鐘《はやがね》を打ったことはなかったし、無事に移動《いどう》することに、これほどさまざまな期待がかかっていたこともなかった。月光が四角に射《さ》し込《こ》む廊下《ろうか》を通り、ひそかな足音を聞きとがめて兜《かぶと》をキーキー鳴らす鎧《よろい》のそばを通《とお》り過《す》ぎ、得体《えたい》の知れない何かがひそんでいるかもしれない角をいくつも曲がり、忍《しの》びの地図《ちず》が読めるだけの明かりがある所では地図を確《たし》かめながら、ハリーとルーナは歩いた。ゴーストをやり過《す》ごすために、二度立ち止まった。いつなんどき障害《しょうがい》に出くわしてもおかしくはなかった。ハリーは、ポルターガイストのピーブズを何より警戒《けいかい》し、近づいてくるときの、それとわかる最初の物音を聞《き》き逃《のが》すまいと、ひと足ごとに耳を澄《す》ました。

「こっちよ、ハリー」

ルーナがハリーのそでを引き、螺旋階段《らせんかいだん》のほうに引《ひ》っ張《ぱ》りながら、声をひそめて言った。

二人は、目の回るような急な螺旋《らせん》を上った。ハリーは、ここには来たことがなかった。やっとのことで扉《とびら》の前に出た。取っ手も鍵穴《かぎあな》もない。古めかしい木の扉《とびら》がのっぺりと立っているだけで、鷲《わし》の形をしたブロンズのドア・ノッカーがついている。

ルーナが色白の手を差し出した。腕《うで》も胴体《どうたい》もない手が宙《ちゅう》に浮《う》いているようで、薄気味《うすきみ》が悪かった。ルーナが一回ノックした。静けさの中で、その音はハリーには大砲《たいほう》が鳴《な》り響《ひび》いたように聞こえた。たちまち鷲《わし》のくちばしが開き、鳥の鳴き声ではなく、やわらかな、歌うような声が流れた。

「不死鳥《ふしちょう》と炎《ほのお》はどちらが先？」

「ンンン……どう思う、ハリー？」

ルーナが思慮深《しりょぶか》げな表情《ひょうじょう》で聞いた。

「えっ？　合言葉だけじゃだめなの？」

「あら、ちがうよ。質問《しつもん》に答えないといけないんだもン」ルーナが言った。

「まちがったらどうなるの？」

「えーと、誰《だれ》か正しい答えを出す人が来るまで、待たないといけないんだもン」ルーナが言った。

「そうやって学ぶものよ。でしょ？」

「ああ……問題は、ほかの誰《だれ》かが来るまで待つ余裕《よゆう》はないんだよ、ルーナ」

「うん。わかるよ」ルーナがまじめに言った。

「えーと、それじゃ、あたしの考えだと、答えは、円には始まりがない」

「よく推理《すいり》しましたね」

声がそう言うと、扉《とびら》がパッと開いた。

レイブンクローの談話室には人気《ひとけ》がなく、広い円形の部屋で、ハリーが見たホグワーツのどの部屋よりさわやかだった。壁《かべ》のところどころに優雅《ゆうが》なアーチ形の窓《まど》があり、壁《かべ》にはブルーとブロンズ色のシルクのカーテンがかかっている。日中なら、レイブンクロー生は、周りの山々のすばらしい景色が眺《なが》められるだろう。天井《てんじょう》はドーム型《がた》で、星が描《えが》いてあり、濃紺《のうこん》のじゅうたんも同じ模様《もよう》だ。テーブル、椅子《いす》、本棚《ほんだな》がいくつかあり、扉《とびら》の反対側の壁《かべ》のくぼみに、背《せ》の高い白い大理石の像《ぞう》が建っていた。

ルーナの家で胸像《きょうぞう》を見ていたハリーは、ロウェナ・レイブンクローの顔だとすぐにわかった。その像《ぞう》は、寝室《しんしつ》に続いていると思われるドアの脇《わき》に置かれていた。ハリーはやる心で、まっすぐに大理石の女性《じょせい》に近づいた。像《ぞう》は物問いたげな軽い微笑《びしょう》を浮《う》かべて、ハリーを見返していた。美しいが、少し威嚇的《いかくてき》でもあった。頭部には、大理石で、繊細《せんさい》な髪飾《かみかざ》りの環《わ》が再現《さいげん》されている。フラーが結婚式《けっこんしき》で着けたティアラと、そうちがわないものだ。小さな文字が刻《きざ》まれている。ハリーは透明《とうめい》マントから出て、レイブンクロー像《ぞう》の台座《だいざ》に乗り、文字を読んだ。

「**『計り知れぬ英知こそ、われらが最大の宝《たから》なり』**」

「つまり、おまえは文無《もんな》しだね、能無《のうな》しめ」

ケタケタというかん高い魔女《まじょ》の声がした。ハリーはすばやく振《ふ》り向《む》き、台座《だいざ》からすべり下りて床《ゆか》に立った。目の前に猫背《ねこぜ》のアレクト・カローの姿《すがた》があった。ハリーが杖《つえ》を上げる間もなく、アレクトはずんぐりした人差し指を、前腕《ぜんわん》のどくろと蛇《へび》の焼き印に押《お》しつけた。

第三十章　セブルス・スネイプ去る

指が闇《やみ》の印《しるし》に触《ふ》れたとたん、ハリーの額《ひたい》の傷痕《きずあと》がこらえようもなく痛《いた》んだ。
星をちりばめた部屋が視界《しかい》から消え、ハリーは崖《がけ》の下に突《つ》き出《だ》した岩に立っていた。波が周囲を洗《あら》い、心は勝利感に躍《おど》った——小僧《こぞう》を捕《と》らえた。

バーンという大きな音で、ハリーは我《われ》に返った。一瞬《いっしゅん》、自分がどこにいるのかもわからずハリーは杖《つえ》を上げたが、目の前の魔女《まじょ》は、すでに前のめりに倒《たお》れていた。倒《たお》れた衝撃《しょうげき》の大きさに、本棚《ほんだな》のガラスがチリチリと音を立てた。
「あたし、ＤＡ《ダンブルドア軍団》の練習以外で誰《だれ》かを『失神』させたの、初めてだもン」ルーナはちょっとおもしろそうに言った。「思っていたより、やかましかったな」

確《たし》かにそうだった。天井《てんじょう》がガタガタ言いだした。寝室《しんしつ》に続くドアのむこう側から、あわてて駆《か》けてくる足音が、だんだん大きく響《ひび》いてきた。ルーナの呪文《じゅもん》が、上で寝《ね》ていたレイブンクロー生を起こしてしまったのだ。

「ルーナ、どこだ？　僕《ぼく》、マントに隠《かく》れないと！」

ルーナの両足がふっと現《あらわ》れた。ハリーが急いでそばに寄《よ》り、ルーナが二人にマントをかけなおしたとき、ドアが開いて部屋着姿《すがた》のレイブンクロー生がどっと談話室にあふれ出た。アレクトが気を失って倒《たお》れているのを見て、生徒たちは、息をのんだり驚《おどろ》いて叫《さけ》んだりした。そろそろと、寮生《りょうせい》がアレクトを取り囲みながら近づいた。野蛮《やばん》な獣《けもの》は、いまにも目覚めて寮生《りょうせい》を襲《おそ》うかもしれない。その時、勇敢《ゆうかん》な小さい一年生がアレクトにパッと近寄《ちかよ》り、足の親指で尻《しり》をこづいた。

「死んでるかもしれないよ！」一年生が喜んで叫《さけ》んだ。

「ねぇ、見て」レイブンクロー生がアレクトの周りに人垣《ひとがき》を作るのを見て、ルーナがうれしそうにささやいた。「みんな喜んでるもン！」

「うん……よかった……」

ハリーは目を閉《と》じた。傷痕《きずあと》がうずく。ハリーはヴォルデモートの心の中に沈《しず》んでいくことにした。

……トンネルを通り、最初の洞穴《ほらあな》に着いた……こっちに来る前にロケットの安否《あんぴ》を確《たし》かめることにしたのだ……しかし、それほど長くはかからないだろう……。

談話室の扉《とびら》を激《はげ》しくたたく音がして、レイブンクロー生はみんな凍《こお》りついた。扉《とびら》のむこうで、鷲《わし》のドア・ノッカーからやわらかな歌うような声が流れてくるのが聞こえた。

「消失した物質《ぶっしつ》はどこに行く？」

「そんなこと俺《おれ》が知るか？　だまれ！」

アレクトの兄、アミカスのものだとすぐわかる、下品な唸《うな》り声《ごえ》だった。

「アレクト？　**アレクト？**　そこにいるのか？　あいつを捕《つか》まえたのか？　扉《とびら》を開けろ！」

レイブンクロー生はおびえて、互《たが》いにささやき合っていた。すると、なんの前触《まえぶ》れもなしに、扉《とびら》に向けて銃《じゅう》を発射《はっしゃ》したような大きな音が、立て続けに聞こえてきた。

「**アレクト！**　あの方が到着《とうちゃく》して、もし俺《おれ》たちがポッターを捕《つか》まえていなかったら。――マルフォイ一家の二《に》の舞《まい》になりてえのか？　**返事をしろ！**」

アミカスは、力のかぎり扉《とびら》を揺《ゆ》すぶりながら、大声でわめいた。しかし、扉《とびら》は頑《がん》として開かない。レイブンクロー生は全員あとずさりしていたし、中でもひどくおびえた何人かは、寝室《しんしつ》に戻《もど》ろうとあわてて階段《かいだん》を駆《か》け上《あ》がりはじめた。いっそ扉《とびら》を吹《ふ》き飛《と》ばして、アミカスがこれ以上何かする前に「失神」させるべきではないか、とハリーが迷《まよ》っていると、扉《とびら》のむこうで、よく聞《き》き慣《な》れた別の声がした。

「カロー先生、何をなさっておいでですか？」

「この――クソッたれの――扉《とびら》から――入ろうとしているんだ！」アミカスが叫《さけ》んだ。「フリットウィックを呼《よ》べ！　あいつに開けさせろ、いますぐだ！」

「しかし、妹さんが中にいるのではありませんか？」マクゴナガル教授《きょうじゅ》が聞いた。「フリットウィック先生が、宵《よい》の口《くち》に、あなたの緊急《きんきゅう》な要請《ようせい》で妹さんをこの中に入れたのではなかったですか？　たぶん、妹さんが開けてくれるのでは？　それなら城《しろ》の大半の者を起こす必要はないでしょう」

「妹が答えねえんだよ、このばばぁ！　**てめえが**開けやがれ！　さあ開けろ！　いますぐ開けやがれ！」

「承知《しょうち》しました。お望みなら」

マクゴナガル教授《きょうじゅ》は、恐《おそ》ろしく冷たい口調で言った。ノッカーを上品にたたく音がして、歌うような声が再《ふたた》び尋《たず》ねた。

「消失した物質《ぶっしつ》はどこに行く？」

「非存在《ひそんざい》に。つまり、すべてに」マクゴナガル教授《きょうじゅ》が答えた。

「見事な言い回しですね」鷲《わし》のドア・ノッカーが応《こた》え、扉《とびら》がパッと開いた。

アミカスが杖《つえ》を振《ふ》り回《まわ》して扉《とびら》から飛《と》び込《こ》んでくると、残っていた数少ないレイブンクロー生は、矢のように階段《かいだん》へと走った。妹と同じように猫背《ねこぜ》のアミカスは、その青ぶくれの顔についている小さな目で、床《ゆか》に大の字に倒《たお》れて動かないアレクトを見つけた。アミカスは怒《いか》りと恐《おそ》れの入りまじった叫《さけ》び声《ごえ》を上げた。

「ガキども、何しやがった？」アミカスが叫《さけ》んだ。「誰《だれ》がやったか白状《はくじょう》するまで、全員『磔《はりつけ》の呪《じゅ》文《もん》』にかけてやる――それよりも、闇《やみ》の帝王《ていおう》がなんとおっしゃるか？」

妹の上に立ちはだかって、自分の額《ひたい》を拳《こぶし》でバシッとたたきながら、アミカスがかん高い声で叫《さけ》んだ。

「やつを捕《つか》まえていねえ。その上ガキどもが妹を殺しやがった！」

「『失神』させられているだけですよ」

かがんでアレクトを調べていたマクゴナガル教授《きょうじゅ》が、いらいらしながら言った。

「妹さんはまったくなんともありません」

「なんともねえもクソもあるか！」アミカスが大声を上げた。

「妹が闇《やみ》の帝王《ていおう》に捕《つか》まったら、とんでもねえことにならぁ！　こいつはあの方を呼《よ》びやがった。俺《おれ》の闇《やみ》の印《しるし》が焼けるのを感じた。あの方は、俺《おれ》たちがポッターを捕《つか》まえたとお考えにならぁ！」

「『ポッターを捕《つか》まえた』？」マクゴナガル教授《きょうじゅ》の声が、鋭《するど》くなった。「どういうことですか？『ポッターを捕《つか》まえた』とは？」

「あの方が、ポッターはレイブンクローの塔《とう》に入ろうとするかもしれねえって、そんでもって、捕《つか》まえたらあの方を呼《よ》ぶようにって、俺《おれ》たちにそうおっしゃったのよ」

「ハリー・ポッターが、なんでレイブンクローの塔《とう》に入ろうとするのですか？　ポッターは私《わたくし》の寮生《りょうせい》です！」

まさか、という驚《おどろ》きと怒《いか》りの声の中に、かすかに誇《ほこ》りが流れているのを聞き取り、ハリーは胸《むね》の奥《おく》に、ミネルバ・マクゴナガルへの愛情《あいじょう》がどっと湧《わ》いてくるのを感じた。

「俺《おれ》たちは、ポッターがここに来るかもしれねえ、と言われただけだ！」カローが言った。「なんでもへったくれも、ねえ！」

マクゴナガル教授《きょうじゅ》は立ち上がり、用心深くキラリと部屋を眺《なが》め回《まわ》した。ハリーとルーナの立っている、まさにその場所を、その目が二度行《ゆ》き過《す》ぎた。

「ガキどもに、なすりつけてやる」

アミカスの豚《ぶた》のような顔が、突然《とつぜん》、ずる賢《がしこ》くなった。

「そうだとも。そうすりゃいい。こう言うんだ。アレクトはガキどもに待《ま》ち伏《ぶ》せされた。上にいるガキどもによ」

アミカスは星のちりばめられた天井《てんじょう》の、寝室《しんしつ》のある方向を見上げた。

「そいでもって、こう言う。ガキどもが、無理やり妹に闇《やみ》の印《しるし》を押《お》させた。だから、あの方はまちがいの知らせを受け取った……あの方は、ガキどもを罰《ばっ》する。ガキが二、三人減《へ》ろうが減《へ》るまいが、たいしたちがいじゃねえだろう？」

「真実とうそとのちがい、勇気と臆病《おくびょう》とのちがいにすぎません」

マクゴナガル教授《きょうじゅ》の顔からすっと血が引いた。

「要するに、あなたにも妹さんにも、そのちがいがわかるとは思えません。しかし、一つだけはっきりさせておきましょう。あなたたちの無能《むのう》の数々を、ホグワーツの生徒たちのせいにはさせません。私《わたくし》が許《ゆる》しません」

「なんだと？」

アミカスがずいと進み出て、マクゴナガル教授《きょうじゅ》の顔に息がかかるほどの所まで、無遠慮《ぶえんりょ》に詰《つ》め寄《よ》った。マクゴナガル教授《きょうじゅ》は一歩も引かず、トイレの便座《べんざ》にくっついた不快《ふかい》なものでも見るようにアミカスを見下ろした。

「ミネルバ・マクゴナガルよぅ、**あんたが**許《ゆる》すの許《ゆる》さないのってぇ場合じゃあねえぜ。あんたの時代は終わった。いまは俺《おれ》たちがここを仕切ってる。俺《おれ》を支持《しじ》しないつもりなら、つけを払《はら》うことになるぜ」

そしてアミカスは、マクゴナガル教授《きょうじゅ》の顔につばを吐《は》きかけた。

ハリーはマントを脱《ぬ》ぎ、杖《つえ》を上げて言った。

「してはならないことを、やってしまったな」

アミカスがくるりと振《ふ》り向《む》いたとき、ハリーが叫《さけ》んだ。

「クルーシオ！　苦しめ！」

死喰《しく》い人《びと》が浮《う》き上《あ》がった。おぼれるように空中でもがき、痛《いた》みに叫《さけ》びながらジタバタした。それから、本棚《ほんだな》の正面に激突《げきとつ》してガラスを破《やぶ》り、アミカスは気を失い、くしゃくしゃになって床《ゆか》に落ちた。

「ベラトリックスの言った意味がわかった」ハリーが言った。頭に血が上ってドクドク脈打《みゃくう》っていた。「本気になる必要があるんだ」

「ポッター！」マクゴナガル教授《きょうじゅ》が、胸元《むなもと》を押《お》さえながら小声で言った。

「ポッター――あなたがここに！　いったい――？　どうやって――？」

マクゴナガル教授《きょうじゅ》は落ち着こうと必死だった。

「ポッター、バカなまねを！」

「こいつは先生に、つばを吐《は》いた」ハリーが言った。

「ポッター、私《わたくし》は――それはとても――とても**雄々《おお》しい行為《こうい》**でした――しかし、わかっているのですか――？」

「ええ、わかっています」

ハリーはしっかりと答えた。マクゴナガル教授《きょうじゅ》があわてふためいていることが、かえってハリーを落ち着かせた。

「マクゴナガル先生、ヴォルデモートがやってきます」

「あら、もうその名前を言ってもいいの？」

ルーナが透明《とうめい》マントを脱《ぬ》ぎ捨《す》てて、おもしろそうに聞いた。二人目の反逆者《はんぎゃくしゃ》の出現《しゅつげん》に圧倒《あっとう》され、マクゴナガル教授《きょうじゅ》はよろよろとあとずさりし、古いタータンチェックの部屋着の襟《えり》をしっかりつかんで、かたわらの椅子《いす》に倒《たお》れ込《こ》んだ。

「あいつをなんと呼《よ》ぼうが、同じことだ」ハリーがルーナに言った。「あいつはもう、僕《ぼく》がどこにいるかを知っている」

ハリーの頭のどこか遠い所で——焼けるように激《はげ》しく痛《いた》む傷痕《きずあと》につながっているその部分で、ハリーは、不気味な緑の小舟《こぶね》に乗って暗い湖を急ぐヴォルデモートの姿《すがた》を見ていた……あの石の水盆《すいぼん》が置いてある小島に、まもなく到着《とうちゃく》する……。

「逃《に》げないといけません」マクゴナガル教授《きょうじゅ》が、ささやくように言った。

「さあ、ポッター、できるだけ急いで！」

「それはできません」ハリーが言った。「僕《ぼく》にはやらなければならないことがあります。先生、レイブンクローの髪飾《かみかざ》りがどこにあるか、ご存《ぞん》じですか？」

「レ——レイブンクローの髪飾《かみかざ》り？　もちろん知りません——何百年もの間、失われたままではありませんか？」

マクゴナガル教授《きょうじゅ》は、少し背筋《せすじ》を伸《の》ばして座《すわ》りなおした。

「ポッター、この城《しろ》に入るなど、狂気《きょうき》の沙汰《さた》です、まったく狂気《きょうき》としか——」

「そうしなければならなかったんです」ハリーが言った。「先生、この城《しろ》に隠《かく》されている何かを、僕《ぼく》は探《さが》さないといけないんです。それは髪飾《かみかざ》り**かもしれない**——フリットウィック先生にお話しすることさえできれば——」

何かが動く物音、ガラスの破片《はへん》のぶつかる音がした。アミカスが気づいたのだ。ハリーやルーナが行動するより早く、マクゴナガル先生が立ち上がって、ふらふらしている死喰《しく》い人《びと》に杖《つえ》を向けて唱えた。

「インペリオ、服従《ふくじゅう》せよ」

アミカスは、立ち上がって妹の所へ歩き、杖《つえ》を拾って、ぎこちない足取りで従順《じゅうじゅん》にマクゴナガル教授《きょうじゅ》に近づき、妹の杖《つえ》と一緒《いっしょ》に自分の杖《つえ》も差し出した。それが終わると、アレクトの隣《となり》に横たわった。マクゴナガル教授《きょうじゅ》が再《ふたた》び杖《つえ》を振《ふ》ると、銀色のロープがどこからともなく光りながら現《あらわ》れ、カロー兄妹《きょうだい》にくねくねと巻《ま》きついて、二人一緒《いっしょ》にきつく縛《しば》り上《あ》げた。

「ポッター」

マクゴナガル教授《きょうじゅ》は、窮地《きゅうち》におちいったカロー兄妹《きょうだい》のことなど、物の見事に無視《むし》して、再《ふたた》びハリーのほうを向いた。

「もしも『名前を言ってはいけないあの人』が、あなたがここにいると知っているなら――」

その言葉が終わらないうちに、痛《いた》みにも似《に》た激《はげ》しい怒《いか》りがハリーの体を貫《つらぬ》き、傷痕《きずあと》を燃《も》え上《あ》がらせた。その瞬間《しゅんかん》、ハリーは石の水盆《すいぼん》をのぞき込《こ》んでいた。

薬が透明《とうめい》になり、その底に安全に置かれているはずの金のロケットがない――。

「ポッター、大丈夫《だいじょうぶ》ですか？」

その声でハリーは我《われ》に返った。ハリーはルーナの肩《かた》につかまって体を支《ささ》えていた。

「時間がありません。ヴォルデモートがどんどん近づいています。先生、僕《ぼく》はダンブルドアの命令で行動しています。ダンブルドアが僕《ぼく》に見つけてほしかったものを、探《さが》し出《だ》さなければなりません！　でも、僕《ぼく》がこの城《しろ》の中を探《さが》している間に、生徒たちを逃《に》がさないといけません――ヴォルデモートのねらいは僕《ぼく》ですが、ついでにあと何人かを殺しても、あいつは気にもとめないでしょう。いまとなっては――」

「**僕《ぼく》が分霊箱《ぶんれいばこ》を攻撃《こうげき》していると知ったいまとなっては**」とハリーは心の中で文章を完結させた。

「あなたは**ダンブルドアの**命令で行動していると？」

マクゴナガル教授《きょうじゅ》は、ハッとしたような表情《ひょうじょう》でくり返し、すっと背筋《せすじ》を伸《の》ばした。

「『名前を言ってはいけないあの人』から、この学校を護《まも》りましょう。あなたが、その――その何かを探《さが》している間は」

「できるのですか?」

「そう思います」マクゴナガル教授《きょうじゅ》は、あっさりと言ってのけた。

「先生方は、知ってのとおり、かなり魔法《まほう》に長《た》けています。全員が最高の力を出せば、しばらくの間は『あの人』を防《ふせ》ぐことができるにちがいありません。もちろん、スネイプ教授《きょうじゅ》については、なんとかしなければならないでしょうが――」

「それは、僕《ぼく》が――」

「――そして、闇《やみ》の帝王《ていおう》が校門の前に現《あらわ》れ、ホグワーツがまもなく包囲されるという事態《じたい》になるのであれば、無関係の人間をできるだけ多く逃《に》がすのが、賢明《けんめい》というものでしょう。しかし、煙突飛《えんとつひ》行《こう》ネットワークは監視《かんし》され、学校の構内《こうない》では『姿《すがた》あらわし』も不可能《ふかのう》となれば――」

「手段《しゅだん》はあります」

ハリーが急いで口をはさみ、ホッグズ・ヘッドに続く通路のことを説明した。

「ポッター、何百人という数の生徒の話ですよ――」

「わかっています、先生。でも、もしヴォルデモートと死喰《しく》い人《びと》が、学校の境界周辺《きょうかいしゅうへん》に注意を集中していれば、ホッグズ・ヘッドから誰《だれ》が『姿《すがた》くらまし』しようが、関心を払《はら》わないと思います」

「確《たし》かに一理あります」マクゴナガル教授《きょうじゅ》が同意した。教授《きょうじゅ》が杖《つえ》をカロー兄妹《きょうだい》に向けると、銀色の網《あみ》が縛《しば》られた二人の上にかぶさり、二人を包んで空中に吊《つ》り上《あ》げた。二人はブルーと金色の天井《てんじょう》から、二匹《ひき》の大きな醜《みにく》い深海生物のようにぶら下がった。

「さあ、ほかの寮監《りょうかん》に警告《けいこく》を出さなければなりません。あなたたちは、またマントをかぶったほうがよいでしょう」

マクゴナガル教授《きょうじゅ》は扉《とびら》までつかつかと進みながら、杖《つえ》を上げた。杖先《つえさき》から、目の周りにめがねのような模様《もよう》のある、銀色の猫《ねこ》が三匹《びき》飛び出した。守護霊《しゅごれい》はしなやかに先を走り、マクゴナガル教授《きょうじゅ》とハリーとルーナが螺旋階段《らせんかいだん》を下りる間、階段《かいだん》を銀色の明かりで満たした。

三人が廊下《ろうか》を疾走《しっそう》しはじめると、守護霊《しゅごれい》は一匹《びき》ずつ姿《すがた》を消した。マクゴナガル教授《きょうじゅ》はタータンチェックの部屋着で床《ゆか》をすりながら走り、ハリーとルーナは透明《とうめい》マントに隠《かく》れて、そのあとを追った。

三人がそこからさらに二階下に下りたとき、もう一つのひっそりした足音が加わった。まだ額《ひたい》のうずきを感じていたハリーが、最初にその足音を聞きつけた。忍《しの》びの地図《ちず》を出そうと首から下げた巾着《きんちゃく》に触《ふ》れたが、その前に、マクゴナガル教授《きょうじゅ》も誰《だれ》かがいることに気づいたようだった。立ち止まって杖《つえ》を上げ、決闘《けっとう》の体勢《たいせい》を取りながら、マクゴナガル教授《きょうじゅ》が言った。

「そこにいるのは誰《だれ》です？」

「我輩《わがはい》だ」低い声が答えた。甲冑《かっちゅう》の陰《かげ》から、セブルス・スネイプが歩み出た。

その姿《すがた》を見たとたん、ハリーの心に憎しみが煮《に》えたぎった。スネイプの犯《おか》した罪《つみ》の大きさにばかり気を取られていたハリーは、スネイプの姿《すがた》を見るまで、その外見の特徴《とくちょう》を思い出しもしなかった。ねっとりした黒い髪《かみ》が、細長い顔の周りにすだれのように下がっていることも、暗い目が、死人のように冷たいことも忘《わす》れていた。スネイプは寝巻《ねま》き姿《すがた》ではなく、いつもの黒いマントを着て、やはり杖《つえ》をかまえ、決闘《けっとう》の体勢《たいせい》を取っていた。

「カロー兄妹《きょうだい》はどこだ？」スネイプは静かに聞いた。

「あなたが指示《しじ》した場所だと思いますね、セブルス」マクゴナガル教授《きょうじゅ》が答えた。

スネイプはさらに近づき、その視線《しせん》はマクゴナガル教授《きょうじゅ》を通《とお》り越《こ》して、すばやく周りの空間に走っていた。まるでハリーがそこにいることを知っているかのようだ。ハリーも杖《つえ》をかまえ、いつでも攻撃《こうげき》できるようにした。

「我輩《わがはい》の印象《いんしょう》では」スネイプが言った。「アレクトが侵入者《しんにゅうしゃ》を捕《と》らえたようだったが」

「そうですか？」マクゴナガル教授《きょうじゅ》が言った。「それで、なぜそのような印象《いんしょう》を？」

スネイプは左腕《ひだりうで》を軽く曲げた。その腕《うで》に、闇《やみ》の印《しるし》が刻印《こくいん》されているはずだ。

「ああ、当然そうでしたね」マクゴナガル教授《きょうじゅ》が言った。「あなた方死喰《しく》い人《びと》が、仲間内《なかまうち》の伝達手段《でんたつしゅだん》をお持ちだということを、忘《わす》れていました」

スネイプは聞こえないふりをした。その目はまだマクゴナガル教授《きょうじゅ》の周りをくまなく探《さぐ》り、まるで無意識《むいしき》のように振《ふ》る舞《ま》いながら、しだいに近づいてきた。

「今夜廊下《ろうか》を見回るのが、あなたの番だったとは知りませんでしたな、ミネルバ」

「異議《いぎ》がおありですか？」

「こんな遅《おそ》い時間に起き出して、ここに来られたのは何故《なぜ》ですかな？」

「何か、騒《さわ》がしい物音が聞こえたように思いましたのでね」マクゴナガル教授《きょうじゅ》が言った。

「はて？　平穏《へいおん》そのもののようだが」

スネイプはマクゴナガル教授《きょうじゅ》の目をじっと見た。

「ハリー・ポッターを見たのですかな、ミネルバ？　なんとならば、もしそうなら、我輩《わがはい》はどうあっても――」

マクゴナガル教授《きょうじゅ》は、ハリーが信じられないほどすばやく動いた。その杖《つえ》が空《くう》を切り、ハリーは一瞬《いっしゅん》、スネイプが気絶《きぜつ》してその場に崩《くず》れ落《お》ちたにちがいないと思った。しかし、スネイプのあまりにも敏速《びんそく》な盾《たて》の呪文《じゅもん》に、マクゴナガルが体勢《たいせい》を崩《くず》していた。マクゴナガルは壁《かべ》の松明《たいまつ》に向けて杖《つえ》を振《ふ》った。松明《たいまつ》が腕木《うでぎ》から吹《ふ》き飛《と》び、まさにスネイプに呪《のろ》いをかけようとしていたハリーは、落下してくる炎《ほのお》からルーナをかばって引《ひ》き寄《よ》せなければならなかった。松明《たいまつ》は火の輪になって廊下《ろうか》いっぱいに広がり、投《な》げ縄《なわ》のようにスネイプ目がけて飛んだ――。

次の瞬間《しゅんかん》、火はもはや火ではなく、巨大《きょだい》な黒い蛇《へび》となった。その蛇《へび》をマクゴナガルが吹《ふ》き飛《と》ばし、煙《けむり》に変えた。煙《けむり》は形を変えて固まり、あっという間に手裏剣《しゅりけん》の雨となってスネイプを襲《おそ》った。スネイプは甲冑《かっちゅう》を自分の前に押《お》し出《だ》して、かろうじてそれをよけた。手裏剣《しゅりけん》はガンガンと音を響《ひび》かせ、次々と甲冑《かっちゅう》の胸《むね》に刺《さ》さった――。

「ミネルバ！」

キーキー声がした。飛《と》び交《か》う呪文《じゅもん》からルーナをかばいながらハリーが振《ふ》り返《かえ》ると、部屋着姿《へやぎすがた》のフリットウィック先生とスプラウト先生が、こちらに向かって廊下《ろうか》を疾走《しっそう》してくるところだった。その後ろから、スラグホーン先生が巨体《きょたい》を揺《ゆ》すり、あえぎながら追ってきた。

「やめろ！」

フリットウィックが、杖《つえ》を上げながらキーキー声で叫《さけ》んだ。

「これ以上、ホグワーツで人を殺《あや》めるな！」

フリットウィックの呪文《じゅもん》が、スネイプの隠《かく》れている甲冑《かっちゅう》に当たった。すると甲冑《かっちゅう》がガチャガチャと動きだし、両腕《りょううで》でスネイプをがっちりしめ上げた。それを振《ふ》りほどいたスネイプが、逆《ぎゃく》に攻撃者《こうげきしゃ》たち目がけて甲冑《かっちゅう》を飛ばせた。ハリーとルーナが、横《よこ》っ跳《と》びに飛んで伏《ふ》せたとたん、甲冑《かっちゅう》は壁《かべ》に当たって大破《たいは》した。ハリーが再《ふた》び目を上げたときには、スネイプは一目散に逃《に》げ出《だ》し、マクゴナガル、フリットウィック、スプラウトがすさまじい勢《いきお》いで追跡《ついせき》していくところだった。スネイプは教室のドアからすばやく中に飛《と》び込《こ》み、その直後に、ハリーはマクゴナガルの叫《さけ》ぶ声を聞いた。

「どうなったの？　どうなったの？」ルーナが聞いた。

ハリーはルーナを引きずるようにして立たせ、二人で透明《とうめい》マントをなびかせながら廊下《ろうか》を走って、教室に駆《か》け込《こ》んだ。がらんとした教室の中で、マクゴナガル、フリットウィック、スプラウトの三人の先生が、割《わ》れた窓《まど》のそばに立っていた。

「スネイプは飛《と》び降《お》りました」

ハリーとルーナが教室に駆《か》け込《こ》んでくると、マクゴナガル教授《きょうじゅ》が言った。

「それじゃ、**死んだ？**」

急に現《あらわ》れたハリーを見て、フリットウィックとスプラウトが、驚《おどろ》きの叫《さけ》び声《ごえ》を上げるのも聞き流して、ハリーは窓際《まどぎわ》に駆《か》け寄《よ》った。

「いいえ、死んではいません」マクゴナガルは苦々しく言った。「ダンブルドアとちがって、スネイプはまだ杖《つえ》を持っていましたからね……それに、どうやらご主人様からいくつかの技《わざ》を学んだようです」

学校の境界《きょうかい》を仕切る塀《へい》に向かって闇《やみ》を飛んでいく、巨大《きょだい》なコウモリのような姿《すがた》を遠くに見て、ハリーは背筋《せすじ》が寒くなった。

背後《はいご》で重い足音がした。スラグホーンが、ハァハァと息をはずませて現《あらわ》れたところだった。

「ハリー！」

エメラルド色の絹《きぬ》のパジャマの上から、巨大《きょだい》な胸《むね》をさすり、スラグホーンがあえぎあえぎ言った。「なんとまあ、ハリー……これは驚《おどろ》いた……ミネルバ、説明してくれんかね……セブルスは……いったいこれは……？」

「校長はしばらくお休みです」

窓《まど》に開いたスネイプの形をした穴《あな》を指差しながら、マクゴナガル教授《きょうじゅ》が言った。

「先生！」ハリーは、額《ひたい》に両手を当てて叫《さけ》んだ。亡者《もうじゃ》のうようよしている湖が足元をすべっていくのが見え、不気味な緑の小舟《こぶね》が地下の岸辺にぶつかるのを感じた。殺意に満ちて、ヴォルデモートが舟《ふね》から飛《と》び降《お》りた――。

「先生、学校にバリケードを張《は》らなければなりません。あいつが、もうすぐやってきます！」

「わかりました。『名前を言ってはいけないあの人』がやってきます」

マクゴナガル教授《きょうじゅ》がほかの先生方に言った。スプラウトとフリットウィックは息をのみ、スラグホーンは低くうめいた。

「ポッターはダンブルドアの命令で、この城《しろ》でやるべきことがあります。ポッターが必要なことをしている間、私《わたくし》たちは、能力《のうりょく》のおよぶかぎりのあらゆる防御《ぼうぎょ》を、この城《しろ》に施《ほどこ》す必要があります」

「もちろんおわかりだろうが、我々《われわれ》が何をしようと、『例のあの人』をいつまでも食い止めておくことはできないのだが？」フリットウィックが、キーキー声で言った。

「それでも、しばらく止めておくことはできるわ」スプラウト先生が言った。

「ありがとう、ポモーナ」

マクゴナガル教授《きょうじゅ》が礼を言い、二人の魔女《まじょ》は、真剣《しんけん》な覚悟《かくご》のまなざしを交《か》わし合《あ》った。

「まず、我々《われわれ》がこの城《しろ》に、基本的《きほんてき》な防御《ぼうぎょ》を施《ほどこ》すことにしましょう。それから、生徒たちを大広間に集めます。大多数の生徒は、避難《ひなん》しなければなりません。もし、成人に達した生徒が残って戦いたいと言うなら、チャンスを与《あた》えるべきだと思います」

「賛成《さんせい》」

スプラウト先生はもうドアのほうに急いでいた。

「二十分後に大広間で、私《わたし》の寮《りょう》の生徒と一緒《いっしょ》にお会いしましょう」

スプラウト先生は小走りに出ていき、姿《すがた》が見えなくなったが、ブツブツつぶやく声が聞こえた。

「『食虫蔓《しょくちゅうづる》』『悪魔《あくま》の罠《わな》』それに『スナーガラフの種』……そう、死喰《しく》い人《びと》が、こういうものと戦うところを拝見《はいけん》したいものだわ」

「私《わたし》はここから術《じゅつ》をかけられる」

フリットウィックが言った。窓《まど》まで背《せ》が届《とど》かず、ほとんど外が見えない状態《じょうたい》で、フリットウィックは壊《こわ》れた窓越《まどご》しにねらいを定め、きわめて複雑《ふくざつ》な呪文《じゅもん》を唱えはじめた。ハリーはザワザワという不思議な音を聞いた。フリットウィックが風の力を校庭に解《と》き放《はな》ったかのようだった。

「フリットウィック先生」

ハリーは、小さな「呪文学《じゅもんがく》」の先生に近づいて呼《よ》びかけた。

「先生、お邪魔《じゃま》してすみません。でも重要なことなのです。レイブンクローの髪飾《かみかざ》りがどこにあるか、何かご存《ぞん》じではありませんか？」

「……プロテゴ、ホリビリス、恐《おそ》ろしきものから、護《まも》れ——レイブンクローの髪飾《かみかざ》り？」

フリットウィックが、キーキー声で言った。

「ポッター、ちょっとした余分《よぶん》の知恵《ちえ》があるのは、けっして不都合なことではないが、**このような**状況《じょうきょう》で、それが役に立つとはとうてい思えんが？」

「僕《ぼく》がお聞きしたいのは——それがどこにあるかだけです。ご存《ぞん》じですか？　ご覧《らん》になったことはありますすか？」

「見たことがあるかじゃと？　生きている者の記憶《きおく》にあるかぎりでは、誰《だれ》も見たものはない！　とっくの昔に失われたものじゃよ！」

ハリーはどうしようもない失望感と焦《あせ》りの入りまじった気持ちになった。それなら、分霊箱《ぶんれいばこ》は、いったいなんなのだろう？

「フィリウス、レイブンクロー生と一緒《いっしょ》に、大広間でお会いしましょう！」

マクゴナガル教授《きょうじゅ》はそう言うと、ハリーとルーナについてくるようにと手招《てまね》きした。

三人がドアの所まで来たとき、スラグホーンがゆっくりとしゃべりだした。

「なんたること」

スラグホーンは、汗《あせ》だらけの青い顔にセイウチひげを震《ふる》わせて、あえぎながら言った。

「なんたる騒《さわ》ぎだ！　はたしてこれが賢明《けんめい》なことかどうか、ミネルバ、私《わたし》には確信《かくしん》が持てない。いいかね、『あの人』は、結局は進入する道を見つける。そうなれば、『あの人』をはばもうとした者はみな、由々《ゆゆ》しき危険《きけん》にさらされる――」

「あなたもスリザリン生も、二十分後に大広間に来ることを期待します」マクゴナガル教授《きょうじゅ》が言った。「スリザリン生と一緒《いっしょ》にここを去るというなら、止めはしません。しかし、スリザリン生の誰《だれ》かが、抵抗運動《ていこううんどう》を妨害《ぼうがい》したり、この城《しろ》の中で武器《ぶき》を取って我々《われわれ》に歯向かおうとするなら、ホラス、その時は、我々《われわれ》は死を賭《と》して戦います」

「ミネルバ！」スラグホーンは肝《きも》をつぶした。

「スリザリン寮《りょう》が、旗幟《きし》を鮮明《せんめい》にすべき時が来ました」

マクゴナガル教授《きょうじゅ》が、何か言おうとするスラグホーンをさえぎって言った。

「生徒を起こしにいくのです、ホラス」

ハリーはまだブツブツ言っているスラグホーンを無視《むし》してその場を去り、ルーナと二人でマクゴナガル教授《きょうじゅ》のあとを走った。教授《きょうじゅ》は廊下《ろうか》の真ん中で体勢《たいせい》を整え、杖《つえ》をかまえた。

「ピエルトータム——ああ、なんたること！ フィルチ、**こんな時に**——」

年老いた管理人が、わめきながらひょこひょこと現《あらわ》れたところだった。

「生徒がベッドを抜《ぬ》け出《だ》している！ 生徒が廊下《ろうか》にいる！」

「そうすべきなのです、この救いようのないバカが！」マクゴナガルが叫《さけ》んだ。「さあ、何か建設《けんせつ》的《てき》なことをなさい！ ピーブズを見つけてきなさい！」

「ピ——ピーブズ？」フィルチは、そんな名前は初めて聞くというように言いよどんだ。

「そうです、**ピーブズです**、このバカ者が、**ピーブスです！** この四半世紀、ピーブズのことで文《もん》句《く》を言い続けてきたのではありませんか？ さあ、捕《つか》まえにいくのです。すぐに！」

フィルチは明らかに、マクゴナガル教授《きょうじゅ》が分別《ふんべつ》を失ったと思ったらしかったが、低い声でブツブツ言いながら、背中《せなか》を丸めてひょこひょこ去っていった。

「では、いざ——ピエルトータム ロコモーター！ すべての石よ、動け！」

マクゴナガル教授《きょうじゅ》が叫《さけ》んだ。

すると、廊下中《ろうかじゅう》の像《ぞう》と甲冑《かっちゅう》が台座《だいざ》から飛び下りた。上下階から響《ひび》いてくる衝撃音《しょうげきおん》で、ハリーは、城中《しろじゅう》の仲間が同じことをしたのだとわかった。

「ホグワーツはおびやかされています！」マクゴナガル教授《きょうじゅ》が叫《さけ》んだ。「境界《きょうかい》を警護《けいご》し、我々《われわれ》を護《まも》りなさい。我《われ》らが学校への務《つと》めをはたすのです！」

騒々《そうぞう》しい音を立て、叫《さけ》び声《ごえ》を上げながら、動く像《ぞう》たちはなだれを打ってハリーの前を通《とお》り過《す》ぎた。小さい像《ぞう》も、実物よりも大きい像《ぞう》もあった。動物もいる。甲冑《かっちゅう》は、鎧《よろい》をガチャガチャいわせながら剣《つるぎ》やら、とげのついた鎖玉《くさりだま》やらを振《ふ》り回《まわ》していた。

「さて、ポッター」マクゴナガルが言った。「あなたとミス・ラブグッドは、友達の所に戻《もど》り、大広間に連れてくるのです――私《わたくし》はほかのグリフィンドール生を起こします」

次の階段《かいだん》の一番上でマクゴナガル教授《きょうじゅ》と別れ、ハリーとルーナは「必要の部屋」の隠《かく》された入口に向かって走りだした。途中《とちゅう》で、生徒たちの群《む》れに出会った。大多数がパジャマの上に旅行用のマントを着て、先生や監督生《かんとくせい》たちに導《みちび》かれながら大広間に向かっていた。

「あれはポッターだ！」

「**ハリー・ポッター！**」

「彼《かれ》だよ、まちがいない、僕《ぼく》、いまポッターを見たよ！」

しかしハリーは振《ふ》り向《む》かなかった。そしてやっと「必要の部屋」の入口にたどり着き、魔法《まほう》のかかった壁《かべ》に寄《よ》りかかると、壁《かべ》が開いて二人を中に入れた。ハリーとルーナは、急な階段《かいだん》を駆《か》け下《お》りた。

「うわ――？」

部屋が見えたとたん、ハリーは驚《おどろ》いて階段《かいだん》を二、三段踏《だんふ》みはずした。満員だ。部屋を出たときより、さらに混《こ》み合《あ》っている。キングズリーとルーピンが、ハリーを見上げていた。オリバー・ウッド、ケイティ・ベル、アンジェリーナ・ジョンソン、アリシア・スピネット、ビルとフラー、それにウィーズリー夫妻《ふさい》も見上げている。

「ハリー、何が起きているんだ？」階段下《かいだんした》でハリーを迎《むか》えたルーピンが聞いた。

「ヴォルデモートがこっちに向かっているんだ。先生方が、学校にバリケードを築《きず》いている——スネイプは逃《に》げた——みんな、なんでここに？　どうしてわかったの？」

「俺《おれ》たちが、ダンブルドア軍団《ぐんだん》のほかのメンバー全員に、伝言を送ったのさ」フレッドが説明した。「こんなおもしろいことを、見逃《みのが》すやつはいないぜ、ハリー。それで、ＤＡが不死鳥《ふしちょう》の騎士団《きしだん》に知らせて、雪だるま式に増《ふ》えたってわけだ」

「何から始める、ハリー？」ジョージが声をかけた。「何が起こっているんだ？」

「小さい子たちを避難《ひなん》させている。全員が大広間に集まって準備《じゅんび》している」ハリーが言った。「僕《ぼく》たちは戦うんだ」

ウオーッと声が上がり、みんなが階段下《かいだんした》に押《お》し寄《よ》せた。全員が次々とハリーの前を走《はし》り過《す》ぎ、ハリーは壁《かべ》に押《お》しつけられた。不死鳥《ふしちょう》の騎士団《きしだん》、ダンブルドア軍団《ぐんだん》、ハリーの昔のクィディッチ・チームの仲間、みんながまじり合い、杖《つえ》を抜《ぬ》き、城《しろ》の中へと向かっていた。

「来いよ、ルーナ」

ディーンが通りすがりに声をかけ、空いている手を差し出した。ルーナはその手を取り、ディーンについてまた階段《かいだん》を上っていった。

一気に人が出ていき、階段下《かいだんした》の「必要の部屋」にはひと握《にぎ》りの人間だけが残った。ハリーもその中に加わった。ウィーズリーおばさんがジニーと言い争っていた。その周りに、ルーピン、フレッド、ジョージ、ビル、フラーがいる。

「あなたは、まだ未成年よ！」

ハリーが近づいたとき、ウィーズリーおばさんが娘《むすめ》に向かってどなっていた。

「私《わたし》が許《ゆる》しません！　息子《むすこ》たちは、いいわ。でもあなたは、あなたは家に帰りなさい！」

「いやよ！」

ジニーは髪《かみ》を大きく揺《ゆ》らして、母親にがっしり握《にぎ》られた腕《うで》を引《ひ》き抜《ぬ》いた。

「私《わたし》はダンブルドア軍団《ぐんだん》のメンバーだわ――」

「――未成年のお遊びです！」

「その未成年のお遊びが、『あの人』に立ち向かおうとしてるんだ。ほかの誰《だれ》もやろうとしないことだぜ！」フレッドが言った。

「この子は、十六歳《さい》です！」ウィーズリーおばさんが叫《さけ》んだ。「まだ年端《としは》も行かないのに！　あなたたち二人はいったい何を考えてるのやら、この子を連れてくるなんて――」

フレッドとジョージは、ちょっと恥《は》じ入《い》った顔をした。

「ママが正しいよ、ジニー」ビルがやさしく言った。「おまえには、こんなことをさせられない。未成年の子は全員去るべきだ。それが正しい」

「私《わたし》、家になんか帰れないわ！」

目に怒《いか》りの涙《なみだ》を光らせて、ジニーが叫《さけ》んだ。

「家族みんながここにいるのに、様子がわからないまま家で一人で待っているなんて、耐《た》えられない。それに――」

ジニーの目が、初めてハリーの目と合った。ジニーはすがるようにハリーを見たが、ハリーは首を横に振《ふ》った。ジニーは悔《くや》しそうに顔をそむけた。

「いいわ」

ホッグズ・ヘッドに戻《もど》るトンネルの入口を見つめながら、ジニーが言った。

「それじゃ、もう、さよならを言うわ、そして――」

あわてて走ってくる気配、ドシンという大きな音がした。トンネルをよじ登って出てきた誰《だれ》かが、勢《いきお》い余《あま》って倒《たお》れていた。一番手近の椅子《いす》にすがって立ち上がり、その人物は、ずれた角縁《つのぶち》めがねを通して周りを見回した。

「遅《おそ》すぎたかな？　もう始まったのか？　たったいま知ったばかりで、それで僕《ぼく》――僕《ぼく》――」

パーシーは、口ごもってだまり込《こ》んだ。家族のほとんどがいる所に飛《と》び込《こ》むとは、予想もしていなかったらしい。驚《おどろ》きのあまり長い沈黙《ちんもく》が続き、やがてフラーがルーピンに話しかけた。緊張《きんちょう》をやわらげようとする、突拍子《とっぴょうし》もない見え透《みす》いた一言だった。

「それで――ちーさなテディはお元気でーすか？」

ルーピンは不意をつかれて、目をぱちくりさせた。ウィーズリー一家に流れる沈黙《ちんもく》は、氷のように固まっていくようだった。

「私《わたし》は――ああ、うん――あの子は元気だ！」ルーピンは大きな声で言った。「そう、トンクスが一緒《いっしょ》だ――トンクスの母親の所で」

パーシーとウィーズリー一家は、まだ凍《こお》りついたまま見つめ合っていた。

「ほら、写真がある！」

ルーピンは、上着の内側から写真を一枚《まい》取り出して、フラーとハリーに見せた。ハリーがのぞくと、明るいトルコ石色の前髪《まえがみ》をした小さな赤《あか》ん坊《ぼう》が、むっちりした両手の握《にぎ》り拳《こぶし》をカメラに向けて振《ふ》っているのが見えた。

「僕《ぼく》はバカだった！」

パーシーが吠《ほ》えるように言った。あまりの大声に、ルーピンは手にした写真を落としかけた。

「僕《ぼく》は愚《おろ》か者《もの》だった、気取ったまぬけだった。僕《ぼく》は、あの――あの――」

「魔法省好《まほうしょうず》きの、家族を捨《す》てた、権力欲《けんりょくよく》の強い、大バカヤロウ」フレッドが言った。

パーシーはゴクリとつばを飲んだ。

「そう、そうだった！」

「まあな、それ以上正当な言い方はできないだろう」

フレッドが、パーシーに手を差し出した。

ウィーズリーおばさんはワッと泣きだしてパーシーに駆《か》け寄《よ》り、フレッドを押《お》しのけて、パーシーをしめ殺さんばかりに抱《だ》きしめた。パーシーは母親の背中《せなか》をポンポンたたきながら、父親を見た。

「父さん、ごめんなさい」パーシーが言った。

ウィーズリーおじさんはしきりに目をしばたたかせてから、急いで近寄《ちかよ》って息子《むすこ》を抱《だ》いた。

「いったいどうやって正気に戻《もど》った、パース？」ジョージが聞いた。

「しばらく前から、少しずつ気づいていたんだ」

旅行マントの端《はし》で、めがねの下の目をぬぐいながら、パーシーが言った。

「だけど、抜《ぬ》け出《だ》す方法がなかなか見つけられなかった。魔法省《まほうしょう》ではそう簡単《かんたん》にできることじゃない。裏切《うらぎ》り者《もの》は次々投獄《とうごく》されているんだ。僕《ぼく》、アバーフォースとなんとか連絡《れんらく》が取れて、つい十分前に彼《かれ》が、ホグワーツが一戦交えるところだと密《ひそ》かに知らせてくれた。それで駆《か》けつけたんだ」

「さあ、こんな場合には、監督生《かんとくせい》たちが指揮《しき》をとることを期待するね」ジョージが、パーシーのもったいぶった態度《たいど》を見事にまねしながら言った。「さあ、諸君《しょくん》、上に行って戦おうじゃないか。さもないと大物の死喰《しく》い人《びと》は全部、誰《だれ》かに取られてしまうぞ」

「じゃあ、君は、僕《ぼく》の義姉《ねえ》さんになったんだね？」

ビル、フレッド、ジョージと一緒《いっしょ》に階段《かいだん》に急ぎながら、パーシーはフラーと握手《あくしゅ》した。

「ジニー！」ウィーズリーおばさんが大声を上げた。

ジニーは、仲なおりのどさくさ紛《まぎ》れに、こっそり上に上がろうとしていた。

「モリー、こうしたらどうだろう？」ルーピンが言った。「ジニーはこの部屋に残る。そうすれば、現場《げんば》にいることになるし、何が起こっているかわかる。しかし、戦いのただ中には入らない」

「私《わたし》は――」

「それはいい考えだ」

ウィーズリーおじさんが、きっぱりと言った。

「ジニー、おまえはこの『部屋』にいなさい。わかったね？」

ジニーは、あまりいい考えだとは思えないらしかったが、父親のいつになく厳《きび》しい目に出合って、うなずいた。ウィーズリー夫妻《ふさい》とルーピンも、階段《かいだん》に向かった。

「ロンはどこ？」ハリーが聞いた。「ハーマイオニーはどこ？」

「もう、大広間に行ったにちがいない」ウィーズリーおじさんが振《ふ》り向《む》きながら、ハリーに答えた。

「来る途中《とちゅう》で二人に出会わなかったけど」ハリーが言った。

「二人は、トイレがどうとか言ってたわ」ジニーが言った。「あなたが出て行ってまもなくよ」

「トイレ？」

ハリーは、「必要の部屋」から外に向かって開いているドアまで急いで歩き、トイレの中を確《たし》かめた。からっぽだった。

「ほんとにそう言ってた？　トイ――？」

その時、傷痕《きずあと》が焼けるように痛《いた》み、「必要の部屋」が消え去って、ハリーは高い錬鉄《れんてつ》の門から中を見ていた。

両側の門柱には羽の生えたイノシシが立っている。暗い校庭を通して城《しろ》を見ると、煌々《こうこう》と明かりがついていた。ナギニが両肩《りょうかた》にゆったりと巻《ま》きついている。彼《かれ》は、殺人の前に感じる、あの冷たく残忍《ざんにん》な目的意識《もくてきいしき》に憑《つ》かれていた。

第三十一章　ホグワーツの戦い

魔法《まほう》のかかった大広間の天井《てんじょう》は暗く、星が瞬《またた》いていた。その下の四つの寮《りょう》の長テーブルには、髪《かみ》も服もくしゃくしゃな寮生《りょうせい》たちが、あるいは旅行マントを着て、あるいは部屋着のままで座《すわ》っていた。ホグワーツのゴーストたちが、あちこちで白い真珠《しんじゅ》のように光っている。死んでいる目も生きた目も、すべてマクゴナガル教授《きょうじゅ》を見つめていた。教授《きょうじゅ》は、大広間の奥《おく》の、一段《だん》高い壇上《だんじょう》で話し、その背後《はいご》にはパロミノのケンタウルス、フィレンツェをふくむ、学校に踏《ふ》みとどまった教師《きょうし》たちと、戦いに馳《は》せ参《さん》じた不死鳥《ふしちょう》の騎士団《きしだん》のメンバーが立っていた。

「……避難《ひなん》を監督《かんとく》するのはフィルチさんとマダム・ポンフリーです。監督生《かんとくせい》は、私《わたし》が合図したら、それぞれの寮《りょう》をまとめて指揮《しき》をとり、秩序《ちつじょ》を保《たも》って避難地点《ひなんちてん》まで移動《いどう》してください」

生徒の多くは、恐怖《きょうふ》ですくんでいたが、ハリーが壁伝《かべづた》いに移動《いどう》しながら、ロンとハーマイオニーを探《さが》してグリフィンドールのテーブルを見回しているとき、ハッフルパフのテーブルから、アーニー・マクミランが立ち上がって叫《さけ》んだ。

「でも、残って戦いたい者はどうしますか？」

バラバラと拍手《はくしゅ》が湧《わ》いた。

「成人に達した者は、残ってもかまいません」マクゴナガル教授《きょうじゅ》が言った。

「持ち物はどうなるの？」レイブンクローのテーブルから女子が声を張《は》り上《あ》げた。「トランクやふくろうは？」

「持ち物をまとめている時間はありません」マクゴナガル教授《きょうじゅ》が言った。「大切なのは、みなさんをここから無事避難《ぶじひなん》させることです」

「スネイプ先生はどこですか？」スリザリンのテーブルから女子が叫《さけ》んだ。

「スネイプ先生は、俗《ぞく》な言葉で言いますと、ずらかりました」

マクゴナガル教授《きょうじゅ》の答えに、グリフィンドール、ハッフルパフ、レイブンクローの寮生《りょうせい》たちから大歓声《だいかんせい》が上がった。

ハリーは、ロンとハーマイオニーを探《さが》しながら、グリフィンドールのテーブルに沿《そ》って奥《おく》に進んだ。ハリーが通《とお》り過《す》ぎると寮生《りょうせい》が振《ふ》り向《む》き、通《とお》り過《す》ぎたあとにはいっせいにささやき声が湧《わ》き起《お》こった。

「城《しろ》の周りには、すでに防御《ぼうぎょ》が施《ほどこ》されています」

マクゴナガル教授《きょうじゅ》が話し続けていた。

「しかし、補強《ほきょう》しないかぎり、あまり長くは持ちこたえられそうにもありません。ですから、みなさん、迅速《じんそく》かつ静かに移動《いどう》するように。そして監督生《かんとくせい》の言うとおりに──」

マクゴナガル教授《きょうじゅ》の最後の言葉は、大広間中に響《ひび》き渡《わた》る別の声にかき消されてしまった。かん高い、冷たい、はっきりした声だ。どこから聞こえてくるのかはわからない。周囲の壁《かべ》そのものから出てくるように思える。かつてその声が呼《よ》び出《だ》したあの怪物《かいぶつ》のように、声の主は何世紀にもわたってそこに眠《ねむ》っていたかのようだった。

「おまえたちが、戦う準備《じゅんび》をしているのはわかっている」

生徒の中から悲鳴が上がり、何人かは互《たが》いにすがりつきながら、声の出所はどこかとおびえて周りを見回していた。

「何をしようがむだなことだ。俺様《おれさま》には敵《かな》わぬ。おまえたちを殺したくはない。ホグワーツの教師《きょうし》に、俺様《おれさま》は多大な尊敬《そんけい》を払《はら》っているのだ。魔法族《まほうぞく》の血を流したくはない」

大広間が静まり返った。鼓膜《こまく》を押《お》しつける静けさ、四方の壁《かべ》の中に封《ふう》じ込《こ》めるには大きすぎる静けさだ。

「ハリー・ポッターを差し出せ」

再《ふたた》びヴォルデモートの声が言った。

「そうすれば、誰《だれ》も傷《きず》つけはせぬ。ハリー・ポッターを、俺様《おれさま》に差し出せ。そうすれば、学校には手を出さぬ。ハリー・ポッターを差し出せ。そうすれば、おまえたちは報《むく》われる」

「真夜中まで待ってやる」

またしても、沈黙《ちんもく》が全員を飲《の》み込《こ》んだ。その場の顔という顔が振《ふ》り向《む》き、目という目がハリーに注がれた。ギラギラした何千本もの見えない光線が、ハリーをその場に釘《くぎ》づけにしているようだった。やがてスリザリンのテーブルから誰《だれ》かが立ち上がり、震《ふる》える腕《うで》を上げて叫《さけ》んだ。

「あそこにいるじゃない！　ポッターは**あそこよ！**　誰《だれ》かポッターを捕《つか》まえて！」

それがパンジー・パーキンソンだと、ハリーにはすぐわかった。

ハリーが口を開くより早く、周囲がどっと動いた。ハリーの前のグリフィンドール生が全員、ハリーに向かってではなく、スリザリン生に向かって立ちはだかった。次にハッフルパフ生が立ち、ほとんど同時にレイブンクロー生が立った。全員がハリーに背《せ》を向け、パンジーに対峙《たいじ》して、あちらでもこちらでもマントやその下から杖《つえ》を抜《ぬ》いていた。ハリーは感激《かんげき》し、厳粛《げんしゅく》な思いに打たれた。

「どうも、ミス・パーキンソン」

マクゴナガル教授《きょうじゅ》が、きっぱりと一蹴《いっしゅう》した。

「あなたは、フィルチさんと一緒《いっしょ》に、この大広間から最初に出ていきなさい。ほかのスリザリン生は、そのあとに続いて出てください」

ハリーの耳に、ベンチが床《ゆか》をこする音に続いて、スリザリン生が大広間の反対側からぞろぞろと出ていく音が聞こえた。

「レイブンクロー生、続いて！」マクゴナガル教授《きょうじゅ》が声を張《は》り上《あ》げた。

四つのテーブルからしだいに生徒がいなくなった。スリザリンのテーブルには完全に誰《だれ》もいなくなったが、レイブンクロー生が列をなして出ていったあとには、高学年の生徒の何人かが残ったし、ハッフルパフのテーブルにはさらに多くの生徒が残った。グリフィンドール生は大半が席に残り、マクゴナガル教授《きょうじゅ》が壇《だん》から下りて、未成年のグリフィンドール生を追い立てなければならなかった。

「絶対《ぜったい》にいけません、クリービー、行きなさい！　ピークス、**あなたもです！**」

ハリーは、グリフィンドールのテーブルにまとまっているウィーズリー一家の所に急いだ。

「ロンとハーマイオニーは？」

「見つからなかったのか――？」ウィーズリーおじさんが心配そうな顔をした。

しかし、おじさんの言葉はそこでとぎれた。キングズリーが壇《だん》に進み出て、残った生徒たちに説明しはじめたのだ。

「真夜中まであと三十分しかない。すばやく行動せねばならない！　ホグワーツの教授陣《きょうじゅじん》と不死鳥《ふしちょう》の騎士団《きしだん》との間で戦略《せんりゃく》の合意ができている。フリットウィック、スプラウトの両先生とマクゴナガル先生は、戦う者たちのグループを最も高い三つの塔《とう》に連れていく――レイブンクローの塔《とう》、天文台、そしてグリフィンドールの塔《とう》だ――見透《みとお》しがよく、呪文《じゅもん》をかけるには最高の場所だ。一方、リーマスと――」キングズリーは、ルーピンを指した。「アーサー」今度は、グリフィンドールのテーブルにいるウィーズリーおじさんを指した。「そして私《わたし》の三人だが、いくつかのグループを連れて校庭に出る。さらに、外への抜《ぬ》け道《みち》だが、学校側の入口の防衛《ぼうえい》を組織《そしき》する人間が必要だ――」

「――どうやら俺《おれ》たちの出番だぜ」

フレッドが、自分とジョージを指差して言った。キングズリーがうなずいて同意した。

「よし、リーダーたちはここに集まってくれ。軍隊を分ける！」

「ポッター」

生徒たちが指示《しじ》を受けようと壇上《だんじょう》に殺到《さっとう》して、押《お》し合《あ》いへし合いしている中を、マクゴナガル教《きょう》授《じゅ》が急ぎ足でハリーに近づいてきた。

「**何か探《さが》し物《もの》をするはずではないのですか？**」

「えっ？　あっ」ハリーが声を上げた。「あっ、そうです！」

ハリーは、分霊箱《ぶんれいばこ》のことをすっかり忘《わす》れていた。この戦闘《せんとう》が、ハリーがそれを探《さが》すために組織《そしき》されているということを、忘《わす》れるところだった。ロンとハーマイオニーの謎《なぞ》の不在《ふざい》が、ほかのことを一時的に頭から追い出してしまっていた。

「さあ、行くのです。ポッター、行きなさい！」

「はい——ええ——」

目という目が自分を追っているのを感じながら、ハリーは大広間から走りだし、避難中《ひなんちゅう》の生徒たちでまだごった返している玄関《げんかん》ホールに出た。生徒たちの群《む》れに流されるままに、ハリーは大理石の階段《かいだん》を上り、上りきった所からは、人気《ひとけ》のない廊下《ろうか》に沿《そ》って急いだ。緊迫《きんぱく》した恐怖感《きょうふかん》で、ハリーの思考は鈍《にぶ》っていた。ハリーは気を落ち着けて、分霊箱《ぶんれいばこ》を見つけることに集中しようとした。しかし頭の中は、ガラス容器《ようき》に囚《とら》われたスズメバチのようにむなしくブンブン唸《うな》るばかりで、助けてくれるロンとハーマイオニーがいないと、どうも考えがまとまらなかった。ハリーは、誰《だれ》もいない廊《ろう》下《か》の中ほどで歩調をゆるめて立ち止まり、主《あるじ》のいなくなった像《ぞう》の台座《だいざ》に腰《こし》かけて、首にかけた巾着《きんちゃく》から忍《しの》びの地図《ちず》を取り出した。ロンとハーマイオニーの名前は、地図のどこにも見当たらなかった。もっともいまは、「必要の部屋」に向かう群《む》れの点がびっしりとついているので、二人の点が埋《う》もれている可能性《かのうせい》もある、とハリーは思った。ハリーは、地図を巾着《きんちゃく》にしまい、両手に顔をうずめて目を閉《と》じ、集中しようとした……。

ヴォルデモートは、僕《ぼく》がレイブンクローの塔《とう》に行くだろうと考えた。

そうだ。確固《かっこ》たる事実、そこが出発点だ。ヴォルデモートは、アレクト・カローをレイブンクローの談話室に配備《はいび》した。そのわけはただ一つだ。ヴォルデモートは、分霊箱《ぶんれいばこ》がその寮《りょう》に関係していると、すでにハリーが知っていることを恐《おそ》れたのだ。

レイブンクローとの関連で考えられる唯一《ゆいいつ》の品は、失《うしな》われた髪飾《かみかざ》りらしい……だが、その髪飾《かみかざ》りが分霊箱《ぶんれいばこ》になりえたのだろうか？　レイブンクロー生でさえ、何世代にもわたって見つけられなかったその髪飾《かみかざ》りを、スリザリン生であるヴォルデモートが見つけた？　そんなことがありうるだろうか？　どこを探《さが》せばよいかを、いったい誰《だれ》が教えたのだろう？　生きている者の記憶《きおく》にあるかぎりでは、誰《だれ》も見た者はないというのに？

生きている者の記憶《きおく》……。

ハリーは、両手で覆《おお》っていた目をパッと見開いた。そして勢《いきお》いよく台座《だいざ》から立ち上がり、最後の望みをかけて、いま来た道を矢のように駆《か》け戻《もど》った。大理石の階段《かいだん》に近づくにつれて、「必要の部屋」に向かって行進する何百人もの足音がだんだん大きくなってきた。監督生《かんとくせい》が大声で指示《しじ》を出し、自分の寮《りょう》の生徒たちをしっかり取り仕切ろうとしていた。どこもかしこも、押《お》し合《あ》いへし合いだった。ザカリアス・スミスが、一年生を押《お》し倒《たお》して列の前に行こうとしているのが見えた。あちこちで低学年の子供《こども》たちが泣き、高学年の生徒たちは必死になって友達や弟妹《きょうだい》の名前を呼《よ》んでいた。

ハリーは白い真珠《しんじゅ》のような姿《すがた》が、下の玄関《げんかん》ホールに漂《ただよ》っているのを見つけ、騒《さわ》がしさに負けないように声を張《は》り上《あ》げて呼《よ》んだ。

「ニック！　**ニック！**　君と話がしたいんだ！」

ハリーは生徒の流れに逆《さか》らって進み、やっとのことで階段下《かいだんした》にたどり着いた。グリフィンドール塔《とう》のゴースト、「ほとんど首無しニック」が、そこでハリーを待っていた。

「ハリー、おなつかしい！」ニックは両手でハリーの手を握《にぎ》ろうとした。ハリーは、両手を氷水に突《つ》っ込《こ》んだように感じた。

「ニック、どうしても君の助けが必要なんだ。レイブンクロー塔《とう》のゴーストは誰《だれ》？」

ほとんど首無しニックは、驚《おどろ》くと同時に、ちょっとむっとした顔をした。

「むろん、『灰色《はいいろ》のレディ』ですよ。しかし、何かゴーストでお役に立つことをお望みなのでしたら――？」

「そのレディじゃないとだめなんだ――どこにいるか知ってる？」

「さよう……」

群《む》れをなして移動《いどう》する生徒の頭上をじっと見ながら、ニックがあちらこちらと向きを変えると、ひだ襟《えり》の上で首が少しぐらぐらした。

「あそこにいるのがそのレディです、ハリー。髪《かみ》の長い、あの若《わか》い女性《じょせい》です」

ニックの透明《とうめい》な人差し指の示《しめ》す先に、背《せ》の高いゴーストの姿《すがた》が見えたが、レディはハリーが見ていることに気づいて眉《まゆ》を吊《つ》り上《あ》げ、固い壁《かべ》を通《とお》り抜《ぬ》けて行ってしまった。

ハリーは追いかけた。消えたレディを追って、ハリーも扉《とびら》を通って廊下《ろうか》に出ると、その通路の一番奥《おく》をスイスイすべりながら離《はな》れていくレディが見えた。

「おーい――待って――戻《もど》ってくれ！」

レディは、床《ゆか》から十数センチの所に浮《う》かんだまま、いったん止まってくれた。腰《こし》まで届《とど》く長い髪《かみ》に、足元までの長いマントを着たレディは、美しいようにも見えたが、同時に傲慢《ごうまん》で気位が高いようにも思えた。近づいてみると、話をしたことこそなかったが、ハリーが何度か廊下《ろうか》ですれちがったことのあるゴーストだった。

「あなたが『灰色《はいいろ》のレディ』ですか？」

レディはうなずいたが、口をきかなかった。

「レイブンクロー塔《とう》のゴーストですか？」

「そのとおりです」無愛想な答え方だった。

「お願いです。力を貸《か》してください。失《うしな》われた髪飾《かみかざ》りのことで教えていただけることがあったら、なんでもかまいません、知りたいのです」

レディの口元に、冷たい微笑《びしょう》が浮《う》かんだ。

「お気の毒ですが」レディは立ち去りかけた。「それはお助けできませんわ」

「**待って！**」

叫《さけ》ぶつもりはなかったのに、怒《いか》りと衝撃《しょうげき》に打ちのめされそうになっていたハリーは、大声を出した。レディは止まって、ふわふわとハリーの前に浮《う》かんだ。腕時計《うでどけい》に目をやると、真夜中まであと十五分だった。

「急を要することなんだ」ハリーは激《はげ》しい口調で言った。「もしその髪飾《かみかざ》りがホグワーツにあるなら、僕《ぼく》は探《さが》し出《だ》さなければならない。いますぐに」

「髪飾《かみかざ》りを欲《ほ》しがった生徒は、あなたが初めてではない」レディはさげすむように言った。「何世代もにわたって、生徒たちがしつこく聞いた――」

「よい成績《せいせき》を取るためなんかじゃない！」

ハリーはレディに食ってかかった。

「ヴォルデモートに関わることなんだ――ヴォルデモートを打ち負かすためなんだ――それとも、そんなことには、あなたは関心がないのですか？」

レディは赤くなることはできなかったが、透明《とうめい》のほおが半透明《はんとうめい》になり、答える声が熱くなっていた。

「もちろんありますわ――なぜ、ないなどと――？」

「それなら、僕《ぼく》を助けて！」

レディの取《と》り澄《す》ました態度《たいど》が乱《みだ》れてきた。

「それ――それは、そういう問題ではなく――」レディが言いよどんだ。「私《わたし》の母の髪飾《かみかざ》りは――」

「あなたの**お母さんの？**」

レディは、自分に腹《はら》を立てているようだった。

「生《せい》ありしとき」レディは堅苦《かたくる》しく言った。「私《わたし》は、ヘレナ・レイブンクローでした」

「あなたがレイブンクローの**娘**《むすめ》**？**　でも、それなら、髪飾《かみかざ》りがどうなったのか、ご存《ぞん》じのはずだ！」

「髪飾《かみかざ》りは、知恵《ちえ》を与《あた》えるものではあるが――」

レディは、明らかに落ち着きを取《と》り戻《もど》そうと努力していた。

「はたしてそれが、あなたにとって、『あの人』を倒《たお》す可《か》能性《のうせい》を大いに高めるものかどうかは疑問《ぎもん》です。自らを『卿《きょう》』と呼《よ》ぶ、あのヴォ――」

「もう言ったはずだ！　僕《ぼく》はその髪飾《かみかざ》りをかぶるつもりはない！」

ハリーは激《はげ》しい口調で言った。

「説明している時間はない――でも、あなたがホグワーツのことを気にかけているなら、もしヴォルデモートが滅《ほろ》ぼされることを願っているなら、その髪飾《かみかざ》りについてなんでもいいからご存《ぞん》じのことを、話してください！」

レディは宙《ちゅう》に浮《う》いたままハリーを見下ろして、じっとしていた。失望感がハリーをのみ込《こ》んだ。もしレディが何か知っているのなら、フリットウィックかダンブルドアに話していたはずだ。二人とも、レディにハリーと同じ質問《しつもん》をしたにちがいないのだから。ハリーは頭を振《ふ》って、きびすを返しかけた。その時、レディが小さな声で言った。

「私《わたし》は、母からその髪飾《かみかざ》りを盗《ぬす》みました」

「あなたが――何をしたんですって？」

「**私《わたし》は髪飾《かみかざ》りを盗《ぬす》みました**」

ヘレナ・レイブンクローがささやくようにくり返した。

「私《わたし》は、母よりも賢《かしこ》く、母よりも重要な人物になりたかった。私《わたし》はそれを持って逃《に》げたのです」

ハリーは、なぜ自分がレディの信頼《しんらい》を勝《か》ち得《え》たのかわからなかったが、理由を聞くのはやめた。ただ、レディが話し続けるのを、聞きもらすまいと耳を傾《かたむ》けた。

「母は、髪飾《かみかざ》りを失ったことをけっして認《みと》めず、まだ自分が持っているふりをしたと言われています。髪飾《かみかざ》りがなくなったことも、私《わたし》の恐《おそ》ろしい裏切《うらぎ》りのことも、ホグワーツのほかの創始者《そうししゃ》たちにさえ秘密《ひみつ》にしたのです」

「やがて母は病気になりました――重い病でした。私《わたし》の裏切《うらぎ》り行為《こうい》にもかかわらず、母はどうしてももう一度だけ私《わたし》に会いたいと、ある男に私《わたし》を探《さが》させました。かつて私《わたし》は、その男の申し出をはねつけたのですが、ずっと私《わたし》に恋《こい》していた男です。その男なら、私《わたし》を探《さが》し出《だ》すまではけっしてあきらめないことを、母は知っていたのです」

ハリーはだまって待った。レディは深く息を吸《す》い、ぐっと頭をそらせた。

「その男は、私《わたし》が隠《かく》れていた森を探《さが》し当《あ》てました。私《わたし》が一緒《いっしょ》に帰ることを拒《こば》むと、その人は暴力《ぼうりょく》を振《ふ》るいました。あの男爵《だんしゃく》は、カッとなりやすい質《たち》でしたから、私《わたし》に断《ことわ》られて激怒《げきど》し、私《わたし》が自由でいることに嫉妬《しっと》して、私《わたし》を刺《さ》したのです」

「あの**男爵**《だんしゃく》？　もしかして――？」

「『血《ち》みどろ男爵《だんしゃく》』。そうです」

灰色《はいいろ》のレディは、着ているマントを開いて、白い胸元《むなもと》に一か所黒く残る傷痕《きずあと》を見せた。

「自分のしてしまったことを目《ま》のあたりにして、男爵《だんしゃく》は後悔《こうかい》に打ちひしがれ、私《わたし》の命を奪《うば》った凶器《きょうき》を取り上げて、自らの命を絶《た》ちました。この何世紀というもの、男爵《だんしゃく》は悔悟《かいご》の証《あかし》に鎖《くさり》を身につけています……当然ですわ」

レディは、最後の一言を、苦々しくつけ加えた。

「それで……髪飾《かみかざ》りは？」

「私《わたし》を探《さが》して森をうろついている男爵《だんしゃく》の物音を聞いて、私《わたし》がそれを隠《かく》した場所に置かれたままです。木のうろです」

「木のうろ？」ハリーがくり返した。「どの木ですか？　どこにある木ですか？」

「アルバニアの森です。母の手が届《とど》かないだろうと考えた、さびしい場所です」

「アルバニア」

ハリーはまたくり返した。混乱《こんらん》した頭に、奇跡的《きせきてき》にひらめくものがあった。レディが、ダンブルドアにもフリットウィックにも話さなかったことを、なぜハリーに打ち明けたのかが、いまこそわかった。

「この話を、誰《だれ》かにしたことがあるのですね？　別の生徒に？」

レディは目を閉《と》じてうなずいた。

「私《わたし》は……わからなかったのです……あの人が……お世辞を言っているとは。あの人は、まるで……理解《りかい》してくれたような……同情《どうじょう》してくれたような……」

そうなのだ、とハリーは思った。トム・リドルなら、自らには所有権《しょゆうけん》のない伝説の品物を欲《ほ》しがるという、ヘレナ・レイブンクローの気持ちを、確《たし》かに理解《りかい》したことだろう。

「ええ、リドルが言葉《ことば》巧《たく》みに秘密《ひみつ》を引き出した相手は、あなただけではありません」

ハリーはつぶやくように言った。

「あいつは、その気になれば、魅力的《みりょくてき》になれた……」

そうやって、ヴォルデモートはまんまと、灰色《はいいろ》のレディから、失《うしな》われた髪飾《かみかざ》りのありかを聞き出したんだ。遠く離《はな》れたその森まで旅をして、隠《かく》し場所《ばしょ》から髪飾《かみかざ》りを取《と》り戻《もど》したんだ。おそらくホグワーツを卒業してすぐ、「ボージン・アンド・バークス」で働きはじめるより前だったろう。

それに、その隔絶《かくぜつ》されたアルバニアの森は、それから何年もあとになって、ヴォルデモートが十年もの長い間、目立たず、邪魔《じゃま》されずにひそむ場所が必要になったとき、すばらしい避難場所《ひなんばしょ》に思えたのではないだろうか？

しかし、髪飾《かみかざ》りがいったん貴重《きちょう》な分霊箱《ぶんれいばこ》になってからは、そんなありきたりの木に放置されていたわけではない……ちがう。髪飾《かみかざ》りはひそかに、本来あるべき場所に戻《もど》されたのだ。ヴォルデモートが戻《もど》したにちがいない。

「――ヴォルデモートが就職《しゅうしょく》を頼《たの》みにきた夜だ！」ハリーは推理《すいり》し終わった。

「え？」

「あいつは、髪飾《かみかざ》りを城《しろ》に隠《かく》した。学校で教えさせてほしいと、ダンブルドアに頼《たの》みにきた夜に！」

声に出して言ってみることで、ハリーにはすべてがはっきりわかった。

「あいつは、ダンブルドアの校長室に行く途中《とちゅう》か、そこから戻《もど》る途中《とちゅう》で、髪飾《かみかざ》りを隠《かく》したにちがいない！　ついでに、教職《きょうしょく》を得《え》る努力をしてみる価値《かち》はあった――それがうまくいけば、グリフィンドールの剣《つるぎ》も手に入れるチャンスができたかもしれなかったから――ありがとう。ありがとう！」

当惑《とうわく》しきった顔で浮《う》かんでいるレディをそこに残したまま、ハリーはその場を離《はな》れた。玄関《げんかん》ホールに戻《もど》る角を曲がったとき、ハリーは腕時計《うでどけい》を確《たし》かめた。真夜中まであと五分。最後の分霊箱《ぶんれいばこ》が**何か**はわかったものの、それが**どこに**あるかは、相変わらずさっぱりわからない……。

何世代にわたって、生徒が探《さが》しても見つけられなかった、ということは、たぶん髪飾《かみかざ》りはレイブンクロー塔《とう》にはない――しかし、そこにないなら、どこだ？　永久《えいきゅう》に秘密《ひみつ》であり続けるような場所として、トム・リドルは、ホグワーツ城《じょう》にどんな隠《かく》し場所《ばしょ》を見つけたのだ?

必死に推理《すいり》しながらハリーは角を曲がったが、その廊下《ろうか》を二、三歩も歩かないうちに、左側の窓《まど》が大音響《だいおんきょう》とともに割《わ》れて開いた。ハリーが飛びのくと同時に、窓《まど》から巨大《きょだい》な体が飛《と》び込《こ》んできて反対側の壁《かべ》にぶつかった。なんだか大きくて毛深いものが、キュンキュン鳴きながら到着《とうちゃく》したばかりの巨体《きょたい》から離《はな》れて、ハリーに飛びついた。

「ハグリッド!」

ひげもじゃの巨体《きょたい》が立ち上がったのを見て、ハリーは、じゃれつくボアハウンド犬のファングを引《ひ》き離《はな》そうと苦戦しながら、大声で呼《よ》びかけた。

「いったい――?」

「ハリー、ここにいたか! **無事だったんか!**」

ハグリッドは身をかがめて、肋骨《ろっこつ》が折れそうな力で、ちょっとだけハリーを抱《だ》きしめ、それから大破《たいは》した窓辺《まどべ》に戻《もど》った。

「グロウピー、いい子だ!」

ハグリッドは窓《まど》の穴《あな》から大声で言った。

「すぐ行くからな、いい子にしてるんだぞ!」

ハグリッドのむこうの夜の闇《やみ》に、炸裂《さくれつ》する遠い光が見え、不気味な、泣《な》き叫《さけ》ぶような声が聞こえた。時計を見ると、真夜中だった。戦いが始まっていた。

「オーッ、ハリー」

ハグリッドがあえぎながら言った。

「ついに来たな、え？　戦う時だな？」

「ハグリッド、どこから来たの？」

「洞穴《ほらあな》で、『例のあの人』の声を聞いてな」ハグリッドが深刻《しんこく》な声で言った。「遠くまで響《ひび》く声だったろうが？『ポッターを俺様《おれさま》に差し出すのを、真夜中まで待ってやる』。そんで、おまえさんがここにいるにちげえねえってわかった。何がおっぱじまっているかがわかったのよ。ファング、こら、**離《はな》れろっちゅうに**。森を通って境界《きょうかい》を突破《とっぱ》したっちゅうわけよ。グロウピーが、俺《おれ》とファングを運んでな。あいつに、城《しろ》で降《お》ろしてくれっちゅうたら、窓《まど》から俺《おれ》を突《つ》っ込《こ》んだ。まったく。そういう意味じゃあなかったんだが。ところで――ロンとハーマイオニーはどこだ？」

「それは」ハリーが言った。「いい質問《しつもん》だ。行こう」

二人は廊下《ろうか》を急いだ。ファングはそのかたわらを跳《と》びはねながらついてきた。廊下《ろうか》という廊下《ろうか》から、人の動き回る音が聞こえてきた。走り回る足音、叫《さけ》ぶ声。窓《まど》からは、暗い校庭にまた何本もの閃光《せんこう》が走るのが見えた。

いた。

「どこに行くつもりだ？」

ハリーのすぐ後ろからドシンドシンと床板《ゆかいた》を震《ふる》わせて急ぎながら、ハグリッドが息を切らして聞いた。

「はっきりわからないんだ」

ハリーは、行き当たりばったりに廊下《ろうか》を曲がりながら言った。

「でも、ロンとハーマイオニーは、どこか、このあたりにいるはずだ」

戦いの最初の犠牲者《ぎせいしゃ》が、すでに行く手の通路に散らばっていた。いつも職員室《しょくいんしつ》の入口を護衛《ごえい》していた一対《つい》の石の怪獣像《ガーゴイル》が、どこか壊《こわ》れた窓《まど》から流れてきた呪《のろ》いに破壊《はかい》され、残骸《ざんがい》が床《ゆか》でピクピクと力なく動いていたのだ。ハリーが胴体《どうたい》から離《はな》れた首の一つを飛《と》び越《こ》えたとき、首が弱々しくうめいた。

「ああ、俺《おれ》にかまわずに……ここでバラバラのまま横になっているから……」

その醜《みにく》い顔が、突然《とつぜん》、ゼノフィリウスの家で見たロウェナ・レイブンクローの大理石の胸像《きょうぞう》を思い出させた。あのばかばかしい髪飾《かみかざ》りをつけた像《ぞう》――それから、白い巻《ま》き毛《げ》の上に石の髪飾《かみかざ》りをつけた、レイブンクロー塔《とう》の像《ぞう》……。

そして、廊下《ろうか》の端《はし》まで来たときに、三つ目の石の彫像《ちょうぞう》の記憶《きおく》が戻《もど》ってきた。あの年老いた醜《みにく》い魔《ま》法戦士《ほうせんし》の像《ぞう》……その頭にハリー自身がかつらをかぶせ、その上に古い黒ずんだティアラを置いた――。ファイア・ウィスキーを飲んだような熱い衝撃《しょうげき》が体を貫《つらぬ》き、ハリーは転びかけた。

ついにハリーは、自分を待ち受けている分霊箱《ぶんれいばこ》のありかを知った……。

誰《だれ》も信用せず、一人で事を運んだトム・リドルは、傲慢《ごうまん》にも、自分だけがホグワーツ城《じょう》の奥深《おくぶか》い神秘《しんぴ》に入《はい》り込《こ》むことができると思ったのだろう。もちろん、ダンブルドアやフリットウィックのような模範生《もはんせい》は、あのような場所に足を踏《ふ》み入《い》れることはなかった。しかし、この自分は、学校の誰《だれ》もが通る道から外れた所をさまよった——ここに、ハリーとヴォルデモートだけが知る秘密《ひみつ》があった。ダンブルドアが見つけることのなかった秘密《ひみつ》を、とうとうハリーは見つけたのだ——。

その時、ネビルと、ほかに六人ほどの生徒を連れて嵐《あらし》のように走り去るスプラウト先生に追《お》い越《こ》され、ハリーは我《われ》に返った。全員が耳当てをつけ、大きな鉢植《はちう》え植物のようなものを抱《かか》えている。

「マンドレイクだ！」

走りながら振《ふ》り返《かえ》ったネビルが、大声で言った。

「こいつを城壁越《じょうへきご》しにあいつらにお見舞《みま》いしてやる——きっといやがるぞ！」

どこに行くべきかがわかったハリーは、全力で走った。その後ろを、ハグリッドとファングが早《はや》駆《が》けでついてきた。次々と肖像画《しょうぞうが》の前を通《とお》り過《す》ぎたが、絵の主《あるじ》たちもハリーたちと一緒《いっしょ》に走っていた。肖像画《しょうぞうが》の魔法使《まほうつか》いや魔女《まじょ》たちが、ひだ襟《えり》や中世の半ズボン姿《すがた》で、あるいは鎧《よろい》やマント姿《すがた》で、互《たが》いのキャンバスになだれ込《こ》んではぎゅう詰《づ》めになり、城《しろ》のあちこちで何が起きているかを大声で知らせ合っていた。その廊下《ろうか》の端《はし》まで来たとき、城全体《しろぜんたい》が揺《ゆ》れた。大きな花瓶《かびん》が、爆弾《ばくだん》の炸裂《さくれつ》するような力で台座《だいざ》から吹《ふ》き飛《と》ばされたのを見て、ハリーは、先生たちや騎士団《きしだん》のメンバーがかけた呪文《じゅもん》より破壊的《はかいてき》でもっと不吉《ふきつ》な呪《のろ》いが、城《しろ》を捕《と》らえたことを悟《さと》った。

「大丈夫《だいじょうぶ》だ、ファング——大丈夫《だいじょうぶ》だっちゅうに！」

ハグリッドが叫《さけ》んだが、図体《ずうたい》ばかりがでかいボアハウンド犬は、花瓶《かびん》の破片《はへん》が榴散弾《りゅうさんだん》のように降《ふ》ってくる中を、一目散に逃《に》げ出《だ》した。ハグリッドは怖気《おじけ》づいた犬を追って、ハリーを一人残し、ドタドタと走り去った。

ハリーは杖《つえ》をかまえ、揺《ゆ》れる通路を押《お》し進《すす》んだ。その廊下《ろうか》の端《はし》から端《はし》まで、小柄《こがら》な騎士《きし》の絵のカドガン卿《きょう》が、鎧《よろい》をガチャつかせ、ハリーへの激励《げきれい》の言葉を叫《さけ》びながら、絵から絵へと走り込《こ》んでついてきた。カドガン卿《きょう》のあとからは、太った小さなポニーがトコトコと駆《か》けてきた。

「ほら吹《ふ》きにゴロツキめ、犬に悪党《あくとう》め、追い出せ、ハリー・ポッター、追《お》い払《はら》え！」

廊下《ろうか》の角をすばやく曲がった所で、フレッドと、リー・ジョーダン、ハンナ・アボットらの少数の生徒たちが、城《しろ》に続く秘密《ひみつ》の抜《ぬ》け穴《あな》を隠《かく》している像《ぞう》の、主《あるじ》のいない台座《だいざ》のそばに立っているのを見つけた。全員が杖《つえ》を抜《ぬ》き、隠《かく》された穴《あな》の物音に耳を澄《す》ましている。

「打ってつけの夜だぜ！」

城《しろ》がまた揺《ゆ》れたとき、フレッドが叫《さけ》んだ。ハリーは高揚感《こうようかん》と恐怖《きょうふ》がまじり合った気持ちで、そのかたわらを駆《か》け抜《ぬ》けた。次の廊下《ろうか》を全力疾走《ぜんりょくしっそう》しているときに、あたりがふくろうだらけになった。

ミセス・ノリスが威嚇的《いかくてき》な鳴き声を上げながら、前脚《まえあし》でたたき落とそうとしていた。ふくろうを収《おさ》まるべき場所に戻《もど》そうとしていたにちがいない……。

「ポッター！」

アバーフォース・ダンブルドアが、杖《つえ》をかまえて、行く手に立ちふさがっていた。

「俺《おれ》のパブを、何百人という生徒がなだれを打って通《とお》り過《す》ぎていったぞ、ポッター！」

「知っています。避難《ひなん》したんです」ハリーが言った。「ヴォルデモートが――」

「――襲撃《しゅうげき》してくる。おまえを差し出さなかったから。うん」アバーフォースが言った。「耳が聞こえないわけじゃないからな。ホグズミード中があいつの声を聞いた。しかし、スリザリンの生徒を二、三人、人質《ひとじち》に取ろうとは、誰《だれ》も考えなかったのか？　無事に逃《に》がした子の中には、死喰《しく》い人《びと》の子供《こども》たちもいる。何人か、ここに残しておくほうが利口だったのじゃないか？」

「そんなことで、ヴォルデモートを止められはしない」ハリーが言った。「それに、あなたのお兄さんなら、そんなことはけっしてしなかったでしょう」

アバーフォースはフンと唸《うな》って、急いでハリーと反対方向に去っていった。

あなたのお兄さんなら、そんなことはけっしてしなかった……そう、それはほんとうのことだ。ハリーは再《ふた》び走りだしながら、そう思った。長年スネイプを擁護《ようご》してきたダンブルドアだ。生徒を人質《ひとじち》に取ることなど、けっしてしなかっただろう……。

最後の曲がり角を横すべりしながら曲がったとたん、ロンとハーマイオニーが目に入った。安心感と怒《いか》りで、ハリーは叫《さけ》び声《ごえ》を上げた。二人とも両腕《りょううで》いっぱいに、何か大きくて曲がった汚《きたな》い黄色いものを抱《かか》え、ロンは箒《ほうき》を小脇《こわき》に抱《かか》えていた。

「**いったい**、どこに消えていたんだ？」ハリーがどなった。

「『秘密《ひみつ》の部屋《へや》』」ロンが答えた。

「秘密《ひみつ》の——**えっ？**」

二人の前でよろけながら急停止《きゅうていし》して、ハリーが聞き返した。

「ロンなのよ。全部ロンの考えよ！」

ハーマイオニーが、息をはずませながら言った。

「とってもすごいと思わない？　あなたが出ていってから、私《わたし》たちあの『部屋』に残っていて、私《わたし》がロンに言ったの。ほかの分霊箱《ぶんれいばこ》を見つけても、どうやって壊《こわ》すの？　まだカップも片《かた》づけていないわ！　そう言ったの。そしたらロンが思いついたのよ！　バジリスク！」

「いったいどういう——？」

「分霊箱《ぶんれいばこ》を破壊《はかい》するためのものさ」ロンがさらりと言った。

ハリーは、ロンとハーマイオニーが両腕《りょううで》に抱《かか》えているものに目を落とし、それが、死んだバジリスクの頭《ず》がい骨《こつ》からもぎ取った、巨大《きょだい》な曲がった牙《きば》だと気づいた。

「でも、どうやってあそこに入ったんだ?」

ハリーは、牙《きば》とロンを交互《こうご》に見つめながら聞いた。

「蛇語《へびご》を話さなきゃならないのに!」

「話したのよ!」ハーマイオニーがささやくように言った。「ロン、ハリーにやってみせて!」

ロンは、恐《おそ》ろしい、のどの詰《つ》まるようなシューシューという音を出した。

「君がロケットを開けるとき、こうやったのさ」ロンは申《もう》し訳《わけ》なさそうに言った。「ちゃんとできるまでに、何回か失敗したけどね、でも」ロンは謙遜《けんそん》して肩《かた》をすくめた。「僕《ぼく》たち、最後にはあそこに着いたのさ」

「ロンは**すーばらしかった!**」ハーマイオニーが言った。「すばらしかったわ!」

「それで……」

なんとか話についていこうと努力しながら、ハリーがうながした。

「それで……」

「それで、分霊箱《ぶんれいばこ》、もう一丁上がりだ」

そう言いながらロンは、上着の中から壊《こわ》れたハッフルパフのカップの残骸《ざんがい》を引《ひ》っ張《ば》り出《だ》した。

「ハーマイオニーが刺《さ》したんだ。彼女《かのじょ》がやるべきだと思ったのさ。ハーマイオニーは、まだその楽しみを味わってなかったからね」

「すごい！」ハリーが叫《さけ》んだ。

「たいしたことはないさ」

そう言いながらも、ロンは得意《とくい》げだった。

「それで、君のほうは、何があった？」

その言葉が終わらないうちに、上のほうで爆発音《ばくはつおん》がした。三人がいっせいに見上げると、天井《てんじょう》からほこりが落ちてくるのと同時に、遠くから悲鳴が聞こえた。

「髪飾《かみかざ》りがどんな形をしていて、どこにあるかがわかった」

ハリーは早口で話した。

「あいつは、僕《ぼく》が古い『魔法薬《まほうやく》』の教科書を隠《かく》した場所と、おんなじ所に隠《かく》したんだ。何世紀にもわたって、みんなが隠《かく》し場所《ばしょ》にしてきた所だ。あいつは、自分しかその場所を見つけられないと思ったんだ。行こう」

壁《かべ》がまた揺《ゆ》れた。ハリーは二人の先に立って、隠《かく》れた入口から階段《かいだん》を下り、「必要の部屋」に戻《もど》った。三人の女性《じょせい》以外《いがい》は誰《だれ》もいない。ジニー、トンクス、それに、虫食いだらけの帽子《ぼうし》をかぶった老魔女《ろうまじょ》だ。それがネビルの祖母《そぼ》だと、ハリーはすぐにわかった。

「ああ、ポッター」

老魔女《ろうまじょ》は、ハリーを待っていたかのように、てきぱきと呼《よ》びかけた。

「何が起こっているか、教えておくれ」

「みんなは無事なの？」ジニーとトンクスが同時に聞いた。

「僕《ぼく》たちの知っているかぎりではね」ハリーが答えた。「ホッグズ・ヘッドへの通路にはまだ誰《だれ》かいるの？」

ハリーは、誰《だれ》かが部屋の中にいるかぎり、「必要の部屋」は様変《さまが》わりすることができないことを知っていた。

「私《わたし》が最後です」

ミセス・ロングボトムが言った。

「通路は私《わたし》が封鎖《ふうさ》しました。アバーフォースがパブを去ったあとに、通路を開けたままにしておくのは賢明《けんめい》ではないと思いましたからね。私《わたし》の孫を見かけましたか？」

「戦っています」ハリーが言った。

「そうでしょうとも」老婦人《ろうふじん》はほこらしげに言った。「失礼しますよ。孫の助太刀《すけだち》に行かねばなりません」

ミセス・ロングボトムは、驚《おどろ》くべき速さで石の階段《かいだん》に向かって走り去った。

ハリーはトンクスを見た。

「トンクス、お母さんの所で、テディと一緒《いっしょ》のはずじゃなかったの？」

「あの人の様子がわからないのに、耐《た》えられなくて――」

トンクスは苦渋《くじゅう》をにじませながら言った。

「テディは、母が面倒《めんどう》を見てくれるわ――リーマスを見かけた？」

「校庭で戦うグループを指揮《しき》する手はずだったけど――」

トンクスは、それ以上一言も言わずに走り去った。

「ジニー」ハリーが言った。「すまないけど、君もこの部屋から出ていてほしいんだ。ほんの少しの間だけ。そのあとでまた戻《もど》ってきていいよ」

ジニーは、保護《ほご》された場所から出られることが、うれしくてしかたがない様子だった。

「あとでまた戻《もど》ってきていいんだからね！」

トンクスを追って駆《か》け上《あ》がっていくジニーの後《うし》ろ姿《すがた》に向かって、ハリーが叫《さけ》んだ。

「**戻《もど》ってこないといけないよ！**」

「ちょっと待った！」ロンが鋭《するど》い声を上げた。「僕《ぼく》たち、誰《だれ》かのことを忘《わす》れてる！」

「誰《だれ》？」ハーマイオニーが聞いた。

「屋敷《やしき》しもべ妖精《ようせい》たち。全員下の厨房《ちゅうぼう》にいるんだろう？」

「しもべ妖精《ようせい》たちも、戦わせるべきだっていうことか？」ハリーが聞いた。

「ちがう」ロンがまじめに言った。「脱出《だっしゅつ》するように言わないといけないよ。ドビーの二《に》の舞《まい》は見たくない。そうだろ？　僕《ぼく》たちのために死んでくれなんて、命令できないよ――」

ハーマイオニーの両腕《りょううで》から、バジリスクの牙《きば》がバラバラ音を立てて落ちた。ロンに駆《か》け寄《よ》り、その両腕《りょううで》をロンの首に巻《ま》きつけて、ハーマイオニーはロンの唇《くちびる》に熱烈《ねつれつ》なキスをした。ロンも、持っていた牙《きば》と箒《ほうき》を放り投げ、ハーマイオニーの体を床《ゆか》から持ち上げてしまうほど夢中《むちゅう》になって、キスに応《こた》えた。

「そんなことをしてる場合か？」

ハリーが力なく問いかけた。しかし何事も起こらないどころか、ロンとハーマイオニーは、ますます固く抱《だ》き合《あ》ったままその場で体を揺《ゆ》らしていたので、ハリーは声を荒《あら》げた。

「**おい！**　戦いの真っ最中だぞ！」

ロンとハーマイオニーは離《はな》れたが、両腕《りょううで》を互《たが》いに回し合ったままだった。

「わかってるさ」

ロンは、ブラッジャーで後頭部をぶんなぐられたばかりのような顔で言った。

「だからもう、いまっきりないかもしれない。だろ？」

「そんなことより、分霊箱《ぶんれいばこ》はどうなる？」ハリーが叫《さけ》んだ。「悪いけど、君たち――髪飾《かみかざ》りを手に入れるまで、がまんしてくれないか？」

「うん――そうだ――ごめん」

ロンが言った。ロンとハーマイオニーは、二人とも顔を赤らめて、牙《きば》を拾いはじめた。

三人が階段《かいだん》を上って再《ふたた》び上の階に出てみると、「必要の部屋」にいた数分の間に、城《しろ》の中の状況《じょうきょう》がかなり悪化したことが明らかだった。壁《かべ》や天井《てんじょう》は前よりひどく振動《しんどう》し、あたり一面ほこりだらけで、一番近い窓《まど》からハリーが外を見ると、緑と赤の閃光《せんこう》が城《しろ》の建物のすぐ下で炸裂《さくれつ》するのが見え、死喰《しく》い人《びと》たちが、いまにも城《しろ》に入るところまで近づいていることがわかった。見下ろすと、巨人《きょじん》のグロウプが、屋根からもぎ取ったらしい石の怪獣像《ガーゴイル》のようなものを振《ふ》り回《まわ》して、不機嫌《ふきげん》に吠《ほ》えながらうろうろ歩いていくのが見えた。

「グロウプが、何人か踏《ふ》んづけるように願おうぜ！」

近くからまた何度か響《ひび》いてきた悲鳴を聞きながら、ロンが言った。

「味方じゃなければね！」

誰《だれ》かが言った。ハリーが振《ふ》り向《む》くと、ジニーとトンクスが二人とも杖《つえ》を抜《ぬ》き、隣《となり》の窓《まど》の所でかまえていた。窓《まど》ガラスが数枚《すうまい》なくなっている。ハリーが見ている間に、ジニーの呪《のろ》いが、下の敵軍《てきぐん》に正確《せいかく》にねらい定めて飛んでいった。

「娘《むすめ》さん、よくやった！」

ほこりの中からこちらに向かって走ってきた誰《だれ》かが吠《ほ》えた。少人数の生徒を率《ひき》いて、白髪《はくはつ》を振《ふ》り乱《みだ》して走り抜《ぬ》けていくアバーフォースの姿《すがた》を、ハリーは再《ふた》び目にした。

「どうやら敵《てき》は北の胸壁《きょうへき》を突破《とっぱ》しようとしている。敵側《てきがわ》の巨人《きょじん》を引き連れているぞ！」

「リーマスを見かけた？」トンクスがアバーフォースの背《せ》に向かって叫《さけ》んだ。

「ドロホフと一騎打《いっきう》ちしていた」アバーフォースが叫《さけ》び返した。「そのあとは見ていない！」

「トンクス」ジニーが声をかけた。「トンクス、ルーピンはきっと大丈夫《だいじょうぶ》――」

しかしトンクスはもう、アバーフォースを追って、ほこりの中に駆《か》け込《こ》んでいた。

ジニーは、とほうに暮《く》れたように、ハリー、ロン、ハーマイオニーを振《ふ》り返《かえ》った。

「二人とも大丈夫《だいじょうぶ》だよ」むなしい言葉だと知りながら、ハリーがなぐさめた。

「ジニー、僕《ぼく》たちはすぐ戻《もど》るから、危《あぶ》ない場所から離《はな》れて、安全にしていてくれ――さあ、行こう！」

ハリーは、ロンとハーマイオニーに呼《よ》びかけ、三人は「必要の部屋」の前の壁《かべ》まで駆《か》け戻《もど》った。

壁《かべ》のむこう側で、「部屋」が次の入室者の願いを待っている。

――**僕《ぼく》は、すべてのものが隠《かく》されている場所が必要だ**。

ハリーは頭の中で部屋に頼《たの》み込《こ》んだ。三人が壁《かべ》の前を三度走《はし》り過《す》ぎたとき、扉《とびら》が現《あらわ》れた。

三人が中に入って扉《とびら》を閉《し》めたとたん、戦いの騒《さわ》ぎは消えた。あたりは静まり返っていた。三人は、都市のような外観の、大聖堂《だいせいどう》のように広大な場所に立っていた。大昔からの、何千人という生徒たちが隠《かく》した品物が積み重なって、見上げるような壁《かべ》になっている。

「それじゃ、あいつは、**誰《だれ》でも**ここに入れるとは考えなかったわけか？」

ロンの声が静寂《せいじゃく》の中で響《ひび》いた。

「あいつは自分一人だけだと思ったんだ」

ハリーが言った。

「僕《ぼく》の人生で、隠《かく》し物《もの》をしなくちゃならないときがあったというのが、あいつの不運さ……こっちだ」

ハリーは二人をうながした。

「こっちの並《なら》びだと思う……」

ハリーはトロールの剝製《はくせい》を通《とお》り過《す》ぎ、ドラコ・マルフォイが去年修理《しゅうり》して、悲惨《ひさん》な結果をもたらした「姿《すがた》をくらますキャビネット棚《だな》」の前を通った。それから先は、がらくたの間の通路を端《はし》から端《はし》まで見ながら迷《まよ》った。次はどう行くのかが思い出せなかった……。

「アクシオ、髪飾《かみかざ》りよ、来い」必死のあまり、ハーマイオニーが大声で唱えたが、三人に向かって飛んでくるものは何もなかった。グリンゴッツの金庫と同じで、どうやらこの部屋は、隠《かく》してある品を、そうやすやすとは引《ひ》き渡《わた》さないようだ。

「手分けして探《さが》そう」ハリーが二人に言った。「老魔法戦士《ろうまほうせんし》の石像《せきぞう》を探《さが》してくれ。かつらをかぶってティアラをつけているんだ！　戸棚《とだな》の上にのっている像《ぞう》だ。絶対《ぜったい》にこの近くなんだけど……」

三人は、それぞれ隣《とな》り合《あ》わせの通路へと急いだ。そびえるがらくたの山の間に二人の足音が響《ひび》くのが、ハリーの耳に入ってきた。瓶《びん》や帽子《ぼうし》、木箱、椅子《いす》、本、武器《ぶき》、箒《ほうき》にバット……。

「どこかこの近くだ」

ハリーは、一人でブツブツ言った。

「このへんだ……このへん……」

以前に一度入ったときに、この部屋で見た覚えのある品物を探《さが》して、ハリーはだんだん迷路《めいろ》の奥《おく》深《ふか》く進んでいった。自分の呼吸《こきゅう》がはっきり聞こえた。そして――魂《たましい》そのものが震《ふる》えるような気がした――見つけた。すぐそこに、ハリーが古い「魔法薬《まほうやく》」の教科書を隠《かく》した、表面がボコボコになった古い戸棚《とだな》が見え、その上に、あばた面《づら》の石像《せきぞう》が、ほこりっぽい古いかつらをかぶり、とても古そうな黒ずんだティアラをつけている。

まだ三メートルほど先だったが、ハリーはもう手を伸《の》ばしていた。その時、背後《はいご》で声がした。

「止まれ、ポッター」

ハリーはどきりとして振《ふ》り向《む》いた。クラッブとゴイルが杖《つえ》をハリーに向け、肩《かた》を並《なら》べて立っていた。ニヤニヤ笑う二人の顔の間の小さなすきまに、ハリーはドラコ・マルフォイの姿《すがた》を見つけた。

「おまえが持っているのは、僕《ぼく》の杖《つえ》だぞ、ポッター」

クラッブとゴイルの間のすきまから、杖《つえ》をハリーに向けて、マルフォイが言った。

「いまはちがう」

ハリーはサンザシの杖《つえ》をギュッと握《にぎ》り、あえぎながら言った。

「勝者が杖《つえ》を持つんだ、マルフォイ。おまえは誰《だれ》から借りた？」

「母上だ」ドラコが言った。

別におかしい状況《じょうきょう》ではないのに、ハリーは笑った。ロンの足音もハーマイオニーのも、もう聞こえなくなっていた。髪飾《かみかざ》りを探《さが》して、二人ともハリーの耳には届《とど》かない距離《きょり》まで走っていってしまったらしい。

「それで、三人ともヴォルデモートと一緒《いっしょ》じゃないのは、どういうわけだ？」

ハリーが問いかけた。

「俺《おれ》たちはごほうびをもらうんだ」

クラッブの声は、図体《ずうたい》のわりに、驚《おどろ》くほど小さかった。ハリーはこれまで、クラッブが話すのをほとんど聞いたことがなかった。クラッブは、大きな菓子袋《かしぶくろ》をやると約束された幼《おさな》い子供《こども》のような笑いを浮《う》かべていた。

「ポッター、俺《おれ》たちは残ったんだ。出ていかないことにした。おまえを『あの人』の所に連れていくことに決めた」

「いい計画だ」

ハリーはほめるまねをして、からかった。あと一歩という時に、まさかマルフォイ、クラッブ、ゴイルにくじかれようとは。ハリーはじりじりとあとずさりして、石の胸像《きょうぞう》の頭にずれてのっている分霊箱《ぶんれいばこ》に近づいた。戦いが始まる前に、それを手に入れることさえできれば……。

「ところで、どうやってここに入った？」三人の注意をそらそうとして、ハリーが聞いた。

「僕《ぼく》は去年、ほぼ一年間『隠《かく》された品《しな》の部屋《へや》』に住んでいたようなものだ」マルフォイの声はピリピリしていた。「ここへの入り方は知っている」

「俺《おれ》たちは外の廊下《ろうか》に隠《かく》れていたんだ」ゴイルがブーブー唸《うな》るような声で言った。「俺《おれ》たちはもう、『目くらまし術《じゅつ》』ができるんだぞ！」ゴイルの顔が、まぬけなニヤニヤ笑いになった。「そしたら、おまえが目の前に現《あらわ》れて、髪《かみ》ぐさりを探《さが》してるって言った！　髪《かみ》ぐさりってなんだ？」

「ハリー？」

突然《とつぜん》ロンの声が、ハリーの右側の壁《かべ》のむこうから響《ひび》いてきた。

「誰《だれ》かと話してるのか？」

鞭《むち》を振《ふ》るような動きで、クラッブは十五、六メートルもある壁《かべ》に杖《つえ》を向けた。古い家具や壊《こわ》れたトランク、古本やローブ、そのほかなんだかわからないがらくたが山のように積み上げられた壁《かべ》だ。そして叫《さけ》んだ。

「ディセンド！　落ちろ！」

壁《かべ》がぐらぐら揺《ゆ》れだして、ロンのいる隣《となり》の通路に崩《くず》れ落《お》ちかかった。

「ロン！」

ハリーが大声で呼《よ》ぶと、どこか見えない所からハーマイオニーの悲鳴が上がり、不安定になった山から壁《かべ》のむこう側に大量に落下したがらくたが、床《ゆか》に衝突《しょうとつ》する音が聞こえた。ハリーは杖《つえ》を壁《かべ》に向けて叫《さけ》んだ。

「フィニート！　終われ！」

すると壁《かべ》は安定した。

「やめろ！」

呪文《じゅもん》をくり返そうとするクラッブの腕《うで》を押《お》さえて、マルフォイが叫《さけ》んだ。

「この部屋を壊《こわ》したら、その髪飾《かみかざ》りとやらが埋《う》まってしまうかもしれないんだぞ！」

「それがどうした？」クラッブは腕《うで》をぐいと振《ふ》りほどいた。「闇《やみ》の帝王《ていおう》が欲《ほ》しいのはポッターだ。髪《かみ》ぐさりなんか、誰《だれ》が気にするってんだ？」

「ポッターは、それを取りにここに来た」

マルフォイは、仲間の血のめぐりの悪さにいらだちを隠《かく》せない口調だった。

「だから、その意味を考えろ――」

「『意味を考えろ』だぁ？」

クラッブは狂暴性《きょうぼうせい》をむき出しにして、マルフォイに食ってかかった。

「おまえがどう考えようと、知ったことか？　**ドラコ**、おまえの命令なんかもう受けないぞ。おまえ、おまえの親父《おやじ》も、もうおしまいだ」

「ハリー?」ロンが、がらくたの壁《かべ》のむこうから再《ふた》び叫《さけ》んだ。「どうなってるんだ?」

「ハリー?」クラッブが口まねした。「どうなってるんだ? ——動くな、ポッター! クルーシオ! 苦しめ!」

ハリーはティアラに飛びついていた。クラッブの呪《のろ》いはハリーをそれたが、石像《せきぞう》に当たり、石像《せきぞう》が宙《ちゅう》に飛んだ。髪飾《かみかざ》りは高く舞《ま》い上《あ》がり、石像《せきぞう》がのっていたがらくたの山の中に落ちて見えなくなった。

「**やめろ!**」

マルフォイがクラッブをどなりつけた。その声は、巨大《きょだい》な部屋に響《ひび》き渡《わた》った。

「闇《やみ》の帝王《ていおう》は、生きたままのポッターをお望みなんだ——」

「それがどうした? いまの呪文《じゅもん》は殺そうとしていないだろう?」

クラッブは、自分を押《お》さえつけているマルフォイの手を払《はら》いのけながら叫《さけ》んだ。

「あいにく、俺《おれ》は、やれたら殺《や》ってやる。闇《やみ》の帝王《ていおう》はどっちみち、やつを殺《や》りたいんだ。どこがちがうって言——?」

真っ赤な閃光《せんこう》がハリーをかすめて飛び去った。ハーマイオニーがハリーの背後《はいご》から、角を回って走《はし》り寄《よ》り、クラッブの頭目がけて「失神呪文《しっしんじゅもん》」を放ったのだ。マルフォイがクラッブを引いてよけたために、わずかのところで呪文《じゅもん》は的をはずれた。

「あの『穢《けが》れた血《ち》』だ！　アバダ　ケダブラ！」

ハリーは、ハーマイオニーが横《よこ》っ跳《と》びにかわすのを見た。クラッブは殺すつもりでねらいをつけていた。ハリーの怒《いか》りが爆発《ばくはつ》し、ほかのいっさいが頭から吹《ふ》き飛《と》んでしまった。ハリーはクラッブ目がけて「失神呪文《しっしんじゅもん》」を撃《う》ったが、クラッブは呪文《じゅもん》をよけるのにぐらっとよろけ、はずみでマルフォイの杖《つえ》を手からはじき飛ばした。杖《つえ》は、壊《こわ》れた家具や箱の山の下に転がり、見えなくなった。

「やつを殺すな！　**やつを殺すな！**」

マルフォイが、ハリーにねらいをつけているクラッブとゴイルに向かって叫《さけ》んだ。二人が一瞬躊躇《いっしゅんちゅうちょ》したすきを、ハリーは逃《のが》さなかった。

「エクスペリアームス！　武器《ぶき》よ去れ！」

ゴイルの杖《つえ》が手から離《はな》れて飛び、脇《わき》のがらくたの防壁《ぼうへき》の中に消えた。ゴイルは取《と》り戻《もど》そうとして、その場でむなしく跳《と》び上《あ》がった。ハーマイオニーが第二弾《だいだん》の「失神呪文《しっしんじゅもん》」を放ち、マルフォイが飛びのいた。ロンが突然《とつぜん》通路の端《はし》に現《あらわ》れ、クラッブ目がけて「全身金縛《ぜんしんかなしば》り術《じゅつ》」を発射《はっしゃ》したが、惜《お》しくもそれた。

クラッブはくるりと向きを変え、またしても「アバダ　ケダブラ！」と叫《さけ》んだ。ロンは緑の閃《せん》光《こう》をよけて飛びのき、姿《すがた》を隠《かく》した。ハーマイオニーが攻撃《こうげき》を仕掛《しか》け、ゴイルに「失神呪文《しっしんじゅもん》」を命中させたが、杖《つえ》を失ったマルフォイは、攻撃《こうげき》をよけて三本脚《あし》の洋服だんすの陰《かげ》に縮《ちぢ》こまった。

「どこか、このへんだ！」

ハリーは、古いティアラが落ちたあたりのがらくたの山を指しながら、ハーマイオニーに向かって叫《さけ》んだ。

「探《さが》してくれ。僕《ぼく》はロンを助けに——」

「**ハリー！**」ハーマイオニーが悲鳴を上げた。

背後《はいご》から押《お》し寄《よ》せるごうごうという唸《うな》りで、ハリーはただならぬ危険《きけん》を感じた。振《ふ》り返《かえ》ると、ロンとクラッブが、こちらに向かって全速力で走ってくるのが見えた。

「ゴミどもめ、熱いのが好きか？」クラッブが走りながら吠《ほ》えた。

しかし、クラッブ自身が、自分のかけた術《じゅつ》を制御《せいぎょ》できないようだった。異常《いじょう》な大きさの炎《ほのお》が、両側のがらくたの防壁《ぼうへき》をなめ尽《つ》くしながら、二人を追っていた。炎《ほのお》が触《ふ》れたがらくたは、すすになって崩《くず》れ落《お》ちていた。

「アグアメンティ！　水よ！」

ハリーが声を張《は》り上《あ》げたが、杖先《つえさき》から噴出《ふんしゅつ》した水は、空中で蒸発《じょうはつ》した。

「**逃《に》げろ！**」

マルフォイは、「失神」しているゴイルをつかんで引きずったが、クラッブは、いまやおびえた顔で、全員を追《お》い越《こ》して逃《に》げ去《さ》った。そのあとを追って飛ぶように走るハリー、ロン、ハーマイオニーのすぐ後ろから、炎《ほのお》が追いかけてきた。尋常《じんじょう》な火ではない。クラッブは、ハリーのまったく知らない呪《のろ》いを使ったのだ。全員が角を曲がると、炎《ほのお》は、まるで知覚を持った生き物が、全員を殺そうとして襲《おそ》ってくるかのように追ってきた。しかも、炎《ほのお》はいまや突然姿《とつぜんすがた》を変え、巨大《きょだい》な炎《ほのお》の怪獣《かいじゅう》の群《む》れになっていた。大蛇《だいじゃ》、キメラ、ドラゴンが、メラメラと立ち上がり、伏《ふ》せ、また立ち上がって、何世紀にもわたって堆積《たいせき》してきた瓦礫《がれき》の山は、怪獣《かいじゅう》の餌食《えじき》になり、宙《ちゅう》に放り投げられ、伏《ふ》せ、また立ち上がった。牙《きば》をむいた怪獣《かいじゅう》の口に投《な》げ込《こ》まれたり、脚《あし》の鉤爪《かぎづめ》に蹴《け》り上《あ》げられたりと、最後には地獄《じごく》の炎《ほのお》に焼《や》き尽《つ》くされた。

マルフォイ、クラッブ、ゴイルの姿《すがた》が見えなくなった。ハリーとロン、ハーマイオニーは、追《お》い詰《つ》められ、炎《ほのお》に取り囲まれた。炎《ほのお》の怪獣《かいじゅう》は爪《つめ》を立て角を振《ふ》り、尻尾《しっぽ》を打ち鳴らして徐々《じょじょ》に囲みを狭《せば》め、炎《ほのお》の熱が、強固な壁《かべ》のように三人を包んだ。

「どうしましょう？」

ハーマイオニーが、耳をろうする炎《ほのお》の轟音《ごうおん》の中で叫《さけ》んだ。

「どうしたらいいの？」

「これだ！」

ハリーは一番手近ながらくたの山から、がっしりした感じの箒《ほうき》を二本つかんで、一本をロンに放った。ロンはハーマイオニーを引《ひ》き寄《よ》せて後ろに乗せ、ハリーは二本目の箒《ほうき》にパッとまたがった。三人は強く床《ゆか》を蹴《け》り、宙《ちゅう》に舞《ま》い上《あ》がった。かみつこうとする炎《ほのお》の猛禽《もうきん》のとげとげしたくちばしは、ほんの二、三十センチの所で獲物《えもの》を逃《のが》した。煙《けむり》と熱は耐《た》えがたい激《はげ》しさだった。眼下《がんか》では、呪《のろ》いの炎《ほのお》が、お尋《たず》ね者《もの》の生徒たちが何世代にもわたって持《も》ち込《こ》んだ禁制品《きんせいひん》を、何千という禁《きん》じられた実験の罪深《つみぶか》い結果を、そしてこの部屋に避難《ひなん》した数えきれない人々の秘密《ひみつ》を焼《や》き尽《つ》くしていた。マルフォイやクラッブ、ゴイルは、影《かげ》も形も見えない。ハリーは、三人を探《さが》して、略奪《りゃくだつ》の炎《ほのお》の怪獣《かいじゅう》すれすれまで舞《ま》い降《お》りたが、見えるのは炎《ほのお》ばかりだった。なんて酷《ひど》い死に方だ……ハリーは、こんな結果を望んではいなかった……。

「ハリー、脱出《だっしゅつ》だ、脱出《だっしゅつ》するんだ！」

ロンが叫《さけ》んだが、黒煙《こくえん》の立《た》ち込《こ》める中で、扉《とびら》がどこにあるのか見えなかった。

その時、ハリーは、大混乱《だいこんらん》のただ中に、燃《も》え盛《さか》る轟々《ごうごう》たる音の中に、弱々しく哀《あわ》れな叫《さけ》び声《ごえ》を聞きつけた。

「そんなこと――危険《きけん》――すぎる――！」

ロンの叫《さけ》びを背後《はいご》に聞きながら、ハリーは空中旋回《くうちゅうせんかい》していた。めがねのおかげで煙《けむり》から多少は護《まも》られ、ハリーは眼下《がんか》の火の海を隅《くま》なく見回した。誰《だれ》かが生きているしるしはないか、手足でも顔でもいい、まだ炭になっていないものはないか……。

見えた。マルフォイが、気を失ったゴイルを両腕《りょううで》で抱《かか》えたまま、焦《こ》げた机《つくえ》の積み重なった、いまにも崩《くず》れそうな塔《とう》の上に乗っていた。ハリーは突《つ》っ込《こ》んだ。マルフォイはハリーがやってくるのを見て、片腕《かたうで》を上げた。ハリーはその腕《うで》をつかんだが、これではだめだとすぐわかった。ゴイルが重すぎる。それに、汗《あせ》まみれのマルフォイの手は、すぐにハリーの手からすべり落ちた——。

「そいつらのために僕《ぼく》たちが死ぬことになったら、君を殺すぞ、ハリー！」

ロンが吠《ほ》えた。巨大《きょだい》な炎《ほのお》のキメラがロンたちに襲《おそ》いかかった瞬間《しゅんかん》、ロンとハーマイオニーがゴイルを箒《ほうき》に引《ひ》っ張《ぱ》り上《あ》げ、縦《たて》に横にと揺《ゆ》れながら、再《ふた》び上昇《じょうしょう》した。マルフォイは、ハリーの箒《ほうき》の後ろに這《は》い上《あ》がった。

「扉《とびら》だ。扉《とびら》に行け。扉《とびら》だ！」マルフォイが、ハリーの耳に叫《さけ》んだ。逆巻《さかま》く黒煙《こくえん》で息もつけず、ハリーはスピードを上げてロン、ハーマイオニー、ゴイルのあとに続いた。周囲には、貪欲《どんよく》な炎《ほのお》をまぬかれた最後の品々が、巻《ま》き上《あ》げられて飛んでいた。呪《のろ》いの炎《ほのお》の怪獣《かいじゅう》たちは、勝利の祝いに、残った品々を高々と放り上げていた。優勝《ゆうしょう》カップや盾《たて》、輝《かがや》くネックレスや黒ずんだ古いティアラ……。

「何をしてる！　何をしてるんだ！　扉《とびら》はあっちだ！」

マルフォイが叫《さけ》んだが、ハリーはヘアピンカーブを切って飛《と》び込《こ》んだ。髪飾《かみかざ》りは、スローモーションで落ちていくかのように見える。大きく口を開けた大蛇《だいじゃ》の胃袋《いぶくろ》に向かって、回りながら、輝《かがや》きながら落ちていく。その瞬間《しゅんかん》、ハリーは髪飾《かみかざ》りをとらえた。手首にそれを引っかけた——。

大蛇《だいじゃ》がハリーに向かって鋭《するど》く襲《おそ》いかかったが、ハリーは再《ふたた》び旋回《せんかい》していた。そして高々と舞《ま》い上《あ》がり、扉《とびら》があると思われるあたりを目指し、そこに扉《とびら》が開いていることを祈《いの》りながら、一直線に飛んだ。ロン、ハーマイオニー、ゴイルの姿《すがた》はもうなかった。マルフォイは悲鳴を上げて、痛《いた》いほど強くハリーにしがみついていた。その時、煙《けむり》を通して、ハリーは壁《かべ》に長方形の切れ目があるのを見つけ、箒《ほうき》を向けた。次の瞬間《しゅんかん》、清浄《せいじょう》な空気がハリーの肺《はい》を満たし、二人は廊下《ろうか》の反対側の壁《かべ》に衝突《しょうとつ》した。

マルフォイは箒《ほうき》から落下し、息も絶《た》え絶《だ》えに咳《せ》き込《こ》み、ゲーゲー言いながら、うつ伏《ぶ》せになって横たわっていた。ハリーは転がって、上半身を起こした。「必要の部屋」の扉《とびら》はすでに消え、ロンとハーマイオニーが、床《ゆか》に座《すわ》り込《こ》んであえいでいた。かたわらには、まだ気を失ったままのゴイルがいた。

「クー──クラッブ」

マルフォイは、口がきけるようになるとすぐ、のどを詰《つ》まらせながら言った。

「クー──クラッブ」

「あいつは死んだ」ロンが厳《きび》しい口調で言った。

しばらくの間、あえいだり咳《せ》き込《こ》んだりする音以外は何も聞こえなかった。やがて、バーンという大きな音が、何度も城《しろ》を揺《ゆ》るがし、透明《とうめい》な騎馬隊《きばたい》の大軍が疾駆《しっく》していった。騎乗者《きじょうしゃ》のわきの下に抱《かか》えられた頭が、血に飢《う》えた叫《さけ》びを上げていた。「首無《くびな》し狩人《かりゅうど》」の一行が通《とお》り過《す》ぎたあと、ハリーはよろよろと立ち上がり、あたりを見回した。どこもかしこも戦いの最中だ。退却《たいきゃく》するゴーストの群《む》れの叫《さけ》びよりも、もっと多くの悲鳴が聞こえてきた。ハリーは突然戦慄《とつぜんせんりつ》を覚えた。

「ジニーはどこだ?」ハリーが鋭《するど》い声を上げた。「ここにいたのに。『必要の部屋』に戻《もど》ることになっているのに」

「冗談《じょうだん》じゃない、あんな大火事のあとで、この部屋がまだ機能《きのう》すると思うか?」

そう言いながらロンも立ち上がって、胸《むね》をさすりながら左右を見回した。

「手分けして探《さが》すか?」

「ダメよ」立ち上がったハーマイオニーが言った。

マルフォイとゴイルは、床《ゆか》に力なく伸《の》びたままだった。二人とも杖《つえ》がない。

「離《はな》れずにいましょう。さあ、行きましょうか――ハリー、腕《うで》にかけてるもの、何?」

「えっ? ああ、そうだ――」

ハリーは手首から髪飾《かみかざ》りをはずし、目の前に掲《かか》げた。まだ熱く、すすで黒くなっていたが、よく見ると小さな文字が彫《ほ》ってあるのが読めた。

計り知れぬ英知こそ、われらが最大の宝《たから》なり

黒くねっとりした血のようなものが、髪飾《かみかざ》りから流れ出ているように見える。突然《とつぜん》、髪飾《かみかざ》りが激《はげ》しく震《ふる》え、ハリーの両手の中で真っ二つに割《わ》れた。そのとたん、ハリーは、遠くからのかすかな苦《く》痛《つう》の叫《さけ》びを聞いたように思った。校庭からでも城《しろ》からでもなく、たったいまハリーの手の中でバラバラになったものから響《ひび》いてくる悲鳴だ。

「あれは『悪霊《あくりょう》の火《ひ》』にちがいないわ！」

砕《くだ》けた破片《はへん》に目をやりながら、ハーマイオニーがすすり泣くような声で言った。

「えっ？」

「『悪霊《あくりょう》の火《ひ》』――呪《のろ》われた火よ――分霊箱《ぶんれいばこ》を破壊《はかい》する物質《ぶっしつ》の一つなの。でも私《わたし》なら絶対《ぜったい》にそれを使わなかったわ。危険《きけん》すぎるもの。クラッブは、いったいどうやってそんな術《じゅつ》を――？」

「カロー兄妹《きょうだい》から習ったにちがいない」ハリーが暗い声で言った。

「やつらが止め方を教えたときに、クラッブがよく聞いていなかったのは残念だぜ。まったく」ロンが言った。

ロンの髪《かみ》は、ハーマイオニーの髪《かみ》と同じく焦《こ》げて、顔はすすけていた。

「クラッブのやつが僕《ぼく》たちをみな殺しにしようとしてなけりゃ、死んじゃったのはかわいそうだけどさ」

「でも、気がついてるかしら？」ハーマイオニーがささやくように言った。「つまり、あとはあの大蛇《だいじゃ》を片《かた》づければ――」

しかし、ハーマイオニーは言葉を切った。叫《さけ》び声《ごえ》や悲鳴が聞こえ、紛《まぎ》れもない戦いの物音が廊下《ろうか》いっぱいに聞こえはじめたからだ。周りを見回して、ハリーはどきりとした。死喰《しく》い人《びと》がホグワーツに侵入《しんにゅう》していた。仮面《かめん》とフードをかぶった男たちと、それぞれ一騎《いっき》打《う》ちしているフレッドとパーシーの後《うし》ろ姿《すがた》が見えた。

ハリーもロンもハーマイオニーも、加勢《かせい》に走った。閃光《せんこう》があらゆる方向に飛《と》び交《か》い、パーシーの一騎《いっき》打《う》ちの相手が急いで飛びのいた。とたんにフードがすべり落ちて、飛び出した額《ひたい》とすだれ状《じょう》の髪《かみ》が見えた――。

「やあ、大臣！」

パーシーがまっすぐシックネスに向けて、見事な呪《のろ》いを放った。シックネスは杖《つえ》を取り落とし、ひどく気持ちが悪そうにローブの前をかきむしった。

「辞職《じしょく》すると申し上げましたかね？」

「パース、ご冗談《じょうだん》を！」

自分の一騎《いっき》打《う》ちの相手が、三方向からの「失神呪文《しっしんじゅもん》」を受けて倒《たお》れたところで、フレッドが叫《さけ》んだ。シックネスは、体中から小さなとげを生やして床《ゆか》に倒《たお》れた。どうやらウニのようなものに変身していく様子だった。フレッドはパーシーを見て、うれしそうにニヤッと笑った。

「パース、**マジ**冗談《じょうだん》言ってくれるじゃないか……おまえの冗談《じょうだん》なんか、いままで一度だって——」

空気が爆発《ばくはつ》した。全員が一緒《いっしょ》だったのに——ハリー、ロン、ハーマイオニー、フレッド、パーシー、そして二人の死喰《しく》い人《びと》。一人は「失神」し、一人は「変身」して足元に倒《たお》れている死喰《しく》い人《びと》もふくめて、みんな一緒《いっしょ》だったのに。一瞬《いっしゅん》のうちに、危険《きけん》が一時的に去ったと思ったその一瞬《いっしゅん》のうちに、世界が引《ひ》き裂《さ》かれた。ハリーは空中に放り出されるのを感じた。唯一《ゆいいつ》の武器《ぶき》である細い一本の棒《ぼう》をしっかり握《にぎ》り、両腕《りょううで》で頭をかばうことしかできなかった。仲間の悲鳴や叫《さけ》びは聞こえても、その人たちがどうなったかは知るよしもない——。

引《ひ》き裂《さ》かれた世界は、やがて収《おさ》まり、薄暗《うすぐら》い、痛《いた》みに満ちた世界に変わった。ハリーの体は、猛《もう》攻撃《こうげき》を受けた廊下《ろうか》の残骸《ざんがい》に半分埋《う》まっていた。冷たい空気で、城《しろ》の側壁《そくへき》が吹き飛《と》ばされたことがわかり、ほおに感じる生温かいねっとりしたもので、ハリーは自分が大量に出血していることを知った。その時、ハリーは内臓《ないぞう》をしめつけるような、悲しい叫《さけ》びを聞いた。炎《ほのお》も呪《のろ》いも、こんな苦痛《くつう》の声を引き出すことはできない。ハリーはふらふらと立ち上がった。その日一日で、こんなにおびえたことはない、たぶんいままでの人生で、こんなに怖《こわ》かったことはない……。

ハーマイオニーが、瓦礫《がれき》の中からもがきながら立ち上がった。壁《かべ》が吹《ふ》き飛《と》ばされた場所の床《ゆか》に、三人の赤毛の男が肩《かた》を寄《よ》せ合《あ》っていた。ハリーはハーマイオニーの手を取って、二人で石や板の上をよろめき、つまずきながら近づいた。

「そんな——そんな——そんな！」誰《だれ》かが叫《さけ》んでいた。

「だめだ！　フレッド！　だめだ！」

パーシーが弟を揺《ゆ》すぶり、その二人の脇《わき》にロンがひざまずいていた。フレッドの見開いた両目は、もう何も見てはいない。最後の笑いの名残《なごり》が、その顔に刻《きざ》まれたままだった。

第三十二章　ニワトコの杖《つえ》

世界の終わりが来た。それなのになぜ戦いをやめないのか？　なぜ城《しろ》が恐怖《きょうふ》で静かにならず、戦う者全員が武器《ぶき》を捨《す》てないのか？　ハリーは、ありえない現実《げんじつ》が飲《の》み込《こ》めず、心は奈落《ならく》へと落ちていった。フレッド・ウィーズリーが死ぬはずはない。自分の感覚のすべてがうそをついているのだ――。

その時、誰《だれ》かが落下していくのが、爆破《ばくは》で側壁《そくへき》に開いた穴《あな》から見え、暗闇《くらやみ》から呪《のろ》いが飛《と》び込《こ》んできて、みんなの頭の後ろの壁《かべ》に当たった。

「伏《ふ》せろ！」

ハリーが叫《さけ》んだ。呪《のろ》いが闇《やみ》の中から次々と飛《と》び込《こ》んできていた。ハリーとロンが同時にハーマイオニーを引《ひ》っ張《ぱ》って、床《ゆか》に伏《ふ》せさせた。パーシーはフレッドの死体の上に覆《おお》いかぶさり、これ以上弟を傷《きず》つけさせまいとしていた。

「パーシー、さあ行こう。移動《いどう》しないと！」

ハリーが叫《さけ》んだが、パーシーは首を振《ふ》った。

「パーシー！」

ロンが、兄の両肩《りょうかた》をつかんで引《ひ》っ張《ぱ》ろうとした。すすとほこりで覆《おお》われたロンの顔に、いく筋《すじ》もの涙《なみだ》の跡《あと》がついているのをハリーは見た。しかしパーシーは動かなかった。

「パーシー、フレッドはもうどうにもできない！　僕《ぼく》たちは――」

ハーマイオニーが悲鳴を上げた。振《ふ》り返《かえ》ったハリーは、理由を聞く必要がなくなった。小型自動《こがたじどう》車《しゃ》ほどの巨大《きょだい》な蜘蛛《くも》が、側壁《そくへき》の大きな穴《あな》から這《は》い登《のぼ》ろうとしている。アラゴグの子孫の一匹《ぴき》が、戦いに加わったのだ。

ロンとハリーが、同時に呪文《じゅもん》を叫《さけ》んだ。呪文《じゅもん》が命中し、怪物蜘蛛《かいぶつぐも》は仰向《あおむ》けに吹《ふ》っ飛《と》んで、肢《あし》を気味悪くピクピクけいれんさせながら闇《やみ》に消えた。

「仲間を連れてきているぞ！」

呪《のろ》いで吹《ふ》き飛《と》ばされた穴《あな》から、城《しろ》の端《はし》をちらりと見たハリーが、みんなに向かって叫《さけ》んだ。禁《きん》じられた森《もり》から解放《かいほう》された巨大蜘蛛《きょだいぐも》が、次々と城壁《じょうへき》を這《は》い登《のぼ》ってくる。死喰《しく》い人《びと》たちは、禁《きん》じられた森《もり》に侵入《しんにゅう》したにちがいない。ハリーは大蜘蛛《おおぐも》に向けて「失神呪文《しっしんじゅもん》」を発射《はっしゃ》し、先頭の怪物《かいぶつ》を、這《は》い登《のぼ》ってくる仲間の上に転落させた。大蜘蛛《おおぐも》はすべて壁《かべ》から転げ落ち、姿《すがた》が見えなくなった。その時ハリーの頭上を、いくつもの呪《のろ》いが飛《と》び越《こ》していった。すれすれに飛んでいった呪文《じゅもん》の力で、髪《かみ》が巻《ま》き上《あ》げられるのを感じた。

「移動《いどう》だ。**行くぞ！**」

ハーマイオニーを押《お》してロンと一緒《いっしょ》に先に行かせ、ハリーはかがんでフレッドのわきの下を抱《かか》え込《こ》んだ。ハリーが何をしようとしているのかに気づいたパーシーは、フレッドにしがみつくのをやめて手伝った。身を低くし、校庭から飛んでくる呪《のろ》いをかわしながら、二人は力を合わせて、フレッドの遺体《いたい》をその場から移動《いどう》させた。

「ここに」ハリーが言った。

二人は甲冑《かっちゅう》が不在《ふざい》になっている壁《かべ》のくぼみにフレッドの遺体《いたい》を置いた。ハリーは、それ以上フレッドを見ていることに耐《た》えられず、遺体《いたい》がしっかり隠《かく》されていることを確《たし》かめてから、ロンとハーマイオニーを追った。廊下《ろうか》はもうもうとほこりが立《た》ち込《こ》め、石が崩《くず》れ落《お》ち、窓《まど》ガラスはとっくになくなっていた。マルフォイとゴイルの姿《すがた》はもうなかったが、廊下《ろうか》の端《はし》でハリーは、敵《てき》とも味方とも見分けのつかない大勢《おおぜい》の人間が走り回っているのを目にした。

「**ルックウッド！**」

角を曲がった所で、パーシーが牡牛《おうし》のような唸《うな》り声《ごえ》を上げ、生徒二人を追いかけている背《せ》の高い男に向かって突進《とっしん》した。

「ハリー、こっちよ！」ハーマイオニーが叫《さけ》んだ。

ハーマイオニーは、ロンをタペストリーの裏側《うらがわ》に引《ひ》っ張《ぱ》り込《こ》んでいた。二人がもみ合っているように見えたので、ハリーは二人がまた抱《だ》き合《あ》っているのではないかと、一瞬《いっしゅん》変に勘《かん》ぐってしまった。しかし、ハーマイオニーは、パーシーを追って駆《か》けだそうとするロンを抑《おさ》えようとしていたのだった。

「言うことを聞いて——**ロン、聞いてよ！**」

「加勢《かせい》するんだ——死喰《しく》い人《びと》を殺してやりたい——」

ほこりとすすで汚《よご》れたロンの顔はくしゃくしゃにゆがみ、体は怒《いか》りと悲しみでわなわなと震《ふる》えていた。

「ロン、これを終わらせることができるのは、私《わたし》たちのほかにはいないのよ！　お願い——ロン——あの大蛇《だいじゃ》が必要なの。大蛇《だいじゃ》を殺さないといけないの！」ハーマイオニーが言った。

しかしハリーには、ロンの気持ちがわかった。もう一つの分霊箱《ぶんれいばこ》を探《さが》すことでは、仕返ししたい気持ちを満たすことはできない。ハリーも戦いたかった。フレッドを殺したやつらを懲《こ》らしめてやりたかった。それに、ウィーズリー一家のほかの人たちの無事を、確《たし》かめたかった。とりわけ、まちがいなくジニーがまだ——ハリーはそのあとの言葉を考えることさえ、耐《た》えられなかった——。

「私《わたし》たちだって**戦うのよ**、絶対《ぜったい》に！」ハーマイオニーが言った。「戦わなければならないの。あの蛇《へび》に近づくために！　でも、いま、私《わたし》たちが何をすべきか、み――見失わないで！　すべてを終わらせることができるのは、私《わたし》たちしかいないのよ！」

ハーマイオニーも泣いていた。説得《せっとく》しながら、焼《や》け焦《こ》げて破《やぶ》れたそでで、ハーマイオニーは顔をぬぐった。そして、ロンをしっかりつかんだまま、ハーマイオニーはフーッと深呼吸《しんこきゅう》して自分を落ち着かせ、ハリーを見た。

「あなたは、ヴォルデモートの居場所《いばしょ》を見つけないといけないわ。だって、大蛇《だいじゃ》はあの人が連れているんですもの。そうでしょう？　さあ、やるのよ、ハリー――あの人の頭の中を見るのよ！」

どうしてそう簡単《かんたん》にそれができたのだろう？　傷痕《きずあと》が何時間も前から焼けるように痛《いた》み、ヴォルデモートの想念を見せたくてしかたがなかったからだろうか？　ハーマイオニーに言われるまま、ハリーが目を閉《と》じると、叫《さけ》びや爆発音《ばくはつおん》、すべての耳ざわりな戦いの音はしだいに消えていき、ついには遠くに聞こえる音になった。まるでみんなから遠く離《はな》れた所に立っているかのようだった……。

彼《かれ》は陰気《いんき》な、しかし奇妙《きみょう》に見覚えのある部屋の真ん中に立っていた。壁紙《かべがみ》ははがれ、一か所を除《のぞ》いて窓《まど》という窓《まど》には板が打ちつけてある。城《しろ》を襲撃《しゅうげき》する音はくぐもって、遠くに聞こえた。板のないただ一つの窓《まど》から、城《しろ》の立つ場所に遠い閃光《せんこう》が見えてはいたが、部屋の中は石油ランプ一つしかなく暗かった。

杖《つえ》を指で回して眺《なが》めながら、頭の中は、城《しろ》のあの「部屋」のことを考えていた。彼《かれ》だけが見つけることのできた、秘《ひ》められたあの「部屋」。「秘密《ひみつ》の部屋《へや》」と同じように、あの「部屋」を見つけるには、賢《かしこ》く、狡猾《こうかつ》で、好奇心《こうきしん》が強くなければならぬ……あの小僧《こぞう》には髪飾《かみかざ》りは見つけられぬ——彼《かれ》には自信があった。……しかし、ダンブルドアの操《あやつ》り人形《にんぎょう》めは、予想もしなかったほど深く進んできた……あまりにも深く……。

「わが君」

取りすがるような、しわがれた声に呼《よ》ばれて、彼《かれ》は振《ふ》り向《む》いた。一番暗い片隅《かたすみ》に、ルシウス・マルフォイが座《すわ》っていた。ぼろぼろになり、例の男の子の最後の逃亡《とうぼう》のあとに受けた懲罰《ちょうばつ》の痕《あと》がまだ残っている。片方《かたほう》の目が腫《は》れ上《あ》がって、閉《と》じられたままだった。

「わが君……どうか……私《わたし》の息子《むすこ》は……」

「おまえの息子《むすこ》が死んだとしても、ルシウス、俺様《おれさま》のせいではない。スリザリンのほかの生徒のように、俺様《おれさま》のもとに戻《もど》っては来なかった。おそらく、ハリー・ポッターと仲よくすることに決めたのではないか？」

「いいえ——けっして」ルシウスはささやくような声で言った。

「そうではないように望むことだな」

「わが君は——わが君は、ご心配ではありませんか？　ポッターが、わが君以外の者の手にかかって死ぬことを」

ルシウスが声を震《ふる》わせて聞いた。

「差し出がましく……お許《ゆる》しください……戦いを中止なさり、城《しろ》に入られて、わが――わが君ご自身が、お探《さが》しになるほうが……賢明《けんめい》だとは思《おぼ》し召《め》されませんか？」

「偽《いつわ》ってもむだだ、ルシウス。おまえが停戦《ていせん》を望むのは、息子《むすこ》の安否《あんぴ》を確《たし》かめたいからだろう。俺《おれ》様《さま》にはポッターを探《さが》す必要はない。夜の明ける前に、ポッターのほうで俺様《おれさま》を探《さが》し出《だ》すだろう」

ヴォルデモートは、再《ふたた》び指にはさんだ杖《つえ》に目を落とした。――気に入らぬ……ヴォルデモート卿《きょう》をわずらわすものは、なんとかせねばならぬ……。

「スネイプを連れてこい」

「スネイプ？　わ――わが君」

「スネイプだ。すぐに。あの者が必要だ。一つ――務《つと》めを――はたしてもらわねばならぬ。行け」

おびえ、暗がりでつまずきながら、ルシウスは部屋を出ていった。ヴォルデモートは杖《つえ》を指で回し、じっと見つめながら、その場に立ったままだった。

「それしかないな、ナギニ」

ヴォルデモートはつぶやきながら、あたりを見回した。巨大《きょだい》な太い蛇《へび》が、宙《ちゅう》に浮《う》く球の中で優雅《ゆうが》に身をくねらせていた。ヴォルデモートがナギニのために魔法《まほう》で保護《ほご》した空間は、星をちりばめたようにきらめく透明《とうめい》な球体で、光る檻《おり》とタンクが一緒《いっしょ》になったようなものだった。

ハリーは息をのみ、意識《いしき》を引《ひ》き戻《もど》して目を開けた。同時に、かん高い叫《さけ》び声《ごえ》やわめき声、打ち合いぶつかり合う戦いの喧騒《けんそう》が、ワッと耳を襲《おそ》った。

「あいつは『叫《さけ》びの屋敷《やしき》』にいる。蛇《へび》も一緒《いっしょ》で、周囲を何かの魔法《まほう》で護《まも》られている。あいつはたったいま、ルシウス・マルフォイにスネイプを迎《むか》えにいかせた」

「ヴォルデモートは、『叫《さけ》びの屋敷《やしき》』でじっとしているの？」ハーマイオニーは怒《おこ》った。「自分は——自分は**戦いもせずに？**」

「あいつは、戦う必要はないと考えている」ハリーが言った。「僕《ぼく》があいつの所に行くと考えているんだ」

「でも、どうして？」

「僕《ぼく》が分霊箱《ぶんれいばこ》を追っていることを知っている——ナギニをすぐそばに置いているんだ——蛇《へび》に近づくためには、僕《ぼく》があいつの所に行かなきゃならないのは、はっきりしている——」

「よし」ロンが肩《かた》を怒《いか》らせて言った。「それなら君は行っちゃだめだ。行ったらあいつの思うつぼだ。あいつはそれを期待してる。君はここにいて、ハーマイオニーを護《まも》ってくれ。僕《ぼく》が行って、捕《つか》まえて——」

ハリーはロンをさえぎった。

「君たちはここにいてくれ。僕《ぼく》が『マント』に隠《かく》れて行く。終わったらすぐに戻《もど》って——」

「だめ」ハーマイオニーが言った。「私《わたし》がマントを着て行くほうが、ずっと合理的で——」

「問題外だ」ロンがハーマイオニーをにらみつけた。

ハーマイオニーが反論《はんろん》しかけた。「ロン、私《わたし》だってあなたと同じぐらい力が——」

その時、階段《かいだん》の一番上の、三人がいる場所を覆《おお》うタペストリーが破《やぶ》られた。

「ポッター！」

仮面《かめん》をつけた死喰《しく》い人《びと》が二人、そこに立っていた。その二人が杖《つえ》を上げきらないうちに、ハーマイオニーが叫《さけ》んだ。

「グリセオ！　すべれ！」

三人の足元の階段《かいだん》が平らなすべり台になった。ハーマイオニーもハリーもロンも、速度を抑《おさ》えることもできずに、矢のようにすべり下りた。あまりの速さに、死喰《しく》い人《びと》の放った「失神呪文《しっしんじゅもん》」は三人のはるか頭上を飛んでいき、階段下《かいだんした》を覆《おお》い隠《かく》しているタペストリーを射抜《いぬ》いて床《ゆか》で跳《は》ね返《かえ》り、反対側の壁《かべ》に当たった。

「デューロ！　固まれ！」

ハーマイオニーがタペストリーに杖《つえ》を向けて叫《さけ》んだ。タペストリーは石になり、その裏側《うらがわ》でグシャッという強烈《きょうれつ》な衝突音《しょうとつおん》が二つ聞こえた。三人を追ってきた死喰《しく》い人《びと》たちは、タペストリーのむこう側でくしゃくしゃになったらしい。

「よけろ！」

ロンの叫《さけ》びで、ハリーもハーマイオニーも、ロンと一緒《いっしょ》に扉《とびら》に張《は》りついた。その脇《わき》を、走るマクゴナガル教授《きょうじゅ》に率《ひき》いられた机《つくえ》の群《む》れが、全力疾走《ぜんりょくしっそう》で怒涛《どとう》のごとく駆《か》け抜《ぬ》けていった。マクゴナガルは、三人に気づかない様子だった。髪《かみ》はほどけ、片方《かたほう》のほおには深手を負っている。角を曲がりながらマクゴナガルの叫《さけ》ぶ声が聞こえた。

「**突撃《とつげき》っ！**」

しかし、ハリーは、透明《とうめい》マントを三人に着せかけた。三人一緒《いっしょ》では大きすぎて覆《おお》いきれなかったが、あたりはほこりだらけだし、石が崩《くず》れ落《お》ちて呪文《じゅもん》のゆらめき光る中では、胴体《どうたい》のない足だけを見る者は誰《だれ》もいないだろう、とハリーは思った。

「ハリー、マントを着て」ハーマイオニーが言った。「私《わたし》たちのことは気にせずに――」

三人が次の階段《かいだん》を駆《か》け下《お》りると、下の廊下《ろうか》は右も左も戦いの真っ最中だった。生徒も先生も、仮《か》面《めん》をつけたままの、あるいははずれてしまった死喰《しく》い人《びと》を相手に戦っていた。両脇《りょうわき》の肖像画《しょうぞうが》には絵の主《あるじ》たちがぎっしり詰《つ》まって、大声で助言したり応援《おうえん》したりしていた。ディーンはどこからか奪《うば》った杖《つえ》でドロホフに一騎打《いっきう》ちで立ち向かい、パーバティはトラバースと戦っていた。ハリー、ロン、ハーマイオニーはすぐに杖《つえ》をかまえ、攻撃《こうげき》しようとしたが、戦っている者同士はジグザグと目にもとまらぬ速さで動き回っていて、呪文《じゅもん》をかければ味方を傷《きず》つけてしまう恐《おそ》れが大きい。緊張《きんちょう》して杖《つえ》をかまえたまま好機を待っていると、「**ウィィィィィィィイイイ！**」と大きな音がした。ハリーが見上げると、ピーブズがブンブン飛び回り、スナーガラフの種を死喰《しく》い人《びと》の頭上に落としているのが見えた。種が割《わ》れ、太ったイモムシのような緑色の塊茎《かいけい》が、ごにょごにょと死喰《しく》い人《びと》の頭を覆《おお》った。

「ウアッ！」ひとつかみほどの塊茎《かいけい》が、ロンの頭の上のマントに落ち、ロンが振《ふ》り落《お》とそうとしている間は、ぬるぬるした緑色の塊茎《かいけい》が宙《ちゅう》を漂《ただよ》うという、ありえない状態《じょうたい》になった。

「誰《だれ》かそこに姿《すがた》を隠《かく》しているぞ！」

仮面《かめん》の死喰《しく》い人《びと》が一人、指差して叫《さけ》んだ。

ディーンがそのすきをついて、一瞬《いっしゅん》気をそらしたその死喰《しく》い人《びと》を「失神呪文《しっしんじゅもん》」で倒《たお》した。仕返ししようとしたドロホフを、パーバティが「全身金縛《ぜんしんかなしば》り術《じゅつ》」で倒《たお》した。

「**行こう！**」ハリーが叫《さけ》んだ。三人はマントをしっかり巻《ま》きつけて、頭を低くし、戦う人々の間を、スナーガラフの樹液《じゅえき》だまりで足をすべらせながら、大理石の階段《かいだん》の上へ、そして玄関《げんかん》ホールへと、飛ぶように走った。

「僕《ぼく》はドラコ・マルフォイだ。僕《ぼく》はドラコだ。味方だ！」

ドラコが上の踊《おど》り場《ば》で、仮面《かめん》の死喰《しく》い人《びと》に向かって訴《うった》えていた。ハリーは通りがかりにその死喰《しく》い人《びと》を「失神」させた。マルフォイが救い主に向かってニッコリしながらあたりを見回していると ころへ、ロンがマントの下からパンチを食らわした。マルフォイは死喰《しく》い人《びと》の上に仰向《あおむ》けに倒《たお》れ、唇《くちびる》から血を流して、さっぱりわけがわからないという顔をした。

「命を助けてやったのは、今晩《こんばん》これで二回目だぞ、この日和見《ひよりみ》の悪党《あくとう》！」ロンが叫《さけ》んだ。

階段《かいだん》も玄関《げんかん》ホールも戦闘中《せんとうちゅう》の敵味方《てきみかた》であふれていた。どこを見ても、死喰《しく》い人《びと》が見えた。ヤックスリーは玄関《げんかん》の扉近《とびらちか》くでフリットウィックと戦い、そのすぐ脇《わき》では、仮面《かめん》の死喰《しく》い人《びと》がキングズリーと一騎打《いっきう》ちしている。生徒たちは四方八方に走り回り、傷《きず》ついた友達を抱《かか》えたり引きずったりしている生徒もいる。ハリーは仮面《かめん》の死喰《しく》い人《びと》に「失神呪文《しっしんじゅもん》」を発射《はっしゃ》したが、それて、危《あや》うくネビルに当たるところだった。ネビルは両手いっぱいの「有毒食虫蔓《ゆうどくしょくちゅうづる》」を振《ふ》り回《まわ》して、どこからともなく現《あらわ》れていた。蔓《つる》は嬉々《きき》として一番近くの死喰《しく》い人《びと》に巻《ま》きついて、たぐり寄《よ》せはじめた。

ハリー、ロン、ハーマイオニーは、大理石の階段《かいだん》を駆《か》け下《お》りた。左側の砂時計《すなどけい》が大破《たいは》し、スリザリン寮《りょう》の獲得《かくとく》した点を示《しめ》すエメラルドがそこら中に転がり、走り回る敵《てき》も味方も、すべったりつまずいたりしていた。三人が玄関《げんかん》ホールに下りたとき、階段上《かいだんうえ》のバルコニーから人が二人落ちてきた。そして灰色《はいいろ》の影《かげ》が――ハリーは何かの動物だと思ったが――玄関《げんかん》ホールの奥《おく》からまさに獣《けもの》のように走ってきて、落ちてきた一人に牙《きば》を立てようとした。

「やめてぇぇ！」

叫《さけ》び声《ごえ》を上げたハーマイオニーの杖《つえ》から、大音響《だいおんきょう》とともに呪文《じゅもん》が飛んだ。弱々しく動いているラベンダー・ブラウンの体から、のけぞって吹《ふ》き飛《と》ばされたのは、フェンリール・グレイバックだった。グレイバックは大理石の階段《かいだん》の手すりにぶつかり、立ち上がろうともがいた。その時、白く輝《かがや》く水晶玉《すいしょうだま》がフェンリールの頭にバーンと落ちて割《わ》れた。フェンリールは倒《たお》れて、体を丸めたまま動かなくなった。

「まだありますわよ！」

欄干《らんかん》から身を乗り出したトレローニー先生が、かん高い声で叫《さけ》んだ。

「お望みの方には、もっと差し上げますわ！　行きますわよ――」

トレローニー先生は、テニスのサーブのような動作で、バッグから取り出したもう一個の巨大《きょだい》な水晶玉《すいしょうだま》を持ち上げ、杖《つえ》を振《ふ》るって飛ばせた。水晶玉《すいしょうだま》は玄関《げんかん》ホールを横切って、窓《まど》をぶち割《わ》った。その時、玄関《げんかん》の重い木の扉《とびら》がパッと開き、巨大蜘蛛《きょだいぐも》の群《む》れが玄関《げんかん》ホールになだれ込《こ》んできた。

恐怖《きょうふ》の悲鳴が空気を引《ひ》き裂《さ》き、戦っていた死喰《しく》い人《びと》もホグワーツ隊も、バラバラになった。押《お》し寄《よ》せる怪物《かいぶつ》に向かって、赤や緑の閃光《せんこう》が飛び、巨大蜘蛛《きょだいぐも》は身震《みぶる》いして後肢《あとあし》立《だ》ちになり、いっそう恐《おそ》ろしい姿《すがた》になった。

「どうやって外に出る？」悲鳴の渦《うず》の中で、ロンが叫《さけ》んだ。

ハリーとハーマイオニーが返事をするより前に、三人とも突《つ》き飛《と》ばされた。花柄模様《はながらもよう》のピンクの傘《かさ》を振《ふ》り回《まわ》しながら、ハグリッドが嵐《あらし》のごとく階段《かいだん》を駆《か》け下《お》りてきていた。

「こいつらを傷《きず》つけねえでくれ！　傷《きず》つけねえでくれ！」ハグリッドが叫《さけ》んだ。

「**ハグリッド、やめろ！**」

何もかも忘《わす》れて、マントから飛び出したハリーは、玄関《げんかん》ホールを明るく照らし出すほど飛《と》び交《か》う呪《のろ》いをよけ、体をかがめて走った。

「**ハグリッド、戻《もど》るんだ！**」

しかし、まだ半分も追いつかないうちに、ハリーの目の前で、ハグリッドの姿《すがた》が巨大蜘蛛《きょだいぐも》の群《む》れの中に消えた。呪《のろ》いに攻《せ》め立《た》てられた大蜘蛛《おおぐも》の群《む》れは、ガサガサと音を立ててハグリッドをのみ込《こ》んだまま、うじゃうじゃと退却《たいきゃく》しはじめた。

「**ハグリッド！**」

ハリーは、誰《だれ》かが自分の名前を呼《よ》ぶ声を聞いた。敵《てき》か味方か、しかしどうでもよかった。ハリーは、玄関《げんかん》の階段《かいだん》を校庭へと駆《か》け下《お》りた。巨大蜘蛛《きょだいぐも》の群《む》れは、獲物《えもの》もろともうじゃうじゃと遠ざかり、ハグリッドの姿《すがた》はまったく見えなかった。

「**ハグリッド！**」

ハリーは、巨大《きょだい》な片腕《かたうで》が、大蜘蛛《おおぐも》の群《む》れの中で揺《ゆ》れ動くのを見たような気がした。しかし、群《む》れを追いかけるハリーを、途方《とほう》もない巨大《きょだい》な足が阻《はば》んだ。暗闇《くらやみ》の中からドシンと踏《ふ》み下《お》ろされたその足は、ハリーの立っている地面を震《ふる》わせた。見上げると、六メートル豊《ゆた》かの巨人《きょじん》が立っていた。頭部は暗くて見えず、大木のような毛脛《けずね》だけが、城《しろ》の扉《とびら》からの明かりで照らし出されている。巨大《きょだい》な拳《こぶし》がなめらかに動き、強烈《きょうれつ》なひと殴《なぐ》りで上階の窓《まど》を打《う》ち壊《こわ》した。雨のように降《ふ》りかかるガラスをさけて、ハリーは玄関《げんかん》ホールの入口に退却《たいきゃく》せざるをえなかった。

「ああ、なんてことを――！」

ロンと一緒《いっしょ》にハリーを追ってきたハーマイオニーが、巨人《きょじん》を見上げて悲鳴を上げた。今度は巨人《きょじん》が、上階の窓《まど》から中の人間を捕《つか》まえようとしていた。

「やめろ！」

杖《つえ》を上げたハーマイオニーの手を押《お》さえて、ロンが叫《さけ》んだ。

「『失神』なんかさせたら、こいつは城《しろ》の半分をつぶしちまう――」

「ハガー？」

城《しろ》の角のむこうから、グロウプがうろうろとやってきた。いまになってようやく、ハリーは、グロウプが、確《たし》かに小柄《こがら》な巨人《きょじん》なのだと納得《なっとく》した。上階の人間どもを押《お》しつぶそうとしていた、とてつもなく大きな巨人《きょじん》が、あたりを見回してひと声吼《ほ》えた。小型巨人《こがたきょじん》に向かってドスンドスンとやってくる大型巨人《おおがたきょじん》の足音は、石の階段《かいだん》を震《ふる》わせた。グロウプはひん曲がった口をポカンと開け、れんがの半分ほどもある黄色い歯を見せていた。そして二人の巨人《きょじん》は、双方《そうほう》から獅子《しし》のように獰猛《どうもう》に飛びかかった。

「逃《に》げろ！」ハリーが叫《さけ》んだ。

巨人《きょじん》たちの取っ組み合う恐《おそ》ろしい叫《さけ》び声《ごえ》となぐり合いの音が、夜の闇《やみ》に響《ひび》き渡《わた》った。ハリーはハーマイオニーの手を取り、石段《いしだん》を駆《か》け下《お》りて校庭に出た。ロンがしんがりを務《つと》めた。ハリーはまだ、ハグリッドを見つけ出して救出する望みを捨《す》ててはいなかった。全速力で走り続け、たちまち禁《きん》じられた森《もり》までの半分の距離《きょり》を駆《か》け抜《ぬ》けたが、そこでまた行く手をはばまれた。

周りの空気が凍《こお》った。ハリーの息は詰《つ》まり、胸《むね》の中で固まった。暗闇《くらやみ》から現《あらわ》れた姿《すがた》は、闇《やみ》よりもいっそう黒く渦《うず》巻《ま》き、城《しろ》に向かって大きな波のようにうごめいて移動《いどう》していた。顔はフードで覆《おお》われ、ガラガラと断末魔《だんまつま》の息を響《ひび》かせ……。

ロンとハーマイオニーが、ハリーの両脇《りょうわき》に寄《よ》り添《そ》った。背後《はいご》の戦闘《せんとう》の音が急にくぐもり、押《お》し殺《ころ》され、吸魂鬼《きゅうこんき》だけがもたらすことのできる重苦しい静寂《せいじゃく》が、夜の闇《やみ》をすっぽりと覆《おお》いはじめた……。

「さあ、ハリー！」ハーマイオニーの声が遠くから聞こえてきた。「守護霊《しゅごれい》よ、ハリー、さあ！」

ハリーは杖《つえ》を上げたが、どんよりとした絶望感《ぜつぼうかん》が体中に広がっていた。フレッドは死んだ。そしてハグリッドはまちがいなく死にかけているか、もう死んでしまったかだ。ハリーの知らない所で、あと何人が死んでしまったことだろう。ハリー自身の魂《たましい》が、もう半分肉体を抜《ぬ》け出《だ》してしまったような気がした……。

「ハリー、早く！」ハーマイオニーが悲鳴を上げた。

百人を超《こ》える吸魂鬼《きゅうこんき》が、こちらに向かってするすると進んできた。ハリーの絶望感《ぜつぼうかん》を吸《す》い込《こ》みながら近づいてくる。約束されたごちそうに向かって……。

ロンの銀のテリアが飛び出し、弱々しく明滅《めいめつ》して消えるのが見えた。ハーマイオニーのカワウソが空中でねじれて消えていくのが見えた。ハリー自身の杖《つえ》は、手の中で震《ふる》えていた。ハリーは近づいてくる忘却《ぼうきゃく》の世界を、約束された虚無《きょむ》と無感覚を、むしろ歓迎《かんげい》したいほどだった……。

しかしその時、銀の野ウサギが、猪《いのしし》が、そして狐《きつね》が、ハリー、ロン、ハーマイオニーの頭上を越《こ》えて舞《ま》い上《あ》がった。吸魂鬼《きゅうこんき》は近づく銀色の動物たちの前に後退《こうたい》した。暗闇《くらやみ》からやってきた三人が、杖《つえ》を突《つ》き出《だ》し、守護霊《しゅごれい》を出し続けながら、ハリーたちのそばに立った。ルーナ、アーニー、シェーマスだった。

「それでいいんだよ」

ルーナが励《はげ》ますように言った。まるで「必要の部屋」に戻《もど》ってDAの呪文練習《じゅもんれんしゅう》をしているにすぎないという口調だ。

「それでいいんだもン。さあ、ハリー……ほら、何か幸せなことを考えて……」

「何か幸せなこと？」ハリーはかすれた声で言った。

「あたしたち、まだみんなここにいるよ」ルーナがささやいた。「あたしたち、まだ戦ってるもン。さあ……」

銀色の火花が散り、光が揺《ゆ》れた。そして、これほど大変な思いをしたことはないというほどの力を振《ふ》りしぼり、ハリーは杖先《つえさき》から銀色の牡鹿《おじか》を飛び出させた。牡鹿《おじか》はゆっくりと駆《か》けて前進し、吸《きゅう》魂鬼《こんき》はいまや雲散霧消《うんさんむしょう》した。夜はたちまち元どおりの暖《あたた》かさを取《と》り戻《もど》したが、周囲の戦いの音もまた、ハリーの耳に大きく響《ひび》いてきた。

「助かった。君たちのおかげだ」

ロンがルーナ、アーニー、シェーマスに向かって、震《ふる》えながら言った。

「もうだめかと――」

その時、吼《ほ》え声《ごえ》を上げ地面を震《ふる》わせて、またしても別の巨人《きょじん》が、禁《きん》じられた森《もり》の暗闇《くらやみ》から、誰《だれ》の背丈《せたけ》よりも長い棍棒《こんぼう》を振《ふ》り回《まわ》しながら、ゆらりゆらりと姿《すがた》を現《あらわ》した。

「**逃《に》げろ！**」ハリーがまた叫《さけ》んだ。

言われるまでもなく、みんなもう散らばっていた。危機一髪《ききいっぱつ》、次の瞬間《しゅんかん》、怪物《かいぶつ》の巨大《きょだい》な足が、たったいまみんなの立っていた場所に正確《せいかく》に踏《ふ》み下《お》ろされていた。ハリーは周りを見回した。ロンとハーマイオニーはハリーについてきていたが、あとの三人は、再《ふたた》び戦いの中に姿《すがた》を消していた。

「届《とど》かない所まで離《はな》れろ！」ロンが叫《さけ》んだ。

巨人《きょじん》はまた棍棒《こんぼう》を振《ふ》り回《まわ》し、その吼《ほ》え声《ごえ》は夜をつんざいて校庭に響《ひび》き渡《わた》った。校庭では炸裂《さくれつ》する赤と緑の閃光《せんこう》が、闇《やみ》を照らし続けていた。

「暴《あば》れ柳《やなぎ》だ」ハリーが言った。「行くぞ！」

ハリーはやっとのことで、すべての思いを心の片隅《かたすみ》に押《お》し込《こ》めた。狭《せま》い心の空間に、すべてを封《ふう》じ込《こ》めて、いまは見ることができないようにした。フレッドとハグリッドへの思い……城《しろ》の内外に散らばっている、愛するすべての人々の安否《あんぴ》に対する恐怖《きょうふ》……すべてをいまは封印《ふういん》しなければならない。三人は走らなければならないのだから。蛇《へび》とヴォルデモートのいる所に行かなければならないのだから。そして、ハーマイオニーが言ったように、そのほかに事を終わらせる道はないのだから――。

ハリーは全速力で走った。死をさえ追《お》い越《こ》すことができるのではないかと、半ばそんな気持ちになりながら、周りの闇《やみ》に飛《と》び交《か》う閃光《せんこう》を無視《むし》して走った。海の波のように岸を洗《あら》う湖水の音も、風もない夜なのにきしむ禁《きん》じられた森《もり》の音も無視《むし》して走った。地面さえも反乱《はんらん》に立ち上がったような校庭を、これまでにこんなに速く走ったことはないと思えるほど速く走った。そして、ハリーが真っ先にあの大木を目にした。根元の秘密《ひみつ》を守って、鞭《むち》のように枝《えだ》を振《ふ》り回《まわ》す暴《あば》れ柳《やなぎ》を。

ハリーは、あえぎながら走る速度をゆるめ、暴《あば》れる柳《やなぎ》の枝《えだ》をよけながら、古木をまひさせるたった一か所の樹皮《じゅひ》のこぶを見つけようと、闇《やみ》を透《す》かしてその太い幹《みき》を見た。ロンとハーマイオニーが追いついてきたが、ハーマイオニーは息が上がって、話すこともできないほどだった。

「どう――どうやって入るつもりだ？」ロンが息を切らしながら言った。「その場所は――見えるけど――クルックシャンクスさえいてくれれば――」

「クルックシャンクス？」

ハーマイオニーが体をくの字に曲げ、胸《むね》を押《お》さえてヒイヒイ声で言った。

「あなたはそれでも魔法使《まほうつか》いなの？」

「あ――そうか――うん――」

ロンは周りを見回し、下に落ちている小枝《こえだ》に杖《つえ》を向けて唱えた。

「ウィンガーディアム　レヴィオーサ！　浮遊《ふゆう》せよ！」

小枝《こえだ》は地面から飛び上がり、風に巻《ま》かれたようにくるくる回ったかと思うと、暴《あば》れ柳《やなぎ》の不気味に揺《ゆ》れる枝《えだ》の間をかいくぐって、まっすぐに幹《みき》に向かって飛んだ。小枝《こえだ》が根元近くの一か所を突《つ》くと、身もだえしていた木はすぐに静かになった。

「完璧《かんぺき》よ！」ハーマイオニーが、息を切らしながら言った。

「待ってくれ」

ほんの一瞬《いっしゅん》の迷《まよ》いがあった。戦いの衝撃音《しょうげきおん》や炸裂音《さくれつおん》が鳴《な》り響《ひび》いているその一瞬《いっしゅん》、ハリーはためらった。ヴォルデモートの思惑《おもわく》は、ハリーがこうすることであり、ハリーがやってくることだった……自分は、ロンとハーマイオニーを罠《わな》に引《ひ》き込《こ》もうとしているのではないだろうか？

しかし、その一方、残酷《ざんこく》で明白な現実《げんじつ》が迫《せま》っていた。前進する唯一《ゆいいつ》の道は、大蛇《だいじゃ》を殺すことであり、その蛇《へび》はヴォルデモートとともにある。そしてヴォルデモートは、このトンネルのむこう側にいる……。

「ハリー、僕《ぼく》たちも行く。とにかく入れ！」ロンがハリーを押《お》した。

ハリーは、木の根元に隠《かく》された土のトンネルに体を押《お》し込《こ》んだ。前に入《はい》り込《こ》んだときより、穴《あな》はずっときつくなっていた。トンネルの天井《てんじょう》は低く、ほぼ四年前には体を曲げて歩かねばならない程《てい》度《ど》だったが、今度は這《は》うしかない。杖灯《つえあか》りをつけ、ハリーが先頭を進んだ。いつなんどき、行く手をはばむものに出会うかもしれないと覚悟《かくご》していたが、何も出てこなかった。三人は黙々《もくもく》と移動《いどう》した。ハリーは、握《にぎ》った杖《つえ》の先に揺《ゆ》れるひと筋《すじ》の灯《あか》りだけを見つめて進んだ。

トンネルがようやく上り坂になり、ハリーは行く手に細長い明かりを見た。ハーマイオニーが、ハリーのかかとを引《ひ》っ張《ぱ》った。

「『マント』よ！」ハーマイオニーがささやいた。「このマントを着て！」

ハリーは後ろを手探《てさぐ》りした。ハーマイオニーは、杖《つえ》を持っていないほうのハリーの手に、サラサラとすべる布《ぬの》を丸めて押《お》しつけた。

ハリーは動きにくい姿勢《しせい》のまま、なんとかそれをかぶり、「ノックス、闇《やみ》よ」と唱えて杖灯《つえあか》りを消した。そして、這《は》ったまま、できるだけ静かに前進した。いまにも見つかりはしないか、冷たく通る声が聞こえはしないか、緑の閃光《せんこう》が見えはしないかと、ハリーは全神経《ぜんしんけい》を張《は》りつめていた。

するとその時、前方の部屋から話し声が聞こえてきた。トンネルの出口が、梱包用《こんぽうよう》の古い木箱のようなものでふさがれているので、少しくぐもった声だった。息をすることもがまんしながら、ハリーは出口の穴《あな》ぎりぎりの所までにじり寄《よ》り、木箱と壁《かべ》の間に残されたわずかなすきまからのぞき見た。

前方の部屋はぼんやりとした灯《あか》りに照らされ、海蛇《うみへび》のようにとぐろを巻《ま》いてゆっくり回っているナギニの姿《すがた》が見えた。星をちりばめたような魔法《まほう》の球体の中で、安全にぽっかりと宙《ちゅう》に浮《う》いている。テーブルの端《はし》と、杖《つえ》をもてあそんでいる長く青白い指が見えた。その時、スネイプの声がして、ハリーは心臓《しんぞう》がぐらりと揺《ゆ》れた。スネイプは、ハリーがかがんで隠《かく》れている所から、ほんの数センチ先にいた。

「……わが君、抵抗勢力《ていこうせいりょく》は崩《くず》れつつあります――」

「――しかも、おまえの助けなしでもそうなっている」

ヴォルデモートがかん高いはっきりした声で言った。

「熟達《じゅくたつ》の魔法使《まほうつか》いではあるが、セブルス、いまとなってはおまえの存在《そんざい》も、たいした意味がない。我々《われわれ》はもうまもなくやりとげる……まもなくだ」

「小僧《こぞう》を探《さが》すようお命じください。私《わたくし》めがポッターを連れて参りましょう。わが君、私《わたし》ならあいつを見つけられます。どうか」

スネイプが大股《おおまた》で、のぞき穴《あな》の前を通《とお》り過《す》ぎた。ハリーはナギニに目を向けたまま、少し身を引いた。ナギニを囲んでいる護《まも》りを貫《つらぬ》く呪文《じゅもん》は、あるのだろうか。しかし、何も思いつかなかった。一度失敗すれば、自分の居場所《いばしょ》を知られてしまう……。

ヴォルデモートが立ち上がった。ハリーはいま、その姿《すがた》を見ることができた。赤い目、平たい蛇《へび》のような顔、薄暗《うすくら》がりの中で、蒼白《そうはく》な顔がぼんやりと光っている。

「問題があるのだ、セブルス」ヴォルデモートが静かに言った。

「わが君？」スネイプが問い返した。

ヴォルデモートは、指揮者《しきしゃ》がタクトを上げる繊細《せんさい》さ、正確《せいかく》さで、ニワトコの杖《つえ》を上げた。

「セブルス、この杖《つえ》はなぜ、俺様《おれさま》の思いどおりにならぬのだ？」

沈黙《ちんもく》の中で、ハリーは、大蛇《だいじゃ》がとぐろを巻《ま》いたり解《と》いたりしながら、シューシューと音を出すのを聞いたような気がした。それとも、ヴォルデモートの歯の間からもれる息が、空中に漂《ただよ》っているのだろうか？

「わ――わが君？」スネイプが感情《かんじょう》のない声で言った。「私《わたくし》めには理解《りかい》しかねます。わが君は――わが君は、その杖《つえ》できわめてすぐれた魔法《まほう》を行っておいでです」

「ちがう」ヴォルデモートが言った。「俺様《おれさま》はいつもの魔法《まほう》を行っている。確《たし》かに俺様《おれさま》は極《きわ》めてすぐれているのだが、この杖《つえ》は……ちがう。約束された威力《いりょく》を発揮《はっき》しておらぬ。この杖《つえ》も、昔オリバンダーから手に入れた杖《つえ》も、なんらちがいを感じない」

ヴォルデモートの口調は、瞑想《めいそう》しているかのように静かだったが、ハリーの傷痕《きずあと》はずきずきとうずきはじめていた。つのる額《ひたい》の痛《いた》みで、ハリーは、ヴォルデモートの抑制《よくせい》された怒《いか》りが徐々《じょじょ》に高まってきているのを感じ取った。

「なんらちがわぬ」ヴォルデモートがくり返した。

スネイプは無言だった。ハリーにはその顔が見えなかったが、危険《きけん》を感じたスネイプが、ご主人様を安心させるための適切《てきせつ》な言葉を探《さが》しているのではないか、という気がした。

ヴォルデモートは部屋の中を歩きはじめた。動いたので、その姿《すがた》がハリーから一瞬《いっしゅん》見えなくなった。相変わらず落ち着いた声で話してはいたが、ハリーの痛《いた》みと怒《いか》りはしだいに高まっていた。

「俺様《おれさま》は時間をかけてよく考えたのだ、セブルス……俺様《おれさま》が、なぜおまえを戦いから呼《よ》び戻《もど》したかわかるか？」

その時、一瞬《いっしゅん》、ハリーはスネイプの横顔を見た。その目は、魔法《まほう》の檻《おり》の中でとぐろを巻《ま》いている大蛇《だいじゃ》を見つめていた。

「いいえ、わが君。しかし、戦いの場に戻《もど》ることをお許《ゆる》しいただきたく存《ぞん》じます。どうかポッター

め を 探《さが》す お 許《ゆる》し を」

「おまえもルシウスと同じことを言う。二人とも、俺様《おれさま》ほどにはあやつを理解《りかい》してはおらぬ。ポッターを探《さが》す必要などない。あやつのほうから俺様《おれさま》の所に来るだろう。あやつの弱点を俺様《おれさま》は知っている。一つの大きな欠陥《けっかん》だ。周りでほかのやつらがやられるのを、見ておれぬやつなのだ。自分のせいでそうなっていることを知りながら、見てはおれぬのだ。どんな代償《だいしょう》を払《はら》ってでも、止めようとするだろう。あやつは来る」

「しかし、わが君、あなた様以外の者に誤《あやま》って殺されてしまうかもしれず――」

「死喰《しく》い人《びと》たちには、明確《めいかく》な指示《しじ》を与《あた》えておる。ポッターを捕《と》らえよ。やつの友人たちを殺せ――多く殺せば殺すほどよい――しかし、あやつは殺すな、とな」

「しかし、俺様《おれさま》が話したいのは、セブルス、おまえのことだ。ハリー・ポッターのことではない。おまえは俺様《おれさま》にとって、非常《ひじょう》に貴重《きちょう》だった。非常《ひじょう》にな」

「私《わたくし》めが、あなた様にお仕えすることのみを願っていると、わが君にはおわかりです。しかし――わが君、この場を下がり、ポッターめを探《さが》すことをお許《ゆる》しくださいますよう。あなた様のもとに連れて参ります。私《わたし》にはそれができると――」

「言ったはずだ。許《ゆる》さぬ！」

ヴォルデモートが言った。ハリーは、もう一度振《ふ》り向《む》いたヴォルデモートの目が、一瞬《いっしゅん》ギラリと赤く光るのを見た。そして、マントをひるがえす音は、蛇《へび》の這《は》う音のようだった。ハリーは、額《ひたい》の焼けるような痛《いた》みで、ヴォルデモートのいらだちを感じた。

「俺様《おれさま》が目下気《もっか》がかりなのは、セブルス、あの小僧《こぞう》とついに顔を合わせたときに何が起こるかということだ！」

「わが君、疑問《ぎもん》の余地《よち》はありません。必ずや――？」

「――いや、疑問《ぎもん》が**ある**のだ、セブルス。疑問《ぎもん》が」

ヴォルデモートが立ち止まった。ハリーは再《ふたた》びその姿《すがた》をはっきり見た。青白い指にニワトコの杖《つえ》をすべらせながら、スネイプを見すえている。

「俺様《おれさま》の使った杖《つえ》が二本とも、ハリー・ポッターを仕損《しそん》じたのはなぜだ？」

「わ――私《わたくし》めには、わかりません、わが君」

「わからぬと？」

怒《いか》りが、杭《くい》を打《う》ち込《こ》むようにハリーの頭を刺《さ》した。ハリーは、痛《いた》みのあまり叫《さけ》び声《ごえ》を上げそうになり、拳《こぶし》を口に押《お》し込《こ》んだ。ハリーは目をつむった。すると突然《とつぜん》ハリーはヴォルデモートになり、スネイプの蒼白《そうはく》な顔を見下ろしていた。

「俺様《おれさま》のイチイの杖《つえ》は、セブルス、なんでも俺様《おれさま》の言うがままに事をなした。ハリー・ポッターを亡《な》き者《もの》にする以外はな。あの杖《つえ》は二度もしくじりおった。オリバンダーを拷問《ごうもん》したところ、双子《ふたご》の芯《しん》のことを吐《は》き、別の杖《つえ》を使うようにと言いおった。俺様《おれさま》はそのようにした。しかし、ルシウスめの杖は、ポッターの杖《つえ》に出会って砕《くだ》けた」

「我輩《わがはい》――私《わたくし》めには、わが君、説明できません」

スネイプはもう、ヴォルデモートを見てはいなかった。暗い目は、護《まも》られた球体の中でとぐろを巻《ま》く大蛇《だいじゃ》を見つめたままだった。

「俺様《おれさま》は、三本目の杖《つえ》を求めたのだ、セブルス。ニワトコの杖《つえ》、宿命の杖《つえ》、死の杖《つえ》だ。前の持ち主から、俺様《おれさま》はそれを奪《うば》った。アルバス・ダンブルドアの墓《はか》からそれを奪《うば》ったのだ」

再《ふたた》びヴォルデモートを見たスネイプの顔は、デスマスクのようだった。大理石のように白く、まったく動かなかった。その顔がしゃべったとき、うつろな両目の裏《うら》に、生きた人間がいることが衝撃的《しょうげきてき》だった。

「わが君――小僧《こぞう》を探《さが》しにいかせてください――」

「この長い夜、俺様《おれさま》がまもなく勝利しようという今夜、俺様《おれさま》はここに座《すわ》り――」

ヴォルデモートの声は、ほとんどささやき声だった。

「考えに考え抜《ぬ》いた。なぜこのニワトコの杖《つえ》は、あるべき本来の杖《つえ》になることを拒《こば》むのか、なぜ伝説どおりに、正当な所有者に対して行うべき技《わざ》を行わないのか……そして、俺様《おれさま》はどうやら答えを得《え》た」

　スネイプは無言だった。

「おそらくおまえは、すでに答えを知っておろう？　何しろ、セブルス、おまえは賢《かしこ》い男だ。おまえは、忠実《ちゅうじつ》なよきしもべであった。これからせねばならぬことを、残念に思う」

「わが君――」

「ニワトコの杖《つえ》が、俺様《おれさま》にまともに仕えることができぬのは、セブルス、俺様《おれさま》がその真の持ち主ではないからだ。ニワトコの杖《つえ》は、最後の持ち主を殺した魔法使《まほうつか》いに所属《しょぞく》する。おまえがアルバス・ダンブルドアを殺した。おまえが生きているかぎり、セブルス、ニワトコの杖《つえ》は、真に俺様《おれさま》のものになることはできぬ」

「わが君！」スネイプは抗議《こうぎ》し、杖《つえ》を上げた。

「これ以外に道はない」ヴォルデモートが言った。「セブルス、俺様《おれさま》はこの杖《つえ》の主人にならねばならぬ。杖《つえ》を制《せい》するのだ。さすれば、俺様《おれさま》はついにポッターを制《せい》する」

　ヴォルデモートは、ニワトコの杖《つえ》で空《くう》を切った。スネイプには何事も起こらず、一瞬《いっしゅん》、スネイプは、死刑《しけい》を猶予《ゆうよ》されたと思ったように見えた。しかし、やがてヴォルデモートの意図がはっきりした。大蛇《だいじゃ》の檻《おり》が空中で回転し、スネイプは叫《さけ》ぶ間もあらばこそ、その中に取《と》り込《こ》まれていた。頭も、そして肩《かた》も。ヴォルデモートが蛇語《へびご》で言った。

「殺せ」

恐《おそ》ろしい悲鳴が聞こえた。わずかに残っていた血の気も失《う》せ、蒼白《そうはく》になったスネイプの顔に、暗い目が大きく見開かれていた。大蛇《だいじゃ》の牙《きば》にその首を貫《つらぬ》かれ、魔法《まほう》の檻《おり》を突《つ》き放《はな》すこともできず、スネイプはがくりと床《ゆか》にひざをついた。

「残念なことよ」ヴォルデモートが冷たく言った。

ヴォルデモートは背《せ》を向けた。悲しみもなく、後悔《こうかい》もない。屋敷《やしき》を出て指揮《しき》をとるべき時が来た。いまこそ自分の命《めい》のままに動くはずの杖《つえ》を持って。ヴォルデモートは蛇《へび》を入れた、星をちりばめたような檻《おり》に杖《つえ》を向けた。檻《おり》はスネイプを離《はな》れてゆっくり上昇《じょうしょう》し、スネイプは首から血を噴《ふ》き出《だ》して横に倒《たお》れた。ヴォルデモートは振《ふ》り返《かえ》りもせず、サッと部屋から出ていった。大蛇《だいじゃ》は巨大《きょだい》な球体に護《まも》られて、そのあとからふわふわとついていった。


トンネルの中では、我《われ》に返ったハリーが目を開けた。叫《さけ》ぶまいと強くかんだ拳《こぶし》から血が出ていた。木箱と壁《かべ》の小さなすきまから、いまハリーが見ているのは、床《ゆか》でけいれんしている黒いブーツの片足《かたあし》だった。

「ハリー！」

背後《はいご》でハーマイオニーが、息を殺して呼《よ》びかけた。しかしハリーはすでに、視界《しかい》をさえぎる木箱に杖《つえ》を向けていた。木箱はわずかに宙《ちゅう》に浮《う》き、静かに横にずれた。ハリーは、できるだけそっと部屋に入《はい》り込《こ》んだ。

なぜそんなことをするのか、ハリーにはわからなかった。なぜ死にゆく男に近づくのかわからなかった。スネイプの血の気のない顔と、首の出血を止めようとしている指を見ながら、自分がどういう気持ちなのか、ハリーにはわからなかった。ハリーは透明《とうめい》マントを脱《ぬ》ぎ、憎《にく》んでいた男を見下ろした。瞳孔《どうこう》が広がっていくスネイプの暗い目がハリーをとらえ、話しかけようとした。ハリーがかがむと、スネイプはハリーのローブの胸元《むなもと》をつかんで引《ひ》き寄《よ》せた。

死《し》に際《ぎわ》の、息苦しいゼイゼイという音が、スネイプののどからもれた。

「これを……取れ……これを……取れ」

血以外の何かが、スネイプからもれ出ていた。青みがかった銀色の、気体でも液体《えきたい》でもないものが、スネイプの口から、両耳と両目からあふれ出ていた。ハリーはそれがなんだか知っていた。しかし、どうしていいのかわからなかった——。

ハーマイオニーがどこからともなくフラスコを取り出し、ハリーの震《ふる》える手に押《お》しつけた。ハリーは杖《つえ》で、その銀色の物質《ぶっしつ》をフラスコにくみ上げた。フラスコの口元までいっぱいになったとき、スネイプにはもはや一滴《てき》の血も残っていないかのように見えた。ハリーのローブをつかんでいたスネイプの手がゆるんだ。

「僕《ぼく》を……見て……くれ……」スネイプがささやいた。

緑の目が黒い目をとらえた。しかし、一瞬《いっしゅん》の後、黒い両眼《りょうがん》の奥底《おくそこ》で、何かが消え、無表情《むひょうじょう》な目が、一点を見つめたままうつろになった。ハリーをつかんでいた手がドサリと床《ゆか》に落ち、スネイプはそれきり動かなくなった。

第三十三章　プリンスの物語

ハリーはスネイプのかたわらにひざまずいたまま、ただその顔をじっと見下ろしていた。その時、出《だ》し抜《ぬ》けにすぐそばでかん高い冷たい声がした。あまりに近かったので、ヴォルデモートがまた部屋に戻《もど》ってきたかと思ったハリーは、フラスコをしっかり両手に握《にぎ》ったまま、はじかれたように立ち上がった。

ヴォルデモートの声は、壁《かべ》から、そして床《ゆか》から響《ひび》いてきた。ホグワーツと周囲一帯の地域《ちいき》に向かって話していることに、ハリーは気づいた。ホグズミードの住人やまだ城《しろ》で戦っている全員が、ヴォルデモートの息を首筋《くびすじ》に感じ、死の一撃《いちげき》を受けるほど近くに「あの人」が立っているかのように、はっきりとその声を聞いているのだ。

「おまえたちは戦った」かん高い冷たい声が言った。「勇敢《ゆうかん》に。ヴォルデモート卿《きょう》は勇敢《ゆうかん》さをたたえることを知っている」

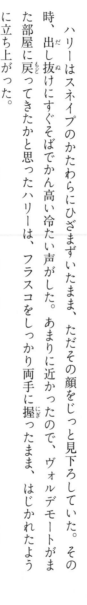

「しかし、おまえたちは数多くの死傷者《ししょうしゃ》を出した。俺様《おれさま》に抵抗《ていこう》し続けるなら、一人また一人と、全員が死ぬことになる。そのようなことは望まぬ。魔法族《まほうぞく》の血が一滴《てき》でも流されるのは、損失《そんしつ》であり浪費《ろうひ》だ」

「ヴォルデモート卿《きょう》は慈悲深《じひぶか》い。俺様《おれさま》は、わが勢力《せいりょく》を即時撤退《そくじてったい》するように命ずる」

「一時間やろう。死者を、尊厳《そんげん》をもってとむらえ。傷《きず》ついた者の手当てをするのだ」

「さて、ハリー・ポッター、俺様《おれさま》はいま、直接《ちょくせつ》おまえに話す。おまえは俺様《おれさま》に立ち向かうどころか、友人たちがおまえのために死ぬことを許《ゆる》した。俺様《おれさま》はこれから一時間、禁《きん》じられた森《もり》で待つ。もし、一時間の後におまえが俺様《おれさま》のもとに来なかったならば、降参《こうさん》して出てこなかったならば、戦いを再開《さいかい》する。その時は、俺様自身《おれさまじしん》が戦闘《せんとう》に加わるぞ、ハリー・ポッター。そしておまえを見つけ出し、おまえを俺様《おれさま》から隠《かく》そうとしたやつは、男も女も子供《こども》も、最後の一人まで罰《ばっ》してくれよう。一時間だ」

ロンもハーマイオニーも、ハリーを見て強く首を振《ふ》った。

「耳を貸《か》すな」ロンが言った。

「大丈夫《だいじょうぶ》よ」ハーマイオニーが激《はげ》しい口調で言った。

「さあ――さあ、城《しろ》に戻《もど》りましょう。あの人が森に行ったのなら、計画を練りなおす必要があるわ――」

ハーマイオニーはスネイプのなきがらをちらりと見て、それからトンネルの入口へと急いだ。ロンもあとに続いた。ハリーは透明《とうめい》マントをたぐり寄《よ》せ、スネイプを見下ろした。どう感じていいのかわからなかった。ただ、スネイプの殺され方と、殺された理由とに、衝撃《しょうげき》を受けていた……。

三人はトンネルを這《は》って戻《もど》った。誰《だれ》も口をきかなかった。しかしハリーの頭の中には、ヴォルデモートの声がまだ響《ひび》いていた。ロンもハーマイオニーも、そうなのではないかと思った。

おまえは俺様《おれさま》に立ち向かうどころか、友人たちがおまえのために死ぬことを許《ゆる》した。俺様《おれさま》はこれから一時間、禁《きん》じられた森《もり》で待つ……一時間だ……。

城《しろ》の前の芝生《しばふ》に、小さな包みのような塊《かたまり》がいくつも散らばっていた。夜明けまで、あと一時間ぐらいだろうか。しかし、あたりは真っ暗だった。三人は入口の石段《いしだん》へと急いだ。小舟《こぶね》ほどもある木靴《きぐつ》の片方《かたほう》が、石段《いしだん》の前に転がっていたが、それ以外にはグロウプも、攻撃《こうげき》を仕掛《しか》けてきた相手の巨人《きょじん》も、なんの痕跡《こんせき》もなかった。

城《しろ》は異常《いじょう》に静かだった。いまは閃光《せんこう》も見えず、衝撃音《しょうげきおん》も、悲鳴も叫《さけ》びも聞こえない。誰《だれ》もいない玄関《げんかん》ホールの敷石《しきいし》は、血に染《そ》まっている。大理石のかけらや裂《さ》けた木片《もくへん》にまじって、エメラルドが床一面《ゆかいちめん》に散らばったままだ。階段《かいだん》の手すりの一部が吹《ふ》き飛《と》ばされていた。

「みんなはどこかしら？」ハーマイオニーが小声で言った。

ロンが先に立って大広間に入った。ハリーは入口で足がすくんだ。

各寮《かくりょう》のテーブルはなくなり、大広間は人でいっぱいだった。生き残った者は、互《たが》いの肩《かた》に腕《うで》を回し、何人かずつ集まって立っていた。一段《だん》高い壇《だん》の上で、マダム・ポンフリーが何人かに手伝わせて、負傷者《ふしょうしゃ》の手当てをしていた。フィレンツェも傷《きず》つき、脇腹《わきばら》からドクドクと血を流し、立つこともできずに体を震《ふる》わせて横たわっていた。

死者は、大広間の真ん中に横たえられていた。フレッドのなきがらは、家族に囲まれていてハリーには見えなかった。ジョージが頭の所にひざまずき、ウィーズリーおばさんはフレッドの胸《むね》の上に突《つ》っ伏《ぷ》して体を震《ふる》わせていた。おばさんの髪《かみ》をなでながら、ウィーズリーおじさんのほおには、滝《たき》のような涙《なみだ》が流れていた。

ハリーには何も言わずに、ロンとハーマイオニーが離《はな》れていった。ハリーは、ハーマイオニーが、顔を真っ赤に泣き腫《は》らしたジニーに近づいて、抱《だ》きしめるのを見た。ロンは、ビル、フラー、パーシーのそばに行った。パーシーは、ロンの肩《かた》を抱《だ》いた。ジニーとハーマイオニーが、家族のほうに近寄《ちかよ》ろうと移動《いどう》したとき、ハリーはフレッドの隣《となり》に横たわるなきがらをはっきりと見た。リーマスとトンクスだ。血の気の失《う》せた顔は、静かで安らかだった。魔法《まほう》のかかった暗い天井《てんじょう》の下で、まるで眠《ねむ》っているように見えた。

ハリーは、入口からよろよろとあとずさりした。大広間が飛び去り、小さく縮《ちぢ》んでいくような気がした。ハリーは胸《むね》が詰《つ》まった。そのほかに誰《だれ》が自分のために死んだのかを、なきがらを見て確《たし》かめるなどとてもできない。ウィーズリー一家のそばに行くことなど、とてもできない。ウィーズリー家のみんなの目を、まともに見ることなどできない。はじめから自分がわが身を差し出していれば、フレッドは死なずにすんだかもしれないのに……。

ハリーは大広間に背《せ》を向け、大理石の階段《かいだん》を駆《か》け上《あ》がった。ルーピン、トンクス……感じることができなければいいのに……心を引《ひ》き抜《ぬ》いてしまいたい。腸《はらわた》も何もかも、体の中で悲鳴を上げているすべてのものを、引《ひ》き抜《ぬ》いてしまうことができればいいのに……。

城《しろ》の中は、完全にからっぽだった。ゴーストまでが大広間の追悼《ついとう》に加わっているようだった。ハリーは、スネイプの最後の想《おも》いが入ったクリスタルのフラスコを握《にぎ》りしめて、走り続けた。校長室を護衛《ごえい》している石の怪獣像《ガーゴイル》の前に着くまで、ハリーは速度をゆるめなかった。

「合言葉は？」

「ダンブルドア！」

ハリーは反射的《はんしゃてき》に叫《さけ》んだ。ハリーがどうしても会いたかったのが、ダンブルドアだったからだ。驚《おどろ》いたことに、怪獣像《ガーゴイル》は横にすべり、背後《はいご》の螺旋階段《らせんかいだん》が現《あらわ》れた。

円形の校長室に飛《と》び込《こ》んだハリーは、ある変化が起こっているのに気づいた。周囲の壁《かべ》にかかっている肖像画《しょうぞうが》は、すべてからだった。歴代校長は誰一人《だれひとり》として、ハリーを待ち受けてはいなかった。どうやら全員が状況《じょうきょう》をよく見ようと、城《しろ》にかけられている絵画の中を駆《か》け抜《ぬ》けていったらしい。

ハリーはがっかりして、校長の椅子《いす》の真後ろにかかっている、ダンブルドアのいない額《がく》をちらりと見上げ、すぐに背《せ》を向けた。石の「憂《うれ》いの篩《ふるい》」が、いつもの戸棚《とだな》の中に置かれていた。ハリーは、それを持ち上げて机《つくえ》の上に置き、ルーン文字を縁《ふち》に刻《きざ》んだ大きな水盆《すいぼん》に、スネイプの記憶《きおく》を注《そそ》ぎ込《こ》んだ。誰《だれ》かほかの人間の頭の中に逃《に》げ込《こ》めれば、どんなに気が休まることか……たとえ、あのスネイプがハリーに遺《のこ》したものであれ、ハリー自身の想《おも》いより悪いはずがない。記憶《きおく》は銀白色の不思議な渦《うず》を巻《ま》いた。どうにでもなれと自暴自棄《じぼうじき》な気持ちで、自分を責《せ》めさいなむ悲しみを、この記《き》憶《おく》がやわらげてくれるとでも言うように、ハリーは迷《まよ》わず渦《うず》に飛《と》び込《こ》んだ。

頭から先に陽《ひ》の光を浴び、ハリーの両足は温かな大地を踏《ふ》んだ。立ち上がると、ほとんど誰《だれ》もいない遊び場にいた。遠くに見える街の家並《やな》みの上に、巨大《きょだい》な煙突《えんとつ》が一本そそり立っている。女の子が二人、それぞれブランコに乗って前後に揺《ゆ》れている。やせた男の子が、その背後《はいご》の灌木《かんぼく》の茂《しげ》みからじっと二人を見ていた。男の子の黒い髪《かみ》は伸《の》び放題《ほうだい》で、服装《ふくそう》はわざとそうしたかと思えるほど、ひどくちぐはぐだった。短すぎるジーンズに大人の男物らしいだぶだぶでみすぼらしい上着、おかしなスモックのようなシャツを着ている。

ハリーは男の子に近づいた。せいぜい九歳《さい》か十歳《さい》のスネイプだ。顔色が悪く、小さくて筋張《すじば》っている。ブランコをどんどん高くこいでいるほうの少女を見つめるスネイプの細長い顔に、憧《あこが》れがむき出しになっていた。

「リリー、そんなことしちゃダメ！」年上の少女が、金切り声を上げた。

しかしリリーは、ブランコが弧《こ》を描《えが》いた一番高い所で手を離《はな》して飛び出し、大きな笑い声を上げながら、上空に向かって文字どおり空を飛んだ。そして、遊び場のアスファルトに墜落《ついらく》してくしゃくしゃになるどころか、空中ブランコ乗りのように舞《ま》い上《あ》がって、異常《いじょう》に長い間空中にとどまり、不自然なほど軽々と着地した。

「ママが、そんなことしちゃいけないって言ったわ！」

ペチュニアは、ズルズル音を立てて、サンダルのかかとでブランコにブレーキをかけ、ピョンと立ち上がって腰《こし》に両手を当てた。

「リリー、あなたがそんなことするのは許《ゆる》さないって、ママが言ったわ！」

「だって、わたしは大丈夫《だいじょうぶ》よ」

リリーは、まだクスクス笑っていた。

「チュニー、これ見て。わたし、こんなことができるのよ」

ペチュニアはちらりと周りを見た。遊び場には二人のほかに誰《だれ》もいない。二人に隠《かく》れて、スネイプがいるだけだった。リリーは、スネイプがひそむ茂《しげ》みの前に落ちている花を拾い上げた。ペチュニアは、見たい気持ちと許《ゆる》したくない気持ちの間で明らかに揺《ゆ》れ動《うご》きながらも、リリーに近づいた。リリーは、ペチュニアがよく見えるように近くに来るまで待ってから、手を突《つ》き出《だ》した。花は、その手のひらの中で、ひだの多い奇妙《きみょう》な牡蠣《かき》のように、花びらを開いたり閉《と》じたりしていた。

「やめて!」ペチュニアが金切り声を上げた。

「何も悪さはしてないわ」そうは言ったが、リリーは手を閉《と》じて、花を放り投げた。

「いいことじゃないわ」

ペチュニアはそう言いながらも、目は飛んでいく花を追い、地面に落ちた花をしばらく見ていた。

「どうやってやるの?」ペチュニアの声には、はっきりとうらやましさがにじんでいた。

「わかりきったことじゃないか?」

スネイプはもうがまんできなくなって、茂《しげ》みの陰《かげ》から飛び出した。ペチュニアは悲鳴を上げてブランコのほうに駆《か》け戻《もど》った。しかしリリーは、明らかに驚《おどろ》いてはいたが、その場から動かなかった。スネイプは、姿《すがた》を現《あらわ》したことを後悔《こうかい》している様子だった。リリーを見るスネイプの土気色《つちけいろ》のほおに、にぶい赤みがさした。

「わかりきったことって?」リリーが聞いた。

スネイプは興奮《こうふん》し、落ち着きを失っているように見えた。離《はな》れた所で、ブランコの脇《わき》をうろうろしているペチュニアにちらりと目をやりながら、スネイプは声を落として言った。

「僕《ぼく》は君がなんだか知っている」

「どういうこと?」

「君は……君は魔女《まじょ》だ」スネイプがささやいた。

リリーは侮辱《ぶじょく》されたような顔をした。

「**そんなこと**、他人《ひと》に言うのは失礼よ!」

リリーはスネイプに背《せ》を向け、ツンと上を向いて、鼻息も荒《あら》くペチュニアのほうに歩いていった。

「ちがうんだ!」

スネイプは、いまや真っ赤な顔をしていた。ハリーは、スネイプがどうしてバカバカしいほどだぶだぶの上着を脱《ぬ》がないのだろう、といぶかった。その下に着ているスモックを見られたくないのだろうか? スネイプは二人の少女を追いかけた。大人のスネイプと同じように、まるで滑稽《こっけい》なコウモリのような姿《すがた》だった。

二人の姉妹は、反感という気持ちで団結《だんけつ》し、ブランコの支柱《しちゅう》が鬼《おに》ごっこの「たんま」の場所ででもあるかのようにつかまって、スネイプを観察していた。

「君はほんとに、**そうなんだ**」

スネイプがリリーに言った。

「君は**魔女《まじょ》なんだ**。僕《ぼく》はしばらく君のことを見ていた。でも、何も悪いことじゃない。僕《ぼく》のママも魔女《まじょ》で、僕《ぼく》は魔法使《まほうつか》いだ」

ペチュニアは、冷水のような笑いを浴びせた。

「魔法使《まほうつか》い!」

突然《とつぜん》現《あらわ》れた男の子に驚《おどろ》きはしたが、もうそのショックから回復《かいふく》して、負けん気が戻《もど》ったペチュニアが叫《さけ》んだ。

「**私**《わたし》は、**あなた**が誰《だれ》だか知ってるわ。スネイプって子でしょう! この人たち、川の近くのスピナーズ・エンドに住んでるのよ」

ペチュニアがリリーに言った。ペチュニアの口調から、その住所がかんばしくない場所だと考えられていることは明らかだった。

「どうして、私《わたし》たちのことをスパイしていたの?」

「スパイなんかしていない」

明るい太陽の下で、スネイプは暑苦しく、不快《ふかい》で、髪《かみ》の汚《よご》れが目立った。

「どっちにしろ、**おまえ**のことなんかスパイしていない」スネイプは意地悪くつけ加えた。「**おまえ**はマグルだ」

ペチュニアには、その言葉の意味がわからないようだったが、スネイプの声の調子ははっきりわかった。

「リリー、行きましょう。帰るのよ!」

ペチュニアがかん高い声で言った。リリーはすぐに従《したが》い、去《さ》り際《ぎわ》にスネイプをにらみつけた。遊び場の門をさっさと出ていく姉妹を、スネイプはじっと見ていた。ただ一人その場に残って観察していたハリーには、スネイプが苦い失望をかみしめているのがわかった。そして、スネイプが、この時のために、しばらく前から準備《じゅんび》していたことを理解《りかい》した。それなのに、うまくいかなかったのだ……。

場面が消え、いつの間にかハリーの周囲が形を変えていた。今度は低木の小さな茂《しげ》みの中にいた。木の幹《みき》を通して、太陽に輝《かがや》く川が見えた。木々の影《かげ》が、すずしい緑の木陰《こかげ》を作っている。子供《こども》が二人、足を組み、向かい合って地面に座《すわ》っている。スネイプは、今回は上着を脱《ぬ》いでいた。おかしなスモックは、木陰《こかげ》の薄明《うすあ》かりではそれほど変に見えなかった。

「……それで、魔法省《まほうしょう》は、誰《だれ》かが学校の外で魔法《まほう》を使うと、罰《ばっ》することができるんだ。手紙が来る」

「でもわたし、もう学校の外で魔法《まほう》を**使ったわ！**」

「僕《ぼく》たちは大丈夫《だいじょうぶ》だ。まだ杖《つえ》を持っていない。まだ子供《こども》だし、自分ではどうにもできないから、許《ゆる》してくれるんだ。でも十一歳《さい》になったら」

スネイプは重々しくうなずいた。

「そして訓練を受けはじめたら、その時は注意しなければいけない」

二人ともしばらく沈黙《ちんもく》した。リリーは小枝《こえだ》を拾って、空中にくるくると円を描《えが》いた。小枝《こえだ》から火花が散るところを想像《そうぞう》しているのが、ハリーにはわかった。それからリリーは小枝《こえだ》を落とし、男の子に顔を近づけて、こう言った。

「**ほんと**なのね？　冗談《じょうだん》じゃないのね？　ペチュニアは、あなたがわたしにうそをついているんだって言うの。ペチュニアは、ホグワーツなんてないって言うの。でも、**ほんと**なのね？」

「僕《ぼく》たちにとっては、ほんとうだ」スネイプが言った。「でもペチュニアにとってじゃない。僕《ぼく》たちには手紙が来る。君と僕《ぼく》に」

「そうなの？」リリーが小声で言った。

「絶対《ぜったい》だ」スネイプが言った。

髪《かみ》は不ぞろいに切られ、服装《ふくそう》もおかしかったが、自分の運命に対して確信《かくしん》に満ちあふれたスネイプが、手足を伸《の》ばしてリリーの前に座《すわ》っているさまは、奇妙《きみょう》に印象的《いんしょうてき》だった。

「それで、ほんとうにふくろうが運んでくるの？」リリーがささやくように聞いた。

「普通《ふつう》はね」スネイプが言った。「でも、君はマグル生まれだから、学校から誰《だれ》かが来て、君のご両親に説明しないといけないんだ」

「何かちがうの？　マグル生まれって」

スネイプは躊躇《ちゅうちょ》した。黒い目が緑の木陰《こかげ》で熱を帯び、リリーの色白の顔と深い色の赤い髪《かみ》を眺《なが》めた。

「いいや」スネイプが言った。「何もちがわない」

「よかった」

リリーは、緊張《きんちょう》が解《と》けたように言った。ずっと心配していたのは明らかだ。

「君は魔法《まほう》の力をたくさん持っている」スネイプが言った。「僕《ぼく》にはそれがわかったんだ。ずっと君を見ていたから……」

スネイプの声は先細りになった。リリーは聞いていなかった。緑豊《みどりゆた》かな地面に寝転《ねころ》んで体を伸《の》ばし、頭上の林冠《りんかん》を見上げていた。スネイプは、遊び場で見ていたときと同じように熱っぽい目で、リリーを見つめた。

「おうちの様子はどうなの？」リリーが聞いた。

スネイプの眉間《みけん》に、小さなしわが現《あらわ》れた。

「大丈夫《だいじょうぶ》だ」スネイプが答えた。

「ご両親は、もうけんかしていないの？」

「そりゃ、してるさ。あの二人はけんかばかりしてるよ」

スネイプは木の葉を片手《かたて》につかみ取ってちぎりはじめたが、自分では何をしているのか気づいていないらしかった。

「だけど、もう長くはない。僕《ぼく》はいなくなる」

「あなたのパパは、魔法《まほう》が好きじゃないの?」

「あの人はなんにも好きじゃない。あんまり」スネイプが言った。

「セブルス?」

リリーに名前を呼《よ》ばれたとき、スネイプの唇《くちびる》が、かすかな笑いでゆがんだ。

「何?」

「吸魂鬼《きゅうこんき》のこと、また話して」

「なんのために、あいつらのことなんか知りたいんだ?」

「もしわたしが、学校の外で魔法《まほう》を使ったら——」

「そんなことで、誰《だれ》も君を吸魂鬼《きゅうこんき》に引《ひ》き渡《わた》したりはしないさ! 吸魂鬼《きゅうこんき》というのは、ほんとうに悪いことをした人のためにいるんだから。魔法使《まほうつか》いの監獄《かんごく》、アズカバンの看守《かんしゅ》をしている。君がアズカバンになんか行くものか。君みたいに——」

スネイプはまた赤くなって、もっと葉をむしった。すると後ろでカサカサと小さな音がしたので、ハリーは振《ふ》り向《む》いた。木の陰《かげ》に隠《かく》れていたペチュニアが、足を踏《ふ》みはずしたところだった。

「チュニー!」

リリーの声は、驚《おどろ》きながらもうれしそうだった。しかし、スネイプははじかれたように立ち上がった。

「今度は、どっちがスパイだ？」スネイプが叫《さけ》んだ。「なんの用だ？」

ペチュニアは見つかったことに愕然《がくぜん》として、息もつけない様子だった。ハリーには、ペチュニアがスネイプを傷《きず》つける言葉を探《さが》しているのがわかった。

「あなたの着ているものは、いったい何？」

ペチュニアは、スネイプの胸《むね》を指差して言った。

「ママのブラウス？」

ボキッと音がして、ペチュニアの頭上の枝《えだ》が落ちてきた。リリーが悲鳴を上げた。枝《えだ》はペチュニアの肩《かた》に当たり、ペチュニアは後ろによろけてワッと泣きだした。

「チュニー！」

しかし、ペチュニアはもう走りだしていた。リリーはスネイプに食ってかかった。

「あなたのしたことね？」

「ちがう」

スネイプは挑戦的《ちょうせんてき》になり、同時に恐《おそ》れているようだった。

「あなたがしたのよ！」

リリーはスネイプのほうを向いたまま、あとずさりしはじめた。

「**そうよ！**　ペチュニアを痛《いた》い目にあわせたのよ！」

「ちがう――僕《ぼく》はやっていない！」

しかし、リリーはスネイプのうそに納得《なっとく》しなかった。激《はげ》しい目つきでにらみつけ、リリーは小さな茂《しげ》みから駆《か》けだして、ペチュニアを追った。スネイプは、みじめな、混乱《こんらん》した顔で見送っていた……。

そして場面が変わった。ハリーが見回すと、そこは九と四分の三番線で、ハリーの横に、やや猫《ねこ》背《ぜ》のスネイプが立ち、その隣《となり》に、スネイプとそっくりな、やせて土気色《つちけいろ》の顔をした気難《きむずか》しそうな女《じょ》性《せい》が立っていた。スネイプは、少し離《はな》れた所にいる四人家族をじっと見ていた。二人の女の子が、両親から少し離《はな》れて立っている。リリーが何か訴《うった》えているようだった。ハリーは少し近づいて聞き耳を立てた。

「……ごめんなさい、チュニー、ごめんなさい！　ねぇ――」

リリーはペチュニアの手を取って、引《ひ》っ込《こ》めようとする手をしっかり握《にぎ》った。

「たぶん、わたしがそこに行ったら――ねぇ、聞いてよ、チュニー！　たぶん、わたしがそこに行けば、ダンブルドア教授《きょうじゅ》の所に行って、気持ちが変わるように説得《せっとく》できると思うわ！」

「私《わたし》――行きたく――なんか――ない！」

ペチュニアは、握《にぎ》られている手を振《ふ》りほどこうと、引いた。

「私《わたし》がそんな、ばかばかしい城《しろ》なんかに行きたいわけないでしょ。なんのために勉強して、わざわざそんな――そんな――」

ペチュニアの色の薄《うす》い目が、プラットホームをぐるりと見回した。飼《か》い主《ぬし》の腕《うで》の中でニャーニャー鳴いている猫《ねこ》や、かごの中で羽ばたきしながらホーホー鳴《な》き交《か》わしているふくろう、そして生徒たち。中には、もうすぐ長の黒いローブに着替《きが》えている生徒もいて、紅《くれない》の汽車にトランクを積《つ》み込《こ》んだり、夏休み後の再会《さいかい》を喜んで歓声《かんせい》を上げ、挨拶《あいさつ》を交《か》わしたりしている。

「――私《わたし》が、なんでそんな――そんな生まれそこないになりたいってわけ？」

ペチュニアはとうとう手を振《ふ》りほどき、リリーは目に涙《なみだ》をためていた。

「わたしは生まれそこないじゃないわ」リリーが言った。「そんな、ひどいことを言うなんて」

「あなたは、そういう所に行くのよ」

ペチュニアは、反応《はんのう》を、さも楽しむかのように言った。

「生まれそこないのための特殊《とくしゅ》な学校。あなたも、あのスネイプって子も……変な者どうし。二人ともそうなのよ。あなたたちが、まともな人たちから隔離《かくり》されるのはいいことよ。私《わたし》たちの安全のためだわ」

リリーは、両親をちらりと見た。二人ともその場を満喫《まんきつ》して、心から楽しんでいるような顔でプラットホームを見回していた。リリーはペチュニアを振《ふ》り返《かえ》り、低い、けわしい口調で言った。

「あなたは、変人の学校だなんて思っていないはずよ。校長先生に手紙を書いて、自分を入学させてくれって頼《たの》み込《こ》んだんだもの」

ペチュニアは真っ赤になった。

「頼《たの》み込《こ》む？　そんなことしてないわ！」

「わたし、校長先生のお返事を見たの。親切なお手紙だったわ」

「読んじゃいけなかったのに――」ペチュニアが小声で言った。「私《わたし》のプライバシーよ――どうしてそんな――？」

リリーは、近くに立っているスネイプにちらりと目をやることで、白状《はくじょう》したも同然だった。

ペチュニアが息をのんだ。

「あの子が見つけたのね！　あなたとあの男の子が、私《わたし》の部屋にコソコソ入って！」

「ちがうわ――コソコソ入ってなんかいない――」

今度はリリーがむきになった。

「セブルスが封筒《ふうとう》を見たの。それで、マグルがホグワーツと接触《せっしょく》できるなんて信じられなかったの。それだけよ！　セブルスは、郵便局《ゆうびんきょく》に、変装《へんそう》した魔法使《まほうつか》いが働いているにちがいないって言うの。それで、その人たちがきっと――」

「魔法使《まほうつか》いって、どこにでも首を突《つ》っ込《こ》むみたいね！」

ペチュニアは赤くなったと同じくらい青くなっていた。

「**生まれそこない！**」

ペチュニアは、リリーに向かって吐《は》き捨《す》てるように言い、これ見よがしに両親のいる所へ戻《もど》っていった……。

場面がまた消えた。ホグワーツ特急はガタゴトと田園を走っている。スネイプが列車の通路を急ぎ足で歩いていた。すでに学校のローブに着替《きが》えている。きっとあの不格好《ぶかっこう》なマグルの服をいち早く脱《ぬ》ぎたかったのだろう。やがてスネイプは、あるコンパートメントの前で立ち止まった。中では騒々《そうぞう》しい男の子たちが話している。窓際《まどぎわ》の隅《すみ》の席に体を丸めて、リリーが座《すわ》っていた。顔を窓《まど》ガラスに押《お》しつけている。

スネイプはコンパートメントの扉《とびら》を開け、リリーの前の席に腰《こし》かけた。リリーはちらりとスネイプを見たが、また窓《まど》に視線《しせん》を戻《もど》した。泣いていたのだ。

「あなたとは、話したくないわ」リリーが声を詰《つ》まらせた。

「どうして？」

「チュニーがわたしを、に——憎《にく》んでいるの。ダンブルドアからの手紙を、わたしたちが見たから」

「それが、どうしたって言うんだ？」

リリーは、スネイプなんて大嫌《だいきら》いだという目で見た。

「だってわたしたち、姉妹なのよ！」

「あいつはただの――」

スネイプはすばやく自分を抑《おさ》えた。気づかれないように涙《なみだ》をぬぐうのに気を取られていたリリーは、スネイプの言葉を聞いていなかった。

「だけど、僕《ぼく》たちは行くんだ！」

スネイプは、興奮《こうふん》を抑《おさ》えきれない声で言った。

「とうとうだ！　僕《ぼく》たちはホグワーツに行くんだ！」

リリーは目をぬぐいながらうなずき、思わず半分ほほえんだ。

「君は、スリザリンに入ったほうがいい」

リリーが少し明るくなったのに勇気づけられて、スネイプが言った。

「スリザリン？」

同じコンパートメントの男の子の一人が、その時まではリリーにもスネイプにもまったく関心を示《しめ》していなかったのに、その言葉で振《ふ》り返《かえ》った。それまで窓際《まどぎわ》の二人にだけ注意を集中させていたハリーは、初めて自分の父親に気づいた。細身でスネイプと同じ黒い髪《かみ》だったが、どことなく、かわいがられ、むしろちやほやされてきたという雰囲気《ふんいき》を漂《ただよ》わせていた。スネイプには、明らかに欠けている雰囲気《ふんいき》だ。

「スリザリンになんか誰《だれ》が入るか！　むしろ退学《たいがく》するよ、そうだろう？」

ジェームズは、むかい側の席にゆったりもたれかかっている男子に問いかけた。それがシリウスだと気づいて、ハリーはドキッとした。シリウスはニコリともしなかった。

「僕《ぼく》の家族は、全員スリザリンだった」シリウスが言った。

「驚《おどろ》いたなあ」ジェームズが言った。「だって、君はまともに見えると思ってたのに！」

シリウスがニヤッと笑った。

「たぶん、僕《ぼく》が伝統《でんとう》を破《やぶ》るだろう。君は、選べるとしたらどこに行く？」

ジェームズは、見えない剣《つるぎ》を捧《ささ》げ持《も》つ格好《かっこう》をした。

「『**グリフィンドール、勇気ある者が住《すま》う寮《りょう》！**』、僕《ぼく》の父さんのように」

スネイプが小さくフンと言った。ジェームズは、スネイプに向きなおった。

「文句《もんく》があるのか？」

「いや」

言葉とは裏腹《うらはら》に、スネイプはかすかにあざ笑っていた。

「君が、頭脳派《ずのうは》より肉体派《にくたいは》がいいならね――」

「君はどこに行きたいんだ？　どっちでもないようだけど」シリウスが口をはさんだ。

ジェームズが爆笑《ばくしょう》した。リリーはかなり赤くなって座《すわ》りなおし、大嫌《だいきら》いという顔でジェームズとシリウスを交互《こうご》に見た。

「セブルス、行きましょう。別のコンパートメントに」

「オォォォォ……」

ジェームズとシリウスが、リリーのツンとした声をまねた。ジェームズは、スネイプが通るとき、足を引っかけようとした。

「まーたな、スニベルス《なきみそ》！」

中から声が呼《よ》びかけ、コンパートメントの扉《とびら》がバタンと閉《し》まった……。

そしてまた場面が消えた……。

ハリーはスネイプのすぐ後ろで、ろうそくに照らされた寮《りょう》のテーブルに向かって立っていた。テーブルには、夢中《むちゅう》で見つめる顔がずらりと並《なら》んでいる。その時、マクゴナガル教授《きょうじゅ》が呼《よ》んだ。

「エバンズ、リリー！」

ハリーは、自分の母親が震《ふる》える足で進み出て、ぐらぐらした丸椅子《まるいす》に腰《こし》かけるのを見守った。マクゴナガル教授《きょうじゅ》が組分《くみわ》け帽子《ぼうし》をリリーの頭にかぶせた。すると、深みのある赤い髪《かみ》に触《ふ》れた瞬間《しゅんかん》、一秒とかからずに帽子《ぼうし》が叫《さけ》んだ。

「**グリフィンドール！**」

ハリーは、スネイプが小さくうめき声をもらすのを聞いた。リリーは帽子《ぼうし》を脱《ぬ》ぎ、マクゴナガル教授《きょうじゅ》に返して、歓迎《かんげい》に沸《わ》くグリフィンドール生の席に急いだ。しかし、その途中《とちゅう》でスネイプをちらりと振《ふ》り返《かえ》ったリリーの顔には、悲しげな微笑《びしょう》が浮《う》かんでいた。ハリーは、ベンチに腰《こし》かけていたシリウスが横に詰《つ》めて、リリーに席を空けるのを見た。リリーはひと目で、列車で会った男子だとわかったらしく、腕組《うでぐ》みをしてあからさまにそっぽを向いた。

点呼《てんこ》が続いた。ハリーは、ルーピン、ペティグリュー、そして父親が、リリーとシリウスのいるグリフィンドールのテーブルに加わるのを見た。そして、あと十数人の組分けを残すだけになり、マクゴナガル教授《きょうじゅ》がスネイプの名前を呼《よ》んだ。

ハリーは一緒《いっしょ》に丸椅子《まるいす》まで歩き、スネイプが帽子《ぼうし》を頭にのせるのを見た。

「**スリザリン！**」組分け帽子《ぼうし》が叫《さけ》んだ。

そしてセブルス・スネイプは、リリーから遠ざかるように大広間の反対側に移動《いどう》し、スリザリン生の歓迎《かんげい》に迎《むか》えられた。監督生《かんとくせい》バッジを胸《むね》に光らせたルシウス・マルフォイが、隣《となり》に座《すわ》ったスネイプの背中《せなか》を軽くたたいた……。

そして場面が変わった……。

リリーとスネイプが、城《しろ》の中庭を歩いていた。明らかに議論《ぎろん》している様子だ。ハリーは急いで追いかけ、聞こうとした。追いついてみると、二人がどんなに背《せ》が伸《の》びているかに気づいた。組分けから数年たっているらしい。

「……僕《ぼく》たちは友達じゃなかったのか？」スネイプが言っていた。「親友だろう？」

「**そうよ**、セブ。でも、あなたがつき合っている人たちの、何人かが嫌《きら》いなの！　悪いけど、エイブリーとかマルシベール！——**マルシベール！**　セブ、あの人のどこがいいの？　あの人、ぞっとするわ！　この間、あの人がメリー・マクドナルドに何をしようとしたか、あなた知ってる？」

リリーは柱に近づいて寄《よ》りかかり、細長い土気色《つちけいろ》の顔をのぞき込《こ》んだ。

「あんなこと、なんでもない」スネイプが言った。「冗談《じょうだん》だよ。それだけだ——」

「あれは『闇《やみ》の魔術《まじゅつ》』よ。あなたが、あれがただの冗談《じょうだん》だなんて思うのなら——」

「ポッターと仲間がやっていることは、どうなんだ？」

スネイプが切り返した。憤《いきどお》りを抑《おさ》えられないらしく、言葉と同時に、スネイプの顔に血が上った。

「ポッターと、なんの関係があるの？」

「夜こっそり出歩いている。ルーピンてやつ、なんだか怪《あや》しい。あいつはいったい、いつもどこに行くんだ？」

「あの人は病気よ」リリーが言った。「病気だってみんなが言ってるわ——」

「毎月、満月のときに？」スネイプが言った。

「あなたが何を考えているかは、わかっているわ」

リリーが言った。冷たい口調だった。

「どうして、あの人たちにそんなにこだわるの？　あの人たちが夜、何をしているかが、なぜ気になるの？」

「僕《ぼく》はただ、あの連中は、みんなが思っているほどすばらしいわけじゃないって、君に教えようとしているだけだ」

スネイプのまなざしの激《はげ》しさに、リリーはほおを赤らめた。

「でも、あの人たちは、闇《やみ》の魔術《まじゅつ》を使わないわ」リリーは声を低くした。「それに、あなたはとても恩知《おんし》らずよ。この間の晩《ばん》に何があったか、聞いたわ。あなたは暴《あば》れ柳《やなぎ》のそばのトンネルをこっそり下りていって、そこで何があったかは知らないけれど、ジェームズ・ポッターがあなたを救ったと――」

スネイプの顔が大きくゆがみ、吐《は》き捨《す》てるように言った。

「救った？　救った？　君はあいつが英雄《えいゆう》だと思っているのか？　あいつは自分自身と自分の仲間を救っただけだ！　君は絶対《ぜったい》にあいつに――僕《ぼく》が君に許《ゆる》さない――」

「私《わたし》に何を**許**《ゆる》**さないの？　何を許**《ゆる》**さないの？**」

リリーの明るい緑の目が、細い線になった。スネイプはすぐに言いなおした。

「そういうつもりじゃ――ただ僕《ぼく》は、君がだまされるのを見たくない――あいつは、君に気がある。ジェームズ・ポッターは、君のことが好きなんだ！」

言葉が、スネイプの意に反して無理やり出てきたかのようだった。

「だけどあいつは、ちがうんだ……みんながそう思っているみたいな……クィディッチの大物ヒーローだとか――」

スネイプは、苦々しさと嫌悪感《けんおかん》とで、支離滅裂《しりめつれつ》になっていた。リリーの眉《まゆ》がだんだん高く吊《つ》り上《あ》がっていった。

「ジェームズ・ポッターが、傲慢《ごうまん》でいやなやつなのはわかっているわ」

リリーは、スネイプの言葉をさえぎった。

「あなたに言われるまでもないわ。でも、マルシベールとかエイブリーが冗談《じょうだん》のつもりでしていることは、邪悪《じゃあく》そのものだわ。セブ、**邪悪《じゃあく》なことなのよ**。あなたが、どうしてあんな人たちと友達になれるのか、私《わたし》にはわからない」

マルシベールとエイブリーを非難《ひなん》するリリーの言葉を、はたしてスネイプが聞いたかどうかさえ疑《うたが》わしいと、ハリーは思った。リリーがジェームズ・ポッターをけなすのを聞いたとたん、スネイプの体全体がゆるみ、二人でまた歩きだしたときには、スネイプの足取りははずんでいた……。

そして場面が変わった……。

ハリーは、以前に見たことのある光景を見ていた。O・W・L試験《ふくろうしけん》の「闇《やみ》の魔術《まじゅつ》に対《たい》する防衛《ぼうえい》術《じゅつ》」を終えたスネイプが、大広間を出て、どことという当てもない様子で城《しろ》から離《はな》れて歩いていた。たまたまスネイプが向かった先は、ジェームズ、シリウス、ルーピン、そしてペティグリューが一《いっ》緒《しょ》に座《すわ》っているブナの木の下のすぐそばだった。ハリーは、今回は距離《きょり》を置いて見ていた。ジェームズがセブルスを宙吊《ちゅうづ》りにして侮辱《ぶじょく》したあとに、何が起こったかを知っていたからだ。何が行われ、何が言われたかを知っていたし、それをくり返して聞きたくはなかった。ハリーは、リリーがその集団《しゅうだん》に割《わ》り込《こ》み、スネイプを擁護《ようご》しはじめるのを見た。屈辱感《くつじょくかん》と怒《いか》りで、スネイプがリリーに向かって許《ゆる》しがたい言葉を吐《は》くのが、遠くに聞こえた。

「**穢《けが》れた血《ち》**」

場面が変わった……。

「許《ゆる》してくれ」

「聞きたくないわ」

「許《ゆる》してくれ！」

「言うだけむだよ」

夜だった。リリーは部屋着を着て、グリフィンドール塔《とう》の入口の「太った婦人《レディ》」の肖像画《しょうぞうが》の前で、腕組《うでぐ》みをして立っていた。

「メリーが、あなたがここで夜明かしすると脅《おど》しているって言うから、来ただけよ」

「そのとおりだ。そうしたかもしれない。けっして君を『穢《けが》れた血《ち》』と呼《よ》ぶつもりはなかった。ただ——」

「口がすべったって？」リリーの声には、あわれみなどなかった。「もう遅《おそ》いわ。私《わたし》は何年も、あなたのことをかばってきた。私《わたし》があなたと口をきくことさえ、どうしてなのか、私《わたし》の友達は誰《だれ》も理《り》解《かい》できないのよ。あなたと大切な『死喰《しく》い人《びと》』のお友達のこと——ほら、あなたは否定《ひてい》もしない！　あなたたち全員がそれになろうとしていることを、否定《ひてい》もしない！　『例のあの人』の一味になるのが待ち遠しいでしょうね？」

スネイプは口を開きかけたが、何も言わずに閉《と》じた。

「私《わたし》はもう、自分にうそはつけないわ。あなたはあなたの道を選んだし、私《わたし》は私《わたし》の道を選んだのよ」

「お願いだ——聞いてくれ。僕《ぼく》はけっして——」

「——私《わたし》を『穢《けが》れた血《ち》』と呼《よ》ぶつもりはなかった？　でも、セブルス、あなたは、私《わたし》と同じ生まれの人全部を『穢《けが》れた血《ち》』と呼《よ》んでいるわ。どうして、私《わたし》だけがちがうと言えるの？」

スネイプは、何か言おうともがいていた。しかし、リリーは軽蔑《けいべつ》した顔でスネイプに背《せ》を向け、肖像画《しょうぞうが》の穴《あな》を登って戻《もど》っていった……。

廊下《ろうか》が消えたが、場面が変わるまでに、いままでより長い時間がかかった。ハリーは、形や色が置きかわる中を飛んでいるようだった。やがて周囲が再《ふたた》びはっきりし、ハリーは闇《やみ》の中で、わびしく冷たい丘《おか》の上に立っていた。木の葉の落ちた数本の木の枝《えだ》を、風がヒューヒュー吹《ふ》き鳴《な》らしている。大人になったスネイプが、息を切らしながら、杖《つえ》をしっかり握《にぎ》りしめて、何かを、いや誰《だれ》かを待ってその場でぐるぐる回っていた……自分には危害《きがい》がおよばないと知ってはいても、スネイプの恐怖《きょうふ》がハリーにも乗《の》り移《うつ》り、ハリーは、スネイプが何を待っているのかといぶかりながら、後ろを振《ふ》り返《かえ》った——。

すると、目もくらむような白い光線が闇《やみ》をつんざいてジグザグに走った。ハリーは稲妻《いなずま》だと思った。ところが、スネイプの手から杖《つえ》が吹《ふ》き飛《と》ばされ、スネイプはがっくりとひざをついた。

「殺さないでくれ！」

「わしには、そんなつもりはない」

ダンブルドアが「姿《すがた》あらわし」した音は、枝《えだ》を鳴らす風の音に飲《の》み込《こ》まれていた。スネイプの前に立ったダンブルドアは、ローブを体の周りにはためかせ、その顔は下からの杖灯《つえあか》りに照らされていた。

「さて、セブルス？　ヴォルデモート卿《きょう》が、わしになんの伝言かな？」

「ちがう――伝言ではない――私《わたし》は自分のことでここに来た！」

スネイプは両手をもみしだいていた。黒い髪《かみ》が顔の周りにバラバラにほつれて飛び、狂乱《きょうらん》した様子に見えた。

「私《わたし》は――警告《けいこく》にきた――いや、お願いに――どうか――」

ダンブルドアは軽く杖《つえ》を振《ふ》った。二人の周囲では、木の葉も枝《えだ》も、吹《ふ》きすさぶ夜風にあおられ続けていたが、ダンブルドアとスネイプが向かい合っている場所だけは静かになった。

「死喰《しく》い人《びと》が、わしになんの頼《たの》みがあると言うのじゃ？」

「あの――あの予言は……あの予測《よそく》は……トレローニーの……」

「おう、そうじゃ」ダンブルドアが言った。「ヴォルデモート卿《きょう》に、どれだけ伝えたのかな？」

「すべてを――聞いたことのすべてを！」スネイプが言った。「それがために――それが理由で――

『あの方』は、それがリリー・エバンズだとお考えだ！」

「予言は、女性《じょせい》には触《ふ》れておらぬ」ダンブルドアが言った。「七月の末に生まれる男の子の話じゃ」

「あなたは、私《わたし》の言うことがおわかりになっている！『あの方』は、それがリリーの息子《むすこ》のことだとお考えだ。『あの方』はリリーを追いつめ——全員を殺すおつもりだ——」

「あの女《ひと》がおまえにとってそれほど大切なら——」ダンブルドアが言った。「ヴォルデモート卿《きょう》は、リリーを見逃《みのが》してくれるにちがいなかろう？　息子《むすこ》と引《ひ》き換《か》えに、母親への慈悲《じひ》を願うことはできぬのか？」

「そうしました——私《わたし》はお願いしました——」

「見下げはてたやつじゃ」ダンブルドアが言った。

ハリーは、これほど侮蔑《ぶべつ》のこもったダンブルドアの声を、聞いたことがなかった。スネイプはわずかに身を縮《ちぢ》めたように見えた。

「それでは、リリーの夫や子供《こども》が死んでも、気にせぬのか？　自分の願いさえ叶《かな》えば、あとの二人は死んでもいいと言うのか？」

スネイプは何も言わず、ただだまってダンブルドアを見上げた。

「それでは、全員を隠《かく》してください」スネイプはかすれ声で言った。「あの女《ひと》を——全員を——安全に。お願いです」

「そのかわりに、わしには何をくれるのじゃ、セブルス？」

「か——かわりに？」

スネイプはポカンと口を開けて、ダンブルドアを見た。ハリーはスネイプが抗議《こうぎ》するだろうと予

「なんなりと」

想したが、しばらくだまったあとに、スネイプが言った。

丘《おか》の上の光景が消え、ハリーはダンブルドアの校長室に立っていた。そして、何かが、傷《きず》ついた獣《けもの》のような恐《おそ》ろしいうめき声を上げていた。スネイプが、ぐったりと前かがみになって椅子《いす》にかけ、ダンブルドアが立ったまま、暗い顔でその姿《すがた》を見下ろしていた。やがてスネイプが顔を上げた。荒涼《こうりょう》としたあの丘《おか》の上の光景以来、スネイプは百年もの間、悲惨《ひさん》に生きてきたような顔だった。

「あなたなら……きっと……あの女《ひと》を……護《まも》ると思った……」

「リリーもジェームズも、まちがった人間を信用したのじゃ」ダンブルドアが言った。「おまえも同じじゃな、セブルス。ヴォルデモート卿《きょう》が、リリーを見逃《みのが》すと期待しておったのではないかな？」

スネイプは、ハァハァと苦しそうな息づかいだった。

「リリーの子は生き残っておる」ダンブルドアが言った。

スネイプは、ぎくっと小さく頭をひと振《ふ》りした。うるさいハエを追うようなしぐさだった。

「リリーの息子《むすこ》は生きておる。その男の子は、彼女《かのじょ》の目を持っている。そっくり同じ目だ。リリー・エバンズの目の形も色も、おまえは覚えておるじゃろうな？」

「**やめてくれ！**」スネイプが大声を上げた。「もういない……死んでしまった……」

「後悔《こうかい》か、セブルス？」

「私《わたし》も……**私《わたし》も**死にたい……」

「しかし、おまえの死が、誰《だれ》の役に立つというのじゃ？」ダンブルドアは冷たく言った。「リリー・エバンズを愛していたなら、ほんとうに愛していたのなら、これからのおまえの道は、はっきりしておる」

スネイプは苦痛《くつう》の靄《もや》の中を、じっと見透《みす》かしているように見えた。ダンブルドアの言葉がスネイプに届《とど》くまで、長い時間が必要であるかのようだった。

「どう――どういうことですか？」

「リリーがどのようにして、なぜ死んだかわかっておるじゃろう。その死をむだにせぬことじゃ。リリーの息子《むすこ》を、わしが護《まも》るのを手伝うのじゃ」

「護《まも》る必要などありません。闇《やみ》の帝王《ていおう》はいなくなって――」

「――闇《やみ》の帝王《ていおう》は戻《もど》ってくる。そしてその時、ハリー・ポッターは非常《ひじょう》な危険《きけん》におちいる」

長い間沈黙《ちんもく》が続き、スネイプはしだいに自分を取《と》り戻《もど》し、呼吸《こきゅう》も整ってきた。ようやくスネイプが口を開いた。

「なるほど。わかりました。しかし、ダンブルドア、けっして――けっして明かさないでください！　このことは、私《わたし》たち二人の間だけにとどめてください！　誓《ちか》ってそうしてください！　私《わたし》には耐《た》えられない……特にポッターの息子《むすこ》などに……約束してください！」

「約束しよう、セブルス。君の最もよい所を、けっして明かさぬということじゃな？」

ダンブルドアは、スネイプの残忍《ざんにん》な、しかし苦悶《くもん》に満ちた顔を見下ろしながら、ため息をついた。

「君の、たっての望みとあらば……」


校長室が消えたが、すぐに元の形になった。スネイプがダンブルドアの前を往《い》ったり来たりしていた。

「──凡庸《ぼんよう》、父親と同じく傲慢《ごうまん》、規則破《きそくやぶ》りの常習犯《じょうしゅうはん》、有名であることを鼻にかけ、目立ちたがり屋で、生意気で──」

「セブルス、そう思って見るから、そう見えるのじゃよ」

ダンブルドアは『変身現代《へんしんげんだい》』から目も上げずに言った。

「ほかの先生方の報告《ほうこく》では、あの子は控《ひか》えめで人に好かれるし、ある程度《ていど》の能力《のうりょく》もある。わし個人《こじん》としては、なかなか人をひきつける子じゃと思うがのう」

ダンブルドアはページをめくり、本から目を上げずに言った。

「クィレルから目を離《はな》すでないぞ、よいな？」

色が渦巻《うずま》き、今度はすべてが暗くなった。スネイプとダンブルドアは、玄関《げんかん》ホールで少し離《はな》れて立っていた。クリスマス・ダンスパーティの最後の門限破《もんげんやぶ》りたちが、二人の前を通《とお》り過《す》ぎて寮《りょう》に戻《もど》っていった。

「どうじゃな？」ダンブルドアがつぶやくように言った。

「カルカロフの腕《うで》の刻印《こくいん》も濃《こ》くなってきました。あいつはあわてふためいています。制裁《せいさい》を恐《おそ》れているのです。闇《やみ》の帝王《ていおう》が凋落《ちょうらく》したあと、あいつがどれほど魔法省《まほうしょう》の役に立ったか、ご存《ぞん》じでしょう」

スネイプは横を向いて、鼻の折れ曲がったダンブルドアの横顔を見た。

「カルカロフは、もし刻印《こくいん》が熱くなったら、逃亡《とうぼう》するつもりです」

「そうかの？」

ダンブルドアは静かに言った。フラー・デラクールとロジャー・デイビースが、クスクス笑いながら校庭から戻《もど》ってくるところだった。

「君も、一緒《いっしょ》に逃亡《とうぼう》したいのかな？」

「いいえ」

スネイプの暗い目が、戻《もど》っていくフラーとロジャーの後《うし》ろ姿《すがた》を見ていた。

「私《わたし》は、そんな臆病者《おくびょうもの》ではない」

「そうじゃな」ダンブルドアが言った。「君はイゴール・カルカロフより、ずっと勇敢《ゆうかん》な男じゃ。

のう、わしはときどき、『組分け』が性急《せいきゅう》すぎるのではないかと思うことがある……」

ダンブルドアは、雷《かみなり》に撃《う》たれたような表情《ひょうじょう》のスネイプをあとに残して立ち去った……。


そして次に、ハリーはもう一度校長室に立っていた。夜だった。ダンブルドアは、机《つくえ》の後ろの王《おう》座《ざ》のような椅子《いす》に、斜《なな》めにぐったりもたれている。どうやら半分気を失っている。黒く焼《や》け焦《こ》げた右手が、椅子《いす》の横にだらりと垂《た》れている。スネイプは、杖《つえ》をダンブルドアの手首に向けて呪文《じゅもん》を唱えながら、左手で、金色の濃《こ》い薬をなみなみと満たしたゴブレットを傾《かたむ》け、ダンブルドアののどに流《なが》し込《こ》んでいた。やがてダンブルドアのまぶたがヒクヒク動き、目が開いた。

「なぜ」スネイプは前置きもなしに言った。「**なぜ**その指輪をはめたのです？　それには呪《のろ》いがかかっている。当然ご存《ぞん》じだったでしょう。なぜ触《ふ》れたりしたのですか？」

マールヴォロ・ゴーントの指輪が、ダンブルドアの前の机《つくえ》にのっていた。割《わ》れている。グリフィンドールの剣《つるぎ》がその脇《わき》に置いてあった。

ダンブルドアは、顔をしかめた。

「わしは……愚《おろ》かじゃった。いたく、そそられてしもうた……」

「何に、そそられたのです？」

ダンブルドアは答えなかった。

「ここまで戻《もど》ってこられたのは、奇跡《きせき》です！」

スネイプは怒《おこ》ったように言った。

「その指輪には、異常《いじょう》に強力な呪《のろ》いがかかっていた。うまくいっても、せいぜいその力を封《ふう》じ込《こ》めることしかできません。呪《のろ》いを片方《かたほう》の手に押《お》さえ込《こ》みました。しばしの間だけ——」

ダンブルドアは黒ずんで使えなくなった手を上げ、めずらしい骨董品《こっとうひん》を見せられたような表情《ひょうじょう》で、ためつすがめつ眺《なが》めていた。

「よくやってくれた、セブルス。わしはあとどのくらいかのう？」

ダンブルドアの口調は、ごくあたりまえの話をしているようだった。天気予報《てんきよほう》でも聞いているような調子だった。スネイプは躊躇《ちゅうちょ》したが、やがて答えた。

「はっきりとはわかりません。おそらく一年。これほどの呪《のろ》いを永久《えいきゅう》にとどめておくことはできません。結局は、広がるでしょう。時間とともに強力になる種類の呪文《じゅもん》です」

ダンブルドアはほほえんだ。あと一年も生きられないという知らせも、ほとんど、いや、まったく気にならないかのようだった。

「わしは幸運じゃ。セブルス、君がいてくれて、わしは非常《ひじょう》に幸運じゃ」

「私《わたし》をもう少し早く呼《よ》んでくださったら、もっと何かできたものを。もっと時間を延《の》ばせたのに！」

スネイプは憤慨《ふんがい》しながら、割《わ》れた指輪と剣《つるぎ》を見下ろした。

「指輪を割《わ》れば、呪《のろ》いも破《やぶ》れると思ったのですか?」

「そんなようなものじゃ……わしは熱に浮《う》かされておったのじゃ、紛《まぎ》れもなく……」

ダンブルドアが言った。そして力を振《ふ》りしぼって、椅子《いす》に座《すわ》りなおした。

「いや、まことに、これで、事はずっと単純明快《たんじゅんめいかい》になる」

スネイプは、完全に当惑《とうわく》した顔をした。ダンブルドアはほほえんだ。

「わしが言うておるのは、ヴォルデモート卿《きょう》がわしの周りにめぐらしておる計画のことじゃ。哀《あわ》れなマルフォイ少年に、わしを殺させるという計画じゃ」

スネイプは、ダンブルドアの机《つくえ》の前の椅子《いす》に腰《こし》かけた。ハリーが何度もかけた椅子《いす》だった。ダンブルドアの呪《のろ》われた手について、スネイプがもっと何か言おうとしているのがハリーにはわかったが、ダンブルドアは、この話題は打ち切るというていねいな断《ことわ》りの印に、その手を挙げた。スネイプは、顔をしかめながら言った。

「闇《やみ》の帝王《ていおう》は、ドラコが成功するとは期待していません。これは、ルシウスが先ごろ失敗したことへの、懲罰《ちょうばつ》にすぎないのです。ドラコの両親は、息子《むすこ》が失敗し、その代償《だいしょう》を払《はら》うのを見てじわじわと苦しむ」

「つまり、あの子はわしと同じように、確実《かくじつ》な死の宣告《せんこく》を受けているということじゃ」

ダンブルドアが言った。

「さて、わしが思うに、ドラコが失敗すれば当然その仕事を引《ひ》き継《つ》ぐのは、君じゃろう？」

一瞬《いっしゅん》、間が空いた。

「それが、闇《やみ》の帝王《ていおう》の計画だと思います」

「ヴォルデモート卿《きょう》は、近い将来《しょうらい》、ホグワーツにスパイを必要としなくなる時が来ると、そう予測《よそく》しておるのかな？」

「あの方は、まもなく学校を掌握《しょうあく》できると信じています。おっしゃるとおりです」

「そして、もし、あの者の手に落ちれば」

ダンブルドアは、まるで余談《よだん》だがという口調で言った。

「君は、全力でホグワーツの生徒たちを護《まも》ると、約束してくれるじゃろうな？」

スネイプは短くうなずいた。

「よろしい。さてと、君にとっては、ドラコが何をしようとしているかを見つけ出すのが、最優先《さいゆうせん》課題《かだい》じゃ。恐怖《きょうふ》にかられた十代の少年は、自分の身を危険《きけん》にさらすばかりか、他人にまで危害《きがい》をおよぼす。手助けし、導《みちび》いてやるとドラコに言うがよい。受け入れるはずじゃ。あの子は君を好いておる――」

「――そうでもありません。父親が寵愛《ちょうあい》を失ってからは。ドラコは私《わたし》を責《せ》めています。ルシウスの座《ざ》を私《わたし》が奪《うば》った、と考えているのです」

「いずれにせよ、やってみることじゃ。わしは自分のことより、あの少年が何か手立てを思いつかったときに、偶然《ぐうぜん》その犠牲《ぎせい》になる者のことが心配じゃ。もちろん最終的には、わしらがあの少年をヴォルデモート卿《きょう》の怒《いか》りから救う手段《しゅだん》は、たった一つしかない」

スネイプは眉《まゆ》を吊《つ》り上《あ》げ、ちゃかすような調子で尋《たず》ねた。

「あの子に、ご自分を殺させるおつもりですか？」

「いやいや、**君が**わしを殺さねばならぬ」

長い沈黙《ちんもく》が流れた。ときどきコツコツという奇妙《きみょう》な音が聞こえるだけだった。不死鳥《ふしちょう》のフォークスがイカの甲《こう》をついばんでいた。

「いますぐに、やってほしいですか？」

スネイプの声は皮肉たっぷりだった。

「それとも、少しの間、墓《はか》に刻《きざ》む墓碑銘《ぼひめい》をお考えになる時間がいりますか？」

「おお、そうは急がぬ」ダンブルドアがほほえみながら言った。

「そうじゃな、その時は自然にやってくると言えよう。今夜の出来事からして」ダンブルドアは、なえた手を指した。「その時は、まちがいなく一年以内に来る」

「死んでもいいのなら」スネイプは乱暴《らんぼう》な言い方をした。「ドラコにそうさせてやったらいかがですか？」

「あの少年の魂《たましい》は、まだそれほど壊《こわ》されておらぬ」ダンブルドアが言った。「わしのせいで、その魂《たましい》を引《ひ》き裂《さ》かせたりはできぬ」

「それでは、ダンブルドア、私《わたし》の魂《たましい》は？　私《わたし》のは？」

「老人の苦痛《くつう》と屈辱《くつじょく》を回避《かいひ》する手助けをすることで、君の魂《たましい》が傷《きず》つくかどうかは、君だけが知っていることじゃ」

ダンブルドアが言った。

「これはわしの、君へのたっての頼《たの》みじゃ、セブルス。何しろ、わしに死が訪《おとず》れるというのは、チャドリー・キャノンズが今年のリーグ戦を最下位で終えるというのと同じくらい確《たし》かなことじゃからのう。白状《はくじょう》するが、わしは、すばやく痛《いた》みもなしに去るほうが好みじゃ。たとえばグレイバックなどが関わって、長々と見苦しいことになるよりはのう——ヴォルデモートがやつをやとったと聞いたが？　または、獲物《えもの》を食らう前にもてあそぶのが好きな、ベラトリックス嬢《じょう》などとも関わりとうはないのう」

ダンブルドアは、気楽な口調だったが、かつて何度もハリーを貫《つらぬ》くように見たそのブルーの目は、スネイプを鋭《するど》く貫《つらぬ》いていた。まるで、いま話題にしている魂《たましい》が、ダンブルドアの目には見えているかのようだった。ついにスネイプは、また短くうなずいた。

ダンブルドアは満足げだった。

「ありがとう、セブルス……」

校長室が消え、スネイプとダンブルドアが、今度は夕暮《ゆうぐ》れの、誰《だれ》もいない校庭を並《なら》んでそぞろ歩いていた。

「ポッターと、いく晩《ばん》もひそかに閉《と》じこもって、何をなさっているのですか？」

スネイプが唐突《とうとつ》に聞いた。

ダンブルドアは、つかれた様子だった。

「なぜ聞くのかね？　セブルス、あの子に、**また**罰則《ばっそく》を与《あた》えるつもりではなかろうな？　そのうち、あの子は、罰則《ばっそく》で過《す》ごす時間のほうが長くなることじゃろう」

「あいつは父親の再来《さいらい》だ――」

「外見は、そうかもしれぬ。しかし深い所で、あの子の性格《せいかく》は母親のほうに似《に》ておる。わしがハリーとともに時間を過《す》ごすのは、話し合わねばならぬことがあるからじゃ。手遅《ておく》れにならぬうちに、あの子に伝えなければならぬ情報《じょうほう》をな」

「情報《じょうほう》を」

スネイプがくり返した。

「あなたはあの子を信用している……私《わたし》を信用なさらない」

「これは信用の問題ではない。君も知ってのとおり、わしには時間がない。あの子がなすべきことをなすために、充分《じゅうぶん》な情報《じょうほう》を与《あた》えることが極《きわ》めて重要なのじゃ」

「ではなぜ、私《わたし》には、同じ情報《じょうほう》をいただけないのですか？」

「すべての秘密《ひみつ》を一つのかごに入れておきとうはない。そのかごが、長時間ヴォルデモート卿《きょう》の腕《うで》にぶら下がっているとなれば、なおさらじゃ」

「あなたの命令でやっていることです！」

「しかも君は、非常《ひじょう》によくやってくれておる。セブルス、君が常《つね》にどんなに危険《きけん》な状態《じょうたい》に身を置いておるか、わしが過小《かしょう》に評価《ひょうか》しているわけではない。ヴォルデモートに価値《かち》ある情報《じょうほう》と見えるものを伝え、しかも肝心《かんじん》なことは隠《かく》しておくという芸当は、君以外の誰《だれ》にもたくせぬ仕事じゃ」

「それなのに、あなたは、『閉心術《へいしんじゅつ》』もできず、魔法《まほう》も凡庸《ぼんよう》で、闇《やみ》の帝王《ていおう》の心と直接《ちょくせつ》に結びついている子供《こども》に、より多くのことを打ち明けている！」

「ヴォルデモートは、その結びつきを恐《おそ》れておる」ダンブルドアが言った。「それほど昔のことではないが、ヴォルデモートは、一度だけ、ハリーの心と真に結びつくという経験《けいけん》がどんなものかを、わずかに味わったことがある。それは、ヴォルデモートがかつて経験《けいけん》したことのない苦痛《くつう》じゃった。もはや再《ふた》び、ハリーに取《と》り憑《つ》こうとはせぬだろう。わしには確信《かくしん》がある。同じやり方ではやらぬ」

「どうもわかりませんな」

「ヴォルデモート卿の魂《たましい》は、損傷《そんしょう》されているが故《ゆえ》に、ハリーのような魂《たましい》と緊密《きんみつ》に接触《せっしょく》することに耐《た》えられんのじゃ。凍《こお》りついた鋼《はがね》に舌《した》を当てるような、炎《ほのお》に肉を焼かれるような――」

「魂《たましい》？　我々《われわれ》は、心の話をしていたはずだ！」

「ハリーとヴォルデモート卿《きょう》の場合、どちらの話も同じことになるのじゃ」

ダンブルドアはあたりを見回して、二人以外に誰《だれ》もいないことを確《たし》かめた。禁《きん》じられた森《もり》の近くに来ていたが、あたりには人の気配はない。

「君がわしを殺したあとに、セブルス――」

「あなたは、私《わたし》に何もかも話すことは拒《こば》んでおきながら、そこまでのちょっとした奉仕《ほうし》を期待する！」

スネイプが唸《うな》るように言った。その細長い顔に、心から怒《いか》りが燃《も》え上《あ》がった。

「ダンブルドア、あなたは何もかも当然のように考えておいでだ！　私《わたし》だって気が変わったかもしれないのに！」

「セブルス、君は誓《ちか》ってくれた。ところで、君のするべき奉仕《ほうし》の話が出たついでじゃが、例の若《わか》いスリザリン生から、目を離《はな》さないと承知《しょうち》してくれたはずじゃが？」

スネイプは憤慨《ふんがい》し、反抗的《はんこうてき》な表情《ひょうじょう》だった。ダンブルドアはため息をついた。

「今夜、わしの部屋に来るがよい、セブルス、十一時に。そうすれば、わしが君を信用していないなどと、文句《もんく》は言えなくなるじゃろう……」

そして場面は、ダンブルドアの校長室になり、窓《まど》の外は暗く、フォークスは止まり木に静かに止まっていた。身動きもせずに座《すわ》っているスネイプの周りを歩きながら、ダンブルドアが話していた。

「ハリーは知ってはならんのじゃ。最後の最後まで。必要になる時まで。さもなければ、なさねばならぬことをやりとげる力が、出てくるはずがあろうか？」

「しかし、何をなさねばならないのです？」

「それはハリーとわしの、二人だけの話じゃ。さて、セブルス、よく聴《き》くのじゃ。その時は来る――わしの死後に――反論《はんろん》するでない。口をはさむでない！　ヴォルデモート卿《きょう》が、あの蛇《へび》の命を心配しているような気配を見せる時が来るじゃろう」

「ナギニの？」スネイプは驚愕《きょうがく》した。

「さよう。ヴォルデモート卿《きょう》が、あの蛇《へび》を使って自分の命令を実行させることをやめ、魔法《まほう》の保護《ほご》のもとに安全に身近に置いておく時が来る。その時には、たぶん、ハリーに話しても大丈夫《だいじょうぶ》じゃろう」

「何を話すと？」

ダンブルドアは深く息を吸《す》い、目を閉《と》じた。

「こう話すのじゃ。ヴォルデモート卿《きょう》があの子を殺そうとした夜、リリーが盾《たて》となって自らの命をヴォルデモートの前に投げ出したとき、『死《し》の呪《のろ》い』はヴォルデモートに跳《は》ね返《かえ》り、破壊《はかい》されたヴォルデモートの魂《たましい》の一部が、崩《くず》れ落《お》ちる建物の中に唯一《ゆいいつ》残されていた生きた魂《たましい》に引っかかったのじゃ。ヴォルデモート卿《きょう》の一部が、ハリーの中で生きておる。その部分こそが、ハリーに蛇《へび》と話す力を与《あた》え、ハリーには理解《りかい》できないでいることじゃが、ヴォルデモートの心とのつながりをもたらしているのじゃ。そして、ヴォルデモートの気づかなかったその魂《たましい》のかけらが、ハリーに付着してハリーに護《まも》られているかぎり、ヴォルデモートは死ぬことができぬ」

ハリーは、長いトンネルのむこうに、二人を見ているような気がした。二人の姿《すがた》ははるかに遠く、二人の声はハリーの耳の中で奇妙《きみょう》に反響《はんきょう》していた。

「するとあの子は……あの子は死なねばならぬと？」

スネイプは落《お》ち着《つ》き払《はら》って聞いた。

「しかも、セブルス、ヴォルデモート自身がそれをせねばならぬ。それが肝心《かんじん》なのじゃ」

再《ふたた》び長い沈黙《ちんもく》が流れた。そしてスネイプが口を開いた。

「私《わたし》は……この長い年月……我々《われわれ》が彼女《かのじょ》のために、あの子を護《まも》っていると思っていた。リリーのために」

「わしらがあの子を護《まも》ってきたのは、あの子に教え、育《はぐく》み、自分の力を試《ため》させることが大切だったからじゃ」

目を固く閉《と》じたまま、ダンブルドアが言った。

「その間、あの二人の結びつきは、ますます強くなっていった。寄生体《きせいたい》の成長じゃ。わしはときどき、ハリー自身がそれにうすうす気づいているのではないかと思うた。わしの見込《みこ》みどおりのハリーなら、いよいよ自分の死に向かって歩み出すその時には、それがまさにヴォルデモートの最期《さいご》となるように、取り計らっているはずじゃ」

ダンブルドアは目を開けた。スネイプは、ひどく衝撃《しょうげき》を受けた顔だった。

「あなたは、死ぬべき時に死ぬことができるようにと、いままで彼《かれ》を生かしてきたのですか？」

「そう驚《おどろ》くでない、セブルス。いままで、それこそ何人の男や女が死ぬのを見てきたのじゃ？」

「最近は、私《わたし》が救えなかった者だけです」スネイプが言った。

スネイプは立ち上がった。

「あなたは、私《わたし》を利用した」

「はて？」

「あなたのために、私《わたし》は密偵《みってい》になり、うそをつき、あなたのために、死ぬほど危険《きけん》な立場に身を置いた。すべてが、リリー・ポッターの息子《むすこ》を安全に護《まも》るためのはずだった。いまあなたは、その息《むす》子《こ》を、屠殺《とさつ》されるべき豚《ぶた》のように育ててきたのだと言う――」

「なんと、セブルス、感動的なことを」ダンブルドアは真顔で言った。「結局、あの子に情《じょう》が移ったと言うのか?」

「彼《かれ》に?」

スネイプが叫《さけ》んだ。

「エクスペクト　パトローナム!　守護霊《しゅごれい》よ、来たれ!」

スネイプの杖先《つえさき》から、銀色の牝鹿《めじか》が飛び出した。牝鹿《めじか》は校長室の床《ゆか》に降《お》り立《た》って、ひと跳《と》びで部屋を横切り、窓《まど》から姿《すがた》を消した。ダンブルドアは牝鹿《めじか》が飛び去るのを見つめていた。そして、その銀色の光が薄《うす》れたとき、スネイプに向きなおったダンブルドアの目に、涙《なみだ》があふれていた。

「これほどの年月が、たってもか?」

「永遠《とわ》に」スネイプが言った。


そして場面が変わった。今度は、ダンブルドアの机《つくえ》の後ろで、スネイプがダンブルドアの肖像画《しょうぞうが》と話しているのが見えた。

「君は、ハリーがおじおばの家を離《はな》れる正確《せいかく》な日付を、ヴォルデモートに教えなければならぬぞ」ダンブルドアが言った。「そうせねば、君が充分《じゅうぶん》に情報《じょうほう》をつかんでいると信じておるヴォルデモートに、疑念《ぎねん》が生じるじゃろう。しかし、おとり作戦を仕込《しこ》んでおかねばならぬ――それで、たぶん、ハリーの安全は確保《かくほ》されるはずじゃ。マンダンガス・フレッチャーに『錯乱《さくらん》の呪文《じゅもん》』をかけてみるのじゃ。それから、セブルス、君が追跡《ついせき》に加わらねばならなくなった場合は、よいか、もっともらしく君の役割《やくわり》をはたすのじゃ……わしは君が、なるべく長くヴォルデモート卿《きょう》の腹心《ふくしん》の部下でいてくれることを、頼《たの》みの綱《つな》にしておる。さもなくば、ホグワーツはカロー兄妹《きょうだい》の勝手にされてしまうじゃろう……」

そして次は、見《み》慣《な》れない酒場で、スネイプがマンダンガスと額《ひたい》をつき合わせていた。マンダンガスの顔は奇妙《きみょう》に無表情《むひょうじょう》で、スネイプは眉根《まゆね》を寄《よ》せて意識《いしき》を集中させていた。

「おまえは、不死鳥《ふしちょう》の騎士団《きしだん》に提案《ていあん》するのだ」

スネイプが呪文《じゅもん》を唱えるようにブツブツ言った。

「おとりを使うとな。『ポリジュース薬』だ。複数《ふくすう》のポッターだ。それしかうまくいく方法はない。おまえは、我輩《わがはい》がこれを示唆《しさ》したことは忘《わす》れる。自分の考えとして提案《ていあん》するのだ。わかったな？」

「わかった」

マンダンガスは焦点《しょうてん》の合わない目で、ボソボソ言った……。

今度は、箒《ほうき》に乗ったスネイプと並《なら》んで、ハリーは雲一つない夜空を飛んでいた。スネイプは、フードをかぶった死喰《しく》い人《びと》を複数伴《ふくすうともな》っている。前方に、ルーピンと、ハリーになりすましたジョージがいた……一人の死喰《しく》い人《びと》がスネイプの前に出て、杖《つえ》を上げ、まっすぐルーピンの背中《せなか》をねらった――。

「セクタムセンプラ！　切り裂《さ》け！」スネイプが叫《さけ》んだ。

しかし、死喰《しく》い人《びと》の杖腕《つえうで》をねらったその呪《のろ》いははずれ、かわりにジョージに当たった――。

そして次は、スネイプがシリウスの昔の寝室《しんしつ》でひざまずいていた。リリーの古い手紙を読むスネイプの曲がった鼻の先から、涙《なみだ》が滴《したた》り落《お》ちていた。二ページ目には、ほんの短い文章しか書かれていなかった。

ゲラート・グリンデルバルドの友達だったことがあるなんて。たぶんバチルダはちょっとおかしくなっているのだと思うわ！

愛を込《こ》めて　リリー

スネイプは、リリーの署名《しょめい》と「愛を込《こ》めて」と書いてあるページを、ローブの奥《おく》にしまい込《こ》んだ。それから、一緒《いっしょ》に手に持っていた写真を破《やぶ》り、リリーが笑っているほうの切《き》れ端《はし》をしまい、

ジェームズとハリーの写っているほうの切《き》れ端《はし》は、整理だんすの下に捨《す》てた……。

そして次は、スネイプが再《ふたた》び校長室に立っているところへ、フィニアス・ナイジェラスが急いで自分の肖像画《しょうぞうが》に戻《もど》ってきた。

「校長！　連中はディーンの森で野宿しています！　あの『穢《けが》れた血《ち》』が――」

「その言葉は、使うな！」

「――あのグレンジャーとかいう女の子が、バッグを開くときに場所の名前を言うのを、聞きました！」

「おう、それは重畳《ちょうじょう》！」

校長の椅子《いす》の背後《はいご》で、ダンブルドアの肖像画《しょうぞうが》が叫《さけ》んだ。

「さて、セブルス、剣《つるぎ》じゃ！　必要性《ひつようせい》と勇気という二つの条件《じょうけん》を満たした場合にのみ、剣《つるぎ》が手に入るということを忘《わす》れぬように――さらに、それを与《あた》えたのが君だということを、ハリーに知られてはならぬ！　ヴォルデモートがハリーの心を読み、もしも君がハリーのために動いていると知ったら――」

「心得《こころえ》ています」

スネイプはそっけなく言った。スネイプがダンブルドアの肖像画《しょうぞうが》に近づき、額《がく》の横を引《ひ》っ張《ぱ》ると、肖像画《しょうぞうが》がパッと前に開き、背後《はいご》の隠《かく》れた空洞《くうどう》が現《あらわ》れた。その中から、スネイプはグリフィンドールの剣《つるぎ》を取り出した。

「それで、この剣《つるぎ》をポッターに与《あた》えることが、なぜそれほど重要なのか、あなたはまだ教えてはくださらないのですね？」

ローブの上に旅行用マントをサッとはおりながら、スネイプが言った。

「そのつもりは、ない」

ダンブルドアの肖像画《しょうぞうが》が言った。

「ハリーには、剣《つるぎ》をどうすればよいかがわかるはずじゃ。しかし、セブルス、気をつけるのじゃ。ジョージ・ウィーズリーの事故《じこ》のあとじゃから、君が姿《すがた》を現《あらわ》せば、あの子たちは快《こころよ》く受け入れてはくれまい――」

スネイプは、扉《とびら》の所で振《ふ》り返《かえ》った。

「ご懸念《けねん》にはおよびません、ダンブルドア」

スネイプは冷静に言った。

「私《わたし》に考えがあります……」

スネイプは校長室を出ていった。

ハリーの体が上昇《じょうしょう》し、「憂《うれ》いの篩《ふるい》」から抜《ぬ》け出《で》ていった。そしてその直後、ハリーはまったく同じ部屋の、じゅうたんの上に横たわっていた。まるでスネイプが、たったいまこの部屋の扉《とびら》を閉《し》めて、出ていったばかりのように。

第三十四章　再《ふた》び森へ

とうとう真実が――。校長室で、勝利のための秘密《ひみつ》を学んでいると思《おも》い込《こ》んでいたその場所で、ほこりっぽいじゅうたんにうつ伏《ぶ》せに顔を押《お》しつけながら、ハリーはついに、自分が生き残るはずではなかったことを悟《さと》った。ハリーの任務《にんむ》は、両手を広げて迎《むか》える「死」に向かって、静かに歩いていくことだった。その途上《とじょう》で、ヴォルデモートの生への最後の絆《きずな》を断《た》ち切《き》る役割《やくわり》だったのだ。つまり、ハリーが杖《つえ》を上げて身を護《まも》ることもせず、観念してヴォルデモートの行く手に自らを投げ出しさえすれば、きれいに終わりが来る。ゴドリックの谷で成しとげられるはずだった仕事は、その時に成就《じょうじゅ》するのだ。どちらも生きられない。どちらも生き残れない。

ハリーは、心臓《しんぞう》が激《はげ》しく胸板《むないた》に打ちつけるのを感じた。死を恐《おそ》れるハリーの胸《むね》の中で、むしろハリーを生かしておくために、より強く、雄々《おお》しく脈打《みゃくう》っているのは、なんと不思議なことか。しかしその心臓《しんぞう》は、止まらなければならない。しかもまもなく。鼓動《こどう》はあと何回かで終わる。立ち上がって、最後にもう一度だけ城《しろ》の中を歩き、校庭から禁《きん》じられた森《もり》へ入っていくまでに、あと何回鼓動《こどう》する時間があるのだろう？

恐怖《きょうふ》が、床《ゆか》に横たわるハリーを波のように襲《おそ》い、体の中で葬送《そうそう》の太鼓《たいこ》が打ち鳴らされていた。死ぬのは苦しいことなのだろうか？　何度も死ぬような目にあい、そのたびに逃《のが》れてきたが、ハリーは、死そのものについて真正面から考えたことがなかった。どんな時でも、死への恐《おそ》れより、生きる意志《いし》のほうがずっと強かった。しかし、いまはもう、逃《に》げようとは思わなかった。ヴォルデモートから逃《のが》れようとは思わなかった。すべてが終わった。ハリーにはそれがわかっていた。残されているのはただ一つ。死ぬことだけだ。

プリベット通り四番地を最後に出発したあの夏の夜に、高貴《こうき》な不死鳥《ふしちょう》の尾羽根《おばね》の杖《つえ》がハリーを救ったあの夜に、死んでしまえばよかった！　ヘドウィグのように、死んだこともわからずに一気に死ねたら！　それとも、愛する誰《だれ》かを救うために、杖《つえ》の前に身を投げ出すことができるなら……いまは両親の死に方さえうらやましかった。自らの破滅《はめつ》に向かって冷静に歩いていくには、別の種類の勇気が必要だろう。ハリーは指がかすかに震《ふる》えるのを感じて、抑《おさ》えようとした。壁《かべ》の肖像画《しょうぞうが》はすべて留守《るす》で、誰《だれ》も見てはいなかったにもかかわらず……。

ゆっくりと、ほんとうにゆっくりと、ハリーは体を起こした。起こしながら、自分の生身の体を感じ、自分が生きていることをこれまでになく強く感じた。自分がどんなに奇跡《きせき》的な存在《そんざい》であるかを、これまでどうして一度も考えたことがなかったのだろう？　頭脳《ずのう》、神経《しんけい》、そして脈打《みゃくう》つ心臓《しんぞう》――それらすべてが消える……少なくともハリーがそこから消える。ハリーは、ゆっくりと深く息をしていた。口ものどもからからだったが、目も乾《かわ》ききっていて、涙《なみだ》はなかった。

ダンブルドアの裏切《うらぎ》りなど、ほとんど取るに足りないことだった。何しろ、より大きな計画が存在《そんざい》したのだから。愚《おろ》かにもハリーには、それが見えなかっただけのことなのだ。ハリーはいま、それを悟《さと》った。ハリーに生きてほしいというのがダンブルドアの願いだと、勝手に思《おも》い込《こ》んで、一度もそれを疑《うたが》ったことはなかった。しかし、自分の命の長さは、分霊箱《ぶんれいばこ》のすべてを取りのぞくのにかかる時間、と決められていたのだ。ハリーはいまになってそれがわかった。ダンブルドアは、分霊《ぶんれい》箱《ばこ》を破壊《はかい》する仕事を、ハリーに引《ひ》き継《つ》いだ。そして、ハリーは従順《じゅうじゅん》にも、ヴォルデモートの生命《いのち》の絆《きずな》を少しずつ断《た》ち切《き》ってきた。しかしそれは、自分の生命《いのち》の絆《きずな》をも断《た》ち切《き》り続けることだった！　なんという優雅《ゆうが》なやり方だろう。何人もの命をむだにすることなく、すでに死ぬべき者として印《しる》された少年に、危険《きけん》な任務《にんむ》を与《あた》えるとは。その少年の死自体は、惨事《さんじ》ではなく、ヴォルデモートに対して新たな痛手《いたで》を与《あた》えるための死なのだ。

しかもダンブルドアは、ハリーが回避《かいひ》しないことを知っていた。それが**ハリー自身の**最期《さいご》であっても、最後まで突《つ》き進《すす》むであろうことを知っていた。何しろ、ダンブルドアは、手間ひまをかけて、それだけハリーを理解《りかい》してきたのだから。事を終結させる力がハリー自身にあると知ってしまった以上、ハリーは、自分のためにほかの人を死なせたりはしない。ダンブルドアもヴォルデモート同様、そういうハリーを知っていた。大広間に横たわっていたフレッド、ルーピン、トンクスのなきがらが、否応《いやおう》なしにハリーの脳裏《のうり》によみがえり、ハリーは一瞬《いっしゅん》、息ができなくなった。死は時を待たない……。

しかしダンブルドアは、ハリーを買いかぶっていた。ハリーは失敗したのだ。蛇《へび》はまだ生きている。ヴォルデモートを地上に結びつけている分霊箱《ぶんれいばこ》の一つが、ハリーが殺されたあとも残るのだ。確《たし》かに、その任務《にんむ》は、ほかの誰《だれ》がやるにせよ、より簡単《かんたん》な仕事になるだろう。誰《だれ》が成しとげるのだろう、とハリーは考えた……ロンとハーマイオニーなら、もちろん、何をすべきかをわかっているだろう……あの二人に打ち明けることを、ダンブルドアがハリーに望んだのは、そういう理由だったのかもしれない……ハリーが、自分の運命を少し早めにまっとうすることになった場合、その二人が引《ひ》き継《つ》げるようにと……。

雨が冷たい窓《まど》を打つように、さまざまな思いが、真実という妥協《だきょう》を許《ゆる》さない硬《かた》い表面に打ちつけた。真実。ハリーは死ななければならない、という真実。——**僕《ぼく》は、死ななければならない**。終わりが来なければならない。

ロンもハーマイオニーもどこか遠くに離《はな》れ、遠方の国にでもいるような気がする。ずいぶん前に、二人と別れたような気がした。別れの挨拶《あいさつ》も、説明もするまいと、ハリーは心に決めた。この旅は、連れ立っては行けない。二人はハリーを止めようとするだろうが、それは、貴重《きちょう》な時間をむだにするだけだ。ハリーは、十七歳《さい》の誕生日《たんじょうび》に贈《おく》られた、くたびれた金時計を見た。ヴォルデモートが降伏《こうふく》のために与《あた》えた時間の、約半分が過《す》ぎていた。

ハリーは立ち上がった。心臓《しんぞう》が、バタバタともがく小鳥のように飛《と》び跳《は》ねて、肋骨《ろっこつ》にぶつかっていた。残された時間の少ないことを、知っているのかもしれない。もしかしたら、最期《さいご》が来る前に、一生分の鼓動《こどう》を打ち終えてしまおうと決めたのかもしれない。校長室の扉《とびら》を閉《し》め、ハリーはもう振《ふ》り返《かえ》らなかった。

城《しろ》はからっぽだった。たった一人で、一歩一歩を踏《ふ》みしめながら歩いていると、自分がもう死んで、ゴーストになって歩いているような気がした。肖像《しょうぞう》画《が》の主《あるじ》たちは、まだ額《がく》に戻《もど》ってはいない。城全体《しろぜんたい》が不気味な静けさに包まれ、残っている温かい血は、死者や哀悼者《あいとうしゃ》でいっぱいの大広間に集中しているかのようだった。

ハリーは透明《とうめい》マントをかぶって順々に下の階に下り、最後に大理石の階段《かいだん》を下りて玄関《げんかん》ホールに向かった。もしかしたら、どこか心の片隅《かたすみ》で、誰《だれ》かがハリーを感じ取り、ハリーを見て、引き止めてくれることを望んでいたのかもしれない。しかしマントはいつものように、誰《だれ》にも見透《みとお》せず、完《かん》璧《ぺき》で、ハリーは簡単《かんたん》に玄関扉《げんかんとびら》にたどり着いていた。

そこで、危《あや》うくネビルとぶつかりそうになった。誰《だれ》かと二人で、校庭から遺体《いたい》の一つを運び入れるところだった。遺体《いたい》を見下ろしたハリーは、またしても胃袋《いぶくろ》に鈍《にぶ》い一撃《いちげき》を食らったような痛《いた》みを感じた。コリン・クリービーだ。未成年なのに、マルフォイやクラッブ、ゴイルと同じように、こっそり城《しろ》に戻《もど》ってきたにちがいない。遺体《いたい》のコリンは、とても小さかった。

「考えてみりゃ、おい、ネビル、俺一人《おれひとり》で大丈夫《だいじょうぶ》だよ」オリバー・ウッドはそう言うなり、コリンの両腕《りょううで》と両腿《りょうもも》を握《にぎ》って肩《かた》に担《かつ》ぎ上《あ》げ、大広間に向かった。

ネビルはしばらく扉《とびら》の枠《わく》にもたれて、額《ひたい》の汗《あせ》を手《て》の甲《こう》でぬぐった。一気に年を取ったように見える。それからまた石段《いしだん》を下り、遺体《いたい》を回収《かいしゅう》しに闇《やみ》に向かって歩きだした。

ハリーはもう一度だけ、大広間の入口をちらと振《ふ》り返《かえ》った。動き回る人々が見えた。互《たが》いになぐさめたり、のどの渇《かわ》きをうるおしたり、死者のそばにぬかずいたりしている。しかし、ハリーの愛する人々の姿《すがた》は見えなかった。ハーマイオニーやロン、ジニーやウィーズリー家の誰《だれ》の姿《すがた》もまったく見当たらず、ルーナもいない。残された時間のすべてを差し出してでも、最後にその人たちをひと目見たいと思った。しかし、ひと目見てしまえば、それを見納《みおさ》めにする力など、出てくるはずがあろうか？　このほうがよいのだ。

ハリーは石段《いしだん》を下り、暗闇《くらやみ》に足を踏《ふ》み出《だ》した。朝の四時近くだった。校庭は死んだように静まり返り、ハリーがなすべきことをなしとげられるのかどうか、息をひそめて見守っているようだった。

ハリーは、別の遺体《いたい》をのぞき込《こ》んでいるネビルに近づいた。

「ネビル」

「ウワッ、ハリー、心臓《しんぞう》まひを起こすところだった！」

ハリーはマントを脱《ぬ》いでいた。念には念を入れたいという願いから、突然《とつぜん》、ふっと思いついたことがあったのだ。

「一人で、どこに行くんだい？」ネビルが疑《うたが》わしげに聞いた。

「予定どおりの行動だよ」ハリーが言った。「やらなければならないことがあるんだ。ネビル――ちょっと聞いてくれ――」

「ハリー！」ネビルは急におびえた顔をした。「ハリー、まさか、捕《つか》まりにいくんじゃないだろうな？」

「ちがうよ」ハリーはすらすらとうそをついた。「もちろんそうじゃない……別なことだ。でも、しばらく姿《すがた》を消すかもしれない。ネビル、ヴォルデモートの蛇《へび》を知っているか？　あいつは巨大《きょだい》な蛇《へび》を飼《か》っていて……ナギニって呼《よ》んでる……」

「聞いたことあるよ、うん……それがどうかした？」

「そいつを殺さないといけない。ロンとハーマイオニーは知っていることだけど、でも、もしかして二人が――」

その可能性《かのうせい》を考えるだけでも、ハリーは恐《おそ》ろしさに息が詰《つ》まり、話し続けられなくなったが、気を取りなおした。これは肝心《かんじん》なことだ。ダンブルドアのように冷静になり、万全《ばんぜん》を期して、予備《よび》の人間を用意し、誰《だれ》かが遂行《すいこう》するようにしなければならない。ダンブルドアは、自分のほかに分霊箱《ぶんれいばこ》のことを知っている人間が三人いることを知った上で、死んでいった。今度はネビルがハリーのかわりになるのだ。秘密《ひみつ》を知る者は、まだ三人いることになるのだ。

「もしかして二人が——忙《いそが》しかったら——そして君にそういう機会があったら——」

「蛇《へび》を殺すの？」

「蛇《へび》を殺してくれ」ハリーがくり返した。

「わかったよ、ハリー。君は、大丈夫《だいじょうぶ》なの？」

「大丈夫《だいじょうぶ》さ。ありがとう、ネビル」

ハリーが去りかけると、ネビルはその手首をつかんだ。

「僕《ぼく》たちは全員、戦い続けるよ、ハリー。わかってるね？」

「ああ、僕《ぼく》は——」

胸《むね》が詰《つ》まり、言葉がとぎれた。ハリーにはその先が言えなかった。ネビルは、それが変だとは思わなかったらしい。ハリーの肩《かた》を軽くたたいてそばを離《はな》れ、また遺体《いたい》を探《さが》しに去っていった。

ハリーはマントをかぶりなおし、歩きはじめた。そこからあまり遠くない所で、誰《だれ》かが動いているのが見えた。地面につっぷす影《かげ》のそばにかがみ込《こ》んでいる。すぐそばまで近づいて初めて、ハリーはそれがジニーだと気づいた。

ハリーは足を止めた。ジニーは、弱々しく母親を呼《よ》んでいる女の子のそばにかがんでいた。

「大丈夫《だいじょうぶ》よ」ジニーはそう言っていた。「大丈夫《だいじょうぶ》だから。あなたをお城《しろ》の中に運ぶわ」

「でも、私《わたし》、**おうちに**帰りたい」女の子がささやいた。「もう戦うのはいや！」

「わかっているわ」ジニーの声がかすれた。「きっと大丈夫《だいじょうぶ》だからね」

ハリーの肌《はだ》を、ざわざわと冷たい震《ふる》えが走った。闇《やみ》に向かって大声で叫《さけ》びたかった。ここにいることをジニーに知ってほしかった。これからどこに行こうとしているのかを、ジニーに知ってほしかった。引き止めてほしい、無理やり連《つ》れ戻《もど》してほしい、家に送り返してほしい……。

しかし、ハリーはもう家に**戻《もど》っている**。ホグワーツは、ハリーにとって初めての、最高にすばらしい家庭だった。ハリー、ヴォルデモートそしてスネイプと、身寄《みよ》りのない少年たちにとっては、ここが家だった……。

ジニーはいま、傷《きず》ついた少女のかたわらにひざをつき、その片手《かたて》を握《にぎ》っていた。ハリーは力を振《ふ》りしぼって歩きはじめた。そばを通《とお》り過《す》ぎるとき、ジニーが振《ふ》り返《かえ》るのを見たような気がした。通《とお》り過《す》ぎる人の気配を、ジニーが感じ取ったのだろうか。しかし、ハリーは声もかけず、振《ふ》り返《かえ》りもしなかった。

ハグリッドの小屋が、暗闇《くらやみ》の中に浮《う》かび上《あ》がってきた。明かりは消え、扉《とびら》を引っかくファングの爪《つめ》の音も、うれしげに吠《ほ》える声も聞こえない。何度もハグリッドを訪《たず》ねたっけ。暖炉《だんろ》の火に輝《かがや》く銅《どう》のやかん、固いロックケーキ、巨大《きょだい》なウジ虫、そしてハグリッドの大きなひげもじゃの顔。ロンがナメクジを吐《は》いたり、ハーマイオニーがハグリッドのドラゴン、ノーバートを助ける手伝いをしたり……。

ハリーは歩き続けた。禁《きん》じられた森《もり》の端《はし》にたどり着き、そこで足がすくんだ。

木々の間を、吸魂鬼《きゅうこんき》の群《む》れがするする飛びまわっている。その凍《こお》るような冷たさを感じ、無事に通《とお》り抜《ぬ》けられるかどうか、ハリーには自信がなかった。守護霊《しゅごれい》を出す力は残っていない。もはや、体の震《ふる》えを止めることさえできなくなっていた。死ぬことは、やはり、そう簡単《かんたん》ではなかった。息をしている瞬間《しゅんかん》が、草のにおいが、そして顔に感じるひんやりした空気が、とても貴重《きちょう》に思える。たいていの人には何年ものあり余《あま》る時間があり、それをだらだらと浪費《ろうひ》しているというのに、自分は一秒一秒にしがみついている……。これ以上進むことはできないと思うと同時に、ハリーには進まなければならないこともわかっていた。長いゲームが終わり、スニッチは捕《つか》まり、空を去る時が来たのだ……。

スニッチ。感覚のない指で、ハリーは首からかけた巾着《きんちゃく》をぎこちなく手探《てさぐ》りし、スニッチを引《ひ》っ張《ぱ》り出《だ》した。

私《わたし》は終わるときに開く。

ハリーは荒《あら》い息をしながら、スニッチをじっと見つめた。時間ができるだけゆっくり過《す》ぎてほしいこの時に、急に時計が早回りしたかのようだった。理解《りかい》するのが早すぎて、考える過程《かてい》を追《お》い越《こ》してしまったかのようだった。これが「終わるとき」なのだ。いまこそ、その時なのだ。

ハリーは、金色の金属《きんぞく》を唇《くちびる》に押《お》し当《あ》ててささやいた。

「僕《ぼく》は、まもなく死ぬ」

金属《きんぞく》の殻《から》がぱっくり割《わ》れた。震《ふる》える手を下ろし、ハリーはマントの下でドラコの杖《つえ》を上げて、つぶやくように唱えた。

「ルーモス、光よ」

二つに割《わ》れたスニッチの中央に、黒い石があった。真ん中にギザギザの割《わ》れ目《め》が走っている。「蘇《よみがえ》りの石《いし》」は、ニワトコの杖《つえ》を表す縦《たて》の線に沿《そ》って割《わ》れていたが、「マント」と「石」を表す三角形と円は、まだ識別《しきべつ》できる。

そして再《ふた》び、ハリーは頭で考えるまでもなく理解《りかい》した。呼《よ》び戻《もど》すかどうかはどうでもいいことだ。まもなく自分もその仲間になるのだから。あの人たちを呼《よ》ぶのではなく、あの人たちが自分を呼《よ》ぶのだ。

ハリーは目をつむって、手の中で石を三度転がした。

事は起こった。周囲のかすかな気配で、ハリーにはそうとわかった。森の端《はし》の小枝《こえだ》の散らばった土臭《つちくさ》い地面に足をつけて、はかない姿《すがた》が動いている音が聞こえた。ハリーは目を開けて周りを見回した。

ゴーストともちがう、かといってほんとうの肉体を持ってもいない、ということがハリーにはわかった。ずいぶん昔のことになるが、日記から抜《ぬ》け出《だ》したあのリドルの姿《すがた》に最も近く、記憶《きおく》がほとんど実体になった姿《すがた》だ。生身《なまみ》の体ほどではないが、しかしゴーストよりずっとしっかりした姿《すがた》が、それぞれの顔に愛情《あいじょう》のこもった微笑《びしょう》を浮《う》かべて、ハリーに近づいてきた。

ジェームズは、ハリーとまったく同じ背丈《せたけ》だった。死んだ時と同じ服装《ふくそう》で、髪《かみ》はくしゃくしゃ、そしてめがねは、ウィーズリーおじさんのように片側《かたがわ》が少し下がっている。

シリウスは背《せ》が高くハンサムで、ハリーの知っている生前の姿《すがた》よりずっと若《わか》かった。両手をポケットに突《つ》っ込《こ》み、ニヤッと笑いながら、大きな足取りで軽やかに、自然な優雅《ゆうが》さで歩いている。ルーピンもまだ若《わか》く、それほどみすぼらしくなかったし、髪《かみ》は色も濃《こ》く、よりふさふさしている。青春時代にさんざんほっつき歩いた、なつかしいこの場所に戻《もど》ってこられて幸せそうだった。

リリーは、誰《だれ》よりもうれしそうにほほえんでいた。肩《かた》にかかる長い髪《かみ》を背中《せなか》に流してハリーに近づきながら、ハリーそっくりの緑の目で、いくら見ても見飽《みあ》きることがないというように、ハリーの顔を貪《むさぼ》るように眺《なが》めている。

「あなたはとても勇敢《ゆうかん》だったわ」

ハリーは、声が出なかった。リリーの顔を見ているだけで幸せだった。その場にたたずんで、いつまでもその顔を見ていたかった。それだけで満足だと思った。

「おまえはもうほとんどやりとげた」ジェームズが言った。「もうすぐだ……父さんたちは鼻が高いよ」

「苦しいの？」子供《こども》っぽい質問《しつもん》が、思わず口をついて出ていた。

「死ぬことが？　いいや」シリウスが言った。「眠《ねむ》りに落ちるよりすばやく、簡単《かんたん》だ」

「それに、あいつはすばやくすませたいだろうな。あいつは終わらせたいのだ」ルーピンが言った。

「僕《ぼく》、あなたたちに死んでほしくなかった」ハリーが言った。自分の意思とは関係なく、言葉が口をついて出てきた。「誰《だれ》にも。許《ゆる》して――」

ハリーは、ほかの誰《だれ》よりも、ルーピンに向かってそう言った。心から許《ゆる》しを求めた。「――男の子が生まれたばかりなのに……リーマス、ごめんなさい――」

「私《わたし》も悲しい」ルーピンが言った。「息子《むすこ》を知ることができないのは残念だ……。しかし、あの子は、私《わたし》が死んだ理由を知って、きっとわかってくれるだろう。私《わたし》は、息子《むすこ》がより幸せに暮《く》らせるような世の中を作ろうとしたのだとね」

森の中心から吹《ふ》いてくると思われる冷たい風が、ハリーの額《ひたい》にかかる髪《かみ》をかき上げた。この人たちのほうからハリーに行けとは言わないことを、ハリーは知っていた。決めるのは、ハリーでなければならないのだ。

「一緒《いっしょ》にいてくれる？」

「最後の最後まで」ジェームズが言った。

「あの連中には、みんなの姿《すがた》は見えないの？」ハリーが聞いた。

「私《わたし》たちは、君の一部なのだ」シリウスが言った。「ほかの人には見えない」

ハリーは母親を見た。

「そばにいて」ハリーは静かに言った。

そしてハリーは歩きだした。吸魂鬼《きゅうこんき》の冷たさも、ハリーをくじきはしなかった。その中を、ハリーは親しい人々と連れ立って通《とお》り過《す》ぎた。みんなが、ハリーの守護霊《しゅごれい》の役目をはたし、一緒《いっしょ》に古木の間を行進した。木々はますます密生《みっせい》して枝《えだ》と枝《えだ》がからみつき、足元の木の根は節くれだって曲がりくねっている。暗闇《くらやみ》の中で、ハリーは透明《とうめい》マントをしっかり巻《ま》きつけ、しだいに森の奥深《おくふか》くへと入《はい》り込《こ》んでいった。ヴォルデモートがどこにいるのか、まったく見当がつかなかったが、必ず見つけられると確信《かくしん》していた。ハリーの横に、ほとんど音を立てずに歩くジェームズ、シリウス、ルーピン、リリーがいた。そばにいてくれるだけでハリーは勇気づけられ、一歩、また一歩と進むことができた。

ハリーはいま、心と体が奇妙《きみょう》に切《き》り離《はな》されているような気がしていた。両手両足が意識的《いしきてき》に命令しなくとも動き、まもなく離《はな》れようとしている肉体に、自分が運転手としてではなく、乗客として乗っているような気がした。城《しろ》にいる生きた人間よりも、自分に寄《よ》り添《そ》って森の中を歩いている死者のほうが、ハリーにとってはより実在感《じつざいかん》があった。ロン、ハーマイオニー、ジニー、そしてほかのみんなが、いまのハリーにとっては、ゴーストのように感じられた。つまずき、すべりながら、ハリーは進んでいく。生の終わりに向かって、ヴォルデモートに向かって……。

ドスンという音とささやき声。何かほかの生き物が、近くで動いていた。ハリーはマントをかぶったまま立ち止まり、あたりを透《す》かし見《み》ながら耳を澄《す》ました。母親も父親も、ルーピン、シリウスも立ち止まった。

「あそこに、誰《だれ》かいる」近くで荒々《あらあら》しい声がささやいた。「あいつは『透明《とうめい》マント』を持っている。もしかしたら――？」

近くの木の陰《かげ》から、杖灯《つえあか》りをゆらめかせて二つの影《かげ》が現《あらわ》れた。ヤックスリーとドロホフだった。暗闇《くらやみ》に目を凝《こ》らして、ハリーや両親、シリウス、ルーピンが立っている場所を、まっすぐに見ている。どうやら二人には何も見えないらしい。

「絶対《ぜったい》に、何か聞こえた」ヤックスリーが言った。「獣《けもの》、だと思うか？」

「あのいかれたハグリッドのやつめ、ここに、しこたまいろんなものを飼《か》っているからな」

ドロホフが、ちらりと後ろを振《ふ》り返《かえ》りながら言った。

ヤックスリーは腕時計《うでどけい》を見た。

「もうほとんど時間切れだ。ポッターは一時間を使いきった。来ないな」

「しかしあの方は、やつが来ると確信《かくしん》なさっていた！　ご機嫌《きげん》うるわしくないだろうな」

「戻《もど》ったほうがいい」ヤックスリーが言った。「これからの計画を聞くのだ」

ヤックスリーとドロホフは、きびすを返して森の奥深《おくふか》くへと歩いていった。ハリーはあとをつけた。二人についていけば、ハリーの望む場所に連れていってくれるはずだ。横を見ると、母親がほほえみかけ、父親が励《はげ》ますようにうなずいた。

数分も歩かないうちに、行く手に明かりが見えた。ヤックスリーとドロホフは、空き地に足を踏《ふ》み入《い》れた。そこは、ハリーも知っている、怪物蜘蛛《かいぶつぐも》アラゴグのかつての棲処《すみか》だった。巨大《きょだい》な蜘蛛《くも》の巣の名残《なごり》がまだあったが、アラゴグのもうけた子孫の大蜘蛛《おおぐも》たちは、死喰《しく》い人《びと》に追い立てられ、手先として戦わされていた。

空き地の中央にたき火が燃《も》え、チラチラとゆらめく炎《ほのお》の明かりが、だまりこくってあたりを警戒《けいかい》している死喰《しく》い人《びと》の群《む》れを照らしていた。まだ仮面《かめん》とフードをつけたままの死喰《しく》い人《びと》もいれば、顔を現《あらわ》している者もいる。残忍《ざんにん》で、岩のように荒《あら》けずりな顔の巨人《きょじん》が二人、群《む》れの外側に座《すわ》って、その場に巨大《きょだい》な影《かげ》を落としていた。フェンリール・グレイバックが、長い爪《つめ》をかみながら忍《しの》び歩《ある》いている姿《すがた》や、ブロンドの大男ロウルが、出血した唇《くちびる》をぬぐっているのが見えた。ルシウス・マルフォイは、打ちのめされ恐怖《きょうふ》におびえた表情《ひょうじょう》をし、ナルシッサは、目が落ちくぼみ、心配でたまらない様子だった。

すべての目が、ヴォルデモートを見つめていた。その場に頭《こうべ》を垂《た》れて立っているヴォルデモートは、ニワトコの杖《つえ》を持ったろうのような両手を、胸《むね》の前で組んでいる。祈《いの》っているようでもあり、頭の中で時間を数えているようでもあった。空き地の端《はし》にたたずみながら、ハリーは場ちがいな光景を思《おも》い浮《う》かべた。かくれんぼの鬼《おに》になった子供《こども》が、十まで数えている姿《すがた》だ。ヴォルデモートの頭の後ろには、怪奇《かいき》な後光のように光る檻《おり》が浮《う》かび、大蛇《だいじゃ》のナギニが、その中でくねくねととぐろを巻《ま》いたり解《と》いたりしていた。

ドロホフとヤックスリーが仲間の輪に戻《もど》ると、ヴォルデモートが顔を上げた。

「わが君、あいつの気配はありません」ドロホフが言った。

ヴォルデモートは、表情《ひょうじょう》を変えなかった。たき火の灯《あか》りを映《うつ》した目が、赤く燃《も》えるように見えた。ゆっくりと、ヴォルデモートはニワトコの杖《つえ》を長い指でしごいた。

「わが君――」

ヴォルデモートの一番近くに座《すわ》っているベラトリックスが、口を開いた。髪《かみ》も服も乱《みだ》れ、顔が少し血にまみれてはいたが、ほかにけがをしている様子はない。

ヴォルデモートが手を挙げて制《せい》すると、ベラトリックスはそれ以上一言も言わず、ただうっとりと崇拝《すうはい》のまなざしでヴォルデモートを見ていた。

「あいつはやってくるだろうと思った」踊《おど》るたき火に目を向け、ヴォルデモートがかん高いはっきりした声で言った。「あいつが来ることを期待していた」

誰《だれ》もが、無言だった。誰《だれ》もが、ハリーと同じくらい恐怖《きょうふ》にかられているようだった。ハリーの心臓《しんぞう》は、いまや肋骨《ろっこつ》に体当たりし、ハリーがまもなく捨《す》て去《さ》ろうとしている肉体から、逃《に》げ出《だ》そうと必死になっているかのようだった。透明《とうめい》マントを脱《ぬ》ぐハリーの両手は、じっとりと汗《あせ》ばんでいた。ハリーは、マントと杖《つえ》を、一緒《いっしょ》にローブの下に収《おさ》めた。戦おうという気持ちが起きないようにしたかった。

「どうやら俺様《おれさま》は……まちがっていたようだ」ヴォルデモートが言った。

「**まちがっていないぞ**」

ハリーは、ありったけの力を振《ふ》りしぼり、声を張《は》り上《あ》げた。怖気《おじけ》づいていると思われたくなかった。「蘇《よみがえ》りの石《いし》」が、感覚のない指からすべり落ちた。たき火の灯《あか》りの中に進み出ながら、ハリーは、両親もシリウスもルーピンも消えるのを、目の端《はし》でとらえた。その瞬間《しゅんかん》、ハリーはヴォルデモートしか念頭になかった。ヴォルデモートと、たった二人きりだ。

しかし、その感覚はたちまち消えた。巨人《きょじん》が吼《ほ》え、死喰《しく》い人《びと》たちがいっせいに立ち上がったからだ。叫《さけ》び声《ごえ》、息をのむ音、そして笑い声まで湧《わ》き起こった。ヴォルデモートは凍《こお》りついたようにその場に立っていたが、その赤い目はハリーをとらえ、ハリーが近づくのを見つめていた。二人の間にはたき火があるだけだった。

その時、わめき声がした――。

「ハリー！　やめろ！」

ハリーは声のほうを見た。ハグリッドが、ギリギリと縛《しば》り上《あ》げられ、近くの木に縛《しば》りつけられていた。必死でもがくハグリッドの巨体《きょたい》が、頭上の大枝《おおえだ》を揺《ゆ》らした。

「やめろ！　だめだ！　ハリー、何する気――？」

「だまれ！」ロウルが叫《さけ》び、杖《つえ》のひと振《ふ》りでハグリッドをだまらせた。

ベラトリックスははじけるように立ち上がり、激《はげ》しい息づかいで、ヴォルデモートとハリーを食い入るように見つめた。動くものと言えば、たき火の炎《ほのお》と、ヴォルデモートの背後《はいご》に光る檻《おり》で、とぐろを巻《ま》いたり解《と》いたりする蛇《へび》だけだった。

ハリーは、杖《つえ》が胸《むね》に当たるのを感じたが、抜《ぬ》こうとはしなかった。蛇《へび》の護《まも》りはあまりに堅《かた》く、なんとかナギニに杖《つえ》を向けることができたとしても、それより前に五十人もの呪《のろ》いがハリーを撃《う》つだろう。ヴォルデモートとハリーは、なおも見つめ合ったままだった。やがてヴォルデモートは小首をかしげ、目の前に立つ男の子を品定めしながら、唇《くちびる》のない口元をゆがめて、極《きわ》めつきの冷酷《れいこく》な笑いを浮《う》かべた。

「ハリー・ポッター」ささやくような言い方だった。その声は、パチパチはぜるたき火の音かと思えるほどだった。「生き残った男の子」

死喰《しく》い人《びと》は、誰《だれ》も動かずに待っていた。すべてが待っていた。ハグリッドはもがき、ベラトリックスは息を荒《あら》らげていた。そしてハリーは、なぜかジニーを思《おも》い浮《う》かべた。あの燃《も》えるような瞳《ひとみ》、そしてジニーの唇《くちびる》のあの感触《かんしょく》――。

ヴォルデモートは杖《つえ》を上げた。このままやってしまえば何が起こるのかと、知りたくてたまらない子供《こども》のように小首をかしげたままだ。ハリーは赤い目を見つめ返し、早く、いますぐにと願った。まだ立っていられるうちに、自分を抑制《よくせい》することができなくなる前に、恐怖《きょうふ》を見抜《みぬ》かれてしまう前に――。

ハリーはヴォルデモートの口が動くのを見た。緑の閃光《せんこう》が走った。そして、すべてが消えた。

第三十五章 キングズ・クロス

ハリーはうつ伏《ぶ》せになって、静寂《せいじゃく》を聞いていた。完全に一人だった。誰《だれ》も見ていない。ほかには誰《だれ》もいない。自分自身がそこにいるのかどうかさえ、ハリーにはよくわからなかった。

ずいぶん時間がたってから、いや、もしかしたら時間はまったくたっていなかったのかもしれないが、ハリーは、自分自身が存在《そんざい》しているにちがいないと感じた。体のない、想念だけではないはずだ。なぜなら、ハリーは横たわっていた。まちがいなく何かの表面に横たわっている。触感《しょっかん》があるのだ。自分が触《ふ》れている何かも存在《そんざい》している。

この結論《けつろん》に達したのとほとんど同時に、ハリーは自分が裸《はだか》なのに気づいた。自分以外には誰《だれ》もいないという確信《かくしん》があったので、裸《はだか》でいることは気にならなかったが、少し不思議に思った。感じることができるのと同じように、見ることもできるのだろうか、とハリーはいぶかった。目を開いてみて、ハリーは自分に目があることを発見した。

ハリーは明るい靄《もや》の中に横たわっていたが、これまで経験《けいけん》したどんな靄《もや》とも様子がちがっている。雲のような水蒸気《すいじょうき》が周囲を覆《おお》い隠《かく》しているのではなく、むしろ、靄《もや》そのものがこれから周囲を形作っていくようだった。ハリーが横たわっている床《ゆか》は、どうやら白い色のようで、温かくも冷たくもない。ただそこに、平らで真っさらなものとして存在《そんざい》し、何かがその上に置かれるべく存在《そんざい》していた。

ハリーは上体を起こした。体は無傷《むきず》のようだ。顔に触《ふ》れてみた。もう、めがねはかけていない。

その時、ハリーの周囲の、まだ形のない無の中から、物音が聞こえてきた。軽いトントンという音で、何かが手足をバタつかせ、振《ふ》り回《まわ》し、もがいている。哀《あわ》れを誘《さそ》う物音だったが、同時にやや猥雑《わいざつ》な音だった。ハリーは、何か恥《は》ずかしい秘密《ひみつ》の音を盗《ぬす》み聞《ぎ》きしているような、居心地《いごこち》の悪さを感じた。

ハリーは、急に何かを身にまといたいと思った。

頭の中でそう願ったとたん、ローブがすぐ近くに現《あらわ》れた。ハリーはそれを引《ひ》き寄《よ》せて身につけた。やわらかく清潔《せいけつ》で温かい。驚《おどろ》くべき現《あらわ》れ方《かた》だ。欲《ほ》しいと思ったとたんに、サッと……。

ハリーは立ち上がって、あたりを見回した。どこか大きな「必要の部屋」の中にいるのだろうか？　眺《なが》めているうちに、だんだん目に入るものが増《ふ》えてきた。頭上には大きなドーム型《がた》のガラス天井《てんじょう》が、陽光の中で輝《かがや》いている。宮殿《きゅうでん》かもしれない。すべてが静かで動かない。ただ、バタバタという奇妙《きみょう》な音と、哀《あわ》れっぽく訴《うった》えるような音が、靄《もや》の中の、どこか近くから聞こえてくるだけだ……。

ハリーはゆっくりとその場でひと回りした。ハリーの動きにつれて、目の前で周囲がひとりでに形作られていくようだった。明るく清潔《せいけつ》で、広々とした開放的な空間、「大広間」よりずっと大きいホール、それにドーム型《がた》の透明《とうめい》なガラスの天井《てんじょう》。まったく誰《だれ》もいない。そこにいるのはハリーただ一人。ただし――。

ハリーはびくりと身を引いた。音を出しているものを見つけたのだ。小さな裸《はだか》の子供《こども》の形をしたものが、地面の上に丸まっている。肌《はだ》は皮をはがれでもしたようにザラザラと生々《なまなま》しく、誰《だれ》からも望まれずに椅子《いす》の下に置き去りにされ、目につかないように押《お》し込《こ》まれて、必死に息をしながら震《ふる》えている。

ハリーは、それが怖《こわ》いと思った。小さくて弱々しく、傷《きず》ついているのに、ハリーはそれに近寄《ちかよ》りたくなかった。にもかかわらずハリーは、いつでも飛びすされるように身がまえながら、ゆっくりとそれに近づいていった。やがてハリーは、それに触《ふ》れられるほど近くに立っていたが、とても触《ふ》れる気にはなれなかった。自分が臆病者《おくびょうもの》になったような気がした。なぐさめてやらなければならないと思いながらも、それを見るとむしずが走った。

「君には、どうしてやることもできん」

ハリーはくるりと振《ふ》り向《む》いた。アルバス・ダンブルドアが、ハリーに向かって歩いてくる。流れるような濃紺《のうこん》のローブをまとい、背筋《せすじ》を伸《の》ばして、軽快《けいかい》な足取りでやってくる。

「ハリー」

ダンブルドアは両腕《りょううで》を広げた。手は両方とも白く完全で、無傷《むきず》だった。

「なんとすばらしい子じゃ。なんと勇敢《ゆうかん》な男じゃ。さあ、一緒《いっしょ》に歩こうぞ」

ハリーはぼうぜんとして、悠々《ゆうゆう》と歩き去るダンブルドアのあとに従《したが》った。ダンブルドアは、哀《あわ》れっぽい声で泣いている生々《なまなま》しい赤子をあとに、少し離《はな》れた所に置いてある椅子《いす》へと、ハリーをいざなった。ハリーはそれまで気づかなかったが、高く輝《かがや》くドームの下に椅子《いす》が二脚《きゃく》置いてあった。ダンブルドアがその一つにかけ、ハリーは校長の顔をじっと見つめたまま、もう一つの椅子《いす》にストンと腰《こし》を落とした。長い銀色の髪《かみ》やあごひげ、半月形のめがねの奥《おく》から鋭《するど》く見透《みとお》すブルーの目、折れ曲がった鼻。何もかも、ハリーが覚えているとおりだった。しかし……。

「でも、先生は死んでいる」ハリーが言った。

「おお、そうじゃよ」ダンブルドアは、あたりまえのように言った。

「それなら……僕《ぼく》も死んでいる?」

「あぁ」

ダンブルドアは、ますますにこやかにほほえんだ。

「『それが問題だ』、というわけじゃのう？　全体として見れば、ハリーよ、わしはちがうと思うぞ」

二人は顔を見合わせた。老ダンブルドアは、まだ笑顔《えがお》のままだ。

「ちがう？」ハリーがくり返した。

「ちがう」ダンブルドアが言った。

「でも……」

ハリーは反射的《はんしゃてき》に、稲妻形《いなずまがた》の傷痕《きずあと》に手を持っていったが、そこに傷痕《きずあと》はなかった。

「でも、僕《ぼく》は死んだはずだ――僕《ぼく》は防《ふせ》がなかった！　あいつに殺されるつもりだった！」

「それじゃよ」ダンブルドアが言った。「それが、たぶん、大きなちがいをもたらすことになったのじゃ」

ダンブルドアの顔から、光のように、炎《ほのお》のように、喜びがあふれ出ているようだった。こんなに手放しで、こんなにはっきり感じ取れるほど満足しきったダンブルドアを、ハリーは初めて見た。

「どういうことですか？」ハリーが聞いた。

「君にはもうわかっているはずじゃ」

ダンブルドアが、左右の親指同士をくるくる回しながら言った。

「僕《ぼく》は、あいつに自分を殺させた」ハリーが言った。「そうですね？」

「そうじゃ」ダンブルドアがうなずいた。「続けて！」

「それで、僕《ぼく》の中にあったあいつの魂《たましい》の一部は……」

ダンブルドアはますます熱くうなずき、晴れ晴れと励《はげ》ますような笑顔《えがお》を向けてハリーをうながした。

「……なくなった？」

「そのとおりじゃ！」ダンブルドアが言った。「そうじゃ。あの者が破壊《はかい》したのじゃ。君の魂《たましい》は完全無欠で、君だけのものじゃよ、ハリー」

「でも、それなら……」

ハリーは振《ふ》り返《かえ》って、椅子《いす》の下で震《ふる》えている小さな傷《きず》ついた生き物を一瞥《いちべつ》した。

「先生、あれはなんですか？」

「我々《われわれ》の救いのおよばぬものじゃよ」ダンブルドアが言った。

「でも、もしヴォルデモートが『死《し》の呪文《じゅもん》』を使ったのなら――」

ハリーは話を続けた。

「そして、今度は誰《だれ》も僕《ぼく》のために死んでいないのなら――僕《ぼく》はどうして生きているのですか？」

「君にはわかっているはずじゃ」

ダンブルドアが言った。

「振《ふ》り返《かえ》って考えるのじゃ。ヴォルデモートが、無知の故《ゆえ》に、欲望《よくぼう》と残酷《ざんこく》さの故《ゆえ》に、何をしたかを思い出すのじゃ」

ハリーは考《かんが》え込《こ》み、視線《しせん》をゆっくり移動《いどう》させて、周囲をよく見た。二人の座《すわ》っている場所がもしも宮殿《きゅうでん》なら、そこは奇妙《きみょう》な宮殿《きゅうでん》だった。椅子《いす》が数脚《すうきゃく》ずつ、何列か並《なら》び、切れ切れの手すりがあちこちに見えるが、そこにいるのは、やはり、ハリーとダンブルドアの二人だけで、あとは、椅子《いす》の下にいる発育不良の生き物だけだった。その時、なんの苦もなく、答えがハリーの唇《くちびる》に上ってきた。

「あいつは、僕《ぼく》の血を入れた」ハリーが言った。

「まさにそうじゃ！」

ダンブルドアが言った。

「あの者は君の血を採《と》り、それで自分の生身《なまみ》の身体《からだ》を再生《さいせい》させた！　あの者の血管に流れる君の血が、ハリー、リリーの護《まも》りが、二人の中にあるのじゃ！　あの者が生きているかぎり、あの者は君の命をつなぎとめておる！」

「僕《ぼく》が生きているのは……あいつが生きているから？　でも、僕《ぼく》……僕《ぼく》、その逆《ぎゃく》だと思っていた！　二人とも死ななければならないと思ったけど？　それともどっちでも同じこと？」

ハリーは、背後《はいご》でもがき苦しむ泣き声と物音に気をそらされ、もう一度振《ふ》り返《かえ》った。

「ほんとうに、僕《ぼく》たちにはどうにもできないのですか？」

「助けることは不可能《ふかのう》じゃ」

「それなら、説明してください……もっとくわしく」

ハリーの問いに、ダンブルドアはほほえんだ。

「君はのう、ハリー、あの者が期せずして作ってしまった、七つ目の分霊箱《ぶんれいばこ》だったのじゃ。あの者は、自らの魂《たましい》を非常《ひじょう》に不安定なものにしてしもうたので、君のご両親を殺害《さつがい》し、幼子《おさなご》までも殺そうという言語に絶《ぜっ》する悪行をなしたとき、魂《たましい》が砕《くだ》けた。あの部屋から逃《のが》れたものは、あの者が思っていたより少なかったのじゃ。あの者は、自分の肉体だけではなく、それ以上のものをあの場に置いていったのじゃ。犠牲《ぎせい》になるはずだった君に、生き残った君に、あの者の一部が結びついて残されたのじゃ」

「しかも、ハリー、あの者の知識《ちしき》は、情《なさ》けないほど不完全なままじゃった！　ヴォルデモートは、自らが価値《かち》を認《みと》めぬものに関して理解《りかい》しようとはせぬ。屋敷《やしき》しもべ妖精《ようせい》やおとぎ話、愛や忠誠《ちゅうせい》、そして無垢《むく》。ヴォルデモートは、こうしたものを知らず、理解《りかい》しておらぬ。**まったく何も**。こうしたもののすべてが、ヴォルデモートを凌駕《りょうが》する力を持ち、どのような魔法《まほう》もおよばぬ力を持つという真実を、あの者はけっして理解《りかい》できなかった」

「ヴォルデモートは、自らを強めると信じて、君の血を入れた。あの者の身体《からだ》の中に、母君が君を護《まも》るために命を捨《す》ててかけた魔法《まほう》が、わずかながら取《と》り込《こ》まれた。母君の犠牲《ぎせい》の力を、あの者が生かしておる。そして、その魔法《まほう》が生き続けるかぎり、君も生き続け、ヴォルデモート自身の最後の望みである命の片鱗《へんりん》も生き続ける」

ダンブルドアはハリーにほほえみかけ、ハリーは目を丸くしてダンブルドアを見た。

「先生はご存《ぞん》じだったのですか？　このことを——はじめからずっと？」

「推量《すいりょう》しただけじゃ。しかしわしの推量《すいりょう》は、これまでのところ、大方《おおかた》は正しかったのう」

ダンブルドアはうれしそうに言った。それから二人は、座《すわ》ったまま、長い間だまっていた。長く感じただけかもしれない。背後《はいご》の生き物は、相変わらずヒイヒイ泣きながら震《ふる》えていた。

「まだあります」

ハリーが言った。

「まだわからないことが。僕《ぼく》の杖《つえ》は、どうしてあいつの借り物の杖《つえ》を折ったのでしょう？」

「それについては、定《さだ》かにはわからぬ」

「それじゃ、推量《すいりょう》でいいです」

ハリーがそう言うと、ダンブルドアは声を上げて笑った。

「まず理解《りかい》しておかねばならぬのは、ハリー、君とヴォルデモート卿《きょう》が、前人未踏《ぜんじんみとう》の魔法《まほう》の分野をともに旅してきたということじゃ。しかしながら、いまから話すようなことが起きたのではないかと思う。前例のないことじゃから、どんな杖作《つえつく》りといえども予測《よそく》できず、ヴォルデモートに対しても説明できはしなかった、とわしはそう思う」

「君にはもうわかっているように、ヴォルデモート卿《きょう》は、人の形によみがえったとき、意図せずして君との絆《きずな》を二重に強めた。魂《たましい》の一部を君に付着させたまま、あの者は、自分を強めるためと考えて、君の母君の犠牲《ぎせい》の力を、一部自分の中に取《と》り込《こ》んだのじゃ。その犠牲《ぎせい》がどんなに恐《おそ》ろしい力を持っているかを的確《てきかく》に理解《りかい》していたなら、ヴォルデモートはおそらく、君の血に触《ふ》れることなどとてもできなかったじゃろう……いや、さらに言えば、もともとそれが理解《りかい》できるくらいなら、あの者は所詮《しょせん》ヴォルデモート卿《きょう》ではありえず、また、人を殺《あや》めたりしなかったかもしれぬ」

「この二重の絆《きずな》を確実《かくじつ》なものにし、互《たが》いの運命を、歴史上例を見ないほどしっかりと結びつけた状《じょう》態《たい》で、ヴォルデモートは、君の杖《つえ》と双子《ふたご》の芯《しん》を持つ杖《つえ》で君を襲《おそ》った。すると、知ってのとおり、まか不思議なことが起こった。芯同士《しんどうし》が、二人の杖《つえ》が双子《ふたご》であることを知らなかったヴォルデモート卿《きょう》には、予想外の反応《はんのう》を示《しめ》したのじゃ」

「あの夜、ハリーよ、あの者のほうが、君よりももっと恐《おそ》れていたのじゃ。君は死ぬかもしれぬということを受け入れ、むしろ積極的に迎《むか》え入《い》れた。ヴォルデモート卿《きょう》にはけっしてできぬことじゃ。君の勇気が勝った。君の杖《つえ》があの者の杖《つえ》を圧倒《あっとう》したのじゃ。その結果、二本の杖《つえ》の間に、二人の持ち主の関係を反映《はんえい》した何事かが起こった」

「君の杖《つえ》はあの夜、ヴォルデモートの杖《つえ》の力と資質《ししつ》の一部を吸収《きゅうしゅう》した、とわしは思う。つまり、ヴォルデモート自身の一部を、君の杖《つえ》が取《と》り込《こ》んでおったのじゃ。そこで、あの者が君を追跡《ついせき》したとき、君の杖《つえ》はヴォルデモートを認識《にんしき》した。血を分けた間柄《あいだがら》でありながら不倶戴天《ふぐたいてん》の敵《てき》である者を認識《にんしき》して、ヴォルデモート自身の魔法《まほう》の一部を、彼《かれ》に向けて吐《は》き出《だ》したのじゃ。その魔法《まほう》は、ルシウスの杖《つえ》がそれまでに行ったどんな魔法《まほう》よりも強力なものじゃった。君の杖《つえ》は、君の並外《なみはず》れた勇気と、ヴォルデモート自身の恐《おそ》ろしい魔力《まりょく》をあわせ持っていた。ルシウス・マルフォイの哀《あわ》れな棒切《ぼうき》れなど、敵《かな》うはずもないじゃろう？」

「でも、僕《ぼく》の杖《つえ》がそんなに強力だったのなら、どうしてハーマイオニーがそれを折ることができたのでしょう？」ハリーが聞いた。

「それはのう、杖《つえ》のすばらしい威力《いりょく》は、ヴォルデモートに対してのみ効果《こうか》があったからじゃ。魔法《まほう》の法則《ほうそく》の深奥《しんおう》を、あのように無分別にいじくり回したヴォルデモートに対してのみじゃ。あの者に向けてのみ、君の杖《つえ》は異常《いじょう》な力を発揮《はっき》した。それ以外は、ほかの杖《つえ》と変わることはない……もちろん、よい杖《つえ》ではあったがのう」

ダンブルドアは、やさしい言葉をつけ加えた。

ハリーは長いこと考え込《こ》んだ。いや、数秒だったかもしれない。ここでは、時間などをはっきり認識《にんしき》するのが、とても難《むずか》しかった。

「あいつは、あなたの杖《つえ》で僕《ぼく》を殺した」

「わしの杖《つえ》で、君を殺し**そこねた**のじゃ」

ダンブルドアが、ハリーの言葉を訂正《ていせい》した。

「君が死んでいないということで、君とわしは意見が一致《いっち》すると思う――じゃが、もちろん」

ダンブルドアは、ハリーに対して礼を欠くことを恐《おそ》れるかのようにつけ加えた。

「君が苦しんだことを軽く見るつもりはない。過酷《かこく》な苦しみだったにちがいない」

「でもいまは、とてもいい気分です」

ハリーは、清潔《せいけつ》で傷《きず》一つない両手を見下ろしながら言った。

「ここはいったい、どこなのですか？」

「そうじゃのう、わしが君にそれを聞こうと思っておった」

ダンブルドアが、あたりを見回しながら言った。

「君は、ここがどこだと思うかね？」

ダンブルドアに聞かれるまで、ハリーにはわかっていなかった。しかし、いまはすぐに答えられることに気づいた。

「なんだか」

ハリーは考えながら答えた。

「キングズ・クロス駅みたいだ。でも、ずっときれいだし誰《だれ》もいないし、それに、僕《ぼく》の見るかぎりでは、汽車が一台もない」

「キングズ・クロス駅！」

ダンブルドアは、遠慮《えんりょ》なくクスクス笑った。

「なんとまあ、そうかね？」

「じゃあ、先生はどこだと思われるんですか？」

ハリーは少しむきになって聞いた。

「ハリーよ、わしにはさっぱりわからぬ。これは、いわば、**君の**晴《は》れ舞台《ぶたい》じゃ」

ハリーには、ダンブルドアが何を言っているのかわからなかった。ダンブルドアの態度《たいど》が腹立《はらだ》たしくなってハリーは顔をしかめたが、その時、いまどこにいるかよりも、もっと差《さ》し迫《せま》った問題を思い出した。

「死《し》の秘宝《ひほう》」

ハリーは言った。その言葉でダンブルドアの顔からすっかり笑いが消えたのを見て、ハリーの腹《はら》も収《おさ》まった。

「ああ、そうじゃな」ダンブルドアは、逆《ぎゃく》に心配そうな顔になった。

「どうなのですか？」

ダンブルドアと知り合って以来初めて、ハリーは、老成したダンブルドアではない顔を見た。刹《せつ》那《な》ではあったが、老人どころか、いたずらの最中に見つかった小さな子供《こども》のような表情《ひょうじょう》を見せたのだ。

「許《ゆる》してくれるかのう？」ダンブルドアが言った。「君を信用しなかったこと、君に教えなかったことを、許《ゆる》してくれるじゃろうか？ ハリー、わしは、君がわしと同じ失敗をくり返すのではないかと恐《おそ》れただけなのじゃ。わしと同じ過《あやま》ちを犯《おか》すのではないかと、それだけを恐《おそ》れたのじゃ。ハリー、どうか許《ゆる》しておくれ。もうだいぶ前から、君がわしよりずっとまっすぐな人間だとわかっておったのじゃが」

「何をおっしゃっているのですか？」

ダンブルドアの声の調子や、急にダンブルドアの目に光った涙《なみだ》に驚《おどろ》いて、ハリーが聞いた。

「秘宝《ひほう》、秘宝《ひほう》」ダンブルドアがつぶやいた。「死《し》に物狂《ものぐる》いの、人間の夢《ゆめ》じゃ！」

「でも、秘宝《ひほう》は実在《じつざい》します！」

「実在《じつざい》する。しかも危険《きけん》なものじゃ。愚者《ぐしゃ》たちへのいざないなのじゃ」ダンブルドアが言った。「そしてこのわしも、その愚《おろ》か者《もの》であった。しかし、君はわかっておろう？ もはやわしには、君に秘《ひ》すべきことは何もない。君は知っておるのじゃ」

「何をですか？」

ダンブルドアは、ハリーに真正面から向き合った。輝《かがや》くようなブルーの目に、涙《なみだ》がまだ光っていた。

「死を制《せい》する者。ハリーよ、死を克服《こくふく》する者じゃ！ わしは、結局のところ、ヴォルデモートよりましな人間であったと言えようか？」

「もちろんそうです」ハリーが言った。「もちろんですとも——そんなこと、聞くまでもないでしょう？　先生は、意味もなく人を殺したりしませんでした！」

「そうじゃ、そうじゃな」

ダンブルドアはまるで、小さな子供《こども》が励《はげ》ましを求めているように見えた。

「しかし、ハリー、わしもまた、死を克服《こくふく》する方法を求めたのじゃよ」

「あいつと同じやり方じゃありません」ハリーが言った。

ダンブルドアにあれほどさまざまな怒《いか》りを感じていたハリーが、この高い丸天井《まるてんじょう》の下に座《すわ》り、自《じ》己否定《こひてい》するダンブルドアを弁護《べんご》しようとしているとは、なんと奇妙《きみょう》なことか。

「先生は、秘宝《ひほう》を求めた。分霊箱《ぶんれいばこ》をじゃない」

「秘宝《ひほう》を」ダンブルドアがつぶやいた。「分霊箱《ぶんれいばこ》をではない。そのとおりじゃ」

しばらく沈黙《ちんもく》が流れた。背後《はいご》の生き物が訴《うった》えるように泣いても、ハリーはもう振《ふ》り返《かえ》らなかった。

「グリンデルバルドも、秘宝《ひほう》を探《さが》していたのですね？」ハリーが聞いた。

ダンブルドアは一瞬《いっしゅん》目を閉《と》じ、やがてうなずいた。

「それこそが、何よりも強くわしら二人を近づけたのじゃ」

ダンブルドアが、静かに言った。

「二人の賢《さか》しく傲慢《ごうまん》な若者《わかもの》は、同じ思いに囚《とら》われておった。グリンデルバルドがゴドリックの谷に
ひかれたのは、すでに察しがついておろうが、イグノタス・ペベレルの墓《はか》のせいじゃ。三番目の弟

が死んだ場所を、探索《たんさく》したかったからじゃ」

「それじゃ、ほんとうのことなんですね？」ハリーが聞いた。「何もかも？　ペベレル兄弟が――」

「――物語の中の三兄弟なのじゃ」

ダンブルドアがうなずきながら言った。

「そうじゃとも。わしはそう思う。兄弟がさびしい道で『死』に遭《お》うたかどうか……。むしろわしは、ペベレル兄弟が才能《さいのう》ある危険《きけん》な魔法使《まほうつか》いで、こうした強力な品々を作り出すことに成功した可能性《かのうせい》のほうが高いと思う。そうした品々が『死』自身の秘宝《ひほう》であったという話は、作られた品物にまつわる伝説としてでき上がったものじゃろう」

「『マント』は、知ってのとおり、父から息子《むすこ》へ、母から娘《むすめ》へと、何世代にもわたって受《う》け継《つ》がれ、イグノタスの最後の子孫にたどり着いた。その子は、イグノタスと同じく『ゴドリックの谷』という村に生まれた」

ダンブルドアは、ハリーにほほえみかけた。

「僕《ぼく》？」

「君じゃ。ご両親が亡《な》くなられた夜、『マント』がなぜわしの手元にあったか、君はすでに推量《すいりょう》しておることじゃろう。ジェームズが、死の数日前に、わしに『マント』を見せてくれた。学生時代、ジェームズのいたずらがなぜ見つからずにすんだのか、それで大方《おおかた》の説明がついた！　わしは、自分の目にしたものが信じられなかった。借り受けて調べてみたい、とジェームズに頼《たの》んだ。その時には、秘宝《ひほう》を集めるという夢《ゆめ》はとうにあきらめておったのじゃが、それでも、『マント』をよく見てみたいという思いに抗《こう》しきれなかった……。それは、わしがそれまで見たこともない『マント』じゃった。非常《ひじょう》に古く、すべてにおいて完璧《かんぺき》で……。ところがそのあと、きみの父君が亡《な》くなり、わしは、ついに二つの秘宝《ひほう》を我《わ》がものにした！」

ダンブルドアは、痛々《いたいた》しいほど苦い口調で言った。

「でも、『マント』は、僕《ぼく》の両親が死を逃《のが》れるための役には、立たなかったと思います」

ハリーは急いで言った。

「ヴォルデモートは、父と母がどこにいるかを知っていました。『マント』があっても、二人に呪《のろ》いが効《き》かないようにすることはできなかったでしょう」

「そうじゃ」ダンブルドアはため息をついた。「そうじゃな」

ハリーはあとの言葉を待ったが、ダンブルドアが何も言わないので、先をうながした。

「それで先生は、『マント』を見たときにはもう、秘宝《ひほう》を探《さが》すのをあきらめていたのですね？」

「ああ、そうじゃ」

ダンブルドアはかすかな声で言った。力を振《ふ》りしぼってハリーと目を合わせているように見えた。

「君は、何が起こったかを知っておる。知っておるのじゃ。君よりわし自身が、どんなに自分を軽《けい》蔑《べつ》しておるか」

「でも僕《ぼく》、先生を軽蔑《けいべつ》したりなんか――」

「それなら、軽蔑《けいべつ》すべきじゃ」

ダンブルドアが言った。そして深々と息を吸《す》い込《こ》んだ。

「わしの妹の病弱さの秘密《ひみつ》を、君は知っておる。マグルたちのしたことも、その結果、妹がどうなったかも。哀《あわ》れむべきわしの父が復讐《ふくしゅう》を求め、その代償《だいしょう》にアズカバンで死んだことも知っておろう。わしの母が、アリアナの世話をするために、自分自身の人生を捨《す》てておったこともな」

「わしはのう、ハリー、憤慨《ふんがい》したのじゃ」

ダンブルドアはあからさまに、冷たく言い放った。ダンブルドアは、いま、ハリーの頭越《ご》しに、遠くのほうを見ていた。

「わしには才能《さいのう》があった。優秀《ゆうしゅう》じゃった。わしは逃《に》げ出《だ》したかった。輝《かがや》きたかった。栄光が欲《ほ》しかった」

「誤解《ごかい》しないでほしい」

ダンブルドアの顔に苦痛《くつう》がよぎり、そのためにその表情《ひょうじょう》は再《ふたた》び年老いて見えた。

「わしは、家族を愛しておった。両親を愛し、弟も妹も愛していた。しかし、わしは自分本位だったのじゃよ、ハリー。際立《きわだ》って無欲《むよく》な君などには想像《そうぞう》もつかぬほど、利己的《りこてき》だったのじゃ」

「母の死後、傷《きず》ついた妹と、つむじ曲がりの弟に対する責任《せきにん》を負わされてしまったわしは、怒《いか》りと苦い気持ちを抱《いだ》いて村に戻《もど》った。かごの鳥だ、才能《さいのう》の浪費《ろうひ》だ、わしはそう思った！　その時、ちょうど、あの男がやってきた……」

ダンブルドアは、再《ふたた》びハリーの目をまっすぐに見た。

「グリンデルバルドじゃ。あの者の考えがどんなにわしをひきつけたか、どんなに興奮《こうふん》させたか、ハリー、君には想像《そうぞう》できまい。マグルを力で従属《じゅうぞく》させる。われら魔法族《まほうぞく》が勝利する。グリンデルバルドとわしは、革命《かくめい》の栄光ある若《わか》き指導者《しどうしゃ》となる」

「いや、いくつか疑念《ぎねん》を抱《いだ》きはした。良心の呵責《かしゃく》を、わしはむなしい言葉でしずめた。すべては、より大きな善《ぜん》のためなのだからと。多少の害を与《あた》えても、魔法族《まほうぞく》にとって、その百倍もの見返りがあるのだからと。心の奥《おく》の奥《おく》で、わしはゲラート・グリンデルバルドの本質《ほんしつ》を知っていただろうか？　知っていたと思う。しかし目をつむったのじゃ。わしらが立てていた計画が実を結べば、わしの夢《ゆめ》はすべて叶《かな》うのじゃからと」

「そして、わしらのくわだての中心に、『死《し》の秘宝《ひほう》』があった！　グリンデルバルドが、どれほどそれに魅了《みりょう》されていたか！　わしらが二人とも、どれほど魅入《みい》られていたか！　『不敗《ふはい》の杖《つえ》』、わしらを権力《けんりょく》へと導《みちび》く武器《ぶき》！　『蘇《よみがえ》りの石《いし》』――わしは知らぬふりをしておったが、グリンデルバルドにとってそれは、『亡者《もうじゃ》』の軍隊を意味した！　わしにとっては、白状《はくじょう》するが、両親が戻《もど》ることを、そしてわしの肩《かた》の荷がすべて下ろされることを意味しておったのじゃ」

「そして『マント』……なぜかわしら二人の間では、ハリー、『マント』のことは、さして大きな話題になることはなかった。二人とも、『マント』なしで充分姿《じゅうぶんすがた》を隠《かく》すことができたからのう。『マント』の持つ真の魔力《まりょく》は、もちろん、所有者だけでなくほかの者をも隠《かく》し、護《まも》るために使えるという点にあった。わしは、もしそれを見つけたら、アリアナを隠《かく》すのに役に立つじゃろうと考えた。しかし、わしら二人が『マント』に関心を持ったのは、主に、それで三つの品が完全にそろうからじゃった。伝説によれば、三つの品すべてを集めた者は、真の死の征服者《せいふくしゃ》になると言われており、それは無敵《むてき》になることだと、わしらはそう解釈《かいしゃく》した」

「死の克服者《こくふくしゃ》、無敵《むてき》のグリンデルバルドとダンブルドア！　二か月の愚《おろ》かしくも残酷《ざんこく》な夢《ゆめ》、そのためにわしは、残されたたった二人の家族を、ないがしろにしたのじゃ」

「そして……何が起こったか知っておろう。現実《げんじつ》が戻《もど》ってきたのじゃ。粗野《そや》で無学で、しかも、わしなどよりずっとあっぱれな弟が、それを教えてくれた。わしをどなりつける弟の真実の声を、わしは聞きとうなかった。か弱く不安定な妹を抱《かか》えて、秘宝《ひほう》を求める旅に出ることはできないなどと、聞かされとうはなかった」

「議論《ぎろん》が争いになった。グリンデルバルドは抑制《よくせい》を失った。気づかぬふりをしてはおったが、グリンデルバルドにはそのような面があると、常々《つねづね》わしが感じておったものが、恐《おそ》ろしい形で飛び出した。そしてアリアナは……母があれほど手をかけ、心にかけていたものを……床《ゆか》に倒《たお》れて死んでいた」

ダンブルドアは小さくあえぎ、声を上げて泣きはじめた。ハリーは手を伸《の》ばした。そして、ダンブルドアに触《ふ》れることができるとわかってうれしくなった。ハリーは、ダンブルドアの片腕《かたうで》をしっかりと握《にぎ》りしめた。するとダンブルドアは、徐々《じょじょ》に自分を取《と》り戻《もど》した。

「さて、わし以外の誰《だれ》もが予測《よそく》できたことだったのじゃが、グリンデルバルドは逃亡《とうぼう》した。あの者は、権力《けんりょく》を掌握《しょうあく》する計画と、マグルを苦しめるくわだてと、『死《し》の秘宝《ひほう》』の夢《ゆめ》を持って姿《すがた》を消した。わしが励《はげ》まし、手助けした夢《ゆめ》じゃ。グリンデルバルドは逃《に》げ、残ったわしは、妹を葬《ほうむ》り、一生の負い目と恐《おそ》ろしい後悔《こうかい》という、身から出たさびの代償《だいしょう》を払《はら》いながら生きてきた」

「何年かがたった。グリンデルバルドのうわさが聞こえてきた。計り知れぬ力を持つ杖《つえ》を、手に入れたという話じゃった。わしのほうは、その間、魔法大臣《まほうだいじん》に就任《しゅうにん》するよう、一度ならず請《こ》われた。当然わしは断《ことわ》った。権力《けんりょく》を持つわし自身は信用できぬということを、とうに学び取っていたからじゃ」

「でも先生は、よい大臣になったはずです。ファッジやスクリムジョールより、ずっとよい大臣に」ハリーは思わず言った。

「そうじゃろうか？」

ダンブルドアは重苦しい調子で言った。

「そうは言いきれまい。若《わか》いとき、わしは、自分が権力《けんりょく》とその誘《さそ》いに弱いことを証明《しょうめい》した。興味深《きょうみぶか》いことじゃが、ハリーよ、権力《けんりょく》を持つのに最もふさわしい者は、それを一度も求めたことのない者なのじゃ。君のように、やむなく指揮《しき》をとり、そうせねばならぬために権威《けんい》の衣《ころも》を着る者は、自ら驚《おどろ》くほど見事にその衣《ころも》を着こなすのじゃ」

「わしは、ホグワーツにあるほうが安全な人間じゃった。よい教師《きょうし》であったと思う――」

「一番よい教師《きょうし》でした――」

「やさしいことを言ってくれるのう、ハリー。しかしながら、わしが、若《わか》き魔法使《まほうつか》いたちの教育に忙《いそが》しく打《う》ち込《こ》んでいる間に、グリンデルバルドは、軍隊を作り上げておった。人々は、あの者がわしを恐《おそ》れていると言うた。おそらくそうじゃったろう。しかし、わし自身がグリンデルバルドを恐《おそ》れていたほどではなかったろう」

「いや、死ぬことをではない」

ハリーのまさかという表情《ひょうじょう》に応《こた》えるように、ダンブルドアが言った。

「グリンデルバルドの魔法《まほう》の力が、わしをどうにかすることを恐《おそ》れたわけではない。二人の力が互《ご》角《かく》であることを、いや、わしのほうがわずかに勝《まさ》っていることを、わしは知っていた。わしが恐《おそ》れたのは真実じゃ。つまり、あの最後の恐《おそ》ろしい争いで、二人のうちのどちらの呪《のろ》いがほんとうに妹を殺したのか、わしにはわからなかった。君はわしを臆病者《おくびょうもの》と言うかもしれぬ。そのとおりじゃろう。ハリー、わしが何よりも恐《おそ》れたのは、妹の死をもたらしたのが、わしだと知ることじゃった。

わしの傲慢《ごうまん》さと愚《おろ》かさが一因《いちいん》だったばかりでなく、実際《じっさい》に妹の命の火を吹《ふ》き消《け》してしまったのも、わしの一撃《いちげき》だったと知ることを恐《おそ》れたのじゃ」

「グリンデルバルドは、それを知っておったと思う。わしが何を恐《おそ》れていたかを、あの者は知っておったと思う。わしはグリンデルバルドと見《まみ》えるのを、一日延《の》ばしにしておったのじゃが、とうとう、これ以上抵抗《ていこう》するのはあまりにも恥《は》ずべきことじゃという状態《じょうたい》になった。人々が死に、グリンデルバルドは止めようもないやに見えた。そしてわしは、自分にできることをせねばならなかった」

「さて、その後に起こったことは知っておろう。わしは決闘《けっとう》した。杖《つえ》を勝ち取ったのじゃ」

また沈黙《ちんもく》がおとずれた。誰《だれ》の呪《のろ》いでアリアナが死んだのかを、ダンブルドアが知ったのかどうか、ハリーは聞かなかった。知りたくなかったし、それよりもダンブルドアに話させるのがいやだった。ようやくハリーは、「みぞの鏡」でダンブルドアが何を見たかを知った。そして、鏡のとりこになったハリーに、ダンブルドアがなぜあれほど理解《りかい》を示《しめ》してくれたのかがわかった。

二人は、長い間だまったままだった。背後《はいご》の泣き声は、ハリーにはもうほとんど気にならなかった。

しばらくしてハリーが言った。

「グリンデルバルドは、ヴォルデモートが杖《つえ》を追うのを阻止《そし》しようとしました。グリンデルバルドは、うそをついたのです。つまり、あの杖《つえ》を持ったことはない、というふりをしました」

ダンブルドアは、ひざに目を落としてうなずいた。曲がった鼻に、涙《なみだ》がまだ光っていた。

「風の便りに、孤独《こどく》なヌルメンガードの独房《どくぼう》で、あの者が後年、悔悟《かいご》の念を示《しめ》していたと聞いた。そうであってほしいと思う。自分がしたことを恥《は》じ、恐《おそ》ろしく思ったと考えたい。ヴォルデモートにうそをついたのは、つぐないをしようとしたからであろう……ヴォルデモートが秘宝《ひほう》を手に入れるのを、阻止《そし》しようとしたのであろう……」

「……それとも、先生の墓《はか》を暴《あば》くのを阻止《そし》しようとしたのでは？」

ハリーが思ったままを言うと、ダンブルドアは目頭《めがしら》をぬぐった。

またしばらくの沈黙《ちんもく》の後、ハリーが口を開いた。

「先生は、『蘇《よみがえ》りの石《いし》』を使おうとなさいましたね」

ダンブルドアはうなずいた。

「何年もかかって、ようやくゴーントの廃屋《はいおく》に埋《う》められているその石を見つけた。石は秘宝《ひほう》の中でもわしが一番強く求めていたものじゃった——もっとも、若《わか》いときは、まったくちがう理由で石が欲《ほ》しかったのじゃが。石を見て、わしは正気を失ったのじゃよ、ハリー。すでにそれが『分霊箱《ぶんれいばこ》』になっていることも、指輪にはまちがいなく呪《のろ》いがかかっていることも、すっかり忘《わす》れてしもうた。指輪を取り上げ、それをはめた。一瞬《いっしゅん》、わしは、アリアナや母、そして父に会えると思った。そして、みんなに、わしがどんなにすまなく思っているかを伝えられると思ったのじゃ……」

「わしはなんたる愚《おろ》か者《もの》だったことか。ハリーよ、長《なが》の歳月《としつき》、わしは何も学んではおらなかった。

『死の秘宝《しひほう》』を、一つにまとめるに値《あたい》しない者であった。そのことを、わしはそれまで何度も思い知らされていたのじゃが、その時に、決定的に思い知ったのじゃ」

「どうしてですか？」ハリーが言った。「当然なのに！　先生はまたみんなに会いたかった。それがどうして悪いんですか？」

「ハリー、三つの秘宝《ひほう》を一つにすることができる人間は、おそらく百万人に一人であろう。わしは、せいぜい秘宝《ひほう》の中で最も劣《おと》り、一番つまらぬものを所有するに値《あたい》する者であった。『ニワトコの杖《つえ》』を所有し、しかもそれを吹聴《ふいちょう》せず、それで人を殺さぬことに適《てき》しておったのじゃ。わしは杖《つえ》を手なずけ、使いこなすことを許《ゆる》された。なぜなら、わしがそれを手にしたのは、勝つためではなく、ほかの人間をその杖《つえ》から護《まも》るためだったからじゃ」

「しかし『マント』は、むなしい好奇心《こうきしん》から手に入れた。そうじゃから、わしに対しては、真の所有者である、君に対する働きと同じ効果《こうか》はなかったことじゃろう。『石』にしても、わしの場合、安らかに眠《ねむ》っている者を、無理やり呼《よ》び戻《もど》すために使ったことじゃろう。自らの犠牲《ぎせい》を可能《かのう》にするために使った、君の場合とはちがう。君こそ、三つの秘宝《ひほう》を所有するにふさわしい者じゃ」

ダンブルドアは、ハリーの手を軽くたたいた。ハリーは顔を上げて老人を見上げ、ほほえんだ。自然に笑いかけていた。ダンブルドアに腹《はら》を立て続けることなど、どうしてできよう？

「こんなに難《むずか》しくする必要が、あったのですか？」

ダンブルドアは、動揺《どうよう》したようにほほえんだ。

「ハリー、わしはのう、すまぬが、ミス・グレンジャーが君の歩みを遅《おく》らせてくれることを当てにしておった。君の善《ぜん》なる心を、熱い頭が支配《しはい》してしまいはせぬかと案じたのじゃ。誘惑《ゆうわく》の品々《しなじな》に関する事実をあからさまに提示《ていじ》されれば、君もわしと同じように、誤《あやま》ったときに、誤《あやま》った理由で秘宝《ひほう》を手にしようとするのではないかと、それを恐《おそ》れたのじゃ。君が秘宝《ひほう》を手に入れるなら、それらを安全に所有してほしかった。君は真に死を克服《こくふく》する者じゃ。なぜなら、真の死の支配者《しはいしゃ》は、『死』から逃《に》げようとはせぬ。死なねばならぬということを受け入れるとともに、生ある世界のほうが、死ぬことよりもはるかに劣《おと》る場合があると理解《りかい》できる者なのじゃ」

「それで、ヴォルデモートは、秘宝《ひほう》のことを知らなかったのですか？」

「知らなかったじゃろう。分霊箱《ぶんれいばこ》にしたものの一つが、『蘇《よみがえ》りの石《いし》』であることにも気づかなかったのじゃから。しかし、ハリー、たといあの者が秘宝《ひほう》のことを知っていたにせよ、最初の品以外に興味《きょうみ》を持ったとは思えぬ。『マント』が必要だとは考えなかったろうし、『石』にしても、いったい誰《だれ》を死から呼《よ》び戻《もど》したいと思うじゃろう？　ヴォルデモートは死者を恐《おそ》れた。あの者は誰《だれ》をも愛さぬ」

「でも先生は、ヴォルデモートが杖《つえ》を追うと予想なさったでしょう？」

「リトル・ハングルトンの墓場《はかば》で、君の杖《つえ》がヴォルデモートの杖《つえ》を打ち負かしたときから、わしは、あの者が杖《つえ》を求めようとするにちがいないと思うておった。あの者は、最初のうち、君の腕《うで》のほうが勝《まさ》っていたがために敗北したのではないかと、それを恐《おそ》れておったのじゃ。しかし、オリバンダーを拉致《らち》し、双子《ふたご》の芯《しん》のことを知った。ヴォルデモートは、それですべてが説明できると思ったのじゃ。ところが借り物の杖《つえ》も、君の杖《つえ》の前では同じことじゃった！　ヴォルデモートは、君の杖《つえ》をそれほど強力にしたのが君の資質《ししつ》だと考えるのではなく、つまり、君に備《そな》わっていて自らには欠如《けつじょ》している才能《さいのう》が何かを問うてみるのではなく、当然ながら、すべての杖《つえ》を破《やぶ》るとうわさに聞く、唯一《ゆいいつ》の杖《つえ》を探《さが》しに出かけたのじゃ。ヴォルデモートにとっては、『ニワトコの杖《つえ》』への執着《しゅうちゃく》が、君への執着《しゅうちゃく》に匹敵《ひってき》するほど強いものになった。『ニワトコの杖《つえ》』こそ、自らの最後の弱みを取りのぞき、真に自分を無敵《むてき》にするものと信じたのじゃ。哀《あわ》れなセブルスよ……」

「先生が、スネイプによるご自分の死を計画なさったのなら、『ニワトコの杖《つえ》』は、スネイプに渡《わた》るようにしようと思われたのですね？」

「確《たし》かに、そのつもりじゃった」

ダンブルドアが言った。

「しかし、わしの意図どおりには運ばなかったじゃろう？」

「そうですね」ハリーが言った。

「その部分はうまくいきませんでした」

背後《はいご》の生き物が急にビクッと動き、うめいた。ハリーとダンブルドアは、いままでで一番長い間、無言で座《すわ》っていた。その長い時間に、ハリーには、次に何が起こるのかが、静かに降《ふ》る雪のように徐々《じょじょ》に読めてきた。

「僕《ぼく》は、帰らなければならないのですね？」

「君しだいじゃ」

「選べるのですか？」

「おお、そうじゃとも」

ダンブルドアがハリーにほほえみかけた。

「ここはキングズ・クロスだと言うのじゃろう？　もし君が帰らぬと決めた場合は、たぶん……そうじゃな……乗車できるじゃろう」

「それで、汽車は、僕《ぼく》をどこに連れていくのですか？」

「先へ」

ダンブルドアは、それだけしか言わなかった。

また沈黙《ちんもく》が流れた。

「ヴォルデモートは、『ニワトコの杖《つえ》』を手に入れました」

「さよう。ヴォルデモートは、『ニワトコの杖《つえ》』を持っておる」

「それでも先生は、僕《ぼく》に帰ってほしいのですね？」

「わしが思うには」

ダンブルドアが言った。

「もし君が帰ることを選ぶなら、ヴォルデモートの息の根を完全に止める可能性《かのうせい》はある。約束はできぬがのう。しかし、ハリー、わしにはこれだけはわかっておる。君が再《ふたた》びここに戻《もど》るときには、ヴォルデモートほどにここを恐《おそ》れる理由はない」

ハリーは、離《はな》れた所にある椅子《いす》の下の暗がりで、震《ふる》え、息を詰《つ》まらせている生々《なまなま》しい生き物に、もう一度目をやった。

「死者を哀《あわ》れむではない、ハリー。生きている者を哀《あわ》れむのじゃ。特に愛なくして生きている者たちを。君が帰ることで、傷《きず》つけられる人間や、引《ひ》き裂《さ》かれる家族の数を少なくすることができるかもしれぬ。それが君にとって、価値《かち》ある目標と思えるのなら、我々《われわれ》はひとまず別れを告《つ》げることとしよう」

ハリーはうなずいて、ため息をついた。この場所を去ることは、禁《きん》じられた森《もり》に入っていったときに比《くら》べれば、難《むずか》しいとは言えない。しかし、ここは温かく、明るく、平和なのに、これから戻《もど》っていく先には痛《いた》みがあり、さらに多くの命が失われる恐《おそ》れがあることがわかっている。ハリーは立ち上がった。ダンブルドアも腰《こし》を上げ、二人は互《たが》いに、長い間じっと見つめ合った。

「最後に、一つだけ教えてください」

ハリーが言った。

「これは現実《げんじつ》のことなのですか？　それとも、全部、僕《ぼく》の頭の中で起こっていることなのですか？」

ダンブルドアは晴れやかにハリーに笑いかけた。明るい靄《もや》が再《ふたた》び濃《こ》くなり、ダンブルドアの姿《すがた》をおぼろげにしていたが、その声はハリーの耳に大きく強く響《ひび》いてきた。

「もちろん、君の頭の中で起こっていることじゃよ、ハリー。しかし、だからと言って、それが現《げん》実《じつ》ではないと言えるじゃろうか？」

第三十六章 誤《ご》算《さん》

ハリーは再《ふたた》びうつ伏《ぶ》せになって、地面に倒《たお》れていた。禁《きん》じられた森《もり》のにおいが鼻腔《びこう》を満たした。ほおにヒヤリと固い土を感じ、倒《たお》れたときに横にずれためがねの蝶番《ちょうつがい》がこめかみに食《く》い込《こ》むのを感じた。体中が一分のすきもなく痛《いた》み、「死の呪文《じゅもん》」に打たれた箇所《かしょ》は、鉄籠手《てつごて》をつけた拳《こぶし》を打《う》ち込《こ》まれて傷《きず》ついたように感じる。ハリーは、倒《たお》れたままの位置で、左腕《ひだりうで》を不自然な角度に曲げ、口はポカンと開けたままじっとしていた。

ハリーが死んだことを祝う勝利の歓声《かんせい》が聞こえるだろうと思ったが、あたりにはあわただしい足音と、ささやき声や気づかわしげにつぶやく声が満ちているだけだった。

「わが君……**わが君……**」

ベラトリックスの声だった。まるで恋人《こいびと》に話しかけているようだ。ハリーは、目を開ける気にはなれなかったが、すべての感覚で現状《げんじょう》の難《むずか》しさを探《さぐ》ろうとした。胸《むね》に何か固いものが押《お》しつけられているのを感じるので、杖《つえ》はまだローブの下に収《おさ》まっているらしい。胃袋《いぶくろ》のあたりに薄《うす》いクッションが当てられているような感触《かんしょく》からして、「透明《とうめい》マント」もそこに、外からは見えないように隠《かく》されているはずだ。

「**わが君……**」

「もうよい」ヴォルデモートの声がした。

また足音が聞こえた。数人の死喰《しく》い人《びと》が、同じ場所からいっせいに後退《こうたい》したようだ。何が起きているのか、なぜなのかをどうしても知りたくて、ハリーは薄目《うすめ》を開けた。

ヴォルデモートが立ち上がろうとしている気配だ。死喰《しく》い人《びと》が数人、あわててヴォルデモートのそばを離《はな》れ、空き地に勢《せい》ぞろいしている仲間の群《む》れに戻《もど》った。ベラトリックスだけが、ヴォルデモートのそばにひざまずいて、その場に残っていた。

ハリーはまた目を閉《と》じ、いま見た光景のことを考えた。どうやら、ヴォルデモートは倒《たお》れていたらしく、死喰《しく》い人《びと》たちがその周りに集まっていた。「死《し》の呪文《じゅもん》」でハリーを撃《う》ったとき、何かが起こったのだ。ヴォルデモートも気を失ったのだろうか？　どうもそのようだ。すると、二人とも短い時間失神して、二人ともいま戻《もど》ってきた……。

「わが君、どうか私《わたくし》めに――」

「俺様《おれさま》に手助けはいらぬ」

ヴォルデモートが冷たく言った。ハリーには見えなかったが、ベラトリックスが、差し出した手を引《ひ》っ込《こ》める様子が想像《そうぞう》できる。

「あいつは……死んだか？」

空き地は、完全に静まり返っていた。誰《だれ》もハリーに近づかない。しかし、全員の目がハリーに注がれるのを感じ、その力で、ハリーはますます強く地面に押《お》しつけられるような気がした。指一本、まぶたの片方《かたほう》でも、ピクリと動きはしないかとハリーは恐《おそ》れた。

「おまえ」

ヴォルデモートの声とともに、バーンという音がして、痛《いた》そうな小さい悲鳴が聞こえた。

「あいつを調べろ。死んでいるかどうか、俺様《おれさま》に知らせるのだ」

誰《だれ》が検死《けんし》に来るのか、ハリーにはわからなかった。持ち主の意に逆《さか》らいドクドク脈《みゃく》打《う》つ心臓《しんぞう》を抱《かか》えてその場に横たわったまま、ハリーは調べられるのを待った。しかし同時にハリーは、ヴォルデモートが、すべてが計画どおりには運ばなかったことを疑《うたが》い、用心して自分に近づかないのだと気づいて、わずかにではあったがホッとした。思ったよりやわらかい両手が、ハリーの顔に触《ふ》れ、片《かた》方《ほう》のまぶたをめくり上げ、そろそろとシャツの中に入って胸《むね》に下り、心臓《しんぞう》の鼓動《こどう》を探《さぐ》った。ハリーは、女性《じょせい》の速い息づかいを聞き、長い髪《かみ》が顔をくすぐるのを感じた。女性《じょせい》は、ハリーの胸板《むないた》を打つ、しっかりした生命の鼓動《こどう》を感じ取ったはずだ。

「ドラコは生きていますか？　城《しろ》にいるのですか？」

ほとんど聞き取れないほどのかすかな声だった。女性《じょせい》は、唇《くちびる》をハリーの耳につくほど近づけ、覆《おお》いかぶさるようにしてその長い髪《かみ》でハリーの顔を見物人から隠《かく》していた。

「**ええ**」ハリーがささやき返した。

胸《むね》に置かれた手がギュッと縮《ちぢ》み、ハリーは、その爪《つめ》が肌《はだ》に突《つ》き刺《さ》さるのを感じた。その手が引《ひ》っ込《こ》められ、女性《じょせい》は体を起こした。

「死んでいます！」

ナルシッサ・マルフォイが、見守る人々に向かって叫《さけ》んだ。

今度こそ歓声《かんせい》が上がった。死喰《しく》い人《びと》たちが勝利の叫《さけ》びを上げ、足を踏《ふ》み鳴《な》らした。ハリーは、閉《と》じたまぶたを通して、赤や銀色の祝いの閃光《せんこう》がいっせいに空に打ち上げられるのを感じた。地面に倒《たお》れて死んだふりをしながら、ハリーは事態《じたい》を理解《りかい》した。ナルシッサは、息子《むすこ》を探《さが》すには勝利軍としてホグワーツ城《じょう》に入るしかないことを、知っているのだ。ナルシッサにとっては、ヴォルデモートが勝とうが負けようが、もはやどうでもよいことなのだ。

「わかったか？」

ヴォルデモートが、歓声《かんせい》をしのぐかん高い声で叫《さけ》んだ。

「ハリー・ポッターは、俺様《おれさま》の手にかかって死んだ。もはや生ある者で、俺様《おれさま》をおびやかす者は一人もいない！　よく見るのだ！　クルーシオ！　苦しめ！」

ハリーは、こうなることを予想していた。自分の屍《しかばね》が、汚《けが》されることもなく森のしとねに横たわったままでいられるはずがない。ヴォルデモートの勝利を証明《しょうめい》するために、死体に屈辱《くつじょく》を与《あた》えずにはおかないはずだ。ハリーの体は宙《ちゅう》に持ち上げられた。だらりとした様子を保《たも》つには、ありったけの意思の力が必要ではあったが、予想していたような痛《いた》みはなかった。一度、二度、三度と空中に放り上げられ、めがねが吹《ふ》っ飛《と》び、杖《つえ》がローブの下で少しずれるのを感じたが、ハリーは、ぐったりと生気のない状態《じょうたい》を維持《いじ》したままでいた。最後にもう一度地面に落下するハリーを見て、空き地全体にあざけりとかん高い笑い声が響《ひび》き渡《わた》った。

「さあ」

ヴォルデモートが言った。

「城《しろ》へ行くのだ。そして、やつらの英雄《えいゆう》がどんなざまになったかを、見せつけてやるのだ。死体を誰《だれ》に引きずらせてくれよう？　いや――待て――」

あらためて笑いが湧《わ》き起《お》こった。やがてハリーは、体の下の地面が震動《しんどう》するのを感じた。

「貴様《きさま》が運ぶのだ」ヴォルデモートが言った。「貴様《きさま》の腕《うで》の中なら、いやでもよく見えるというものだ。そうではないか？　ハグリッド、貴様《きさま》のかわいい友人を拾え。めがねもだ――めがねをかけさせろ――やつだとわかるようにな」

誰《だれ》かが、わざと乱暴《らんぼう》に、めがねをハリーの顔に戻《もど》した。しかし、ハリーを持ち上げた巨大《きょだい》な両手は、かぎりなくやさしかった。ハリーは、ハグリッドの両腕《りょううで》が、激《はげ》しいすすり泣きで震《ふる》えているのを感じた。両腕《りょううで》であやすように抱《だ》かれたハリーの上に、大粒《おおつぶ》の涙《なみだ》がぼたぼた落ちてきた。こんなハグリッドに、まだすべてが終わったわけではないとほのめかすことなど、とてもできない。ハリーは身動きもせず、言葉も発しなかった。

「行け」

ヴォルデモートの言葉で、ハグリッドは、からみ合った木々を押《お》し分《わ》け、禁《きん》じられた森《もり》の出口に向かって、よろめきながら歩きだした。木の枝《えだ》がハリーの髪《かみ》やローブに引っかかったが、ハリーはじっと動かず、口をだらしなく開けたまま目を閉《と》じていた。あたりは暗く、周りでは死喰《しく》い人《びと》が歓《かん》声《せい》を上げ、ハグリッドは身も世もなく泣きじゃくっていて、ハリーの首筋《くびすじ》が脈打《みゃくう》っているかどうかを確《たし》かめる者は、誰《だれ》もいなかった……。

巨人《きょじん》が二人、死喰《しく》い人《びと》の後ろから、すさまじい音を立てて歩いていた。ハリーの耳に、巨人《きょじん》が通る道々、木々がギシギシときしんで倒《たお》れる音が聞こえた。あまりの騒音《そうおん》に、鳥たちは鋭《するど》い鳴き声を上げながら空に舞《ま》い上《あ》がり、死喰《しく》い人《びと》のあざ笑う声もかき消されるほどだった。勝利の行進は、広々とした校庭を目指して進んだ。しばらくすると、目を閉《と》じていても、暗闇《くらやみ》が薄《うす》れるのが感じられ、木立がまばらになってきたことがわかった。

「ベイン！」

ハグリッドの突然《とつぜん》の大声に、ハリーは危《あや》うく目を開けるところだった。

「満足だろうな、臆病者《おくびょうもの》の駄馬《だば》どもが。おまえたちは戦わんかったんだからな？　満足か、ハリー・ポッターが――死――死んで……？」

ハグリッドは言葉が続かず、新たな涙《なみだ》にむせた。ハリーは、どのくらいのケンタウルスがこの行進を見ているのかと気になったが、危険《きけん》をおかしてまで目を開けようとは思わなかった。群《む》れのそばを通《とお》り過《す》ぎるとき、ケンタウルスに軽蔑《けいべつ》の言葉を浴びせる死喰《しく》い人《びと》もいた。まもなくハリーは、新鮮《しんせん》な空気から、森の端《はし》にたどり着いたことを感じた。

「止まれ」

ハグリッドは、ヴォルデモートの命令に無理やり従《したが》わされたにちがいない。ハグリッドが少しよろめいたのを感じて、ハリーはそう思った。死喰《しく》い人《びと》たちが立っている場所に、いまや冷気が立《た》ち込《こ》め、ハリーの耳に、森の境界《きょうかい》を見回っている吸魂鬼《きゅうこんき》の、ガラガラという息が聞こえてきた。しかし吸魂鬼《きゅうこんき》はもはや、ハリーに影響《えいきょう》を与《あた》えることはないだろう。生《い》き延《の》びたという事実が、あたかも父親の牡鹿《おじか》の守護霊《しゅごれい》がハリーの胸《むね》の中に入《はい》り込《こ》んだように、吸魂鬼《きゅうこんき》に対する護符《ごふ》となって、ハリーの中で燃《も》えていた。

誰《だれ》かが、ハリーのそばを通《とお》り過《す》ぎた。それがヴォルデモート自身であることは、そのすぐあとに、魔法《まほう》で拡大《かくだい》された声が聞こえてきたことからわかった。声は校庭を通って高まり、ハリーの鼓《こ》膜《まく》を破《やぶ》るほどに鳴り響《ひび》いた。

「ハリー・ポッターは死んだ。おまえたちが、やつのために命を投げ出しているときに、やつは、自分だけ助かろうとして、逃《に》げ出《だ》すところを殺された。おまえたちの英雄《えいゆう》が死んだことの証《あかし》に、死《し》骸《がい》を持ってきてやったぞ」

「勝負はついた。おまえたちは戦士《せんし》の半分を失った。俺様《おれさま》の死喰《しく》い人《びと》たちの前に、おまえたちは多《た》勢《ぜい》に無勢《ぶぜい》だ。『生き残った男の子』は完全に敗北した。もはや、戦いはやめなければならぬ。抵抗《ていこう》を続ける者は、男も、女も、子供《こども》も虐殺《ぎゃくさつ》されよう。その家族も同様だ。城《しろ》を捨《す》てよ。俺様《おれさま》の前にひざまずけ。さすれば命だけは助けてやろう。おまえたちの親も、子供《こども》も、兄弟姉妹も生きることができ、許《ゆる》されるのだ。そしておまえたちは、我々《われわれ》がともに作り上げる、新しい世界に参加するのだ」

校庭も城《しろ》も、静まり返っていた。ヴォルデモートがこれほど近くにいては、ハリーはとうてい目を開けることができない。

「来い」

ヴォルデモートがそう言いながら、前に進み出る音が聞こえ、ハグリッドがそのあとに従《したが》わされる動きを感じた。今度こそ、ハリーは薄目《うすめ》を開けた。すると、大蛇《だいじゃ》のナギニを肩《かた》にのせたヴォルデモートが、ハリーとハグリッドの前を意気揚々《いきようよう》と進んでいくのが見えた。ナギニはもう、魔法《まほう》の檻《おり》から解《と》き放《はな》たれていた。しかし、両側を行進する死喰《しく》い人《びと》に気づかれずに、ローブに隠《かく》し持《も》った杖《つえ》を引《ひ》き抜《ぬ》ける可能性《かのうせい》はない。ゆっくりと夜が白みはじめていた……。

「ハリー」ハグリッドがすすり泣いた。「おお、ハリー……ハリー……」

ハリーは再《ふたた》び固く目を閉《と》じた。死喰《しく》い人《びと》たちが城《しろ》に近づいたのを感じ、ハリーは耳をそばだてて、死喰《しく》い人《びと》のザックザックという足音と歓喜《かんき》の声の中から、城《しろ》の内側に生き残っている人々の気配を聞き分けようとした。

「止まれ」

死喰《しく》い人《びと》たちが止まった。開かれた学校の玄関扉《げんかんとびら》に面して、死喰《しく》い人《びと》たちが一列に広がる物音が聞こえた。閉《と》じたまぶたを通してでさえ、玄関《げんかん》ホールからハリーに向かって流れ出す、赤みがかった光が感じ取れた。ハリーは待った。ハリーが命を捨《す》ててまで護《まも》ろうとした人々が、いまにも、ハグリッドの腕《うで》の中で紛《まぎ》れもなく死んでいるハリーを見るはずだ。

「**あぁぁっ！**」

ハリーは、マクゴナガル教授《きょうじゅ》がそんな声を出すとは、夢《ゆめ》にも思わなかった。それだけにその叫《さけ》び声《ごえ》はいっそう悲痛《ひつう》だった。別の女性《じょせい》が、ハリーの近くで声を上げて笑うのが聞こえた。マクゴナガルの絶望《ぜつぼう》の悲鳴で、ベラトリックスが得意《とくい》になっているのだ。ハリーは、ほんの一瞬《いっしゅん》また薄目《うすめ》を開けた。開かれた扉《とびら》から、人々があふれ出るのが見えた。戦いに生き残った人々が玄関前《げんかんまえ》の石段《いしだん》に出て征服者《せいふくしゃ》に対峙《たいじ》し、自らの目でハリーの死の真実を確《たし》かめようとしていた。ヴォルデモートがハリーのすぐ前に立ち、ろうのような指一本でナギニの頭をなでているのが見えた。ハリーはまた目を閉《と》じた。

「そんな！」

「そんな！」

「ハリー！　**ハリー！**」

ロン、ハーマイオニー、そしてジニーの声は、マクゴナガルの声より悲痛《ひつう》だった。ハリーはどんなに声を返したかったことか。しかし、ハリーはなおもだまって、だらんとしたままでいた。三人の叫《さけ》びが引き金になり、生存者《せいぞんしゃ》たちが義《ぎ》に奮《ふる》い立《た》ち、口々に死喰《しく》い人《びと》を罵倒《ばとう》する叫《さけ》び声《ごえ》を上げた。しかし――。

「だまれ！」

ヴォルデモートが叫《さけ》び、バーンという音とまぶしい閃光《せんこう》とともに、全員が沈黙《ちんもく》させられた。

「終わったのだ！　ハグリッド、そいつを俺様《おれさま》の足元に下ろせ。そこが、そいつにふさわしい場所だ！」

ハリーは芝生《しばふ》に下ろされるのを感じた。

「わかったか？」

ヴォルデモートが言った。ハリーが横たわっている場所のすぐ脇《わき》を、ヴォルデモートが大股《おおまた》で往《い》ったり来たりするのを感じた。

「ハリー・ポッターは、死んだ！　惑《まど》わされた者どもよ、いまこそわかっただろう？　ハリー・ポッターは、最初から何者でもなかった。ほかの者たちの犠牲《ぎせい》に頼《たよ》った小僧《こぞう》にすぎなかったのだ！」

「ハリーはおまえを破《やぶ》った！」

ロンの大声で呪文《じゅもん》が破《やぶ》れ、ホグワーツを護《まも》る戦士《せんし》たちが、再《ふたた》び叫《さけ》びだした。しかしまた、さらに強力な爆発音《ばくはつおん》が、再《ふたた》び全員の声を消し去った。

「こやつは、城《しろ》の校庭からこっそり抜《ぬ》け出《だ》そうとするところを殺された」

ヴォルデモートが言った。その声に、自分のうそを楽しむ響《ひび》きがあった。

「自分だけが助かろうとして殺された――」

しかし、ヴォルデモートの声はそこでとぎれた。小走りに駆《か》けだす音、叫《さけ》び声《ごえ》、そしてまたバーンという音が聞こえ、閃光《せんこう》が走って痛《いた》みにうめく声がした。ハリーは、ごくわずかに目を開けた。誰《だれ》かが仲間の群《む》れから飛び出し、ヴォルデモートを攻撃《こうげき》したのだ。その誰《だれ》かが「武装解除《ぶそうかいじょ》」され、地面に打ちつけられるのが見えた。ヴォルデモートは、奪《うば》った挑戦者《ちょうせんしゃ》の杖《つえ》を投《な》げ捨《す》てて、笑っていた。

「いったい誰《だれ》だ？」

ヴォルデモートが、蛇《へび》のようにシューシューと息を吐《は》きながら言った。

「負《ま》け戦《いくさ》を続けようという者が、どんな目にあうか、進んで見本を示《しめ》そうというのは誰《だれ》だ？」

ベラトリックスが、うれしそうな笑い声を上げた。

「わが君、ネビル・ロングボトムです！　カロー兄妹《きょうだい》をさんざんてこずらせた小僧《こぞう》です！　例の闇祓《やみばら》い夫婦《ふうふ》の息子《むすこ》ですが、覚えておいでですか」

「おう、なるほど、覚えている」

ヴォルデモートは、やっと立ち上がったネビルを見下ろした。敵味方《てきみかた》の境《さかい》の戦場に、武器《ぶき》もなく、隠《かく》れる場所もなく、ネビルはただ一人立っていた。

「しかし、おまえは純血《じゅんけつ》だ。勇敢《ゆうかん》な少年よ、そうだな？」

ヴォルデモートは、からっぽの両手で拳《こぶし》を握《にぎ》りしめて、自分と向き合って立っているネビルに問いかけた。

「だったらどうした？」ネビルが大声で言った。

「おまえは、気概《きがい》と勇気のあるところを見せた。それに、おまえは高貴《こうき》な血統《けっとう》の者だ。貴重《きちょう》な死喰《しく》い人《びと》になれる。ネビル・ロングボトム、我々《われわれ》にはおまえのような血筋《ちすじ》の者が必要だ」

「地獄《じごく》の釜《かま》の火が凍《こお》ったら、仲間になってやる」ネビルが言った。「ダンブルドア軍団《ぐんだん》！」

ネビルの叫《さけ》びに応《こた》えて、城《しろ》の仲間から歓声《かんせい》が湧《わ》き起《お》こった。ヴォルデモートの「だまらせ呪文《じゅもん》」でも抑《おさ》えられない声のようだ。

「いいだろう」

ヴォルデモートが言った。なめらかなその声に、ハリーは、最も強力な呪《のろ》いよりも危険《きけん》なものを感じた。

「それがおまえの選択《せんたく》なら、ロングボトムよ、我々《われわれ》はもともとの計画に戻《もど》ろう。どういう結果になろうと——」ヴォルデモートが静かに言った。「おまえが決めたことだ」

薄目《うすめ》を開けたままで、ハリーはヴォルデモートが杖《つえ》を振《ふ》るのを見た。たちまち、破《やぶ》れた城《しろ》の窓《まど》の一つから、不格好《ぶかっこう》な鳥のようなものが、薄明《うすあ》かりの中に飛び出し、ヴォルデモートの手に落ちた。ヴォルデモートは、そのかびだらけのもののとがった端《はし》を持って、振《ふ》った。ぼろぼろで、からっぽの何かが、だらりと垂《た》れ下《さ》がった。組分《くみわ》け帽《ぼう》子《し》だ。

「ホグワーツ校に、組分けはいらなくなる」ヴォルデモートが言った。「四つの寮《りょう》もなくなる。わが高貴《こうき》なる祖先《そせん》であるサラザール・スリザリンの紋章《もんしょう》、盾《たて》、そして旗があれば充分《じゅうぶん》だ。そうだろう、ネビル・ロングボトム？」

ヴォルデモートが杖《つえ》をネビルに向けると、ネビルの体が硬直《こうちょく》した。そして、その頭に、目の下まですっぽり覆《おお》うように、無理やり帽子《ぼうし》がかぶせられた。城《しろ》の前で見ていた仲間の一団《いちだん》が動いた。すると死喰《しく》い人《びと》がいっせいに杖《つえ》を上げ、ホグワーツの戦士《せんし》たちを遠ざけた。

「ネビルがいまここで、愚《おろ》かにも俺様《おれさま》に逆《さか》らい続けるとどうなるかを、見せてくれるわ」

ヴォルデモートはそう言うと、杖《つえ》を軽く振《ふ》った。組分《くみわ》け帽子《ぼうし》がメラメラと燃《も》え上《あ》がった。

悲鳴が夜明けの空気を引き裂《ひさ》いた。ネビルは動くこともできず、その場に根が生えたように立ったまま炎《ほのお》に包まれた。ハリーはこれ以上耐《た》えられなかった。行動しなければ――。

その瞬間《しゅんかん》、一時《いちどき》にいろいろなことが起こった。

遠い校庭の境界《きょうかい》から、どよめきが聞こえた。その場からは見えない遠くの塀《へい》を乗《の》り越《こ》えて、何百人とも思われる人々が押《お》し寄《よ》せ、雄叫《おたけ》びを上げて城《しろ》に突進《とっしん》してくる音だ。同時に、グロウプが、「**ハガー！**」と叫《さけ》びながら、城《しろ》の側面からドスンドスンと現《あらわ》れた。その叫《さけ》びに応《こた》えて、ヴォルデモート側の巨人《きょじん》たちが吼《ほ》え、大地を揺《ゆ》るがしながら、グロウプ目がけて雄象《おすぞう》のように突《つ》っ込《こ》んでいった。

さらにひづめの音が聞こえ、弓弦《ゆんづる》が鳴り、死喰《しく》い人《びと》の上に突然《とつぜん》矢が降《ふ》ってきた。不意をつかれた死喰《しく》い人《びと》は、叫《さけ》び声《ごえ》を上げて隊列を乱《みだ》した。ハリーは、ローブから透明《とうめい》マントを取り出し、パッとかぶって飛び起きた。ネビルも動いた。

すばやいなめらかな動きで、ネビルは自分にかけられていた「金縛《かなしば》りの術《じゅつ》」を解《と》いた。炎上《えんじょう》していた帽子《ぼうし》が落ち、ネビルはその奥《おく》から、何か銀色のものを取り出した。輝《かがや》くルビーの柄《つか》――。銀の剣《つるぎ》を振《ふ》り下《お》ろす音は、押《お》し寄《よ》せる大軍の叫《さけ》びと、巨人《きょじん》のぶつかり合う音、ケンタウルスのひづめの音にのまれて聞こえなかったが、剣《つるぎ》の動きはすべての人の目を引きつけた。ひと太刀《たち》で、ネビルは大蛇《だいじゃ》の首を切り落とした。首は玄関《げんかん》ホールからあふれ出る明かりにぬめぬめと光り、回りながら空中高く舞《ま》った。ヴォルデモートは口を開け、怒《いか》りの叫《さけ》びを上げたが、その声は誰《だれ》の耳にも届《とど》かなかった。そして大蛇《だいじゃ》の胴体《どうたい》は、ドサリとヴォルデモートの足元に落ちた。

透明《とうめい》マントに隠《かく》れたまま、ハリーはヴォルデモートが杖《つえ》を上げる前に、ネビルとの間に「盾《たて》の呪《じゅ》文《もん》」をかけた。その時、悲鳴やわめき声、そして戦う巨人《きょじん》たちがとどろかせる足音を乗《の》り越《こ》えて、ハグリッドの叫《さけ》ぶ声が一段《いちだん》と大きく聞こえてきた。

「**ハリー！**」ハグリッドが叫《さけ》んだ。「**ハリー――ハリーはどこだ？**」

何もかもが混沌《こんとん》としていた。突撃《とつげき》するケンタウルスが死喰《しく》い人《びと》を蹴散《けち》らし、誰《だれ》もが巨人《きょじん》たちに踏《ふ》みつぶされまいと逃《に》げまどっていた。そして、どこからともなく援軍《えんぐん》のとどろきがますます近づいてきた。巨大《きょだい》な翼《つばさ》を持つ生き物たちの、ヴォルデモート側の巨人《きょじん》の頭上を襲《おそ》って飛び回る姿《すがた》が、ハリーの目に入った。セストラルたちとヒッポグリフのバックビークが、巨人《きょじん》たちの目玉を引っかく一方、グロウプは相手をめちゃくちゃになぐりつけていた。そしていまや、ホグワーツの防衛隊《ぼうえいたい》とヴォルデモートの死喰《しく》い人軍団《びとぐんだん》の区別なく、魔法使《まほうつか》いたちは城《しろ》の中に退却《たいきゃく》せざるをえない状態《じょうたい》だった。ハリーは、死喰《しく》い人《びと》を見つけるたびに呪《のろ》いを撃《う》ち、撃《う》たれたほうは、誰《だれ》に何を撃《う》ち込《こ》まれたのかもわからずに倒《たお》れて、退却《たいきゃく》する人々に踏《ふ》みつけられていた。

透明《とうめい》マントに隠《かく》れたまま、人波に押《お》されて玄関《げんかん》ホールに入ったハリーは、ヴォルデモートを探《さが》し、ホールの反対側で呪《のろ》いを放ちながら大広間に後退《こうたい》していく、その姿《すがた》を見つけた。四方八方に呪《のろ》いを飛ばしながら、ヴォルデモートはかん高い声で部下に指令を出し続けていた。ハリーは、ヴォルデモートの犠牲《ぎせい》になりかかっていたシェーマス・フィネガン、ハンナ・アボットに、「盾《たて》の呪文《じゅもん》」をかけた。二人はヴォルデモートの脇《わき》をすり抜《ぬ》けて大広間に飛《と》び込《こ》み、戦いの真っ最中の仲間に加わった。

玄関前《げんかんまえ》の石段《いしだん》には、味方が続々と押《お》し寄《よ》せていた。チャーリー・ウィーズリーがエメラルド色のパジャマを着たままのホラス・スラグホーンを追《お》い越《こ》して入ってくるのが見えた。二人は、ホグワーツに残って戦っていた生徒の家族や友人たちと、ホグズミードに店や家を持つ魔法使《まほうつか》いたちを率《ひき》いて戻《もど》ってきたのだ。ケンタウルスのベイン、ロナン、マゴリアンが、ひづめの音も高く大広間に飛《と》び込《こ》んできたその時、ハリーの背後《はいご》の、厨房《ちゅうぼう》に続く扉《とびら》の蝶番《ちょうつがい》が吹《ふ》き飛《と》んだ。

ホグワーツの屋敷《やしき》しもべ妖精《ようせい》たちが、厨房《ちゅうぼう》の大ナイフや肉切り包丁を振《ふ》りかざし、叫《さけ》び声《ごえ》を上げて玄関《げんかん》ホールにあふれ出てきた。その先頭に立ち、レギュラス・ブラックのロケットを胸《むね》に躍《おど》らせたクリーチャーが、この喧騒《けんそう》の中でもはっきり聞こえる食用ガエルのような声を張《は》り上《あ》げていた。

「戦え！　戦え！　わがご主人様、しもべ妖精《ようせい》の擁護者《ようごしゃ》のために！　闇《やみ》の帝王《ていおう》と戦え！　勇敢《ゆうかん》なるレギュラス様の名のもとに戦え！　戦え！」

しもべ妖精《ようせい》たちは、敵意《てきい》をみなぎらせた小さな顔を生き生きと輝《かがや》かせ、死喰《しく》い人《びと》のくるぶしをめった切りにし、すねを突《つ》き刺《さ》した。ハリーの目の届《とど》くかぎりどこもかしこも、死喰《しく》い人《びと》は、圧倒《あっとう》的《てき》な数に押《お》されて総崩《そうくず》れだった。呪文《じゅもん》に撃《う》たれたり、突き刺《つ》さった矢を傷口《きずぐち》から抜《ぬ》いたり、しもべ妖精《ようせい》に足を刺《さ》される者もいれば、なんとか逃《に》げようとして、押《お》し寄《よ》せる大軍にのみ込《こ》まれる者もいた。

しかし、まだ終わったわけではない。ハリーは一騎打《いっきう》ちする人々の中を駆《か》け抜《ぬ》け、逃《のが》れようともがく捕虜《ほりょ》たちの前を通《とお》り過《す》ぎて、大広間に入った。

ヴォルデモートは戦闘《せんとう》の中心にいて、呪文《じゅもん》の届《とど》く範囲《はんい》一帯に、強力な呪《のろ》いを打《う》ち込《こ》んでいた。ハリーは的確《てきかく》にねらいを定められず、姿《すがた》を隠《かく》したまま、ヴォルデモートにより近づこうと周りをかき分けて進んだ。歩ける者は誰《だれ》もが大広間に押《お》し入《い》ってきて、中はますます混雑《こんざつ》していた。

ハリーは、ヤックスリーが、ジョージとリー・ジョーダンに床《ゆか》に打ちのめされ、ドロホフが、フリットウィックの手にかかって悲鳴を上げて倒《たお》れるのを見た。ワルデン・マクネアは、ハグリッドに取って投げられ、部屋の反対側の石壁《いしかべ》にぶつかって気絶《きぜつ》し、ずるずると壁《かべ》をすべり落ちて床《ゆか》に伸《の》びた。ロンとネビルはフェンリール・グレイバックを倒《たお》し、アバーフォースはルックウッドを「失神」させ、アーサーとパーシーは、シックネスを床《ゆか》に打《う》ち倒《たお》した。ルシウス・マルフォイとナルシッサは、戦おうともせずに、息子《むすこ》の名を叫《さけ》びながら、戦闘《せんとう》の中を走り回っていた。

ヴォルデモートはいま、マクゴナガル、スラグホーン、キングズリーの三人を一度に相手取り、冷たい憎《にく》しみの表情《ひょうじょう》で対峙《たいじ》していた。三人は、呪文《じゅもん》を右へ左へとかわしたり、かいくぐったりしながら包囲していたが、ヴォルデモートをしとめることはできないでいる――。

ベラトリックスも、ヴォルデモートから四、五十メートル離《はな》れた所で、しぶとく戦っていた。主君と同じように、三人を一度に相手取っている。ハーマイオニー、ジニー、ルーナは、力のかぎり戦っていたが、ベラトリックスは一歩も引かなかった。「死《し》の呪文《じゅもん》」がジニーをかすめ、危《あや》うくジニーの命が――。ハリーは、ヴォルデモートから気をそらしてしまった。

ハリーは目標を変え、ヴォルデモートにではなく、ベラトリックスに向かって走りだした。しかし、ほんの数歩も行かないうちに、横様《よこざま》に突《つ》き飛《と》ばされた。

「私《わたし》の娘《むすめ》に何をする！　この女狐《めぎつね》め！」

ウィーズリー夫人は駆《か》け寄《よ》りながらマントをかなぐり捨《す》てて、両腕《りょううで》を自由にした。ベラトリックスはくるりと振《ふ》り返《かえ》り、新しい挑戦者《ちょうせんしゃ》を見て大声を上げて笑った。

「おどき！」

ウィーズリー夫人が三人の女の子をどなりつけ、シュッと杖《つえ》をしごいて決闘《けっとう》に臨《のぞ》んだ。モリー・ウィーズリーの杖《つえ》が空《くう》を切《き》り裂《さ》き、すばやく弧《こ》を描《えが》くのを、ハリーは恐怖《きょうふ》と高揚感《こうようかん》の入りまじった気持ちで見守った。ベラトリックス・レストレンジの顔から笑いが消え、歯をむき出して唸《うな》りはじめた。双方《そうほう》の杖《つえ》から閃光《せんこう》が噴《ふ》き出《だ》し、二人の魔女《まじょ》の足元の床《ゆか》は熱せられて、亀裂《きれつ》が走った。二人とも本気で相手を殺すつもりの戦いだ。

「おやめ！」

応援《おうえん》しようと駆《か》け寄《よ》った数人の生徒に、ウィーズリー夫人が叫《さけ》んだ。

「下がっていなさい！　**下がって！**　この女は私《わたし》がやる！」

何百人という人々がいまや壁際《かべぎわ》に並《なら》び、ふた組の戦いを見守った。ヴォルデモート対三人の相手、ベラトリックス対モリーだ。ハリーは、マントに隠《かく》れたまま立ちすくみ、ふた組の間で心が引《ひ》き裂《さ》かれていた。攻撃《こうげき》したい、しかし護《まも》ってあげたい。それに、罪《つみ》もない者を撃《う》ってしまわないともかぎらない。

「私《わたし》がおまえを殺してしまったら、子供《こども》たちはどうなるだろうね？」

モリーの呪《のろ》いが右に左に飛んでくる中を跳《は》ね回《まわ》りながら、ベラトリックスは、主君同様、狂気《きょうき》の様相でモリーをからかった。

「ママが、フレディちゃんとおんなじようにいなくなったら？」

「おまえなんかに——二度と——私《わたし》の——子供《こども》たちに——手を——触《ふ》れさせて——なるものか！」

ウィーズリー夫人が叫《さけ》んだ。

ベラトリックスは声を上げて笑った。いとこのシリウスが、ベールのむこうに仰向《あおむ》けに倒《たお》れる前に上げた、あの興奮《こうふん》した笑い声と同じだった。突然《とつぜん》ハリーは、次に何が起こるかを予感した。

モリーの呪《のろ》いが、ベラトリックスの伸《の》ばした片腕《かたうで》の下をかいくぐって踊《おど》り上《あ》がり、胸《むね》を直撃《ちょくげき》した。心臓《しんぞう》の真上だ。

ベラトリックスの悦《えつ》に入《い》った笑いが凍《こお》りつき、両眼《りょうがん》が飛び出したように見えた。ほんの一瞬《いっしゅん》だけ、ベラトリックスは何が起こったのかを認識《にんしき》し、次の瞬間《しゅんかん》、ばったり倒《たお》れた。周囲から「ウオーッ」という声が上がり、ヴォルデモートはかん高い叫《さけ》び声《ごえ》を上げた。

ハリーは、スローモーションで振《ふ》り向《む》いたような気がした。目に入ったのは、マクゴナガル、キングズリー、スラグホーンの三人が仰向《あおむ》けに吹《ふ》き飛《と》ばされ、手足をばたつかせながら宙《ちゅう》を飛んでいる姿《すがた》だった。最後の、そして最強の副官が倒《たお》され、ヴォルデモートの怒《いか》りが炸裂《さくれつ》したのだ。ヴォルデモートが杖《つえ》を上げ、モリー・ウィーズリーをねらった。

「プロテゴ！　護《まも》れ！」

ハリーが大声で唱えた。すると「盾《たて》の呪文《じゅもん》」が、大広間の真ん中に広がった。ヴォルデモートは、呪文《じゅもん》の出所を目を凝《こ》らして探《さが》した。その時、ハリーが透明《とうめい》マントを脱《ぬ》いだ。

衝撃《しょうげき》の叫《さけ》びや歓声《かんせい》と、あちこちから湧《わ》き起《お》こる「ハリー！」「**ハリーは生きている！**」の叫《さけ》びは、しかし、たちまちやんだ。ヴォルデモートとハリーがにらみ合い、同時に、互《たが》いに距離《きょり》を保《たも》ったまま円を描《えが》いて動きだしたのを見て、見守る人々は恐《おそ》れ、周囲は静まり返った。

「**誰《だれ》も手を出さないでくれ**」

ハリーが大声で言った。水を打ったような静けさの中で、その声はトランペットのように鳴《な》り響《ひび》いた。

「こうでなければならない。僕《ぼく》でなければならないんだ」

「ポッターは本気ではない」

ヴォルデモートは赤い目を見開き、シューシューと息を吐《は》きながら言った。

「ポッターのやり方はそうではあるまい？　今日は誰《だれ》を盾《たて》にするつもりだ、ポッター？」

「誰《だれ》でもない」ハリーは一言で答えた。

「分霊箱《ぶんれいばこ》はもうない。残っているのはおまえと僕《ぼく》だけだ。一方が生きるかぎり、他方は生きられぬ。二人のうちどちらかが、永遠《えいえん》に去ることになる……」

「どちらかがだと？」

ヴォルデモートがあざけった。全身を緊張《きんちょう》させ、真っ赤な両眼《りょうがん》を見開き、いまにも襲《おそ》いかかろうとする蛇《へび》のようだ。

「勝つのは自分だと考えているのだろうな？　そうだろう？　偶然《ぐうぜん》生き残った男の子。ダンブルドアに操《あやつ》られて生き残った男の子」

「偶然《ぐうぜん》？　母が僕《ぼく》を救うために死んだときのことが、偶然《ぐうぜん》だと言うのか？」

ハリーが問い返した。二人は互《たが》いに等距離《とうきょり》を保《たも》ち、完全な円を描《えが》いて、横へ横へと回《まわ》り込《こ》んでいた。ハリーには、ヴォルデモートの顔しか見えなかった。

「偶然《ぐうぜん》か？　僕《ぼく》があの墓場《はかば》で、戦おうと決意したときのことが？　今夜、身を護《まも》ろうともしなかった僕《ぼく》がまだこうして生きていて、再《ふた》び戦うために戻《もど》ってきたことが、偶然《ぐうぜん》だと言うのか？」

「**偶然《ぐうぜん》だ！**」

ヴォルデモートがかん高く叫《さけ》んだ。しかし、まだ攻撃《こうげき》してこない。見守る群集《ぐんしゅう》は、石のように動かない。何百人もいる大広間の中で、二人以外は誰《だれ》も息をしていないかのようだった。

「偶然《ぐうぜん》だ。たまたまにすぎぬ。おまえは、自分より偉大《いだい》な者たちの陰《かげ》に、めそめそとうずくまっていたというのが事実だ。そして俺様《おれさま》に、おまえの身代わりにそいつらを殺させたのだ！」

「今夜のおまえは、ほかの誰《だれ》も殺せない」

ぐるぐる回《まわ》り込《こ》みながら互《たが》いの目を見すえ、緑の目が赤い目を見つめて、ハリーが言った。

「おまえはもうけっして、誰《だれ》も殺すことはできない。わからないのか？　僕《ぼく》は、おまえがこの人々を傷《きず》つけるのを阻止《そし》するために、死ぬ覚悟《かくご》だった――」

「しかし死ななかったな！」

「――死ぬつもりだった。だからこそ、こうなったんだ。僕《ぼく》のしたことは、母の場合と同じだ。この人たちを、おまえから護《まも》ったのだ。おまえがこの人たちにかけた呪文《じゅもん》は、どれ一つとして完全には効《き》かなかった。まだ気がつかないのか？　おまえは、この人たちを苦しめることはできない。指一本触《ふ》れることはできない。リドル、おまえは過《あやま》ちから学ぶことを知らないのか？」

「**よくも――**」

「ああ、言ってやる」ハリーが言った。「トム・リドル、僕《ぼく》はおまえの知らないことを知っている。おまえにはわからない、大切なことをたくさん知っている。おまえがまた大きな過《あやま》ちを犯《おか》す前に、いくつかでも聞きたいか？」

ヴォルデモートは答えず、獲物《えもの》をねらうように回《まわ》り込《こ》んでいた。ハリーは、一時的にせよヴォルデモートの注意を引きつけ、その動きを封《ふう》じることができたと思った。ハリーがほんとうに究極の秘密《ひみつ》を知っているのではないかというかすかな可能性《かのうせい》に、ヴォルデモートはたじろいでいる……。

「また愛か？」ヴォルデモートが言った。蛇《へび》のような顔があざけっている。「ダンブルドアお気に入りの解決法《かいけつほう》、**愛**。それが、いつでも死に打《う》ち克《か》つとやつは言った。だが、愛は、やつが塔《とう》から落下して、古いろう細工のように壊《こわ》れるのを阻止《そし》しなかったではないか？**愛**、おまえの『穢《けが》れた血《ち》』の母親が、ゴキブリのように俺様《おれさま》に踏《ふ》みつぶされるのを防《ふせ》ぎはしなかったぞ、ポッター——それに、今度こそ、おまえの前に走り出て、俺様《おれさま》の呪《のろ》いを受け止めるほど、おまえを愛している者はいないようだな。さあ、俺様《おれさま》が攻撃《こうげき》すれば、今度は何がおまえの死を防《ふせ》ぐと言うのだ？」

「一つだけある」ハリーが言った。

二人はまだ互《たが》いに回《まわ》り込《こ》み、相手にだけ集中し、最後の秘密《ひみつ》だけが、二人を隔《へだ》てていた。

「いま、おまえを救うものが愛でないのなら」ヴォルデモートが言った。「俺様《おれさま》にはできない魔法《まほう》か、さもなくば俺様《おれさま》の武器《ぶき》より強力な武器《ぶき》を、おまえが持っていると信《しん》じ込《こ》んでいるのか？」

「両方とも持っている」ハリーが言った。

蛇《へび》のような顔に衝撃《しょうげき》がサッと走るのを、ハリーは見逃《みのが》さなかった。しかし、それはたちまち消えた。ヴォルデモートは声を上げて笑いはじめた。悲鳴より、もっと恐《おそ》ろしい声だった。おかしさのかけらもない狂気《きょうき》じみた声が、静まり返った大広間に響《ひび》き渡《わた》った。

「俺様《おれさま》をしのぐ魔法《まほう》を、**おまえが**知っていると言うのか？」ヴォルデモートが言った。「この**俺様**《おれさま》**を**、ヴォルデモート卿《きょう》をしのぐと？　ダンブルドアでさえ夢想《むそう》だにしなかった魔法《まほう》を行った、この俺様《おれさま》をか？」

「いいや、ダンブルドアはそれを夢見《ゆめみ》た」ハリーが言った。「しかし、ダンブルドアは、おまえより多くのことを知っていた。知っていたから、おまえのやったようなことはしなかった」

「つまり、弱かったということだ！」

ヴォルデモートがかん高く叫《さけ》んだ。

「弱いが故《ゆえ》に、できなかったのだ。弱いが故《ゆえ》に、自分の掌握《しょうあく》できたはずのものを、そして俺様《おれさま》が手にしようとしているものを、手に入れられなかっただけのことだ！」

「ちがう。ダンブルドアはおまえより賢明《けんめい》だった」ハリーが言った。「魔法使《まほうつか》いとしても、人間としても、よりすぐれていた」

「俺様《おれさま》が、アルバス・ダンブルドアに死をもたらした！」

「おまえが、そう思《おも》い込《こ》んだだけだ」ハリーが言った。「しかし、おまえはまちがっていた」

見守る群集《ぐんしゅう》が、初めて身動きした。壁際《かべぎわ》の何百人がいっせいに息をのんだ。

「ダンブルドアは死んだ！」

ヴォルデモートは、ハリーに向かってその言葉を投げつけた。その言葉が、ハリーに耐《た》えがたい苦痛《くつう》を与《あた》えるとでもいうように。

「あいつのむくろはこの城《しろ》の校庭の、大理石の墓《はか》の中で朽《く》ちている。俺様《おれさま》はそれを見たのだ、ポッター。あいつは戻《もど》ってはこぬ！」

「そうだ。ダンブルドアは死んだ」ハリーは落ち着いて言った。「しかし、おまえの命令で殺されたのではない。ダンブルドアは、自分の死に方を選んだのだ。死ぬ何か月も前に選んだのだ。おまえが自分の下僕《しもべ》だと思っていたある男と、すべてを示《しめ》し合《あ》わせていた」

「なんたる子供《こども》だましの夢《ゆめ》だ！」

そう言いながらも、ヴォルデモートはまだ攻撃《こうげき》しようとはせず、赤い目はハリーの目をとらえたまま離《はな》さなかった。

「セブルス・スネイプは、おまえのものではなかった」ハリーが言った。「スネイプはダンブルドアのものだった。おまえが僕《ぼく》の母を追いはじめたときから、ダンブルドアのものだった。おまえは、一度もそれに気づかなかった。それは、おまえが理解《りかい》できないもののせいだ。リドル、おまえは、スネイプが守護霊《しゅごれい》を呼《よ》び出《だ》すのを、見たことがなかっただろう？」

ヴォルデモートは答えなかった。二人は、いまにも互《たが》いを引《ひ》き裂《さ》こうとする二頭の狼《おおかみ》のように、回り続けた。

「スネイプの守護霊《しゅごれい》は牝鹿《めじか》だ」ハリーが言った。「僕《ぼく》の母と同じだ。スネイプは子供《こども》のころからほとんど全生涯《ぜんしょうがい》をかけて、ぼくの母を愛したからだ。それに気づくべきだったな」

ヴォルデモートの鼻の穴《あな》がふくらむのを見ながら、ハリーが言った。

「スネイプは、僕《ぼく》の母の命乞《いのちご》いをしただろう？」

「スネイプは、あの女が欲《ほ》しかった。それだけだ」

ヴォルデモートがせせら笑った。

「しかし、あの女が死んでからは、女はほかにもいるし、より純血《じゅんけつ》の、より自分にふさわしい女がいると認《みと》めた――」

「もちろん、スネイプはおまえにそう言った」ハリーが言った。「しかし、スネイプは、おまえが母をおびやかしたその瞬間《しゅんかん》から、ダンブルドアのスパイになった。そして、それ以来ずっと、おまえにそむいて仕事をしてきたんだ！　ダンブルドアは、スネイプが止《とど》めを刺《さ》す前に、もう死にかけていたのだ！」

「どうでもよいことだ！」

一言一言を、魅入《みい》られたように聞いていたヴォルデモートは、かん高く叫《さけ》んで、狂《くる》ったように高笑いした。

「スネイプが俺様《おれさま》のものか、ダンブルドアのものかなど、どうでもよいことだ。俺様《おれさま》の行く手に、二人がどんなつまらぬ邪魔《じゃま》ものを置こうとしたかも問題ではない！　俺様《おれさま》はそのすべてを破壊《はかい》した。スネイプが偉大《いだい》なる**愛**を捧《ささ》げたとかいう、おまえの母親を破壊《はかい》したと同様にだ！　ああ、しかし、これですべてが腑《ふ》に落ちる、ポッター、おまえには理解《りかい》できぬ形でな！」

「ダンブルドアは、ニワトコの杖《つえ》を俺様《おれさま》から遠ざけようとした！　あいつは、スネイプが杖《つえ》の真の持ち主になるように図《はか》った！　しかし、小僧《こぞう》、俺様《おれさま》のほうがひと足早かった——おまえが杖《つえ》に手を触《ふ》れる前に、俺様《おれさま》が杖《つえ》にたどり着いたし、おまえが真実に追いつく前に、俺様《おれさま》が真実を理解《りかい》したのだ。俺様《おれさま》は三時間前に、セブルス・スネイプを殺した。そして、ニワトコの杖《つえ》、死の杖《つえ》、宿命の杖《つえ》は、真に俺様《おれさま》のものになった！　ダンブルドアの最後の 謀《はかりごと》 は、ハリー・ポッター、失敗に終わったのだ！」

「ああ、そのとおりだ」

ハリーが言った。

「おまえの言うとおりだ。しかし、僕《ぼく》を殺そうとする前に、忠告《ちゅうこく》しておこう。自分がこれまでにしてきたことを、考えてみたらどうだ……考えるんだ。リドル、そして、少しは後悔《こうかい》してみろ……」

「何をたわけたことを？」

ハリーがこれまで言ったどんな言葉より、どんな思いがけない事実やあざけりより、これほどヴォルデモートを驚愕《きょうがく》させた言葉はなかった。ハリーは、ヴォルデモートの瞳孔《どうこう》が縮《ちぢ》んで縦長《たてなが》の細い切れ目になり、目の周りの皮膚《ひふ》が白くなるのを見た。

「最後のチャンスだ」ハリーが言った。「おまえには、それしか残された道はない……さもないと、おまえがどんな姿《すがた》になるか、僕《ぼく》は見た……。勇気を出せ……努力するんだ……少しでも後悔《こうかい》してみるんだ……」

「よくもそんなたわ言を──？」ヴォルデモートがまた言った。

「ああ、言ってやるとも」ハリーが言った。

「いいか、リドル。ダンブルドアの最後の計画が失敗したことは、僕《ぼく》にとって裏目《うらめ》に出たわけじゃない。おまえにとって裏目《うらめ》に出ただけだ」

ニワトコの杖《つえ》を握《にぎ》る、ヴォルデモートの手が震《ふる》えていた。そしてハリーは、ドラコの杖《つえ》をいっそう固く握《にぎ》りしめた。その瞬間《しゅんかん》がもう数秒後に迫《せま》っていることを、ハリーは感じた。

「その杖《つえ》はまだ、おまえにとっては本来の機能《きのう》をはたしていない。なぜなら、おまえが殺す相手をまちがえたからだ。セブルス・スネイプが、ニワトコの杖《つえ》の真の所有者だったことはない。スネイプが、ダンブルドアを打ち負かしたのではない」

「スネイプが殺した――」

「聞いていないのか？　**スネイプはダンブルドアを打ち負かしてはいない！**　ダンブルドアの死は、二人の間で計画されていたことなんだ！　ダンブルドアは、杖《つえ》の最後の真の所有者として、敗北せずに死ぬつもりだった！　すべてが計画どおりに運んでいたら、杖《つえ》の魔力《まりょく》はダンブルドアとともに死ぬはずだった。なぜなら、ダンブルドアから杖《つえ》を勝ち取る者は、誰《だれ》もいないからだ！」

「それなら、ポッター、ダンブルドアは俺様《おれさま》に杖《つえ》をくれたも同然だ！」

ヴォルデモートの声は、邪悪《じゃあく》な喜びで震《ふる》えていた。

「俺様《おれさま》は、最後の所有者の墓《はか》から、杖《つえ》を盗《ぬす》み出《だ》した！　最後の所有者の望みに反して、杖《つえ》を奪《うば》った！　杖《つえ》の力は俺様《おれさま》のものだ！」

「まだわかっていないらしいな、リドル？　杖《つえ》を所有するだけでは充分《じゅうぶん》ではない！　杖《つえ》を持って使うだけでは、杖《つえ》はほんとうにおまえのものにはならない。オリバンダーの話を聞かなかったのか？　**杖《つえ》は魔法使《まほうつか》いを選ぶ**……ニワトコの杖《つえ》は、ダンブルドアが死ぬ前に新しい持ち主を認識《にんしき》した。その杖《つえ》に一度も触《ふ》れたことさえない者だ。新しい主人は、ダンブルドアの意思に反して杖《つえ》を奪《うば》った。その実、自分が何をしたのかに一度も気づかずに。この世で最も危険《きけん》な杖《つえ》が、自分に忠誠《ちゅうせい》を捧《ささ》げたとも知らずに……」

ヴォルデモートの胸《むね》は激《はげ》しく波打っていた。ハリーは、いまにも呪《のろ》いが飛んでくることを感じ取っていた。自分の顔をねらっている杖《つえ》の中に、しだいに高まっているものを感じていた。

「ニワトコの杖《つえ》の真の主人は、ドラコ・マルフォイだった」

ヴォルデモートの顔が、衝撃《しょうげき》で一瞬《いっしゅん》ぼうぜんとなった。しかし、それもすぐに消えた。

「それが、どうだというのだ？」

ヴォルデモートは静かに言った。

「おまえが正しいとしても、ポッター、おまえにも俺様《おれさま》にもなんら変わりはない。おまえにはもう不死鳥《ふしちょう》の杖《つえ》はない。我々《われわれ》は技《わざ》だけで決闘《けっとう》する……そして、おまえを殺してから、俺様《おれさま》はドラコ・マルフォイを始末する……」

「遅《おそ》すぎたな」

ハリーが言った。

「おまえは機会を逸《いっ》した。僕《ぼく》が先にやってしまった。何週間も前に、僕《ぼく》はドラコを打ち負かした。この杖《つえ》はドラコから奪《うば》ったものだ」

ハリーは、サンザシの杖《つえ》をピクピク動かした。大広間の目という目が、その杖《つえ》に注がれるのを、ハリーは感じた。

「要するに、すべてはこの一点にかかっている。ちがうか？」

ハリーはささやくように言った。

「おまえの手にあるその杖《つえ》が、最後の所有者が『武装解除《ぶそうかいじょ》』されたことを知っているかどうかだ。もし知っていれば……ニワトコの杖《つえ》の真の所有者は、僕《ぼく》だ」

二人の頭上の、魔法《まほう》で空を模《も》した天井《てんじょう》に、突如《とつじょ》、茜色《あかねいろ》と金色《こんじき》の光が広がり、一番近い窓《まど》のむこうに、まぶしい太陽の先端《せんたん》が顔を出した。光は同時に二人の顔に当たった。ヴォルデモートの顔が、突然《とつぜん》ぼやけた炎《ほのお》のようになった。ヴォルデモートのかん高い叫《さけ》びを聞くと同時に、ハリーはドラコの杖《つえ》でねらいを定め、天に向かって一心込《こ》めて叫《さけ》んでいた。

「アバダ　ケダブラ！」

「エクスペリアームス！」

ドーンという大砲《たいほう》のような音とともに、二人が回《まわ》り込《こ》んでいた円の真ん中に、黄金の炎《ほのお》が噴《ふ》き出《だ》し、二つの呪文《じゅもん》が衝突《しょうとつ》した点を印《しる》した。ハリーは、ヴォルデモートの緑の閃光《せんこう》が自分の呪文《じゅもん》にぶつかるのを見た。ニワトコの杖《つえ》は高く舞《ま》い上《あ》がり、朝日を背《せ》に、黒々と、ナギニの頭部のようにくるくると回りながら、魔法《まほう》の天井《てんじょう》を横切ってご主人様の元へと向かった。ついに杖《つえ》を完全に所有することになった持ち主に向かって、自分が殺しはしないご主人様に向かって飛んできた。的を逃《のが》さないシーカーの技《わざ》で、ハリーの空いている片手《かたて》が杖《つえ》をとらえた。その時、ヴォルデモートが両腕《りょううで》を広げてのけぞり、真っ赤な目の、切れ目のように細い瞳孔《どうこう》が裏返《うらがえ》った。トム・リドルは、ありふれた最期《さいご》を迎《むか》えて床《ゆか》に倒《たお》れた。その身体《からだ》は弱々しくしなび、ろうのような両手には何も持たず、蛇《へび》のような顔はうつろで、何も気づいてはいない。ヴォルデモートは、跳《は》ね返《かえ》った自らの呪文《じゅもん》に撃《う》たれて死んだ。そしてハリーは、二本の杖《つえ》を手に、敵《てき》の抜《ぬ》け殻《がら》をじっと見下ろしていた。

身震《みぶる》いするような一瞬《いっしゅん》の沈黙《ちんもく》が流れ、衝撃《しょうげき》が漂《ただよ》った。次の瞬間《しゅんかん》、ハリーの周囲がドッと沸《わ》いた。見守っていた人々の悲鳴、歓声《かんせい》、叫《さけ》びが空気をつんざく。新しい太陽が、強烈《きょうれつ》な光で窓《まど》を輝《かがや》かせ、人々はワッとハリーに駆《か》け寄《よ》った。真っ先にロンとハーマイオニーが近づき、二人の腕《うで》がハリーに巻《ま》きついた。二人のわけのわからない叫《さけ》び声《ごえ》が、ハリーの耳にガンガン響《ひび》いた。そしてジニーが、ネビルが、ルーナがいた。それからウィーズリー一家とハグリッドが、キングズリーとマクゴナガルが、フリットウィックとスプラウトがいた。

ハリーは、誰《だれ》が何を言っているのか一言も聞き取れず、誰《だれ》の手がハリーをつかんでいるのか、引《ひ》っ張《ぱ》っているのか、体のどこか一部を抱《だ》きしめようとしているのか、わからなかった。何百という人々がハリーに近寄《ちかよ》ろうとし、なんとかして触《ふ》れようとしていた。

ついに終わったのだ。「生き残った男の子」のおかげで——。

ゆっくりと、ホグワーツに太陽が昇《のぼ》った。そして大広間は生命と光で輝《かがや》いた。歓喜《かんき》と悲しみ、哀悼《あいとう》と祝賀の入りまじったうねりに、ハリーは欠かせない主役だった。みんながハリーを求めていた。指導者《しどうしゃ》であり象徴《しょうちょう》であり、救い主であり先導者《せんどうしゃ》であるハリーと一緒《いっしょ》にいたがった。ハリーが寝《ね》ていないことも、ほんの数人の人間と一緒《いっしょ》に過《す》ごしたくてしかたがないことも、誰《だれ》も思いつかないようだった。遺族《いぞく》と話をして手を握《にぎ》り、その涙《なみだ》を見つめ、感謝《かんしゃ》の言葉を受けたりしなければならなかった。

陽《ひ》が昇《のぼ》るにつれ、四方八方からいつの間にか報《しら》せが入ってきた。国中で「服従《ふくじゅう》の呪文《じゅもん》」にかけられていた人々が我《われ》に返ったこと、死喰《しく》い人《びと》たちが逃亡《とうぼう》したり捕《つか》まったりしていること、アズカバンに収監《しゅうかん》されていた無実の人々が、いまこの瞬間《しゅんかん》に解放《かいほう》されていること、そして、キングズリー・シャックルボルトが魔法省《まほうしょう》の暫定大臣《ざんていだいじん》に指名されたこと、などなど……。

ヴォルデモートの遺体《いたい》は、大広間から運び出され、フレッド、トンクス、ルーピン、コリン・クリービー、そしてヴォルデモートと戦って死んだ五十人以上に上る人々のなきがらとは離《はな》れた小部屋に置かれた。マクゴナガルは寮《りょう》の長テーブルを元どおりに置いたが、もう誰《だれ》も、各寮《かくりょう》に分かれて座《すわ》りはしなかった。みんながまじり合い、先生も生徒も、ゴーストも家族も、ケンタウルスも屋敷《やしき》しもべ妖精《ようせい》も一緒《いっしょ》だった。フィレンツェは隅《すみ》に横たわり、回復《かいふく》しつつあったし、グロウプは壊《こわ》れた窓《まど》からのぞき込《こ》んでいた。そしてみんなが、グロウプの笑った口に食べ物を投げ込《な》《こ》んでいた。しばらくして、疲労困憊《ひろうこんぱい》したハリーは、ルーナが同じベンチの隣《となり》に座《すわ》っていることに気づいた。

「あたしだったら、しばらく一人で静かにしていたいけどな」ルーナが言った。

「そうしたいよ」ハリーが言った。

「あたしが、みんなの気をそらしてあげるもン」ルーナが言った。

「『マント』を使ってちょうだいね」

ハリーが何も言わないうちに、ルーナが叫《さけ》んだ。

「うわァー、見て。ブリバリング・ハムディンガーだ！」

そしてルーナは窓《まど》の外を指差した。聞こえた者はみな、その方向を見た。ハリーは「マント」をかぶり、立ち上がった。

ハリーはもう、誰《だれ》にも邪魔《じゃま》されずに大広間を移動《いどう》できた。二つ離《はな》れたテーブルに、ジニーを見つけた。母親の肩《かた》に頭をもたせて座《すわ》っている。ジニーと話す時間はこれから来るはずだ。何時間も、何日も、いやたぶん何年も。ネビルが見えた。食事している皿の横に、グリフィンドールの剣《つるぎ》を置き、何人かの熱狂的《ねっきょうてき》な崇拝者《すうはいしゃ》に囲まれている。テーブルとテーブルの間の通路を歩いていると、マルフォイ家の三人が、はたしてそこにいてもいいのだろうか、という顔で小さくなっているのが見えた。しかし、誰《だれ》も三人のことなど気にかけていなかった。目の届《とど》くかぎり、あちこちで家族が再《さい》会《かい》していた。そしてやっと、ハリーは一番話したかった二人を見つけた。

「僕《ぼく》だよ」

ハリーは二人の間にかがんで、耳打ちした。

「一緒《いっしょ》に来てくれる？」

二人はすぐに立ち上がり、ハリー、ロン、ハーマイオニーの三人は、一緒《いっしょ》に大広間を出た。大理石の階段《かいだん》は、あちこちが大きく欠け、手すりの一部もなくなっていたし、数段《すうだん》上がるたびに瓦礫《がれき》や血の跡《あと》が見えた。

どこか遠くで、ピーブズが、廊下《ろうか》をブンブン飛びまわりながら、自作自演《じさくじえん》で勝利の歌を歌っているのが聞こえた。

やったぜ　勝ったぜ　俺《おれ》たちは
ちびポッターは　英雄《えいゆう》だ
ヴォルちゃんついに　ボロちゃんだ
飲めや　歌えや　さあ騒《さわ》げ！

「まったく、事件《じけん》の重大さと悲劇性《ひげきせい》を、感じさせてくれるよな？」

ドアを押《お》し開《あ》けてハリーとハーマイオニーを先に通しながら、ロンが言った。

幸福感はそのうちやってくるだろう、とハリーは思った。しかしいまは、疲労感《ひろうかん》のほうが勝《まさ》っていた。それに、フレッド、ルーピン、トンクスを失った痛《いた》みが、数歩歩くごとに肉体的な傷《きず》のようにキリキリと刺《さ》し込《こ》んできた。ハリーはいま、何よりもまず、大きな肩《かた》の荷が下りたことを感じ、とにかく眠《ねむ》りたかった。

しかし、その前に、ロンとハーマイオニーに説明しなければならない。これだけ長い間、ハリーと行動をともにしてきた二人には、真実を知る権利《けんり》がある。一つ一つ事細かに、ハリーは「憂《うれ》いの篩《ふるい》」で見たことを物語り、禁《きん》じられた森《もり》での出来事を話した。二人が受けた衝撃《しょうげき》と驚《おどろ》きをまだ口に出す間もないうちに、三人はもう、暗黙《あんもく》のうちに目的地と定めていた場所に着いていた。

校長室の入口を護衛《ごえい》する怪獣像《ガーゴイル》は、ハリーが最後に見たあと、打たれて横にずれていた。横に傾《かたむ》いて、少しふらふらしている様子で、もう合言葉もわからないのではないかとハリーは思った。

「上に行ってもいいですか？」ハリーは怪獣像《ガーゴイル》に聞いた。

「ご自由に」怪獣像《ガーゴイル》がうめいた。

三人は怪獣像《ガーゴイル》を乗《の》り越《こ》えて、石の螺旋階段《らせんかいだん》に乗り、エスカレーターのようにゆっくりと上に運ばれていった。階段《かいだん》の一番上で、ハリーは扉《とびら》を押《お》し開《あ》けた。

石の「憂《うれ》いの篩《ふるい》」が、机《つくえ》の上のハリーが置いた場所にあった。それをひと目見ると同時に、耳をつんざく騒音《そうおん》が聞こえ、ハリーは思わず叫《さけ》び声《ごえ》を上げた。呪《のろ》いをかけられたか、死喰《しく》い人《びと》が戻《もど》ってきてヴォルデモートが復活《ふっかつ》したか、と思ったのだ――。

しかしそれは、拍手《はくしゅ》だった。周り中の壁《かべ》で、ホグワーツの歴代校長たちが総立《そうだ》ちになって、ハリーに拍手《はくしゅ》していた。帽子《ぼうし》を振《ふ》り、ある者はかつらを打《う》ち振《ふ》りながら、校長たちは額《がく》から手を伸《の》ばし、互《たが》いの手を強く握《にぎ》りしめていた。描《えが》かれた椅子《いす》の上で、跳《と》びはねて踊《おど》っている。ディリス・ダーウェントは人目もはばからず泣き、デクスター・フォーテスキューは旧式《きゅうしき》のラッパ型補聴器《がたほちょうき》を振《ふ》り、フィニアス・ナイジェラスは、持ち前のかん高い不快《ふかい》な声で叫《さけ》んでいる。

「それに、スリザリン寮《りょう》がはたした役割《やくわり》を、特筆しようではないか！　我《われ》らが貢献《こうけん》を忘《わす》れるなかれ！」

しかしハリーの目は、校長の椅子《いす》のすぐ後ろにかかっている一番大きな肖像画《しょうぞうが》の中に立つ、ただ一人に注がれていた。半月形のめがねの奥《おく》から、長い銀色のあごひげに涙《なみだ》が滴《したた》っていた。その人からあふれ出てくる誇《ほこ》りと感謝《かんしゃ》の念は、不死鳥《ふしちょう》の歌声と同じ癒《い》やしの力でハリーを満たした。

やがてハリーは両手を挙げた。すると肖像画《しょうぞうが》たちは、敬意《けいい》を込《こ》めて静かになり、ほほえみかけたり目をぬぐったりしながら、耳を澄《す》ましてハリーの言葉を待った。しかしハリーは、ダンブルドアだけに話しかけ、細心の注意を払《はら》って言葉を選んだ。つかれはて、目もかすんでいたが、最後の忠《ちゅう》告《こく》を求めるために、ハリーは残る力を振《ふ》りしぼった。

「スニッチに隠《かく》されていたものは――」

ハリーは語りかけた。

「森で落としてしまいました。その場所ははっきりとは覚えていません。でも、もう探《さが》しに行くつもりもありません。それでいいでしょうか？」

「ハリーよ、それでよいとも」

ダンブルドアが言った。ほかの肖像画《しょうぞうが》は、わけがわからず、なんのことやらと興味《きょうみ》を引かれた顔だった。

「賢明《けんめい》で勇気ある決断《けつだん》じゃ。君なら当然そうするじゃろうと思っておった。誰《だれ》かほかに、落ちた場所を知っておるか？」

「誰《だれ》も知りません」

ハリーが答えると、ダンブルドアは満足げにうなずいた。

「でも、イグノタスの贈り物《おくりもの》は持っているつもりです」

ハリーが言うと、ダンブルドアはニッコリした。

「もちろんハリー、君が子孫に譲《ゆず》るまで、それは永久《えいきゅう》に君のものじゃ！」

「それから、これがあります」

ハリーがニワトコの杖《つえ》を掲《かか》げると、ロンとハーマイオニーがうやうやしく杖《つえ》を見上げた。ぼんやりした寝不足《ねぶそく》の頭でも、ハリーはそんな表情《ひょうじょう》は見たくないと感じた。

「僕《ぼく》は、欲《ほ》しくありません」ハリーが言った。

「なんだって？」ロンが大声を上げた。「気は確《たし》かか？」

「強力な杖《つえ》だということは知っています」

ハリーはうんざりしたように言った。

「でも、僕《ぼく》は、自分の杖《つえ》のほうが気に入っていた。だから……」

ハリーは首にかけた巾着《きんちゃく》を探《さぐ》って、二つに折れて、ごく細い不死鳥《ふしちょう》の尾羽根《おばね》だけでかろうじてつながっている柊《ひいらぎ》の杖《つえ》を取り出した。ハーマイオニーは、これだけひどく壊《こわ》れた杖《つえ》は、もう直らないと言った。ハリーは、もしこれがだめなら、もう望みはないということだけがわかっていた。

ハリーは折れた杖《つえ》を校長の机《つくえ》に置き、ニワトコの杖《つえ》の先端《せんたん》で触《ふ》れながら唱えた。

「レパロ、直れ」

ハリーの杖《つえ》が再《ふたた》びくっつき、先端《せんたん》から赤い火花が飛び散った。ハリーは成功したことを知った。ハリーが柊《ひいらぎ》と不死鳥《ふしちょう》の杖《つえ》を取り上げると、突然《とつぜん》、指が温かくなるのを感じた。まるで杖《つえ》と手が、再会《さいかい》を喜び合っているかのようだった。

「僕《ぼく》はニワトコの杖《つえ》を」

心からの愛情《あいじょう》と称賛《しょうさん》のまなざしで、じっとハリーを見ているダンブルドアに、ハリーは話しかけた。

「元の場所に戻《もど》します。杖《つえ》はそこにとどまればいい。僕《ぼく》がイグノタスと同じように自然に死を迎《むか》えれば、杖《つえ》の力は破《やぶ》られるのでしょう？　最後の持ち主は敗北しないままで終わる。それで杖《つえ》はおしまいになる」

ダンブルドアはうなずいた。二人は互《たが》いにほほえみ合った。

「本気か？」

ロンが聞いた。ニワトコの杖《つえ》を見るロンの声に、かすかに物欲《ものほ》しそうな響《ひび》きがあった。

「ハリーが正しいと思うわ」

ハーマイオニーが静かに言った。

「この杖《つえ》は、役に立つどころか、やっかいなことばかり引き起こしてきた」

ハリーが言った。

「それに、正直言って――」

ハリーは肖像画《しょうぞうが》たちから顔をそらし、グリフィンドール塔《とう》で待っている、四本柱のベッドのことだけを思《おも》い浮《う》かべ、クリーチャーがそこにサンドイッチを持ってきてくれないかな、と考えながら言った。

「僕《ぼく》はもう、一生分のやっかいを充分《じゅうぶん》味わったよ」

終章　十九年後

その年の秋は、突然《とつぜん》やってきた。九月一日の朝はリンゴのようにサクッとして黄金色《こがねいろ》だった。小さな家族の集団《しゅうだん》が、車の騒音《そうおん》の中を、すすけた大きな駅に向かって急いでいた。車の排気《はいき》ガスと行《ゆ》き交《か》う人々の息が、冷たい空気の中で、クモの巣のように輝《かがや》いていた。父親と母親が、荷物でいっぱいのカートを一台ずつ押《お》し、それぞれの上に大きな鳥かごがカタカタ揺《ゆ》れていた。かごの中のふくろうが、怒《おこ》ったようにホーホーと鳴いている。泣きべそをかいた赤毛の女の子が、父親の腕《うで》にすがり、二人の兄のあとについてぐずぐずと歩いていた。

「もうすぐだよ、リリーも行くんだからね」ハリーが、女の子に向かって言った。

「二年先だわ」リリーが鼻を鳴らしながら言った。「**いますぐ**行きたい！」

人混《ひとご》みを縫《ぬ》って九番線と十番線の間の柵《さく》に向かう家族とふくろうを、通勤者《つうきんしゃ》たちが物めずらしげにじろじろ見ていた。先を歩くアルバスの声が、周りの騒音《そうおん》を超《こ》えてハリーの耳に届《とど》いた。息子《むすこ》た

ちは、車の中で始めた口論《こうろん》を蒸《む》し返《かえ》していた。

「僕《ぼく》、**絶対《ぜったい》ちがう！　絶対《ぜったい》**スリザリンじゃない！」

「ジェームズ、いいかげんにやめなさい！」ジニーが言った。

「僕《ぼく》、ただ、こいつが**そうなるかもしれない**って言っただけさ」ジェームズが弟に向かってニヤリと笑った。「別に悪いことなんかないさ。こいつは**もしかしたら**スリザ――」

しかし、母親の目を見たジェームズは、口をつぐんだ。ポッター家の五人が、柵《さく》に近づいた。ちょっと生意気な目つきで弟を振《ふ》り返《かえ》りながら、ジェームズは母親の手からカートを受け取って走りだした。次の瞬間《しゅんかん》、ジェームズの姿《すがた》は消えていた。

「手紙をくれるよね？」アルバスは、兄のいなくなった一瞬《いっしゅん》を逃《のが》さず、すばやく両親に頼《たの》んだ。

「そうしてほしければ、毎日でも」ジニーが言った。

「**毎日**じゃないよ」アルバスが急いで言った。「ジェームズが、家からの手紙はだいたいみんな、一か月に一度しか来ないって言ってた」

「お母さんたちは去年、週に三度もジェームズに手紙を書いたわ」ジニーが言った。

「それから、お兄ちゃんがホグワーツについて言うことを、何もかも信じるんじゃないよ」ハリーが口をはさんだ。「冗談《じょうだん》が好きなんだから。おまえのお兄ちゃんは」

二人は並《なら》んでもう一台のカートを押《お》し、だんだん速度を上げた。柵《さく》に近づくとアルバスはひるんだが、衝突《しょうとつ》することはなかった。そして家族はそろって、九と四分の三番線に現《あらわ》れた。

紅色《くれないいろ》のホグワーツ特急がもくもくと吐《は》き出《だ》す濃《こ》い白煙《はくえん》で、あたりがぼんやりしていた。その霞《かすみ》の中を、誰《だれ》だか見分けがつかない大勢《おおぜい》の人影《ひとかげ》が動き回っていて、ジェームズはすでにその中に消えていた。

「みんなは、どこなの？」プラットホームを先へと進み、ぼやけた人影《ひとかげ》のそばを通《とお》り過《す》ぎるたびにのぞき込《こ》みながら、アルバスが心配そうに聞いた。

「ちゃんと見つけるから大丈夫《だいじょうぶ》よ」ジニーがなだめるように言った。

しかし、濃《こ》い蒸気《じょうき》の中で、人の顔を見分けるのは難《むずか》しかった。持ち主から切《き》り離《はな》された声だけが、不自然に大きく響《ひび》いていた。ハリーは、箒《ほうき》に関する規則《きそく》を声高に論《ろん》じているパーシーの声を聞きつけたが、白煙《はくえん》のおかげで立ち止まって挨拶《あいさつ》せずにすみ、よかったと思った。

「アル、きっとあの人たちだわ」突然《とつぜん》ジニーが言った。

霞《かすみ》の中から、最後部の車両の脇《わき》に立っている、四人の姿《すがた》が見えてきた。ハリー、ジニー、リリー、アルバスは、すぐ近くまで行ってやっと、その四人の顔をはっきり見た。

「やあ」アルバスは心からホッとしたような声で言った。

もう真新しいホグワーツのローブに着替《きが》えたローズが、アルバスにニッコリ笑いかけた。

「それじゃ、車は無事、駐車《ちゅうしゃ》させたんだな？」ロンがハリーに聞いた。「僕《ぼく》は、ちゃんとやったよ。ハーマイオニーは、僕《ぼく》がマグルの運転試験に受かるとは思っていなかったんだ。だろ？　僕《ぼく》が試験官に『錯乱《さくらん》の呪文《じゅもん》』をかけるはめになるんじゃないかって予想してたのさ」

「そんなことないわ」ハーマイオニーが抗議《こうぎ》した。「私《わたし》、あなたを完全に信用していたもの」

「実は、**ほんとに**『錯乱《さくらん》』させたんだ」

アルバスのトランクとふくろうを汽車に積《つ》み込《こ》むのを手伝いながら、ロンがハリーにささやいた。

「僕《ぼく》、バックミラーを見るのを忘《わす》れただけなんだから。だって、考えても見ろよ、僕《ぼく》はそのかわりに『超感覚呪文《ちょうかんかくじゅもん》』が使えるんだぜ」

プラットホームに戻《もど》ると、リリーと、ローズの弟のヒューゴが、晴れてホグワーツに行く日が来たら、どの寮《りょう》に組分けされるかについてさかんに話し合っていた。

「グリフィンドールに入らなかったら、勘当《かんどう》するぞ」ロンが言った。「プレッシャーをかけるわけじゃないけどね」

「**ロン！**」ハーマイオニーがたしなめた。

リリーとヒューゴは笑ったが、アルバスとローズは真剣《しんけん》な顔をした。

「本気じゃないのよ」

ハーマイオニーとジニーが取りなしたが、ロンはそんなことはとっくに忘《わす》れ、ハリーに目配せして、四、五十メートルほど離《はな》れたあたりを、そっとあごで示《しめ》した。一瞬蒸気《いっしゅんじょうき》が薄《うす》れて、移動《いどう》する煙《けむり》を背景《はいけい》にした三人の影《かげ》が、くっきりと浮《う》かび上《あ》がっていた。

「あそこにいるやつを見てみろよ」

妻《つま》と息子《むすこ》を伴《ともな》ったドラコ・マルフォイが、ボタンをのど元まできっちりとめた黒いコートを着て立っていた。額《ひたい》がややはげ上がり、その分とがったあごが目立っている。その息子《むすこ》は、アルバスがハリーに似《に》ているると同じくらい、ドラコに似《に》ていた。

ドラコはハリー、ロン、ハーマイオニー、そしてジニーが自分を見つめていることに気づき、そっけなく頭を下げ、すぐに顔をそむけた。

「あれがスコーピウスって息子《むすこ》だな」ロンが声を低めて言った。

「ロージィ、試験は全科目あいつに勝てよ。ありがたいことに、おまえは母さんの頭を受《う》け継《つ》いでる」

「ロン、そんなこと言って」ハーマイオニーは半分厳《きび》しく、半分おもしろそうに言った。

「学校に行く前から、反目させちゃだめじゃないの！」

「君の言うとおりだ、ごめん」

そう言いながらもロンは、がまんできずにもう一言つけ加えた。

「だけど、ロージィ、あいつと**あんまり**親しくなるなよ。おまえが純血《じゅんけつ》なんかと結婚《けっこん》したら、ウィーズリーおじいちゃんが、絶対許《ぜったいゆる》さないぞ」

「ねぇ、ねぇ！」

ジェームズが再《ふたた》び顔を出した。トランクもふくろうもカートも、もうどこかにやっかいばらいしてきたらしく、ニュースを伝えたくてむずむずしている。

「テディがあっちのほうにいるよ」

ジェームズは振《ふ》り返《かえ》って、もくもく上がる蒸気《じょうき》のむこうを指した。

「いま、そこでテディを見たんだ！　それで、何してたと思う？　**ビクトワールにキスしてた！**」

たいして反応《はんのう》がないので、ジェームズは明らかにがっかりした顔で、大人たちを見上げた。

「**あの**テディだよ！　**テディ・ルーピン！　あの**ビクトワールにキスしてたんだよ！　**僕《ぼく》たち**のいとこの！　だから僕《ぼく》、テディに何してるのって聞いたんだ――」

「二人の邪魔《じゃま》をしたの？」ジニーが言った。「あなたって、**ほんとうに**ロンにそっくり――」

「――そしたらテディは、ビクトワールを見送りに来たって言った！　そして僕《ぼく》、あっちに行けって言われた。テディはビクトワールに**キス**してたんだよ！」

ジェームズは、自分の言ったことが通じなかったのではないかと、気にしているようにくり返した。

「ああ、あの二人が結婚《けっこん》したらすてきなのに！」

リリーがうっとりとささやいた。

「そしたらテディは、**ほんとうに**私《わたし》たちの家族になるわ！」

「テディは、いまだって週に四回ぐらいは、僕《ぼく》たちの所に夕食を食べにくる」ハリーが言った。

「いっそ、僕《ぼく》たちと一緒《いっしょ》に住むようにすすめたらどうかな？　そのほうがてっとりばやい」

「いいぞ！」ジェームズが熱狂的《ねっきょうてき》に言った。「僕《ぼく》、アルと一緒《いっしょ》の部屋でかまわないよ――テディが僕《ぼく》の部屋を使えばいい！」

「だめだ」ハリーがきっぱり言った。「おまえとアルが一緒《いっしょ》の部屋になるのは、家を壊《こわ》してしまいたいときだけだ」

ハリーは、かつてフェービアン・プルウェットのものだった、使《つか》い込《こ》まれた腕時計《うでどけい》を見た。

「まもなく十一時だ。汽車に乗ったほうがいい」

「ネビルに、私《わたし》たちからよろしくって伝えるのを忘《わす》れないでね！」

ジェームズを抱《だ》きしめながら、ジニーが言った。

「ママ！　先生に『**よろしく**』なんて言えないよ！」

「だって、あなたはネビルと**友達**じゃないの――」

ジェームズは、やれやれという顔をした。

「学校の外ならね。だけど学校ではロングボトム教授《きょうじゅ》なんだよ。『薬草学』の教室に入っていって、先生に『**よろしく**』なんて言えないよ……」

常識《じょうしき》のない母親は困《こま》る、とばかりに頭《かぶり》を振《ふ》りながら、ジェームズは気持ちのはけ口にアルバス目がけて蹴《け》りを入れた。

「それじゃ、アル、あとでな。セストラルに気をつけろ」

「セストラルって、見えないんだろ？　**見えないって言ったじゃないか！**」

しかし、ジェームズは笑っただけで、母親にしぶしぶキスさせ、父親をそそくさと抱《だ》きしめて、急に混《こ》みはじめた汽車に飛び乗った。家族に手を振《ふ》る姿《すがた》が見えたのもつかの間、ジェームズはたちまち、友達を探《さが》しに汽車の通路を駆《か》けだしていた。

「セストラルを心配することはないよ」

ハリーがアルバスに言った。

「おとなしい生き物だ。何も怖《こわ》がることはない。いずれにしても、おまえは馬車で学校に行くのではなくて、ボートに乗っていくんだ」

ジニーが、アルバスにお別れのキスをした。

「クリスマスには会えるわ」

「それじゃね、アル」ハリーは、息子《むすこ》を抱《だ》きしめながら言った。

「金曜日に、ハグリッドから夕食に招待《しょうたい》されているのを忘《わす》れるんじゃないよ。ピーブズには関わり合いにならないこと。やり方を習うまでは誰《だれ》とも決闘《けっとう》してはいけないよ。それから、ジェームズにからかわれないように」

「僕《ぼく》、スリザリンだったらどうしよう？」

父親だけにささやいた声だった。アルバスにとって、それがどんなに重大なことで、どんなに真《しん》剣《けん》にそれを恐《おそ》れているかを、出発間際《まぎわ》だからこそこらえきれずに打ち明けたのだとハリーにはよくわかった。

ハリーは、アルバスの顔を少し見上げるような位置にしゃがんだ。三人の子供《こども》の中で、アルバスだけがリリーの目を受《う》け継《つ》いでいた。

「アルバス・セブルス」

ハリーは、ジニー以外は誰《だれ》にも聞こえないようにそっと言った。ジニーは、もう汽車に乗っているローズに手を振《ふ》るのに忙《いそが》しいふりをするだけの気配りがあった。

「おまえは、ホグワーツの二人の校長の名前をもらっている。その一人はスリザリンで、父さんが知っている人の中でも、おそらく一番勇気のある人だった」

「だけど、**もしも**――」

「――そうなったら、スリザリンは、すばらしい生徒を一人獲得《かくとく》したということだ。そうだろう？アルバス、父さんも母さんも、どっちでもかまわないんだよ。だけど、もしおまえにとって大事なことなら、おまえはスリザリンでなく、グリフィンドールを選べる。組分《くみわ》け帽子《ぼうし》は、おまえがどっちを選ぶかを考慮《こうりょ》してくれる」

「ほんと？」

「父さんには、そうしてくれた」ハリーが言った。

ハリーはこのことを、どの子供《こども》にも打ち明けたことはなかった。そのとたん、アルバスが感じ入ったように目を見張《みは》るのを、ハリーは見た。しかし、その時、紅色《くれないいろ》の列車のドアがあちこちで閉《し》まりはじめ、最後のキスや忠告《ちゅうこく》をするために子供《こども》に近づく親たちの姿《すがた》が、蒸気《じょうき》で霞《かす》んだ輪郭《りんかく》になって見えた。アルバスは列車に飛び乗り、その後ろからジニーがドアを閉《し》めた。一番近くの車窓《しゃそう》のあちこちから、生徒たちが身を乗り出していた。汽車の中からも外からも、ずいぶん多くの顔が、ハリーのほうを振《ふ》り向《む》くように見えた。

「どうしてみんな、**じろじろ見ている**の？」

ローズと一緒《いっしょ》に首を突《つ》き出《だ》していたアルバスが、ほかの生徒たちを見ながら聞いた。

「君が気にすることはない」ロンが言った。「僕《ぼく》のせいなんだよ。僕《ぼく》はとても有名なんだ」

アルバスも、ローズ、ヒューゴ、リリーも笑った。

汽車が動きだし、ハリーは、すでに興奮《こうふん》で輝《かがや》いている息子《むすこ》の細い顔をじっと見ながら、汽車と一緒《いっしょ》に歩いた。息子《むすこ》がだんだん離《はな》れていくのを見送るのは、なんだか生き別れになるような気持ちだったが、ハリーはほほえみながら手を振《ふ》り続けた……。

蒸気《じょうき》の最後の名残《なごり》が、秋の空に消えていく。列車が角を曲がっても、ハリーはまだ手を挙げて別れを告《つ》げていた。

「あの子は大丈夫《だいじょうぶ》よ」

ジニーがつぶやくように言った。

ハリーはジニーを見た。そして手を下ろしながら、無意識《むいしき》に額《ひたい》の稲妻形《いなずまがた》の傷痕《きずあと》に触《ふ》れていた。

「大丈夫《だいじょうぶ》だとも」

この十九年間、傷痕《きずあと》は一度も痛《いた》まなかった。

すべてが平和だった。

完

作者紹介

J.K.ローリング

「ハリー・ポッター」シリーズで数々の文学賞を受賞し、多くの記録を打ち立てた作家。世界中の読者を夢中にさせ、80以上の言語に翻訳されて5億部を売り上げるベストセラーとなったこの物語は、8本の映画も大ヒット作となった。また、副読本として『クィディッチ今昔』『幻の動物とその生息地』(ともにコミックリリーフに寄付)、『吟遊詩人ビードルの物語』(ルーモスに寄付)の3作品をチャリティのための本として執筆しており、『幻の動物とその生息地』から派生した映画の脚本も手掛けている。この映画はその後5部作シリーズとなる。さらに、舞台『ハリー・ポッターと呪の子 第一部・第二部』の共同制作に携わり、2016年の夏にロンドンのウエストエンドを皮切りに公演がスタート。2018年にはブロードウェイでの公演も始まった。2012年に発足したウェブサイト会社「ポッターモア」では、ファンはニュースや特別記事、ローリングの新作などを楽しむことができる。また、大人向けの小説『カジュアル・ベイカンシー　突然の空席』、さらにロバート・ガルブレイスのペンネームで書かれた犯罪小説「私立探偵コーモラン・ストライク」シリーズの著者でもある。児童文学への貢献によりOBE(大英帝国勲章)を受けたほか、コンパニオン・オブ・オーダーズ勲章、フランスのレジオンドヌール勲章など、多くの名誉章を授与され、国際アンデルセン賞をはじめ数多くの賞を受賞している。

訳者紹介

松岡 佑子（まつおか・ゆうこ）

翻訳家。国際基督教大学卒、モントレー国際大学院大学国際政治学修士。日本ペンクラブ会員。スイス在住。訳書に「ハリー・ポッター」シリーズ全7巻のほか、「少年冒険家トム」シリーズ全3巻、『ブーツをはいたキティのおはなし』、『ファンタスティック・ビーストと魔法使いの旅』、『とても良い人生のために』（以上静山社）がある。

ハリー・ポッターと死《し》の秘宝《ひほう》 下

2020年6月18日　第1刷発行

著者　J.K.ローリング
訳者　松岡佑子
発行者　松岡佑子
発行所　株式会社静山社
〒102-0073　東京都千代田区九段北1-15-15
電話・営業　03-5210-7221
https://www.sayzansha.com

日本語版デザイン	坂川栄治+鳴田小夜子（坂川事務所）
日本語版装画・挿画	佐竹美保
組版	アジュール
印刷・製本	中央精版印刷株式会社

Published by Say-zan-sha Publications, Ltd.
ISBN978-4-86389-530-0 Printed in Japan